<u>Nos Amours les plus belles</u>
Tome 1 : Fanchette
par Imago des Framboisiers

à celles qui me font rêver,
mes amours éternelles

Edition : Books on Demand,
12/14 rond-Point des Champs-Elysées, 75008 Paris
Impression : BoD - Books on Demand, Norderstedt, Allemagne
ISBN : 9782322147984
Dépôt légal : août 2018

Chapitre 1
« Et c'est ainsi que nous nous sommes rencontré(e)s »

<u>Sous-chapitre I</u>
<u>Dans lequel on découvre notre première héroïne, Fanchette, ceux qui l'ont protégée et celui qui l'a tourmentée</u>

L'année 1770 commençait dans le paisible port du Havre où vivaient trois amants, cachés aux yeux du monde. Leur histoire, nous l'avons déjà relatée dans une pièce – Les amours de Fanchette – mais vous qui êtes ici, peut-être n'en avez-vous pas eu connaissance.

La jeune Fanchette Florangis, fille d'un honnête marchand, perdit son père à l'âge de quinze ans, terrassé par la mort de son épouse, Sophie Florangis ; faible et malade, la mère de la pauvre Fanchette dépérissait depuis déjà plusieurs mois, et lorsqu'elle mourut de la tuberculose, le vieux marchand ne trouva nul réconfort, rien de qu'on pût lui dire ne réussit à le tirer de ce terrible chagrin, et celui-ci l'emporta à son tour. C'est la bonne de Fanchette, celle qu'elle appelait sa Néné, qui lui trouva un protecteur par l'intermédiaire de son ancienne maîtresse, la très catholique Marguerite Corbier. Ce protecteur se nommait monsieur Apatéon. Ceux qui ont vu la pièce citée plus haut ou qui ont pris connaissance du texte ont peut-être le souvenir de la description qu'en a fait Fanchette : cet affreux personnage la tourmentait par ses irruptions incessantes dans sa chambre, obsédé qu'il était par le pied de la belle Florangis. Ce pied-là traversa les âges et laissa derrière lui une légende qui inspira monsieur de la Bretonne, lequel en fit tout un roman, pur produit de ses fantasmes, qui contait le destin de la petite Fanchette en lui attribuant les aventures les plus rocambolesques. Il termina pourtant son histoire de la manière la plus convenable qui soit : un beau mariage avec un riche seigneur en la très sainte église.

L'histoire qui est la sienne était bien différente, et bien plus scandaleuse, car bien plus singulière. Il faut pourtant céder à monsieur de la Bretonne certains faits sans discussion : oui, le pied de la belle

Fanchette lui faisait des amoureux, oui monsieur Apatéon devint malgré lui, à la vue de ce pied, le dévot le plus fétichiste qu'on ait été donné de rencontrer, oui lorsqu'il amenait la petite Fanchette à la messe, ses yeux rencontraient sans cesse, dès qu'il les baissait pour chercher son livret de chansons, le talon de la petite mule qui ornait le trésor de la jeune fille. D'ordinaire, un dévot se garde de la tentation et ne laisse point son âme sujette aux blessures de la chair mais Apatéon avait ceci d'étrange qu'il s'y exposait sans cesse, épris de la douleur qu'il y avait à contempler l'objet de son désir sans pouvoir faire un geste pour l'atteindre ; une maladie chrétienne à ce qu'on dit. Pendant plusieurs mois il n'avait chaussé Fanchette que de petites mules qui laissaient voir chacun de ses orteils blancs comme la neige, l'index un peu plus long que le pouce, le dessous aussi doux qu'une pièce de velours. Le talon était encore tendre, on n'y discernait aucune veine, chaque ongle était parfaitement dessiné et brillait d'une teinte naturelle. D'ailleurs la moindre goutte de vernis aurait dénaturé cet ouvrage parfait de la nature ; on ne comprend pas pourquoi les femmes se sont tant épuisées à gâter leurs ongles avec ces couleurs criardes qu'on a vu au fil des siècles orner leurs ongles de pied. Quel atroce gâchis ce fut été sur la petite Fanchette ! Mais Apatéon qui, s'il avait des vices, ne manquait pas de goût pour ces choses là, le défendait strictement, et la belle Florangis continua d'exposer ainsi ses pieds nus dans ses petites chaussures jusqu'à ce que l'hiver ne l'obligeât à plus de retenue. Apatéon en souffrit beaucoup et réduisit drastiquement les sorties de la petite Fanchette, préférant la laisser traîner en chaussons dans la maison. Il fit faire par son cordonnier des chaussons spécialement conçus qui permettaient de voir les orteils de sa petite protégée à n'importe quelle heure du jour. Bientôt il recouvrit toute la maison de tapis épais et moelleux si bien que Fanchette oublia de plus en plus souvent de se rechausser, gambadant à travers la maison pieds nus, laissant le cœur du vieillard en proie à de violents transports à chaque fois qu'il la voyait. C'était sa délicieuse lacération quotidienne. Voir sans pouvoir toucher. Mais comme le lecteur s'y attend, avec raison, une tentative est faite pour échouer et une tentation, pour aboutir.

Un soir que Fanchette s'était assoupie sur sa liseuse, il posa sa main sur le dessus du pied, puis sur les orteils et enfin sur la plante. A partir de cet instant, Fanchette vécut une sorte de harcèlement : chaque nuit, c'était la même chose, et toujours, le tartufe se confondait en excuses et prières, en discours abracadabrants. Il lui faisait des défenses puis les levait, laissait ses pieds à l'air libre puis les confinait dans de lourdes bottines, devenait tour à tour jaloux et irritable, excité et possédé. Ce jeu dura longtemps, jusqu'à ce que la bonne Néné, qui venait parfois rendre visite à sa protégée, la vit éclater en larmes. Alors elle décida de la soustraire à cet affreux vieillard, en pleine après-midi. Elle se rendit chez le dévot alors que celui-ci était absent et fit sortir Fanchette. Elle l'amena à une marchande, qui débutait son veuvage, dans le port du Havre, bien loin de son fourbe protecteur.

La marchande portait le nom de Carole Villetaneuse, et tenait, cela ne s'invente pas, une boutique de chaussures. La marchande, ayant entendu parler du pied mignon de la petite Fanchette Florangis, fut la plus insistante auprès de Néné pour obtenir de l'adopter. Beaucoup avaient repoussé cette belle enfant sous prétexte qu'on l'avait habituée à un beau train de vie et qu'elle aurait des goûts ruineux. Il est vrai que la jeune Fanchette n'avait guère à se plaindre de ses belles toilettes. Elle avait un goût immodéré pour le rose, le blanc et le bleu clair et on lui comptait une bonne centaine de paires de chaussures dont elle ne récupéra jamais la plupart, Apatéon les ayant soigneusement soustrait aux regards dans la cave de sa maison.

Ce fut donc au terme d'une après-midi d'hiver, alors que le tartufe célébrait les vêpres que Néné la fit monter dans un carrosse en direction du Havre, avec pour cocher l'un de ses plus vieux amis, grand détracteur d'Apatéon. Le vieux dévot, en rentrant, eût une colère terrible et fit naturellement rechercher la demoiselle. Mais personne ne sachant où elle avait pu aller, on abandonna assez vite les recherches, d'autant qu'à cette époque elles s'avéraient coûteuses.

Madame Villetaneuse se montra bienveillante et généreuse envers sa nouvelle protégée, lui faisant une place d'honneur dans sa maison. Elle ne lui demandait presque rien, si ce n'est de temps en temps des séances d'essayage dans sa boutique. Le joli pied attira les convoitises, et l'on venait en masse voir les petits défilés de chaussures que la marchande commençait d'organiser tous les jeudis. Les autres jours, elle enveloppait sa protégée d'un tel voile de mystère que les habitants ne laissaient jamais retomber la curiosité autour de cette boutique. Les prétendants, bien sûr, s'accumulaient, mais la marchande leur fit la sourde oreille : personne ne la déposséderait de cette merveille de la nature, et qui faisait si bien ses affaires. Cette femme, quoique d'une personnalité dévorante et insupportable, était un modèle d'indépendance : ayant perdu son vieux mari, qui occupait un poste important dans la garde royale avant sa retraite, elle avait dû renoncer à ses avantages pour sa propre sécurité ; son époux était régulièrement visé par les attaques des ennemis du roi ou des espions étrangers, si bien que son nom même attirait les mousquets et les épées jusque dans la maison. Elle avait donc repris son nom de jeune fille et utilisé les quelques économies dont elle disposait pour ouvrir cette boutique que Fanchette venait illuminer. Son caractère pourtant ne se prêtait guère à cet emploi, cette femme se voyait plus jeune en actrice de théâtre, ou en cantatrice, et son goût pour le paraître et les regards la poussèrent à tenir un petit salon dans sa boutique chaque jeudi soir après son défilé, elle y faisait venir tout le beau monde de la ville du Havre – qui à l'époque déjà, pouvait tenir dans une arrière-boutique. Son neveu était toujours de la soirée, et regardait sans cesse Fanchette.

Ce jeune loup avait su se faire une place très vite parmi les négociants de la ville, qui s'étaient multipliés avec les échanges commerciaux qui passaient par le Havre, abandonnant son ambition première d'être peintre. Il continuait cependant de signer quelques tableaux d'une qualité plus que discutable mais dont les sujets s'étaient peu à peu réduits jusqu'à ne plus dépasser la cheville de la petite Fanchette. L'un de ces tableaux fit sensation dans l'une de ces soirées tandis que Fanchette rougissait en imaginant que cette chose énorme et blanche comme une statue d'ivoire pouvait être son pied. Dolsans, c'était le nom de cet aimable négociant, se montrait très empressé auprès de Fanchette mais obtenait rarement plus qu'une ou deux phrases empreintes d'une délicate innocence qu'aucun homme de cette époque n'aurait imaginé dénaturer. Et il lui fallut espérer, en vain, car la belle Florangis ne lui accordait que peu d'attention. Tout son amour se bornait à sa nouvelle famille, à madame Villetaneuse et à sa fille, Agathe.

II
Dans lequel on fait la connaissance de notre seconde héroïne : Agathe

Agathe était la plus délicate des compagnes, pour Fanchette c'était un ange gardien, un modèle, une muse protectrice qui n'hésitait pas à empêcher qu'on l'approchât. Comme vous l'aurez peut-être compris, c'est aussi elle, l'héroïne de notre histoire, une femme d'une intelligence rare et d'une extrême sensibilité qui serait restée célèbre parmi les poétesses de cette époque si son amour, si grand et si singulier, n'avait pas fini par l'éloigner des salons et des assemblées de philosophes et de libertins qui jetèrent la lumière sur ce siècle. Agathe n'était pas seulement intelligente, c'était aussi une confidente admirable, une oreille attentive aux plaisirs comme aux malheurs de la petite Fanchette. Son amitié si intense et si particulière pour elle s'était fait sentir dès le premier jour où elle fut transportée au Havre : ce jour-là, Fanchette arriva de nuit après une longue chevauchée sur les routes de Normandie. On l'avait montée dans une chambre où se trouvait Agathe : on lui avait demandé de partager son lit, le temps qu'on fasse préparer une autre chambre. La première nuit, elles avaient dormi côte à côte et Fanchette sentait déjà combien il lui était agréable d'être auprès de cette femme si extraordinaire. Depuis, cette admiration ne s'est jamais démentie, même lorsque l'amour les opposa avant de les réunir.

La vie chez la marchande était très différente : pas de prière à renouveler plusieurs fois par jour, pas de pieux visiteurs venant discuter à voix basse de quelque poète qu'il fallait faire taire, pas de vieille dame qui la regardait avec ses yeux de rapace, elle vivait sa vie de jeune fille avec la liberté la plus haute qu'on pouvait imaginer à cette époque pour une femme. La marchande, qui n'était pas toujours regardante sur ses actions, la laissait sortir en compagnie d'Agathe au marché, sur les routes, cette dernière étant chargée de fermement veiller à ce qu'aucun homme n'approche de trop près sa petite protégée. Et il n'était en effet pas rare que les hommes se penchent sur les jolis pieds de la jeune fille, si bien qu'Agathe prit chez sa mère une paire de chaussures fermées qui incommodaient fort son amie, habituée qu'elle était à laisser toujours respirer ses orteils. Elle s'en plaint plusieurs fois auprès d'elle mais n'obtient jamais de récupérer ses mules quand elle sortait. « Enfin, Agathe » disait-elle souvent « tu veux que mes pieds sentent le chameau ? » avec cet air très sérieux et très dramatique que prennent les jeunes gens qui ne rencontrent pas dans leur vie de plus grand problème que celui-là. Cela faisait rire Agathe, et Fanchette trouva cela plutôt cruel de sa part, car son amie savait combien son joli pied était important pour elle, qu'on lui avait dit depuis son enfance que cette partie était l'ouvrage parfait de la nature qu'il fallait en prendre soin.

Mais Fanchette approchait de ses dix-neuf ans et il ne fallait pas tarder à la marier, sans quoi elle serait bientôt une vieille fille, chose impensable pour une demoiselle si prisée. Villetaneuse commença donc à laisser traîner ses regards sur les hommes qui venaient à la boutique, et la laissait fréquenter les bals l'où on trouvait les plus jolis visages. Il y en eut un qui plut à Fanchette, et, comme souvent l'amour fait les choses étrangement, l'homme qui attira son regard dès qu'elle le vit, traversa la salle sans la voir pour venir baiser la main d'Agathe, qui rougit. Croisant le regard de Fanchette, Agathe laissa échapper un petit ris pour dissimuler son émotion. Cet homme qui l'avait surprise en affichant en public une telle affection, c'était Jean de Lussanville, le fils du financier le plus en vue de la ville. Un de ses soupirants apprit à Fanchette que Lussanville était arrivé il y a quelques temps d'Amérique où il avait vécu avec son père expatrié et le frère de celui-ci ; son retour n'était point attendu en ville et on supposait une difficile histoire de famille entre le père et l'oncle.

Fanchette conçut pour cet homme qui avait baisé la main d'Agathe une passion aussi puissante que secrète qu'elle enferma dans son cœur. On ne lui avait rien dit de l'amour, si ce n'est qu'il prenait l'âme sans rien lui demander. Était-ce sa démarche ? Était-ce le plaisir qui se lisait sur son visage lorsqu'il aperçut sa bien-aimée ? Ou bien était-ce simplement qu'il avait baisé la main de sa tendre Agathe et que ce geste, à lui seul, suffit à lui gagner le cœur de la belle Florangis ? Elle ne savait rien de lui, et n'oserait rien demander à son amie, qui d'ailleurs dans les jours qui suivirent n'en souffla mot.

III

Où l'on débute l'histoire de notre troisième héros : Jean de Lussanville

Qui était ce Lussanville ? C'est lui le troisième héros de notre histoire, le dernier qui fit son apparition sur scène dans cette pièce dont nous avons déjà parlé, et cette arrivée tardive ne permettait pas au spectateur d'en savoir beaucoup sur lui. Peut-être aussi son tempérament secret et fragile sont une raison de plus à son relatif silence. « Il aurait dû naître femme » avait un jour dit son père en observant combien la chasse lui était assommante. Les activités viriles, apanage de l'idéal de l'homme vertueux et fort, dont les romains faisaient grand cas, lui étaient pour ainsi dire insupportables. Lui et sa famille vivaient en Amérique, et il est vrai que Lussanville éprouvait plus de goût pour les réunions que donnait sa mère qu'aux travaux de son banquier de père, réunions qui cessèrent hélas du jour au lendemain, lorsque cette charismatique dame quitta son mari pour s'enfuir avec un indien de la tribu des sioux qui lui avait fait découvrir les esprits animaux, chose fascinante, qui avait tout pour séduire une femme, en tout cas plus que les actions de la nouvelle bourse américaine, préoccupation perpétuelle de son financier de mari. Durant ces réunions donc, les dames américaines de la bonne société venaient échapper à l'ennui en prenant le café sous les arbres et en parlant des habitants de la ville, des modes, des devoirs d'une honnête femme et de toutes sortes d'autres choses qui passionnaient le jeune Lussanville, ayant très tôt révélé un goût prononcé pour les discussions, les belles lettres et la poésie. Son oncle fut également étonné de constater son impitoyable stratégie aux échecs qui remplaçaient complètement, selon lui, toutes les qualités viriles qui lui manquaient.

« Tu sais, Charles » disait-il au père de ce garçon, « les parties de chasse, la pratique du javelot et toutes ces choses sont aujourd'hui inutiles à un honnête homme quand il vit dans la société, l'important c'est le sens des affaires. C'est cela seul qui garantit une vie à l'abri du besoin. Qu'importe que ton fils soit, comme tu le dis parfois, une sorte d'efféminé, sa stratégie à elle seule prouve les excellentes dispositions que lui a accordé la nature et s'il fait preuve de ces capacités dans la vie, tu auras un excellent héritier pour tes affaires. »

Mais le père se trouva une nouvelle fois déçu quand il vit que les efforts pour lui enseigner les règles de la finance rencontraient une oreille distraite. La lumière du jour et de la nuit, les écrits des philosophes occupaient tout le temps de Lussanville, il avait aussi développé un goût pour la prise de parole en public, les discours politiques et le théâtre. Force est de constater que dans les Treize Colonies, terre hautement protestante, monter sur une caisse et jurer contre les mœurs dissolues était monnaie courante ; et Lussanville adorait observer les mouvement et les transports de ces étonnants prédicateurs. Il pouvait décortiquer la forme d'un discours dès l'âge de quinze ans avec beaucoup d'aisance.

Ce fut à cet âge-là qu'il subit les conséquences d'une dispute d'ampleur entre son père et son oncle : son père avait pris d'énormes risques avec l'argent de l'entreprise de son oncle et les créanciers avaient saisi une partie du matériel de l'entreprise, obligeant le vieux patron à se séparer de quelques uns de ses plus fidèles ouvriers, qu'il considérait presque comme ses propres enfants. Le ton était monté très vite et en quelques heures, le père avait fait ses valises et embarqué à bord du prochain bateau avec son fils.

IV
<u>Suite de l'histoire de Lussanville : Son premier amour, Nala</u>

Lussanville était attristé de ce départ, il n'avait pas abandonné l'espoir de retrouver sa mère et espérait pouvoir partir à sa recherche dès qu'il pourrait quitter la maison. Ce coup dur pour le jeune homme le conduisit à relâcher ses travaux et à ne plus employer son énergie qu'à l'écriture de poèmes sur la faune, la flore et les caprices du temps. Le voyage du retour marqua une frontière de plus entre lui et son père qui ne lui avait rien dit de la dispute avec son frère.

Sa douleur était encore augmentée par la rencontre qu'il avait faite peu de temps auparavant de la fille affranchie d'une esclave dont l'exploitation devait être rachetée par son père. Cette jeune fille, d'un noir d'ébène pur, l'avait aperçu alors qu'il s'entraînait à la prise de parole dans une forêt de séquoias. Lussanville, qu'on avait point mis au fait du traitement des esclaves, lui parla comme à une dame de la haute société, dames qu'il avait l'habitude de fréquenter comme nous l'avons déjà évoqué. La jeune Nala se prêta au jeu et imita le comportement des dames qu'elle avait pu croiser, se lamenta d'avoir perdu sa belle robe de velours et s'excusa platement si elle paraissait dans de telles guenilles. Lussanville, déjà en révolte contre son père, se plaisait à ignorer les conseils qu'il lui avait donné par rapport aux personnes noires qu'il pourrait croiser, et put s'en féliciter quand il vit combien l'attitude de celle-ci était charmante. Lorsqu'il la retrouva la seconde fois, il lui apporta quelques uns de ses propres vêtements, parmi les plus beaux qu'il avait. Ils étaient grands, ils étaient pour un homme, mais la jeune Nala se fit un plaisir de les essayer. Pour ce faire, elle n'eut aucun scrupule à jeter au sol ces restes de vêtements qu'elle portait, paraissant nue avec une simplicité déconcertante, en plein milieu de cette forêt où n'importe qui pouvait passer. Lussanville fut marqué à jamais par cette peau vide d'imperfections, brillante et encore marquée ni des signes de l'âge ni des signes de la souffrance. Et lorsqu'elle mit ses vêtements, elle lui parut presque aussi belle. Elle était comme un petit garçon à la peau sombre qui aurait pris les habits de son grand frère. Elle replia les manches et remonta la culotte jusqu'au dessous de ses seins. Le manteau touchait presque le sol. Elle se sentait heureuse, ce nouveau personnage lui plaisait. Et deux autres fois elle revint ainsi habillée et fit de cette forêt un terrain de jeu. Elle y inventait avec Lussanville toutes sortes de personnages, bons ou mauvais, qu'il fallait sauver ou qu'il fallait vaincre. Elle fit un duel avec Lussanville avec l'aide de petites branches tombées des arbres et ce dernier apprit à Nala à manier l'épée. Lors de leur dernière entrevue, Nala l'embrassa dans leur jeu, et aussitôt elle posa sa main sur sa bouche.

« *Nala :* Ne dis rien, pauvre garçon ! Si le monde vient à savoir que nous nous sommes embrassés, nous serons des hommes bons pour le gibet. »

Lussanville songea qu'elle n'était pas loin de la vérité, mais dans leurs jeux, elle était un homme et ceci rendait le crime bien pire encore.

« *Lussanville :* Il faut que tu te maries pour ne pas éveiller les soupçons »

Nala prit cela très au sérieux.

« *Nala :* Naturellement mon ami, trouve-moi une femme de ma condition qui veuille se marier, et crois-moi, elle sera ma femme dès ce soir !

Lussanville : Mais je n'en connais point.

Nala : Je la chercherai avec toi, et le meilleur d'entre nous l'épousera. »

Elle partit alors à travers la forêt à toute vitesse, suivie par Lussanville, ils finirent par arriver près d'une plantation. Là, il y avait une jeune fille qui se cachait entre les grands plants de maïs, toute tremblante.

« *Nala :* Eh bien, gente dame , qui donc vous veut du mal ? »

La jeune fille toute tremblante ne fit aucune réponse, et un coup de feu retentit, c'était un des contremaîtres qui venait de lâcher un tir de mousquet. On entendit le bruit d'un corps tomber. Lussanville sursauta et prit la main de Nala pour s'en aller. A ce moment, la jeune fille soupira « Attendez... » et elle les suivit à travers la forêt, ils coururent longtemps, alors que le soir approchait. Ils s'arrêtèrent finalement près d'un lac, sous un saule pleureur. La soirée était fraîche et il tombait une pluie fine. Nala se répandit en galanteries qu'elle avait entendues prononcer, Lussanville tentait à son tour de jouer cette séduction qu'ils s'étaient promis... mais Nala avait des gestes si naturels et si doux qu'elle surpassa son rival, tant et si bien que la jeune fille, qui parlait très peu et n'entendait rien à tous ces mots sinon que les deux compères ne lui voulaient aucun mal, déposa un petit baiser sur la bouche de Nala, qui lui avait maintes fois réclamé de la manière la plus galante qui soit. Ce baiser s'imprima éternellement sur la bouche de Nala, et il lui brûla aussitôt les lèvres, elle ne s'y attendait pas ; du même coup, l'esprit de Lussanville fut marqué pour toujours de ce souvenir qui ressurgira plus tard, quand il vivra sa plus grande histoire d'amour.

Le baiser de Nala, nom qu'il donnera plus tard au baiser sur la bouche entre deux femmes, était pour lui un acte d'amour pur, d'amour qui cherche l'amour lui-même et non le mariage ou la procréation. Et surtout, lorsqu'il avait eu lieu, ce baiser était le fruit d'une fiction, et non d'un caprice du réel, qui pousse chaque être humain à reproduire ce qu'il voit. C'était moins un baiser d'imitation qu'un baiser d'intention, et l'intention était l'unique préoccupation de l'artiste. Nala, à travers le jeu, à travers ce nouveau corps qu'elle s'était crée au moyen de ces vêtements et de son imagination, avait recrée l'amour, l'avait fait échapper à l'imitation, et le vivait pour lui-même, rien que pour lui-même. Qu'importe qu'elle aimât ou non cette femme, peut-être même qu'à la suite de cet acte fondateur elle aurait pu l'aimer. Mais qu'était-elle devenue ? Lussanville l'ignorait. A la pensée de Nala, il lui prenait souvent l'envie de mourir, sachant qu'il ne la reverrait jamais. Mais une pensée l'empêchait de se jeter simplement par dessus bord : il espérait qu'elle-même ne le ferait pas, qu'elle ne se ferait pas mourir pour lui. Il se promit qu'il la reverrait, qu'il la saluerait à nouveau, et cet espoir le fit tenir jusqu'aux côtes françaises où, naturellement, il finit par n'y plus penser.

V

Continuation de l'histoire de Lussanville : Récit de son installation au Havre et de sa rencontre avec Agathe

Son père les fit installer dans une maison luxueuse aux multiples accès, ce qui arrangeait bien ce libertin car il n'était pas rare qu'il fît venir des filles publiques par des portes dérobées afin d'en jouir sans bruit. Lussanville ne l'ignorait pas, mais pour lui c'était sans importance. Il espérait simplement que ces rapports dispendieux ne les ruineraient pas. La réputation de la famille en fut quelque peu altérée dans les mois suivants, un homme revenu célibataire, qui se disait veuf, ne cherchant pas à prendre femme, n'était pas du goût de tout le monde. Il faut bien dire que les prostituées de la ville rapportaient souvent ses frasques : c'était du pain béni pour elles, surtout pendant les périodes de froid où les bateaux étaient moins nombreux à circuler et où elles perdaient beaucoup de leur clientèle de marins. Nous étions en 1766, et le Havre était encore une ville relativement petite, bien que sa population augmentât à vue d'oeil : elle comptait près de 18 000 habitants. La maison était proche de la mer.

Une nuit, Lussanville se réveilla en sueur ; ayant entendu du bruit dehors, il ouvrit la fenêtre. Trois hommes couraient, un quatrième avait été blessé par un un coup d'épée porté au flanc par un soldat à cheval. C'était un groupe d'esclaves échappés d'un négrier qui devait partir dans la nuit, une violente bourrasque avait brisé leur prison et ils avaient réussi à s'échapper. Lussanville vit le cavalier arriver à la hauteur des trois autres, il prit alors une pierre de quartz que son oncle lui avait offert et la jeta de toutes ses forces vers le cheval. Le caillou atteignit sa croupe à pleine vitesse ; l'animal s'emballa, et partit au galop, dépassant les fugitifs, et expédia finalement le cavalier dans l'eau, la tête la première. Les trois hommes s'échappèrent. Lussanville, à la vue de la chute du cavalier, referma brusquement sa fenêtre et se laissa tomber sur le sol. Il frappa d'un coup sec contre le mur, blême de rage.

Dix-sept ans, c'était l'âge pour un jeune homme de fréquenter les bals. Le père de Lussanville espérait le voir bientôt marié à une riche héritière, ses affaires commençaient alors à se porter moins bien, ses investissements se faisaient de plus en plus hasardeux et le naufrage d'un des navires de commerce sur lequel il comptait beaucoup pour rétablir ses comptes ne l'aidait pas à s'en sortir. Pendant le même temps, quoique cela fût déraisonnable, il continuait à mener la même vie dispendieuse, et connut les cabinets des usuriers. Lussanville fut donc fortement encouragé à se rendre au bal, dans l'espoir d'y trouver un bon parti. Mais celui-ci ne montrait aucun goût pour les femmes d'ici, qu'il trouvait monotones, à l'esprit vide, sec, et d'une insupportable soumission. Il ne pouvait se contenter que d'une femme d'esprit, il le répétait sans cesse à son père, quand celui-ci daignait l'écouter :

« Une femme d'esprit, père, une femme de lettres ! Je ne pourrai me marier qu'à cette condition, voulez-vous me condamner à écouter des conversations saugrenues toute ma vie ? A n'avoir à demander à ma femme que la cuisson de mon pot ? Que le bon entretien de mon linge ? »

Et le père de soupirer et de regretter de l'avoir laissé fréquenter les amies de sa commère de femme, qui se piquaient d'esprit et récitaient du latin à longueur de journée. Pour lui, c'était le résultat de la multiplication des aides domestiques ; il pensait que le jour où les familles se passeraient de domestiques, la femme cesserait d'avoir de telles occupations et qu'elle retrouverait son devoir. C'était un homme de son temps. Et pourtant, cet être paradoxal n'en finissait pas de discuter de toutes sortes de sujets passionnants avec les prostituées, qu'il voulait très cultivées et savantes. « Les plus cultivées sont toujours les plus voluptueuses ». Et en cela seulement, il n'avait sans doute pas tout à fait tort.

C'est lors d'un de ces bals que Lussanville croisa le regard de la jeune Agathe Villetaneuse, encore âgée de quinze ans, de deux ans sa cadette. Cette jeune fille était vêtue très élégamment, d'une jupe de satin bleu brodée d'argent, et d'un chapeau tout fin ; elle refusait tous ceux qui l'invitaient à danser, certains s'y reprenaient à deux fois mais sans succès. Lui, qui ne dansait pas et vivait dans ces soirées de longues heures d'ennui, entendit alors une voix déjà grave, teintée d'une étrange mélodie qui lui demandait s'il voulait danser. Le visage d'Agathe Villetaneuse était penché sur lui, ses jolies pommettes rosissaient alors qu'elle lui tendait la main. Ce geste, jamais Lussanville ne l'avait vu faire par une femme, la dernière fois qu'il l'avait vu, c'était lors de cette fameuse journée près de la plantation de maïs, lorsqu'il s'entraînait avec Nala à saluer les jeunes filles avec distinction. Il mit alors sa main dans la sienne, déclenchant les regards furieux de plusieurs autres danseurs qui n'entendaient pas ce geste extraordinaire. Agathe s'empara du bras de Lussanville et le fit danser toute la nuit, c'était comme dans un conte. Et comme dans les contes, le soleil parut, il fallut repartir. « Nous nous reverrons » lui dit simplement Agathe, avant de courir vers la sortie, ne lui laissant ni rendez-vous, ni adresse pour la retrouver. Le désespoir s'empara de lui : pourquoi était-elle partie si vite, cette louve aux yeux verts ? Elle lui avait pris la main et le cœur.

Dès lors, Lussanville revint, encore et encore, à ce même bal, dans l'espoir de l'apercevoir. Elle ne revint pas. Un soir, le quatrième, n'en pouvant plus de cette tristesse, il alla demander à une petite brune assez jeune de danser avec lui. Il l'emmena sans conviction. Pourtant la demoiselle, qui semblait peu habituée, tremblait et jetait de temps en temps des regards à sa mère qui, espérant qu'elle avait ferré un bon mari pour elle, ne les quittait pas des yeux. Après la danse, la jeune fille fit son possible pour engager la conversation et tenta de parler de la situation de Lussanville, de son père, de sa maison, et de toute autre chose qui vient à l'esprit quand on ne sait de quoi converser avec quelqu'un. Mais Lussanville répondait à peine. La jeune fille commençait à blêmir, sentant le regard de sa mère qui la trouvait gauche, et elle se mit alors à respirer avec difficulté. Elle espérait un geste de sa part en feignant de s'évanouir sous la pression de son corps piqué qui devenait de toute façon insupportable. Mais au moment où elle avait pris cette résolution, Lussanville la regarda avec douleur et lui dit simplement en lui prenant les mains : « Excusez-moi ». Il disparut au milieu de la foule.

Rentré chez lui, il jeta son manteau avec humeur sur la banquette. Son père était encore dans la cave qu'il avait aménagé pour ses plaisirs. Sachant son fils au bal, le bonhomme se croyait tranquille et n'avait même pas pris garde à ce que les jeunes femmes, curieuses de tout, ne circulassent pas à leur gré dans la maison. Lussanville en croisa deux qui mangeaient à la table et le regardèrent passer avec leurs immenses sourires terrifiants. Leurs seins débordant de leur corsage se couvraient peu à peu tandis qu'elles engloutissaient de petits morceaux de pâtés et de fruits, et leurs parfums bon marché envahissant l'immense pièce au point de les faire tousser sans cesse.

Lussanville monta, défit son gilet et ouvrit sa chemise. Puis il s'assit face à la fenêtre et regarda le grand charme devant sa fenêtre. La nuit était plutôt sombre et on ne distinguait même pas le bout de la rue. Soudain, un bruit puissant se fit entendre et une forme sombre chuta dans la pièce, elle fit comme une roulade et quelqu'un tomba assis. Cette personne avait poussé la fenêtre entrouverte et avait chuté jusque dans la chambre. Lussanville se leva d'un bond et aperçut une longue traînée de cheveux noirs qui recouvrait le visage de l'individu, ils s'étaient détachés dans sa chute. C'était une femme, quoiqu'elle fût vêtue d'habits d'homme, on pouvait aisément voir deux formes se dessiner au niveau de sa poitrine. Lussanville vint porter secours à la malheureuse qui n'arrivait plus à respirer. Sa poitrine était comprimée. Il aperçut alors, à la faible lueur de la lune, le visage d'Agathe.

« *Lussanville :* C'est vous !

Agathe : Il faut... défaire mes bandages, faites vite, j'étouffe. »

Lussanville ouvrit alors son gilet puis sa chemise. L'odeur de sa peau, mêlée à la transpiration qu'elle avait accumulée en grimpant à l'arbre parvint tout de suite à ses narines. Il retira la chemise et aperçut les bandages, très serrés, qui comprimaient la poitrine de la jeune femme. Elle les avait cousus entre eux avec du fil et y avait intégré des petits lacets. Lussanville, qui n'était pas très habile pour ces choses-là, ne parvint pas à les défaire. Alors, sentant qu'Agathe ne pourrait pas l'aider, il se saisit d'une paire de ciseaux et coupa patiemment les bandages. La gorge de la jeune femme se libéra progressivement et lorsque les bandages tombèrent enfin, elle avait retrouvé sa forme. Ses seins étaient blancs comme des nuages par temps clair, les auréoles d'un rouge pâle qui tiraient sur le rose entouraient leur centre, légèrement durci par le froid. La douleur devait être intense, car la gorge de la jeune fille, ainsi libérée, était d'une taille considérable. Agathe respira à pleins poumons, elle ne chercha pas à dissimuler ses seins, trop heureuse qu'elle était de retrouver l'air qui circulait de nouveau en elle.

« Merci... » dit-elle enfin alors que Lussanville avait fini par se lever afin de prendre une couverture.

« *Agathe :* Je suis sûre que vous n'en avez jamais vu...

Lussanville : Ne jurez pas, mademoiselle, vous pourriez vous tromper.

Agathe : Quoi ? Je n'en reviens pas, vous aviez l'air d'une jeune vierge !

Lussanville : Et pourtant je vous assure que ce n'est pas la première fois. »

Il la recouvrit de son drap de lit. Elle repoussa tendrement le drap avec un sourire.

« *Lussanville :* Je suis si heureux de vous revoir ! Comment vous appelez-vous ?

Agathe : Je m'appelle Agathe. Et vous ? Quel est le nom de mon sauveur ? » (Elle avait dit ce mot avec une petite nuance d'ironie.)

« *Lussanville :* Lussanville, Jean de Lussanville.

Agathe : Eh bien, monsieur de Lussanville... me voilà. J'espère que je ne vous ai pas fait peur.

Lussanville : Vous avez été parfaite, mademoiselle.

Agathe : Monter chez vous, comme cela, de nuit... j'aurais pu passer par la porte, inaperçue au milieu des demoiselles qu'il y a ici...

Lussanville : Ne dites pas cela, vous valez cent fois mieux que celles-là.

Agathe : Et pourquoi cela, monsieur ? Je vais retrouver un homme la nuit, un homme que je ne connais pas, qui n'est pas mon mari, est-ce digne d'une honnête femme ?

Lussanville : Peut-être. »

Lussanville tremblait un peu, il se demandait si elle faisait souvent cela, si son amour n'avait pas été volé par une séductrice qui faisait cela sans conséquence, comme le seigneur Dom Juan le faisait dans les livres. Il devint plus sombre et ne parla plus. Agathe, croyant que la vue de sa poitrine incommodait le jeune homme, reprit sa chemise et la referma. Puis, elle vint l'entourer de ses bras.

« *Agathe :* Alors, monsieur, dites-moi, suis-je une honnête femme ?

Lussanville : Vous l'êtes, si vous aimez.

Agathe : Oui, j'aime, j'aime depuis que je suis toute petite, j'aime depuis que j'ai l'âge d'aimer.

Lussanville : Je n'entendais pas cela... si vous aimez avec passion, si vous m'aimez. Si vous m'aimez d'un cœur sincère.

Agathe : Et vous monsieur, dites-moi... m'aimez-vous ?

Lussanville : Si je vous aime ? »

Il l'attrapa dans ses grands bras et la serra contre lui, avec la maladresse de celui qui ne sait pas encore. Agathe souriait.

« *Lussanville* : Je vous aime infiniment, je vous aime depuis le premier jour, depuis que vous m'avez tendu la main, ce qu'aucune femme ne ferait, presque aucune femme.

Agathe : Vous savez, je ne sais comment doit être une femme. Ma mère supérieure tentait chaque fois de me l'expliquer mais ses mots n'ont jamais résonné en moi. Monsieur, je ne sais si on peut le demander ainsi mais... me permettez-vous de vous embrasser ? »

Lussanville respirait à présent plus fort, il lui fit un signe de la tête, alors Agathe appuya les mains sur le torse de cet homme aux cheveux en désordre et déposa sur ses lèvres un baiser teinté d'une passion ardente, de cette passion qui a attendu plusieurs jours pour se révéler. Lussanville l'embrassa à son tour et ils se regardèrent longtemps, très longtemps, la main chacun sur le visage de l'autre, et recréèrent ensemble le regard amoureux. Alors Lussanville se mit à lui caresser le dos, par dessous sa chemise, il l'explora lentement, tendrement mais lorsqu'il arriva à sa gorge, la jeune fille l'arrêta, avec un air malin dans le regard.

« *Agathe* : Eh bien, monsieur... que faites-vous ?

Lussanville : Ce qu'on fait quand on aime...

Agathe : Mais le monde ne nous regardera pas aussi innocemment que vous.

Lussanville : Alors que désirez-vous ?

Agathe : Ce n'est qu'une petite question administrative, mais cela me semble essentiel.

Lussanville : Quoi donc ?

Agathe : Si vous vouliez bien me signer une promesse de mariage, je serais toute rassurée. Alors que vos mains fassent ce qu'elles voudront, avec toute la douceur dont elles sont capables.

Lussanville : Ma bien-aimée, je le ferai, si c'est ta volonté.

Agathe : Ne me tutoyez pas encore, cher ange, nous ne nous connaissons pas. Attendez demain matin. »

Agathe sortit de sa poche un petit papier. Lussanville prit un air étonné.

« *Lussanville* : Vous aviez donc prévu de me faire cette demande ?

« *Agathe* : J'avais prévu de vous la faire ce soir, mon amour. Moi aussi, je vous aime depuis le premier jour, depuis que nous avons dansé ensemble, que vous avez accepté mon invitation. Je voulais vous la renouveler cette nuit. »

Lussanville prit son encrier et sa plume, posa un grand livre sur le sol, afin d'être auprès d'Agathe pour signer la promesse qu'elle avait rédigée ainsi :

« Nous, Agathe Villetaneuse et ….. nous jurons amour, tendresse, soutien, passion et fidélité à compter de ce jour et pour tous ceux qui suivront et nous promettons que, sous peu, nous serons mari et femme, devant Dieu et devant les Hommes.

Fait au Havre, le 31 mai 1767. »

« *Agathe :* Pardonnez-moi mon aimé, je ne savais pas votre nom, j'ai laissé une ligne complète afin que vous puissiez l'écrire d'un trait fin et net, sans vous écraser ni vous enfermer entre mon nom et notre promesse.

Lussanville : C'est une attention délicate, ma chérie.

Agathe : Je veux que votre nom brille à côté du mien, les voir toujours associés ensemble, comme l'aube d'un monde nouveau. Un monde où je pourrai vous inviter à danser et que vous me direz oui, où je serai libre entre vos bras, où je serai femme pour vous plaire et homme pour vous aimer.

Lussanville : Pour toujours Agathe, pour toujours.

Agathe : A présent que vous avez signé, venez, venez contre moi, je veux apprendre à vous connaître. »

Ils s'étreignirent, encore et encore, dans leurs habits d'homme, dans une bulle de liberté où leur amour et la nuit suffisaient à les protéger, tel le couple d'amants au milieu des massacres de Scio que Delacroix devait peindre soixante-dix ans plus tard. Ils firent l'amour comme on osait rarement le faire à leur âge, les corps, libérés par le génie combiné de la foi et des sens, se confondaient dans de multiples postures qu'ils n'avaient jamais apprises. Agathe sentait un plaisir particulier à chaque fois que sa gorge était stimulée, et voulut à plusieurs reprises que son amant s'en occupât, de toutes les manières, les plus inventives possibles. Souvent, elle aimait à s'envelopper dans ses cheveux, et à révéler, une à une, chaque partie de son corps afin que son amant s'émerveille de nouveau. Elle aimait qu'il s'allonge sur le lit et qu'il la laisse embrasser chaque centimètre carré de sa peau, en répétant sans cesse « comme tu es beau, comme j'aime ton corps ». Ces jeunes gens libéraient un corps dont la plupart de leurs héritiers, deux cent cinquante ans plus tard, étaient encore incapables de jouir. Sans observer finement, il était impossible de savoir qui était l'homme et qui était la femme. Sans préjugés, indomptables, ces deux êtres recevaient et donnaient tour à tour le plaisir, comme les anciennes tribades de cette époque aimaient à le faire. On approchait du matin quand vint pour Agathe le moment qu'elle redoutait, car la jeune fille était encore pucelle. Lussanville ne voulait rien brusquer, arguant du fait qu'il n'avait jamais connu ce plaisir et qu'il pouvait aisément s'en passer mais son amante insista.

« *Agathe :* Mon ami, je le veux, avec vous je le veux. »

Cet alexandrin sonna au creux du cœur de Lussanville, et il entreprit d'accéder à son désir. Mais il n'y parvint d'abord pas, Agathe soufflait et tirait son amant vers elle, mais il n'y avait rien à faire. De rage elle lui griffa le dos tant sa personnalité combative ne supportait pas la frustration. L'homme, par orgueil, ne laissa échapper aucun cri bien que cela brûlait un peu. Agathe vit le soleil par la fenêtre qui baignait de sa lumière rouge l'horizon et elle se mit à pleurer.

« *Agathe :* Cette nuit cruelle ne m'arrachera pas ce moment ! » Elle avait dit cela entre deux sanglots. Lussanville la conjura de se calmer et de se détendre, qu'ils y parviendraient, qu'il ne fallait pas se faire mal. Ce disant, il embrassait tendrement la gorge et le ventre de son amante. Ses yeux tombèrent finalement sur le pelage fin qui entourait l'insoumise matrice. Agathe écarta un peu les jambes en prenant une grande respiration et regardait obstinément au plafond, luttant contre la colère qu'elle éprouvait contre son organe. Lussanville, en l'observant, remarqua qu'il ressemblait en quelque sorte à une bouche et se prit à l'embrasser. Agathe eut un sursaut et Lussanville revint immédiatement vers son visage, lui demandant si elle allait bien. Cette dernière lui répondit qu'elle avait été simplement surprise mais qu'il pouvait continuer. La sensation étrange qui l'envahit peu après se transforma en quelques secondes en obsession, elle remarqua que les différents baisers étaient suivis d'effets si puissants que ces caresses devaient créer une sorte d'accoutumance. Sans doute n'était-ce pas bien vu de s'embrasser par ces voies, mais qu'importe, personne ne le saurait. Au bout de quelques minutes, elle sentit que cette caresse devait être sa préférée et son intérieur se trouva bientôt si humide qu'elle eut l'impression de fondre. « Maintenant, fais-le maintenant ! » ordonna t-elle à Lussanville impérieusement, qui s'exécuta. Ce fut presque facile, et la douleur qui suivit n'était pas pour durer, en quelques instants elle découvrit ce dernier plaisir qui la ravissait. L'idée qu'avait eu Lussanville quelques instants plus tôt lui avait permis de s'emparer de son propre sexe, de le faire sien réellement. Elle comprit que c'était cela qui lui avait permis de s'ouvrir, que la violence qu'elle voulait s'infliger n'avait aucun sens. Au bout de plusieurs minutes elle sentit un frottement étrange et demanda à son amant d'arrêter. Lorsqu'il se retira, elle crut défaillir en voyant une longue traînée de sang sur les draps. Ce n'était pas ses menstrues, elle en était certaine. Lussanville fut moins surpris : il avait entendu une conversation qui indiquait clairement que les jeunes filles, lorsqu'elles étaient déflorées, laissaient tomber des pétales de rose rouge, et que c'est pour cette raison qu'on nommait cet acte défloration. Ce devait être cela, les pétales de rose, quelques gouttes de sang. Agathe s'inquiéta un peu mais Lussanville lui parla avec tant de patience et de douceur que son angoisse finit par s'envoler. Le soleil était à présent bien haut. Après un dernier baiser, Agathe considéra la fenêtre.

« *Agathe :* Je vais sortir par la fenêtre. Si ma mère est levée, elle va ameuter toute la ville et si par malheur on me reconnaît devant la maison de ton père, je crois que ma réputation est faite. Tu risquerais d'épouser une renommée putain. »

Lussanville lui interdit de prononcer ce mot en parlant d'elle et le lui fit promettre, trois fois.

« *Agathe :* D'accord, cher ange, je te le promets... d'accord, je ne suis pas une putain, je suis une femme libre. Cela te convient-il ? »

Il acquiesça, donna à son amante un masque, utilisa une de ses chemises pour lui bander de nouveau la poitrine, et l'aida à remettre ses vêtements.

« *Agathe :* Ah, comme cela me fait mal à présent ces bandages. C'est à se demander si elle n'a pas grossi cette nuit. Encore un baiser, mon ami, je descends. »

Ce dernier baiser fut le plus doux et le plus léger, il contenait tous les souvenirs de la nuit précédente. Elle descendit enfin avec l'aide de l'arbre et lui fit un dernier signe, avant de disparaître au bout de la rue.

<u>VI</u>
<u>Dans lequel Fanchette découvre les ébats de ces deux amants et en reste éternellement marquée</u>

Vous savez à présent comment ces deux amants se connurent et combien ce baisemain, fait au milieu d'une foule, comptait pour la secrète fiancée. Fanchette, elle, ignorait les circonstances de leur rencontre, elle percevait seulement leurs auras. Deux semaines plus tard, elle revit ce jeune homme, un après-midi, tandis qu'elle marchait avec Agathe près de la mer ; il regardait les bateaux amarrés, et son grand manteau blanc se balançait au gré des bourrasques. Agathe lui demanda de l'attendre.

« *Agathe :* S'il se passe quelque chose, crie, et je reviendrai sur-le-champ. »

Fanchette accepta, mais son cœur se mit à battre plus fort. Agathe descendit sur la plage et disparut sous un porche. Le jeune homme n'était plus là. Fanchette avança lentement, descendit un petit escalier, jusqu'à voir au dessous du porche. C'était le sable brun, le sable des mauvais temps. En descendant doucement pour ne pas faire de bruit, Fanchette aperçut les bottines d'Agathe et posa sa main contre sa bouche pour retenir une exclamation. Agathe avait laissé ses pieds nus et se trouvait en compagnie du jeune homme. Il ne faut pas oublier que la petite Florangis, qu'on avait éduquée dans la plus stricte innocence, avait un rapport particulier à ses pieds qu'on a déjà évoqué au début de ce récit, et pour elle, imaginer son amie laissant ses chaussures au loin alors qu'elle est avec un homme, cela était extrêmement angoissant. Elle passa la tête doucement, sur le côté du porche, et aperçut son amie, les pieds nus sur le sable, embrasser, ou plutôt dévorer la bouche de ce jeune homme qu'elle aimait. Elle se retourna d'un coup contre la pierre, son cœur cognait très fort. Cette ferveur était, croyait-elle, propre aux animaux et on lui avait toujours dit qu'une jeune fille devait rester distinguée. Voyant sa chère Agathe dans cette posture, elle commença à douter de ce qu'on lui avait dit. Agathe était la pureté même, il était impossible d'imaginer qu'elle fût une sorte de sorcière ou pire, une femme-chat, de celles qui vivent dans les caves et mangent des rats pour survivre. Fanchette, au milieu du tourbillon de ses sentiments, s'anima contre tous ceux qui lui avaient dit qu'on n'embrassait point de la sorte alors qu'une aussi belle personne se le permettait. Elle pensa qu'on avait voulu l'empêcher, que la bouche, puisqu'on y mettait de si bonnes choses, comme les desserts, ne pouvait être une partie impure et que les bonbons au miel n'étaient sûrement pas plus mauvais que la bouche des autres. D'ailleurs, c'était, se dit-elle, l'organe de la parole, et la parole n'est-elle pas ce qu'il y a de plus élevé dans l'homme ? Mais était-ce le plus élevé dans la femme ? Fanchette arrêta sa réflexion sur ce point : c'est vrai qu'on lui avait souvent dit de se taire, mais beaucoup d'autres fois on lui répartissait qu'elle disait des choses charmantes. C'était si compliqué de savoir ce qu'on attendait d'elle ! Elle en était à ce point lorsqu'elle entendit bouger sous le porche, Agathe allait revenir ! Elle remonta rapidement les marches. Lussanville tout d'un coup sortit de sous le porche en lançant : « Qu'est-ce que c'est ? » Fanchette était blanche de peur, elle était remontée sur le promontoire pratiqué pour l'accès aux bateaux et espérait qu'il ne monterait pas, autrement il la verrait et il saurait qu'elle les avait surpris. Ses prières furent semble t-il entendues car Lussanville revint sous le porche et Fanchette put rebrousser chemin. Quelques instants après, Agathe parut, et la trouva toute émue.

« *Fanchette :* Ce n'est rien , c'est que tu étais partie longtemps et j'avais peur que le vent se lève.

Agathe : Il s'est déjà levé, Fanchette, nous devrions partir. »

Pendant tout le trajet du retour, Fanchette ne prononça pas un mot. Agathe essayait de lui parler de la ville, des gens qu'elles connaissaient, de toutes sortes de choses. Mais Fanchette esquivait les conversations et évitait de regarder son amie.

VII

Dans lequel Fanchette décide d'avoir une discussion sérieuse avec son amie

Ce n'est que plus tard, dans la soirée, alors qu'elle prenait son bain qu'elle put lui parler. Fanchette se savonnait et tentait de se brosser le dos, mais, n'y parvenant pas, elle appela Agathe, de sa petite voix. Agathe, qui était dans la chambre en face vint à sa demande.

« Que veux-tu, Fanchette ? » demanda t-elle d'un air contrarié. « As-tu quelque chose à me dire, maintenant ?

—   Je voulais juste que tu me frottes le dos. »

Agathe soupira et commença à lui frotter doucement le dos avec la brosse, Fanchette se mit en boule pour mieux apprécier le plaisir qu'il y avait à être ainsi dorlotée et enfermait entre ses bras sa petite gorge rose qu'elle n'avait jamais montré à personne d'autre.

« *Fanchette* : Pourquoi les gens ne s'embrassent-ils jamais ? »

Agathe s'arrêta à ce mot. Immédiatement, Fanchette réagit.

« *Fanchette* : Non, s'il te plaît, ne t'arrête pas. »

Agathe continua, et resta un court instant silencieuse puis lui répondit :

« *Agathe* : Je crois qu'il ont peur.

Fanchette : Peur de quoi ?

Agathe : Des autres gens.

Fanchette : Qu'est-ce qu'ils peuvent faire, les autres gens ? A part regarder ?

Agathe : Il ne faut pas qu'ils regardent.

Fanchette : Et pourquoi pas ?

Agathe : Parce qu'ils y verraient du mal.

Fanchette : Eh bien, les gens sont des idiots, parce qu'il n'y a point de mal.

Agathe : Comment le sais-tu ?

Fanchette : Je le sais parce que la bouche n'est pas une partie impure.

Agathe : Ah non ?

Fanchette : Non, regarde, on y met des fruits, du café, du chocolat, toutes sortes de bonnes choses. Ce n'est pas pour les salir, c'est pour profiter du plaisir qu'il y a à les manger. De plus, elle nous sert à parler, à nous dire qu'on s'aime. En plus, elle se trouve sur la tête, qui est la partie la plus supérieure de l'homme. La bouche devrait avoir tous les droits.

Agathe : Et si tu avais tous les droits, qu'est-ce que tu ferais toi, avec ta bouche ?

Fanchette : J'embrasserai tous ceux que j'aime !

Agathe : Ce n'est pas si simple.

Fanchette : Si, c'est simple ! Par exemple, je mettrai un chocolat dans ma bouche et je t'embrasserai, comme ça je partagerai avec toi le goût du chocolat.

Agathe : Qu'est-ce que tu racontes, Fanchette, c'est dégoûtant !

Fanchette : Quoi, tu trouves ça dégoûtant ? Toi, tu trouves ça dégoûtant !

Agathe : Eh bien oui...

Fanchette : Alors comment tu expliques ce que tu as fait sous le porche tout à l'heure ? »

La figure d'Agathe devint d'un rouge vif, elle se mit à trembler.

« *Agathe :* Tu as vu ça, Fanchette...

Fanchette : Eh bien, je ne vois pas où est le mal ! Je croyais que tu me disais tout. Mais tu ne me disais pas tout. Et j'ai l'impression que c'est pareil avec tout le monde, personne ne me dit rien ! J'en ai plus qu'assez !

Agathe : Calme-toi, Fanchette, je t'en supplie, maman est en bas...

Fanchette : Alors, est-ce que tu vas m'expliquer ?

Agathe : Je te dirai tout, calme-toi, je t'en prie.

Fanchette : Alors je t'écoute.

Agathe : En fait... quand deux personnes s'aiment, il leur arrive de s'embrasser ainsi.

Fanchette : Mais pourtant, toi et moi, nous nous aimons. Tu me le dis toujours.

Agathe : Oui, Fanchette, bien sûr. Mais lui, c'est mon futur mari.

Fanchette : C'est un baiser de mari ?

Agathe : C'est un baiser qu'on se fait quand on est mari et femme.

Fanchette : Mais vous ne l'êtes pas encore pourtant.

Agathe : Nous prenons un peu d'avance. C'est justement cela qu'il ne faudra pas dire à maman.

Fanchette : Je ne le dirai pas, si tu me jures qu'il n'y a point de mal.

Agathe : Je te le jure, Fanchette.

Fanchette : Mais tu me le présenteras, dis ?

Agathe : Oui, je te le présenterai.

Fanchette : Je pourrai rester avec vous ? Tu ne me laisseras plus seule ?

Agathe : Nous verrons.

Fanchette : Promets-moi !

Agathe : Il me faut un peu de temps, tu veux bien me l'accorder ?

Fanchette : Hum... d'accord. »

Agathe n'essaya pas de raisonner son amie, de lui parler de la solitude si nécessaire aux amants. Depuis quelques temps, quelque chose avait changé en elle. Ce n'était pas la première fois qu'elle se trouvait auprès d'elle dans la salle d'eau. Depuis son arrivée, Agathe n'avait cessé d'être aux côtés de Fanchette et de l'aider dans tout ce qu'elle pouvait faire, elle la baignait, la coiffait, lui caressait les cheveux, lui racontait des histoires, la servait au repas, venait faire sa prière tous les soirs auprès d'elle, choisissait ses vêtements, ses chaussures... Cette manie pourrait paraître étrange à première vue, se mettre au service de quelqu'un à ce point, montrer un dévouement aussi extrême paraît étonnant pour une personnalité telle que celle d'Agathe. Pour le comprendre, il est nécessaire que nous prenions le temps de nous pencher sur le portrait de cette femme exceptionnelle, une personnalité pour ainsi dire extrêmement rare à cette époque pour qu'aucun d'entre vous n'ignorent plus son histoire.

VIII
Dans lequel on débute le récit de l'histoire d'Agathe

Agathe perdit son père à 15 ans. Elle avait cela de commun avec Fanchette. Perdre l'homme qui comptait le plus à ses yeux au moment où le corps et l'esprit se préparent à atteindre l'âge adulte. Elle était restée chez elle jusqu'à l'âge de dix ans environ et gardait de bons souvenirs de cette époque, malgré l'attentat qui avait visé une fois la maison et l'avait obligée à changer de chambre, la sienne ayant été saccagée par une explosion. Son père lui paraissait un homme doux et patient, qui venait s'occuper d'elle dès qu'il en avait l'occasion. Très tôt, elle montra de merveilleuses dispositions pour la lecture et son père, qui avait un esprit cultivé, lui ouvrit l'intégralité de sa bibliothèque sans trier aucun des ouvrages, n'ayant pas le temps, comme il disait, de faire le « comité de censure ». Lorsque sa femme s'en plaignait, il lui répondait invariablement la même chose : « Ecoute Carole, ce qu'il y a d'inconvenant, elle ne le comprendra pas, et si un jour elle le comprend, c'est qu'il est déjà trop tard. » La femme refusa de se battre et laissa donc son enfant parcourir les alexandrins de Corneille, les moralités de monsieur de la Fontaine et les satires de La Bruyère. Agathe ne comprenait pas tout, loin s'en faut, mais s'imprégnait des textes, les lisait à haute voix comme une musique délicate et apprenait à parler avec eux. Elle développa très tôt une agilité d'esprit qui plaisait à son père, on lui connaissait des réparties que tous les parents enviaient pour leurs fils. Mais ce qu'elle lisait surtout, et relisait à longueur de journée, c'était les pièces de monsieur de Molière qu'elle avait réunies dans un unique volume qui commençait à tomber en morceaux tant la jeune fille l'avait manipulé en tous sens. *Les femmes savantes* surtout était sa pièce favorite, une tragédie plus déchirante à ses yeux que *Britannicus* dont elle n'avait pas saisi une ligne. La langue de Molière était jouissive à dire pour

26

une enfant comme elle et Armande, la jeune fille savante, devint son modèle et son idole : « Mon Dieu, que votre esprit est d'un étage bas ! Que vous jouez au monde un petit personnage, De vous claquemurer aux choses du ménage, Et de n'entrevoir point de plaisirs plus touchants, Qu'un idole d'époux, et des marmots d'enfants ! »
Ces cinq vers, elle se les répétait presque chaque soir, après sa prière, au moment où, à l'abri de ses draps, elle pouvait penser en silence.

     Ce fut à l'âge de 11 ans qu'elle revit pour la dernière fois son père. Envoyée au couvent pour y être éduquée, Agathe ne recevait presque aucune visite. Elle en conclut que son père en avait assez de se préoccuper d'elle, qu'il avait mieux à faire, qu'il devait protéger le roi et qu'elle ne devait pas être triste pour cela. Ce discours, qu'elle tint à la mère supérieure lorsque celle-ci s'enquit de sa santé quelques jours après son admission, reçut un soutien inconditionnel de la part de la vieille dame. Agathe ajouta « Je sais que mon père a payé une forte somme d'argent pour que je sois ici, et je ne le décevrai pas. » Elle se consacra à l'étude et aux offices avec obstination, constance et discipline, tant et si bien, qu'elle obtint le droit de se faire apporter quelques uns de ses livres. La mère supérieure la citait sans cesse en exemple auprès des autres jeunes filles qui en vinrent à l'admirer : ses résultats étaient au dessus de toutes les espérances et on la trouva même plus capable que certaines des religieuses qui enseignaient. Il n'était pas rare que la mère supérieure la gardât le soir pour étudier la Bible, dont Agathe pouvait citer de mémoire des passages entiers. Les mots de Jésus, surtout, étaient ceux qu'elle aimait le plus à dire à haute voix. « Tu aimeras le Seigneur, ton Dieu, de tout ton cœur, de toute ton âme, de toute ta pensée et de toute ta force. » La passion l'habitait en chaque chose qu'elle faisait, Agathe ne pouvait se donner autrement. Les deux premières années se passèrent ainsi, dans une étude pieuse et acharnée. Agathe commençait à écrire sur l'histoire des saints, leur imaginait d'autres vies, d'autres fins, les faisait ressusciter et mourir d'autre façon. Elle ne se doutait pas qu'à l'aube de ses treize ans, un événement étrange et inattendu tirerait ses sens de leur sommeil de Titan.

IX
Suite de l'histoire d'Agathe : L'amour de Soeur Blandine

27

Une nouvelle religieuse venait de prononcer ses vœux à l'âge de seize ans et, sentant un attrait particulier pour le contact des enfants, se trouvait souvent sur le chemin de leurs offices, leur parlait et se prenait d'affection pour beaucoup d'entre eux. Soeur Blandine, c'était le nom qu'on lui avait donné, avait des yeux bleu turquoise, un visage pâle et un regard empreint d'une étrange tendresse. Un jour qu'Agathe avait trébuché sur le sol de pierre, elle vint la chercher pour l'amener à l'infirmerie. Son genou avait violemment heurté le sol et la douleur l'élançait terriblement. Soeur Blandine désinfecta la plaie, tandis qu'Agathe se mordait les lèvres, refusant de crier. Ses mains faisaient de petits gestes délicats, chaque contact était soigneusement pesé, léger, comme la caresse du vent quand il enveloppe tendrement la peau pendant les jours soleilleux. « C'est fini, Agathe, c'est fini » dit-elle tendrement en touchant la joue de la jeune fille qui était devenue rouge. Elle était belle, plus belle que les saintes qu'Agathe voyait dans ses rêves. Son visage absolument sans marque reflétait des pensées délicates et heureuses. Pourquoi ne pouvait-elle pas faire sa prière avec elle ? Quelle passion devait la traverser quand elle s'offrait au Seigneur ! Agathe ferma les yeux et l'imagina prier, seule dans sa cellule, et elle sentit un vide terrible au creux de son ventre.

Durant les jours qui suivirent, elle ne pensait plus à rien d'autre, elle relâcha pour la première fois son attention depuis deux ans. Mais son niveau était tel qu'elle surpassait encore de très loin toutes ses compagnes et continuait à leur donner des conseils d'un air distrait. On la croyait malade.

La mère supérieure, qui s'inquiétait pour son petit prodige, fit venir un médecin sans en informer le vicaire, spécialement pour elle. Le petit homme barbu fut introduit dans la cellule d'Agathe qui lui répondit que tout allait bien, qu'aucune maladie ne la frappait, que c'était sans doute le sang du mois qui l'avait épuisée et qu'il n'y avait pas lieu de s'inquiéter. Elle fit une démonstration si convaincante de ses capacités et de sa bonne santé que le pauvre homme ressortit avec la conviction qu'il lui fallait rouvrir ses livres de médecine qui prenaient la poussière sur son étagère et revoir ses leçons.

Les jours qui suivirent, Agathe parvint à mieux donner le change à sa mère supérieure en rendant des travaux d'une écriture magnifique et en prenant toujours un air sérieux et austère. Mais sa

pensée était toute tournée du côté de la sœur Blandine qu'elle faisait
exprès de croiser dans les couloirs, à toutes les heures de la journée :
« Ah, ma chère Agathe, il semble que ce soit Dieu qui veuille nous
réunir ! » finit par dire la jeune religieuse à celle qui était devenue son
amie.

Agathe : Il le pourrait, ma sœur, mais il n'en a nullement l'intention.

Soeur Blandine : Et pourquoi cela ?

Agathe : Car il n'aime point qu'on manifeste notre tendresse, et
condamne fermement qu'on aime quelqu'un d'autre que lui.

Soeur Blandine : Je ne le crois pas, ma sœur, il nous apprend la
modestie mais aussi la bonté et la générosité. Dieu est omniscient et
omnipotent, il conserve le monde en son sein et l'homme en sa
puissance. Seuls les petits ont besoin d'amour.

Agathe : Je me sens si petite, ma sœur.

Soeur Blandine: Vous l'êtes, assurément. Vous n'avez que treize ans,
mais l'amour vous fera grandir.

Agathe : C'est que j'en manque tant.

Soeur Blandine : Vos compagnes n'en ont-elles pas pour vous ?

Agathe : Elles m'admirent pour ce que je sais, mais elles sont trop
différentes, je ne peux leur parler de ce que j'ai dans le cœur.

Soeur Blandine : Et qu'avez-vous dans le cœur ? Dites-moi. »
Elles s'étaient arrêtées au milieu du cloître, entre les parcelles de
jardin, là où les oiseaux venaient se poser à toute heure. Le soleil froid
du début de l'hiver les éclairait faiblement.

« *Agathe :* C'est vous, ma sœur.

Soeur Blandine : Moi ? Que voulez-vous dire ?

Agathe : Je veux dire qu'il m'arrive de penser à vous plus que je ne
devrais, que l'amour du Seigneur semble se confondre avec celui que
j'éprouve pour vous et que mes prières sont toutes pour vous. Le soir,
je vous imagine sans cesse en train de lui parler, et j'ai l'impression
d'être à côté de vous. Vous ressemblez à l'Henriette des Femmes
Savantes, vous semblez si généreuse en amour, j'ai l'impression que le
Seigneur me quitte et qu'il est tout à vous, qu'il existe à travers vous.
Je suis jalouse de vous. Je voudrais que vous ne fussiez point si proche
de lui.

Soeur Blandine : Je ne comprends pas, ma chère, et je tremble à vos
paroles. Vous m'aimez, vous êtes jalouse de moi ? Quel mal ai-je fait
pour que vous pensiez que je vous enlève le Seigneur ? Il est à tout le

monde comme nous sommes à lui, personne ne peut l'enlever de notre cœur, car il y demeure et y demeurera toujours.

Agathe : Mais je ne l'entends plus ! Et vous en êtes la cause. Permettez-moi d'être toujours près de vous. Je vous en prie.

Soeur Blandine : Je ne puis, ma chère, je ne puis.

Agathe : N'aviez-vous pas dit que vous m'aimiez ?

Soeur Blandine : Je vous aime comme on doit aimer son prochain, mais j'adore le Seigneur, et lui seul.

Agathe : Je le voudrais aussi, mais comment le pourrais-je puisque vous me l'avez enlevé ? »

Soeur Blandine ne voulut pas en entendre davantage et partit d'un pas vif vers sa cellule dont elle ne sortit plus avant le dîner où elle évita soigneusement de se retrouver seule. Agathe ne mangea pas ce soir là et passa toute la nuit à prier. Ses chairs devenaient chaudes à force de se frotter contre la pierre du sol. Elle se souvint alors que les religieuses disposaient de disciplines qu'elles devaient avoir chacune dans sa cellule. Le lendemain, elle s'introduisit chez l'une d'entre elles qu'elle savait peu disposé à se lacérer et lui vola simplement dans son tiroir. La nuit qui suivit, ayant encore affronté le regard fuyant de Soeur Blandine qui faisait désormais comme si elle n'existait pas, elle frappa allègrement son dos et sa gorge dénudés en lançant à Dieu des injonctions terribles. Heureusement pour elle, les murs étaient épais, et elle pouvait difficilement être entendue. Le jour qui suivit, elle remit ses habits de pensionnaire par dessus sa peau qui brûlait et se plut toute la journée à penser à la nuit qui viendrait, où elle pourrait recommencer... La nuit vint, et elle frappa de plus belle. Quand elle fut épuisée, elle considéra les traces sur ses seins et se mit à imaginer les monstres qui pourraient sortir de ces éraflures : elle voyait le visage allongé d'un crocodile ou le museau d'un chien. Pendant qu'elle rêvait, elle laissait le bout en cuir traîner sur sa gorge et éprouvait un certain contentement à contempler l'oeuvre de ses efforts. Elle avait mal, bien sûr, Dieu lui avait été infidèle en s'incarnant dans cette sœur et elle l'avait bien puni en abîmant son œuvre.

Pendant les jours qui suivirent, elle suivait sœur Blandine sans cesse et la regardait obstinément, à chaque occasion, même pendant les offices, pendant longtemps, le plus longtemps qu'elle pouvait. Celle-ci finit, le cœur contrit, par venir se plaindre à la supérieure. Et peu après ce moment, Agathe la vit ressortir de la cellule de la vieille dame en pleurs ; à sa vue, elle courut dans le sens inverse, effrayée. La supérieure sortit et fit un signe à Agathe. Celle-ci entra. La mère supérieure la fit asseoir et regarda ses mains.

« *La mère supérieure* : Vous avez des cicatrices, mon enfant...

Agathe : Non ma mère, ce sont des éraflures, je tombe souvent, vous savez... je glisse et je finis par m'abîmer la peau.

La mère supérieure : Retirez vos vêtements, que je le voie.

Agathe : Je vous en prie, ma mère...

La mère supérieure : Faites ce que je vous dit ou vous le regretterez. » Agathe s'exécuta, lentement, cherchant toujours la supérieure du regard.

« *La mère supérieure* : Entièrement. »

Agathe enleva alors tout ce qui lui restait. Nue de la tête aux pieds, elle laissa le regard de la supérieure se poser sur elle. Elle faisait de violents efforts pour se contenir mais bouillonnait intérieurement.

« *La mère supérieure* : Depuis combien de temps vous lacérez-vous, mademoiselle ?

Agathe : Une semaine, ma mère.

La mère supérieure : Et y avez-vous trouvé un motif ?

Agathe : Oui, ma mère.

La mère supérieure : Lequel, mon enfant ?

Agathe : Le Seigneur a déserté mon âme pour celle de sœur Blandine, mon corps ne lui plaisait plus, j'ai voulu le punir en ce qu'il avait déplu à notre Seigneur.

La mère supérieure : Le Seigneur est en tout et partout mon enfant, rappelez-vous vos lectures.

Agathe : Je ne le sens plus, ma mère.

La mère supérieure : C'est très grave, mon enfant. Cependant, continuez, que voulez-vous de sœur Blandine ?

Agathe : Qu'elle me rende l'amour du Seigneur qu'elle m'a pris.

La mère supérieure : C'est pour cela que vous la tourmentez mon enfant, vous êtes bien sûre ?

Agathe : C'est pour cela même ma mère.

La mère supérieure : Alors je vous prie de cesser immédiatement toutes vos poursuites, le Seigneur est en vous comme il est en elle, et il reviendra à vous si vous écoutez votre cœur plutôt que de vous laisser déborder par des passions funestes comme celle de vous lacérer. J'ai défendu cette pratique chez nos élèves. Seules les religieuses y sont autorisées pour faire pénitence. Je ne veux plus que vous le fassiez, suis-je bien claire ?

Agathe : Tout à fait claire, ma mère.

La mère supérieure : Si vous recommencez, je vous mettrai quatre jours au cachot, est-ce bien convenu ?

Agathe : C'est convenu.

La mère supérieure : A présent, rejoignez les autres à l'office, et ne tourmentez plus Soeur Blandine. »

X

Continuation de l'histoire d'Agathe : Manipulations de pensionnaires

Agathe savait la chance qu'elle avait eu ce jour-là. Si elle avait été moins aimée de la supérieure, elle serait allée au cachot immédiatement. Considérant la chance qu'elle avait eu, elle cessa de regarder sœur Blandine et ne chercha plus à lui parler. La nuit, elle disait encore son nom en caressant doucement sa gorge, espérant trouver le réconfort. Il vint quelques semaines plus tard, lorsqu'elle constata, en posant les yeux sur la religieuse qui avait beaucoup maigri et parlait bien moins aux plus jeunes, qu'elle était fort commune et gauche, que ses yeux qu'elle avait vu turquoise tiraient plutôt sur le gris et que ses joues étaient horriblement creuses. Au bout de trois mois, elle l'avait oubliée. Mais cet épisode fut déterminant pour elle, car ce curieux phénomène se reproduisit avec plusieurs de ses compagnes du même âge qu'elle : elle commençait par éprouver une étrange fascination, puis une obsession et enfin une jalousie terrible qui lui faisait tourmenter ses compagnes. Un jour, elle cacha le crucifix de la plus jeune qui venait d'être inscrite par ses parents, la malheureuse, qui fut punie sévèrement par la supérieure pour son inattention, vint ensuite pleurer dans ses bras et lui promettre de lui rendre le Seigneur qu'elle lui avait enlevé : alors Agathe retrouva le crucifix et lui redonna en échange d'une caresse sur le visage que la jeune fille donna sans hésitation. Les jours qui suivaient, elle obtenait d'elle cette même caresse qui lui faisait monter le sang aux joues. A une autre – après être entrée de nuit dans sa cellule – elle obtint d'elle qu'elle se déculotte au moyen de longs argumentaires sur la nature de Lucifer qui lui firent une peur bleue, et donna sur ses fesses deux claques qui les laissèrent d'un franc rouge vif. La jeune fille voulut se

rebeller mais Agathe lui parla avec un ton si angoissant des flammes de l'enfer dont elle avait apprit par cœur les descriptions dans l'Apocalypse (et aussi dans l'oeuvre de Dante chez son père) que la pauvre demoiselle finit par lui demander de recommencer une seconde fois, au cas où le Malin viendrait la hanter. Et chaque soir, de même, Agathe put obtenir de faire ce geste, qui la ravissait, tant elle jouissait de la crédulité de ces jeunes filles, et de l'aspect admirable de leurs corps déshabillés. Voulant éviter que des bruits sur ses petits jeux se répandent, la jeune Agathe s'en tint à ces deux naïves et chercha à obtenir d'elles d'autres faveurs. Béatrice était la première, de trois ans plus jeune qu'elle, elle venait d'avoir onze ans. D'elle, Agathe obtint, dans les mois qui suivirent, un premier baiser sur ses lèvres chaudes auquel elle obtint le droit de répondre. De jour en jour, Agathe expliquait que Dieu voulait que l'amour soit exprimé en toute circonstance et que la charité devait nous pousser à nous embrasser autant qu'il fût possible, à condition de ne point flatter les jalousies, ainsi il fallait ne le faire qu'en privé, sans en parler, de peur de contrevenir au célèbre commandement : « Tu ne convoiteras point.. » La jeune Béatrice se plaisait à suivre ces sages conseils et couvrait de baisers la belle Agathe de la tête aux pieds, en chaque point du corps, de sorte qu'elle vivait une sorte d'extase presque tous les jours, lorsqu'elles pouvaient trouver dix minutes pour être ensemble. Agathe sentait ses regards se poser sur elle, et avait la sensation que cette très jeune demoiselle l'admirait au point de vouloir l'imiter en tout. Agathe lui avait cependant strictement défendu de jouer à ce jeu avec qui que ce soit d'autre : « je ne le veux point » répondait Béatrice qui voulait la rassurer. Cette jeune blonde avait un sourire d'ange et Agathe la croyait sur parole, ayant éprouvé son innoncence. L'autre par contre, était chaque jour plus pressante. Agathe l'avait initiée à cette double claque quotidienne et depuis, cette pensionnaire, de deux ans son aînée, lui réclamait des entrevues, parfois au dépend de la plus élémentaire prudence. Une fois, pour sa propre sécurité, Agathe fut obligée de demander à la mère supérieure de faire cesser ces demandes à voix basses qui l'offensaient et la pauvre Olivie fut punie par dix coups de fouet devant toute la classe des pensionnaires. Agathe s'en excusa avec la plus vive émotion quand elles se retrouvèrent seules mais Olivie ne lui en voulait pas :
«*Olivie :* Je sais que j'ai mal agi, Agathe, pardonne-moi... tu

continueras, n'est-ce pas ? Ce que tu faisais ?
Agathe : Oui, je te le promets. Je n'arrêterai pas pour si peu, tant que tu n'en dis mot...
Olivie : Je serai muette, je te le promets ! »
Agathe parvint à garder ces étonnantes manies pour passer le temps pendant plusieurs mois. Elle avait retrouvé une pleine santé et Soeur Blandine lui adressait de nouveau la parole. Elle avait retrouvé son attitude exemplaire qui avait fait la fierté de sa mère supérieure et cette dernière caressait de plus en plus l'espoir de la voir entrer en religion...

Le jour où son père mourut, personne ne prit la peine d'écrire à Agathe. Sa mère, qui avait préparé son cœur, ayant épousé un mari de trente ans son aîné, fit ce qu'il fallait pour que les funérailles soient une réussite et ne songea pas à sa fille. Elle ne lui écrivit que trois jours plus tard, le jour de l'enterrement de son mari. La nuit qui précéda l'arrivée de la lettre, Agathe avait obtenu que la jeune Béatrice pût dormir dans sa cellule car, la veille, une tempête avait secoué le couvent et la cellule de la pauvre pensionnaire avait été sévèrement inondée. Comme plusieurs autres étaient dans ce cas, il fallait parer au plus urgent le temps que les travaux soient faits. Agathe attendait beaucoup de cette nuit là, car Béatrice était sa compagne la plus tendre et sans doute pourrait-elle lui confier ses plus obscurs secrets... peut-être même son ancienne passion pour sœur Blandine qui n'avait jamais quitté son cœur.

La nuit fut délicieuse, enchanteresse, et ni l'une ni l'autre ne dormirent. D'entrée, les deux amies s'enroulèrent dans le même drap, entre leurs deux couchettes de fortune et commencèrent à se parler à voix basse, entrecoupant leurs phrases de petits baisers sur le visage. Peu à peu Agathe sentit venir le moment de parler de cette passion pour sœur Blandine qui avait été si forte et si terrible. Béatrice réagit d'une façon plutôt inattendue et manifesta une chaleur qu'Agathe ne lui connaissait pas.
« *Béatrice :* Quoi ! Tu as éprouvé ces choses pour sœur Blandine ?
Agathe : Oui, et cela m'a coûté la confiance de notre mère supérieure pendant plusieurs semaines.
Béatrice : Cela ne se peut ! Tu aurais voulu l'embrasser comme moi ?
Agathe : Pourquoi ne l'aurais-je pas fait ?
Béatrice : Parce que ça n'aurait pas été bien ! »

Et la jeune fille de se retourner et de faire semblant de dormir alors qu'Agathe, incrédule, passait son bras autour d'elle.

« *Agathe :* Voyons, ma chère, pourquoi refuser à autrui ce que tu acceptes pour toi ?

Béatrice : Parce qu'elle ne te connaît pas comme je te connais ! »

Cette phrase flatta si bien la belle Agathe qu'elle posa aussitôt une main sur la bouche de Béatrice et mit l'autre main sur son ventre nu, sous sa chemise.

« *Béatrice :* Ta main est chaude... Laisse-là ici, elle me fait du bien. »

Et Agathe la laissa quelques instants, puis, doucement, descendit peu à peu, parcourut les vallons de sa jeune amie qui voulait montrer qu'elle cherchait le sommeil.

« *Béatrice :* Je crois qu'ici c'est très doux, laisse ta main ici aussi longtemps que tu peux, ma chère Agathe, cela me fait chaud. Tu veilles si bien sur moi, c'est Dieu qui t'a envoyé auprès de moi. J'en suis sûre. Je ne veux pas te quitter. »

Agathe fit ce que lui demandait son amie, caressant seulement cette surface, y demeurant et sentant la chaleur monter le long de sa main. Au bout de quelques minutes, ses doigts étaient contractés, comme essoufflés, et semblaient pleurer d'épuisement.

« *Béatrice :* Agathe... tu m'as fait avoir la vision de ce qu'ils appellent le paradis. Reste près de moi, garde ta main près de mon ventre, toute la nuit, je veux la sentir sur moi. Ne dis rien à personne, ange venu du ciel, ne leur dit rien, aucune des femmes d'ici ne peut comprendre l'extase. »

Agathe n'avait jamais senti avant ce jour là son cœur battre aussi fort. Elle ne se doutait pas encore que, le lendemain matin, ses souvenirs et sa vie future seraient bouleversés à jamais.

<u>XI</u>

<u>Continuation de l'histoire d'Agathe : les conséquences de la mort de son père</u>

La mort de son père laissa un vide terrible dans le cœur de la petite Agathe. Le récit de ses derniers moments, contenu dans une lettre arrivée au couvent deux jours après son enterrement, fut comme un coup de poignard. Plus rien ne serait comme avant. Elle n'avait pas pu le voir, pas une seule fois, depuis qu'elle était partie. Elle s'était

donnée corps et âme pour qu'il soit fier d'elle, pour qu'à son retour, il retrouve une femme faite, un prodige dont il serait l'auteur. Mais maintenant qu'il avait disparu, Agathe n'avait plus rien à faire ici. Elle se mit à délaisser l'étude, à manquer les offices et reçut en premier lieu une série de corrections qui n'avaient pas le moindre effet. Ses deux compagnes furent délaissées. N'osant pas dans les premiers jours revenir la voir, elle les évita les jours suivants et dût refuser de vive voix les demandes répétées d'Olivie qu'on voyait toujours plus pâle, les poignets fort marqués. Béatrice ne paraissait plus beaucoup au réfectoire, et certaines disaient qu'elle avait perdu la raison. On la croisait souvent près du puits, elle priait continuellement, se levait, allait courir sur l'herbe, se jetait à terre, puis recommençait sa prière. Agathe ne pensait plus à elles, seule importait sa douleur, qu'elle chérissait, cultivait à chaque instant. La supérieure la fit de nouveau venir dans sa cellule pour s'entretenir avec elle de la mort de son père et lui dit que ce pouvait être un signe du ciel qui voulait qu'elle entre en religion. Agathe la regarda, pâle comme la mort, avec des yeux qui semblaient possédés. A ce moment, la mère supérieure sentit la peur monter dans sa poitrine. « Je veux rentrer chez moi » dit Agathe à voix basse. « C'est à votre mère d'en décider. » répondit la supérieure, qui espérait intérieurement que cette femme dirait oui, effrayée qu'elle était de ce regard terrible, qui ressemblait à celui d'un chat famélique et violent. Elle écrivit tout de suite à la mère afin de lui demander quel était son dessein pour sa fille qui avait eu quinze ans quelques mois auparavant, dans la nuit du 17 au 18 juin, une minute avant minuit. « Qu'elle rentre » avait écrit la mère à la supérieure, « si j'en crois l'une de mes amies, je vais bientôt recevoir à la maison une demoiselle qui a grand besoin de compagnie et j'aurais tout le loisir de préparer leur mariage à toutes deux. »
La mère supérieure vint dans la cellule d'Agathe, et lui lut ce passage de la lettre. Agathe, qui n'avait plus fait cela depuis des semaines, sauta de joie et prit sa supérieure dans ses bras.
« *La mère supérieure :* Mais voyons, ma fille, êtes-vous donc si heureuse de nous quitter ?
Agathe : Non, ma mère, je suis heureuse que vous soyez venue me le dire vous-même et que vous m'accordiez toujours votre confiance.
La mère supérieure : Enfin, qu'avez-vous donc commis qui doive me l'ôter ?

Agathe : Bien des choses ma mère qui vous ont déjà mise en colère, et
peut-être beaucoup d'autres.
La mère supérieure : Ne craignez rien, mon enfant, ceci est déjà du
passé. Faites votre valise, un laquais est déjà parti à votre rencontre.
Agathe : Maman ne viendra t-elle pas elle-même ?
La mère supérieure : Il semblerait que non, mon enfant, elle a
beaucoup à faire ».
La décision de madame Villetaneuse fut un nouveau coup porté à
Agathe et elle resta silencieuse après avoir poliment salué sa
supérieure.

XII

Continuation de l'histoire d'Agathe : Où l'on fait la connaissance du
négociant Dolsans

Le lendemain arriva une voiture qui s'arrêta devant le couvent
et devait la ramener au Havre. Quelle surprise quand elle vit en
descendre son cousin Dolsans, fraîchement promu négociant qui
arborait un superbe costume couleur saumon, avec maintes broderies
et finitions exquises. Agathe le trouva affreux et depuis fit souvent
référence à lui dans ses notes comme « la crevette enfarinée ».
Dolsans se voulait pourtant triomphant sous sa perruque blonde et
avait fait ce long voyage pour avoir le plaisir de retrouver sa chère
cousine pour laquelle il avait pris récemment, disait-il, un intérêt
formidable ; et pendant tout le trajet, il lui rebattit les oreilles de tout
ce qu'il avait traversé pour devenir ce qu'il était devenu, que c'était
difficile, qu'il fallait des relations, mais que ces relations le mettaient
sur des affaires si juteuses qu'il en avait accumulé rapidement une
petite fortune et qui ne lui restait plus qu'à prendre femme pour qu'il
soit pleinement intégré dans ce fabuleux monde d'affaires et de profits.
Agathe, qui savait qu'elle avait plusieurs heures à passer avec lui, lui
demanda à plusieurs reprises de lui parler de sa peinture : car Dolsans
avait longtemps peint et elle aimait regarder les petites toiles qu'il
apportait à la maison. Dolsans semblait ennuyé de ce sujet mais fit,
comme Agathe lui demandait, la liste des tableaux qu'il avait réalisé,
mais dit qu'en les regardant, il n'y trouvait plus le même intérêt
qu'auparavant.
« *Dolsans* : Si je peignais, ma chère cousine, c'était pour me contenter.

J'aimais reproduire des formes, jouer avec les couleurs, sentir que je pouvais résumer une vision, un paysage, qu'en un coup d'oeil je faisais voir des heures de contemplation... mais las, ce n'est pas un métier pour vivre, sauf pour quelques protégés du roi. Ce n'est pas au Havre qu'il faut s'attendre à le devenir. Tandis que mon nouveau métier m'assure le gîte et le couvert et demande tout autant d'exercer son esprit. Il consiste à s'introduire dans l'esprit d'autrui... à lui faire comprendre en quoi ma cargaison est la meilleure, à comprendre mon client tout entier, ses peurs, ses souvenirs, heureux ou malheureux... et à trouver le meilleur angle d'attaque pour lui livrer une seule chose : ma cargaison. C'est en cela que je trouve ce travail admirable, il demande une vivacité d'esprit autrement plus grande que la peinture. La peinture après tout, qu'est-ce ? C'est un monde immobile. Et nous, où sommes-nous, Agathe ? Dans un monde mobile ! Qui ne cesse de changer, d'évoluer, de se transformer, où tout s'échange, s'achète et se vend, où chaque possibilité peut devenir réalité dans la vie. La vie est un jeu grandeur nature, à quoi bon se briser les yeux sur les détails d'une toile tandis que nous pouvons repeindre la vie ? Bien sûr, je continue un peu... mais si peu, il faut qu'un beau visage me le demande... et le vôtre assurément, ma cousine, pourrait faire un modèle des plus exquis.

Agathe : C'est que vous ne regardez pas bien, cher cousin, mon visage est creusé, mes yeux sont entourés de cercles noirs et je n'ai cessé d'être affligée depuis la mort de mon père.

Dolsans : Mais cela s'efface avec le temps. Votre père était un homme âgé, Dieu le rappelle à lui, et c'est une bonne chose, vous devriez vous réjouir pour lui.

Agathe : Mais je ne me réjouis pas, monsieur. Qu'avait-il besoin de me concevoir, étant si vieux ? Ne savait-il pas que Dieu le ramènerait à lui ? Je vous en prie, ne me parlez plus.

Dolsans : Je vous obéis, chère cousine, car je sais que nous nous reverrons bientôt. »

Une fois arrivée chez elle, Agathe descendit de la voiture et monta dans sa chambre dont elle avait un parfait souvenir. Sa mère l'avait vidée de tout ce qui pouvait lui faire penser à elle, ce n'était plus qu'une pièce sans âme, froide et mal éclairée. Il était déjà tard et sa mère était couchée. Agathe s'allongea dans son lit, sous sa couverture de velours, et imagina comment elle allait rebâtir toute cette chambre...

<u>XIII</u>
<u>Continuation de l'histoire d'Agathe : Lorsqu'elle retrouve sa mère et
entend parler pour la première fois de Fanchette</u>

Le lendemain, elle descendit vers onze heures. Sa mère faisait
ses comptes sur la table de la salle à manger. Agathe prit du pain, une
pomme et une bouteille de lait puis s'assit. Tandis qu'elle mangeait, sa
mère lisait à haute voix plusieurs séries de chiffres qui requerraient
toute son attention. Plusieurs minutes passèrent, Agathe mangeait
tranquillement et s'obstinait à ne pas dire un seul mot tant que sa mère
n'aurait pas au moins un regard dans sa direction. Finalement, la mère
referma son carnet et se leva, avança vers la porte et fut arrêtée par le
bruit de la bouteille, qu'Agathe avait volontairement fait vaciller,
finalement elle se retourna vers sa fille.
« *Agathe* : Bonjour, mère. »
Elle avait dit cela avec un sourire qu'elle voulait le plus pacifique
possible.
«*Villetaneuse* : Bonjour, ma fille. Je te prie de bien ranger tout cela
avant de sortir. Je vais à la boutique, elle est derrière la porte au fond à
droite du salon.
Agathe (surprise) : Tu as une boutique ?
Villetaneuse : Oui, je vends des chaussures, et plusieurs autres
articles.
Agathe : Tu ne m'en as rien dit.
Villetaneuse : Est-ce que cela comptait ? Tu n'étais pas là.
Agathe : Non, tu as raison, cela ne comptait pas.
Villetaneuse : Eh bien, je ne te l'ai pas dit hier soir, voilà tout, tu es
rentrée si tard, tu n'as pas l'air de te rendre compte du travail que j'ai.
Agathe : Hélas non, maman, je n'ai jamais travaillé.
Villetaneuse : Tu verras quand tu seras à ma place... aller, à tout à
l'heure, ma fille. »
Madame Villetaneuse sortit. Agathe pensa qu'elle n'avait pas la
moindre envie d'être à sa place. Dans l'après midi, madame
Villetaneuse revint prendre son déjeuner, à ce moment Agathe lui
parla de sa chambre.
« *Agathe* : Je voudrais refaire ma chambre, maman... tu crois que ce

39

serait possible ? Aurais-tu quelque argent pour m'y aider ?

Villetaneuse : Ah oui, cette chambre ! Je ne peux pas accueillir ma petite protégée dans cette pièce.

Agathe : Merci maman...

Villetaneuse : Fanchette a besoin d'une belle pièce, et qui soit confortable.

Agathe : Comment ?

Villetaneuse : Eh bien, ta mère supérieure ne t'a donc rien dit ?

Agathe : Pas du tout... mais tu veux l'installer dans ma chambre ?

Villetaneuse : La pièce est plus grande et plus adaptée, je pensais te déplacer dans la chambre du fond.

Agathe : Celle de... celle de père ?

Villetaneuse : Oui, celle qu'il occupait. »

Agathe fit de gros efforts pour rester calme, la chambre de son père était sacrée, elle n'imaginait pas y dormir à présent qu'il n'était plus là. Villetaneuse ajouta, après une pause :

« *Villetaneuse* : Mais je n'aurais pas le temps de la nettoyer d'ici à ce que mademoiselle Fanchette arrive ! Je crois qu'il te faudra partager cette chambre les premières nuits, ensuite, j'aviserai.

Agathe : Je m'occuperai de la préparer, mère.

Villetaneuse : Toi ? As-tu jamais eu le sens de la décoration ? Sais-tu comment il convient d'organiser une pièce, quelles draperies, quels rideaux vont ensemble ? On vous a appris cela ?

Agathe : On m'en a dit quelques mots et j'ai toujours adoré m'occuper de cela.

Villetaneuse : Cela ferait bien mon affaire, car j'ai si peu de temps !

Agathe : Tu ne te souviens pas que j'avais décoré la bibliothèque ?

Villetaneuse : Oui, je me rappelle, c'était une curiosité tout à fait pittoresque cet agencement d'ailleurs, tout à fait pittoresque ! Mais j'ai dû me séparer de cette pièce, il fallait de la place pour la boutique. A présent, elle me sert pour entreposer mes surplus.

Agathe : Mais, et tous les livres ?

Villetaneuse : Je m'en suis séparée, ils prenaient de la place. Certains m'ont rapporté quelque argent, du moins, ceux qui étaient restés en bon état. Les autres, je les ai jetés, qu'aurais-je pu en faire ?

Agathe : Tu as jeté mes livres ?

Villetaneuse : Quoi, tes livres ? Est-ce que c'était tes livres ? C'était ceux de ton père, et tu te doutes qu'il n'en a plus l'usage. Il t'en avait fait expédier un certain nombre si je me rappelle bien.

Agathe : Il y en avait quatre, tout au plus...

Villetaneuse : Eh bien, quatre livres, c'est bien suffisant. Qu'a t-on besoin de nos jours d'accumuler tant de connaissances inutiles ? La plupart des livres ne contiennent que des ramassis d'inepties, et ceux qui sont intéressants, on ne les sait jamais par cœur. Peu de livres et bien les connaître, voilà ce qu'il faut. Combien des vieux ouvrages de ton père ont pris la poussière ! C'est d'une tristesse ! Qu'a t-on besoin de garder des choses pour ne pas s'en servir ? Aller, je te laisse, voici de l'argent pour agencer les chambres, et tâche de ne pas tout garder pour toi, Fanchette est une jeune fille de très bonne famille, c'est la fille d'un marchand du nom de Florangis, qui est mort, et elle arrive avec de somptueuses robes, on ne peut pas les ranger dans de vieux placards miteux. Je compte sur toi. »

Elle laissa sur la table une somme d'argent qui n'était pas négligeable mais avec laquelle Agathe se voyait mal refaire entièrement deux chambres. Qu'importe, il fallait essayer et la jeune fille prit l'argent. Avant de sortir, elle appela pour qu'on vienne lui donner des sacs et s'aperçut que sa mère s'était aussi séparée de leur domestique avec qui elle avait pourtant de beaux souvenirs. Elle chercha donc et trouva deux sacs de voyage qu'elle emporta avec elle.

Elle arriva sur la place du marché assez vite et parcourut les marchands d'étoffe qui venaient de tous les continents. Il y avait des soieries indiennes, des grands draps américains, de lourds tapis de Perse, de magnifiques robes chinoises, et même les rideaux de papier appréciés des dames japonaises... Agathe ne savait que choisir, ignorant presque tout de la personnalité de la jeune Fanchette. Finalement, après avoir passé une heure à se faire haranguer par les commerçants, Agathe prit la décision d'attendre d'en savoir plus, ne voulant pas heurter le goût de sa nouvelle compagne. Elle se contenta de couper ce dont elle disposait en deux et ne prit que ce qui devait lui revenir à elle, elle fit bien attention de ne pas tout dépenser, voyant combien les prix pouvaient être élevés. Finalement, elle se choisit des couleurs plus gaies qu'à l'ordinaire. Trop heureuse de sortir de ce couvent sec et austère, elle fit une débauche de couleurs, découvrit les joies du jaune, du rose, de l'orange et du rouge. « Du chaud, pensait-elle, du chaud, voilà ce qu'il me faut pour les années à venir, je ne veux plus vivre recluse au fond de mon terrier, je veux qu'il fasse chaud autour de moi. » Les draperies s'accumulaient dans son sac et elle eut bientôt du mal à tout porter. Une vieille dame, qui passait rapidement dans la rue, la vit marchant avec difficulté, et prenant pitié de cette bonne fille, l'aida à porter ses paquets. Agathe ne voulut d'abord pas, mais la dame se montra si souriante et si gentille qu'elle finit par accepter. Elles allèrent ensemble jusqu'à la maison et, la dame fut très surprise quand elle vit l'adresse : « Mais, ma chère enfant, c'est ici justement que je devais me rendre ! »

« Cela se fera en marchant, monsieur, n'ayez crainte ! » lança la voix de madame Villetaneuse à l'adresse d'un monsieur qui arrivait à la hauteur d'Agathe, grommelant bruyamment, traînant ses escarpins italiens vernis qui lui faisaient mal. Il donnait la sensation de boiter. Il jeta un regard furieux aux deux arrivantes et jeta ses vieilles chaussures usées jusqu'à la corde sur la chaussée avant de disparaître au bout de la rue. Les deux femmes avancèrent alors vers la boutique.

« *Villetaneuse :* Oh, Néné, c'est vous ! Entrez, je vous en prie ! Comme vous êtes chargée !

Néné : C'est que j'ai voulu aider votre fille, elle a tant de draperies dans ses sacs que je ne pouvais la laisser ainsi.

Villetaneuse : Comme c'est charitable de votre part ! Mais ne vous faites pas mal, Agathe, je t'en prie, ne charge pas la pauvre Néné, ce n'est plus de son âge de porter une pareille charge !

Néné : Non, je vous en prie, madame Villetaneuse, je veux l'aider jusqu'au bout. Montrez-moi la chambre, mademoiselle, je vous en prie... »

En passant pour se rendre dans l'ancienne chambre de son père, Agathe vit la boutique que sa mère avait installée dans la maison. C'était de longs étalages de chaussures, de toutes les formes et de toutes les couleurs. La pièce destinée à la vente était réduite à la plus stricte neutralité afin que seules les chaussures soient visibles. Et quelles chaussures ! Agathe n'en revenait pas tant elle voyait sa mère comme une femme sèche et sans goût. Les chaussures à talons destinées aux femmes ne ressemblaient en rien à ce qu'on voit tous les jours, associées à des morceaux d'étoffe fleuris, elles étaient les plus singulières possible. Chaque paire semblait avoir été travaillée spécifiquement : il y avait des chaussures vertes ornées d'un coquelicot factice, des chaussures peintes à la main qui avaient la forme d'un coquillage, d'autres dont madame Villetaneuse avait plâtré une partie de la surface pour y mettre des décorations singulières : des fées, des chats, des chiens, des renards, des fleurs... Il y en avait même une paire, noire, assortie de véritables plumes de corbeau. Les hommes n'étaient pas en reste : des motifs d'épées, de mousquets étaient ajoutés au moyens de petites tiges de cuivre sur le dessus des souliers, parfois un petit pendentif pendait d'un côté ou de l'autre d'une botte, parfois il y avait un bijou incrusté dans le cuir... sur l'une des bottes, on pouvait même distinguer un minuscule portrait de la Reine Marie Leczinska à l'intérieur encadré de broderie. Agathe ignorait que sa mère eût des occupations si créatives, mais, encore échauffée par toute la colère qu'elle lui inspirait, elle décréta intérieurement que c'était de l'art naïf et qu'un esprit aussi étroit que celui de sa mère pouvait s'accommoder de ces fantaisies sans pour autant avoir une once d'imagination. On conviendra que c'est assez difficile à croire pour un esprit neutre, la fantaisie étant, et le lecteur pourra le vérifier, la preuve d'une bonne santé psychologique et intellectuelle.

XIV
Continuation de l'histoire d'Agathe : Où elle en apprend plus sur les goûts de sa nouvelle colocataire et prépare sa chambre

Agathe arriva dans l'ancienne chambre de son père. Tout était resté dans le même état qu'autrefois : tout juste avait-on ôté ses habits de l'armoire. Les draps du lit étaient toujours du même brun, et cette nouveauté qu'on appelait « papier peint » et qui venait de Chine, dont son père avait été l'un des premiers à bénéficier dans le pays couvrait encore les murs, représentant en plusieurs endroits un rouge-gorge sur la branche d'un pommier en fleurs. En cette décennie, cette mode du papier peint avait gagné plusieurs grandes villes en France et Agathe s'en était procuré au marché. Elle posa les tissus et les tapis qu'elle avait acquit et finit par remercier intérieurement sa mère de l'avoir laissé changer ce décor, qui était celui de son père et devait le rester. Elle allait se mettre à arracher délicatement l'ancien papier peint afin d'en pouvoir conserver le motif dans son tiroir, lorsque la vieille femme lui demanda :

« *Néné :* Est-ce la chambre qu'occupera ma petite Fanchette ?

Agathe : Vous la connaissez donc ?

Néné : Naturellement, c'est à son sujet que je venais entretenir votre mère. Je dois l'ôter d'une situation qui est devenue dangereuse pour elle, j'espère en avoir l'occasion juste après les fêtes de Noël.

Agathe : Oh, je vous en prie, dites m'en plus sur elle. Je dois faire sa chambre et j'ignore quels sont ses goûts, comme elle aime qu'on agence les choses, quelles sont ses couleurs favorites, si elle aime la lumière ou si elle préfère l'intimité : est-elle d'une nature gaie, d'une nature sombre ? Aime t-elle les oiseaux ? Veut-elle un lit splendidement drapé, ou préfère t-elle la simplicité ?

Néné : Voilà beaucoup de questions ma chère ! Et j'ai si peu de temps ! Cependant, ce que je puis vous dire c'est que mademoiselle Fanchette est la jeune fille la plus gaie qu'on puisse rencontrer, que chacun dit qu'elle a le plus joli pied du monde, qu'on la voit sans cesse sautiller et être contente, que le sourire ne lui coûte rien, et que son amour et si grand et si généreux qu'elle le partagerait avec la Terre entière ! Quant à ses goûts, je sais qu'elle aime ce qui est doux, qu'elle s'enthousiasme des nombreuses couleurs qu'il y a sur les desserts : et je l'ai plusieurs fois vue se barbouiller de poudre rose et blanche. Ses robes ont les couleurs du printemps, elle aime le blanc et le rose. Elle craint fort l'obscurité et préfère de loin la claire lumière du jour, enfin tout ce qui est de bon goût la ravit.

Agathe : Du blanc, du rose, alors ?

Néné : Ce sont les couleurs qu'elle chérit le plus ! Et ses cheveux blonds se marient merveilleusement à ces teintes.

Agathe (songeuse) : Elle est donc blonde...

Néné : Oui, ma chère, d'une blondeur pure et merveilleuse. C'est la plus belle jeune fille dont je me sois jamais occupée. Comme il est triste que son père soit mort, il était si bon pour elle ! À présent, veuillez m'excuser mais votre mère m'appelle et je dois descendre m'entretenir avec elle des conditions d'accueil de ma petite Fanchette. »

Lorsque la vieille dame sortit, Agathe eut un grand sourire et le garda toute la soirée. Dès le lendemain, elle irait prendre toutes les étoffes qu'il fallait pour Fanchette. Et elle ferait sa chambre en premier ! Noël était dans quatre jours et il lui faudrait du temps pour tout faire. Elle n'avait pas le temps de s'occuper de l'autre chambre. Elle le ferait en janvier. Il fallait que tout soit parfait pour celle qui allait maintenant partager sa vie. Agathe songea à Béatrice et eut un sursaut. Comme elle était triste de l'avoir laissée si malheureuse ! Mais elle allait tout recommencer, et qui sait ? Peut-être que sa nouvelle compagne serait aussi attentionnée pour elle ? Mais elle ne brusquerait rien, lui laisserait toute latitude de savoir si elle voulait ou non se confier à elle et Agathe ferait de même. Cette fois, elle ferait en sorte que Fanchette soit heureuse, quoiqu'il puisse arriver. Elle se le promit et dès le lendemain, elle se mit au travail.

Les murs furent recouverts d'un papier peint d'inspiration japonaise représentant des branches de cerisier en fleurs : les fleurs étaient d'un rose prononcé et les branches très sombres, le papier était très blanc sur le reste de la surface. Pour l'accompagner, Agathe se mit en quête de meubles blancs. Elle trouva une petite coiffeuse dans un coin du salon et entreprit de la repeindre en blanc. Elle utiliserait quelques touches de rose pour orner les côtés et laissa les ornementations de cette couleur cuivrée qui ressemblait tant à de l'or. Avec peu de moyens, il fallait que cela ait l'air d'une chambre de princesse. Cela lui prit trois jours pour trouver d'autres meubles assortis et pour les peindre. Le soir de Noël, elle était encore à son ouvrage. On lui avait livré la veille un somptueux tapis chinois en nuances de blanc et de noir qui représentait le yin et le yang – ces deux parties de son être, le féminin et le masculin. Ce signe était pour Agathe l'écho de son cœur. Elle s'apprêtait à le dérouler lorsque sa mère vint lui dire qu'elles devaient partir pour la messe de minuit. Agathe avait presque oublié ce moment. Elle s'en alla donc à l'église avec sa mère où elle retrouva tout le beau monde du Havre ainsi que son cousin Dolsans qui semblait aussi ravi de la voir qu'elle l'avait été de ne l'avoir pas revu.

« *Dolsans* : Que vous êtres ravissante, ma cousine ! Votre robe est magnifique !

Agathe : Elle ne m'a pourtant demandé qu'une faible préparation, cher cousin.

Dolsans : C'est que tout vous va à ravir.

Agathe : J'ai de la chance, comme j'aimerais que vous en eussiez autant ! »

Dolsans fut piqué de cette insolence, mais répondit par un sourire : « j'ai celle de vous connaître », il s'éclipsa ensuite avec de nouveaux arrivants au fond de l'église. La cérémonie se déroula normalement et ce fut l'occasion pour Agathe de retrouver ces textes qu'elle connaissait si bien, de se plonger dans les souvenirs de son éducation religieuse. Il lui semblait que sa vie n'avait été qu'une suite d'épreuves mêlées d'instants de sensualité et de tendresse. Et c'est ainsi qu'elle voulait continuer sa vie : vivre le plus de sentiments possible, les plus forts possible, créer, recréer, se tromper puis recommencer jusqu'à accomplir un tableau dont elle serait satisfaite. Tant pis si cela est long, qu'importe si cela ne convient pas au reste du monde, ce serait son œuvre, qu'elle aurait longtemps désirée, qu'elle aurait conçue et réalisée. Voici ce qu'elle avait retenu de la vie de Jésus : quand tu crois en quelque chose et que tu vis avec cet espoir, avec ce qui n'est au départ qu'un rêve, tu le fais exister par ta foi ; ce que tu as l'impression d'inventer existait déjà, mais quand tu parviens à le créer, il existe enfin pour toi. Un miracle, ce n'est jamais qu'une volonté faite. La volonté était l'énergie première de la vie, elle en était persuadée, et le rêve sa source première d'inspiration. Aussi petite qu'elle était, elle laisserait quelque chose dans ce monde. Voici à quoi elle songeait alors que les chants de Noël envahissaient l'église et faisaient à son cœur une étreinte délicieuse.

Le jour de l'an, Agathe put admirer son œuvre : elle avait fini cette chambre splendide, chaque meuble avait été choisi, apporté, livré, et la peinture faite avec application. Le placard, la commode, étaient dans les couleurs de la très attendue Fanchette. Agathe, le soir, quand elle n'en pouvait plus des travaux, prenait un crayon et dessinait le visage qu'elle imaginait rencontrer bientôt et son bureau se couvrit de charmantes blondes aux yeux bleus.

XV

Dernière partie de l'histoire d'Agathe : Sa rencontre avec Fanchette

Fanchette arriva de Paris en fin de soirée, Agathe tournait partout dans la maison et madame Villetaneuse buvait du café pour patienter. La pendule semblait s'être arrêtée. Finalement, après s'être assise puis relevée de nombreuses fois, Agathe vit la voiture de Fanchette qui traversait la petite cour. Le cocher descendit et vint ouvrir la porte à Fanchette, qui s'étira à l'intérieur en bâillant gracieusement comme une petite princesse, puis elle posa son pied chaussé de sa mule habituelle sur le sol presque gelé et ne pût retenir un éternuement. « La pauvre ! » pensa Agathe, « qui a eu l'idée de lui donner de telles chaussures par cette température ? ». Il est vrai cependant que ces pieds étaient d'une beauté exquise, qu'ils étaient aussi blancs que la très fine couche de neige au dessous d'eux et qu'on ne pouvait s'empêcher de les regarder tout d'abord.

« Bonjour ! » lança Fanchette en direction d'Agathe. « Excusez-moi, j'ai un peu froid ! Pouvons-nous rentrer vite ? »

Agathe se précipita pour lui offrir son bras comme un homme alors que sa mère la regardait avec un air interloqué. Le cocher les suivait, l'énorme valise dans les mains. Une fois les deux filles entrées, il la posa sans ménagement dans l'entrée, récupéra la somme convenue auprès de madame Villetaneuse (qui en profita pour se plaindre du prix) et repartit rapidement. La lune était déjà levée et illuminait encore la maison. Fanchette se vit offrir une tasse de café pour se réchauffer et madame Villetaneuse apporta même un réchaud pour ses petits pieds. Elle était traitée comme une reine et oublia bien vite les moments affreux qu'on lui avait fait subir avant son arrivée. Agathe fut immédiatement frappée par sa joie, son énergie merveilleuse ! Fanchette raconta les paysages comme dans un conte : elle parlait d'immenses arbres qui bordaient le chemin, des chevaux aux robes bigarrées qui filaient comme le vent, de l'odeur de la pluie qui tombait à mi-chemin, des champignons qu'on voyait encore dans la forêt, puis de la neige à l'approche du Havre. Elle disait qu'elle avait hâte de voir la mer, que ce serait la première fois dans sa vie qu'elle verrait une telle étendue. Elle raconta aussi son rêve de la nuit précédente où elle chevauchait un dauphin et se dit désolée qu'on ait pas pu trouver le moyen d'en faire des chevaux de mer. Son esprit virevoltant ne cessait de passer d'un sujet à un autre alors que madame Villetaneuse n'attendait qu'une chose, c'est qu'elle lui laisse le loisir de se retirer et d'aller au lit. Ce fut Agathe qui l'y aida en interrompant Fanchette, lui donnant ainsi l'occasion de s'éclipser. Les deux jeunes filles restèrent seules dans la cuisine.

« *Fanchette :* Où dois-je dormir, mademoiselle ?

Agathe : Je vais vous montrer. Je m'appelle Agathe.

Fanchette : Oh, Agathe, quel joli nom !

Agathe : Cela vient d'une pierre précieuse.

Fanchette : Vraiment, j'aimerais beaucoup en voir une !

Agathe : Je vous montrerai au marché.

Fanchette : Oh, je vous en prie, si cela ne vous incommode pas, tutoyons-nous, je ne saurais vouvoyer une jeune fille comme vous, je me sentirais plus à l'aise, si vous le voulez bien ? (elle avait dit cela avec un délicieux sourire)

Agathe : Oui, bien sûr, tu peux me tutoyer tant que tu voudras, Fanchette.

Fanchette : Merci !

Agathe : Viens, je vais te montrer notre chambre.

Fanchette : Oh, je resterai avec toi ?

Agathe : Seulement quelques nuits, j'ai refait ta chambre mais la mienne est encore à faire.

Fanchette : Tu as refait toute une chambre pour moi ?

Agathe : Oui, et j'ai essayé de la faire selon tes goûts, tels que me les as décrit ta nounou.

Fanchette : Oh, ma bonne nounou ! Si tu as fait ce qu'elle t'a dit, ce doit être une merveilleuse chambre !

Agathe : Suis-moi, Fanchette.

Fanchette : Oh, qui est sur ce tableau ?

Agathe : C'est mon défunt père.

Fanchette :Ton père... ton père est mort ?

Agathe : Oui.

Fanchette : Le mien aussi. Je l'aimais beaucoup.

Agathe : Moi aussi j'aimais beaucoup mon père. Voici ta chambre. » Agathe ouvrit la porte et le visage de Fanchette s'illumina encore davantage.

« *Fanchette* : Oh oui ! » (s'exclama t-elle en bondissant de joie), elle est merveilleuse ! Je me sens encore plus chez moi qu'avant ! Comme je vais être heureuse ! »

Et elle sauta de joie entre les meubles fraîchement peints, alors qu'Agathe tentait de la ramener près du lit, afin d'éviter qu'elle ne se tachât.

« *Agathe* : Il faut vite que nous allions dormir, Fanchette, tu dois être épuisée.

Fanchette : Hum... oui. Tu as raison, je n'en peux plus... Bonne nuit, Agathe... »

Fanchette se mit alors dans le lit, s'enroulant dans la couverture en émettants de petits bruits comme un chaton. Agathe la regarda. Elle s'était déjà endormie. Quel esprit calme et insouciant ! Réglée comme une horloge ! Agathe, elle, ne pouvait dormir mais elle observa tous ce temps les traits de ce visage qu'elle avait si souvent rêvés. Elle ne savait comment le résumer, les cheveux était longs et bouclés, ils tombaient sur ses épaules dans un océan de blondeur qui s'étalait sur le lit, les sourcils, fins et clairs, les yeux comme deux petits saphirs qui brillaient dans les creux des orbites, et son nez, fin et bien dessiné surplombait une bouche rose, légère ; les pommettes, rieuses, étaient celles d'une gaie jeune fille. Le front était blanc, doux et pur, en un endroit seulement se voyait une petite entaille. Quand elle dormait, elle respirait doucement mais ses respirations étaient courtes, elle avait connu des angoisses, des peurs, son souffle en témoignait. Agathe se promit qu'elle allait la rassurer, qu'elle ne la brusquerait pas ni ne lui ferait peur, qu'elle serait aimante et caressante et qu'elle ne laisserait aucune passion l'empêcher de prendre soin de Fanchette. Cette petite princesse serait sa petite princesse. Elle l'avait senti dès qu'elle l'avait vue descendre de sa voiture. Comme il était doux de l'entendre respirer si près d'elle. Son sourire doux et mignon. Ses épaules qu'on pouvait distinguer au travers de son chemisier. Ses paupières délicates et sereines. Elle était belle, elle était si belle...

XVI

Où Fanchette et Agathe se parlent avec humour de leurs corps et de leurs souvenirs

« *Fanchette :* Agathe ! »
Cette dernière sursauta.
« *Fanchette :* Agathe, pardon, mais j'étouffe, j'ai oublié d'enlever mon corset... »
L'étourdie s'était en effet couchée toute habillée avec son corset !
Agathe, absorbée qu'elle était par ce merveilleux visage, n'y avait plus pensé dès qu'elle l'avait vue s'enrouler dans le lit.
« *Agathe :* Je vais le délacer et l'enlever, ôte ta robe afin que j'y parvienne... »
Et Fanchette se traîna hors du lit, écrasée qu'elle était par son corset et ne réussit qu'à lever les bras afin d'aider Agathe à lui retirer sa robe.
Ensuite elle dût défaire son chemisier, ce qui prit un certain temps. Enfin, elle parvint au corset. La peau de la belle Fanchette se dévoila tandis qu'elle délaçait, et son cœur se mit à battre très fort. Elle ne put s'empêcher de poser une main sur le bas de son épaule, et de sentir

combien la peau était douce. Quelle chaleur, quel calme, quel océan de jeunesse et de beauté ! Agathe tira plus fort sur les lacets pour desserrer la pauvre poitrine de Fanchette qui avait été bien saucissonnée. Lorsque le tout céda, le ventre de la jolie demoiselle put retrouver ses petites rondeurs charmantes et ses hanches purent se libérer. Sa délicate poitrine respira doucement. Agathe contempla alors que Fanchette se retournait en souriant les deux petits seins les plus adorables qu'elle ait jamais vu : rose et blanc, comme les couleurs fétiches de sa protégée. Ils étaient d'un blanc pur, et leur centre d'était d'un rose bonbon qui frappait l'oeil d'abord, tant et si bien qu'on ne voyait dans la pénombre que ces deux charmants petits bouts qui firent chavirer le cœur de notre autre héroïne.

« *Agathe :* Je suis désolée si j'ai été un peu brusque pour t'enlever...
Fanchette : Oh non, je t'assure, si tu avais été plus lente je crois que je me serais évanouie. Je me demande si un jour, nous pourrons porter des choses plus agréables.
Agathe (avec un rire) *:* Nos seins sont dangereux, il faut les emprisonner.
Fanchette : Regarde-les, ils sont si petits ! Ils ne feraient de mal à personne !
Agathe : On dirait que tu les connais bien, tu leur as donné des noms ?
Fanchette : Des noms ? Quelle idée !
Agathe : On peut bien donner un nom à tout, il y a des noms pour les rues, pour les pièces, pour les livres... pourquoi pas pour les seins ?
Fanchette : C'est vrai... ils ont un nom les tiens ?
Agathe : Oui, Révolte et Insouciance. Que des noms féminins.
Fanchette : Oh, j'en veux moi aussi ! Je n'ai de nom que pour mes pieds !
Agathe : Tes pieds ont des noms ? Vraiment ?
Fanchette : Oui, tout le monde a cherché à leur donner un nom. Ils ont reçu tous les noms possibles !
Agathe : Alors il faut que tu en choisisses qui te plaisent à toi.
Fanchette : Oh mais j'ai déjà trouvé, mon pied gauche s'appelle Framboise et mon pied droit s'appelle Myrtille.
Agathe : Soit !
Fanchette : Mais il me faut des noms pour mes seins, à moi aussi.
Agathe : Que penses-tu de Sérénité et Tendresse ?
Fanchette : Non, c'est trop conceptuel... il faudrait quelque chose de

mignon.

Agathe : On ne peut pas faire plus mignon que les noms de tes pieds, ma chère Fanchette.

Fanchette : Tu as raison... alors je pourrais y mettre des souvenirs... par exemple le nom de ma première amie, et le nom de ma nouvelle amie.

Agathe : Ta nouvelle amie, Fanchette... ?

Fanchette : Oui... :Agathe ! »

Elle montra son sein droit et éclata d'un rire jovial. Agathe rit avec elle et reprit :

« *Agathe :* Mais et l'autre... ?

Fanchette : L'autre, ce sera le nom de ma première amie, celle qui était toujours avec moi quand j'étais petite : Delphine !

Agathe : Ton amie s'appelait Delphine ?

Fanchette : Oui, et elle avait un dauphin de verre dans sa chambre que sa mère avait fait faire pour elle !

Agathe : Elle avait une mère aimante. Et ton nom, Fanchette, que signifie t-il ?

Fanchette : En fait, c'est un nom très commun... c'est Françoise. C'est une sorte de surnom. Mais depuis que ma mère a eu l'idée de m'appeler Fanchette lorsque j'étais bébé, mon père a trouvé cela si merveilleux qu'il a fait modifier tous les registres en usant de son influence. Et il a créé ce nouveau prénom !

Agathe : Quelle belle idée ! Créer un prénom pour une seule personne !

Fanchette : Mais je ne serai pas la seule... si un jour j'ai une fille, je l'appellerai Fanchette !

Agathe : J'espère être la première à lui être présentée ! J'adore accueillir les Fanchettes ! »

Elle rirent toutes les deux et ce fut le début d'une amitié passionnée qui devait un jour devenir une histoire plus grande et plus belle encore. Mille autres histoires et conversations arrivèrent à ces deux jeunes femmes et dans les deux mois qui suivirent, elles n'eurent pas une journée sans se voir. Chaque instant passé l'une sans l'autre était comme une sorte de temps mort, d'instant inutile qu'il fallait vite terminer. Madame Villetaneuse observait cette amitié naissante avec fatigue et résignation. Après tout, Fanchette semblait heureuse et c'était le principal.

XVII

Dans lequel Fanchette et Agathe commencent à mener une vie commune

Voici comment Agathe devint en quelques instants la personne la plus proche de la petite Fanchette et cette amitié allant grandissant, les faisant presque se confondre en un seul être, explique en partie pourquoi ce jour-là, en lui frottant le dos dans son bain, Agathe n'avait pas voulu défendre ces instants volés avec cet homme, Jean de Lussanville. Pourquoi Fanchette, avec un tel aplomb, l'avait prié de tout savoir sur sa vie, et qu'Agathe lui avait répondu.

Agathe avait en tête mille souvenirs avec Fanchette, comme si ces deux mois avaient été deux ans. Une fois, elle l'avait tirée de l'eau alors que la pauvre Fanchette avait glissé au bord de la Seine et avait coulé avec sa robe épaisse. Agathe avait déchiré son jupon, ôté le bas de sa robe et s'était jetée dans l'eau, à moitié dévêtue, devant des passants effarés, l'avait attrapée et ramenée sur la berge à la force de ses bras. On n'imagine pas combien ces robes qu'elles promenaient par la ville était lourdes et combien l'eau pouvait les rendre plus lourdes encore. La noyade était à cette époque l'une des principales causes de mort accidentelle, si ce n'est la principale. Mais Agathe était là pour la protéger et l'eau la revigorait, elle pouvait se dépasser grâce à elle. Son père, depuis qu'elle était petite, lui avait apprit l'art de la natation, nécessaire à la survie, que le vieil homme avait eu maintes fois besoin d'employer pour échapper à ses poursuivants. Ce jour-là, madame Villetaneuse vécut une grande crise et interdit que Fanchette ne sortît pendant une semaine. Et Agathe passa plusieurs jours près du lit de son amie à la rassurer et à lui raconter des histoires, à lui lire des scènes de théâtre pour la désennuyer. Une autre fois, c'était un homme qui avait conté fleurette à la belle Florangis d'un peu trop près. Agathe avait alors simulé une chute qui avait perdre l'équilibre à ce malheureux qui s'était pris les pieds dans un escalier de pierre et lui avait coûté deux dents. A leur retour, alors qu'Agathe sentait une culpabilité profonde, madame Villetaneuse, au récit que lui fit Fanchette, regretta à haute voix que le coquin n'en eût pas perdu davantage.

Mais depuis qu'elle avait rencontré et revu bien plus tard son amant Lussanville, Agathe sentait bien qu'elle négligeait sa protégée et avait de la douleur en y pensant. Elle se dit que désormais il lui faudrait plutôt le voir la nuit afin de ne pas laisser Fanchette seule. Elle avait pris cette résolution alors qu'elle finissait le bain de la belle Florangis. Elle la sécha et lui mit sa chemise de nuit.

« *Fanchette :* Ça y est, je suis prête à me coucher. Quel dommage, que nous ne puissions pas dormir toutes les deux l'une près de l'autre !

Agathe : Parce qu'en ce cas, tu ne dormirais pas ma petite Fanchette ! Mais je sais, je vais t'écrire une lettre cette nuit et demain matin, tu pourras la lire après le déjeuner !

Fanchette : Oui ! Ce serait merveilleux, Agathe ! »

Et Agathe tint parole et lui écrivit ces mots...

« Ma petite Fanchette, je t'ai demandé un peu de temps pour penser à ce que nous avions dit alors que tu prenais ton bain. Tu sais, il m'arrive parfois d'avoir peur. Et rarement, j'ose le montrer. Cette fois-ci encore je me suis tue, mais je tremblais intérieurement. Je crains que tu ne révèles mon amour pour cet homme que tu m'as vue embrasser, j'ai peur que tu prennes ombrage de cette passion et que tu m'en veuilles. Si je ne t'ai rien dit, c'est que j'avais peur que, emportée par ta joie, tu n'en dises un mot à ma mère. Je ne veux pas qu'elle l'apprenne, car c'est mon secret. Et maintenant, c'est notre secret. Mais tu as raison quand tu dis que je te laisse seule, et je t'avais promis que cela n'arriverait jamais. Je ne veux plus que tu sois seule, et je ne veux pas avoir à choisir entre ta compagnie si douce, et la sienne, si délicieuse. A partir de maintenant, ma petite Fanchette, je veux que nous soyons ensemble à chaque heure du jour, que nous profitions de chaque minute l'une auprès de l'autre. Mais je t'en prie, ma beauté d'ivoire, ma tendre princesse, je veux que tu me laisses en ta présence poser de temps en temps un baiser sur les lèvres de mon Lussanville. Oui, je l'ai écrit, le nom de cet homme que j'aime plus que ma vie, cet homme qui m'est si cher. Le veux-tu bien, ma Fanchette ? Je serai discrète, je serai douce et je ne laisserai point emporter mon esprit à quelque chose qui pourrait te faire du mal. Je veux rester auprès de toi autant qu'il m'est possible. Accompagne-nous, ma tendre amie, partage avec moi ces instants si délicats ! Tu sais... je t'ai dit que ta petite Agathe avait parfois peur... plus que jamais en cet instant j'ai peur. J'ai signé avec Lussanville une promesse de mariage. Mais je sais trop bien combien le mariage devient aisément une prison pour la

femme, et combien les choses du ménage sont assommantes, au point qu'elles ont dégoûté plus d'une femme de vivre. Oui, j'ai peur de franchir ce cap, me marier, ce n'est pas moi, cela n'est pas ma manière d'être. Et pourtant c'est moi qui l'ai demandé, j'avais peur d'être regardée comme une fille de rien, qu'on me crache au visage, qu'on m'oblige à vivre dans la rue si on apprenait ce que j'avais fait. Peut-être ne sais-tu pas combien le commerce d'un homme peut nous coûter d'honneur aux yeux du monde. Alors, au moins, si tu es toujours là, je sais que j'aurais moins peur. J'aurais ma petite princesse à protéger et moi, personne n'aurait à prendre soin de moi. Je rêve parfois, la nuit, quand je suis seule dans ma chambre que je suis un homme et que je chevauche à travers les routes boueuses jusqu'à la mer et que je t'y trouve, en train de contempler les bateaux qui s'en vont. Alors je descends de cheval, je m'assois près de toi et je pose ma tête sur ton épaule, épuisé d'avoir tant voyagé mais sachant qu'au bout du chemin, je te trouverais. Je crois que lorsque tu auras fini la lecture de cette lettre, Lussanville viendra faire un tour dans la boutique de maman, je te le montrerai avant de venir le saluer et je te le présenterai. Tu devras bien admettre que c'est l'homme avec l'esprit le plus doux et le plus vif qu'on puisse rencontrer, que ses yeux sont enchanteurs et ses mains délicates et douces comme celles d'un écrivain. Je te le montrerai, ma petite princesse et je n'aurai désormais plus aucun secret pour toi.
Tendres étreintes.
Ton amie pour la vie, Agathe. »

Chapitre 2
« Nous fîmes tous les trois notre petite danse »

<u>Sous-chapitre I</u>
<u>Dans lequel Lussanville se découvre profondément romantique</u>

Lussanville regardait Agathe s'éloigner, alors qu'elle sortait de sous le porche, plus pressée qu'à l'ordinaire, se disant fatiguée, ayant tout à coup besoin de repos. Elle n'avait pas l'habitude de vouloir dormir tôt. Cette aventurière n'avait besoin – selon elle – que de très peu d'heures de sommeil. Cette attitude parut étrange à Lussanville et il garda ce sentiment en tête pendant tout le trajet qui le ramenait chez lui. Il savait qu'il la verrait le lendemain à la boutique de madame Villetaneuse, qu'il trouvait toujours le moyen de remarquer une somptueuse paire de chaussures de temps en temps et plus rarement, de l'acheter, pour que cela ne parût pas suspect. Voir Agathe lui était indispensable, il ne pouvait se passer d'elle. N'ayant pas de métier encore, et laissé à l'abandon par son financier de père, Lussanville avait tout le temps de penser à son amour et cela lui paraissait terriblement long. Il se demanda s'il ne devrait pas s'essayer au jeu, ou à la méditation, ou à quelque autre activité qui le distrairait de cette passion fâcheuse qui n'était jamais assouvie. Mais Le Havre était une ville de commerce et n'était point fournie en distractions, et on avait tout le temps lors des après-midis pluvieuses de penser à ses sentiments. Lorsqu'on n'a plus rien à faire, il reste l'amour et la mort. Le jeune Lussanville était encore bien loin de la mort, et y pensait rarement, tant cette pensée devenait ensuite obsédante : l'après-vie... ou la non-vie, le vide, l'attente, le rêve qui ne se termine pas, la chute infinie... Non, il fallait sortir, sortir de cette pensée... l'amour ! L'amour le sauverait ! L'amour, c'était pouvoir pourrir en toute quiétude, sans savoir qu'on se décompose à mesure que la vie avance, qu'on est chaque minute un peu plus un cadavre qui marche. Pourquoi cette pensée dévore t-elle toujours toutes les autres ? C'est parce que le noir noie toutes les couleurs, qu'il lui suffit de paraître sur une palette pour que toutes les autres soient broyées dans une masse sombre qui reste toujours du noir, éternellement du noir. Ce trait de lumière dans l'obscurité, ce flambeau qu'on promène au fond d'un couloir, c'était le visage d'Agathe qui avait disparu à l'horizon. Pourquoi était-elle partie si vite, pourquoi l'avait-elle à peine embrassé ? Qu'avait-elle en tête ? Avait-elle oublié cette promesse qu'ils s'étaient fait ? Ou au contraire y pensait-elle trop ? Et si elle le jugeait mal ? Il se doutait combien une femme si forte et si spirituelle pouvait être hostile à l'idée même de mariage et il songea qu'il n'avait pas envie d'être appelé « mari », quel nom affreux ! L'amant, voici ce qui lui parlait ! Celui qui aime. Ou l'aimé. Un mari, quel horreur ! Mais c'est elle qui avait insisté... et puis elle avait raison, comment défendre une telle idée aux yeux du monde ? Un homme et une femme devaient être unis par le lien sacré du mariage... Qu'il la revoie vite ! Cela vaudrait mieux. Car elle lui manquait, elle lui manquait immensément.

II

<u>Dans lequel on découvre davantage la personnalité de Fanchette</u>

Fanchette était très excitée à l'idée qu'enfin, elle pourrait parler à ce jeune homme. Elle n'avait rien dit à Agathe concernant la sensation qu'elle l'avait éprouvée en le voyant la première fois, c'était quelque chose de trop difficile à décrire. Ils avaient l'air si heureux, à se tenir les mains ! Comme elle aurait voulu aussi éprouver un tel plaisir ! Elle avait déjà eu l'occasion de constater combien elle pouvait attirer le regard sur elle, et s'amusait à faire de petits mouvements à peine perceptibles avec son pied dès que quelqu'un la regardait pour voir ce que cela lui faisait : un orteil qui monte puis l'autre qui descend... certains écarquillaient les yeux, comme pour suivre le chemin de ces petits bouts qui allaient dans deux sens contraires. Elle adorait qu'on la regarde, qu'on fasse attention aux moindres de ces gestes. Le reste du temps, quand elle était seule ou que les autres parlaient alors qu'elle n'avait rien à dire, elle s'effaçait complètement et regardait les choses autour d'elle, les gens, et passait d'une pensée à une autre sans vraiment s'arrêter. Une chose attirait son regard, puis une autre, un rien suffisait à attirer ses yeux et un rien suffisait à détourner son regard. Elle n'aimait pas se concentrer, c'était pour elle bien plus agréable de se laisser bercer par les vagues des impressions, de lier des choses qui n'avaient rien à voir, de faire sens de tout, d'inventer des logiques et de les oublier. Beaucoup auraient peur d'un tel esprit, et pourtant cet esprit si particulier la rendait singulière, inimitable. Elle adorait regarder les gens et retenir toutes leurs histoires ; si elle avait eu le temps de se consacrer à l'écriture, probablement aurait-elle faire naître des centaines de personnages dans une grande épopée de la vie quotidienne, où une famille évolue, au fil des naissances et des morts, où les gens auraient toutes sortes d'histoires que le lecteur connaîtrait et où il se reconnaîtrait. Mais Fanchette n'avait pas la patience d'écrire, c'était long et ardu, il fallait avoir l'inspiration, et ne pas oublier le fil de l'histoire... et puis elle ne savait pas à qui elle pourrait le faire lire. Ce qui lui était plus facile, c'était de danser. Fanchette adorait la danse : depuis que tout le monde l'avait complimentée sur ses pieds, elle ne songeait qu'à leur trouver le plus bel emploi ; ce fut la danse. Elle avait apprit le menuet, la bourrée et la valse très tôt, et s'exerçait tous les jours. Ce qu'elle adorait par dessus tout, c'était le contact de ses pieds nus sur le sol. Elle imagina, alors qu'elle était couchée depuis déjà une demi-heure, qu'elle pourrait danser pour Lussanville, qu'il la regarderait, et qu'elle verrait s'il était fasciné ou non par le mouvement de son petit pied comme l'était Agathe. Cette pensée la remplit de chaleur et de plaisir, et elle s'endormit au calme.

III

<u>Dans lequel madame Villetaneuse crée une tempête dans la maison à cause que mademoiselle Forgel sera au Havre ce jour</u>

Ce matin du 9 juin 1767, madame Villetaneuse était d'une humeur terrible : la grande marchande de modes,   mademoiselle Forgel - fournisseuse de la princesse de Conti - était de passage au Havre pour accompagner et habiller les dames de la famille de Chevreuse, venues assister au retour de l'héritier du duché, monsieur d'Albert de Luynes. Il faut dire que sa boutique n'allait pas fort : cette entreprise représentait à l'époque une absurdité économique, à ce moment, les chaussures étaient rarement la préoccupation de ces dames et on n'y trouvait que fort peu de fantaisie. Les robes, les bijoux, les multiples étoffes étaient très prisées mais les chaussures étaient de peu d'importance, surtout sachant combien on les voyait peu, cachées sous des monceaux de tissu très lourds. Madame Villetaneuse avait d'ailleurs dû très vite se diversifier et acheter toutes sortes d'articles venus de Paris qui lui avaient coûté une fortune afin de donner le change devant la petite bourgeoisie havraise. Naturellement, elle perdait beaucoup d'argent mais le legs de son mari était employé à cette étrange passion pour les chaussures originales et fantaisistes. Et elle continuait de passer des heures à ornementer ces cuirs et ces peaux si peu faites pour ce type d'ouvrage et à se doter de pièces uniques qui avaient peu de chances d'être un jour vendues.

« Quoi, vous vendez des chaussures déjà faites ? » s'était exclamé un jour une bourgeoise de la ville en passant devant sa petite boutique improvisée. « Cette fantaisie vous passera, madame, je vous assure, qui voudrait prendre le risque que le soulier n'aille pas ? Vous feriez mieux d'en faire des décorations d'intérieur, cela pourrait être ravissant ! Je serais la première à vous en acheter ! » Mais madame Villetaneuse s'obstinait, elle voulait que ses chaussures soient portées, et espérait même se faire reconnaître à la cour, si elle arrivait à convaincre une grande dame de porter une de ses créations... ce serait sa revanche sur cette petite bourgeoisie méprisante qui ne voulait pas changer ses habitudes. Mais la petite Fanchette allait l'aider, oh oui, ce serait un succès. Un grand succès. Et la venue de mademoiselle Forgel pourrait changer bien des choses, si elle acceptait d'en ramener ne serait-ce qu'une paire... Depuis quelques temps, sa boutique avait cessé d'accueillir les curieux qui venaient se moquer de cette manie qu'elle avait eu d'ouvrir un établissement si étrange. Mais un jeune homme était venu à plusieurs reprises et avait déjà acheté deux paires de chaussures. Les hommes ! Eux pouvaient montrer leurs chaussures ! Peut-être pourrait-elle réussir par là. Mais comment convaincre ces messieurs qu'il valait mieux un soulier qu'un autre... ? S'il pouvait venir un marquis un peu coquet... Il fallait déjà qu'elle parle à ce jeune homme qui semblait s'intéresser à sa boutique. Il allait probablement revenir, ce n'était qu'une question de temps. Mais pour le moment, il fallait parer au plus pressé : trouver mademoiselle Forgel et lui offrir sa plus belle œuvre. Elle passa la porte de son petit atelier qu'elle avait fait ajouter à la maison. Cette petite pièce sombre contenait tout un attirail de fils, de peinture, d'épingles et de morceaux d'étoffe de toutes sortes. La paire de chaussures qu'elle avait choisie était sa plus belle création : la pointe était blanche, d'un blanc irisé qu'elle avait obtenu en assemblant divers morceaux de coquillages trouvés sur la plage – ils étaient attachés au moyen de fils entremêlés et fort serrés qui donnaient à la pointe de la chaussure un air de miroir brisé ; les bords, autour du pied, étaient ornementés de petits bouts de cuivre recouverts de peinture bleue clair qui formaient comme des nageoires très fines de cétacé ; au niveau de la languette bleu clair, au dessus de la pointe, il y avait un joli nœud rose en satin et au dessous plusieurs pierreries fines et brillantes reproduisaient la forme d'un dauphin. Ces chaussures eussent été parfaites pour une sirène si celles-ci avaient été affublées de jambes. Villetaneuse prit également deux petites pinces élégantes destinées à relever les pans latéraux de la robe par les deux côtés afin de s'assurer que les chaussures fussent vues. Tout était finalement prêt, il lui fallait vite trouver Mademoiselle Forgel. Le bateau qui revenait d'Amérique devait arriver dans la journée... mais elle ne pouvait pas passer plusieurs heures à l'attendre et laisser sa boutique. Elle alla donc réveiller Agathe qui dormait encore d'un lourd sommeil, ayant passé près de deux heures à écrire à Fanchette la nuit qui avait précédé.

« *Villetaneuse :* Agathe, il faut que tu te lèves ! C'est très urgent ! »
Agathe grommela quelque chose que sa mère ne comprit pas et celle-ci ouvrit grand les rideaux, l'inondant de la lumière du soleil blanc qui venait éclairer le papier peint et semblait faire chanter les rouge-gorges imprimés.

« *Villetaneuse :* Mademoiselle Forgel, la fournisseuse de modes de la princesse de Conti, est au Havre pour venir attendre l'héritier du duché de Chevreuse en compagnie de sa famille. Il faut absolument que tu ailles me chercher Dolsans et vite ! Il doit donner cette paire de chaussures à mademoiselle Forgel ! » et Villetaneuse exhiba son petit trésor devant sa fille.

« *Agathe :* Mais enfin, maman... comment sais-tu quelle est la pointure de la princesse de Conti, qui te dit qu'elle pourra mettre ces souliers sans problème ?
Villetaneuse : Cela n'est pas ton problème, ma fille. Mais si tu veux tout savoir, j'ai eu l'occasion d'observer un portrait en pied de la princesse et il est certain que cette taille est la bonne pour elle. Et quand bien même la princesse n'en voudrait pas, il se trouvera bien une dame noble au joli pied qui voudra la porter.
Agathe : Tu aurais dû t'installer à Paris, maman...

Villetaneuse : Si tu crois que j'ai fait le choix de moisir ici ! Je garde la maison de ton père, à Paris, les prix sont totalement hallucinants, s'il faut gaspiller son argent, c'est l'endroit parfait ! Non, non, je reste au Havre et je ferai ma gloire ici ! Hors de question de partir ! Allez, maintenant, lève-toi ! »

Agathe descendit de son lit et ôta son bonnet, laissant tomber sa longue chevelure brune sur les couvertures et dut s'habiller rapidement, ce qui n'est pas chose aisée, comme on peut s'en douter. Mais avec l'aide de sa mère, en moins d'une demi-heure, elle fut prête à sortir et, sous un domino, elle courut à travers la ville pour trouver son cousin qu'elle n'avait nullement envie de revoir d'ailleurs. Mais si elle courait si vite, c'est qu'elle craignait que Lussanville ne parût à la boutique et ne l'y trouve pas. Il fallait qu'elle se dépêche, absolument.

IV

<u>Dans lequel Lussanville fait la connaissance de Fanchette</u>

Lussanville arrivait devant la maison de madame Villetaneuse. Il n'avait que très peu dormi, angoissé qu'il était par cette étrange attitude de son amante, partie si rapidement. Cela lui avait agité l'esprit et il s'était levé très tôt. Il avait d'abord parcouru la ville sous le soleil levant, usé ses souliers sur les pavés humides d'une nuit pluvieuse et fait le tour de la jetée pour contempler la mer. Il avait mis sa grande cape noire, celle des jours glacés. Le temps était pourtant très doux, mais en lui-même, il avait froid. Vite, qu'il la revoie, se disait-il en montant sur le perron. Et il passa la porte. La boutique n'avait pas changé : les chaussures, colorées et extravagantes, occupaient le plus de place, même si madame Villetaneuse avait acquis toutes sortes d'autres articles de mode comme des chapeaux, des paniers, des ceintures, des rubans et des taffetas. Lussanville se demanda comment madame Villetaneuse avait pu monter cette affaire, n'étant pas femme de mercier, comment la corporation prenait-elle son initiative... ? Sans doute ne la prenait t-on pas très au sérieux.

Il resta un long moment seul dans cette boutique abandonnée à regarder les étonnantes chaussures ornementées avec soin par la maîtresse des lieux et resta fasciné par cette débauche de couleurs, chaudes et froides, de figures variées et de motifs improbables. Finalement, comme personne ne venait, il s'apprêtait à sonner la petite cloche près du comptoir mais à ce moment là, il entendit des pas derrière la porte qui menait au reste de la maison. Des petits pas légers, qui appâtaient ses sens, des petits pas qui se rapprochaient doucement de la porte de bois peint. La porte s'ouvrit doucement et une jeune demoiselle entra. Lussanville vit déferler dans la pièce une avalanche de boucles blondes, tombant sur un visage pâle et délicat, où l'on distinguait deux magnifiques yeux bleus.

« *Fanchette* : Oh, monsieur, je vous en prie, ne me regardez pas ! Je ne suis même pas coiffée ! Je sors tout juste de ma chambre et j'allais chercher mes épingles que j'avais oublié...

Lussanville : Ne vous excusez pas, mademoiselle. Je n'ai pas signalé ma présence, et c'est de ma faute. Je ne vous regarde pas, voyez, mes yeux sont cachés par mon bras. Vous pouvez prendre vos épingles en toute quiétude.

Fanchette : A présent que vous avez les yeux cachés, je me prends à souhaiter que vous me regardiez tout de même.

Lussanville : Je suis à vos ordres, mademoiselle. »

Il ôta son bras et ouvrit les yeux. Cette charmante jeune fille se tenait dans la boutique et fouillait dans les tiroirs. Elle portait de petits chaussons roses en dentelle et Lussanville ne put s'empêcher de remarquer son petit pied blanc qui s'appuyait tendrement sur l'avant de son chausson alors qu'elle essayait d'atteindre le rebord d'un placard en hauteur.

« *Lussanville* : Laissez-moi vous aider... » fit-il alors que Fanchette perdait l'équilibre en essayant d'attraper une boîte dans le placard.

« *Fanchette* : Oh, merci ! » lui dit-elle lorsqu'il lui remit la précieuse boîte qui contenait son matériel de coiffure.

« *Fanchette* : Croyez bien, monsieur, que je n'ai pas l'habitude de me présenter ainsi, les cheveux détachés. C'est très inconvenant, je le sais.

Lussanville : Vous semblez au sortir d'un rêve. Cela vous sied bien.

Fanchette : Vous trouvez que j'ai l'air d'une rêveuse ?

Lussanville : Vous ressemblez à un papillon de jour aux couleurs vives, vos yeux tournent sans cesse et vos pieds s'agitent beaucoup quand vous êtes immobile. Je vous vois plus distraite que rêveuse.

Fanchette : Oh oui, monsieur, je suis une épouvantable distraite ! Tenez, voyez, je me présente à vous en cheveux de nuit, alors qu'il fait grand jour dehors ! Et je vous vois trop tôt, c'est mon amie qui devait me présenter à vous... et c'est un peu intimidant de devoir me présenter toute seule.

Lussanville : Agathe n'est pas ici ?

Fanchette : Je ne l'ai pas vue depuis ce matin, mais il n'y a que quelques minutes que je suis sortie de ma chambre.

Lussanville : Et vous-même, vous deviez m'être présentée ?

Fanchette : Oui ! Agathe m'a longuement parlé de vous après s'être fait beaucoup prier. Je me demande parfois si elle a confiance en moi.

Lussanville : Je ne sais, elle ne m'a presque rien dit de vous.

Fanchette : Alors il faut absolument que je vous montre qui je suis.

Lussanville : Avec plaisir, mademoiselle.

Fanchette : Je vais vous interpréter une petite danse, qu'en pensez-vous ?

Lussanville : Une danse ?

Fanchette : Oui, je vais danser et vous aller me regarder puis me dire ce que cela vous évoque.

Lussanville : Mais... comptez-vous le faire seule ? N'avez-vous pas besoin d'un cavalier ?

Fanchette : Si je devais l'attendre, il faudrait attendre longtemps, c'est pourquoi je vais faire une danse où mon cavalier est imaginaire. Mais un jour il viendra danser avec moi, j'en suis persuadée. »

Fanchette sourit, fit asseoir Lussanville sur un beau fauteuil ouvragé dans un coin de la pièce et respira un grand coup. Puis, elle tendit ses muscles et se lança : c'était une danse vive et légère, faite de sauts, à mi-chemin entre la courante et la gaillarde. Fanchette chantonnait en même temps une musique entraînante et faisait passer son visage si agréable par toutes les émotions, marquait sagement les temps et jetait régulièrement des petits regards à son public pour obtenir son approbation silencieuse. Comme il était sucré, ce sourire ! Comme ces petits sauts était jolis ! Cette Fanchette savait y faire avec ses pieds magnifiques. Et, longtemps, il la regarda. Car Fanchette ne se fatiguait pas, dansait sans relâche dans sa robe volante toute blanche et virevoltait à travers la pièce jusqu'à se retrouver sur le tapis, épuisée mais continuant toujours. Comme elle était incommodée de ses chaussons, elle les ôta à l'intérieur du mouvement avec une dextérité incroyable. Lussanville vit alors les merveilleux pieds nus qui s'agitaient comme de beaux oiseaux blancs sur le lourd tapis de laine...

« *Fanchette :* Alors, monsieur... comment trouvez-vous cette danse ?... Allons, je vous en prie, dites quelque chose ! »

Mais Lussanville ne disait rien, il regardait simplement, respirait, laissait ses yeux se perdre dans un océan, un océan de joie et de soleil. Il pensa aux quelques malheurs qu'il avait pu vivre, à son obsession de la mort, à ces nuits où il n'arrivait pas à trouver le sommeil à cause d'elle... tout s'envolait, tout était comme baigné d'une immense lumière. Ce regard simple, sans idéal, sans désespoir, sans chute ; rien que le ciel et la mer dans ces yeux bleus. Un nouveau soleil. Cette danse, si délicate, si enjouée, comme le cri de la vie, se moquait des grands discours ridicules sur l'absolu, le tragique, ce qu'il fallait faire et ce qu'il ne fallait pas faire. Lussanville se sentit transformé : les pensées qui ne cessaient de courir dans son esprit, de tourner sans réponse, se dissipaient tout d'un coup.

« *Lussanville :* Votre danse, mademoiselle, est un tableau de maître. C'est un instant magique, que je veux garder dans ma mémoire, pour toujours. »

Il avait parlé sous le coup de l'émotion, et Fanchette, qui désespérait de le voir réagir, se mit à sourire. C'était un sourire étrange, sucré et salé à la fois. Elle était admirée pour son art qu'elle avait si soigneusement préparé : ses pieds, qui lui avaient causé tant d'ennuis, étaient à présent des esprits fantastiques capables d'inventer des formes et des mouvements nouveaux. Oh oui, quelle joie, quel délice, de sentir le regard du spectateur attentif, qui déshabille les mouvements, un à un, les fait résonner dans sa chair et trouve dans son âme un écho inattendu !

« *Fanchette :* Monsieur, ce fut un plaisir, et j'espère que vous viendrez encore pour en voir de nouvelles !

Lussanville : Je viendrai, ma chère, je vous assure.

Fanchette : Il suffit qu'Agathe ait un peu de retard, car, vous savez, je crois qu'il ne faut que je ne le montre qu'à vous.

Lussanville : Qu'à moi ? Et pourquoi mademoiselle ?

Fanchette : Parce que je veux qu'on ait envie de savoir, qu'on regarde derrière la porte, qu'on soit curieux, qu'on se demande ce qui se passe et qu'on découvre ce qui n'est en soi qu'un petit amusement mais qui alors deviendra un petit trésor. Un tableau est une chose exquise, mais derrière un rideau, c'est une idole.

Lussanville : Vous voulez donc être idolâtrée ?

Fanchette : Généralement les hommes me disent que je suis une idole, et je le crois parce qu'ils ne cessent de regarder mon pied.

Lussanville : C'est que vous l'avez joli.

Fanchette : Oh oui, je sais, c'est très embarrassant d'ailleurs, on dirait qu'ils me veulent tous quelque chose... comme c'est agaçant de sentir qu'on veut quelque chose de nous et qu'il n'est pas en notre pouvoir de rien donner. Vous même, monsieur de Lussanville, vous voudriez peut-être qu'Agathe restât plus souvent près de vous... et je voudrais bien vous satisfaire mais cependant je ne puis, car je ne pourrais me séparer de ma merveilleuse Agathe. Et cela, je ne reviendrai pas dessus, car nous nous sommes jurées de ne jamais nous quitter et Agathe me l'a encore dit, dans sa lettre qu'elle a laissé sous ma porte cette nuit. Alors, s'il vous plaît, monsieur de Lussanville, ne l'épousez pas tout de suite, vous le voulez bien ?

<u>V</u>
<u>Dans lequel Dolsans fait irruption dans la boutique abandonnée</u>

Lussanville s'apprêtait à répliquer lorsque Dolsans fit irruption dans la boutique avec humeur et alla sonner rapidement la cloche. Fanchette sursauta, et attira le regard de ce jeune loup sur ses cheveux détachés. Le cœur de celui-ci ne fit qu'un bond. Quelle beauté, quelle grâce, quelle élégance... la taille, le maintien, la physionomie, la jambe, le mollet et... Dolsans devint rouge. Quelle perfection, quelle sublime perfection ! Ces délicats petits orteils blancs qui dépassaient du chausson rose achevèrent de lui brûler le crâne. Quelle sublime demoiselle !

« *Dolsans* : Mademoiselle... puis-je savoir votre nom ? »

Il fit cette demande poliment en jetant un petit coup d'oeil à Lussanville qui lui fit un signe de reconnaissance.

« *Fanchette* : Je m'appelle Fanchette. » répondit-elle en marquant un petit saut.

Dolsans : Je suis Dolsans... enchanté. »

Et Dolsans fit une grande révérence alors que Lussanville le regardait avec un air amusé.

« *Dolsans* : Tu es là, mon cher ami... ! Mon cher Lussanville ! Si je m'attendais à te voir ici, chez ma fiancée !

Lussanville : Ta fiancée ?

Dolsans : Oui, la demoiselle de la maison.

Lussanville : Cette charmante demoiselle ?

Dolsans : Oui... enfin non, je veux dire... celle qui m'accompagne. »

Par la fenêtre, Lussanville aperçut alors Agathe qui montait sur le perron et sursauta.

Lussanville : Elle ?

Dolsans : Oui, mon cher !

Lussanville : Mais cela est impossible !

Dolsans :Comment donc, impossible ?

Lussanville : Elle t'a signé une promesse de mariage ?

Dolsans : Oh... une promesse de... ? Non, pas du tout, mais cela ne saurait tarder. J'ai l'appui de la maman... ma chère tante, madame Villetaneuse.

Lussanville : C'est que... mon cher Dolsans... je ne sais si je puis... »

Fanchette était dans un coin de la pièce en train d'attacher ses cheveux avec force grimaces tant ses boucles se rebellaient contre la discipline de fer qu'imposaient les épingles. Dolsans, comprenant qu'il s'apprêtait à lui faire une confidence... tendit l'oreille pour écouter.

« *Lussanville* :Cette jeune femme dont tu parles, Agathe Villetaneuse, je comptais l'épouser. »

Dolsans eut un crissement d'épaules mais se montra impassible face à son rival déclaré.

Dolsans : Ah c'est ennuyeux mon cher... et moi qui croyais que tu songeais à la petite demoiselle en rose qui se dandine près du miroir...

Lussanville : Non, pas du tout, mon ami, c'est une charmante demoiselle, cela est vrai. Mais Agathe est celle que je dois épouser.

Dolsans : Ah, quel ennui... enfin, tâche d'obtenir de la mère qu'elle accède à tes faveurs, mais attention, je suis là et j'ai les liens du sang de mon côté.

Lussanville : Je tâcherai de me montrer à la hauteur de la demoiselle.

Dolsans : Et tu feras bien... bon, tu m'as mis de meilleure humeur, car j'avais un sérieux reproche à faire à la maîtresse des lieux, qui semble d'ailleurs laisser sa « boutique » vacante, si on peut appeler cela une boutique. On y entre comme dans un moulin et personne n'est là pour accueillir.

Lussanville : T'a t-elle donc si contrarié ?

Dolsans : Hélas oui, elle me demande de livrer des chaussures à mademoiselle Forgel. Mais est-ce que je peux, moi ? Ce n'est pas mon état, je ne suis pas coursier, moi. Et j'espère qu'elle a prévu de me dédommager par quelque invitation. Crois-tu, elle m'a fait venir jusqu'ici parce qu'elle ne peut pas confier ses merveilleuses chaussures à sa fille...

VI
Dans lequel Agathe arrive elle aussi dans la boutique

A ce moment, Agathe apparut par l'entrebâillement de la porte de bois et aperçut Fanchette, qui venait d'achever sa coiffure. Elle resta interdite, tremblante, voyant qu'elle regardait Lussanville. Dolsans fit un pas vers elle.

« *Dolsans :* Ma chère cousine, je vois que nous avons un petit différent avec monsieur qui veut me disputer votre cœur. Vous plairait-il de nous éclairer sur votre préférence ?

Agathe : Cher cousin... »

Elle ne put continuer.

« *Dolsans :* Eh bien, vous voilà bien pâle, ma cousine... que vous arrive t-il ? »

Elle avait le souffle court, ses yeux s'exorbitaient, la petite Fanchette ne quittait pas Lussanville des yeux, et lui-même lançait un regard inquiet en direction d'Agathe. Trop tard. Elle était arrivée trop tard, ils se connaissaient déjà. Elle n'avait pas assisté à leur rencontre, elle ne les avait pas présentés, elle n'avait pas laissé sa trace sur ce premier regard entre ces deux êtres qu'elle aimait. Non, impossible. Impossible de revenir en arrière. Ils s'étaient vus, s'étaient échangés quelques mots, c'était fait, c'était fini. Sa mère, une fois de plus, avait ruiné l'un des moments les plus importants de sa vie. Et, comble de l'horreur, son cousin venait lui disputer son cœur devant le nouveau petit couple qu'elle découvrait devant elle. Elle aurait fait un malheur, elle aurait lancé une violente réplique à son cousin, mais elle ne réussit qu'à prendre une inquiétante respiration et à tomber, écrasée sous le poids de ses propres émotions. Lussanville se précipita vers elle et la porta jusqu'au salon où elle fut installée sur une liseuse. Ses yeux étaient grands ouverts, elle tremblait. Dolsans aida l'amant rongé par l'inquiétude à la positionner correctement. Fanchette était restée dans l'entrebâillement de la porte, ne pouvant avancer davantage, paralysée. Agathe respira plus tranquillement et, voyant le visage de Lussanville penché sur elle, lui sourit et lui mit une main sur le visage. Le regard d'amour qui la traversa à ce moment était si puissant et si intense que Fanchette le perçut de là où elle était, et en fut bouleversée, comme la première fois qu'elle les avait vus ensemble. Ce monde auquel elle n'avait pas accès encore, ces sentiments si incroyables... elle voulait les connaître, elle ne voulait pas juste regarder, à présent regarder lui était insupportable. Elle voulait apprendre, toucher, vivre. Peut-être que très bientôt, quelqu'un lui caresserait la joue ainsi... elle toucha sa joue. Elle était brûlante. Dolsans perçut lui aussi ce regard et s'éloigna d'eux, prenant place dans un fauteuil, la respiration profonde, les yeux fixes, les traits contractés. Puis, après un long moment, il dit :

« *Dolsans* : Vous avez fait votre choix, ma cousine, et je tâcherai de l'accepter. Votre mère peut être fière, monsieur de Lussanville est un parti remarquable, et un honnête homme. Je vous en donne ma parole. »

Il se leva de son siège, Lussanville se retourna vers lui.

« *Dolsans* : Oh, mon cher Lussanville, ne bouge pas, tu as tout ce qu'il te faut et loin de moi l'idée de te disputer l'amour que tu possèdes déjà... tu m'inviteras à ton mariage, et j'espère que tu me feras l'honneur d'assister au mien.

Lussanville : As-tu quelque dame en vue ?

Dolsans : Je ne sais pas encore, mon cher, mais tu en seras le premier averti, sois-en sûr. » en disant cela, il regardait Fanchette avec un léger sourire.

« *Dolsans* : Bien, je vais aller chercher les chaussures de ma tante, puisque je suis réduit à faire le coursier et que l'amour est pour d'autres.

Lussanville : Je t'accompagne, mon ami, je ne veux pas te laisser.

Dolsans : Lussanville, voyons, n'as-tu pas d'autres choses à régler ?

Lussanville : Je n'en ferai rien. Mes amis me sont aussi précieux que ma vie, et ma chère Agathe connaît mes sentiments.

Dolsans : Eh bien soit, allons-y, nous irons boire à la santé de ton futur mariage ! »

Et Lussanville, après s'être assuré qu'Agathe respirait bien et fait la révérence à Fanchette, sortit en compagnie de Dolsans.

<u>VII</u>
<u>Dans lequel on découvre le passé commun de Lussanville et de Dolsans et où il est question d'une épée</u>

Vous n'avez pas encore conscience de ce qui liait ces deux hommes : leur amitié, quoique pas si ancienne, s'était formée à son arrivée au Havre. Lorsque Lussanville était descendu du bateau, frigorifié vu les vents qui avaient agité leur vaisseau, il s'était rendu avec son père dans une taverne toute proche. Le père de Lussanville, qui n'en pouvait plus de cette interminable traversée, avait loué une chambre au premier avec une jeune femme aux doigts vernis de rouge qu'il venait de croiser. Lussanville restait donc seul face à ses œufs et à sa soupe, l'esprit encore embrumé, reniflant la triste odeur du graillon qui s'échappait des fourneaux dans la pièce adjacente. Dolsans était à une table avec cinq de ses amis, et ils enchaînaient des parties de cartes. Comme il les regardait depuis plusieurs secondes, le plus gros d'entre les joueurs, que Dolsans avait surnommé « La Brute » se leva et vint lui parler.

« *La Brute :* Eh ben ! Un petit jeune homme tout juste arrivé ! Tu veux jouer ?

Lussanville : C'est que... (il avait un sourire crispé) je ne connais pas les règles de ce jeu.

La Brute : Tu connais pas les règles du Pharaon ? Il n'y a rien de plus simple ! As-tu de l'argent ?

Lussanville : Fort peu, c'est mon père qui le garde.

La Brute : Mais je vois que tu as une bague... »

Lussanville avait en effet à la main droite une bague qu'il tenait de sa mère qui la tenait de l'indien avec qui elle était partie. Sa forme était des plus singulières : c'était un simple anneau de cuivre avec en son centre une ouverture ovale, creuse et assez grosse, dans lequel on avait fixé un œil de verre qui avait été retrouvé sur un colon français. La bague, ainsi montée, donnait la sensation qu'elle vous regardait.

« *Lussanville :* Je ne peux jouer cette bague, c'est impossible, elle me vient de ma mère, et c'est tout ce qui me reste d'elle ! »

La Brute eut un sourire et se tourna vers Dolsans qui venait de gagner la dernière partie. Ce dernier sourit à son tour.

« *Dolsans :* Allons, monsieur, ne vous inquiétez pas, personne n'en veut à votre bague. Mais vous voir seul à cette table, à nous regarder, voilà qui est affligeant ! Ne jouez pas, si vous ne le souhaitez pas, mais partagez au moins notre table ! Le Rusé, pousse-toi ! »

Il venait de parler ainsi à un gringalet à la perruque grise et bien soignée qui était à sa droite sur le banc. Lussanville se leva et alla rejoindre la place qu'on lui faisait.

« *Dolsans* : Bon, il faut que je vous fasse les présentations ! Voici la plus belle bande de gagnants du Havre ! Je m'appelle Dolsans mais tu peux m'appeler Le Blond, voici la Brute avec qui tu as déjà eu à faire. »

La Brute eut un petit rire approbateur à l'énoncé de son surnom.

« *Dolsans* : Voici ensuite le Rusé ! »

Ce dernier singea une révérence depuis sa place.

« *Dolsans* : La Fouine ! »

Un petit homme barbu et trapu serra vivement la main de Lussanville.

« *Dolsans* : Bernard L'ermite ! »

Un vieil homme à l'oeil vif et à l'allure sèche fit un signe de tête en direction de Lussanville.

« *Dolsans* : Et enfin La Gazelle, mon frère. »

Un très jeune homme, qui portait lui aussi une perruque blonde, fit un signe de la main vers Lussanville.

« *La Gazelle* : Et toi, quel est ton nom ? »

« *Lussanville* : Je m'appelle Jean de Lussanville, et je reviens d'Amérique.

Le Rusé : Oh, d'Amérique ! Et dites-moi, vous n'avez pas été trop taxés ? J'ai entendu dire que les Anglais vous mangeaient la laine sur le dos... ?

Lussanville : Je ne sais, je ne m'occupais pas de ces choses. Je sais juste que l'entreprise de mon oncle fonctionnait très bien et exportait beaucoup vers l'Europe.

La Fouine : Et que vendait-il, ton oncle ?

Lussanville : Du tabac, surtout.

Bernard l'ermite : Oh, du tabac... qu'est-ce qui doivent trimer, les nègres qui déterrent ça... ! J'en ai vu pas plus tard qu'hier qu'on mettait à la cale au départ pour l'Amérique. »

Lussanville devint tout d'un coup plus sombre.

« *Dolsans* : On dirait que ce sujet déplaît à notre ami, mes chers ! Et il a raison ! Place au jeu ! Messieurs les pontes, faites vos jeux ! »

Les règles du Pharaon étaient on ne peut plus simples : c'était la gauche contre la droite. Le banquier est au milieu et les joueurs sont équitablement répartis à sa gauche et à sa droite. Le banquier trace deux colonnes. Chacun place sa mise à gauche ou à droite. Puis le banquier retourne deux cartes, une en face de chaque colonne. Le parti ayant la carte la plus forte double sa mise tandis que l'autre voit sa mise prise par le banquier. Si jamais les deux cartes sont de même niveau, le banquier ramasse tout.

« Vous voyez, monsieur de Lussanville, ce jeu ressemble à la vie. Tout y est question de chance ! » lança Dolsans avec un plaisir non dissimulé.

Lussanville les regarda accumuler plusieurs louis de chaque côté, les perdre, puis les regagner, puis les reperdre, tout cela en quelques secondes à chaque fois. Ils enchaînaient les parties, l'argent semblait couler à flot. Au bout de quelques minutes, Dolsans demanda qu'on s'arrête.

« *Dolsans* : Messieurs ! Notre nouvel ami a vu combien nous pouvions jouer avec notre argent, combien nous nous riions de le perdre ou de le gagner... et je tiens à qu'il joue au moins un coup. Mais comme je sais qu'on ne risque pas un bien aussi précieux sans contrepartie, voici ma proposition. »

Il fit un signe au tavernier et lui dit quelque chose à l'oreille. Quelques instants plus tard, il revint et posa sur la table une somptueuse épée, dans son fourreau tout enrobé de feuilles d'or. La garde, en son centre, contenait un saphir d'un bleu pur, comme le bleu des rois.

« Cette épée m'a été abandonnée par un riche marchand qui fuyait le pays alors qu'il venait de faire faillite. J'avais réussi à détourner l'attention de ses créanciers afin qu'il puisse filer. Ce cadeau, il l'a fait pour me remercier. »

Il en tira légèrement la lame qu'on vit briller à la lumière des bougies.

« Lussanville, si vous êtes prêt à risquer votre bague qui vous est si précieuse, je risquerais cette épée, qui vaut sans doute dix fois son prix. Et si vous la gagnez, elle est à vous. Alors... qu'en dites-vous ?

Lussanville doutait, car cette épée était non seulement de toute beauté, mais étant d'origine noble, il avait le droit de la porter... et cependant n'en avait point. Son grand-père maternel aurait sans doute été fier de lui s'il avait pu retrouver cet honneur de porter une épée.

« *Lussanville* : Non. »

« *Dolsans* :Non ? »

« *Lussanville* : Non, mes souvenirs, mon passé, n'est pas à vendre, ni à jouer. Excusez-moi. »

Et il se leva de table et sortit attendre son père à l'extérieur.

Le vent avait cessé et la nuit était plus douce, quoique toujours un peu fraîche. Lussanville s'entoura de sa cape et regarda les étoiles comme il avait coutume de le faire. Quelques minutes plus tard, une forme s'approcha de lui et lui posa la main sur l'épaule. Il se retourna brusquement et reconnut Dolsans, qui lui tendait la main.

« *Dolsans* : Monsieur, vous avez été un gentilhomme. L'honneur que vous avez à défendre votre passé et vos souvenirs m'est tout à fait étranger, mais il est aussi tout à fait admirable. Et sachez aussi que, de toute façon, je ne pourrais rien faire de cette épée. Ma naissance ne me permet pas de la porter et mon caractère ne me prédispose pas du tout au combat. Je suis un homme d'affaires. Je n'ai pas vocation à me servir d'une telle chose. D'ailleurs, voyez si elle me servait au fond de ce coffre ! Mais je suis persuadé que vous en ferez bon usage ! Tenez, prenez-la. J'ai tout l'argent qu'il me faut, et j'ai encore de quoi en gagner de ces messieurs.

Lussanville : Je ne peux accepter, monsieur, vous ne me devez rien, et je ne vous ai rendu aucun service.

Dolsans : Alors, si vous me permettez, puis-je simplement vous demander de me la garder, au cas où je viendrai un jour à faire des dettes avec mon esprit trop emporté ?

Lussanville : La garder pour vous, et garder un temps pour vous la rendre ?

Dolsans : La garder pour vous, vous en servir si vous le souhaitez, mais penser à la vendre afin de me tirer de l'embarras si cela vient à m'arriver ?

Lussanville : Si c'est votre désir, monsieur, je le veux bien.

Dolsans : Vous savez, il n'y a pas d'amis chez les négociants. Nous sommes tous à l'affût de la meilleure offre et nous ne sommes pas là pour nous aider. Mais vous, qui semblez être un fils de bonne famille, je pense pouvoir compter sur vous ; vos valeurs et votre honneur me garantissent de trouver toujours une porte ouverte. C'est pourquoi je vous fais ce cadeau.

Lussanville : Et ma porte vous sera toujours ouverte, monsieur Dolsans.

Dolsans : Je vois que vous avez employé mon véritable nom. J'apprécie. A bientôt donc, monsieur de Lussanville. »

Et Dolsans lui remit l'épée avant de rentrer dans l'auberge. Le saphir brilla sous la lumière des étoiles et Lussanville pensa qu'il aurait sans doute gagné cette partie, car il venait d'avoir une chance étonnante. Finalement, il avait gagné la partie ce soir là en refusant de jouer. Parfois, le jeu n'est pas là où le croit.

« Mais qu'est-ce que tu vas faire de cette épée ? » maugréa son père en ressortant de la taverne.

« *Lussanville :* La porter, père, et faire honneur à mon rang.

Charles de Lussanville : C'est cela... c'est cela... garde-la puisque cela t'amuse, tu la revendras quand tu auras besoin d'argent. »

Et, en passant près de la fenêtre, Lussanville vit Dolsans lui faire un signe de la main, et pensa en son for intérieur : il sait que je tiendrai ma promesse.

<u>VIII</u>

<u>Suite du passé de Lussanville et Dolsans : les opinions de Dolsans sur les femmes et sur la peinture</u>

Et les deux nouveaux amis s'étaient revus à plusieurs reprises. Dolsans l'emmenait toujours dans des soirées où il le présentait comme garant de sa vertu, demandait sans cesse qu'il approuve ses démarches, qu'il fasse bonne figure auprès des officiels qu'ils leur arrivait de croiser. Et Lussanville parlait toujours avec son sourire, son calme, et son bel habit blanc. Dolsans obtenait ainsi la confiance de nombreux clients, malgré la réputation sulfureuse que commençait à avoir le père Lussanville. Un jour, au terme d'une longue soirée sur une galère où le rhum avait coulé à flot, il s'était assis à côté de lui, lui avait posé la main sur l'épaule, comme le premier jour et avait dit ces mots :

« *Dolsans :* Mon cher, je ne sais si la boisson me fait dire des choses que je ne vois pas tout à fait... cependant, je puis te dire, avec certitude absolue, que tu es mon ami le plus charmant, le plus utile et le plus fidèle que j'ai vu depuis que j'ai vu quelque chose. Et franchement, si je puis te dire un mot, je serais enchanté de pouvoir t'aider dans n'importe quelle action... tiens, est-ce que tu connais une fille que tu voudrais épouser ? J'en connais de nombreuses ! Il faut que tu te maries, mon cher, ce n'est plus possible, un si beau garçon célibataire... c'est criminel ! Tu vas finir par attirer les ragots, mon cher petit Lussanville... il te faut une femme, ce n'est plus... possible. Attends, mon verre est vide... donc oui, je disais que... oui, je disais qu'il te fallait une femme, d'accord ? Donc, eh bien... trouve une femme, que diable, et honnête avec cela, de bonne physionomie... avec une gorge succulente et un regard de feu, une qui te fasse vibrer, tudieu ! Ah... merci, c'est gentil, j'allais tomber. Tu es vraiment un ami formidable, mon cher... je connais un bal, il faut que tu t'y rendes demain soir.

Lussanville : Dolsans, cela suffit, tu es gris. Et tu parles comme mon père.

Dolsans : Je te défends de me dire que je suis gris... même si... je suis sacrément gris. Mais je me fais du souci pour toi ! Tu es un garçon perdu si tu ne cherches pas une bonne épouse...

Lussanville : Enfin, je suis jeune, tu ne crois pas ?

Dolsans : Justement, il n'est jamais trop tôt pour se faire une situation. Tu n'as pas appris de métier, et tu n'as que faire de ton temps... un bon mariage te mettra à l'abri du besoin. Choisis bien la demoiselle et n'oublie pas... la dot doit être à la mesure de ton rang ! Il te faut une épouse bien dotée... si tu vois ce que je veux dire.

Lussanville : Eh quoi, tu ne crois pas que nous nous verrons bien moins souvent quand je serai marié ?

Dolsans : Balivernes, mon cher, nous nous verrons autant que nous le voudrons ! Moi-même, j'ai le temps de fréquenter une merveilleuse créature... mais je ne t'en dirai rien tant que tu ne trouveras pas la perle ! Allez, je vais aller me coucher... et sois prudent en rentrant chez ton père, ne finis pas égorgé dans une ruelle, d'accord ?

Lussanville : Je tâcherai. »

Lussanville avait eu un petit ris et cette discussion avait, il s'en souvenait, beaucoup compté pour le convaincre d'aller au bal où il avait fait la connaissance d'Agathe. Et pourtant, après cette nuit orageuse, il n'en avait dit mot à son ami. À l'intérieur de la confiance qu'il éprouvait pour ce jeune homme plein d'énergie et de perspicacité, il sentait qu'il ne pouvait pas tout dire, tout révéler de lui-même, que certaines choses avaient lieu d'être et d'autres pas, que sa sensibilité n'était pas l'affaire de ce garçon qui l'avait initié aux jeux et aux plaisirs de la société havraise. Lorsqu'il était seul, Lussanville imaginait Dolsans en pirate ayant vogué sur les sept mers, impétueux, manipulateur, présomptueux par moments mais toujours fin combattant et habile négociateur. Pourtant, nul n'était plus sédentaire que ce monsieur Dolsans : jamais un départ n'avait attiré sa convoitise, jamais l'appel du large ne l'avait effleuré. S'installer confortablement, ses amis, ses jeux, ses plaisirs : voici ce qui convenait à Dolsans. Pourquoi changerait-il ? Pourtant, Lussanville l'avait déjà surpris par deux fois, en venant chez lui le matin, en train de peindre dans un petit atelier. Ses peintures avaient toutes sortes de sujets et de modèles et Dolsans semblait les composer selon sa pure fantaisie, passant du paysage au portrait et du portrait au paysage, obtenant d'étranges couleurs bâtardes par des mélanges inopportuns, donnant à ses tableaux une allure irréelle qui donnait l'impression d'avoir consommé une grande quantité d'opium. Il fonctionnait par obsessions : un jour, c'était une chevelure qu'il peignait et repeignait sous toutes ses formes, un autre jour, c'était un merle dévorant un cadavre... et Dolsans ne s'expliquait pas cette lubie qu'il avait de jeter toutes ces couleurs sur ces toiles, n'ayant ni vision ni but précis.

« *Dolsans* : Je ne saurais peindre pour des commandes... je ne saurais représenter le Christ ni les Saints, je n'ai pas la moindre envie de recopier un paysage qu'on peut voir chaque jour en se levant le matin... et puis dès que j'ai fini un élément, j'en suis insatisfait : dès qu'il est là, immobile sur la toile, je ne peux m'empêcher d'avoir l'impression que je viens de le tuer. Qu'il est mort, cloué comme un cadavre fumant sur cette toile... et je le cache pour en faire un autre. Je n'arrive à rien là dessus. Tout ne cesse de bouger, mon cher Lussanville. Et je n'arrive pas à saisir le mouvement qui m'anime. Le matin, quand je m'éveille dans ma chemise, sous mon bonnet, je sens que les choses ne bougent pas et alors j'arrive à faire face à ces toiles et à les regarder attentivement... ce sont un peu mes rêves. Car je ne rêve jamais la nuit. Mais le soir, la peinture me dégoûte et je jetterai volontiers tout mon ouvrage à la mer. J'ai vu les gens parler, bouger, se tromper, s'abuser, courir, se retourner, changer d'avis, s'obstiner, crier, se taire... et là, ma peinture ne dit plus rien, ce n'est rien qu'un tombeau vide sans âme, sans mouvement. Le monde change, mon ami, le monde bouge. Et moi, je ne peux pas le capturer, il s'éloigne dès que je pose mon pinceau sur la toile, il est déjà ailleurs. Non, non, je pense que je vais renoncer à tout cela. »

Et Lussanville tentait de le convaincre par tous les moyens qu'il n'en fallait rien faire, qu'on pouvait faire vivre le mouvement à travers le regard qu'on portait sur la toile, que, dans un instant capturé, on pouvait exciter l'imagination du spectateur à voir l'avant, à voir l'après ;

qu'on faisait comme la synthèse de quelques instants et que, au fil de la journée, le même tableau nous racontait différentes histoires, qu'une simple variation de lumière pouvait bouleverser tout ce qu'il nous disait. Mais Dolsans ne se laissait guère convaincre. Et force était de constater que ses tableaux portaient la marque de la frustration et de l'inachèvement de l'artiste : les éléments, plats, aux couleurs étranges mais sans mystères, ne disaient rien d'autre que leur triste existence, ne portaient pas une vision plus grande qu'eux. Sur ces toiles, une pomme restait invariablement une pomme, même quand elle en avait à peine l'aspect tant les mélanges de couleurs étaient nauséeux. Mais Lussanville se refusait à imaginer que son ami n'était pas un bon peintre, et lui-même, ne sachant pas même tenir un pinceau, n'ayant de plaisir qu'à parler, observer, lire et parfois écrire, ne voulait porter aucun jugement critique sur ce qu'il était incapable de reproduire. Son innocence l'induisait à penser qu'il suffisait d'essayer pour parvenir à transmettre une émotion. Et Dolsans, conscient de l'impasse dans laquelle la peinture l'avait mis, supportait d'autant moins les emportements passionnés de Lussanville qui voulait défendre ses œuvres.

IX
<u>Continuation du passé de Lussanville et Dolsans : Les tableaux noyés</u>

Un soir, alors que Dolsans rentrait chez lui, il finit par jeter plusieurs seaux d'eau sur ses toiles jusqu'à ce qu'elles se noient dans une mare infecte de couleurs boueuses. Lussanville vint le lendemain matin et trouva Dolsans en train de déjeuner avec plaisir d'un succulent gâteau aux fruits en contemplant sa piscine vert kaki dans laquelle il avait laissé toute la nuit pourrir ses toiles dont les formes commençaient à fusionner entre elles et exhalaient une odeur de vieille peau détrempée.

« Mon Dieu, mon ami, qu'as-tu fait ? » s'exclama le pauvre jeune homme qui était devenu pâle.

« *Dolsans :* Ce que tout homme doit faire devant une passion dégoûtante. Il la noie, l'enterre, la jette ou la brûle. J'ai choisi la noyade, plus spectaculaire. Plus proche de mon tempérament. J'ai l'impression qu'un crocodile va jaillir de mon lac improvisé. J'aime beaucoup les crocodiles, mais je n'en ai jamais vu, que dans des livres.

75

Ce sont des créatures fascinantes : elles peuvent se cacher pendant près d'une heure dans l'eau boueuse pour préparer des embuscades pour leurs proies... de vrais génies de patience. Je crois que si j'ai enfin réussi à obtenir une couleur qui vaille sur un tableau, c'est celle du crocodile. Dommage que je n'ai plus aucune toile pour profiter de cette couleur splendide. »

Lussanville était effondré et pleura devant cet affligeant spectacle pendant que Dolsans croquait à intervalles réguliers dans son gâteau. Quand il eut finit, il déclara qu'il devait aller travailler et laissa Lussanville toute la journée chez lui à nettoyer cet infâme jus de crocodile qu'il ne supportait plus de voir. Mais Lussanville le fit sans peine, car c'était son ami et il n'allait pas bien, il en était persuadé. Détruire ainsi son art était la preuve d'une terrible tristesse et il ne le laissait pas se faire mal ainsi, il allait débarrasser la maison de son ami de ces affreux restes. Après cet épisode, il le vit moins, Dolsans lui-même se montrait plus distant, et Lussanville avait le cœur tourné vers Agathe qu'il venait de rencontrer. Cependant il leur arrivait de se croiser dans le port ou à la taverne où ils s'étaient vus pour la première fois, et à ce moment, ils retrouvaient leur bonne humeur habituelle, leurs échanges si simples et si sincères.

Voici pourquoi, ce jour-là, à l'annonce de cette rivalité qui devait les opposer tous deux, les amis partirent ensemble pour parcourir la ville avec les chaussures de madame Villetaneuse. Lussanville n'était pas près d'abandonner ce bienfaiteur, fût-il son rival.

X

<u>Où l'adorable Fanchette fait à son amie Agathe le récit de sa rencontre avec le sieur Lussanville</u>

Fanchette avait rejoint Agathe dans le salon et s'était mise à genoux près de sa liseuse. Agathe ne la regardait pas, ses yeux larmoyants restaient fixés sur le plafond ouvragé. Fanchette n'osait pas toucher son amie, tant elle lui semblait malheureuse et ce fut finalement Agathe, qui, après un long moment, décida de rompre le silence. Leurs grandes robes, traînant l'une près de l'autre, se touchaient presque.

« *Agathe :* Fanchette, je suis désolée de ne pas avoir été là. J'aurais voulu être présente. Je l'aurais tant voulu qu'à présent je sens que le dégoût me prend, que je n'ai plus lieu d'être et que vos yeux finiront par avoir raison de ma vie. »

Fanchette se mit à trembler et attrapa vivement les mains de sa tendre amie.

« *Agathe :* Ce que tu dois savoir... c'est que je ne veux plus désormais vous voir l'un sans l'autre. Que je sens bien que je me dois d'être tout à toi, comme je te l'ai promis, mais que cet homme, si étrange que cela puisse paraître, m'obsède à un point qui n'est pas imaginable. Je ne sais si je veux m'en faire un époux. Je le crois, sans savoir vraiment ce que le nom d'époux signifiera pour deux êtres comme lui et moi. »

Elle soupira, serra les mains de Fanchette puis demanda :

« *Agathe :* Que t'a t-il dit, ma douce petite Fanchette ?

Fanchette : Il a regardé la petite danse que j'avais préparé pour l'accueillir. Après être resté longtemps silencieux, il a dit qu'elle était un chef d'oeuvre. Et j'en étais fière, cela faisait longtemps que je ne m'étais pas sentie aussi fière. Son regard m'a bouleversée et je comprends maintenant pourquoi tu sembles si envoûtée quand vous échangez ces regards tous les deux.

Agathe : Tu as l'impression d'exister davantage à travers ses yeux, c'est cela ?

Fanchette : Je ne suis plus la même, ma chère Agathe, je deviens quelqu'un d'autre. Quand il est là, j'ai l'impression qu'une foule de gens me regarde et que tout le monde me trouve aussi douée que lui.

Agathe : C'est quelque chose que tu n'as jamais ressenti auparavant ? Avec personne ?

Fanchette : Non, Agathe, c'était un sentiment tout nouveau, jamais on m'avait regardé comme cela. Enfin, cela n'a rien d'étonnant parce qu'on me regardait toujours avec des yeux béats, surtout quand je bougeais mes pieds. Lui avait un regard tout à fait différent.

Agathe : Et tu n'as jamais reçu que des regards béats, vraiment, rien d'autre ?

Fanchette : Oh si... ma nounou me regardait avec tendresse, ta mère aussi... et puis toi, ma merveilleuse Agathe.

Agathe : Tu aimes comme je te regarde ?

Fanchette : Oh oui, j'adore ! »

Et Fanchette se mit à la serrer contre elle avec son enthousiasme habituel. Agathe ne savait plus quoi dire, la froideur qui était née dans son cœur fondit immédiatement. Elle sentit qu'elle n'aurait pas le cœur de lui refuser quoi que ce soit. Pour elle, rien ne serait trop beau. Aucun présent ne vaudrait jamais ce bonheur naïf, cette joie première que lui offrait ce sourire délicieux.

« *Agathe :* Eh bien tu vas avoir l'occasion de le revoir.

Fanchette : C'est vrai ? Tu le veux bien ?

Agathe : Oui, je n'empêcherai pas un si beau regard de se poser sur toi. »

Fanchette eut une vive réaction : elle cria, sauta, se roula dans sa robe et finit par tomber sur son amie, ayant de la peine à respirer, tout contre son corsage. Agathe commença à la chatouiller, et Fanchette se mit à rire, s'agita, la suppliant d'arrêter, prise au piège dans ses jupons. Mais Agathe éprouvait un immense plaisir à voir cette jolie poupée rose se tortiller et n'arrêta que lorsque Fanchette se jeta dans ses bras et lui fit un baiser près de son épaule, à la naissance de sa gorge. Agathe éprouva un frisson et laissa sa gorge disparaître sous une inondation de blondeur.

XI

Où Dolsans doit finalement s'acquitter de la mission d'un livreur de chaussures

Dolsans avait froidement salué madame Villetaneuse, avait prit les chaussures qu'elle lui tendait et était ressorti, suivi de Lussanville, qui prit cependant le temps de lui dire l'intérêt qu'il portait à ses créations. Villetaneuse avait rougi de plaisir. Une fois dans la rue, les deux amis marchaient d'un bon pas et se parlaient peu, on sentait que la scène qui venait de se produire avait entamé l'extraordinaire confiance que Dolsans accordait à son ami. Lussanville ne cessait de scruter le visage du négociant, espérant y voir un signe quelconque qui pourrait le rassurer. Mais il ne vit rien, le visage restait concentré sur sa tâche, inaccessible.

« *Dolsans :* Eh bien, qu'est-ce donc Lussanville ? Est-ce de la pitié ?

Lussanville : Non.

Dolsans : Assurément ?

Lussanville : Assurément, mon cher. Je n'entends pas ce qui s'est produit.

Dolsans : Il s'est produit que j'ai trop peu fréquenté les femmes et

78

qu'en quelque sorte, c'est comme si tu en étais une. »

Lussanville prit un air interrogatif.

« *Dolsans :* Ton air, ta manière te trahissent : on y voit de la sympathie pour le beau sexe. Combien de fois t'ai-je dit qu'il te fallait cultiver les qualités viriles ? Mais je vois bien qu'en matière d'amour, la femme n'aime jamais que son semblable. La hardiesse, la rugosité, les manières viriles lui déplaisent. Donnez-lui un miroir, et elle tombera amoureuse.

Lussanville : Tu es bien en peine, Dolsans, et c'est pourquoi tu me tiens ce discours. Il y a autant de femmes que de goûts, et je suis persuadé qu'il en existe toujours une quelque part qui est celle qu'il faut à chacun d'entre nous.

Dolsans : J'aimerais te croire, mon cher, j'aimerais te croire. »

Ils arrivèrent enfin à la hauteur de l'hôtel particulier de l'armateur Royan qui accueillait la famille du futur duc de Chevreuse. A ce moment Dolsans eut de la répugnance à entrer.

« *Dolsans :* Ces gens sont tous ducs, marquis, vicomtes, qu'ont-ils à faire d'un homme comme moi ? Est-ce que je vais franchir ce seuil pour leur donner des chaussures ? Je n'aurais jamais dû accepter cette commission. Je me sens comme un Arlequin de comédie. Et j'enrage de cela.

Lussanville : Mon ami, qu'importe ! Tu as déjà commerce avec les plus grands armateurs de cette ville, et c'est l'hôtel particulier d'un de tes plus gros clients, tu es chez toi céans, tu y viens au moins une fois la semaine.

Dolsans : Si tu savais comme il m'est insupportable de n'être pas né duc, comte ou marquis ! Ces gens-là n'ont pas besoin de travailler, de faire le moindre compromis, ils peuvent se consacrer à de hautes occupations, résoudre des problèmes qu'on aurait même de la peine à imaginer ! Ils ont le temps pour l'amour, pour les livres, pour la peinture, pour le jeu. Ils peuvent se permettre de tout perdre tant leur fortune est immense. Quel gâchis c'est de devoir entretenir toutes ces belles personnes qui ne restent qu'entre elles. Au moins nous enseigneraient-ils les bonnes manières, la conversation ou la musique ! Mais non, ils sont enfermés dans leurs réceptions ! Ce sont les dieux de l'Olympe, rien de moins. Ils vivent dans les nuages.

Lussanville : Veux-tu que j'y aille moi-même ? »

Dolsans eut un mouvement brusque et lui jeta presque les chaussures contre la poitrine.

« *Dolsans* : Voilà qui est bien, mon cher ! Donne-leur donc, je ne veux pas les voir. Et puis j'ai beaucoup à faire.

Lussanville : Attends, mon ami, nous reverrons-nous bientôt ?

Dolsans : Je ne sais. Si je n'ai pas quitté cette ville demain matin, tu pourras dire que je suis un lâche.

Lussanville : C'est justement ce que je ne veux pas, mon cher Dolsans.

Dolsans : Pourquoi pas ? Tu serais débarrassé d'un rival.

Lussanville : Il n'y a pas de rivalité possible entre nous. Rappelle-toi. »

Il tira alors son épée, Dolsans eut un sursaut, comme s'il était persuadé que son ami s'apprêtait à le frapper. Lussanville s'en rendit compte et en fut profondément blessé. Puis, après avoir respiré lentement, Lussanville continua : « C'est toi qui m'as donné ceci, c'est toi qui m'as rendu ma noblesse. Qu'étais-je ? Mon père avait vu sa famille ruinée par les excès de mon grand-père : le jeu, la table, les étoffes... lettre de change sur lettre de change, il était devenu débiteur de toute la ville. Il a dû abandonner son titre et s'est mis à travailler ; aujourd'hui il a retrouvé ses aises et se permet des dépenses qui me font presque peur. C'est toi, Dolsans, toi et personne d'autre, qui m'a rendu mon titre et fait honneur à ma naissance. Sans toi, je ne serais que la moitié de ce que je suis. Aurais-je pu rencontrer cette femme merveilleuse et que j'aime si tu ne m'avais pas convaincu d'aller à ce bal ? Aurais-je été introduit dans le monde sans ton concours ? Serais-je devenu habile homme si tu ne m'avais rien enseigné ? Je serais toujours gauche et incapable. Grâce à toi, je suis un autre homme. Tu as fait une bonne action, Dolsans. Et je sais que tu es trop humble pour le reconnaître. Mais je ne l'oublie pas, je ne l'oublierai jamais.

Dolsans baissa la tête, eut un sourire énigmatique puis se tourna vers son ami.

« *Dolsans* : C'est bon, Lussanville, je ne pars pas. Mais je ne saurais entrer dans cet hôtel, porte-leur pour moi, je t'en prie.

Lussanville : Je le ferai, non parce que j'ai un titre, car je sais qu'il ne vaut rien, mais parce qu'un ami me l'a demandé.

Dolsans : Merci beaucoup, mon cher Lussanville. »

Et Dolsans partit rapidement, prenant la première rue qui pouvait l'éloigner du regard de son ami.

<u>XII</u>

Lussanville pénétra alors dans le somptueux hôtel de l'armateur, où un portier vint aussitôt l'accueillir sous sa magnifique perruque parfaitement poudrée. Son costume impeccable, et richement paré, plongeait le jeune homme dans un autre monde. Et, à voir les lustres et les tapisseries, on se serait presque cru à la Cour. On avait, semble t-il, fait quelques ajustements pour recevoir le monde ; ainsi, plusieurs domestiques, tout aussi bien faits et bien vêtus, ne cessaient d'aller et venir dans l'escalier avec quelque bouteille ou quelque plat qu'ils apportaient à la salle à manger. Lussanville les suivit puis se trouva nez à nez avec ce qui semblait être le maître d'hôtel. Il avait la mine austère et le teint pâle, ses yeux minuscules fixaient le nouvel arrivant avec un sourire quelque peu dépité. Il demanda à Lussanville ce qu'il voulait et ce dernier lui répondit avec vigueur qu'il avait une course très importante à faire auprès de mademoiselle Forgel. Le maître d'hôtel prit un air surpris, puis, comprenant qu'il s'agissait de l'habilleuse, lui demanda d'attendre et sortit. Quelques minutes plus tard, pendant lesquelles Lussanville observa les scènes de chasse qui ornaient les nombreuses tapisseries de l'antichambre où il avait croisé le domestique, il vit arriver une dame avec un maintien parfait, qui se déplaçait vivement, vêtue très simplement, quoique très élégante.

« *Mademoiselle Forgel : :* Qu'est-ce donc ? demanda t-elle inquiète. Est-il arrivé quelque chose à la boutique ? Parlez, monsieur.

Lussanville : Non, rien de tel mademoiselle. Je suis venue sur la demande d'une de mes plus proches amies vous remettre ceci.

Il présenta alors les chaussures emballées. Mademoiselle Forgel les ouvrit immédiatement et aperçut cette étrange création qui brillait de mille feux.

Mademoiselle Forgel : Qu'est-ce que c'est que cela, monsieur ? Le cadeau d'un galant ? Le bout en est brillant, mais c'est d'un style parfaitement naïf. Serait-ce un marquis qui a voulu s'essayer à quelque fantaisie ? Je ne suis pas la messagère du cœur de la duchesse.

Lussanville : Non, mademoiselle, ce n'est point à la duchesse de Chevreuse que ce présent est adressé. Il est, à ma connaissance, destiné à la princesse de Conti.

Mademoiselle Forgel : A la princesse... mais enfin, monsieur, qui êtes-vous ?

Lussanville : Monsieur de Lussanville.

Mademoiselle Forgel : Pardonnez-moi, ce nom ne m'est pas connu...

Lussanville : C'est une très ancienne famille qui a émigré depuis longtemps.

Mademoiselle Forgel : Je vois... en tout cas, vous semblez un honnête homme et l'épée que vous portez en dit beaucoup sur votre fortune et votre noblesse. Je donnerai ce cadeau à la princesse. Dois-je lui dire votre nom ?

Lussanville : Dites-lui simplement que ces souliers ont été conçus spécialement pour elle par Carole Villetaneuse, du Havre, marchande de modes.

Mademoiselle Forgel : Très bien. Je viendrai la voir à l'occasion, où demeure t-elle ? »

XIII
Dans lequel madame Villetaneuse fait découvrir à nos héros les plaisirs de la réclame et où Fanchette retrouve sa Néné

Et le lendemain, madame Villetaneuse reçut une lette de Lussanville qui l'informait de la réussite de son projet. Elle manifesta sa joie avec bruit et fureur : elle sautait, dansait, chantait. Agathe n'avait jamais vu une telle ferveur chez sa mère et en était encore plus effrayée que de coutume. Fanchette, au contraire, se joignait à elle pour sauter et danser, sensible qu'elle était à l'atmosphère de la pièce ou de la maison. C'était un événement sans précédent : la chaussure redeviendrait bientôt la préoccupation de ces dames, ce n'était qu'une question de semaines. La première joie passée, madame Villetaneuse fit contribuer Agathe et Fanchette à un grand nettoyage de sa boutique au cours duquel elle changea tous les meubles de place, rendant la pièce aussi superbe que possible, presque luxueuse tant elle débordait d'objets brillants et flamboyants. Et dès le lendemain, le 10 juin, plusieurs dames du Havre, ayant entendu parlé de cet étonnant cadeau par les domestiques de l'hôtel Royan, étaient venues regarder les objets exposés. Il fut demandé deux essayages et Villetaneuse s'empressa aux pieds de ces dames. L'une d'elle, ayant beaucoup ri en voyant l'amas de perles qui ne cessait de s'entrechoquer à chaque pas qu'elle faisait avec l'un des modèles, décida de l'acheter et ressortit dans la rue en gloussant bruyamment. Une autre paire, ornée de plumes de mouette, faillit partir aussi mais leur disposition était imparfaite et elles chatouillaient le cou-de-pied de la pauvre bourgeoise.

« C'est encourageant » se dit la marchande, il faut que je fasse de la réclame.

Et elle s'enferma dans son atelier tout le reste de la journée, laissant Agathe dans la boutique, un livre à la main, car il était impensable que la jeune philosophe perde son temps à rester debout sans rien faire. Et elle fit plusieurs panneaux qui devaient être posés partout en ville :

« Chez Carole Villetaneuse, des chaussures uniques, des articles de modes, des créations fantastiques et un joli pied qui vous les essayera ! »

Et Fanchette, accompagnée d'Agathe - car la marchande ne supportait pas que la petite Florangis sorte seule – fit plusieurs fois le tour de la ville pour poser ces pancartes à toutes sortes d'endroits improbables : autour des gouttières, sous les fenêtres des rez-de-chaussée, près de la plage, accrochées aux étages de leurs amis les plus proches.... c'était un festival, un déferlement publicitaire qui envahissait la petite ville du Havre. Lorsque Lussanville vit qu'on en amenait chez lui, il en accrocha une à sa chambre et offrit ses services pour recouvrir toute la ville, donnant le bras à la petite Fanchette qui se sentait un peu lasse. Il redoubla d'énergie et d'effort pour les aider, et fut d'un bon appui à Agathe qui n'aimait pas toujours les réactions de ceux qu'elle rencontrait : « On a pas idée, avait dit un vieil aigri qui passait, de laisser deux femmes se promener avec cet équipage pour vendre quelque chose. Inversez la marchandise et les vendeuses, et je serai client... » Agathe allait répliquer lorsque Lussanville les rejoignit derrière l'une des maisons. L'homme, voyant l'épée qu'il avait au côté, fit volte face et se hâta de partir dans le sens opposé. Agathe s'adressa au nouvel arrivant avec ironie :

« *Agathe :* Je suppose que je dois te dire merci d'être une aussi bonne escorte.

Lussanville : Les passants sont remarquablement rustres il faut toujours une épée pour dévier leurs crachats.

Agathe : Je pense qu'une épée n'est pas nécessaire, il suffit d'avoir ce qu'il faut sous le ventre, n'est-ce pas ? »

Fanchette sursauta, et Lussanville en fut secoué, elle avait dit cela d'un ton et d'une manière si crue qu'il n'osa plus prononcer un seul mot pendant toute une minute. Le soir tombait lorsque les trois colporteurs furent à bout de pancartes. Alors qu'ils revenaient chez la marchande, ils croisèrent un visage qui était familier à la jeune Florangis.

« *Fanchette :* Ma bonne Néné ! »

Fanchette se précipita vers la vieille dame qui descendait la rue avec son panier, et, une fois dans ses bras, se mit à pleurer de joie.

Néné : Eh bien, Fanchette, quel accueil ! »

Quand Néné eut salué les deux autres, Agathe la pria de venir souper dans leur maison, et en profita pour faire de même avec Lussanville, qu'elle avait un peu malmené, et qu'elle espérait pouvoir regarder pendant tout le repas.

« *Néné :* J'espère que je ne dérangerai pas votre mère, ma chère enfant !

Agathe : Venez, tout de bon, je vous jure qu'elle n'est jamais si heureuse que lorsqu'elle a quelqu'un à souper.

Lussanville : Ne se formalisera t-elle pas que je sois des vôtres ?

Agathe : Un homme d'esprit comme vous l'êtes ne pourra que la divertir, et je trouve que vous ne seyez pas mal à une assemblée de femmes.

Lussanville : C'est trop me flatter, et je ne prends soin que de vous. »

Fanchette, l'instant d'après, voulut prendre le bras de Lussanville. Ce dernier, qui ne l'avait pas vue, en fut un peu surpris mais, après un regard lancé à Agathe, se laissa faire. Après tout, ne l'avait-elle pas convié à soutenir son amie ? Ce cortège de longues robes et de riants visages arriva sur le perron de la maison, passa la porte et tomba sur madame Villetaneuse qui sursauta depuis la cuisine où elle se trouvait.

« *Madame Villetaneuse :* Oh, voici du monde, vite il me faut préparer un repas digne de ce nom ! Oh, ma chère amie, vous êtes là vous aussi ? Je suis si peu présentable !

Agathe : Je vais préparer le repas, maman.

Madame Villetaneuse : Oh, je suppose que tu penses que je ne peux pas le faire moi-même ?

Agathe : Je ne fais que t'ôter ce fardeau, et je serais enchantée de le faire accompagnée de ma chère Fanchette.

Fanchette : Oh oui, j'adore découper les légumes. Veux-tu que je fasse de petites rondelles ?

Néné : Voilà un enthousiasme qui fait plaisir à voir !

Madame Villetaneuse : Eh bien qu'elles le fassent, mes chères filles, pendant ce temps je vous installerai dans la salle à manger.

Agathe : Oh, maman, je ne t'ai pas présenté Monsieur de Lussanville !

Madame Villetaneuse : Mais je le connais, c'est plaisir de vous voir ici, monsieur ! Vous êtes un amateur de chaussures, je crois ?

Lussanville : J'ai été fasciné par votre collection, je le reconnais.

Madame Villetaneuse : Pensez-vous qu'elles seront du goût du tout-Paris ?

Lussanville : Je serais bien en peine de vous répondre, je n'ai jamais été à Paris.

Madame Villetaneuse : Malheureux ! Vous ne connaissez pas Paris ! Vous n'avez jamais vu le Louvre ! Ni Notre-Dame ! Pauvre garçon, il faut que vous m'y accompagniez un de ces jours ! »

Elle accompagna ses invités dans la salle à manger, décorée en plusieurs endroits de ses plus belles créations. Néné eut une exclamation en voyant les chaussures aux mille couleurs.

« *Néné* : Quelles splendides chaussures vous avez, mon amie ! Il y en a de toutes les tailles et de toutes les couleurs ! Faut-il aimer le pied pour l'habiller avec tant de raffinement !

Madame Villetaneuse : C'est que j'ai chez moi le pied le plus beau du monde... avez-vous déjà pu le voir, monsieur de Lussanville ? Le petit pied de Fanchette est le plus délicat qui soit ! Il est magnifique, un chef d'oeuvre de grâce et de beauté.

Lussanville : J'ai eu cette chance quand elle m'a interprété une danse de sa création. Il est magnifiquement fait, je ne saurais le nier.

Madame Villetaneuse : Oh, ma petite Fanchette fait donc des danses à des inconnus ?

Lussanville : Je ne suis pas tout à fait un inconnu, j'ai eu l'occasion de rencontrer Agathe à plusieurs reprises et c'est pourquoi je me suis empressé de l'aider à recouvrir la ville de pancartes pour le compte de votre boutique.

Madame Villetaneuse : Voilà un garçon serviable, je l'aime de plus en plus ! Prenez place, je vous en prie. »

Le repas fut rapidement servi ; pendant qu'on mangeait, Villetaneuse parlait sans cesse et son babil amusait beaucoup Néné qui y trouvait la joie et la vie qui lui manquaient dans les maisons austères où elle était employée. Agathe regardait souvent Lussanville et lui souriait. Depuis le jour où ils s'étaient vus elle l'avait mis en garde contre le fait de ne rien dire à quiconque de leur amour et elle avait si bien fait que Lussanville avait gardé sa langue. Seule Fanchette en savait quelque chose et elle souriait alternativement à l'un et à l'autre comme le fait une confidente indiscrète, trop heureuse de savoir ce que les autres ignorent. On sentait dans le regard d'Agathe l'envie d'égayer ce dîner en lançant un : Maman, je vais me marier. Mais le mariage avait encore de quoi effrayer son âme qui aimait tant à contrôler les situations : quel homme pourrait être à la fois assez doux pour qu'elle en obtienne ce qu'elle veut et assez sûr de lui pour ne pas la plonger dans un ennui mortel ? Celui-là, bien sûr, semblait rassembler ces qualités et avait été parfait depuis le moment où elle l'avait vu. Ses élans passionnés, sa nature d'ordinaire calme, son corps arrondi, doux et apaisant avaient tout pour lui plaire. Mais Agathe avait lu dans de nombreux livres que l'état de mari donnait à l'homme une personnalité tout à fait nouvelle, qu'un homme à qui l'on donnait ce rôle se bornait souvent à être jaloux, dur et dominateur et ce quelque soit ses origines ou sa nature. Agathe savait qu'un tel comportement pouvait la mener au meurtre. Et sachant cela, elle éprouvait une certaine répugnance à dire ce que son cœur hurlait dans tout son être : « C'est lui, je l'aime, je veux l'épouser ! ». Et il y avait autre chose... Mariée, fréquenterait-elle encore Fanchette ? Pourrait-elle la voir tous les jours ? Elle ne pourrait plus s'allonger auprès d'elle et la regarder dormir. Elle ne pourrait plus la regarder les cheveux détachés ni venir la consoler quand elle se réveillait la nuit d'un affreux cauchemar. Non, elle ne pouvait rien dire, elle ne pouvait qu'attendre en espérant n'être jamais découverte. Cet homme l'aimait, elle en était persuadée. Leurs embrassements lui étaient doux, c'était certain. Il ne renoncerait pas à elle... à moins que lui-même ait envisagé de se marier bientôt. Et s'il se mariait avec une autre femme ? Non, impossible, il lui avait signé cette promesse. Mais que valait ce papier après tout ? Il ne vaut que la parole donnée. Elle ne pourrait sans doute pas le forcer devant un juge à l'épouser avec un tel papier... ou il faudrait qu'elle ait quelque appui de sa famille. Mais qui allait croire une marchande sur le déclin et une pauvre jeune fille outragée ? Elle songea qu'il était d'origine noble et qu'elle n'était finalement qu'une roturière... Elle se surprit elle-même à penser cela et fut immédiatement dégoûtée d'elle-même. Comment pouvait-elle se laisser à penser d'aussi étroits calculs quand ses sentiments la possédaient ? Comment une telle mesquinerie de pensée pouvait se mêler à des élans si doux ? Elle le regarda à nouveau. Son sourire, ses longs cheveux bouclés – car ils bouclaient naturellement – son visage d'enfant, de jeune fille, ses deux yeux bleus rêveurs... elle aurait voulu posséder ce visage, le mettre sur un oreiller à côté d'elle et l'y fixer éternellement, et, à mesure que ses yeux caresseraient ses joues, parcourir les courbes de son corps avec son regard, voyager encore et encore sur ces bras épais et sereins, sur ce dos relâché, sur ce bassin arrondi qui ressemblait presque à des hanches de femme. Elle le voyait là, habillé de pied en cap, dans son élégance habituelle, faisant la conversation à madame Villetaneuse qui ne cessait de s'adresser à lui comme si elle voulait attirer l'attention du seul homme de la tablée, et elle pouvait le voir sans aucun de ces atours, nu, et elle était la seule à pouvoir contempler cette image. C'était comme si cette image lui appartenait, que ces formes exquises cachées sous ce tissu étaient réservées à ses yeux, que dès l'instant où il se déshabillait, il devenait son amant, rien qu'à elle, un corps au service des battements de son cœur. Elle aurait voulu que cela dure éternellement.

XIV
Dans lequel un homme fait irruption au milieu du dîner

La porte s'ouvrit avec fracas. Tous les invités se retournèrent et madame Villetaneuse se leva d'un bond. Une forme dégoulinante, au pas lourd et assuré fit son entrée dans la salle à manger. Dolsans, sorti de l'orage, tenait à peine debout. Il regarda Agathe, eut un sourire énigmatique et tomba lourdement sur le sol. Lussanville se précipita vers lui et releva son buste.

« *Lussanville :* Mon ami, au nom du ciel, que s'est-il passé ?

Dolsans : Ah Lussanville, mon ami, je savais que je te trouverai ici, chez ta petite fiancée...

Madame Villetaneuse : Sa fiancée ! » (Elle avait crié)

« *Dolsans :* J'ai essayé de partir, tu sais... j'ai voulu quitter la ville pour toujours mais mon cheval a été volé. Trois esclaves qui s'étaient échappés il y a déjà longtemps de leur cale, avaient échafaudé un plan pour partir d'ici sans attirer les soupçons de la police... alors ils se sont déguisés en laquais, se sont peint le visage et chacun d'eux a trouvé un cheval esseulé et a jeté son propriétaire au sol. J'étais le troisième...

l'un des cavaliers a eu le crâne fracassé... Où irons-ils maintenant ? De toute façon ils seront rattrapés, ces idiots... Regarde comme le destin s'acharne contre moi, mon ami, j'ai perdu ma fiancée et maintenant je perds mon cheval... obligé de rester ici, dans cette horrible ville. J'avais pourtant assez d'argent pour vivre confortablement sur les routes. Mais las ! Ils me l'ont pris !

Lussanville : Mais c'est fini mon ami ! Rappelle-toi cette épée, je vais la vendre et...

Dolsans : Non ! Malheureux, ne vends rien du tout ! Ce sont des voleurs les bijoutiers d'ici ! Et les armuriers sont encore pires ! Non, non, j'ai de nombreuses économies cachées chez mes amis. Et ma maison regorge de biens... non, je partirai plus tard. Ou alors je ne partirai pas, après tout, j'ai un état ici, j'ai un métier... je ne sais pourquoi je voulais partir. Agathe ? Ma cousine, vous savez... je vous aimais. Depuis que nous étions petits, je vous aimais. Je sais que votre préférence va à monsieur, ne vous inquiétez pas... cependant, ma passion m'a mené à des actions déplorables qui ont failli me coûter la vie. Si j'avais été en pleine possession de mes moyens, j'aurais pu rosser ce faquin-là... »

Lussanville eut du mal à soutenir son ami, qui était étrangement agité. Ses paroles l'avaient secoué et il songea à cette chevauchée terrible qui attendait ces trois fuyards en pays ennemi, ce pays qui n'attendait qu'une chose : avoir leur peau. Peut-être n'avait-il finalement fait que prolonger leur souffrance en jetant cette pierre au cheval...

« *Néné :* Il lui faut un chirurgien ! »

Fanchette : Pauvre monsieur Dolsans ! Est-ce qu'il est très malade ? »

Fanchette était restée en arrière. Agathe, elle, depuis plusieurs minutes, débarrassait les plats et faisait des allées et venues dans la cuisine, croisant de temps en temps le regard de son cousin qui la cherchait des yeux. Fanchette trouva cette attitude affreuse et cependant elle n'arrivait pas à s'approcher de Dolsans qui l'impressionnait et lui faisait même un peu peur. Sa perruque lui tombait sur son nez, sa chemise et ses dentelles étaient boueuses, trempées, les traits de son visage étaient tirés, comme dans un effort extrême. Agathe ne lui avait jamais dit que du mal de ce négociant et cependant Fanchette n'avait jamais eu à s'en plaindre, quoiqu'elle ne l'ait vu qu'une seule fois, il lui avait paru un fort galant homme, qui avait reconnu sa défaite, avec beaucoup de distinction. On le fit allonger sur une banquette dans le salon et Lussanville resta auprès de lui jusqu'à l'arrivée du chirurgien ; un petit bonhomme chauve avec des lunettes rondes qui vint examiner le pauvre Dolsans et, sentant le regard inquiet de Lussanville, lui dit :

« *Le chirurgien :* Ne vous inquiétez pas pour votre ami, il a simplement une côte fêlée, comme vous pouvez le constater avec le gonflement au niveau de son flanc gauche. La douleur malheureusement ne s'atténuera pas avant deux ou à trois semaines. Vous pouvez utiliser de la glace pour soulager mais il faut laisser le corps se reconstituer.

Madame Villetaneuse : Oh, docteur ! N'aurait-il pas besoin d'une saignée ?

Le chirurgien : Je ne pense pas qu'en pareil cas il faille séparer le malade de son sang, quoique beaucoup de mes confrères l'auraient sans doute prescrit...

Dolsans : Personne ne touche à mon sang ! Personne ! Cria Dolsans, qui ayant pris une grande respiration, ressentit une douleur aigüe à cause que sa côte le gênait pour respirer profondément.

Le chirurgien : Voici un malade qui ira mieux avant qu'il soit bientôt. Je prends donc congé de vous, portez-vous bien. »

En passant pour sortir, il aperçut le petit pied de Fanchette qui portait ses chaussons roses et cela lui fit tout drôle.

Sitôt qu'il fut sorti, Villetaneuse se tourna vers sa fille avec un regard furieux. Agathe continuait à ranger méthodiquement chaque chose à sa place et ne disait mot. Lussanville, quant à lui, restait auprès de Dolsans et Néné s'était installée avec Fanchette dans le salon, près du foyer et avait pris dans son sac le livre des *Contes de ma mère L'Oye*. On entendit les vers de Peau d'Âne résonner au fond du salon et ce récit sembla calmer la tension qui s'était installée dans la maison. Dolsans avait moins mal et écoutait malgré lui, alors que Lussanville le regardait avec tendresse, bercé lui aussi par la sonorité de ce conte, il faut dire que sa lectrice lui rendait justice, la voix basse et profonde de la vieille femme lui donnait toute sa consistance. Il fallut attendre qu'Agathe ait tout rangé, jusqu'au dernier verre, et l'ait repositionné trois fois, qu'elle ait lavé la table, ramassé toutes les miettes de pain, jeté les pelures de pomme pour qu'elle daigne jeter un regard vers sa mère qui n'avait pas bougé depuis plusieurs minutes. Elle allait prendre le balai pour continuer avec le sol lorsque sa mère lui lança un sonore : cela suffit ! Alors Agathe jeta son immense chevelure en arrière, les attaches de ses cheveux tenaient de plus en plus mal à force que la jeune fille se penchait sans cesse. Ses cheveux noirs étaient luisants à la lueur des bougies, ses yeux verts dévoraient son visage, et semblaient regarder comme au dedans d'elle-même. Agathe, cette fille d'un ailleurs, celle qui serait toujours contre, toujours face à la tempête, aux vagues, à l'océan tout entier de la bêtise humaine. Ce regard disait : je suis ce que je suis, élimine-moi si tu peux, efface-moi comme une tache, purifie-moi si tu l'oses, je serai toujours la fêlure sur ta porcelaine, la déchirure sur ton vêtement, l'éclat de verre au bas de ta fenêtre. Sa mère le sentait, elle le sentait au plus profond d'elle-même. Comment s'en débarrasser ? Elle avait engendré cette peste désobéissante qui se promettait en mariage à un homme qu'elle ne connaissait pas, qui refusait son cousin qu'elle préparait pour lui, qui ne lui accordait pas la moindre attention alors qu'il souffrait le martyre... Mais qu'elle se marie, cette maudite enfant ! Qu'on la laisse vivre ailleurs ! Mais elle ne voulait pas lui faire plaisir, elle voulait lui faire sentir ce qu'était une vie de sacrifice, une vie où ses pulsions ne seraient pas récompensées, où sa soif de vivre serait rationnée. Oui, elle allait apprendre ce que c'est que la vie. Oh non, on a pas toujours ce qu'on veut. Non, pas du tout. Madame Villetaneuse regarda Fanchette, elle avait constaté qu'à plusieurs reprises elle avait échangé des regards avec Lussanville... Peut-être y avait-il quelque chose là-dessous. Et si c'était le cas, ce serait l'occasion d'organiser un beau mariage pour sa petite Fanchette et de prouver à Agathe qu'à force de jouer à l'homme, à se choisir des fiancés, on avait de très gros ennuis... Elle-même, lorsqu'elle était plus jeune, n'avait naturellement pas choisi son mari, mais sa situation lui plaisait, sans aucun doute, et le fait qu'il ait eu trente ans de plus qu'elle ne l'avait pas arrêtée. Agathe avait choisi un petit jeune homme dans le printemps de son âge, probablement pour se faire plaisir, l'avait laissé faire sa cour et puis lui avait arraché une promesse... et ce malgré tout ce qu'elle avait fait pour que ce soit Dolsans qui puisse l'épouser. Voici à présent son neveu qui gisait, blessé, sur son divan et cette rebelle qui la regardait avec cette insolence. Elle allait la mater, elle et son regard vert. Elle ne l'aurait pas, son petit fiancé. Pas tout de suite en tout cas, elle la ferait attendre. Oui attendre, ce serait parfait, Agathe détestait attendre. Elle allait attendre. Beaucoup.

« *Madame Villetaneuse :* Eh bien... reprit-elle après un autre long silence. Je vois que tu as un amant tout à fait charmant. Et qui, semble t-il, t'aime lui aussi d'un amour sincère. Qui, je suppose, est terriblement désolé du mal qu'il fait à mon neveu... le voici là, en train de le veiller comme un garde-malade.

Agathe : Lussanville n'est coupable de rien.

Madame Villetaneuse : Loin de moi cette pensée. Mais puisque vous vous êtes promis l'un à l'autre, ce jeune homme et toi, il faut, naturellement, que je donne mon consentement. Ou bien que vous renonciez à ce mariage. »

Le regard d'Agathe devint plus féroce, elle détestait se retrouver à la merci de sa mère et, dans ces mots, elle était incapable de dissimuler sa détresse.

« *Madame Villetaneuse :* Mais pourtant... Tu n'avais pas le droit de te promettre à un homme sans mon accord. Est-ce bien vrai ?

Agathe : Cela est vrai, maman.

Madame Villetaneuse : Et cependant tu l'as fait.

Agathe : Cela est vrai.

Madame Villetaneuse : Il faut donc qu'en guise de sanction, bien que tu aies eu l'intelligence de choisir un homme dont on vante les grands biens, la famille, et l'origine... quoique sa noblesse soit semble t-il déchue, et qu'il n'a plus guère de noble que le nom, je veux bien que tu l'épouses. A une condition. C'est que tu ne l'épouses que l'année prochaine.

Agathe : L'année prochaine !

Madame villetaneuse : Oui, que tu attendes tout un an pour qu'il puisse te prouver son amour et toi le tien. Et si jamais je vous vois durant cette période avoir autre chose que des conversations de futurs mariés en tout bien tout honneur, je te défendrai à tout jamais de le revoir, et je te renverrai au couvent comme religieuse. Est-ce bien clair ?

Agathe : Tout est parfaitement clair, maman. »

Agathe était alors comme dans un état second mais réussit à poser sur ses lèvres un sourire poli, et cependant l'ongle de son pouce commençait à pénétrer la peau sous son index. Elle sortit de la cuisine et croisa le regard de Lussanville qui lui réchauffa le cœur. Elle n'osa cependant pas s'approcher car Dolsans avait immédiatement tourné les yeux dans sa direction. Elle fit une révérence à tout le monde et monta se coucher.

C'était la veille de l'anniversaire d'Agathe et elle se serait bien volontiers passée de ce cadeau empoisonné. L'année précédente elle avait perdu son père, et cette année c'était cette attente abominable qu'on lui proposait. Seize ans. Elle allait avoir seize ans, ce soir-là, une minute avant que minuit ne sonne. Qu'on la laisse en paix, elle ne voulait plus que dormir et oublier ces affreux moments. Il ne fut pas longtemps avant que trois petits coups ne fussent frappés à sa porte. Agathe ordonna qu'on entre. Fanchette se glissa dans la pièce mal éclairée – on n'avait laissé qu'une simple bougie, toutes les fenêtres avaient été dissimulées afin d'empêcher qu'aucune lumière n'entrât.

« *Fanchette* : Ma petite Agathe... monsieur de Lussanville t'a présenté ses respects, il vient de partir. Ma nourrice sera logée céans pour cette nuit. Il a laissé ce billet et demandé que je te transmette un baiser. »

Agathe, qui ne l'écoutait que distraitement, eut la surprise de sentir les lèvres roses de sa petite protégée derrière son oreille qui lui déposaient un baiser délicat. Agathe sentit le sang qui lui montait aux joues. Elle se retourna et son regard se porta sur le billet que tenait Fanchette : elle le prit. Il y était simplement inscrit : « je t'aime ». A ce simple mot, Agathe se mit à pleurer et Fanchette eut toutes les peines du monde à la consoler tant elle avait envie de pleurer aussi, à cause de sa sympathie naturelle.

XV
L'anniversaire d'Agathe

Madame Villetaneuse avait feint d'oublier le jour de l'anniversaire de sa fille, tant et si bien qu'il avait fini par réellement lui sortir de l'esprit. C'est donc très surprise que peu après la tombée de la nuit elle apprit de la bouche de Fanchette qu'il fallait qu'elle le lui souhaite. A cela, elle lui répondit : « Mais qu'est-ce que cette habitude païenne de fêter le jour de sa propre naissance quand on devrait célébrer Sainte Agathe de Catalogne ? »

« De Catane, madame. » corrigea Fanchette, qui avait apprit le nom des saints par cœur quand elle était petite car elle passait des heures à

92

les dessiner en leur faisant des visages si ronds qu'ils se confondaient avec leur auréole.

« Oui, de Catane ! » maugréa t-elle, dévote quand cela lui seyait. Fanchette répondit avec révolte.

« *Fanchette :* Si vous ne lui souhaitez pas, je le ferai de votre part.

Madame Villetaneuse : Ah non, tu ne vas pas commencer toi aussi !

Fanchette : Elle a seize ans ! C'est un moment des plus importants ! Ce serait une injustice de ne rien dire, je ne saurais. »

Fanchette se mettait si rarement en colère - et là encore, cela ressemblait davantage à des larmes qui se retenaient qu'à de la colère véritable – que madame Villetaneuse se laissa fléchir et murmura un « joyeux anniversaire » à peine audible alors qu'Agathe montait l'escalier pour rejoindre sa chambre. Elle l'entendit cependant et parvint à en être touchée.

Lussanville était revenu plusieurs fois rendre visite à la famille tandis que Dolsans se faisait plus rare, il continuait de saluer les trois inséparables au marché quand, Fanchette au bras de Lussanville, ils traversaient les allées comme une petite famille dont Fanchette jouait l'enfant, étant pourtant de deux ans plus âgée que sa compagne. Agathe demandait toujours à ce que son amant ne lui prenne pas le bras, on ne devait pas les soupçonner, disait-elle, d'être plus qu'ils n'étaient censés être l'un pour l'autre. Et cependant, elle le priait de soutenir Fanchette car elle se fatiguait vite et supportait mal son corps piqué qui la compressait plus qu'en n'en avait eu l'habitude pendant sa vie. Mais madame Villetaneuse tenait à ce que Fanchette soit habillée comme une dame de condition, quoiqu'elle n'en soit pas une, et imposait ce costume à la pauvre jeune fille qui ne respirait plus que par à-coups. Agathe, quant à elle, était à peine mieux habillée qu'une servante, et cela lui convenait, car elle pouvait se déplacer plus librement. Elle ne sortait plus avec ses habits d'homme et Lussanville en était affligé car elle ne venait plus le retrouver sur la jetée ni dans sa chambre la nuit, comme si la défense de sa mère avait eu un effet véritable sur elle. Mais Lussanville savait qu'il n'en était rien, que cet esprit indépendant et philosophe ne tolérait en aucun cas qu'on lui dicte sa conduite et que cette réserve était bien le fruit de sa volonté. Cherchait-elle à éprouver son amour ? Lussanville ne le craignait pas car il aimait Agathe, d'un amour sans seconde. Du moins le croyait-il, car une seconde se trouvait toujours à son bras.

Un soir, alors que le père de Lussanville s'était endormi plus tôt que de coutume à cause qu'un excès de vin l'avait assommé, le jeune homme, n'y tenant plus, décida de partir de nuit jusqu'à la maison de sa bien-aimée. Son cœur faisait un bruit sourd dans la nuit déserte de la petite ville portuaire, les dalles résonnaient sous la pression de ses riches bottes de cuir ; il avançait, en prenant garde à dissimuler son visage autant qu'il était possible. Il arriva bientôt près des marches qui conduisaient à la maison. La journée avait été très chaude et plusieurs fenêtres étaient ouvertes, dont celle de la chambre d'Agathe qui donnaient en face de lui. Il s'accrocha à la poutre de bois vernie qui montait jusqu'à l'étage et se hissa péniblement jusqu'à la fenêtre, il posa doucement son pied à l'intérieur et prononça tout bas le nom de sa fiancée. Il s'approcha alors du lit, sous le regard des rouge-gorges de papier qui ornaient les murs. Mais lorsqu'il souleva le drap... rien. Il n'y avait plus rien. Le lit était vide, il était même un peu froid. Où était-elle ? Elle n'était pourtant pas partie chez lui... ou bien s'étaient-ils manqués et elle était près de sa maison en ce moment même ? Lussanville remarqua que la porte était entrouverte, il s'avança vers le couloir et alluma une bougie. Il avançait doucement, la main sur la garde de son épée, le souffle court. Une autre porte était entrouverte, Lussanville observa et entra doucement dans ce qui semblait être une autre chambre. Pourvu que rien ne soit arrivé à Agathe...

Cependant, il la trouva, elle était dans le lit de son amie Fanchette. Serrée toute contre son dos, son visage lisse et ses longs cheveux noirs rayonnaient au faible éclat de la bougie. Fanchette avait le visage serein et souriait même dans son sommeil. Les bras d'Agathe étaient le long de son corps mais ce dernier semblait avoir comme fusionné avec celui de Fanchette et formait la même courbe. Leurs respirations elles-mêmes semblaient synchronisées. Face à ce spectacle, Lussanville fut soulagé : penser qu'elle n'était pas partie, que rien ne lui était arrivé ! Et cependant, que faisait-elle ici ? Sa chemise de nuit lâche laissait deviner ses formes, et ces corps si proches l'un de l'autre donnaient l'impression d'être ceux de deux amants qu'on aurait enterré ensemble. Agathe eut un petit sursaut et Lussanville vit qu'elle commençait à bâiller. Il souffla sa bougie et se tapit dans l'ombre, près de la porte, attendant qu'elle reprenne son sommeil pour mieux s'éclipser. Cependant, Agathe continuait de respirer plus fort, au bâillement succéda une étrange plainte, on aurait dit qu'elle faisait un rêve agité, que dans ce rêve elle livrait un terrible combat où il lui fallait manier plusieurs lances, affronter un ennemi redoutable ou peut-être fuir à toutes jambes. La tempête dura un long moment, et Lussanville se rappela de leur première nuit. Comme son corps se passionnait, se tordait de plaisir entre ses bras ! Finalement le souffle se détendit, peu à peu et Agathe sembla retomber dans un profond sommeil. Lussanville profita de cette accalmie pour s'éclipser. Une fois de retour dans la chambre d'Agathe, il éteignit sa bougie. Elle allait revenir, allait-il lui dire ce qu'il avait vu ? Que cela signifiait-il, après tout ? Et lui qui craignait qu'elle fût partie, ou enlevée, il découvrait au moins qu'il n'en était rien. Il allait se décider à repartir lorsqu'Agathe fit irruption dans la chambre.

Elle retint un cri. Les grands yeux bleus de Lussanville s'étaient posés sur les siens avec la tendresse infinie de celui qui a attendu toute la nuit, les yeux de ceux qu'on a trompé mais qui vous aiment tant qu'ils tueraient quiconque les inciteraient à le reconnaître. Agathe semblait terriblement mal à l'aise. Mais Lussanville lui sourit : la voir, c'était comme voir la lune apparaître quand une épaisse couche de nuages noirs s'en est allée, s'était être baigné d'une lumière blanche irréelle au milieu de la nuit.

« *Lussanville :* Agathe, ma douce, mon amour, tu es là, tu es enfin là ! »

Et il s'approcha d'elle, Agathe tremblait. Cet amour sans question et sans réponse l'effrayait, « laisse-moi te prendre dans mes bras » disait-il, oui, elle le pouvait mais qu'avait-il vu ? Simplement qu'elle n'était pas là ? Il lui semblait avoir entendu du bruit dans le couloir alors qu'elle était dans la chambre de Fanchette... pourquoi fallait-il que ces pensées la dévorent alors qu'il y avait si longtemps qu'elle n'avait pas retrouvé ces bras-là ? Il y avait déjà plusieurs semaines qu'ils ne s'étaient approchés que d'une distance respectable et en ce moment, il était clair que cela lui avait manqué. Quel sot personnage elle jouait donc ! « Veux-tu un baiser mon ange ? » demanda t-elle à ce jeune homme qu'elle aimait. Et celui-ci l'embrassa, avec toute la passion dont un homme est capable. La peau blanche d'opale d'Agathe était pressée en maints endroits par les mains de Lussanville, la fine chemise de coton se trouva bientôt à terre. Lussanville reconnut cette femme qui l'avait blessé à jamais et qu'il aimerait toujours. Brune, au teint pâle, les yeux d'un vert sapin, les joues quelques peu arrondies, la voix grave et douceâtre, la gorge ronde à la blancheur de lait, et cette odeur mêlée toujours de deux parfums. Lussanville ne voyait pas ce grand nez sévère, cette taille trop petite pour la hauteur de son âme, ce ventre qui s'était arrondi au dessus des reins et donnait l'impression d'une avancée juste au dessous du nombril. Ces détails qu'Agathe n'avait de cesse d'observer sans pitié, Lussanville y voyait l'air d'une beauté sans défaut : le nez était de caractère, sa taille était celle d'une princesse, et ce ventre était comme le signe de ses désirs bouillants. Plusieurs fois il l'avait caressé, chatouillé, y avait déposé de nombreux baisers. Comme l'âme donne à l'apparence une beauté secrète et qu'il est doux d'être le seul à pouvoir la regarder ! Cette nuit là ils s'aimèrent sans discontinuer, mêlant force et retenue, car si on les entendaient tout était perdu, et cependant le moyen de retenir cette ardeur si terrible ?

« *Agathe :* Cela ne se peut, mon ami.

Lussanville : Comment, ne l'avons-nous pas déjà fait ?

Agathe : Imprudents que nous étions, je le conçois, mais je ne puis garder d'invité dans le ventre. Aussi, je te suggère que nous trouvions d'autres moyens de nous amuser en attendant une meilleure aubaine. »

Le lecteur s'amusera peut-être en pensant que ces amants n'étaient guère protégés et qu'on n'avait pas de telles activités sans créer un ou deux petits êtres au passage, et pourtant, on avait déjà crée en Italie d'intéressants petits sacs qui préservaient d'un tel accident à partir de vessies de porc. Nous ne saurons probablement jamais quelle sensation cela devait procurer. Mais nos héros, eux, y songeaient, car il leur était difficile de se priver d'un plaisir, et celui-là leur était très précieux. Le secret de leur fabrication résidait en Italie mais sans doute certains livres pouvaient leur donner satisfaction. Seulement voilà, au terme de cette soirée si douce, Agathe dit à Lussanville ces mots :

« *Agathe :* Nous ne pouvons plus, cher amour, avoir de tels moments. Ma mère ferait tout pour m'empêcher de t'épouser et je ne veux pas lui donner l'occasion de m'enlever à toi.

Lussanville : Mais pourquoi cependant ne pas me prendre le bras quand nous marchons en ville ?

Agathe : C'est que Fanchette a besoin d'appui.

Lussanville : N'a t-elle pas des prétendants, notre amie Fanchette ?

Agathe : De nombreux. Et aucun n'est digne d'elle. Ainsi je préfère que tu les gardes d'approcher.

Lussanville : Mais cependant, si on venait à croire...

Agathe : On croira ce qu'on veut. Tu es mon amant, le prince de ma chair, qu'importe si tu te montres avec une autre, ou avec mille autres.

Lussanville : Ai-je donc le droit de la priver du bonheur de rencontrer un mari alors que j'en aime une autre ? Je connais plusieurs personnes qui sont fort dignes et qui la mettraient de plus à l'abri du besoin. Je pense à mon cher ami, Dolsans, qui va si mal en ce moment...

Agathe : Non.

Lussanville : Qu'as-tu, ma douce ?

Agathe : Ne parle pas de lui.

Lussanville : Cependant...

Agathe : Paix. Ou ne reviens plus me voir.

Lussanville : Quel extraordinaire...

Agathe : Plus un mot ! Dolsans et Fanchette ne peuvent aller ensemble, c'est contraire à la nature d'associer deux tempéraments de la sorte.

Lussanville : Cependant son caractère s'est bien accommodé du mien et de celui de beaucoup d'autres.

Agathe : Ton ami a une langue et il peut s'en servir, tu n'as pas à défendre ses intérêts.

Lussanville : Qu'est-ce donc qui t'intéresse tant contre lui ?

Agathe : Cet homme-là m'a fait la cour, et il me la faisait encore alors que nous nous étions rencontrés.

Lussanville : Mais le pauvre homme ! Voulais-tu qu'il sache, puisque nos entretiens étaient secrets !

Agathe : Je lui ai montré la plus vive froideur, j'ai été cent fois plus claire que ne devrait permettre la pudeur d'une femme. Et cependant il a continué de me poursuivre et de me témoigner ses attentions. Il espérait peut-être que je changerai d'avis, et cependant je n'en changerai pas.

Lussanville : Ne te mets point en colère, j'entends cela. Et Doslans sait combien ses manières sont parfois peu appréciées de votre sexe.

Pourtant, c'est un homme de bien, sans qui je ne serais pas ce que je suis...

Agathe : Il t'a donné une épée, la belle affaire ! En as-tu jamais eu besoin ? Est-ce que c'est cela qui fait de toi un homme ? Est-ce cela qui te donne le pouvoir d'aimer ?

Lussanville : Je...

Agathe : Le pouvoir d'aimer est le seul qui vaille quelque chose. Tous les autres pouvoirs sont vains, ils enferment l'âme, la corrompent, et se fixent à la peau comme un venin collant et moisi, qu'on ne peut ni ne veut expulser de soi tant il nous possède. Va, mon amour, pardonne-moi d'avoir pris de l'humeur. Je t'aime, tu le sais. Et Dolsans est ton ami, il faut bien que je me mortifie. Cependant, continue de soutenir Fanchette comme tu le fais, elle a besoin d'amour, elle a besoin de sentir la présence d'un homme de bien, voudrais-tu voir le sourire s'effacer de ses lèvres ? Mon Lussanville, si tu m'aimes, promets-moi quand nous sommes tous trois ensemble que tu t'occuperas d'elle.

Lussanville : Je le veux bien, mais j'espère seulement que nous pourrons nous voir, car une année entière est bien longue.

Agathe : Ne prends plus de risque, mes yeux te disent mon amour, regarde-les. Regarde-les bien. Ils te permettront de tenir les siècles qui nous séparent de notre union. Bonne nuit, mon tendre amour. »

<u>XVII</u>
<u>Dans lequel nos trois héros fêtent Noël ensemble pour la première fois</u>

Plusieurs mois s'écoulèrent et l'année 1767 s'acheva par une magnifique célébration de Noël en compagnie de Lussanville que madame Villetaneuse comblait de ses attentions. Fanchette avait installé une crèche avec de multiples personnages qu'elle avait peints : c'était ce qu'il l'avait occupée depuis le début de décembre. L'intérieur de l'étable était fait dans du bois qu'elle avait récupéré par débris en maints endroits, ce qui donnait aux lieux nouvellement créés un air des plus chaotiques. La table où était posé le nouveau-né était constitué de deux petites pierres plates. Les figurines avaient été achetées au marché et repeintes par les soins de Fanchette qui s'évertuait à leur donner plus de couleur, allant jusqu'à faire à Joseph un habit rouge et or qui disait mal sa condition, ou encore à avoir un âne blanc de la tête aux sabots. Mais, en lieu et place des trois rois mages, au fond de l'étable, dissimulés dans l'obscurité se tenaient trois petites figurines au visage rond et brillant sur lesquelles Fanchette avait passé plusieurs heures : l'une représentait son amie Agathe. Il n'y avait pas de peine à reconnaître la petite frange brune qui encadrait ce visage pâle, aux tons lactés, ces yeux vert sapin, jusqu'à la robe d'un mauve pâle, presque rose, tissu que Fanchette avait choisi pour habiller son amie lors des cérémonies. Il lui avait fallu, d'ailleurs, faire un terrible caprice à madame Villetaneuse pour qu'elle accepte de vêtir Agathe avec autant de soin qu'elle. La figurine au centre ressemblait à notre héroïne, avec ses cheveux blonds bouclés qui envahissaient son cou, ses yeux bleus clair, son élégante et adorable toilette rose et blanc. Enfin, elle avait représenté ce jeune homme, Jean de Lussanville, vêtu de son fin costume blanc, avec ses bas de soie, ses manches dorées, ses cheveux en bataille, lui tombant naturellement sur les épaules, sans nul besoin de perruque.

Cette petite crèche faisait la joie de tous les invités qui tombèrent d'accord de toutes les propositions loufoques que la tendre Fanchette faisait quand aux visages et aux tenues des protagonistes de la Nativité. « Quelle charmante enfant ! », « comme il est triste de la voir grandir ! » et Fanchette approuvait, sentant qu'à l'aube de sa vieillesse, elle serait et resterait la rêveuse des premiers jours, avec ses poupées, créatrice du monde, boule d'amour et de soleil. Quel merveilleux visage était le sien, toujours aux aguets d'une idée, faisant son obsession du bonheur de ceux qui l'entouraient... Qu'il était étrange qu'une personnalité si admirée et portée aux nues n'ait pas développé ce dangereux amour de soi-même qu'on appelle narcissisme et qui tend à détruire ceux qui se mettent entre nous et nous-même. Lussanville avait un jour écrit à son sujet :

« Petit trait de rose au matin ; A midi, dévore les plaines ; Et le soir rougit l'horizon. Ce visage malin doucement se promène ; pieds nus dans la maison. »

Et Agathe avait lu et relu ce petit compliment, qu'elle approuvait tout à fait. En ce soir de Noël, la voir toujours aussi joyeuse à ses côtés, et avec Lussanville, lui paraissait digne de joie.

Elle ne pensait plus à son mariage : habituée à passer presque chaque nuit une heure auprès de la petite Fanchette, sacrifiant son sommeil pour garder en mémoire le parfum de ses cheveux, elle n'avait plus le cœur aux violentes étreintes quoiqu'elle passait de longues heures à repenser à sa première nuit avec Lussanville. Et tandis qu'elle y pensait, elle se griffait souvent la peau, comme sans le faire exprès, avec une telle ardeur qu'elle s'inquiéta à maintes reprises de voir le sang surgir. Elle aimait voir son amant converser avec sa petite protégée pendant des heures et s'habitua à parler de moins en moins afin de mieux les entendre, et de sentir résonner leurs voix. Quel monde, celui qui nous est interdit lorsque nous parlons, pensait-elle, il est bien meilleur d'écouter. Ces sons, qui sonnent dans les poitrines, dans les bouches, font de délicieuses harmonies. Et il était vrai qu'on imaginait mal plus douce harmonie que celle des voix de Fanchette et de Lussanville, qui mêlaient calme, clarté et chaos, déploiement désordonné de mots s'imbriquant les uns dans les autres ; Fanchette s'enthousiasmait avec sa voix aigüe, avalant goulument certaines syllabes, tandis que Lussanville faisait sonner de longues sonorités, basses ou hautes, répondant au rythme dicté par la petite voix pressée de sa tendre amie.

XVIII
Dans lequel madame Villetaneuse se donne des bonnes résolutions pour cette nouvelle année

Pour fêter la nouvelle année, madame Villetaneuse se fit à elle-même une promesse d'importance : cette année 1768 serait l'année où elle tiendrait salon, où tout le beau monde se presserait chez elle pour y trouver de la conversation, de l'esprit et des gens de qualité. Elle n'avait pas eu vent de la réaction de la princesse de Conti à son cadeau et avait plus d'une fois maudit celle qu'elle appelait sa « rivale », mademoiselle Forgel, pour ne l'avoir pas transmis. « Elle est jalouse » se disait-elle. « Une telle magnificence, tant de singularité dans le choix des tissus et des parures avait de quoi l'effrayer ! Eh bien, qu'elle tremble, cette mademoiselle Rien-du-Tout ! Car ses jours à la cour sont comptés, bientôt, ce sera moi qui habillerai la reine de France ! Et qui prendrai soin de ses petits pieds ! » Ces formulations, elle n'osait, bien entendu, les employer à voix haute. Sa passion lui était toute secrète, et elle n'en laissait voir que les urgences quotidiennes, ce qui fait qu'elle passait pour être une femme froide, hautaine et austère quoiqu'un peu excentrique. Les relations avec sa fille ne s'étaient pas améliorées, on pourrait même dire, si cela était possible, qu'elles se fussent empirées avec le calme que semblait garder la demoiselle face à l'extraordinaire complicité qui s'était installée entre Fanchette et Lussanville. Ses prédictions n'avaient plus la même saveur s'il fallait penser que sa fille les acceptait sans que cela lui fût difficile. Villetaneuse en vint même à se demander si la fréquentation du couvent n'avait pas gâté sa fille en ce qu'elle l'aurait dégoûté du mariage pour de bon, ce qui n'était pas sans lui causer bien du souci car elle n'avait pas d'autre enfant qu'elle et espérait connaître un jour ses petits-enfants. « Ma mère me l'avait dit » se souvint-elle, « les enfants sont des ingrats, qui prennent ce que vous avez jusqu'à leur émancipation, mais ils ne vous le rendent que bien plus tard, avec leurs propres enfants, qui vous donneront sans rien vous prendre. » Agathe, en ne vivant que pour elle-même, ruinerait ses espoirs. Mais heureusement pour elle, se disait-elle, Fanchette ne cessait de lui donner fierté et joie et était finalement bien plus sa fille que l'autre : fréquentant un élégant jeune homme, dansant si merveilleusement, attirant tous les regards... Oui, ce serait elle le centre de ses salons ! On viendrait admirer le joli pied... bien chaussé. Alors ses ventes exploseraient, le carnet de commandes déborderait de demandes : l'on voudrait que sa femme ou sa maîtresse porte une chaussure bénie par le pied de Fanchette. Ce serait une opération remarquable : un succès, un grand succès. Mais son premier salon devait être une pleine réussite, pas question de se retrouver à quatre en déblatérant sur la propreté toute relative des rues du Havre. Il fallait un invité de marque qui inviterait la petite Fanchette à danser, au moins un ou deux armateurs, un financier, quelques hommes de lettres... Dolsans pourrait trouver tout ce beau monde, Lussanville lui aussi avait quelques entrées. Ces deux hommes entretenaient de bonnes relations... madame Villetaneuse se décida à les réunir dès le 2 janvier, en pleine après-midi, à l'auberge près du port, là où les deux hommes s'étaient rencontrés.

    « *Dolsans :* Que se passe t-il, ma tante ? Qu'est-ce que tout ce mystère ? Je suis un homme pressé, vous le savez. J'ai du travail, j'aurais voulu savoir ce qui m'amène, car je ne serais pas venu si cela n'était une affaire d'importance.
Madame Villetaneuse : Aussi, mon neveu, je le savais et ai bien pris garde de ne pas me fier à ton jugement. Car tu n'aurais pas senti en

premier lieu à quel point c'est une affaire d'importance.

Lussanville : Parlez, madame Villetaneuse. Que nous sachions tous deux comment vous être utiles.

Madame Villetaneuse : Voici la chose telle qu'elle m'est venue dans l'idée : cette ville est morne, endormie, on s'y ennuie, il ne s'y passe rien et c'est intolérable.

Dolsans : Voilà bien parlé, mais je ne vois pas ce que nous pourrions faire pour y remédier.

Madame Villetaneuse : Que diriez-vous si je vous disais que je compte organiser dans ma boutique, tous les jeudis soirs, des réunions réunissant autant de gens de qualité que possible autour de ce qui fait notre bonheur à tous : le pied de la petite Fanchette ?

Dolsans : Ah ça ! »

Dolsans se leva d'un bond au milieu de l'auberge heureusement un peu vide.

« *Dolsans :* Qu'est-ce que c'est que ce musée-là ? Faites-la aussi poser nue pour tous les peintres du dimanche de cette ville, puisque vous en êtes là !

Madame Villetaneuse : Calme-toi, Dolsans, tu t'emportes toujours trop ! Et voilà pourquoi il faut toujours faire tant de mystère avec toi, tu es incapable de raisonner, il faut toujours que d'un excès tu te jettes dans l'autre. C'est épuisant, réellement épuisant.

Dolsans : Quel excès est-ce que je fais ? Vous parlez de réunir des gens autour du pied de votre fille d'adoption, autant la mettre tout de suite à vendre au plus offrant ! Qu'est-ce que vous voulez que les gens disent de ce pied-là, si ce n'est : il faut qu'il soit à moi. Ah, je ne sais s'il a bien changé depuis que je ne l'ai vu, peut-être monsieur en sait-il davantage, lui qui est toujours en sa compagnie.

Lussanville : Il est le plus joli du monde, assurément, Dolsans. Mais, madame, quel est le fond de votre pensée, que faudrait-il qu'il se passe durant ces réunions ?

Madame Villetaneuse : La bonne question ! Qu'on y mange, qu'on y boive, qu'on s'y amuse, qu'on y récite des vers, qu'on y fasse sa cour, qu'on y rencontre les plus beaux esprits. Voyez combien les salons à Paris sont de grand prestige, comme on y vante leurs splendides occupants...

Dolsans : Nous ne sommes pas à Paris, et vous ne trouverez personne pour illuminer de telles soirées. Et puis voyez ce lieu, est-ce que votre boutique peut sérieusement évoquer la splendeur du Louvre ou de l'hôtel de Bourgogne ?

Madame Villetaneuse : Oui, nous avons quelque chose.

Dolsans : Qu'est-ce que ce quelque chose ?

Madame Villetaneuse : Le Pied de Fanchette.

Dolsans : Oh ! Non ! Lussanville, lâche-moi, je ne reste pas ici une minute de plus !

Lussanville : Voyons, Dolsans, il s'agit de ta tante !

Madame Villetaneuse : Mais le respect n'a jamais été son fort, petit déjà, il s'emportait à la moindre contrariété. Je pensais que son métier lui avait appris à tenir à sa langue et à prendre les gens comme il faut, mais je vois qu'il n'en est rien.

Dolsans : Bon, je me rassois. Mais à ma charge de vous informer que je ne laisserai pas cette innocente jeune fille être traitée comme dans une maison. D'ailleurs, est-ce que vous comptez lui trouver un mari ?

Madame Villetaneuse : J'y songe de plus en plus, mais je ne l'ai chez moi que depuis peu et je ne peux me résoudre à m'en séparer si vite. Et je compte ne la donner qu'à l'un des hommes les plus méritants de cette ville. Et je compte aussi bien m'entourer grâce à l'ouverture de ces salons que vous me ferez l'honneur d'ébruiter, en reconnaissance de ce que j'ai fait pour vous, de ma tendre et honnête hospitalité pour l'un (elle regardait Lussanville) et de ma précieuse aide pour l'autre.

Lussanville : Voilà qui est fait, madame Villetaneuse, vous pouvez compter sur moi. »

Dolsans sentait son cœur battre plus fort : il était évident que Villetaneuse cherchait à trouver le meilleur parti pour Fanchette, et qu'un beau mariage serait contracté par elle. Son joli pied avait déjà charmé plus d'un regard et on se la disputerait ardemment, bien davantage que sa petite compagne renfrognée qu'il avait bien eu le temps d'oublier, considérant qu'elle n'était rien qu'une de ses savantes vouées à une vie de piété sans descendance. Fanchette était sans conteste la femme la plus brillante de toute cette ville, un rubis parmi la caillasse : et si jamais, lui, Dolsans, pouvait l'épouser... elle était si charmante aussi, si légère, et tout le monde serait obligé de constater combien il était un homme important, que son avenir était radieux et ses enfants seraient encore bien plus respectés. Peut-être même qu'avec une épouse aussi délicieuse, il aurait ses entrées à Paris et négocierait les cargaisons de très haut personnages. On sous-estime toujours combien les charmes d'une femme de qualité, honnête et raffinée peuvent faire avancer un homme dans la société. Ne sont-ce pas elles qui soufflent les noms à l'oreille de leur mari ? Et elles qui lors des dîners où tout se décide parlent haut pour vanter les mérites de quelque nouveau visage ? Et quel homme lui viendrait en aide ? Il pourrait toujours se retrouver son rival. Alors qu'une femme a bien d'autres buts dans la vie, pensait-il, son influence ne se mesurait pas à l'aune de celle de l'homme, elle était au contraire un chemin parallèle, un courant qui permettait d'avancer bien plus vite... oui ces salons étaient peut-être l'occasion de montrer combien son esprit, sa richesse et son cœur étaient bien plus grands que ceux des plus riches négociants et armateurs de cette ville. Et Fanchette serait naturellement à lui, car elle était elle-même la femme la plus brillante du Havre, et la plus délicate.

« *Dolsans* : Ah ma tante, je suis un sot !

Madame Villetaneuse : Je ne te le fais pas dire !

Dolsans : Je ne songeais point combien vous étiez capable de réunir d'aussi brillants esprits : mais vous avez bien celui de monsieur de Lussanville, et celui de la douce Fanchette, qui est des plus singuliers. Ma foi, je vous fais confiance et je viendrai à ces salons, aussi y convierai-je les hommes et les femmes les plus raffinés qu'il m'ait été donné de voir dans cette ville !

Madame Villetaneuse : Ah Dolsans, voilà qui est bien, et qui rachète toutes tes emportements !

Lussanville : Allez-vous donner un nom à ces salons ?

Madame Villetaneuse : Oui, je les mettrai sous le patronage de la mère de mon mari. Une femme admirable qui s'est éteinte il y a quelques années maintenant. Agathe devait porter son nom mais mon mari en a décidé autrement après qu'il se découvrit un amour insensé pour les pierres précieuses.

Lussanville : Et quel était le nom de la grand-mère d'Agathe ?

Madame Villetaneuse : Elle s'appelait Dorothée. C'était une femme admirable, qui semble t-il, écrivait beaucoup, et était d'un bel esprit. On l'avait appelée ainsi pour rendre honneur à la princesse de Parme, Dorothée Sophie. Ah, lointain est le Grand Siècle aujourd'hui ! Peut-être si ma fille avait été baptisée du prénom de sa grand-mère, Dieu m'aurait rendu la vie plus facile avec elle ! Dame, il fallait qu'elle hérite du mauvais caractère de mon mari... tu l'as bien connu, toi,

Dolsans... tu te souviens ? Tout compte fait je crois qu'il me manque, ce cher Georges... »

Dolsans jubilait, et se dépêcha de parler à qui voulait l'entendre des salons formidables que préparait sa tante. Lussanville, de son côté, retourna à l'hôtel Royan et fit circuler cette nouvelle. Un premier rendez-vous devait avoir lieu au début de février 1768. Et Lussanville obtint de son père une jolie somme pour parer la boutique de superbes étoffes, et de nouveaux fauteuils ouvragés, mais le financier ne comptait pourtant pas s'y rendre :
« *Charles de Lussanville :* Vas-y, mon fils, puisque tu sais si bien parler. Pour moi, je n'ai rien à faire dans ces lieux emperruqués, où l'on bavarde sans fin de choses ridicules. Je vends et j'achète, je m'occupe de leur bien, et je le fais le mieux du monde, voilà mon affaire. Mais toi, si tu vois l'un de ces nobliaux de province à la fortune fleurissante, pense à me le recommander. Mon investissement ainsi ne sera pas une pure perte et peut-être te feras-tu finalement une place dans le monde. Tu changes pour le mieux en ce moment, je ne veux pas briser cette vague salutaire. Va. »
Et Lussanville, de pair avec madame Villetaneuse, fit de ce lieu un véritable petit boudoir où se pressaient les cupidons et les motifs baroques qui rappelaient si bien les soirées parisiennes. On aurait dit qu'on avait déplacé le faste de la capitale et qu'on l'avait posé au milieu d'une grosse bourgade de Normandie. Il restait cependant la touche finale : la toilette de Fanchette. Et cela, c'était le domaine réservé d'Agathe. Lussanville lui-même, qui pourtant était sommé de toujours être aux côtés de Fanchette, n'avait pas le droit de voir un seul bout de tissu de ce qui allait l'orner.

<u>IXX</u>
<u>Dans lequel Fanchette est préparée comme une maîtresse de cérémonie et où la princesse de Conti donne sa réponse sur le cadeau de madame Villetaneuse</u>

Dans l'intimité de la chambre de Fanchette, deux silhouettes se dessinaient à la faible lueur des cierges disposées aux quatre coins de la pièce. Les volets étaient clos. Tous les accessoires de mode et de beauté étaient répandus sur la coiffeuse de Fanchette, qui restait debout, au centre de la pièce, à attendre que son amie la couvre de mille parures exquises. Son premier mouvement fut d'ôter ses dessous, de s'étirer et de respirer profondément, se préparant à la pression du corps piqué sur son buste. Alors qu'Agathe triait les vêtements qu'elle avait soigneusement choisis, Fanchette se dirigea doucement vers sa coiffeuse et prit un flacon contenant un liquide parfumé que ses créateurs avaient appelé « huile de rose » et en couvrit tout son corps ; elle massait chaque partie tout en continuant de respirer, mais d'une manière plus courte, plus vive, sortant peu son ventre. Agathe, qui se trouvait souvent témoin de ce rituel, la contemplait avec félicité. C'était elle qui lui avait suggéré chacun de ces exercices après que son amie s'était plainte de la pression exercée par les corps piqués qui accompagnaient toujours les belles robes. Agathe avait cependant renoncé à serrer très fort, si bien que les seins de son amie ne montaient pas si haut que ceux des autres femmes une fois la robe passée, il s'en suivait qu'elle avait encore plus l'air d'une enfant face aux autres et pouvait garder une relative liberté de mouvement. Les jupons de la robe avaient été soigneusement travaillés par Agathe et formaient un délicieux étalage de blanc et de bleu clair, le corps piqué avait été modifié à l'intérieur pour être moins douloureux à porter, et le tout avait été décoré de rubans avec différentes nuances de bleu. Les paniers épousaient parfaitement les formes de Fanchette, recouvrant chaque hanche, semblant comme un prolongement du corps. La poudre sur le visage de Fanchette la faisait paraître encore plus blanche et ses cheveux étaient aussi poudrés d'un peu de bleu clair, venant compléter sa longue chevelure blonde naturelle. Agathe refusait les nombreuses perruques qu'on était venu proposer à sa petite protégée et préférait passer des heures à arranger ses cheveux, à leur faire vivre de nombreuses aventures, mais toujours en prenant garde à ne pas les abîmer. Ce jour-là, elles avaient commencé à huit heures du matin et il était près midi quand la coiffure fut prête. A ce moment Agathe descendit prendre de la nourriture et, pleine de joie et de tendresse, embrassa Lussanville quand elle le croisa dans l'escalier. Ce dernier, qui n'y était plus habitué, en fut bouleversé. Elle remonta avec du pain et du fromage et l'embrassa de nouveau. Lorsqu'elle referma la porte, Fanchette l'attendait sur le lit, elle déposa le plateau et la demi-heure suivante fut consacrée au déjeuner. Les parfums enivrants rendaient chacun de leurs mouvements très lents et elles mangèrent peu, excitées qu'elles étaient de ce premier salon qui allait arriver. Elles s'entraînèrent à parler comme dans le beau monde, et Fanchette rit à l'évocation des *Précieuses ridicules* qu'Agathe connaissait par cœur. Tant et si bien que lors de la longue séance d'habillage qui suivit, Agathe récita l'intégralité de la pièce, en contrefaisant la voix de chaque personnage, laissant des pauses qui mettaient son tendre amie dans l'attente ou dans l'effroi, et prenait soin des ruptures qui la faisaient rire aux éclats. Il n'y avait pas de meilleur public que cette merveilleuse jeune fille, chaque sentiment était vécu pleinement mais laissait place l'instant d'après à un autre tout aussi fort. Comme une fée, elle n'éprouvait qu'un sentiment à la fois. Mais si les sentiments étaient des couleurs, ses journées seraient des arcs-en-ciel. Enfin, Fanchette était habillée, parfumée, poudrée, prête. Il était près de quatre heures de l'après-midi quand Agathe la fit descendre, rayonnante, interrompant Lussanville dans la lecture du voyage de Tocqueville.

« La voilà » dit-elle simplement alors que le jeune homme se levait, éperdu d'admiration. Fanchette descendit avec un immense sourire et tendit sa main gantée à Lussanville qui la baisa, impressionné par tant d'apprêts sur tant de grâce naturelle.

« Voyons ce que dira maman » fit simplement Agathe qui regardait le jeune homme avec un sourire énigmatique.

Fanchette se précipita dans la boutique de madame Villetaneuse qui ressemblait beaucoup moins à une boutique que par le passé, c'était à présent plutôt un petit salon d'apparat. Villetaneuse eut une exclamation quand elle vit sa protégée : « Oh, Fanchette, Fanchette ! Quelle grâce ! Qu'elle est jolie, ma Fanchette ! Oh, mais tu es pieds nus, petit ange !

– Les chaussures c'est votre domaine réservé, madame. Répondit-elle en faisant la révérence. »

Agathe observait depuis la pièce voisine avec une mine sombre, Lussanville, près d'elle, remarqua son expression mais ne dit mot.

Madame Villetaneuse ne se sentait plus et allait sortir sa plus belle paire de chaussures lorsqu'on frappa à la porte. Fanchette cacha aussitôt ses pieds dans ses jupons. Madame Villetaneuse eut une expression de surprise et alla ouvrir à un jeune homme bien fait, d'environ trente ans, qui portait perruque et se tenait droit comme un i. Il demanda à parler à la patronne du logis.

« C'est moi-même » répondit Carole Villetaneuse.

« La princesse de Conti vous fait savoir que votre cadeau l'indispose et qu'elle n'en fera point usage. Voici le colis, tout a été parfaitement remballé. Je suis votre serviteur. »

Et le domestique fit demi-tour sur ses talons, et gagna le bout de la rue où l'attendait une calèche. Il repartit.

Madame Villetaneuse tremblait, de tristesse et de rage. Elle alla se mettre dans un des doux fauteuils recouverts de velours de son nouveau salon, son paquet entre les mains. Ses bagues s'entrechoquaient. Personne n'osait venir lui parler, nos trois héros la regardaient, silencieux. Après un instant, madame Villetaneuse baissa la tête vers son paquet et l'ouvrit. Le cœur de Fanchette, très sensible à la tension, se mit à battre plus fort. Les magnifiques chaussures se mirent à briller dans la pièce de leur teinte argentée, les petits ailerons de dauphin parurent alors qu'elle enlevait ce qui restait d'emballage. Fanchette sourit et madame Villetaneuse lui tendit les chaussures. Elle les prit délicatement, s'assit, puis les chaussa. Elle était la plus jolie du monde, ses yeux, ses perles, son sourire s'accordaient parfaitement à sa tenue. On aurait pu la surnommer la Dauphine.

Cinq heures allaient bientôt sonner et le reste de l'après-midi fut employé à préparer la maison pour accueillir les invités. Fanchette courait d'abord partout pour aider mais très vite la marchande la consigna dans une banquette avec interdiction de bouger afin de ne rien abîmer de sa parure en déplaçant meubles et vaisselle. Fanchette en fut attristée mais obéit, laissant son esprit vaquer à mille choses sans lien les unes avec les autres. Un peu plus tard, Lussanville entra en grand habit, le même que celui qu'il avait au bal le jour où elle avait croisé son regard pour la première fois. Elle se souvient alors de ce moment avec une clarté absolue et pour la première fois son esprit ne put se poser sur quoi que ce soit d'autre, elle revoyait encore et encore ce regard qu'il avait lancé à Agathe, ce baisemain qu'il lui avait fait. Elle le voulait aussi, ce baisemain, elle était prête, rien ne lui manquait à présent. Il fallait qu'elle l'obtienne. Agathe l'avait pleinement préparée à ce moment, elle croyait sentir combien toutes ces attentions, ces tendresses, ces regards étaient de multiples encouragements à être une femme, idéale et amoureuse comme elle. Comme les cristaux d'amour sont pointus et chaotiques, faits de mille pièces de miroirs brisés ! Agathe, dans sa passion éperdue et indéchiffrable, avait fait sentir à Fanchette qu'elle voulait qu'elle prenne sa place. Et la petite princesse bleue croyait de toutes ses forces que c'était là la volonté de son amie et dès lors elle n'eût plus d'yeux que pour cet homme qu'elle aimait en réalité depuis le premier jour, depuis qu'elle l'avait vu baiser la main de sa tendre amie. Ses dernières hésitations s'évanouirent à cet instant et elle résolut durant la soirée d'obtenir de lui un baisemain fait devant tout le monde, comme elle avait vu faire.

XX
Dans lequel a lieu le salon le plus raffiné du Havre

Les nobliaux de province commençaient à arriver, madame Villetaneuse, en grande toilette, les accueillait avec beaucoup de raffinement, et prenait son attitude empruntée qui lui seyait si bien. Dolsans paradait dans son beau costume saumon au milieu des plus riches armateurs qui durent reconnaître que ce jeune homme avait de l'allure. Lussanville, quant à lui, ne cessait de regarder Agathe d'un air sombre. Cette dernière ne faisait au contraire pas du tout attention à lui et gardait un œil sur sa mère et sur Fanchette. Elle était vêtue d'une robe noire assez simple qui n'allait pas du tout dans l'esprit baroque de ce salon. On aurait dit, à la regarder pour la première fois, que c'était une jeune demoiselle déguisée en duègne qui surveillait la jeune fille dont elle avait la charge. Alors que chacun arrivait peu à peu et prenait ses aises dans les fauteuils au milieu des mets succulents que Villetaneuse avait fait servir à ses frais, Lussanville posa une main sur le bras d'Agathe.

« *Lussanville* : M'autoriseriez-vous, ma bien-aimée, à vous entretenir un instant ce soir ?

Agathe : Je vous en prie, mon cher, ce n'est là le moment...

Lussanville : Mais votre froideur est telle que je ne puis plus la supporter, elle est au bout de mes forces. Et je vous conjure de me dire franchement que vous ne m'aimez plus.

Agathe : Moi ne plus vous aimer... ne plus t'aimer... c'est que...

Lussanville : Agathe, je t'en prie !

Agathe : Tu es fou, je t'aime, mais je ne sais ce que j'ai, c'est comme si quelque chose était venu pour moi ce soir, que quelque chose d'horrible allait m'arriver.

109

Lussanville : Ne dis pas cela, rien ne t'arrivera, je suis là !

Agathe : Je le sais, mon ami, c'est que... comment as-tu trouvé Fanchette tout à l'heure ?

Lussanville : Elle était exquise, tu as vraiment bien fait.

Agathe : N'étiez-vous pas exquis tous deux ?

Lussanville : Je ne sais, en vérité, j'essaie d'être digne de ton amour.

Agathe : Vous êtes les plus beaux ici, personne n'est plus beau que vous.

Lussanville : Voilà des paroles étranges, est-ce que tu soupçonnerais, mon amour... ?

Agathe : Non ! Rien de la sorte ! Vous êtes honnêtes, et bons... faut-il que je vous aime !

Lussanville : Tu nous aimes, cela est acquis, mais je te conjure, si tu m'aimes d'un amour sincère de me le montrer davantage. Notre mariage doit se conclure d'ici quelques mois, j'attends depuis si longtemps j'ai peine à croire à mon bonheur. Je ne te vois plus la nuit... je sais que la prudence nous est imposée mais cependant...

Agathe : Paix, je t'en prie, cher amour ! Je ne suis pas la reine de la soirée et il faut qu'un prince embrasse une princesse ce soir.

Lussanville : Agathe, cela suffit ! Me demandes-tu de te quitter ?

Agathe : Je t'en prie, ne te fâche pas... »

Ils avaient eu toute cette conversation à voix basse, Agathe sentait les larmes s'accumuler sous ses paupières et décida de sortir précipitamment. Lussanville la suivit. Quelques personnes se retournèrent mais furent très vite distraites par madame Villetaneuse qui allait annoncer le grand événement de la soirée. Elle monta sur une planche soutenue par trois petits tréteaux et recouverte d'une nappe splendide.

« *Madame Villetaneuse :* Nobles messieurs, gentes dames, j'ai décidé de dédier le salon de ce soir à Cérès, la déesse de la nature et de la fécondité ! Et afin de lui rendre hommage, nous allons tous déposer une fleur près du plus joli pied du monde ! »

Tout le monde applaudit et Villetaneuse se retourna vers Fanchette. Fanchette s'avança sur la petite scène, souleva légèrement sa robe et laissa tomber la splendide chaussure, tous les regards se tournèrent vers l'improbable pied, et, le moment de stupéfaction passé, des hordes de pétales de fleurs de toutes les couleurs vinrent couvrir sa beauté. Le pied dénudé, posé en demi-pointe sur la scène fut bientôt recouvert de pétales de fleurs. Fanchette rougit. Tant d'honneur pour un pied si petit ? Se disait-elle. Mais au fond d'elle-même, elle savourait son triomphe ; on avait fait d'elle une princesse, désormais elle tiendrait son rang. Pour Agathe, pour elle, pour Lussanville.

Ce Lussanville était à présent au premier étage et tâchait par tous les moyens de faire qu'on ouvre la porte de la chambre d'Agathe dans laquelle elle s'était enfermée pour pleurer. Mais rien n'y faisait, elle ne voulait pas le voir. Agathe se pelotonnait derrière la porte, la tête contre le bois, sentait les coups frappés chaque seconde, mais elle retenait son souffle. Rien ne passerait, rien. Fanchette était la reine désormais, il fallait qu'elle soit consacrée devant toute la ville, elle avait fait d'elle un joyau, et aujourd'hui tout le monde était là pour l'admirer. Et sa mère allait la marier... c'est pour ça qu'elle avait organisé ce salon ce soir... pour cela uniquement, pour cette seule raison ! Non, non, il ne fallait pas ! Il ne fallait pas ! Agathe murmurait contre ses genoux : « Il ne faut pas qu'un de ces hommes la touche, non, je ne veux pas, la poudre sur leurs mains ne cachera jamais l'odeur de leur désir infâme. Non, pas un seul de ces horribles marchands ne mettra sa main sur ma Fanchette ! Et surtout pas mon affreux cousin ! »

Elle n'avait plus qu'un recours et il lui fallait essayer, elle le supporterait, autant qu'il s'en faut, cela faisait des mois qu'elle cherchait à s'habituer à cette idée mais à présent c'était clair : Lussanville, son Lussanville, devait épouser Fanchette. Il n'y avait pas d'autre alternative. Sa mère, qui la détestait, ne manquerait pas de tout faire pour lui enlever Fanchette, et si elle apprenait cette tendresse qui grandissait au fond de son cœur pour la jeune Florangis, il était probable qu'elle fasse tout pour accélérer les demandes des coquins qui n'attendaient que sa bénédiction ! Ah que ne pouvait-elle, elle-même, l'épouser ! Pourquoi après tout devait-elle se taire, et succomber à une vie de femme stupide, comme cette sotte d'Henriette dans *Les Femmes Savantes* ? Quoi, le plus sale et le plus lâche des hommes havrais aurait le droit de conter fleurette à Fanchette et elle ne le pourrait point ? Elle, qui ne pensait, et ne respirait que pour sa tendre amie ? Elle qui faisait de cette fille de marchand une duchesse d'apparat ? Qu'il était douloureux d'être née femme puisqu'être femme était si oppressant, si injuste, si mortellement affligeant ! Et il fallait encore qu'elle se mortifie, en abandonnant, comme une froide

bégueule, l'homme qu'elle avait promis d'épouser, qu'elle ne pouvait regarder sans être émue, qui lui manquait, chaque fois qu'elle pensait à lui, et encore davantage quand elle avait le courage de croiser son regard. « Oh je t'en prie Lussanville... ne frappe plus cette porte, pardonne-moi, laisse-moi dans le silence...mon amour, sois mon corps, sois mon corps près d'elle, sois mon regard sur ses yeux, sois mon désir ardent ! Prends cette main, embrasse cette bouche, donne-moi la force de la posséder ! Je ne veux pas être un monstre, je ne veux pas que d'hideux prêtres, avec leurs infâmes sermons, me poursuivent comme une chienne puante et malade ; je ne veux pas que les soldats du roi m'amènent sous les ponts pour venger le mal qu'on a fait à leur sexe.... ! Lussanville, mon ange, mon aimé, souvenir de mon corps frémissant, embrasse-la comme un prince dans un conte, de cette union naîtra un nouveau soleil dans mon cœur, ardent comme celui de l'enfant qui contemple son premier tableau de maître ! Comprends-moi, comprends-moi sans me parler, mon amour. Cette porte ne cède pas sous les coups, écoute les battements de mon cœur, écoute mes sensations, pose tes mains sur le bois blessé de tes assauts et écoute, respire, ressens ma détresse. Embrasse-la, mon amour. A chaque seconde, deviens un peu plus moi. Sens dans ton intérieur, comme nous sommes ensemble, comme ton corps est dans mon esprit, et mon esprit dans ton corps. Lussanville ! »
Elle avait murmuré tout cela, les yeux baignés par les larmes, en serrant férocement ses genoux. Et de l'autre côté, Lussanville, vaincu, craquait lui aussi. Il s'affala contre la porte et resta un long moment silencieux, les yeux fixés sur l'escalier de bois de chêne, haletant un peu, la mine de plus en plus sombre. Puis, sans comprendre comment, ni pourquoi, il se releva. Ses yeux étaient devenus brillants, la peine était devenue colère, rage de posséder. Il lui fallut un moment pour reprendre ses esprits et il vacilla légèrement. Il alla dans la chambre de Fanchette et se regarda dans la coiffeuse. Il se coiffa, se repoudra le visage, tenta d'effacer tous les plis de son habit, mit du parfum, puis descendit. Les invités s'étaient à présent dispersés et Fanchette avait remis sa chaussure. Les pétales de rose continuaient de garnir le bas de la petite scène sur laquelle on avait posé d'immenses bouquets. Dolsans, assis dans un coin de la pièce, était en train de dessiner sur un calepin. Madame Villetaneuse buvait des liqueurs, et conversait avec les armateurs de la ville, dont beaucoup avaient il y a longtemps

connu son mari. Quant à Fanchette, elle riait, entouré de sa petite cour d'admirateurs qui se pressaient autour d'elle comme des frelons autour d'un pot de confiture de rose.

« *Lussanville :* Fanchette ! » (Il l'avait appelée du bas de l'escalier)
Fanchette : Lussanville ! »
Sans prévenir elle se mit à courir vers lui et les hommes autour d'elle furent si surpris que deux d'entre eux manquèrent de perdre l'équilibre.
« *Fanchette :* Comment va ma tendre Agathe, que lui arrive t-il ?
Lussanville : Elle refuse de parler ni de voir personne. Il semblait qu'elle n'entendait pas un mot de ce que je lui disais.
Fanchette : Quelle terrible nouvelle ! »
Et elle se hâta de monter les marches, alors que Lussanville demeurait en bas. Les hommes à qui l'on avait arraché la mignonne demoiselle avaient à présent les rides qui se plissaient et se froissaient en regardant l'impertinent jeune homme. L'un d'eux, plus hardi que les autres, s'avança vers l'amant dépité et lui tint ce discours :
« *L'homme :* Monsieur, je ne sais pas votre nom, le mien est Eucaste. Sachez que je n'ai pas l'intention de me voir insulter sans mot dire.
Lussanville : Et qu'ai-je fait pour vous insulter, monsieur, s'il-vous-plaît ?
Eucaste : Vous avez interrompu ma conversation sans la moindre excuse d'aucune sorte. Vous êtes arrivé, du haut de votre escalier, avec votre affaire, et vous avez ôté sans ménagement mademoiselle Fanchette à notre compagnie.
Lussanville : Et qu'y puis-je, si elle n'a pas jugé bon de s'excuser auprès de vous ?
Eucaste : Je vous ferai voir, mon petit monsieur, qu'un peu de respect ne sied pas mal à votre âge.
Lussanville : Ma foi, mon grand monsieur, je suis votre serviteur. »
Lussanville allait monter l'escalier lorsque le bouillant Eucaste lui saisit le bras.
« *Eucaste :* Où allez-vous donc, monsieur ? Est-ce à l'étage où la demoiselle à ses affaires ? Toux doux, restez donc ici, elle ne va pas tarder à redescendre.
Lussanville : Je crois avoir eu, monsieur, plus d'une d'une fois l'occasion de visiter chacune des pièces de cette maison.
Eucaste : Si vous montez, le prochain lieu que vous visiterez, monsieur, ce sera le petit bois, demain matin, avec vos témoins.

Dolsans : Allons, allons, messieurs ! »

La voix de Dolsans venait de retentir, il n'avait pas perdu une miette de la conversation.

« *Dolsans :* Qu'est-ce que c'est que cette querelle-là ? Est-ce que nous ne sommes pas là entre gens de bonne compagnie ? Qu'avez-vous à reprocher à mon ami, lui qui est si peu prompt à une querelle ?

« *Eucaste :* Voyons monsieur le négociant !

Lussanville : Ce monsieur, mon cher Dolsans, n'avait d'autre intention que de m'empêcher de rejoindre là-haut ma fiancée.

Eucaste : Votre fiancée ! »

Celui-ci était devenu rouge vif. Et les invités commençaient à regarder du côté de l'escalier.

« *Madame Villetaneuse :* Allons, enfin, qu'y a-t-il ? » Madame Villetaneuse approchait, quoiqu'avec difficulté, car elle commençait à tituber à cause que son verre avait déjà été maintes fois vidé.

Eucaste : Il y a que vous nous avez trompés, et que la demoiselle a déjà un prétendant !

Madame Villetaneuse : Je vous jure, monsieur, qu'il y a méprise... je ne crois pas du tout que monsieur de Lussanville... dit-elle péniblement, prise au dépourvu devant tant d'agitation.

Dolsans : Ah ça, vous faites erreur, mon ami est fiancé...

Eucaste : C'en est trop, messieurs, je crois que nous n'avons plus rien à faire ici ! » Il s'adressait au petit groupe qui avait suivi sa querelle avec attention.

Les femmes dans l'assemblée firent des « oh ! » d'indignation, et le vieil armateur Royan eut un sourire consterné. Le groupe d'hommes tourna les talons et s'en alla, la tête haute, dans le plus grand bruit. L'un d'eux, en passant, brisa l'un des grands vases posés sur la petite scène. Et tous sortirent, descendirent l'escalier, puis la rue, d'un pas vif et furieux. Les quelques invités qui restaient n'en revenaient pas, et chacun, dès lors, chercha à prendre congé. Madame Villetaneuse voyait tout cela sans pouvoir réagir, tout allait si vite qu'elle ne parvenait qu'à bredouiller quelques mots d'excuses. Une migraine affreuse la gagnait à chaque nouvelle conversation. Dolsans s'était assis sur un fauteuil et soupirait. Lussanville était dans une colère terrible, et pour se rasseoir un peu, fit un tour dans le jardin.

Fanchette avait ignoré tout ce tapage, ou plutôt elle ne l'avait entendu qu'en passant, tant il lui importait peu. Elle pleurait et frappait à la porte de son amie sans succès, la suppliant d'ouvrir, lui faisant mille serments, lui demandant de l'excuser d'avoir été si vaine, persuadée qu'elle lui en voulait terriblement. Mais Agathe restait muette.

« *Fanchette* : Agathe, je t'en prie, je t'en supplie ! Je suis désolée, je suis désolée, je suis désolée ! Ouvre-moi ! Je ne ferai plus jamais de soirée, je t'habillerai comme moi, je t'en prie, sors, reste avec moi ! Ils m'ennuient tous ! Je me fiche d'eux, je les déteste, ils sont tous sots, tous sots comme des cochons ! Laisse-moi entrer, Agathe ! S'il-te-plaît ! » Et elle cria, pleura, jusqu'à ce qu'en bas, le tumulte se soit calmé et qu'elle n'ose plus frapper, ni crier. Elle allait abandonner lorsque la porte s'ouvrit. Agathe se tenait dans l'encadrement, dans sa robe noire, le regard glacial.

« *Agathe* : Ne me parle pas, Fanchette. Tu es le jouet de ma mère. Juste le jouet de ma mère. »

Fanchette : Mon Agathe ! »

Elle se précipita sur elle et la prit dans ses bras mais Agathe la repoussa.

« *Agathe* : Tu veux te marier, c'est ça ?

Fanchette : Oui, Agathe, comme toi, tu vas bientôt te marier ! Je veux le faire comme toi !

Agathe : Alors trouve-toi un amant sans l'aide de maman ! Sinon ne t'attends pas à ce que je te reparle jamais ! »

Elle referma la porte et Fanchette éclata à nouveau en sanglots puis, elle arracha une broche qu'elle avait dans ses cheveux, une jolie broche ornée d'une petite rose factice, et elle la jeta contre la porte. Ses cheveux n'étaient à présent attachés que d'un seul côté, faisant un volume étrange et brouillon de l'autre. Elle s'élança dans les escaliers et sortit dans le jardin, pleine de rage. Elle y trouva Lussanville qui regardait la lune qui se levait.

« *Fanchette* : Que faites-vous ici, monsieur ?

Lussanville : Et vous donc ? (Il était toujours échauffé)

Fanchette : Je viens vider ma colère contre votre fiancée !

Lussanville : Ah, vous aussi ?

Fanchette : Comment peut-on être aussi insensible ?

Lussanville : Il faut avoir l'esprit plus robuste que le cœur, voilà comment. »

XXI

Dans lequel Agathe observe, sous la neige, sa première trahison

Dans sa petite chambre close, Agathe respirait à présent profondément. Elle avait ôté sa robe et passé un déshabillé blanc. Elle écarta les rideaux de sa chambre, suffisamment pour voir Fanchette et Lussanville à l'extérieur. Elle les observait avec intensité, attendant qu'il se passe quelque chose. Elle se tourna vers le ciel : « S'il y a un Dieu, comme ma mère supérieure me l'a si souvent dit, punis-moi donc et unis ces deux êtres si charmants et si parfaits. Qu'ils vivent dans le conte que tu n'écriras jamais pour moi ! »

Un vent froid hivernal soufflait dans le jardin où nos deux héros se trouvaient, Dolsans regardait de temps en temps par la fenêtre mais il les voyait échanger à peine quelques mots. Madame Villetaneuse, quant à elle, s'était retirée dans son boudoir et s'était endormie sur un fauteuil. Les yeux de Fanchette, éclairés par une lune presque pleine, paraissaient d'un bleu glace et Lussanville les regardait sans discontinuer depuis quelques instants. Un flocon de neige tomba sur l'épaule de Fanchette, le premier de la soirée. Lussanville, sans y penser vraiment, lui enleva. Fanchette regardait à présent ces joues dont la poudre partait un peu plus chaque instant et qui révélait une peau blanche, qui semblait être d'une incomparable douceur. Ayant un peu froid, elle tendit sa main gantée à Lussanville afin qu'il l'aide à se relever, mais celui-ci, quand il eut cette main entre ses deux mains, la regarda un instant, et sentant cette dentelle blanche qui l'effleurait, baissa doucement la tête et posa ses lèvres sur le dessus de cette main. Fanchette en fut émue à un point qu'il n'est pas possible de décrire ; et alors, que d'autres flocons commençaient à tomber, elle rougit et ses yeux se remplirent de larmes. Elle serra très fort la main de Lussanville. Celui-ci comprit alors. Son cœur ne fit qu'un bond, il était trop tard. Le regard de Fanchette, en cette nuit d'hiver, était posé sur lui, sa main dans la sienne et avant qu'il n'ait pu dire un mot, Fanchette murmura : « Je t'aime. »

Chapitre 3
« Nous étions deux et un, nous ne fûmes plus rien »

Existe t-il douleur plus intense et ininterrompue que celle de trahir la confiance de la personne qu'on aime ? Savoir que chaque seconde qui passe est celle d'une partie perdue d'avance, marcher aux côtés d'un être mort, empoisonné par une liqueur à retardement, qui le tuera dès qu'il ouvrira les yeux. Et cet être, avec son sourire aux couleurs inchangées, son visage constant et ses manies habituelles, cet être là n'est plus que poussière en suspension, attendant son heure pour disparaître à jamais de votre vie. Voici ce qu'était la belle Agathe, dans les yeux de son amant. Une statue de marbre faite en l'honneur de son échec cuisant. Il avait suffi de quelques secondes. Et maintenant, Lussanville attendait l'heure de mettre un terme à sa jeunesse, en consumant sa première trahison.

Agathe n'ignorait rien de ce qui s'était passé, sans avoir entendu la phrase fatale qu'avait prononcé sa tendre amie, elle savait. Elle connaissait si bien chaque expression de la jeune Florangis, chaque mimique et chaque attitude que son tendre mouvement lui fut connu avant même que Fanchette ne l'exécutât. Mais elle ne dit mot à Lussanville, car dans son malheur extrême, le plaisir qui lui restait était de voir cet amant se battre avec sa propre conscience et prendre une part de sa douleur avec sa trahison. Qu'elle ait souhaité de tout son cœur que cette trahison eût lieu, qu'importe, il avait lui aussi droit à son morceau de souffrance. Ainsi, elle se sentait moins seule. Le cerveau a ceci de curieux qu'il se délecte quand, comprenant les effluves des sens chez soi-même, il comprend aussi ceux des autres. Comprendre et se détacher de ses propres sentiments, quand il font tant de mal, est le dernier plaisir des êtres les plus sensibles. Ce plaisir est d'un extrême raffinement. Ceux qui en abusent sombrent dans la mélancolie la plus obscure. Tel fut le cas d'Agathe, qui montrait pourtant à Fanchette et Lussanville un visage rieur, une énergie à revendre, en les emmenant partout, dans les allées des marchés, près de la jetée, sur la plage, le long du fleuve... elle s'amusait à leur prendre les mains, à jouer à la petite fille, elle qui savait pourtant se montrer si raide et fière, elle s'amusait d'eux sans conséquence, sachant le secret terrible qu'ils portaient tous les deux.

Et Fanchette, depuis cette déclaration ? Notre héroïne sentait bien qu'elle avait en quelque sorte pris la place de son amie, avait bien la sensation de lui avoir ôté quelque chose bien qu'il lui semblât qu'on pouvait aimer sans limite et que seuls les liens du mariage, par ce qu'ils avaient de sacré, pouvaient imposer qu'on aimât que son mari ou que sa femme. C'est du moins ce que lui avait toujours dit son père quand il lui expliquait, petite, que le mariage était une très grande affaire. Ainsi, elle ne se sentait coupable qu'à demi ; car l'amour porte en lui l'excuse de tout ce qu'il fait. Et que si l'on s'aimait sans se poser de questions, la vie serait bien plus heureuse. Mais voilà, monsieur de Lussanville avait à présent un air si grave, un regard si triste, qu'elle-même ne pouvait s'empêcher certains jours de se trouver infâme. Mais Fanchette restait Fanchette et pouvait oublier ces sentiments dès qu'un rouge-gorge passait ou qu'une passante se mettait à chanter.

II
<u>Séjour à Luxeuil</u>

Au cours de cet hiver terrible, madame Villetaneuse fut envoyée d'urgence aux bains à Luxeuil, près du massif du Jura, car sa santé se faisait plus fragile. Afin de la soutenir et de l'accompagner dans cette épreuve pour son corps qui avait besoin de retrouver sa vigueur, elle fut accompagnée par nos trois héros. Cette région, l'une des plus belles du pays était aussi appelée la « Région aux mille étangs » car d'anciens glaciers fondus avaient au fil des siècles constitué de nombreuses poches d'eau douce qui essaimaient autour de Luxeuil. Pendant ce séjour d'un mois, Lussanville, Agathe et Fanchette prirent l'habitude de se rendre tous les jours au Lac des Sept Chevaux. Le climat était doux et l'on pouvait encore se promener en barque sur le lac, Lussanville venait chaque jour louer pour quelques sols à un pauvre pêcheur sa barque qui trouvait dans ce petit commerce une aubaine et le dispensait largement de pêcher pour l'année entière. Un jour que Lussanville discutait avec le pêcheur,

118

Agathe, après s'être assise dans l'herbe dans sa robe déjà bien tâchée de terre, entre deux chants d'oiseaux, lâcha ces mots qui firent trembler son amie :

« *Agathe :* Je sais que tu n'attends qu'une chose, ma Fanchette.

Fanchette : Quoi donc ?

Agathe : L'embrasser. Et obtenir de lui la promesse qu'il t'épouse.

Fanchette : Oh Agathe !

Agathe : N'est-ce pas vrai ? »

Fanchette tremblait un peu, elle tenait son amie près d'elle mais avait à présent un peu froid. Il y eut un silence pendant lequel les sons du lac leur firent un moment oublier ce qu'elles étaient en train de dire. Puis Agathe reprit :

« *Agathe :* Ne sais-tu pas qu'il avait promis de m'épouser ?

Fanchette : Je le sais.

Agathe : Et tu me le prendrais ?

Fanchette : Si je le pouvais sans te faire du tort... chaque fois qu'un homme s'approche de moi, j'ai l'impression que tu me veux du mal. Tu deviens froide, irritable. Et avec lui, c'est à peine si tu es agacée. Je crois que j'aime mieux encore te faire du tort avec lui puisqu'avec ce tort-là tu ne seras pas cruelle.

Agathe : Tu me trouves cruelle, ma Fanchette ?

Fanchette : Tu t'enfermes toute la journée, et quand je te vois, tu écris, tu soupires, tu te griffes le visage et puis tu soupires encore. Tu ne t'amuses que lorsque Lussanville est là, et tu le regardes et lui fais des baisers, seulement parce que je suis là pour le voir. Et dès qu'il est parti, c'est pour reprendre ton attitude austère et me parler comme à un enfant qu'on veut punir. Serais-tu jalouse, Agathe ?

Agathe : Jalouse de ma petite Fanchette ? Cela ne se peut. »

Et elle se mit à rire et à se lover dans ses bras ; et Fanchette, qui avait le cœur tendre, oublia le début de ressentiment qui l'animait, comme elle avait oublié le lendemain de ce fameux soir sous la neige toute sa rancoeur, quand, au petit-déjeuner, Agathe était parue dans son déshabillé, sa chevelure tombant sur ses épaules, les cernes du mauvais dormeur sous ses yeux sapin.

Et la discussion s'arrêta ici, car Lussanville revenait avec la barque et allait la mettre à l'eau. Agathe se leva et tint à tout faire avec lui, jusqu'à l'usage des pagaies pour disait-elle en riant, « durcir un peu ses bras ». Elle prit soin d'allonger les jolies jambes de Fanchette à l'avant, vers l'intérieur du bateau, laissant ses jupons remontés en désordre afin que Lussanville les vit mieux et qu'elle-même puisse les contempler à loisir. Chaque instant était bon pour faire de sa petite princesse une déesse vivante, et comme elle avait l'air affligée, il fallait qu'elle redouble d'efforts pour qu'elle se sente la plus comblée du monde. Il est vrai qu'elle s'était refermée ces derniers temps et qu'il fallait qu'elle prenne garde aux sentiments de sa petite protégée : après tout, n'avait-elle pas jeté son dévolu sur un jeune homme aimable ? Et bien qu'il lui manquât cette fidélité à toute épreuve dont elle (et elle seule) pouvait se targuer, il n'en restait pas une agréable sensation pour l'oeil et l'oreille (car il avait une belle voix, trouvait-elle). Notre héroïne à la chevelure noire comme son cœur en cet instant n'en finissait pas d'essayer de neutraliser cette passion qui la poussait à vouloir ce jeune homme pour son seul plaisir, son seul réconfort et son seul amour. Son esprit devait être le plus fort. Sans cela elle perdrait celle qui comptait le plus au monde, elle perdrait Fanchette. Il fallait qu'elle les laisse seuls. Comme il était difficile de s'y résoudre !

Et chaque matinée pendant ce petit séjour se terminait par une promenade en barque, et chaque fois Agathe avait la tentation de laisser partir les deux amoureux sur l'eau claire mais rien à faire, elle n'y parvenait pas. Une fois Fanchette installée dans la barque, il fallait qu'elle monte, qu'elle la regarde, et qu'elle écoute la voix de Lussanville qui récitait si bien les poèmes de la Fontaine. Ce bonheur-là, celui de l'oeil et de l'oreille, au centre de l'air le plus doux et le plus pur que pouvait offrir ce pays fit penser plusieurs fois à Agathe qu'elle aurait peut-être mieux fait de rester toujours petite, et que ces deux êtres magnifiques, semblant si bien aller l'un avec l'autre, auraient pu être les parents de ce vilain petit canard qu'elle voyait chaque matin dans son miroir. Une fois, elle avait aperçu un caneton sur le lac et l'avait regardé longuement : il était toujours loin derrière les autres, nageant avec peine, et son œil semblait un minuscule onyx. Ses petites palmes, agitées maladroitement, lui faisaient faire du surplace. C'est alors que les traits d'Agathe se durcissaient et que les bras de Fanchette venaient l'entourer ; et le vent léger qui soufflait sur leur barque achevait de lui contenter le cœur. Rester ainsi, toujours, avec elle. Non, rêve idiot, rêve sans lendemain, sans espoir ! Elle se serait noyée de rage de penser à une telle chose. A présent le bruit des

mouches devenait plus fort que celui des oiseaux, elle se serait bien
grattée... ou plus encore, sa peau avait besoin de frissons. Et la nuit qui
est si longue à venir...

Et chaque nuit, ou presque, elle trouvait un prétexte pour
sortir et, tapie dans les bois, elle ôtait son corsage, et se griffait la peau
avec de petites branches, et quand elle rentrait, pleine de boue, de
mousse et sentant les bois, elle allait se rafraîchir avec une bassine
d'eau glacée qu'il y avait dans la petite chambre qu'elle partageait avec
Fanchette. Mais très vite, Lussanville repéra cette habitude, et suivit
son parcours, la regardant aller et venir. Dès la seconde semaine, il
décida d'apparaître près de la forêt, de nuit, et de la surprendre alors
qu'elle allait défaire son corsage. Agathe sursauta et se jeta sur lui. Sa
force était impressionnante, elle était teigneuse, terrible et griffait le
jeune homme au cou, sur le dos et tenta même de le mordre.
Lussanville réussit cependant à la maîtriser mais dès qu'il commençait
un peu de respirer pour lui parler, elle reprenait la lutte de plus belle. Il
finit par la mettre à terre tout à fait, transpirant à grosses gouttes au
dessus d'elle, son souffle chaud qui la brûlait dans le cou.
« *Agathe* : Prends ta récompense, aller, vas-y, sauvage ! Qu'est-ce que
tu attends ? Fais-le. Et mets-moi enceinte, fais-moi me déchiqueter sur
mon lit de mort dans neuf mois... la vache est prête à mettre bas. Aller !
Vas-y ! Peut-être que tu seras moins godiche demain matin !
Transperce-moi et regarde ma plaie saigner tant que je vivrai... »
Lussanville la repoussa.
« *Agathe* : Quoi ? Cela ne t'a pas excité ? Les boucles de Fanchette
n'ont pas réveillé ton instinct d'homme ? Tu ne te rappelles pas ? Je
suis ta femme ! N'a t-on pas signé un menu papier ? Quoique je ne
sais où je l'ai mis... la promesse est morte, tu crois ? »
Lussanville s'éloigna un peu et s'arrêta près d'une souche. Agathe,
quelque peu débraillée, le rejoint, étrangement son humeur était plus
calme, elle ne pouvait s'empêcher de penser que Fanchette aurait agi
ainsi.
« *Agathe* : Tu es fâché ? » (Son ton était presque triste, mais on aurait
pu le confondre avec de la lassitude)
Lussanville se retourna vers elle, lui prit les mains et lui répondit
simplement :
« *Lussanville* : Non, j'entends ce que tu veux me dire. Je n'ai rien à
faire ici, et je t'ai suivi alors que je n'avais aucun droit de le faire.

Pardonne-moi. Tu me manques, tu sais.

Agathe : Viens, écoute, les chouettes nous accompagnent. »

Elle l'embrassa, le caressa, l'étreignit. Il était comme fou, ces gestes faisaient craquer des mois de rêves, de fantasmes, de peines et de solitudes. Agathe se sentit pleine, entière, violente. Les deux mains de cet homme apposaient partout leur marque, ses hanches, son cou, ses seins, ses cuisses, ses fesses, son entrejambe, ses épaules, ses genoux. Elle sentait chaque partie et chaque partie résonnait, comme le vibrato d'une voix dans une chorale. Elle pensait : « Sens mon corps, Lussanville, sens mon corps, fais-le brûler. Je voudrais être pleine de terre et de sang, être un cadavre retrouvé dans cette forêt, la suicidée, la jalouse, pendue à l'un de ces arbres, ou retrouvée morte et jetée dans une fosse et que tu me déterres. Que tu me trouves si belle que tu en oublies la lumière de Fanchette, que tu viennes explorer, morte, mes entrailles et y trouver un élixir de jouvence éternelle. Emplis-toi de ma nuit. »

Cette étreinte fut d'une puissance inexprimable et Agathe alla contre toutes ses pensées de la journée, se laissa aller, pensa presque comme une bête, oublia toute réserve et tout intellect, se laissa dévorer par une force qu'elle voulait assez grande pour la dépasser. Sa rage était désir de posséder. De posséder dans la nuit, de voler à Fanchette ce moment qu'elle aurait haï de voir se déployer chez elle. Elle profita de chaque minute, de chaque seconde avec cet homme qu'elle avait si souvent repoussé, si souvent méprisé en pensée et qui aujourd'hui, la rassurait presque. Comme il prenait bien le masque qu'elle lui avait confectionné, et comme il était aisé pour lui de l'enlever sitôt qu'ils étaient tous deux satisfaits ! Agathe ne voulait pas de despote. Et pourtant, pendant quelques temps, elle avait fait de son suiveur un ours terrible, à qui elle avait demandé griffures et morsures. Peut-être pour le sentir à elle, une dernière fois.

III

Dans lequel madame Villetaneuse décide de mettre son grain de sel

Le retour au Havre se fit quelques jours plus tard. Et cette nuit fut comme oubliée. Mais le ton commençait à monter plus souvent entre Lussanville et Agathe. Elle s'était montrée tendre alors que le soleil se levait lors de leur escapade mais avait repris à présent son masque de froideur qui déplaisait tant à son amant. Echauffé, il avait de plus en plus tendance à se montrer empressant vis-à-vis de Fanchette pour faire réagir celle qu'il aimait toujours, et aimerait jusqu'à sa mort. Mais Agathe ne disait rien, se contenait d'un sourire poli et Lussanville était au désespoir. La pâle brune le repoussait sans cesse. Fanchette, elle, voyait dans ces marques de tendresse tout l'intérêt que prenait monsieur de Lussanville à sa personne et tâchait d'y répondre le mieux qu'elle le pouvait, car elle aimait ce jeune homme et avait la sensation qu'Agathe n'en serait pas jalouse, du moins, qu'elle pouvait les accepter sans lui faire du tort. Elle avait pris l'habitude de lui dire jour après jour ses avancées et chaque soir, avant sa prière, elle lui demandait : « Agathe, veux-tu que je lui demande de cesser ses poursuites ? » et Agathe répondait calmement « S'il ne t'aime pas, qu'il les arrête. » Mais bientôt, les nerfs d'Agathe furent mis à rude épreuve, lorsque sa mère se permit pour la première fois un commentaire à ce sujet.

« *Villetaneuse* : Mes enfants – (c'était lors d'un repas à l'intention de Fanchette et Lussanville qui, toujours l'un en face de l'autre, se souriaient continuellement) – mes enfants, vous ne pouvez plus longtemps vous permettre cette perpétuelle démonstration de votre inclination réciproque. Cela devient gênant pour vous et pour moi. N'étiez-vous pas, monsieur, promis à mademoiselle ma fille ? Est-ce un changement de votre cœur ? Et toi, Fanchette, te contentes-tu de cette inconstance-là ?
Fanchette : Madame – répondit immédiatement, rouge de honte, la belle Florangis – je suis la seule coupable dans cette affaire. Ma coquetterie et le plaisir extrême que me fait monsieur de Lussanville à répondre à mes marques d'affection sont ce qui vous alarme. Il n'a rien à se reprocher, madame, et ne fait qu'agir en galant homme. C'est à moi seule que revient le devoir de ne le point provoquer à me témoigner de la tendresse, si cette tendresse-là offense mon amie Agathe. »
La marchande se tourna vers sa fille.
« *Villetaneuse* : Je te trouve, ma fille, un peu libérale sur le sujet, et je gage que si tu ne surveilles pas ce fiancé-là, il te poussera des cornes avant qu'il soit six mois.
Agathe : Je te remercie maman de te mettre en peine de mon amour, et je tâcherai de suivre tes sages conseils. »

Il n'avait pas échappé à madame Villetaneuse que la balance s'inversait dangereusement et que Fanchette aurait bientôt les faveurs de ce jeune homme. C'est ce qu'elle attendait : un si beau mariage aurait de quoi la faire devenir le centre de l'attention, et peut-être pourrait-elle reprendre ses salons. On se souvient trop bien du fiasco du premier. Et madame Villetaneuse ne l'avait pas oublié. Mais prendre parti contre sa fille n'était pas une bonne chose à faire, cela exciterait Lussanville à la défendre et Agathe à se montrer plus pressante vis-à-vis de lui car elle avait le goût de contredire. Et ce n'était pas peu dire.

Ce jour-là, madame Villetaneuse avait observé avec attention sa fille alors qu'elle tenait ce discours mais il lui était difficile de deviner ses intentions. Elle n'imaginait pas une seule seconde avoir, peut-être pour la première fois, le même but qu'elle. Agathe attendait simplement que la nature fasse son œuvre et que ces deux oiseaux en cage finissent par roucouler de concert.

IV
Une demande sur la falaise

Le premier jour du printemps, Fanchette attendait près d'une falaise de craie, au dessus de la mer. Le vent secouait gentiment sa coiffure alors qu'elle regardait l'horizon. Ses yeux bleus se fixaient sur le blanc du ciel, emplis d'espoir. Son cœur battait fort. Très fort. Quelques minutes plus tôt, Agathe l'avait laissée là sur sa demande, sans poser la moindre question.

Après quelques minutes, la silhouette de Lussanville se dessina peu à peu derrière notre héroïne. Il approchait. Fanchette ne l'entendait pas encore. Le vent lui sifflait aux oreilles. Les mouettes aussi faisaient leur habituel tintamarre. Ce n'est que lorsqu'il fut à deux pas d'elle que Fanchette sentit sa présence, et ferma les yeux. Ses bras se posèrent doucement autour de sa taille. Son souffle vint réchauffer ses cheveux tout fins.

« Fanchette. »

« Lussanville » répondit-elle.

Ils écoutèrent ensemble ces sons qui envahissaient l'espace autour d'eux. Leurs deux respirations devinrent bientôt une même musique. Les corps, si bien enlacés, se répondaient dans tous leurs signes. On aurait pu les sculpter ainsi sur une même dalle. Leurs mains s'étaient croisées et enserrées. Et leurs vêtements, par un hasard merveilleux, semblaient tirés d'une même étoffe.

« Mon ange, veux-tu m'épouser ? »

Lussanville avait dit cela d'un ton si calme et si serein que Fanchette ne bougea pas. Elle ferma simplement les yeux et oublia tout. Elle serra plus fort les deux mains et murmura simplement : « Oui... »

Durant les minutes qui suivirent ils n'échangèrent pas un mot. Ils marchèrent le long de la plage, ramassèrent un gros coquillage blanc, dessinèrent des formes et des mots tendres sur le sable mouillé, se prirent à maintes reprises les mains, se regardèrent longuement, et rentrèrent finalement par le chemin le plus long, détour après détour, pour profiter encore de cette solitude nouvelle, cette solitude à deux. Absorbés par leur rêverie commune, ils ne virent pas, au détour d'une rue de la ville agitée, le visage blême d'Agathe qui les regardait comme un soleil mourant.

V

Dans lequel Agathe croit perdre l'amitié de Fanchette et l'amour de Lussanville

Ce soir-là, Agathe jeûna et resta toute la soirée terrée dans sa chambre. Fanchette, au moment d'aller se coucher, essaya tout de même d'aller frapper à sa porte. Ce fut sans succès. Alors la petite Florangis regagna sa chambre et fit sa prière seule ce soir-là. Elle demanda à Dieu de veiller sur son Agathe, qu'il la protège et la bénisse pour toujours. Elle lava seule ses petits pieds dans sa bassine de cuivre ; l'eau en était froide. Elle se coucha doucement et chercha à s'endormir. Encore. Et encore. Finalement, après s'être retournée plusieurs fois, agacée, mal à l'aise, elle retourna devant la porte de la chambre d'Agathe. Elle était entrouverte. Fanchette poussa la porte.

La vieille chambre aux rouge-gorges sentait le renfermé, les rideaux, tirés depuis des jours, laissaient à peine passer la lumière de la lune. Plusieurs bougies étaient cependant encore allumées. Sur le grand lit brun, les jambes en tailleur, dans un déshabillé sale et troué par endroits, se tenait Agathe, un énorme livre à la main, qui semblait être un volume de *L'Encyclopédie*. Elle avait mis des lunettes pour reposer ses yeux et ne les leva même pas lorsqu'elle vit son amie approcher. Fanchette s'assit alors au bout du lit et attendit un peu. Mais Agathe restait obstinément concentrée sur son article. Pour la faire réagir, la jeune blonde passa ses mains sous le couvre-lit et chercha le pied de son amie qu'elle enserra dans sa main, il était gelé.

« *Fanchette :* Tu sais, Agathe, ton pied n'est pas mal non plus. Il a l'air moins fragile que le mien, c'est tout. »

Agathe ne put s'empêcher d'avoir une réaction sur son visage. Fanchette, encouragée par ce signe, continua de parler : « *Fanchette :* Je suis contente de te voir enfin avec des lunettes. Tu n'as jamais voulu que je pose un œil sur toi quand tu les portais, et aujourd'hui tu les as gardées quand tu m'as vue arriver. J'en suis fort aise, cela me donne la sensation d'être plus intime avec toi. Et tu sais comme j'aime être proche de toi. Tu m'as dit, dans une lettre que je garde aussi précieusement que le Grand Turc son trésor, que tu ne voulais n'avoir aucun secret pour moi. Aujourd'hui, c'est peut-être chose faite. Tu sais, j'ai parfois la sensation de t'aimer un peu moins que je ne devrais. Ta vie, qui ne semble être que dévotions et sacrifices à mon égard, ta tendresse, ton amour si parfait me font appréhender d'être en comparaison une bien mauvaise fille. Je crains fort, pour ma part, d'avoir bien des secrets que je ne puis révéler. Et c'est sans doute pour cela, ma tendre amie, que tu ne m'as pas adressé la parole de toute la soirée. Je vois à ton sourire que ce discours te blesse, et c'est cela que je voulais éviter. Mon Agathe, mon ange, ma gardienne, ne me rejette pas. Regarde comme il est doux de nous parler, comme il y a du plaisir à être en présence l'une de l'autre... comme tu le sais il n'y a qu'une seule autre personne capable de me donner d'aussi belles sensations. Cette personne... »

Agathe leva les yeux d'un seul coup, ils étaient noirs et terribles, comme ceux d'un prédateur prêt à bondir. Fanchette eut aussitôt la gorge nouée et plus aucun son ne sortit de sa bouche. Ah l'amie indigne, la traîtresse, la pendarde qui venait avec cet aplomb-là comparer son amour à elle, son amour pur, empreint d'une tendresse infinie, sans tache aucune, à l'inclination puante d'un coquin qui n'avait pas hésité à en trahir une autre ! pensait Agathe avec rage. Pourtant elle n'en disait mot, trop heureuse qu'elle était de gagner ce pari contre l'humanité, ce pari qui la conduisait à assembler ces deux êtres hypocrites et lâches. Quoi, ma petite Fanchette, pensait-elle, tu me prends mon amour sans t'en confier auprès de moi ? Et toi, Lussanville, tu tombes dans les bras de la première dame que je te mets dans les pattes ?

Finalement, la jalouse Agathe se décida à parler.

« *Agathe* : Ma chère Fanchette, continue, quelle est cette personne ? Dis-moi.

Fanchette : Je ne sais si je puis sans te blesser te dire maintenant son nom.

Agathe : Au contraire, confie-toi à moi, puisque tu crains de n'avoir que trop de secrets. Peut-être ai-je tort de vouloir me dérober à ta présence, et me feras-tu l'honneur de me dire que cette autre personne qui te rend si heureuse est Dieu lui-même ?

Fanchette : Comme je voudrais qu'il le fût pour nous aimer et l'une et l'autre sans qu'il y ait du mal !

Agathe : Tu t'es trahie, Fanchette.

Fanchette : Mon Agathe, je t'en prie, pardonne-moi !

Agathe : Et que faudrait-il que je te pardonne ? Est-ce que j'ai rien fait pour empêcher cette union ? Peut-être pourrais-je mettre une soutane, me raser la tête et prononcer vos vœux ! Ce serait une idée magnifique, qu'en penses-tu ?

Fanchette : Agathe, je t'en supplie !

Agathe : Cesse de geindre ! Annonce-moi tes fiançailles, puisqu'il le faut, et laisse-moi en paix.

Fanchette : Je l'aime !

Agathe : Et moi je l'aimais. Et pour mon malheur, je l'aime toujours. Mais mon amitié va au delà de mon amour, et celle-là fut trahie d'une manière plus lâche encore.

Fanchette : Moi, trahir ton amitié, Agathe !

Agathe : J'ai laissé le champ libre à ton cœur et ton infidélité a fait son œuvre, je perds un amant et tu perds une amie. Mais c'est toi qui fait une mauvaise affaire. Bonne nuit, Fanchette. »

A ces moments, la belle Florangis eut un petit cri sourd, la douleur la fit se jeter sur le lit, et elle s'agrippa à son amie, tirant sur la fine toile qui faisait son habit de nuit, tant et si bien que les trous s'agrandirent par endroits. Agathe la repoussait, se débattait mais Fanchette recommençait toujours.

« *Fanchette* : Agathe, Agathe, je t'en prie, je t'en prie ! »

Elle s'accrocha à maintes reprises, et chaque fois Agathe la poussa, jusqu'à ce que dans la lutte, elle finit par la propulser contre le bois du lit. Le choc lui arracha une expression de douleur et son corps se tordit puis se détendit, laissant voir alors qu'elle était presque allongée, ses orteils engourdis qui s'agitaient un peu. Agathe se sentit la plus coupable de toutes les femmes, et sa honte ne connut pas de limites. Elle se précipita vers Fanchette et la serra dans ses bras, la couvrit de baisers, s'excusa maintes fois mais Fanchette, refroidie pour avoir été repoussée et ragaillardie de voir la dureté de son amie se briser en sanglots, elle montra deux fois plus de glace et se contenta de se lever, de lancer un regard noir et de sortir.

Le lendemain, Agathe se démena comme un diable pour s'occuper de Fanchette, tout ce qui pouvait être fait pour la fille d'un roi, Agathe l'aurait fait. Un poème fut dédié à la blonde Florangis dès son lever, elle fut lavée, habillée, coiffée avec une douceur extrême ; son déjeuner fut abondant et délicat, sa sortie en ville fut prodigue en achats de toutes sortes, il lui fut lu le journal, ainsi que deux chapitres d'un roman exquis de monsieur Rousseau. Mais Fanchette, à ces attentions, répondait avec une froideur sans égal dont elle n'avait pas l'habitude. Agathe, au désespoir, l'accompagna jusqu'à son coucher mais n'obtint pas un mot de sa tendre amie. Au petit matin, tout se répéta et notre héroïne maudit intérieurement sa jalousie. Pourquoi ne pouvait-elle pas se contenter d'appliquer ses plans ? Pourquoi fallait-il toujours que ces indésirables sentiments s'en mêlent ? Après tout n'avait-elle pas songé à cela pour protéger ses intérêts ? Son affreux cousin voulait Fanchette, Lussanville, avec son infidélité, la protégeait d'une idée si repoussante et elle ne pouvait pas se contenter de cela ! Quelle plaie ! Lussanville ! C'était lui qu'elle devait trouver.

« *Agathe :* Lussanville, je t'en prie ! Es-tu là ? »
Elle frappait à la porte de la maison du père de Lussanville avec vigueur, dans sa belle robe de velours. Ce fut le père qui ouvrit, visiblement surpris de la présence de cette jeune fille. Son fils passait à ses yeux pour être un coureur sans conséquence et il voyait d'un assez mauvais œil cette intrusion.
« *Charles de Lussanville :* Mademoiselle, à qui ai-je l'honneur, je vous prie ?
Agathe : Mon nom est Agathe Villetaneuse, Monsieur de Lussanville est venu à plusieurs reprises faire de respectueuses visites chez ma mère, il a su nous aider lorsque nous étions dans le besoin. Je me

devais de venir le remercier et je craignais qu'il ne fût parti sans que je puisse le remercier de ses loyaux sentiments et du secours qu'il a pu nous apporter.

Charles de Lussanville : Voilà qui est sans doute le plus honnête du monde et je vais le chercher, cependant je vous prie de ne pas venir nous voir ici, les gens parlent et je ne voudrais pas que le voisinage ait vent d'une visite que je ne saurais justifier. Aussi, puisque vous êtes là, montez, mais ne revenez plus. »

Agathe savait que le gaillard craignait avant tout qu'on ne le soupçonne d'avoir commerce avec des filles de bonne famille, et que les pères, les frères et les neveux qu'elle aurait pu avoir n'auraient pas manqué de venir lui chercher querelle si on apprenait qu'elle était venue seule en ces lieux. Lussanville était dans sa chambre, penché sur un poème dont il n'avait fait que la moitié. Agathe, en proie à de violentes émotions, ne put d'abord parler, et ce ne fut qu'au bout d'une minute pendant laquelle le jeune homme la fit asseoir sur son lit qu'elle parvint à parler :

« *Agathe :* Je suis venue au plus vite car je sais à présent quel commerce vous avez, Fanchette et toi. »

Lussanville sursauta à ces mots et regarda Agathe avec intensité, ses mains tremblaient et se serraient par intermittence.

« *Agathe :* Inutile de le nier ou de le cacher ; et ce choix, mon amour, je le comprends, quoique j'en souffre immensément, je crois qu'il n'est pas nécessaire de te le dire. Peut-être qu'un autre jour, je te le dirai avec plus de violence, je ne sais véritablement comment mes sentiments me traversent et je suis un labyrinthe étranger à moi-même. Pour l'heure, j'ai besoin de faire la paix avec l'une comme avec l'autre. Tu as trahi ma confiance et mon amour, la belle affaire ! Est-ce qu'on sait à notre âge ce qu'il est bon de faire dans le mariage ? Et n'a t-on pas vu des jeunes gens se fourvoyer de toutes les façons sur cette matière ? Il y va d'être heureux ou malheureux toute sa vie ! Et de la vie, que sait-on ? Rien du tout ! Voilà ce qui m'amène à dire que tu ne savais pas ce que tu faisais, que je ne le savais pas non plus, et qu'à présent, nous savons tous deux qu'il est essentiel que tu promettes tes vœux à Fanchette, si tu ne l'as pas déjà fait. Et je vous donne ma bénédiction, dis-le-lui. Soyez heureux ! Il faut que certains soient heureux.

Lussanville : C'est donc comme cela que tu m'aimes.

Agathe : Et oui, je t'aime ! Jamais personne, je crois, ne t'a aimé comme je fais !

Lussanville : En effet, le procédé est merveilleux ! Car tu aimes les gens pour les quitter !

Agathe : C'est bien le moins que je puisse faire, quand je vois deux êtres qui s'aiment et qui tous deux brûlent de se le dire. Epouse-la donc, Lussanville. C'est une honnête femme. Elle est une honnête femme, moi c'est autre chose. »

Lussanville avait l'air sombre, dévoré de ces mensonges, de ces compromissions, sentant cette première trahison qui resterait pour toujours indélébile dans son cœur. Alors il abandonna sa peine et sa colère et consomma le fruit de cette première trahison, pour la première fois, il aima véritablement Fanchette. Il l'aima dès lors qu'Agathe se fut écartée ostensiblement, se fut laissée sans défense. Son amour moribond semblait dire : « achève-moi ». L'avait-elle aimé un jour de toute façon ? Elle était montée à sa fenêtre, et après ? N'était-ce pas finalement que quelques épisodes ? Dans la forêt, sous le pont, dans cette chambre... cette chambre. Lussanville regardait la fenêtre. Agathe vit qu'il la regardait et fit un sourire qu'elle voulait tendre. Mais Lussanville ne vit qu'un rictus complaisant qui semblait lui dire : on s'est bien amusés, mais il est temps de devenir sérieux. A ce moment Lussanville eut la sensation claire et nette que cette brune aux yeux sapin ne l'avait jamais aimé, que c'était un rôle, qu'elle avait pris aussi à cœur que son costume d'homme. Et que cette belle femme en robe de velours était une autre, une entremetteuse qui n'attendait que son mariage avec la petite Fanchette. Son Agathe à lui était morte. « Qu'il en soit ainsi se dit-il, elle ne m'aimait pas. »

VI

<u>Une autre demande, et le sort d'un bouquet</u>

Dès lors Lussanville et Fanchette se montrèrent ensemble, mais Agathe ne cessait pas de les suivre partout. Dès son premier rendez-vous avec Lussanville à la suite de cette scène, elle pardonna à Agathe la violente dispute qu'elles avaient eu. Tout fut oublié, et tout redevint comme avant, on avait simplement changé de fiancés. Fanchette commençait à songer à en avertir madame Villetaneuse et comptait demander à Agathe d'être présente pour soutenir cette nouvelle extraordinaire. Mais le soir où toutes deux s'étaient préparées à annoncer cette nouvelle, madame Villetaneuse arriva en trombe dans la maison et lança :

«*Villetaneuse :* Demain, je reprends mes salons... tous les jeudis ! »

La nouvelle ne pouvait pas plus mal tomber. Il était évident qu'elle cherchait à trouver un bon parti pour Fanchette. Cette dernière devint pâle et lança un regard suppliant à Agathe. Notre sombre héroïne, qui ne pouvait pas résister à ce regard, se leva.

« *Agathe :* Maman, nous avons aussi toutes deux quelque chose à te dire.

Villetaneuse : Eh bien, qu'est-ce ?

Agathe : C'est de mariage, maman, dont il s'agit. Tu sais que cette matière est toujours délicate et...

Villetaneuse : Ah, les filles, ne m'assommez pas ! J'ai mille choses à faire, parlez vite.

Agathe : Voici enfin la chose... »

A cet instant, un bruit de cloche se fit entendre et madame Villetaneuse sursauta.

« *Villetaneuse :* Quelle journée ! Voilà de la visite maintenant, comme si je n'avais pas suffisamment de choses à faire...! ». Sur ces mots, elle passa à toute allure dans la boutique.

« Ah, mon Agathe, quel malheur ! » lança Fanchette, avec une teinte de tristesse dans la voix.

« *Agathe :* Nous avons l'une et l'autre trop tardé à lui dire, et c'est notre punition. Il faudra maintenant lui ôter ses espoirs.

Fanchette : Si elle veut bien m'accorder ce mariage ! Elle pourrait, de dépit, le refuser catégoriquement et alors je n'aurais plus de raison de vivre. Pour mon salut, il ne restera plus qu'un cloître glacial... »

Agathe entra à ce moment en pleine fureur, et du plat de sa main, elle frappa la table. Fanchette sursauta et retint sa respiration, ses yeux plongés dans ceux d'Agathe, qui s'étaient rapetissés et dont la courbe semblait aussi coupante qu'un poignard.

« *Agathe :* Tu ne sais pas de quoi tu parles. Tais-toi. Je suis sérieuse. Tu n'as pas la moindre idée de ce que c'est. »

Fanchette acquiesça et baissa la tête, malgré ses tentatives répétées, Agathe ne lui avait jamais parlé de cette période de sa vie où elle avait fréquenté le couvent. Mais elle avait compris qu'on lui avait fait sans doute beaucoup de mal. Le silence qui suivit fut coupé par une voix qu'Agathe et Fanchette ne connaissaient que trop bien.

« *La voix* : Bonjour charmantes demoiselles ! »

Un énorme bouquet de fleurs passa la porte avec difficulté, répandant au passage quelques pousses de lavande que madame Villetaneuse regarda avec effroi une fois entrée. Dans un grand mouvement digne des comédiens-français, le fier Dolsans parut, le teint frais et la mine réjouie, une fois écarté ce petit jardin portatif.

« *Dolsans* : Mademoiselle Fanchette, c'est pour vous que je suis venu ! »

Quelques instants plus tard, Dolsans sortait, furieux, de la maison de madame Villetaneuse, laissant derrière lui un petit chemin de branches de lavande et de pétales de roses roses.

Fanchette, honteuse, avait pris place sur le sopha et regardait obstinément ses adorables petits pieds. Madame Villetaneuse, au comble de l'exaspération, regardait sa fille, debout près de la cheminée du salon qui observait la lumière du soleil à travers la porte vitrée.

« *Villetaneuse* : Les filles, un jour vous me rendrez folle. »

VII

Dans lequel Agathe s'invite entre Fanchette et Lussanville

Quelques jours s'écoulèrent, Fanchette et Lussanville trouvaient dans les matinées des moments de solitude inespérés. Madame Villetaneuse avait en effet pris l'habitude de se lever de plus en plus tard. Alors, en même temps que perlait la rosée du matin, la petite Fanchette mettait son joli petit pied dehors et allait retrouver son amant sur la jetée, près de la falaise où il l'avait demandée en mariage. Souvent, ils restaient de longues minutes sans mot dire. Lussanville avait encore le souvenir de longues conversations éparses avec Agathe où elle développait longuement ses nombreuses idées. Fanchette, elle, ne parlait que par intermittences. Parfois, elle commençait et ne pouvait plus s'arrêter. Il suffisait à son amant d'évoquer un élément de son passé, les activités de son père par exemple, et la voilà qui pendant une demi-heure, racontait comment cet honnête marchand revenait de ses voyages avec de magnifiques trésors pour sa seule fille. Elle avait reçu un masque de Venise, des escarpins vernis de Florence, des chapeaux anglais, du tweed d'Ecosse, des coquillages de

Turquie, des voiles de Mauritanie, de la dentelle hongroise, des perles de Russie, des mantilles d'Andalousie, des pierres de quartz venues de l'Inde lointaine, des draps de soie de Chine et des chapeaux japonais. Tous ces trésors étaient encore entre les mains de monsieur Apatéon mais elle savait qu'une fois mariée, elle pourrait revenir et reprendre ses droits sur la fortune de son père, dût-elle en référer à la loi. Elle assurait qu'elle irait jusqu'au bout, que sa famille lui importait plus que tout, bien qu'elle n'ait plus personne... et qu'aujourd'hui, sa famille, c'était lui, c'était son Lussanville. Puis suivaient d'autres moments où elle ne parlait pas du tout. Elle regardait simplement les yeux et le corps de cet homme qu'elle aimait. Lui, plus souvent, regardait l'horizon. Alors, pour attirer de nouveau son regard, elle frottait sa tête contre sa poitrine. Pendant ces matinées, elle ne portait que quelques vêtements de fine toile, rien qui la serrât ou la mît mal à l'aise. Toujours du rose et du blanc. Elle adorait le rose et le blanc. Le bleu aussi. Surtout quand elle pouvait mettre ses chaussures dauphines.

Agathe avait remarqué que Fanchette revenait avant le petit-déjeuner et décida en cette matinée du 1er mai 1768 de rejoindre les tourtereaux sur leur falaise avec un grand panier à pique-nique. Elle fut accueillie avec enthousiasme par l'enjouée Fanchette qui se précipita sur elle. Quand Fanchette pardonnait ce n'était pas à moitié. Elle aurait été en peine de retrouver quel motif inopportun l'avait mise en colère contre sa tendre amie il y a quelques jours. De gâteaux en pâtés les deux jeunes filles échangèrent de nombreuses paroles, tandis que Lussanville se contentait de temps en temps d'hocher la tête. Fanchette pourtant, lançait de nombreux regards tendres dans sa direction. Mais le jeune homme, inquiet, ne répondait que d'un petit sourire qui s'effaçait aussitôt. Il regardait de temps en temps Agathe, non sans une certaine défiance. Elle avait le sourire de celle qui sait qu'elle occupe bien son temps. La maline ne craignait plus rien : son amant allait en épouser une autre, son amie qu'elle gardait jalousement allait se marier. Ainsi donc, que craindre ? Tout était déjà arrivé. Elle survivait, presque avec joie. Elle semblait n'avoir rien à se reprocher. Son assurance n'avait d'égal que sa malice et il lui arrivait, pour s'amuser, de chatouiller son amie Fanchette, déclenchant aussitôt une crise de fous rires qui renversait un ou deux bocaux de nourriture. Lussanville vivait mal ces moments. C'était comme si on venait lui prendre sa fiancée. Cette brune, avec sa frange droite, ses yeux verts profonds, portait le masque d'un rival. C'en était presque embarrassant. Il repensa à Nala, à ce moment si étrange où il avait fait ce faux concours de séduction qu'il avait perdu... ce souvenir, qui lui était pourtant tendre, devint à ce moment une source de dégoût infini. Il se recroquevilla dans son cœur. Fanchette vit que quelque chose se passait en lui mais elle ne savait que faire. Rongés par leur culpabilité, ces deux amants n'osaient pas chasser Agathe. Profitant de cette situation, et ne voulant pas affronter la solitude, Agathe profita de cette réticence, plusieurs jours d'affilée. Lussanville prit l'habitude de sa présence, mais ses moments avec Fanchette lui manquaient.

« Vous souvenez-vous... » dit un jour Agathe, « combien nous avons été heureux sur ce lac tous trois ? Vous rappelez-vous les nénuphars, les libellules sur les eaux ? Vous rappelez-vous les couples de canards et leurs petits ? Ah Lussanville, Fanchette, vous m'avez apporté joie et bonheur ! Quand vous vous marierez, ne m'oubliez pas ; ne fondez pas votre foyer à la lisière de la forêt, loin de la petite Agathe ! Vos enfants auront besoin de mes sages conseils. Je leur dirai : ne vous mariez pas, profitez de l'air frais et des promenades en bateau avec vos amis, sentez la caresse du vent, allongez-vous dans l'herbe et dites-vous simplement : moi, le ciel, les oiseaux, le matin, le soir, la nuit et ma liberté ! »

« *Fanchette :* Oh, Agathe, s'amusa Fanchette, tu ne vas tout de même pas dire à nos enfants de vivre sur les routes ?

Agathe : Et pourquoi pas, est-ce que la vie n'est pas une route ? Une maison est si vite tombée ! Le ciel, lui, demeure.

Fanchette : Mais pourtant Agathe, qu'il est doux de sentir l'âtre de la cheminée, et le regard chaleureux et doux des personnes qu'on aime ! Je voudrais vivre des années pour voir toujours le regard de Lussanville qui se pose sur le mien, et pour toujours entendre ta voix si claire. Parle-moi encore du ciel ! Est-il avec nous ?

Agathe : Fanchette, je ne voudrais pas te quitter. Ton âme est douce, tu n'as rien vécu, rien de ce qu'on peut oublier. Ton esprit est fait de mille petits cristaux qui se reflètent les uns les autres, et se renvoient, toujours plus lumineux, leur divine transparence. Pas de questions, pas de doutes, belle Fanchette ! Tu vivras vieille, j'en suis persuadée. Et je te regarderai toujours avec mes yeux d'aujourd'hui, car tu ne changeras pas, optimiste que tu es. Tu rosirais les joues d'un mélancolique. Ma tendre amie ! »

Lussanville supportait de moins en moins ces intrusions et tentait de changer le rendez-vous du matin avec Fanchette. Ils se virent à d'autres moments, n'hésitant pas à se retrouver en de nombreux endroits différents, afin d'être sûrs d'être bel et bien seuls. Mais leur cœur était oppressé. Absente, elle était encore là, elle l'était même peut-être plus. Chaque baiser, chaque caresse, était teintée d'Agathe. Lussanville ne savait plus que faire. Il aurait voulu lui dire que sa présence le gênait, qu'il ne pouvait accepter de la regarder se comporter comme un petit damoiseau avec sa fiancée, que ce n'était plus de leur âge.

VIII
Dans lequel de nouveaux problèmes se profilent

D'autres soucis vinrent bientôt hanter les pensées de notre héros. Une après-midi qu'il voulait demander crédit à un commerçant pour une étoffe particulièrement charmante, n'ayant sur lui pas assez de monnaie, il reçut cette étrange réponse :

« *Le commerçant :* Ah moi monsieur, je ne le veux point.

Lussanville : Mais pourquoi donc, monsieur ? Vous m'avez toujours fait cette grâce et je crois vous avoir toujours rendu ce que je vous devais.

Le commerçant : Ah pour sûr ! Jusqu'à présent, vous n'étiez point dans l'besoin ! Mais m'est d'avis que cela ne va pas tarder, mon bon monsieur ! Vous connaissez sans doute l'étendue des dettes de votre famille.

Lussanville : Les dettes de ma famille ? Monsieur, je ne saisis pas...

Le commernçant : Votre père a vendu plusieurs de ses biens et plusieurs des commerçants de la ville le considèrent aujourd'hui persona non grata. Beaucoup sont ses créanciers et je crois qu'ils attendent de pouvoir dépecer la bête, si vous me permettez c't'expression un peu cavalière. Pardon monsieur, j'sais qu'vous êtes un honnête gentilhomme mais je ne puis ! »

Voilà qui était fâcheux. Lussanville courut chez son père et entendit de sa propre bouche qu'ils étaient ruinés et que leurs meubles allaient sans doute disparaître d'ici peu. Lussanville regarda ces commodes, ces bougies, ce lustre charmant, tous ces objets qui le faisaient sentir chez lui. Ils allaient partir, du jour au lendemain. Et son père ne tarderait sans doute pas à contracter pour lui un mariage d'intérêt qu'il lui fallait éviter. Fallait-il dire à son père qu'il fréquentait respectueusement la jolie Fanchette ? Mais sur quelle dot pouvait-elle donc compter ? La fortune du mari de madame Villetaneuse se résumait à leur maison et à quelques parts financières fort maigres. Fanchette n'aurait pas de dot. Ou si peu. Jamais son père n'accepterait ! Mais comme celui-ci ne parlait pas encore de mariage, Lussanville résolut de ne rien dire et continuait de voir Fanchette tous les jours, en cachette. Souvent Agathe suivait son amie et, malgré tous les efforts de Lussanville pour l'éviter, elle était toujours là, quelque part, à un coin de rue. « Vous ne me voyez pas. Mais je vous regarde. Vous m'appartenez et je vous appartient, comme une fille à ses parents, comme une mère à ses enfants. » Lussanville imaginait qu'Agathe se disait de telles choses alors qu'elle les observait.

Un matin, alors que Fanchette rentrait vers huit heures de son escapade quotidienne, elle eut la surprise de croiser, au bas de sa rue, le fier Dolsans accompagné d'un homme d'âge mûr. Ce jour-là, Agathe n'avait pas réussi à les trouver, et, aux abords de la maison, Fanchette avait demandé à Lussanville ne pas trop s'approcher afin de ne pas croiser le regard de Madame Villetaneuse. La voici donc, seule, qui passait devant ces deux hommes ; chose sans conséquence en réalité, et c'est pourquoi elle avança d'un pas assuré jusqu'à la maison. Dolsans, bien sûr, ne manqua pas de la saluer. Elle répondit gracieusement par une révérence, et pensa alors que son refus, quoi qu'il ait causé beaucoup de désarroi à ce fringuant jeune homme, n'en était pas moins compris. Mais pour l'autre homme, elle eut la désagréable sensation que son regard s'attardait sur ses pieds. Elle prit rapidement congé. Elle monta les marches et ouvrit la porte. Au moment de la refermer, elle entendit clairement Dolsans prononcer le mot de « dot ».

IX

<u>Dans lequel le père et le fils se livrent à une difficile conversation</u>

Lussanville flâna encore plusieurs quarts d'heure à travers les rues fleuries du Havre que désormais il connaissait par cœur. Lorsque le soleil commença à être plus haut dans le ciel, il rentra chez lui et poussa la porte. Son père était assis dans le dernier de ses grands fauteuils, consultant plusieurs papiers. Il avait fait apporter une collation. Alors que Lussanville allait monter à sa chambre, comme à son habitude, sans un mot, son père l'arrêta. « Mon fils ! » Lussanville revint sur ses pas.

« *Jean de Lussanville :* Qu'y a t-il, père ?

Charles de Lussanville : Mon fils, je voudrais que tu t'asseyes et que tu partages cette collation avec moi.

Lussanville était on ne peut plus étonné de la demande. Dans ce foyer on se voyait peu, les repas étaient pris à des horaires décalés, le père et le fils menaient leur vie comme deux célibataires forcés par la fortune de partager le même toit. Peut-être son père était-il malade.

« *Charles de Lussanville :* Jean, quelles sont les nouvelles ?

Lussanville : Rien de particulier, père. Les rues sont fleuries, le temps est doux et la mer est calme.

Charles de Lussanville : Bien, fort bien. Prends un peu de ce rouge.

Lussanville : Non, merci, j'ai un habit blanc, et vous savez que souvent je me tache.

Charles de Lussanville : Qu'à cela ne tienne, va donc chercher mon dernier rosé. Voilà qui est bien, fort bien. Bois, je t'en prie. J'ai un projet qu'il est bon de disputer en buvant.

Lussanville : C'est d'amour, je vois, dont vous voulez me parler.

Charles de Lussanville : D'amour, d'amour ! Il s'agit bien de cela ! Non, ce n'est pas si badin ! Non, non, c'est d'amour, mais pas celui-là, l'autre, le grand, le très grand amour !

Lussanville : Est-il possible !

Charles de Lussanville : Oui ! J'étais en rendez-vous d'affaires, et j'ai croisé la plus délicieuse jeune fille qui soit, une perle rose !

Lussanville : Ah mon père, je veux tout savoir ! Que vous ayez pu, après tout ce temps, et vos malheurs, éprouver cet amour-là ! Cela me comble de joie et j'ai hâte de connaître celle qui sera ma future belle-mère !

Charles de Lussanville : Oh, je t'en prie, pas ce mot !

Lussanville : Qu'importe le mot, si j'en crois vos paroles, en la circonstance il est bien choisi ! La personne est belle ?

Charles de Lussanville : Plus belle que tu ne peux l'imaginer ! Une blonde, avec des yeux d'un bleu éclatant, de grandes boucles, une peau d'un blanc délicat, une taille douce...

Lussanville : Et sa voix ? Oh je suis si heureux pour vous !

Charles de Lussanville : Sa voix est d'une teinte aigüe... mais je l'ai si peu entendue encore !

Lussanville : Vous l'entendrez père, vous l'entendrez toujours si la famille... – oh, je l'espère de tout cœur – si la famille accepte votre demande.

Charles de Lussanville : Voilà qui n'est pas moins sûr, car tu le sais, je suis ruiné... ou du moins ne tarderais-je pas à l'être. Mais on m'a dit que cette demoiselle avait de l'argent pour deux !

Lussanville : Voilà qui est bien, car elle est à la fois dans votre cœur et dans nos intérêts ! Il n'y a pas un instant à perdre, voulez-vous que je porte une lettre à la famille en votre nom ?

Charles de Lussanville : Tout doux, mon fils, je suis encore ému, il me faut un peu de temps... afin de paraître sous mon meilleur jour.

Lussanville : Vous serez formidable ! Un amoureux est toujours plus beau, et le plus beau des visages est toujours le plus amoureux. Qu'est-ce donc, mon père, que ce miracle, qui a réussi à vous ramener à l'amour ? Etait-ce son air, sa physionomie ?

Charles de Lussanville : Une chose tout à fait particulière... et parbleu, je ne sais comment j'en suis arrivé à être aussi touché de ce petit détail... mais enfin, celui-ci fait plus que tout le reste.

Lussanville : Vous ne finirez point ! Qu'est-ce donc... ?

Charles de Lussanville : Son pied. »

A ces mots, Lussanville lâcha son verre. En un instant, sa colonne vertébrale se raidit, sa respiration doubla de vitesse et ses yeux, qui allaient et venaient, devinrent des couteaux pointés contre son adversaire. Son épée, toujours au côté, lui parut plus lourde. Son bras s'emplit de fourmis et il lui fallut un gros effort pour reprendre son calme.

« *Lussanville* : Vous affirmez.... (le ton de sa voix était rempli de colère) que vous êtes tombé amoureux, en un instant, et que la personne que vous aimez est la belle Fanchette Florangis ? »

Charles de Lussanville : Oui, je l'affirme ! Dit le truculent Charles en vidant son verre de vin.

Lussanville : Ah quelle affaire !

Charles de Lussanville : La demoiselle est-elle dans tes intérêts ? Je ne veux rien connaître de tes frivolités. Si celle-la te plaisait, il y en a mille autres aussi bien faites. On ne peut rien contre l'amour.

Lussanville : Vous ne croyez pas si bien dire, père. On ne peut rien contre l'amour.

Charles de Lussanville : Que veux-tu dire ?

Lussanville : Sachez qu'à présent vous êtes déclaré comme mon rival. Et un rival malheureux car la belle vient de m'offrir de l'épouser dans les meilleurs délais. Elle n'a plus qu'à ouvrir son cœur à sa tante et je suis son mari. J'aime Fanchette Florangis et je deviendrai son époux, quoiqu'il m'en coûte.

Charles de Lussanville : Eh que veux-tu qu'il t'en coûte, tu n'as rien, tu ne possèdes pas un sou ! Et tout ce qui est ici est à moi. Tu n'as rien qui t'appartienne !

Lussanville : J'ai ceci ! »

Jean tira son épée. Son adversaire fit un pas de côté et attrapa une vieille rapière, suspendue à l'un des murs.

« *Charles de Lussanville :* Tu tires l'épée contre ton propre père, qui l'eût cru ? Un enfant si plein de sentiments de femme ! Si tu avais une once de raison, tu comprendrais que ce mariage pourrait nous sauver de la ruine !

Lussanville : Et comment, père ? Fanchette est sans le sou !

Charles de Lussanville : Que dis-tu ? Ah le misérable !

Lussanville : C'est la pupille d'une marchande de modes qui n'a que son petit pécule, hérité de la tragique disparition de son mari. Ses deux filles lui coûtent cher, et la dot qu'elle offre, c'est leur sourire.

Charles de Lussanville : Trompé, je suis trompé, le traître, le pendard qui m'a fait croire... ah, si je connaissais son nom à ce maudit usurier ! Et cependant j'aime cette Florangis ! Mon parti est pris, je ne vivrai plus que pour elle ! Frappe si tu le peux, parricide ! Aller, qu'est-ce que tu attends ? Tu frappes ? »

X

<u>Où la police de Sa Majesté s'en mêle</u>

Lorsque Lussanville remit au chirurgien appelé en urgence le peu qu'il lui restait, il allongea son père sur son lit et lui prépara un grog pour le calmer. Sa perruque, toute fripée, gisait encore sur le sol et son crâne brillant réfléchissait le soleil froid de cette fin d'après-midi de printemps. Lussanville passa la main dans sa propre chevelure, longue aux boucles abondantes. Il respirait lentement.

Après avoir veillé son père près de trois heures, il entendit des coups

139

violents frappés à la porte.

« Au nom du roi, ouvrez ! »

La police de Sa Majesté entra : trois hommes en tenue de mousquetaire armés d'épées et de mousquets.

« *Le mousquetaire :* Vous êtes bien Charles Lussanville ?

Lussanville : C'est mon père, monsieur, il est alité.

Le mousquetaire : Au nom de Sa Majesté Louis le Quinzième, je l'arrête pour corruption et dettes. Il va devoir nous suivre.

Lussanville : Messieurs, je comprends qu'il faut obtempérer. Cependant mon père est souffrant, et je crains qu'il ne soit pas en mesure de vous suivre. Puis-je vous offrir un verre ?

Le mousquetaire : Menez-nous à votre père ou nous ferons fouiller la maison.

Lussanville : Il a une blessure à l'épaule et ne peut se lever, du reste, voici l'ordre du chirurgien qui vient de l'ausculter. »

Lussanville tendit un papier au capitaine qui le parcourut du regard. Il replia finalement le papier et le remis à Lussanville.

Le mousquetaire : Un de nos hommes ira chercher le chirurgien afin qu'il donne son avis sur l'état du malade en présence de notre détachement, ceci fait, si nous ne pouvons le déplacer il restera sous bonne garde jusqu'à ce qu'il puisse se lever. Le rapport mentionne une blessure à l'épée. S'il s'est battu, il aggrave son cas. »

Le capitaine donna ses ordres à chacun des membres de son détachement et en moins de temps qu'il n'en faut pour le dire, le père de Lussanville, profondément endormi, se retrouva sous bonne garde alors qu'on allait chercher le chirurgien. Ce dernier fit un rapport encourageant au capitaine qui résolut de revenir le lendemain soir et laissa deux de ses hommes en faction. La nuit qui suivit, Lussanville resta auprès de son père, lui apportant de temps en temps un peu d'eau. Ni l'un ni l'autre ne parlait. Un regard de temps en temps, c'était déjà beaucoup. Les deux s'en voulaient. Les deux avaient été des enfants. Il faut parfois que père et fils se retrouvent, dussent-ils le faire dans la violence, pensait Lussanville alors qu'il épongeait le front chauve. Plus tard dans la nuit, alors qu'il s'était assoupi quelques instants, Lussanville remarqua ce qu'il croyait être une goutte de sueur sur le visage de son père. Quelques instants plus tard, il s'aperçut qu'il s'agissait d'une larme.

Lorsque la police vint le lendemain matin, Lussanville sortit, son père appuyé sur son bras, et l'accompagna jusqu'à la caserne. Là-bas, il le vit signer plusieurs papiers impliquant la cession de sa maison, celle-ci allait servir à rembourser la foule de créanciers, du moins en partie. On lut le procès-verbal d'accusation, le commissaire indiqua à son greffier la somme encore manquante, cinq mille deux cent soixante-dix écus, une somme encore considérable. Il est vrai que la maison avait été évaluée au rabais, en regard de l'aura « d'irrespectabilité » - ce fut le grossier barbarisme du commissaire — qu'elle représentait et qui était de notoriété publique. On jeta ensuite le pauvre homme dans une geôle temporaire où il retrouva deux de ses plus chères amies qui avaient été mises là la nuit passée.

« Les gueux, les scélérats, pensait Lussanville, que condamnent t-ils, ces hommes ? Une vie de plaisir, voilà tout. Voilà ce qu'ils détestent ! »

Emporté par les fureurs de son âge, il tempêtait silencieusement. Fallait-il qu'il soit si brutalement confronté à la vulgarité et à l'hypocrisie de ce monde ? Qu'ils aillent se promener, tous ! Le greffier avec son chapeau à plumes de poule, le commissaire, fat et suffisant, emperruqué par le dernier des artisans de cette ville ; ces deux catins, avec leurs yeux de grenouille qui écartaient leurs bras dodus de joie au fond de leur cage! Tous, autant qu'ils étaient, n'avaient rien à faire dans sa vie, ne devaient occuper ni ses yeux, si ses pensées, les mots ne lui venaient plus dès qu'il les voyait en rêve. Cela devait finir ! Et cependant, il n'avait rien, plus rien. Sa maison, ses meubles, son lit avaient été saisis par la police, il ne lui restait que sa bourse, presque vide, sa bague, son épée et son somptueux costume blanc. Un seigneur mendiant. Comme souvent le temps est capricieux au Havre, il se mit alors à pleuvoir. Sans cape, Lussanville tremblait de froid et courut à l'auberge la plus proche, celle où deux ans auparavant il avait fait la connaissance de Dolsans.

« Le temps est rude, tu ne trouves pas ? »

XI

Dans lequel Lussanville retrouve ses anciens amis

C'était la voix de Dolsans. Lussanville, dans son malheur, se retrouvait au comble de la joie. En une seconde, le négociant jetait une longue cape sur les épaules de notre héros et l'emmenait à l'intérieur de l'auberge où se trouvaient deux de ses vieux amis, la Fouine et la Gazelle.

« Quoi c'est vous ! » s'écria Lussanville.

Et ils échangèrent plusieurs éclats de joie : c'était si incongru, si inattendu ! Quelle joie de revoir son passé resurgir en un instant ! Comme lorsque l'on refait une promenade qui était notre ancienne habitude, et que tous nos souvenirs, cachés dans les murs, les pavés et les nuages, nous envahissent de nouveau. La Fouine, toujours aussi trapu, petit, avec ses yeux énormes avait cependant changé sa barbe pour une petite moustache qui rappelait celle de Dolsans. Et La Gazelle arborait toujours les longs cheveux blonds des hommes de la famille.

La soirée qui suivit fut arrosée de bière, de vin et de jeu ; insouciance, plaisir, sensations diverses. Lussanville redécouvrait l'entente qu'il y avait dans une tablée comme celle-ci. Assez de scléroses ! Assez d'ennuis vulgaires, de chiffres, de calculs, de prévisions et d'avenirs incertains. Le présent, jamais rien que le présent. Un verre qui se renverse, un jeu de cartes usé, une omelette juteuse, un sourire goguenard, une épée qui se coince, des regards qui se croisent, s'affrontent, s'amusent, se provoquent ; la sueur, le graillon, la lumière faible, les bougies consumées, et reconsumées. Que d'ennuis, que de belles phrases, de déclarations, de moments beaux et pénibles. Mais ici, simplement l'instant, rien d'autre. Respirer. Sentir. Lussanville jubilait.

« La Fouine : Ton père est en prison ! Qu'à cela ne tienne, en voilà un qui ne t'ennuiera plus !

Lussanville, qui était un peu gris : Voilà bien parlé !

Dolsans : Mais quel ennui aussi, que va faire notre brave Lussanville ?

Lussanville : Pas la moindre idée !

Dolsans : Tu n'as plus le sou, ta maison est au mains du sa Majesté... que faire, Lussanville, c'est une situation bien embarrassante, tu ne crois pas ?

Lussanville : Pas tant que tu le crois, mon bon ami, car je suis un homme riche !

La Fouine, avec son sourire habituel, prenant un peu de tabac à priser : Et comment donc ? tu n'as même plus de quoi jouer !

Lussanville : Que viens-tu de sortir de ta poche, La Fouine ?

La Fouine : Un peu de tabac, comme tu peux le voir. Et je m'en vais le priser.

Lussanville : Ce tabac... fait de moi un homme riche ! Mon oncle possède un commerce sans comparaison, et ses ventes sont extraordinaires ! Je suis son héritier désigné... !

Dolsans : Naturellement ! Comment ai-je pu l'oublier ? Mais il y a tout de même un facteur qui a son importance, mon cher... il est en Amérique.

Lussanville : Qu'à cela ne tienne ! Je pars en Amérique chercher ma fortune ! Je suis en âge d'hériter et mon père n'aura plus les moyens de s'y opposer ! »

Et les deux autres s'empressèrent de crier : Vive L'Amérique ! Lussanville en Amérique ! Vive Lussanville l'Américain ! Dolsans avait une expression d'extrême contentement sur le visage.

« *Dolsans* : Et quand comptes-tu partir ?

Lussanville : Pourquoi pas demain matin ? Si je puis demander ton hospitalité...

Dolsans : Mon cher, ce serait un plaisir, vraiment ! Et je ne peux que t'encourager dans cette démarche... mais ne devais-tu pas te marier ? »

A ce moment Lussanville repensa à Fanchette, cela sembla briser son élan et il devint plus sombre.

« *Lussanville* : Fanchette... Comment pourrais-je l'abandonner... plus de six mois. Sans doute bien plus. Je ne pourrai jamais.

La Fouine : C'est une femme, Lussanville, et il y en a bien d'autres !

Lussanville : Ah, laissez-moi !

Dolsans : Tout doux, Lussanville ! Ces messieurs ne savent pas combien t'est chère la petite Fanchette et leur discours n'a rien qui soit si extraordinaire. Mais moi, je connais ton cœur, et je sais combien tu ne voudrais pas t'offrir dans un état comme celui-ci à ta belle Fanchette. Enfin, tu n'as plus rien, tu n'es plus le parti de personne. Tu n'as ni situation, ni parents, ni métier. Notre société n'a que faire de tes belles et rares qualités. On les prise à Paris, dans de hauts lieux et de rares occasions. Mais la terre que nous foulons n'est pas faite pour un Lussanville. Crois-moi, Fanchette n'aura que faire de ton amour si tu viens tel que tu es. Son cœur dira oui mais tout le reste dira non, et deux mariés ne vivent pas sans quelque argent pour les y aider. Dans un mariage, on est toujours trois : l'homme, la femme, et leur bien. Crois-moi il est mauvais de négliger le troisième. Dans une telle situation plutôt que de la condamner à une vie d'errance et de pauvreté, mieux vaudrait ne pas l'épouser du tout.

Lussanville : Du tout, Dolsans ?

Dolsans : Je ne dis pas cela. Je dis qu'à l'occasion, un beau mariage peut se représenter, et qu'une Fanchette d'aujourd'hui que ta main ne peut toucher vaut moins qu'une Fanchette de demain qui tend la sienne.

La Gazelle : Mon frère a bien parlé !

Lussanville : Ainsi, tu crois qu'elle pourrait m'attendre ?

Dolsans : Je crois que pour toi, chaque seconde que tu passes dans cette ville t'éloigne de ta bien-aimée. Prends le bateau qui part demain matin ! Je te donnerai de quoi t'habiller et l'équipement nécessaire à ton voyage.

Lussanville : Mais... Fanchette ? Elle ne sait rien de tout cela !

Dolsans : Je lui dirai la raison de ton départ précipité ! Pense à cela, Lussanville ! Demain, plusieurs personnes de haut rang devront loger chez moi. Où te ferais-je coucher ? Je n'aurais pas de place pour moi-même. Et à quoi bon attendre le départ d'un autre bateau ? Je sais qu'il y a dix ou quinze jours avant le départ du suivant.

Lussanville : Je ne puis quitter la ville sans revoir Fanchette.

Dolsans : Alors accompagne-moi, demain, à l'aube, nous irons chez ma tante et nous nous hâterons pour rejoindre le bateau qui part vers onze heures, avec la marée. C'est un navire marchand. L'armateur est de mes amis. Je m'occupe de tout.

Lussanville : Alors qu'il en soit ainsi mon cher Dolsans ! Puisqu'ainsi je ne puis rendre Fanchette heureuse et que ta tante ne me la cèdera pas, il n'y a pas à hésiter. Pour rester à mourir sur le bord d'une route ? Cela n'a pas de sens ! Amérique, me voici ! »

XII
Dans lequel Lussanville passe la nuit chez l'honnête Dolsans

Il lui fallait un équipement de marin. La Fouine y pourvut. La Gazelle fit les retouches pour l'adapter à la taille déjà large de Lussanville.

« *La Gazelle :* Voilà un homme qui fait plaisir à voir ! Je crains que cette traversée ne t'offre pas de belles victuailles. Songe à t'habituer au goût du rhum, il paraît que le leur est insupportable. Mais au bout d'un mois là dessus, l'eau ne te fera plus envie, fais-moi confiance. »

Ils s'occupèrent ensuite de pourvoir à tous les besoins de leur ami pour ce grand voyage. Dolsans se comportait en véritable chef d'orchestre : à chaque hésitation, à chaque crainte, à chaque obstacle, il apportait une solution rapide, ferme et définitive.

« *Lussanville* : Il me faudra de l'argent à mon arrivée.

Dolsans : En voici, mon cher, tout frais, gagné au pharaon la semaine dernière.

Lussanville : Je ne connaîtrai personne durant la traversée.

Dolsans : Quoi ? Mais mon ami va te présenter à tout son équipage, et ce sont de fins joueurs, ils savent occuper le temps libre. »

Et cette conversation se déroulait naturellement vers un contentement extrême de Lussanville, son ami Dolsans n'avait jamais été aussi bon et gracieux pour lui qu'en cet instant où il allait partir, il le couvrait de compliments, lui prodiguait mille conseils, lui donnait des noms, des codes de conduite, il le mettait en garde, l'assurait de son entière confiance. Il accepta la demande que lui fit Lussanville de garder son habit blanc qu'il viendrait rechercher à son retour.

« *Dolsans* : Ton habit, Lussanville ? Ah quelle responsabilité ! Mais qu'en ferais-je mon ami, si tu ne voulais pas revenir ?

Lussanville : Ne pas revenir, Dolsans ? Est-ce que tu songes que... ?

Dolsans : Non, mon ami, je raille, je raille ! Bien sûr que tu vas revenir ! Mais tu sais que par dessus tout je tiens à la liberté, devrais-je garder ce bel habit que tu voudras un jour reprendre, qui t'imposera de revenir quand tu ne le voudrais pas ? Je ne dis pas que cela arrivera ! Mais la simple possibilité m'en dédie ! Et moi-même, si je veux partir, où le mettrais-je ? Non, non, il te faut le jeter ou bien...

Lussanville : Le jeter, je ne puis ! Que me restera t-il de mon histoire ici ? Je n'ai plus rien, plus de maison, je veux qu'il reste quelque chose de moi dans cette ville, et même si je venais à périr, je voudrais que cela demeure.

Dolsans : Eh bien alors, je m'en vais te laisser mon coffre, celui qui est à l'*Auberge de L'arrivée,* où je conservais il y a un an encore, cette épée que tu portes fièrement au côté. Ne me la rends pas, malheureux ! Tu ne sais pas combien elle peut être utile sur un bateau. C'est une dissuasion qui peut s'avérer fort précieuse. Ne t'en sépare pas ! Et aiguise-la de temps en temps, je la vois toute émoussée. »

Il avait dit cela en tirant l'épée de son ami de son fourreau. La Fouine et La Gazelle prirent congé alors qu'il était presque une heure du matin. Une fois qu'il furent partis, Dolsans poussa un bâillement et se tourna vers Lussanville.

« *Dolsans* : J'ai quelque chose à te montrer qui te surprendra sans doute, mais c'est fort à propos car tu n'es pas de retour de sitôt et je veux que cela reste un secret. Du moins pour l'instant. Ainsi n'en souffle pas mot demain matin, je t'en prie.

Lussanville : Moi, refuser ta demande, après ce que tu as fait pour moi ? Je n'en dirai rien, je te le jure.

Dolsans : Alors, suis-moi. »

Il monta les marches de sa maison, le bois un peu usé grinçait sous leurs pas. Ils arrivèrent devant la porte de la chambre de Dolsans et tournèrent à gauche. Le petit cabinet que Dolsans déverrouilla à ce moment avait longtemps servi – disait-il – à fumer quantité de tabac lors des longues soirées d'hiver. Mais ce n'est pas l'odeur du tabac que Lussanville sentit en passant la porte, c'était plutôt une odeur de gras, assez lourde. Dolsans avait le cœur qui battait plus fort. Il cachait à Lussanville la vue de l'intérieur de la pièce. Une fois entré, il s'écarta légèrement et Lussanville put voir plusieurs toiles, dont certaines, posées à même le sol, séchaient, sous d'épaisses couches de peinture à l'huile. Dolsans avait repris ses activités. Les pots étaient disséminés, çà et là, à travers la pièce. Les sujets avaient changé, on trouvait beaucoup de femmes, des physiques grecs, qui rappelaient un peu – quoiqu'ils étaient très loin de les égaler – les déesses de François Boucher, les Dianes, les Vénus dénudées et fardées qui s'étalaient dans les hôtels parisiens à ce moment. Lussanville en avait eu connaissance par des reproductions qui fleurissaient sur la côte normande et venaient alimenter le marché noir américain. Les couleurs étaient vives, les visages un peu flous, les couleurs débordaient un peu les unes sur les autres, mais on sentait une plus grande patience et une plus grande passion. Les couches s'accumulaient, le même tableau avait été travaillé, retravaillé, maintes fois, même de cette main un peu maladroite. Il en résultait des formes, des couleurs, qui évoquaient l'espoir d'une beauté, sans qu'on puisse tout à fait la voir. Sans doute rien qui serait jamais une grande peinture, mais qui avait l'irrésistible envie de l'être, comme si la main était l'obstacle, comme si l'esprit emporté se heurtait à la difficulté de la mise en pratique, que le mur de la technique arrêtait un carrosse lancé à pleine vitesse, mais qu'inlassablement, il se relevait et se relevait encore.

« *Lussanville* : Dolsans, ton travail a changé, ces peintures ne ressemblent pas du tout aux précédentes.

Dolsans : Je croyais que tu serais plus surpris.

Lussanville : Non, je ne le suis pas. Je sais que ton tempérament est profondément artistique, et c'est pourquoi nous sommes d'aussi bons amis. Mon amitié pour toi sera toujours sans faille, et même s'il a fallu que ces derniers mois nous aient un peu séparés, je n'ai jamais oublié l'homme que tu es et que j'admire. »

Lussanville eut la sensation que ces mots avaient touché Dolsans, et, alors qu'ils regardaient tous deux chaque tableau un par un, que Dolsans racontait ses peines dans la création, ses obstacles, les ennuis qu'il avait dû affronter avec les pinceaux (choses infiniment plus intéressantes que le résultat encore parcellaire), plusieurs fois, Lussanville le vit s'interrompre et eut la sensation qu'il voulait lui dire quelque chose. Mais finalement il reprenait toujours sur ses peintures et ces pauses ne prenaient pas sens. Que cherchait-il à lui dire ? Sans doute que lui aussi, il avait pour lui la plus sincère et la puissante des amitiés, mais il ne l'osait pas.

A un moment, Lussanville vit dans la pénombre trois petites toiles dans un coin, peut-être d'un demi-pied de haut et de large, pas davantage, la partie peinte contre le mur, il voulut les regarder mais Dolsans lui retint fermement le bras.

« *Dolsans* : Non, pas celles-là.

Lussanville : Mais pourquoi donc ? Nous avons observé toutes les autres.

Dolsans : Celles-ci sont personnelles.

Lussanville : Comme tu as une voix étrange, quel est ce mystère ?

Dolsans : Je ne veux pas que tu les regardes.

Lussanville : Je ne les regarderai pas, si tu ne le veux pas. Simplement je te vois bouleversé.

Dolsans : Ne fais pas attention à cela, j'ai mes raisons, et tu sais comme elles peuvent être puissantes quand il s'agit de mon âme. N'est-ce pas ? Ne m'as-tu pas vu cent fois bouleversé ?

Lussanville : Trop hélas, tu ne peux pas savoir combien je suis désolé d'avoir été bien souvent celui qui te faisait du tort.

Dolsans : Lussanville... ceci... ceci c'est oublié, il ne faut pas que nous en parlions. Tu vas partir d'ici quelques heures et il faut que nous restions toujours amis.

Lussanville : Je te confierai tout.

Dolsans : Allons, reste sérieux... me confierais-tu les lettres que tu ne manqueras pas d'écrire pour ta bien-aimée ?

Lussanville : Oui, je te les confierai !

Dolsans : Voyez-vous cela !

Lussanville : Crois-tu qu'elles seraient plus à l'abri entre les mains d'Agathe ? Ah cela, non !

Dolsans : Ah, tes relations avec Agathe sont à ce point mauvaises ?

Lussanville : Tu l'as sûrement deviné, voyant qui je me proposais d'épouser désormais.

Dolsans : Vois-tu un risque à ce que cette jalouse-là empêche tes lettres de parvenir à Fanchette ?

Lussanville : Je le crains, Dolsans. Elle a tout fait dernièrement pour m'empêcher de voir Fanchette en privé.

Dolsans : Voilà qui est dangereux ! Que se passerait-il, si Fanchette ne recevait aucune nouvelle de toi ?

Lussanville : Avec son caractère enjoué, sa douceur, le besoin constant qu'elle a de tendresse et de baisers... je crains le pire, mon ami. Sans doute elle se marierait, et sa tante aurait bientôt fait de lui trouver un mari.

Dolsans : Voilà ce que je ne permettrais pas !

Lussanville : Et si c'est sa volonté, pourras-tu encore l'en empêcher ?

Dolsans : Contre cela, je ne puis rien... quand une femme a décidé quelque chose...

Lussanville : Pourquoi ai-je donc pensé à cela ? Pourquoi ?

Dolsans : Eh bien, quel bonheur pour toi d'y avoir pensé ! Sans cela, comment aurions-nous pris les bonnes dispositions ?

Lussanville : Les bonnes dispositions ?

Dolsans : Mais oui ! Viens, l'odeur de cette peinture commence à me monter à la tête... viens. »

Ils sortirent du petit atelier et Dolsans verrouilla de nouveau la porte.

« *Dolsans :* Bon, il faut que tu fasses parvenir ces lettres à mon adresse. Ainsi, je m'assurerai qu'elles soient bien transmises à Fanchette et ni Agathe ni ma tante ne seront un obstacle pour toi.

Lussanville : Tu ferais cela, Dolsans ?

Dolsans : Je m'y oblige ! Et si je devais partir, compte sur mon frère pour prendre cette charge à ma place. Je t'informerai aussi de comment elle réagira à la lecture de ces lettres. Et lorsque sa réponse te parviendra... tu sauras déjà de quel air elle a lu ce papier, ce qui apparaissait sur son visage et dans quelle humeur sa réponse aura été faite.

Lussanville : Mon ami, sans toi je ne serai plus rien !

Dolsans : Et grâce à moi, tu n'es pas loin de devenir quelque chose !

Lussanville : Je suis si heureux, Dolsans.

Dolsans : Et moi donc ! Aller, va te reposer ! Ne commence pas ce voyage par une nuit blanche. Ma chambre est à toi, je ne me coucherai pas cette nuit. J'ai encore du travail. Je vais informer ton notaire de ton départ, m'assurer que les dettes de ton père ne te soient pas réclamées, voir si je puis trouver une combinaison pour le faire libérer bientôt.

Lussanville : Mais si nous devons nous lever à l'aube... ?

Dolsans : Nous avons bien le temps, huit heures et demie sera parfait, j'aurais même le temps de te lire la gazette de la semaine. Bonne nuit ! »

XIII
Dans lequel Fanchette rêve d'étranges créatures du ciel de nuit

Cette nuit-là, Fanchette dormait d'un sommeil magnifique, elle s'était enduite d'essence de rose avant de se coucher, faisant ainsi usage d'un des cadeaux de son cher Lussanville. Le moelleux de l'oreiller blanc sur lequel elle se reposait enveloppait sa petite tête souriante, comme le nuage vaporeux d'un ciel d'été. Avant de dormir, elle avait songé à son mariage, aux invités, aux présents. Elle avait rempli une demi-douzaine de feuilles, venant à bout de la réserve de son encrier. Qui faudrait-il inviter ? La couleur des nappes, des robes... qui serait demoiselle d'honneur ? Il ne fallait pas oublier non plus le repas, les vins, les entrées, les potages... tout devait être choisi avec le plus grand sérieux. On l'attendrait sans doute sur ses chaussures... il fallait innover, ou du moins trouver quelque chose qui soit du goût de tout le monde. On ne manquerait pas de guetter leur apparition dès qu'elle monterait une marche. Et le lieu surtout, impossible de conclure cela dans la maison, il fallait un jardin, un grand jardin avec de grands arbres et des lacs à perte de vue. La nuit venue, les constellations y feraient leur danse, entre deux statues de marbre, polies par un rayon de lune. Et les galaxies célèbreraient la naissance de l'union nouvelle.

Elle dormait déjà, la petite Fanchette. Et dans ses rêves, elle entrevoyait la nature profonde de l'être humain, la poussière venue des étoiles. Elle rêva qu'elle et Agathe flottaient dans les airs, à bord d'un navire volant qui explorait chaque planète, l'une après l'autre. La brûlante Vénus, avec ses vallons ensablés et ses montagnes aux pointes acérées ; l'intrépide Mercure, rocher aux faces biscuites parcouru de vents solaires ; la sanglante Mars avec ses terres rouges désolées, funestes restes des orgies d'un dieu belliqueux ; et Jupiter, la vaillante, aux cyclones éternels, qui demeure sur son trône, entourée de ses serviteurs ; et puis Saturne, la glacée, ceinturée de roches cristallines, flottant aux confins du système... et d'autres planètes, plus lointaines encore, de toutes les couleurs, où son Agathe, sa splendide comète, viendrait se poser. Une planète d'eau, où elle poserait le pied, transformerait sa longue chevelure noire en une délicieuse traînée bleue, bleue comme les pierres précieuses que portaient les dames de qualité qu'elle avait quelquefois croisé à Paris... et ses cheveux à elle perdraient leur blondeur nymphaline, et s'empourpreraient un peu jusqu'à devenir rose clair, le rose du ciel au soleil couchant, le rose de ses robes, le rose de ses roses ; de ces roses qui embaumaient leur navire fantastique, plein de plantes et d'animaux exotiques, mélanges d'oiseaux de toutes sortes, de lapins colorés et de paons sertis de pierres précieuses. Depuis le pont, on pouvait voir toutes sortes de créatures spatiales : des baleines à filaments translucides, des méduses saupoudrées de glace aux cœurs palpitants, des poulpes transparents à l'oeil violacé, esseulé dans un corps incolore, inconsistant ; des poissons électromagnétiques aux nageoires convulsives, à ce point phosphorescents qu'ils aveuglaient ; enfin, une murène solaire tournait autour du bateau, allumée par ses deux bouts, se calcinant presque, se consumant comme une étoile filante. Agathe tenait la barre, sous son chapeau de capitaine qui recouvrait ses longs cheveux bleus : elle lui fit un sourire complice. Elles voguaient vers l'horizon, ensemble, au delà de Saturne et par delà le système solaire tout entier jusqu'à atteindre...

XIV
Où l'on réveille la petite Fanchette en sursaut

Son rêve en était là lorsque la porte s'ouvrit brusquement.

Madame Villetaneuse, en chemise de nuit, avait un visage effrayé, convulsé. Elle tremblotait, son bougeoir à la main, son bonnet encore sur la tête. Un homme se tenait derrière elle. Fanchette se cacha aussitôt dans ses couvertures afin qu'il ne la vît pas.

« *L'homme* : Le temps presse, mademoiselle ! Il faut vous habiller ! Il arrive un grand malheur, en ce moment même ! Je vous en prie, au nom du ciel, ne restez pas dans cet étonnement où je vous vois ! »

Il était petit et trapu, il portait la moustache. Fanchette ne l'avait jamais vu auparavant. Elle intima l'ordre qu'on ne la regarde point s'habiller et se hâta, tant que possible, de passer une toilette simple, avec l'aide de madame Villetaneuse qui respirait à peine tant elle voulait faire vite. Dès qu'elle fut décente, Fanchette se précipita dans le couloir et retrouva le petit homme prêt à descendre l'escalier.

« *Fanchette* : Je vous en prie, monsieur, que se passe t-il ? Et quel est ce trouble où vous venez me mettre ? Est-il arrivé un malheur ? Ne soupirez pas ! Dites moi, sans retard, de quoi il est question, je ne saurais attendre davantage.

L'homme : Ah madame, Dieu nous réserve parfois de bien tristes jours ! Votre nourrice est mourante à Paris et m'envoie vous chercher, j'ai fait aussi vite que j'ai pu mais il est déjà peut-être trop tard !

Fanchette : Néné ! »

C'était un déchirement pour elle. Elle se hâta de suivre cet homme jusqu'à l'attelage qui l'attendait au dehors. Agathe se tenait dans la cour, auprès des chevaux. Déjà habillée, ses yeux verts fatiguées portaient les marques de la plus sourde inquiétude. Quand elle la vit, Fanchette se jeta à son cou et couvrit ses joues de larmes, Agathe, très émue elle aussi, se surprit à lui caresser le cou alors que Fanchette posait sa tête dans le creux de son épaule. L'homme redit qu'il fallait faire vite et Fanchette monta, et disparut dans la nuit.

Pendant le trajet, alors que le soleil commençait à paraître, cet homme lui expliqua comment on l'avait investi de cette mission.

« *L'homme* : Mon nom est Michel Mantin, forgeron de métier. Mais cela, mademoiselle, est de peu d'importance. Sachez que votre nourrice, dans l'inquiétude extrême où elle se trouvait pour sa santé m'a mandé de venir trouver Fanchette Florangis au Havre sans délai. Ayant perdu l'adresse en chemin suite à une attaque de bandits qui me priva de mes affaires de voyage – les gredins ont emporté ma valise et vous me voyez bien honteux, dans les vêtements que je portai avant-

hier au soir, lorsque je fus investi de ma mission. Arrivé sans indice donc, je me renseignai en arrivant à la seule auberge encore ouverte à cette heure tardive de la nuit. C'est là que je croisais un homme que vous connaissez je crois, et qui se nomme Dolsans ! Ah ce garçon vous aime bien, mademoiselle ! Il m'a tout de suite mis sur le bon chemin pour venir vous chercher et m'a donné quelque argent pour me sortir d'embarras. Ah cela mademoiselle, pour des gens comme lui, il n'y a qu'un mot : dieu le bénisse ! Je crois qu'il vous aime bien...mais je crois, belle Fanchette, que vous avez un pied tout à fait charmant. »
Fanchette se rendit alors compte qu'elle avait machinalement croisé ses jambes et que sa robe un peu relevée avait laissé paraître un petit peu de la chair de son pied. Elle le recouvrit chastement.
« *Fanchette :* Le vilain garnement est caché, il ne troublera plus votre vue. »
L'homme trouva la plaisanterie galante et en fut quitte pour cette remarque. Il avait mené à bien sa mission, voilà c'était le plus important. Et Néné... devait-elle souffrir, sous ses épais draps ! Fanchette murmura entre ses lèvres : « J'arrive ma Néné, j'arrive... »

XV

Dans lequel Dolsans et Lussanville prennent leur petit-déjeuner

Lussanville déjeunait à la table de son ami, prenant un peu de café ; chose rare et chère à cette époque où c'était un lointain produit d'importation, on le savourait davantage, il n'en pleuvait pas comme aujourd'hui. Une brioche et un pot de confiture d'abricot venaient compléter ce petit festin de départ. Lussanville n'en pouvait plus d'excitation : un nouveau monde s'offrait à lui, il ne voyait plus rien d'autre. La nuit dernière avait été comme un rêve où les esprits s'étaient réveillés pour le conduire vers une autre vie. Fanchette, il y songeait pourtant, serait blessée au cœur. Mais qu'est-ce qu'un mendiant pourrait faire pour elle ? Dolsans veillerait sur ce mariage. Et qui sait ? Peut-être s'il fallait qu'il finît au fond de l'océan, ou terrassé par l'affreux scorbut – cette maladie courante sur les navires – il l'épouserait peut-être et la rendrait heureuse... Non, loin de lui cette pensée ! Dolsans était un homme de principes et son amitié le pousserait à envisager une autre union, et après tout, ne lui fallait-il pas une dame de condition ? A l'homme ambitieux, il appartient de bien choisir sa femme. Mais Dolsans arrivait, il passa la porte.

« *Dolsans* : Ah, quelle matinée, mon ami, quelle matinée ! As-tu bien dormi ? Je vais préparer un lait cafeté. Mais que vois-je, Lussanville ? Tu bois cela pur ? Un vrai Américain, ma parole !

Lussanville : Oh non, bien loin de là, j'y ai mis plusieurs cuillerées de sucre.

Dolsans : Ecoute-moi ces nouvelles... la gazette qui nous fait part de ce qui se passe à Paris... *« Macquer et Morand fils, Commissaires nommés par l'Académie des Sciences à Paris »*, ah c'est sur l'eau de Source de Vaugirard ! *« ils ont déduit qu'elle pouvait guérir certaines maladies, grâce à ses principes salins. »*

Lussanville : Eh bien, j'en emporterais volontiers une pleine bouteille !

Dolsans : Je ne sais si je te l'ai déjà dit, mais, à bord, méfie-toi de l'eau. Et équipe-toi d'une épuisette, les dernières semaines, on y trouve de ces vers blancs de la taille d'un pouce qu'il vaut mieux éviter de laisser grandir dans son ventre !

Lussanville : J'ai déjà fait l'une de ces traversées, tu sais !

Dolsans : Quel étourdi, je fais ! Mais voyons encore cette gazette... ah, c'est sur monsieur de Voltaire ! Je passe.

Lussanville : Oh non, je te prie, fais-en-moi lecture.

Dolsans : Comme tu voudras ! *« Monsieur de Voltaire a écrit ici à plusieurs personnes, pour se plaindre de l'acharnement de certaines gens à lui imputer tous les ouvrages scandaleux qui ont été publiés depuis quelques temps et que l'on affecte de parer de son nom pour leur donner plus de vogue. »*

Lussanville : On publie donc tant d'ouvrages scandaleux ?

Dolsans : J'ai ouï dire qu'on écrivait sur tout ce qui pouvait se produire, et la réalité est souvent bien pire que la fiction. Mais un livre ne peut être scandaleux que s'il dit vrai, s'il dit faux, il est simplement ridicule et on a grand tort de s'offusquer de sa publication. Oh, regarde... « Ici la *Lettre d'un gentilhomme des Etats de Languedoc à un Magistrat du Parlement de Rouen, sur le commerce des blés, des farines et du pain.* » Il dit qu'ils sont chers à cause de la mouture et de la boulangerie.

Lussanville : Voilà qui est ennuyeux, lis-moi autre chose.

Dolsans : J'ai une nouvelle que tu ne trouveras pas dans la gazette... j'ai entendu dire qu'un marquis de Provence, sous le faux nom de sieur Lestarguette, avait violé une mendiante de 36 ans à Arcueil, et lui avait donné je ne sais combien de coups de fouet à nœuds jusqu'au sang.

Lussanville : Tu te railles, cela ne se peut. Tu dis que cet homme-là est marquis ?

Dolsans : C'est c'est qu'on est venu me dire.

Lussanville : Il risquerait sa fortune, ses terres, sa liberté, pour assouvir un fantasme si morbide ?

Dolsans : Les choses paraissent immobiles. Seule la cruauté palpite. Cet homme-là avait tout et se croyait au dessus des autres hommes. Un jour, il faudra sans doute les faire disparaître, tous. Ce jour-là, nous n'aurons plus le choix. »

Lussanville sentit un pincement au cœur. De toute façon, il était temps de partir, et il n'était plus temps de disputer.

« *Dolsans* : Huit heures et demie. Il faut nous hâter si tu veux aller chez ma tante, partons, mon cher, partons. Fanchette doit s'être éveillée.

Lussanville : Naturellement car c'est à cette heure ou presque que je la retrouve chaque matin. Je m'en vais dans notre lieu de rendez-vous habituel qui est à quelques pas d'ici.

Dolsans : Je t'attends donc, fais vite. »

Dolsans vit naturellement revenir le jeune homme quelques minutes plus tard, dépité et inquiet.

« *Lussanville* : Elle n'est pas venue, je ne sais ce qui a pu la retenir ! Et si elle a voulu me prévenir, aucune lettre n'aurait pu me parvenir car le domicile de mon père est clos et sous bonne garde.

Dolsans : Faisons route vers la maison de ma tante, je suis persuadé que Fanchette se porte merveilleusement.

<u>XVI</u>

<u>Dans lequel madame Villetaneuse retourne sa veste et où Lussanville annonce son départ</u>

Ils avancèrent à grands pas vers la maison de madame Villetaneuse. En passant près du porche, ils virent la figure blanche d'Agathe, qui lisait, assise dans le jardin. Elle ne leva même pas les yeux vers eux. Ils avancèrent, montèrent les marches jusque dans la maison. L'antichambre, ou plutôt l'entrée, conduisait au salon. Madame Villetaneuse était assise et recousait le bouton d'un de ses chemisiers. Elle s'était mise là pour que la lumière du jour, qui traversait la grande fenêtre devant l'escalier, tombe directement sur son ouvrage.

« Messieurs... savez-vous qu'il est bien tôt ? » dit madame Villetaneuse de son ton bougon. En effet, elle était encore dans une robe de chambre de sa création, aux couleurs particulièrement bigarrées.

« *Dolsans :* Nous venions pour une affaire de la plus haute importance, et qui ne permet pas de retard. »

Lussanville tremblait à présent. La nouvelle de l'arrestation de son père avait dû se répandre. Madame Villetaneuse n'avait pas encore posé les yeux sur lui. En ce jour, il était aussi bien ignoré de la mère que de la fille.

« *Madame Villetaneuse :* Et monsieur a t-il quelque chose à voir avec cette affaire ?

Dolsans : Assurément.

Madame Villetaneuse : Je n'ai jamais fait de visite à son père, Dieu m'en garde d'ailleurs, mais je dois bien avouer qu'une telle nouvelle avait de quoi ébranler ma confiance. Certainement, monsieur... »

Elle s'adressait finalement à Lussanville. Ce dernier s'avança un peu et fit face à cette femme.

« *Madame Villetaneuse :* Monsieur, on ne peut reprocher au fils ce qu'on reproche au père ; enfin... j'ose dire que votre petit retournement de pensée concernant mes filles... je veux dire, concernant Agathe et Fanchette... n'a pas été du meilleur goût, si j'ose dire. J'ai cru retrouver dans ces inclinations vagabondes la marque du sang de votre père. Qu'Agathe s'en soit accommodée, tant mieux pour elle ; et cela reste surprenant, compte tenu de son mauvais caractère, mais qu'importe. Fanchette est une demoiselle des plus vertueuses et des plus douces, la fleur de mes fleurs ; et son mariage doit être une fête, il le sera, d'ailleurs ; et célébré en grande pompe. Richement. Avec de nobles invités. Je crois que vous comprenez où je veux en venir, monsieur de Lussanville. Ce nom sonne bien à votre oreille, et vous souriez quand je le prononce. Oui, monsieur, vous avez un titre. Ceci, je ne puis le nier. Il est répertorié, votre grand-père était connu à la cour et j'ai parfois même entendu prononcer ce nom dans la bouche de mon défunt mari. Mais cet homme qui vous rend si fier, semble t-il, est celui qui a causé la ruine de votre famille. Et son fils, votre père, vient de causer la sienne. Que dois-je en conclure vous concernant, monsieur ? Je ne dis pas qu'un fils fera toujours ce qu'a fait son père ; et on rencontre de temps en temps des exceptions à cette règle. Mais qu'un homme puisse échapper au destin de toute sa lignée me paraît contredire tous les desseins de la Providence. En tout cas, monsieur, quoi que vous réserve l'avenir, vous êtes aujourd'hui sans le sou. Vous n'avez rien. Vos vêtements et votre épée sont les vestiges d'une fortune tout à fait éteinte. Vous m'avez demandé la main de Fanchette ; ou plutôt, vous avez laissé à Agathe le soin de faire votre demande – ce qui, encore une fois, n'est pas du meilleur goût – et je n'avais à ce moment aucun motif de vous refuser, quelque étrange que soit votre manière de procéder. Mais aujourd'hui, monsieur, et vous comprendrez que c'est avec regret – avec un profond regret – je vous fais savoir que vous ne pouvez plus sérieusement prétendre à la main de Fanchette. »

Un silence suivit cette longue explication qui avait des airs d'acte notarié. Madame Villetaneuse parlait d'une voix calme, sans colère, ni mépris ; sans aucun signe autre que celui d'une certaine considération, celle qu'on accorde à un client gênant quand il vient pour la troisième fois en une semaine. Dolsans regardait Lussanville, et son regard semblait emprunt d'une certaine dignité. Il posa finalement la main sur l'épaule de Lussanville, dans un geste décidé, intense, comme un geste de théâtre. Lussanville tira de cette main la force de relever la tête et de répondre.

« *Lussanville :* Madame, vous parlez sagement. Je n'ai pas la prétention de demander la main de Fanchette. Oui, j'en suis indigne à bien des égards. Et si j'ai employé ce moyen étrange, c'était bien malgré moi. Dans la gêne où j'étais de ne point vous causer du déplaisir, j'ai renoncé à vous dire l'inclination que j'avais pour Fanchette lorsqu'elle m'est venue. Agathe la connaissait, elle connaissait mon cœur. Elle a pris le parti, pour soulager la gêne que Fanchette et moi éprouvions de concert, de vous dire simplement la chose. Consciente de n'avoir pas toujours répondu à l'intérêt sincère que je lui portais, elle a voulu se consacrer toute entière au bonheur de son amie. Et je ne la remercierai jamais assez d'avoir eu ce courage et cette détermination. Aujourd'hui, madame, je suis venu voir Fanchette car je suis d'accord avec vous. J'approuve tout ce que vous m'avez dit et je n'ai point l'intention d'offrir le cœur d'un homme déshérité, chassé de sa maison de cette manière honteuse, obligé d'abuser de l'hospitalité de mon ami Dolsans – quel ami est plus fidèle que celui-là ? - pour me préparer à partir.

Madame Villetaneuse : Vous partez, monsieur ?

Lussanville : Je pars, madame Villetaneuse. Mon oncle possède en Amérique une rente conséquente dont il m'a assuré au sortir de mon enfance que je serais le seul héritier. Je m'en vais le rejoindre et retrouver mon honneur. Je suis venu dire adieu à Fanchette. J'espère pouvoir, dans quelques mois, ou un an peut-être, si elle n'est point mariée, revenir lui proposer mon cœur.

Madame Villetaneuse : Doucement, monsieur. Je ne peux vous garantir que je vous attendrais. Je suis même dans le devoir de vous dire, que si vous échappez aux dangers d'un tel voyage, ou que vous changez pas d'avis une fois dans le Nouveau Monde, vous retrouverez sans doute la petite Fanchette au bras d'un autre époux.

Lussanville : Alors qu'il en soit ainsi. Cependant, je vous supplie de me laisser au moins lui dire adieu, en souvenir de tout ce que nous avons vécu, et partagé.

Madame Villetaneuse : Monsieur, je suis au regret de vous dire qu'elle est partie ce matin. Sa nourrice est sur son lit de mort. On est venu la chercher dans la nuit pour la conduire sur-le-champ à Paris. D'ici deux ou trois jours, elle sera revenue. Alors vous aurez tout le loisir de lui faire vos adieux. »

Lussanville était devenu pâle, tout s'effondrait, son projet rencontrait là son pire obstacle. Dolsans l'avait prévenu : aucun bateau ne partirait avant deux semaines, et peut-être cette fois n'obtiendrait-il pas un moyen d'embarquer pour rien. Il lui faudrait payer. Et aucun de ses amis ne pourrait le tirer de ce mauvais pas.

Il se tourna vers Dolsans, avec des yeux perdus, vides, des yeux qui demandaient : que dois-je faire ?

XVII

La colère d'Agathe

Dolsans soupira, salua sa tante, laissa Lussanville s'incliner et l'entraîna vers la sortie. Leur élan fut stoppé en bas des marches. Lussanville finalement s'arrêta et s'assit, à même les marches, et laissa tomber sa tête dans ses mains. Il appuyait fortement contre ses tempes, semblant retenir un cri de rage. Dolsans le regardait, impassible. Au bout d'un certain temps, le négociant lui demanda simplement :

« *Dolsans :* Alors... ? Que fait-on ?

Lussanville : Je suis au comble du désespoir. »

Et on pouvait le croire. Cet homme, qui la veille, à la même heure, quittait à peine les bras de sa bien-aimée, sur le soupçon d'un marchand, rentrait chez son père, le blessait, était ensuite chassé de sa maison, sans rien pouvoir dire ni faire – puis se retrouvait dans une taverne, caressant l'idée de partir à des milliers de kilomètres, obtenait ce moyen dans l'instant, se préparait, se résignait, espérant avoir au moins le temps de dire adieu... et il se retrouvait là, sans ressources, chassé à nouveau, et cette fois par la tutrice de sa promise – et nulle consolation ne viendrait. Le visage de Fanchette, qu'il aurait pu voir une dernière fois... une dernière fois. Oui, c'était peut-être bien la dernière fois qu'on le voyait ici. Une bonne tempête et il se retrouverait par le fond... ou peut-être nul moyen ne lui serait donné une fois en Virginie de rentrer la tête haute, bravant encore une fois l'Atlantique et ses dangers. Partir sans avoir revu Fanchette. Ses boucles blondes, ses yeux bleus, ses jolis bras blancs, ses joues roses, ses airs étonnés, ses accès de joie ou de rire, ses folies, ses caprices, ses délicieux caprices de petite poupée ; et son esprit joli, mutin, ses grandes peurs et ses petites craintes, ses orgies d'imagination. C'en était fini, fini.

Dolsans semblait commencer à s'impatienter. Il craignait sans doute qu'ils viennent à manquer de temps pour faire embarquer Lussanville. Il posa finalement la main sur l'épaule de son ami et lui fit une étreinte.

À ce moment, les yeux d'Agathe se levèrent de son livre – un délicieux ouvrage à la couverture brodée du *Menteur* de Corneille – et elle les regarda.

Finalement, Dolsans frappa sur l'épaule de Lussanville, cette fois pour l'inciter à rester fort.

« *Dolsans :* Lussanville, il n'est point d'homme qui échappe à son destin.

Lussanville : Je l'aimerai pour toujours.

Dolsans : Que dis-tu ?

Lussanville : Je dis que tant que j'aurais un souffle de vie, j'aimerai Fanchette Florangis, je l'aimerai toujours.

Dolsans : Puisse le ciel te convaincre de te faire renoncer à ce serment.

Lussanville : Est-ce que tu me souhaiterais une telle horreur ? De me parjurer ? Tu souhaiterais cela ?

Dolsans : Doucement, doucement ! Tu es hors de toi, il te faut un peu d'air. Lève-toi. Je veux éviter ton malheur, l'objet auquel on s'attache infiniment ne manque jamais de nous faire souffrir infiniment ; à plus forte raison quand on est privé de sa présence et que le voir apaise de temps en temps la peine de ne pas faire qu'un avec lui. Enfin, si tu veux savoir ma pensée, Lussanville, un être humain est toujours seul ; dès qu'il sort du ventre de sa mère, il est un corps, seul dans l'espace, perdu, sans autre ressource que lui-même. Tu es seul, Lussanville. Qui que tu puisses aimer, tu resteras toujours seul.

Lussanville : Je ne te crois pas, je ne crois pas en ce que tu dis. Et puisse ma vie prouver tout le contraire.

Dolsans : Quoi qu'il en soit, nous n'avons pas le temps de faire de la philosophie. Le bateau sera bientôt parti, la marée ne devrait plus tarder et tu devrais déjà être à bord. Partons !

Lussanville : Mais Fanchette...

Dolsans : Lussanville... ah ! C'est à ce point donc, que tu l'aimes ? Il faut que tu en oublies toute la réalité ? Eh bien soit ! Rappelle-toi ta promesse.

Lussanville : Ma promesse ?

Dolsans : Tu m'as dit que tu me confierais toutes les lettres que tu comptais écrire à Fanchette.

Lussanville : Oui. Eh bien ?

Dolsans : Écris la première sur le pont quand nous serons au port, et donne-la moi avant que ton navire ne lève l'ancre. Elle l'aura dès son retour.

Lussanville : Dolsans ! Mon ami ! Tu me sauves encore la vie ! Qu'ai-je fait pour mériter un ami aussi généreux ?

Dolsans : Par cette raison que tu sais y croire. À présent, partons vite. »

Ils se mirent en mouvement, mais une voix les arrêta.

« *Agathe* : Un instant ! »

Ils se retournèrent. Dolsans eut un sourire ennuyé, et Lussanville regarda intensément Agathe.

« *Agathe :* Puis-je me permettre de vous demander, messieurs, en quel lieu vous vous rendez ?

Dolsans : Pour moi, je vais au port, mais monsieur, lui, va en Amérique. Et la marée approche, nous sommes vos serviteurs. »

Dolsans se remit en marche mais s'arrêta quand il vit que Lussanville ne le suivait pas. Ce dernier regardait encore Agathe.

« *Agathe :* Alors tu t'en vas, lâche.

Lussanville : Je m'en vais, Agathe. »

Des larmes se formaient lentement sur son visage, sa barbe naissante se hérissait, il avait une respiration basse, lente.

« *Agathe :* Après avoir assuré la plus belle des jeunes filles de ton amour, après l'avoir prise dans tes bras, dans tes grands bras menteurs, après l'avoir embrassé tendrement et caressé son adorable visage, après m'avoir dédaignée pour la faire tienne. Pauvre lâche. Misérable et pathétique garçon. Comme il est vain de verser des larmes pour toi. Tu es un faux, un double, un homme qui n'a pas peur d'aimer deux femmes et de n'être fidèle ni à l'une, ni à l'autre. Qu'es-tu encore, Lussanville ? Un gâchis de toutes les plus belles sensibilités que la nature ait faites. Un renoncement, une fuite, un soupir inaudible. Un homme qui a du cœur aurait enlevé Fanchette, l'aurait emmené dans quelque obscure région montagneuse, aurait partagé chaque difficulté de la vie avec elle, aurait eu faim, froid et soif entre ses bras ; il lui aurait offert une masure, mais sa présence en aurait fait un palais. Voilà ce que tu aurais dû faire, Lussanville. Ou plutôt Lâche-en-ville car tu lâches en cette ville la femme qui t'aime le plus au monde, qui donnerait sa vie pour toi quand toi, tu ne donnerais même pas ton épée. Quoi ? Quels sont ces yeux ? Est-ce que tu pleures, Lâche-en-ville ? Quoi, tu souffres ? Tu n'avais pas d'autre solution, vraiment pas ? Tu es réduit à cette extrémité parce que la sotte qui me sert de mère te refuse la main de Fanchette ? Ça y est ? Elle t'a expulsé dans le Nouveau Monde ? Tu portes peut-être une épée au côté, mais j'en suis infiniment plus digne que toi, toute femme que je suis ; et la plus peureuse des femmes est encore moins couarde que tu ne l'es, Lussanville. »

Les mots sortaient, comme des poignards, fusaient, traversaient l'air insensible jusqu'à Lussanville qui, à mesure qu'il écoutait, laissait la colère prendre le pas sur la peine et la honte. Ses yeux devenaient plus hardis, plus durs, et on sentait qu'il finissait de forger un masque qui lui collerait au visage, peut-être toute sa vie.

« *Lussanville* : Je veux bien être une femme, et même la plus peureuse. L'homme me répugne et me dégoûte ; l'homme fort, l'homme vertueux, l'homme courageux, la colonne vertébrale d'une époque révolue depuis longtemps. D'une époque dont tu parles la langue, Agathe. Tu es belle, outrageusement belle, tu suintes la féminité par tous les pores de ta belle peau, blanche comme le lait. Mais tu parles comme un homme. Comme une brute épaisse, qui ne s'intéresse ni aux êtres ni à la vie. Tu n'as pas la moindre idée de ce que je peux ressentir. Tu me traites de lâche alors que je m'embarque pour deux mois dans un voyage périlleux, que je le fais pour elle, pour Fanchette, pour revenir plus tard, et lui demander de m'épouser ! Oui j'en ai l'intention ! Cela t'amuse ? Tu ris, je crois ?

Agathe : Oui, je ris, Lussanville. Je ris parce que tu es un menteur ; ton propre intérêt passe devant tous les autres. Tu n'as que faire de briser le cœur d'une femme ; et vous, mon cousin qui voulez me faire taire avec vos grands gestes, vous êtes encore bien pire ! Vous avez fini de le gâter, il s'était déjà mal engagé mais vous avez fait un travail remarquable !

Lussanville : Il a été là pour moi !

Agathe : Pauvre homme, pauvres hommes ! Poussés uniquement par vos désirs de loup, votre petit plaisir de faire d'un petit coin sombre votre territoire, de répandre votre pisse sur le sol pour apposer votre marque dégoûtante ! Vous vous soutenez entre vous, comme deux chiens mal élevés qui aboient grassement sur tout ce qui passe.

Dolsans : Lussanville, je te suggère que nous nous arrachions à ces fadaises.

Agathe : Lussanville, si tu as un cœur, tourne les yeux vers moi et avoue que tu pars pour t'offrir une nouvelle vie. Fais au moins cet aveu, laisser espérer Fanchette serait une cruauté que je ne te laisserai pas avoir !

Lussanville : Je veux revenir.

Agathe : Tu ne reviendras pas. Mais soit, je lui redirai ton mensonge, et elle le croira.

Lussanville : Je le lui dirai moi-même, j'ai moyen de lui faire parvenir ce qu'il faudra.

Agathe : Tu écriras peut-être une lettre ou deux pour laver ta conscience, c'est tout. Et tu la tromperas, Lussanville, maintes fois ; jusqu'à en épouser une autre, car tu n'es capable ni de vraie pensée, ni de passion profonde. Et elle, elle t'attendra, tu le sais, et tu n'as même pas pitié d'elle.

Lussanville : Je reviendrai. Pour elle, pour nous.

Agathe : Adieu, Lussanville.

Lussanville : Au revoir, Agathe. »

Dolsans n'en pouvait plus de fureur, il prenait de grandes respirations pour ne point éclater, tant il avait envie de faire taire cette femme. Il attrapa le jeune homme et dévala les rues pavées avec lui jusqu'au port.

« *Dolsans :* J'espère que cette bégueule ne t'a pas fait renoncer à ton projet et que tu ne vas point faire quelque action stupide au moment de larguer les amarres.

Lussanville : Ma résolution est ferme, Dolsans. Et ces mots ne m'ont que trop engagé à poursuivre mon entreprise.

Dolsans : Tu m'en voies ravi, je ne veux pas qu'une femme te dicte ta conduite ; et j'ai fort bon souvenir de l'époque où tu ne te laissais pas gouverner par ces animaux-là.

Lussanville : Je ne sais ce qui m'attend ni ce que sera mon avenir. Mais quoi qu'il puisse arriver, je me souviendrai de toute la bonté que tu as eu pour moi. »

XVIII
Qu'on nommera « À l'embarcadère » ou « La Lettre Volante »

À l'embarcadère, ils trouvèrent aisément le voilier sur le point d'embarquer. Lussanville ne voyait rien autour de lui, ne voulait rien percevoir, ni l'odeur persistante de l'iode qui se dégageait des rives et des gens, ni les cris des animaux qu'on embarquait pour servir de victuaille, ni les mouchoirs mouillés des mères pleurant le départ de leurs fils, ni les ordres beuglés par le capitaine aux marins sots, lourds et belliqueux qui peuplaient le pont sur lequel lui, Lussanville, devait s'embarquer. Cette impression d'hommes au travail, de cris, de combat, de bêtise crasse, de puanteurs mêlées aurait dû chasser à l'instant le jeune homme, le pousser à renoncer à un tel projet, lui faire gagner Versailles pour n'en plus revenir. Mais las, Lussanville n'avait qu'une idée en tête : le départ et déjà qu'une seule obsession : son retour. Savait-il enfin ce qui l'attendrait sur ce bateau ? Sa foi aveugle en Dolsans n'avait pas de limites. Pourtant dans sa précipitation à faire son bonheur, son ami n'avait-il pas omis de se renseigner davantage sur ce voyage ?

Le bateau était un voilier long et fin, un coursier, léger, rapide, capable d'arriver à bon port en moins de deux mois. C'était la première fois qu'il montait à bord d'un tel appareil. Ce qui ne se devinait pas aisément, c'est la raison du petit nombre de passagers ; ou même – et cela fit frémir Lussanville – de leur presque totale absence. Tous les gens à bord étaient des marins, solides et robustes, dont c'était l'état. La plupart faisaient de ce qu'ils avaient à faire sans qu'on leur demandât rien. Ils parlaient peu, sauf pour se dire que ce qu'ils avaient à faire était fait. Était-ce un navire marchand ? Rien de plus normal, pensa Lussanville, puisque son ami était négociant ; lui et ses amis sans doute avaient quelque crédit auprès de la marine marchande, et lui avaient ainsi obtenu une place pour rien. Lui demanderait-on de l'aide à bord ? Il ferait ce qu'il pourrait, mais il n'avait de sa vie su comment tout cela était fait, il lui faudrait donc apprendre. Il ne rechignerait pas à la tâche, ou du moins il ferait son possible pour qu'on ne le remarque pas. Cela s'avèrerait sans doute difficile car son habit rappelait davantage un soldat de la marine royale qu'un marin de navire marchand. Il était mal assorti à son environnement et il pensa qu'il lui faudrait sans doute essuyer quelques brimades. Mais déjà le capitaine allait à la rencontre de Dolsans.

Le capitaine de la *Tempérance* – car c'était ainsi que se nommait son navire – était un bonhomme costaud mais voûté, le crâne entièrement chauve, la poitrine gonflée dans son habit rembourré et la taille à peine dodue. Son nez semblait toujours pointer vers le bas et son visage devenait tout à coup grimaçant, par intermittence. Il semblait perpétuellement dérangé par une mauvaise odeur. Quand il sourit au négociant, ses dents jaunies, usées, brisées par endroits, achevèrent de tracer un portrait démoniaque du personnage. On eût dit le plus servile et le plus laid des courtisans d'un roi fat, le malhonnête conseiller, empreint d'ambitions irréalisables. Mais celui-là était usé, calme. Il n'avait pas la flamme des ministres rampants, qui semblent avoir des écailles de reptile dans leurs bas de soie. Les bas de celui-ci, au contraire, était de laine grossière. Son manteau avait eu une couleur, mais à présent il était difficile de dire si c'était un manteau bleu, ou vert, gris ou peut-être noir. Il y avait peu de soin dans sa personne mais son masque était des plus développés et des plus aboutis. Chaque expression, ou mot ou battement de cil, pli du visage ou soupir était absolument sous son contrôle. L'homme avait réussi à lisser son expression, à mettre les muscles de sa face à ses ordres d'une manière si efficace qu'on ne voyait jamais qu'exactement ce qu'il voulait nous montrer. Jacques Héron ; c'était le nom de ce capitaine, était enfin le concentré de la plus pure et la plus effrayante efficacité que Lussanville eût jamais vu.

« *Héron :* Votre passager arrive juste à temps, monsieur. Un peu plus et nous quittions le port sans lui.

Dolsans : J'ai donc, monsieur, de quoi vous être infiniment reconnaissant. Car mon ami que voilà avait grand besoin de partir sur l'heure.

Héron : Les départs depuis la Normandie sont de plus en plus rares dans notre domaine ; Nantes, à coup sûr lui eût permis d'espérer avoir un autre bateau sous quelques jours. Enfin, nous larguerons les amarres d'ici quelques minutes. Monsieur Lussanville. Ou est-ce monsieur de Lussanville ?

Lussanville : Monsieur de Lussanville.

Héron : Ici votre titre ne sera de nulle importance. Mais quand nous serons à terre, j'aurai besoin de vous.

Lussanville : Monsieur, je suis votre valet et m'en remet entièrement à vous.

Héron : Dolsans, tu me rends toujours de fiers services sans le vouloir. Que ne m'avais-tu dit que ce jeune homme était d'une noble famille ?

Dolsans : C'est qu'il est si sincère que j'en oublie parfois que c'est un gentilhomme. »

Dolsans regarda alors Lussanville d'un air désolé, sans doute ce détail avait son importance, et il ne serait pas à l'avantage de Lussanville. Ce dernier se mordit la lèvre, furieux d'avoir déjà commis une erreur, et il sortit à l'instant plusieurs feuilles de papier.

« *Lussanville :* Pardonnez-moi, monsieur, mais je dois rédiger une lettre de la plus haute importance et la donner à mon ami tant qu'il est à terre, je vais l'écrire de ce pas.

Héron : Prenez garde, mon garçon. Je n'attendrai pas après votre lettre. Je suis votre serviteur. »

Le capitaine se retira et alla faire son dernier tour du navire avant le départ. Dolsans emmena Lussanville à bord et redescendit sur l'embarcadère.

« *Lussanville :* Que fais-tu, Dolsans, tu n'as pas encore ma lettre !

Dolsans : Je l'attends ici, hâte-toi ! »

Lussanville trouva un tonneau qui avait été oublié sur le pont. Il sortit de son sac de voyage sa bouteille d'encre et sa plume, déboucha, imbiba sa plume et écrivit aussi vite qu'un homme peut le faire, porté par les ailes de l'amour. Il reprenait son encre à même la bouteille, tâchant sa plume et ses vêtements ; il était comme un fou. Les mots coulaient de ses mains comme le sable des mains du pêcheur désespéré qui vient de voir sa barque emportée par les flots. Et la lettre, ou ce qui en était lisible, comportait ces quelques mots :

Ma Fanchette, mon amour, ma vie, je suis en ce moment à bord de la *Tempérance*, au départ pour l'Amérique. Je suis un fou, et sans doute vas-tu croire que je ne t'aime pas. Mon amour, rien n'est plus faux, rien n'est plus calomnieux, je t'aime ! Je t'aime comme ma vie ! Et quoique pourra te dire Agathe, dans son orgueil et ses transports jaloux, je t'aime plus que tout, plus que ce monde et l'autre monde réunis, plus que toutes les personnes que j'ai jamais rencontrées au cours de ma courte vie. Je pars, ma Fanchette, mais c'est pour mieux revenir. Je t'écris en toute hâte et j'espère que l'encre ne sera pas gâtée, voici en un mot la chose : mon père a été jeté en prison, criblé de dettes ; je n'ai plus ni maison, ni habit ni argent pour survivre et madame Villetaneuse m'a déjà fait savoir qu'elle n'appuierait plus notre mariage. Ce que j'avais, je l'ai perdu, ce que je pouvais t'offrir, cela a disparu. Quelle vie t'aurais-je proposé, mon amour, si j'étais resté en France ? Mais, et c'est là le plus important... »

À ce point de la lettre, le capitaine ordonna de larguer les amarres, Lussanville, le cœur battant, n'avait pu terminer sa lettre. Dolsans lui fit de grands signes mais Lussanville continuait d'écrire.

« ... je m'en vais en Amérique chercher mon oncle, il possède une fortune des plus immenses et j'en suis l'héritier. Une fois que j'aurais ces biens, je pourrai revenir par le premier bateau, ma Fanchette, et nous nous marierons si d'ici là... »

« *Dolsans* : Lussanville ! »

« ... si d'ici là, tu as pu résister à la volonté de madame Villetaneuse de te marier à quelque obscur bourgeois d'ici ou quelque grand seigneur de passage. Résiste, tant que tu le peux, mon amour. Je t'écrirai, je t'écrirai dès que je le puis. Et le fidèle Dolsans te transmettra chacune de mes lettres afin que ni ta mère ni Agathe ne t'empêchent de les lire... »

Le bateau commençait doucement à s'éloigner de la côte. La poupe était encore proche de la terre, Dolsans attendait à ce point et continuait d'appeler Lussanville.

« Adieu, mon tendre amour, le bateau part et je ne puis t'écrire davantage. Adieu, mon amour, je reviendrai bientôt. »

« *Dolsans* : Lussanville, je n'ai pas d'ailes pour te suivre, hâte-toi ! »
Lussanville, ayant mis le dernier mots se rua vers la passerelle que deux marins remontaient et tendit son bras, puis tout son corps vers la terre et Dolsans fit de même ; la distance n'était pas suffisante et le bateau s'éloignait.
« *Dolsans* : Lâche-la, Lussanville !
Lussanville : Je ne puis !
Dolsans : Lâche-la ! »
Lussanville obéit finalement. Dolsans avait vu juste, le vent à ce moment arrivait par le côté et la lettre fut envoyée un peu plus loin sur le sol. Le négociant courut de toutes ses forces et se jeta finalement à terre, endommageant un peu son habit. Lussanville, déjà plus loin, le vit cependant brandir la lettre qu'il n'avait pas eu le temps de sceller. Un simple papier plié par ses deux côtés. Lussanville ne put retenir un cri de triomphe. Les deux marins qui avaient ôté la passerelle soupirèrent, agacés, avec l'attitude d'hommes qu'on avait mis au point de ne rien dire qui pût attirer l'attention de l'unique passager de la *Tempérance*.

Dolsans n'était plus à présent qu'un petit point rose sur l'horizon, mais Lussanville le voyait encore agiter les bras et lui-même n'en finissait pas de le saluer, ému aux larmes. Méritait-il un tel ami, celui-là qui fit tout pour lui redonner une vie heureuse ? Peut-être pas mais il rendait grâce au ciel que cela fût.

IXX
Dans lequel Lussanville a une mauvaise surprise

Il n'y avait maintenant plus que la mer qui s'étendait à l'horizon. Et il ne verrait plus qu'elle durant ces deux longs mois de voyage. Il respira profondément et se retourna pour observer le pont. Quelques hommes étaient à la manœuvre, on cherchait à profiter du vent. L'un d'eux commit visiblement un impair car il se fit rappeler à l'ordre « cap au sud-ouest on a dit ». Lussanville pensa qu'il y avait sans doute erreur : le vent était plein ouest, il n'y avait pas matière à tout de suite incliner au sud, on ne faisait pas route vers l'Espagne. Il poserait par curiosité la question au capitaine s'il avait l'occasion de lui parler bientôt. C'était l'heure du déjeuner et les marins étaient pour la plupart à l'étage au dessous. Le navire paraissait immense en comparaison de l'équipage. Il devait sans doute contenir un grand nombre de marchandises.

Le capitaine posa alors sa main sur l'épaule de Lussanville.
« *Héron :* Mon garçon, je suis bien aise que vous soyez des nôtres. Comme vous avez pu le voir, c'est l'heure du dîner et je voudrais vous inviter à partager le mien dans ma cabine.
Lussanville : C'est un honneur, monsieur, que j'accepte avec joie. »
Les deux hommes descendirent à la cabine du capitaine. Une belle pièce de moyenne taille, qui comportait maints documents, livres et bouteilles de toutes sortes. On y voyait aussi des armes, épées, mousquets, sur les murs. Au dessus du siège du capitaine était pendu ce qui semblait être un aileron de requin. Tout donnait l'impression d'être la demeure d'un honnête homme, grand lecteur, scientifique et homme de goût. Plusieurs papiers étaient entassés pêle-mêle sur le bureau.
« *Héron :* Pardonnez le désordre, monsieur de Lussanville, je n'ai pas l'habitude de recevoir ici. Seul mon second y vient de temps en temps. »
Il sortit une bouteille de rhum de la plus belle couleur ambrée.
« *Héron :* Du rhum, cela vous convient-il ?

167

Lussanville : Certainement. »

Ils trinquèrent et burent chacun une bonne gorgée.

« *Héron :* Votre ami m'a dit le plus grand bien de vous.

Lussanville : Il est trop bon pour moi, monsieur, et je ne suis à la vérité qu'un jeune homme qui rêve. Je n'ai pas d'état et appris aucun métier. À peine sais-je ce qui se passe sur un navire, du souvenir que j'en ai gardé plus jeune. Rarement mon père prenait le temps de m'expliquer ce qu'on y faisait. Et à part l'eau infecte, j'ai souvenir de peu de choses.

Héron : Pour l'eau, je crains que vous ne la retrouviez, bien que notre tonnelier fait tout ce qui est en son pouvoir pour ne nous point trop empoisonner. Cela dit j'ai une méthode infaillible : prenez toujours après chaque gorgée d'eau un trait de rhum, cela vous en gâtera fort heureusement le goût.

Lussanville : Je suivrai votre conseil, capitaine.

Héron : Laissons cela et parlons d'autre affaire. Votre ami, je crois, a souvent eu recours à vous lors de ses négociations.

Lussanville : Il me chargeait souvent de vanter les mérites de ses affaires auprès des armateurs.

Héron : Avec les forts bons résultats que l'on connaît. Villetaneuse prospère. Ou Dolsans, puisque vous l'appelez ainsi. Curieux, n'est-ce pas, cette manière que vous avez de l'appeler par son prénom, alors que lui vous appelle toujours Lussanville. Cela marque indéniablement votre rang, je l'ai tout de suite remarqué. J'espère que ma question ne vous a pas parue trop indiscrète.

Lussanville : Pas le moins du monde, on m'a rarement questionné à ce propos. Quand je n'avais point d'épée, on me croyait roturier, et dès l'instant où j'en ai eu une à mon côté, chacun me donnait du monseigneur.

Héron : La peur, monsieur de Lussanville, rien moins que la peur. Votre lame est votre meilleure amie. Je prie bien sûr que vous n'en ayez point besoin. Mais d'ici trois ou quatre mois...

Lussanville : Tant que cela... ? »

Lussanville eut un frisson, il n'imaginait pas qu'il lui faudrait aussi longtemps, son dernier voyage avait duré à peine deux mois.

« *Héron :* Lorsque nous serons à Ouidah, monsieur.

Lussanville : Mais où est-ce, Ouidah ?

Héron : En Afrique, pardi. Si vous aviez vu quelles étranges marchandises ils nous ont réclamé !

Lussanville : Oui, je comprends.

Héron : Les Africains considèrent de l'or certaines babioles de ferraille que nous vendons quatre sous. Ce sont pour eux des curiosités, des emblèmes.

Lussanville : Bien entendu.

Héron : Et lors des négociations, j'aurai besoin de vous.

Lussanville : Certainement, je suis votre serviteur. Cependant, je vous prie de ne vous point offenser si je vous fais cette question : quand serons-nous en Virginie ?

Héron : Il faudra bien sept à huit mois, sans doute plus ; vous aurez tout le loisir d'accélérer les choses lors du cabotage.

Lussanville : Le cabotage ?

Héron : Lorsque nous achèterons notre ébène. »

Le jeune homme devint pâle à ces mots. Il l'avait déjà entendu dans la bouche de son père alors qu'il causait avec son oncle. Lussanville était sur un négrier.

XX

Dans lequel Agathe croise Dolsans qui regarde un bateau s'éloigner

Agathe avait été envoyée par sa mère au port, pour être la première à se saisir des marchandises venues d'Amérique. Souvent, les marins faisaient une première vente dès le lendemain où le navire avait touché terre, de manière à se dédommager un peu mieux de leur voyage. La *Tempérance*, sur laquelle avait d'ailleurs embarqué ce traître de Lussanville, avait débarqué de grands lots de marchandises qu'elle avait ramené du Nouveau Monde. Parmi elles, les tissus indiens, le sucre et le café étaient les premières préoccupations de madame Villetaneuse. Elle voulait avoir un déjeuner de marquise et des étoffes rares, qu'on viendrait lui acheter en seconde main.

La jeune fille attendait donc, avec quelques domestiques, que les marins ouvrent leurs paquets. Certains avaient d'horribles mines qui attestaient qu'ils avaient contracté le scorbut. De là où elle était, elle sentait déjà leurs haleines putrides. Ce n'était, bien sûr, qu'un mauvais moment à passer ; et pour se calmer, elle songea très fort à l'odeur de rose de la peau de Fanchette.

Alors que les marins commençaient d'ouvrir les paquets et que les domestiques se ruaient sur les marchandises, faisant sonner les pistoles, Agathe fut arrêtée par une vision. Dolsans était là, sur le bord, les yeux tournés vers l'horizon. Il semblait pensif. Il tenait à la main un papier carré, plié par ses deux côtés. On eût dit qu'il achevait de le lire car les muscles de ses bras se détendaient, portant le papier à son côté. Il semblait en grande tension ; peut-être ne l'était-il pas, cependant, il était parfaitement immobile, comme un homme tourmenté. Cependant il leva le bras qui tenait le papier, et, sans aucun autre mouvement, comme un automate, il ouvrit la main et laissa tomber le billet dans la mer.

Chapitre 4
« Vint un nouveau départ pour nos âmes brisées »

<u>Sous-chapitre I</u>
<u>Dans lequel Fanchette passe une bien mauvaise nuit</u>

Fanchette passa deux jours sur la route. La première nuit, elle dormit dans une auberge fort convenable où on lui servit un excellent ragoût de boeuf qu'elle toucha à peine, ne songeant qu'à la mort prochaine de sa nourrice, qui fut, on l'a vu, comme une mère pour elle. Ses yeux, qu'elle avait toujours grands, était toujours très ouverts et pleins d'une indescriptible angoisse. Elle ne parlait pas, ou peu, pendant le chemin, contrairement à son habitude. Son accompagnateur ne s'en accommodait pas mal et lisait la gazette avec beaucoup d'intérêt. De temps en temps, peut-être sans qu'il s'en rende compte, quelques lignes lui échappaient et il les prononçait à voix haute. « Le Prince de Condé a vendu l'une de ses propriétés pour 900 000 livres... »

Fanchette, intérieurement, revivait tous les moments qu'elle avait passé avec sa Néné qu'elle aimait tant. Elle s'accrochait au mince espoir qui lui restait qu'elle fût encore en vie. Cependant le mauvais temps vint contrarier leur voyage, la boue ralentit considérablement les chevaux et il leur fallut s'arrêter à Argenteuil, le plus grand vignoble de la région de Paris. Le mystérieux accompagnateur fit ce qu'il put pour ne pas montrer combien cette halte lui faisait de plaisir, car c'était un grand adorateur de vin. En cette fin d'après-midi pluvieuse et venteuse, les moulins tournaient à plein régime sur les coteaux de la petite bourgade. Fanchette, quant à elle, tremblait. Lorsqu'elle fut installée à l'auberge, elle jeta sa cape de pluie sur le lit, ôta les épingles de ses cheveux emmêlés et resta interdite un instant. « Elle est morte. » se dit-elle. « Ça y est, elle est morte. »

Fanchette s'effondra alors à terre, tomba à genoux sur le sol et se mit à se rouler en boule, déchirant par endroits sa petite robe de voyage. Et elle chuchotait, et pleurait, chuchotait à nouveau et pleurait encore, sans pouvoir s'arrêter : pourquoi, pourquoi maintenant ? Et elle continuait, au milieu de cette chambre solitaire alors que le seul être en mesure de l'écouter buvait, un verre après l'autre, la spécialité locale. Elle refusa de dîner, et de recevoir quiconque. Elle ne pensait plus à rien, dévorée par le chagrin et la tristesse, aucune pensée ne venait la troubler. Elle ne songea pas un instant à écrire à Lussanville pour le rassurer sur son départ, ni à faire parvenir quelque billet à madame Villetaneuse par le prochain coursier. Rien ne l'occupait que le malheur, le malheur d'avoir perdu cet être si cher. Elle était morte, cela ne faisait aucun doute. On n'attend pas une semaine le retour de sa protégée pour mourir quand on est si malade. Peut-être si elle était arrivée ce soir... mais la voir demain, elle serait sans doute déjà froide... L'horreur la saisit. De peine et de dégoût, elle prit un pot de chambre qu'on avait apprêté pour elle et y déversa ce qu'elle n'avait point mangé. L'odeur de sa bile la fit suffoquer et elle pleura derechef. Puis, elle se rinça la bouche, cette petite bouche rose qui avait pâli de douleur et qui n'avait plus rien de la bouche d'une sainte. Elle versa le reste de l'eau dans le pot et alla jeter le tout au dehors alors que les coursiers en bas, ivres, rendaient leur dîner entre deux éclats de rire.

De retour dans sa chambre, elle s'endormit malgré tout, épuisée. Dans son rêve, on venait lui apprendre la mort de sa Néné, à ce moment Agathe était là, et Lussanville aussi, assis près d'une cheminée. Mais ni l'un ni l'autre ne venaient la consoler, ils ne faisaient que se regarder l'un l'autre avec des yeux acérés, et quand elle priait l'un de venir à son aide, l'autre l'empêchait d'approcher. Si bien qu'elle restait seule, toute seule, avec sa peine et sa douleur. Ses cheveux devenaient alors grisâtres, ses mains pourrissaient, et sa peau pelait. Ses restes s'éparpillaient sur le tapis du salon, ils s'y collaient presque ; et elle pleurait, encore et encore ; et personne ne l'entendait. Le feu derrière, semblait prendre la forme du visage de sa Néné... elle se réveilla.

Elle avait un terrible mal de tête. Elle pensa dès son réveil : Néné, as-tu souffert ? As-tu eu peur, as-tu eu mal ? Que t'ai-je dit la dernière fois, quels furent mes derniers mots ? De quoi t'es-tu souvenue au moment où tout allait se finir ? »Au revoir ma tendre Néné, c'était cela, sans doute... oui elle lui avait dit ces mots au Havre après ce repas mémorable. Ce jour où elle lui avait lu un conte... Peau d'âne... Elle voulait toujours lui lire quelque chose. Mais pourquoi, pensa Fanchette, pourquoi repoussais-je toujours ta proposition ?

Pourquoi te disais-je « plus tard, je suis lasse » ? Pourquoi renonçais-je à écouter le son de ta voix, ma Néné ? J'avais toujours quelque chose à faire. Il fallait que je m'habille, ou me déshabille, que j'aide madame Villetaneuse, ou bien je voulais jouer sur mon tapis, préparer mes petites danses... j'avais bien le temps ! Tu n'es plus là pour me dire quoi que ce soit, ma Néné, tu n'es plus là et je n'écoutais pas tes contes ! Je te disais : mais un court alors ? Et tu me contais alors toujours le petit chaperon rouge, car c'était le plus court. Je le connais par cœur, Néné ! Pourquoi ne m'as-tu laissée comme ça ? Je voulais en lire d'autres, Néné, je voulais !

Son enfance partait en lambeaux devant ses yeux : les contes, les petites danses, ses chaussons de velours, ses jouets et ses faux bijoux qu'elle assemblait avec sa Néné. Chez son père, elle la voyait au moins une fois la semaine quand elle était petite ; puis un peu moins lorsqu'elle a grandi. Néné avait ce je-ne-sais-quoi qui est si utile avec les enfants, qui savent les remettre à leur place avec autorité mais qui savent jouer avec eux, qui savent rentrer dans leur univers, qui savent apporter cette sorte d'amour maternel... l'amour d'une femme qui n'a pourtant jamais été mère. Fanchette ne voulait plus être là, elle voulait rentrer au Havre. Si elle rentrait, ce serait comme si rien ne s'était passé, elle ne la verrait pas dans cet état terrible, elle pourrait penser à elle telle qu'elle était de son vivant, et ne pas la remplacer par cette image... cette nuit avait été atroce. Elle ne pouvait pas se rendre à Paris. Elle se précipita à l'étage au dessous, encore en chemise de jour, avec un simple drap de velours, alors qu'on attelait les chevaux, elle s'écrira : « Je ne veux pas y aller, je ne veux plus y aller ! »

Quelques instants plus tard, alors qu'elle s'était habillée tout à fait, son accompagnateur, pâle, l'attendait au bas de l'escalier et tenta de la raisonner :

L'accompagnateur : Mademoiselle Fanchette, soyez raisonnable, vous devez aller dire au revoir à votre nourrice. Elle l'a demandé expressément. Vous le regretteriez toute votre vie.

Fanchette : Non, ma décision est prise. Je ne veux pas y aller. Je ne veux pas détruire mon histoire, je veux oublier, je ne veux pas la voir. Elle n'est plus là, elle est bien loin, ailleurs, et un jour je la rejoindrai. Mais je ne veux pas voir ce qui reste. Car pour moi il n'y a plus rien. On attend pas une semaine pour mourir. Dieu n'a pas voulu que je la voie, eh bien je ne la verrai pas. Je prierai pour elle, voilà tout ce que je puis faire. Monsieur, c'est insupportable. Je ne peux pas faire cela. Je ne pourrai la regarder dans les yeux. Elle n'a aucune famille, elle n'avait que moi, je ne pourrai parler à personne. Je ne trouverai à Paris personne qui partagera ma peine. Je vous en prie, ramenez-moi au Havre. Je pourrai y dire à mon cher Lussanville combien je suis désolée de n'avoir pas été exacte à mon rendez-vous avec lui, combien il me manque et combien j'aurais dû rester auprès de lui. Pardonnez-moi, monsieur, si à cause de moi, vous avez dû faire ce déplacement pénible pour rien. Et croyez bien que madame Villetaneuse vous dédommagera. Mais je dois rentrer maintenant. »

L'homme ne dit rien, il soupira simplement et lui dit : attendez-moi simplement dans votre chambre quelques minutes, le temps que je puisse me préparer et faire atteler vos chevaux pour repartir vers le Havre.

Fanchette monta dans sa chambre, plus sereine. Elle avait décidé de nier cette mort, de ne plus y penser. Et pour ce faire, elle se fit la plus belle du monde : elle trouva de la poudre, du blanc, et sortit son collier de perles qu'elle avait ôté pendant le voyage. En quelques minutes, elle redevint la princesse au joli pied, celle qui charma tant son Lussanville, celle qui eut un si grand succès dans la bonne société de sa petite ville. A l'heure dite, elle descendit. Elle crut d'abord distinguer à travers la porte un cheval qui fonçait, au galop vers l'horizon. Un billet était déposé sur la table.

Il lui apprenait que sa Néné était vivante et que Lussanville était parti.

<u>II</u>
<u>Où Lussanville se rappelle l'existence du Code Noir</u>

« Il nous faudra près de soixante jours pour revoir la terre ! » lança le capitaine Héron à Lussanville qui lui fit cette question alors que le petit matin se levait sur le pont.

Héron : Les côtes d'Afrique sont rudes, il faudra vous habituer aux moustiques, ça pullule de ce côté. Ne vous approchez pas des plus gros. Une seule piqûre peut suffire à vous faire cadeau de la maladie du sommeil, et alors là vous ne finirez pas le voyage.

Lussanville : Comment puis-je vous aider lors de la traversée ?

Héron : Ah vous n'êtes pas marin, monsieur de Lussanville ! Et je ne crois pas que vous remplacerez notre mousse, qui met beaucoup de cœur à la tâche ! Ah, pauvre mousse ! Il est rare qu'ils survivent à la traversée, mais que voulez-vous ? Sa mère n'avait plus de quoi le nourrir. Oh, à ce propos, vous prendrez vos repas avec moi et mon second. Les marins ont interdiction de vous parler, tâchez vous aussi de ne rien leur dire. Il n'ont rien en commun avec vous et vous n'avez rien en commun avec eux. Ceux-là sont des durs, ils s'emportent facilement et vous ne feriez pas le poids face à l'un d'entre eux. Contentez-vous de rester dans votre cabine, de boire régulièrement, et de lire les papiers que je vous ai fait parvenir, surtout ceux sur le roi Tegbessou et ses coutumes. Vous en aurez grand besoin. Chacun ici fait son travail, et le vôtre, ce sera de parler le moment venu ; pour le moment, contentez-vous du silence.

Lussanville : Je serai muet, capitaine, si c'est là votre volonté.

Héron : Et ne traînez pas trop sur le pont. Ce n'est pas que vous soyez notre prisonnier, je dis cela uniquement dans votre intérêt. Comprenez-moi à demi-mot.

Lussanville : Je vous entends et avec ce que vous me dites, je n'ai aucun lieu de me plaindre. »

Lussanville se rendit alors dans sa cabine où un monceau de papiers l'attendait, mais tout en haut de la pile, il vit le plus célèbre d'entre eux : le Code Noir. Muet, résigné, essayant encore de se convaincre que c'était un cauchemar, il prit place sur sa chaise, et, comme un étudiant acharné, sans interroger les raisons de sa présence ici ni une seule fois mettre en cause l'honneur de Dolsans, il s'attela à l'immense tâche qui l'attendait. Rester enfermé, comme un moine copiste, quand on a dû quitter sa bien-aimée... quelle joie c'était pour une jeune homme tout entier à sa passion ; dans son malheur, Lussanville ne pensait pas encore au terrible retard qu'il aurait pour rallier Jamestown, aux risques monstrueux que comportait une expédition de cette sorte ni à la difficulté de faire parvenir des lettres à Fanchette afin qu'elle ne le croit pas mort ou qu'elle ne s'inquiète qu'il ait renoncé à elle. Ces angoisses, sans doute trop grandes pour venir tout de suite habiter l'esprit du jeune homme, se tenaient prête à le dévorer dès que sa concentration faiblirait. Lire, lire encore, tourner les pages, écrire, écrire encore sans s'arrêter, accumuler toujours plus d'information, observer, analyser, comprendre, sentir à travers le papier la richesse de ses propres facultés en ébullition ; entendre les mots tomber sur le papier, un à un, construire ce gigantesque palais mental où rien, pas le début d'une angoisse ne pouvait passer le redoutable pont-levis qu'il fallait garder levé à la force de ses bras. Mais l'esprit a plus de bras que le corps et infiniment plus d'endurance quand il est entraîné. Lussanville ne faiblissait pas, et une fois installé, son encre et ses plumes sortis, ses brouillons déroulés et son *Littré* posé à sa gauche, il lut les premières pages du Code.

Le premier article commandait qu'on chasse tous les juifs des îles appartenant à la France. Lussanville passa au second :

« Tous les esclaves qui seront dans nos îles seront baptisés et instruits dans la religion catholique, apostolique et romaine. Enjoignons aux habitants qui achètent des nègres nouvellement arrivés d'en avertir dans huitaine au plus tard les gouverneur et intendant desdites îles, à peine d'amende arbitraire, lesquels donneront les ordres nécessaires pour les faire instruire et baptiser dans le temps convenable. »

Lussanville songea qu'il n'avait pas prié depuis de longs mois. Un tel commandement du siècle dernier ne lui en redonna certes pas l'envie. Et il pensa à Fanchette, sa seule déesse, son unique soleil. La nuit suivante, les mots qu'Agathe lui avaient jeté résonnèrent dans sa tête dans tous ses rêves, et il ne put dormir.

III
Dans lequel Fanchette se fait une amie et se plaint de sa mauvaise fortune

Le carrosse qui emmenait Fanchette avait été gracieusement proposé par une dame de condition qui se rendait à Paris, voyant cette charmante jeune fille blonde dans le plus grand dénuement, alarmée et émue comme elle l'était, elle n'avait pu s'empêcher de lui proposer de partager son voyage. Fanchette avait accepté, ayant besoin de sauvegarder quelque argent pour son voyage de retour et ayant plus que jamais le désir de voir sa chère Néné. Mais la dame se montra fort bavarde et fort curieuse de tout ce qui amenait notre héroïne dans ces lieux. Dans l'état déplorable où elle se trouvait, Fanchette vécut cette conversation comme une épreuve.

La dame : Pardonnez mon indiscrétion, mademoiselle, mais je ne puis m'empêcher de me demander comment une honnête jeune femme, comme vous semblez l'être, s'est retrouvée abandonnée dans une auberge de campagne comme celle-ci... seule, qui plus est. Avouez que cela est bien drôle. Entre nous, je ne vous crois pas gaillarde ; quoique, je puis vous le dire, je le fus un peu voilà quelques années. Personne ne viendra s'en vanter auprès de vous, soyez-en sûre, mes amants se sont tous mariés par la suite, et il n'auraient pas grand mérite à faire étalage de leurs fredaines. Je ne sais même pas votre nom, je vous ai proposé mon carrosse mais je n'ai pas la moindre idée de qui vous êtes. C'est mon esprit aventureux, je n'y puis rien n'y faire, dès qu'une occasion se présente, il faut que je la saisisse. Appelez-moi Viviane, toutes mes amies m'appellent Viviane, j'aurais voulu que ce soit mon nom de baptême, mais las... on m'a donné un nom horrible ; Cathos. Cathos ! A t-on idée de donner pareil nom à un bébé ? Il faudrait l'avoir vu sorti du ventre déformé, avec un énorme furoncle sur la tête pour avoir l'idée d'un tel nom ! Ainsi, je vous en prie, tenez-vous en à Viviane. Et vous, quel est votre nom ?

Fanchette : On m'a donné le nom de baptême de Françoise, mais tout le monde m'appelle Fanchette. Je crois que vous êtes la seule à connaître mon nom de baptême, à l'exception de ma nourrice ; car je ne l'ai dit à personne, et personne n'a pris la peine de me le rappeler.

Viviane : Fanchette, oh Fanchette, comme c'est joli ! Vous devez avoir tant d'admirateurs... oh, ne me faites pas ce regard modeste, je le connais par cœur ! J'ai vu tout de suite que nous étions faites du même bois, toutes les deux. Vous n'en avez pas l'air, mais tous les galants se damneraient pour vous. Qu'est-ce que c'est que ces petites boucles blondes, et que cette taille-là ? Où trouve t-on cette taille-là ? L'avez-vous volée à une statue pour l'avoir si idéale ? Et ma foi... je crois discerner un cou de pied... je vous en prie, faites-moi cette joie extrême ! Je sais que cela peut paraître étrange mais nous sommes entre femmes, enlèveriez-vous votre chaussure pour me faire plaisir ? Je crois que je trouverai dessous une beauté si particulière que j'en tomberai à la renverse.

Fanchette : Si il vous plaît ainsi, madame, je le veux bien. (Elle ôte alors sa chaussure)

Viviane : Mon dieu, quel pied ! Ah mademoiselle, il est fait de l'ivoire des dieux, je suis sans voix, véritablement sans voix. Assurément il n'y a en a pas deux, de ce pied-là ! Verrais-je l'autre ? (Fanchette ôte alors son autre chaussure, ne pouvant s'empêcher d'être amusée par l'attitude de cette dame) Sainte-Marie mère de Dieu ! Il y a donc deux pieds aussi jolis sur cette terre ! Ah je n'en puis plus ! Couvrez-les,

mademoiselle, ou je vais vous les voler ! Je commanderais à mon
chasseur de vous les ôter et qu'on me les greffe ! La forme de l'orteil
est si parfaite, ils sont si petits, si doux. Mais pouvez-vous marcher
avec de tels pieds, ne se cassent-ils pas ? Cette blancheur... oh gardez-
les du soleil, mademoiselle ! Gardez-les du soleil ! Comme il nous a
ennuyé ce matin, celui-là, n'est-ce pas ? J'étais en eau ! Mais vous
savez ce que c'est : on pense à son corps piqué et immédiatement, c'est
la panique, on étouffe, on se rend compte que notre taille est bien plus
grosse que notre vêtement ne nous y autorise, et tout aussitôt on
s'évanouit. Il n'y faut point penser. Ah quelle mauvaise idée j'ai eu là !
J'y pense, je ne cesse d'y penser ! J'étouffe ma chère, aidez-moi !
Aidez-moi ! »
Fanchette se mit alors à desserrer le corps piqué de Viviane qui était si
serré qu'il déformait presque sa cage thoracique, finalement Fanchette
tira tant et si bien que le corps piqué s'affaissa et bientôt les deux tétins
se montrèrent ; mais la dame, loin de s'en préoccuper, préférait
s'éventer.
Viviane : Oh vous me sauvez la vie, ma chère amie, comme j'ai eu
raison de vous prendre avec moi en chemin ! Mais à présent que nous
sommes plus intimes, parlez-moi de vous ! Où vous rendez-vous ?
Chez quelque bon ami ?
Fanchette : Oh cela non, madame...
Viviane : Madame ! Nous en sommes encore à ces formalités là !
Tiens, Fanchette, tu as vu le bout de mon tétin, je crois que nous
n'avons plus rien à nous cacher. Enfin, plus grand chose ! Pardon,
peux-tu resserrer... ? Merci, doucement... ah, je crois qu'il faut nous
tenir tranquille, nous faisons faire du roulis au carrosse. Je suis
extrêmement sensible au mal de mer. Merci ! Bon, où en étais-je ? Ah
oui ! Où te rends-tu, ma chère Fanchette ?
Fanchette : Chez ma nourrice, madame, qui grâce à Dieu, est encore
en vie !
Viviane : Es-tu bien sûr que ce n'est pas quelque déguisement d'une
toute autre visite ? Ah, je comprends que tu ne veuilles rien me dire, tu
te dis « oh, nous nous connaissons si peu... », voilà bien de quoi !
Nous sommes en tous points semblables ! C'est simple, j'ai
l'impression de t'avoir toujours connue ! Tu serais ma petite sœur
cachée que cela ne m'étonnerait pas !
Fanchette: Je vous assure que c'est bien chez elle que je me rends,

mon tendre ami...

Viviane : Il y en a donc ! Je le savais !

Fanchette : Mon tendre ami a quitté la France à bord d'un navire... dans la matinée.

Viviane : Quel malappris !

Fanchette : Ce doit être quelque injustice qui l'a arraché à moi, après tout, j'ai été trompée. On m'a fait croire que ma nourrice était morte et pourtant elle est vivante. Quel être abject a t-il pour seule préoccupation de tourmenter les jeunes filles ? Est-ce que ce diable se rend compte de la souffrance qu'on endure quand on croit à la perte d'un être cher ? Et pourtant, le démon m'a porté un coup pire encore ! Mon amour, mon Lussanville, a disparu sur l'océan !

Viviane : Quelle tragédie, ma pauvre Fanchette ! Comme je ne t'en aime que davantage ! Un chagrin d'amour est ce qu'il y a de pire dans la vie d'une femme !

Fanchette : Sans doute ai-je fait quelque chose qui l'a fait fuir ? Et pourtant je crois bien que je n'ai rien fait. Personne ne peut imaginer mon malheur. Ah madame, prenez-moi dans vos bras !

Viviane : Ma Fanchette, tu n'avais pas besoin de me le demander !

Et les deux nouvelles amies pleurèrent de concert, Viviane semblait vouloir pleurer pour deux tant ses transports étaient terribles. Fanchette, elle, n'avait sans doute pas encore tout à fait accepté que son amant ait quitté le pays. Et elle pensait en son for intérieur : « Il reviendra bientôt, il ne peut être parti pour bien longtemps ». Elle l'imagina être parti en Espagne lui chercher des fleurs espagnoles ; ou bien en Italie, là où on fait les plus beaux escarpins. Peut-être allait-il lui acheter de merveilleux escarpins, et ses petits pieds ravis les promèneraient dans toute la ville ? Il avait forcément une raison impérieuse d'être parti. Et si son père l'avait chassé ? Après tout, c'était possible. Mais pourquoi ne pas avoir attendu pour s'embarquer ? On ne s'embarque pas du jour au lendemain, on y réfléchit ou du moins on prévient. Avait-il mis au point sa fuite ? En ce qui il l'avait bien trompée, lui aussi. Son Lussanville, un trompeur ! Elle se serait coupé les deux mains plutôt que d'imaginer cela de lui. Il l'aimait, cela ne faisait aucun doute, et chacun de ses baisers étaient sincères. Oui, il reviendrait. Et elle l'attendrait. Elle se prit à penser, sous cette amie devenue fontaine de larmes, qu'elle se renommerait Patience, et que, comme Grisélidis, elle supporterait toutes les épreuves jusqu'à ce qu'enfin elle se marie à l'homme qu'elle aime, qu'elle aimerait toujours. Car il n'existait rien de plus beau qu'un amour éternel et infini pour son âme sœur, Lussanville, son Lussanville.

IV
Où Agathe consume ses regrets au cœur de la forêt

Agathe fuyait le soleil de midi sous les arbres de la forêt, denses et tranquilles, qui lui faisaient son délicieux abri. Ici, seule, dans ce lieu qui avait tout du conte, elle retrouvait le calme des eaux dormantes de sa mémoire, ce sentiment si singulier d'être un point dans ce monde sans attache, une préfiguration presque d'être une idée, un jour, lorsque son corps ne serait plus. Dans cet état seulement, les démons qui habitaient son esprit sortaient à ses côtés, bâillaient, s'étiraient et s'ébattaient sur ce parterre de feuillages et de brindilles. Ce jour-là, le lendemain même du départ de Lussanville, alors que sa mère était trop occupée à se pâmer sur ses nouvelles étoffes pour lui donner du travail, elle était venue pour pleurer.

Les mots si durs, si violents qu'elle avait eu à l'encontre de Lussanville avaient quelque chose de la revanche amoureuse, la revanche qu'on prend sur le destin qui nous enlève les êtres chers. Incapables, impuissants à leur mission de nous aimer et de rester auprès de nous toujours, il faut que leur mise à mort soit exemplaire, cinglante et sanglante pour que « toujours » veuille dire encore quelque chose et que « jamais » soit son compagnon de route. Quoi, partir, la laisser, se contenter d'une flèche en plein cœur et sans lui dire un mot ! L'homme se serait dérobé sans même lui accorder un regard, il se serait enfui sans lui parler jamais ; il aurait disparu, sans explication. Était-elle donc si peu pour lui ? Que le mistral glacé et insistant qui gâchait ses promenades avec Fanchette ? Comment pouvait-il avoir oublié ses mains sur sa peau, ces ondes, presque musicales, qui se rencontraient sur ses doigts, entre ses omoplates ou sur le bord de ses cuisses ? Ne l'avait-elle marqué que pour une année, pour une douzaine de mois ? Et les baisers ardents sur la plage, et ses seins qui rougissaient sous la pression de ses mains ? Quelques mois d'abstinence avaient-ils eu raison de son imagination ? Avaient-ils perforé sa mémoire, vidé ses souvenirs ? N'était-elle aujourd'hui que l'étrangère qu'elle était avant cette main tendue le jour du bal ? Alors, l'esprit des hommes n'était qu'une outre percée, pleine de lait tourné qui se vide sans cesse et que les femmes, comme de nouvelles Danaé remplissent sans espoir d'y laisser jamais une goutte pérenne. Son esprit à elle, étanche, sûr, contenait du bon vin ou peut-être même du bon cognac, qui dans cinquante ans sera le délice le plus subtil, l'arôme le plus merveilleux. Déjà aujourd'hui, ses souvenirs faisaient couler des larmes délicieuses. Et elle, pleurait, pleurait, sans s'arrêter, et chaque souvenir versait un peu plus de nectar qui, en lui faisant si mal, lui faisait tant de bien. Comme elle l'avait aimé, son Lussanville, comme elle l'avait aimé.

V

Dans lequel Fanchette retrouve sa Néné et se replonge dans son enfance

« Ma chère Fanchette, ma petite ! Doucement ! »
Néné venait de recevoir dans les bras à pleine vitesse le poids de la grande jeune fille qu'elle avait élevée pendant si longtemps. Et les pleurs de la tendre Fanchette, infinis, emplissaient l'étreinte de la vieille dame qui l'aimait tant.
« *Fanchette :* Si tu savais, ma Néné, comme je suis contente de te voir !
Néné : Il n'y a pas à dire, voilà bien de la joie, tu es si enthousiaste que j'arrive à peine à respirer !
Fanchette : Ah Néné, un homme horrible m'a fait croire que tu te mourrais ! Et j'ai eu si peur !
Néné : Mais c'est fini, Fanchette, c'est fini... vois comme je me porte bien !
Fanchette : Assurément... mais j'ai eu peur, j'ai eu très peur, j'ai eu si peur.
Néné : Mais la peur doit s'éclipser quand on sort du cauchemar. Je vais te préparer une collation, mais promets-moi de bien sécher tes larmes car enfin, je suis bien vivante, n'en déplaise à quiconque, et je compte le rester encore un peu de temps. »
Néné fit à sa protégée une collation de princesse : crêpes fourrées à la confiture, marmelade et croissants au beurre. Et Fanchette mangea beaucoup, parce qu'elle était affamée depuis deux jours et parce qu'elle croquait dans son enfance à pleines dents. Rien n'avait été plus

heureux que son enfance. Avant la mort de son père, elle passait des après-midis entières à dessiner des personnages, en prévision de sa grande œuvre sur l'histoire d'une famille qu'on a déjà évoquée et qu'elle écrirait pendant ses vieux jours. « Fanchette ? C'est un ange, disait sa mère. Mais dès qu'on lui laisse des crayons, elle crée tout un monde et ne demande son reste à personne, et il faut la questionner des heures pour savoir de quoi il est question. » Sa maman... Elle ne parvenait plus à se souvenir tout à fait de son visage. Mais comme elle était belle ! Une petite femme brune, aux yeux attentifs, qui parlait peu, mais toujours avec douceur. Son père, c'était l'aventurier, mais l'aventurier tranquille, qui rentrait à l'heure dite et qui disait bonsoir à sa fille chérie ; qui la protégeait et la gâtait au delà du raisonnable mais ne cessait aussi de dire : ne te crois pas plus que tu n'es, les autres sont aussi importants que toi. Et comme il aimait faire plaisir, elle aussi se mit à vouloir faire plaisir autant que faire se peut. Danses, dessins et gâteaux, il n'y en avait jamais trop pour des parents aussi aimants et tendres, et Fanchette s'était dépensée pour que chaque instant de leur vie, ils soient fiers de l'avoir faite. A présent, ils n'étaient plus... La tuberculose faisait encore des ravages et la médecine se révélait impuissante contre ce fléau.

« Parle-moi de papa et maman » demanda Fanchette à sa nourrice.

« *Néné :* Ah ta mère ! Oh, c'était mon amie... je l'ai beaucoup aimée, ta mère. C'était presque ma deuxième fille. Bien sûr, notre différence d'âge était moindre et nous nous prenions souvent à parler de sujets qu'on évoque pas avec sa fille, mais quel esprit, et quelle grâce ! Et puis alors, tu étais son obsession : Fanchette, ma Fanchette, où est-elle ma petite Fanchette ? Ça n'arrêtait pas. La distraite te perdait de vue et aussitôt : Fanchette, où est-elle ? C'est elle, je crois, qui t'avait trouvé ce petit nom-là. Et moi, je disais toujours : elle est là, madame, elle joue sur son tapis ! Mais dix minutes plus tard, cela recommençait. Il faut dire qu'elle était tête en l'air, ta mère. Oh, peu avant qu'elle ne tombe malade, tiens ! Tu avais quatorze ans ou quelque chose comme cela, et elle a parlé à ton père de mariage pour toi ! Qu'elle voulait te préparer ! Rien de plus naturel en somme. Mais quelle fureur a été celle de ton père ! « Comment, tu parles de nous l'enlever, Sophie, mais quelle mouche te pique ? Laisse-la vivre son enfance et qu'elle ait point à penser à ces choses de l'avenir ! Avec toi, le soleil est à peine dans le ciel qu'il faut déjà se lever ? » Ah oui, il a dit cela, il avait de ces manières de s'exprimer ! C'était depuis qu'il avait lu Confucius ! « Laisse-la un peu profiter de la tiédeur de son lit, faire les choses de son âge aussi longtemps qu'elle le désire, car chaque fleur fleurit à bon escient, et chaque fruit se goûte à son moment particulier. » Et ta mère riait bien sûr, car il avait de ces manières ! Mais tu t'en souviens, hein, ma petite Fanchette ?

Fanchette : Oui, maintenant tout me revient. Je crois que j'ai voulu un peu oublier. J'ai voulu ressembler à ce qu'on attendait de moi. As-tu encore mes jouets, Néné ? Et la maison de papa ? Est-elle encore au mains de monsieur Apatéon ?

Néné : Oh mais quelle sotte je fais ! J'en ai oublié de te parler de cet affreux jojo-là ! La maison de ton père a été saisie.

Fanchette : Est-il possible ? Qu'est-il arrivé à monsieur Apatéon ?

Néné : On l'a fait arrêter pour une affaire bien peu chrétienne. Je ne connais pas tous les détails, mais on m'a dit que c'était sordide.

Fanchette : Ce n'est pas sans peine que j'apprends cette nouvelle, car je ne souhaite à aucun homme de rencontrer le malheur, surtout quelqu'un que j'ai connu, bien qu'il ait mal agi envers moi.

Néné : Si fait, ce méchant ne mérite pas ta miséricorde ; et si j'avais su qui il était... ah je me suis sentie bien coupable de t'avoir laissée à cet abominable homme. La loi m'interdisait de t'élever moi-même, si j'avais pu...

Fanchette : Assez, Néné. Ce n'est pas ta faute. Mais veux-tu dire que nous pouvons voir la maison ?

Néné : Il faut en aviser Maître Clément, ton notaire, et voir comment tu peux récupérer ce qui te revient de droit.

Fanchette : Je l'espère ! Comme il me tarde d'avoir à nouveau ma maison ! »

Les deux femmes se mirent en route pour rejoindre le cabinet de Maître Clément. Elles arrivèrent peu avant l'heure où le brave homme devait fermer son cabinet. De retour d'une mission chez un de ses prestigieux clients, il avait peu la tête aux visiteurs impromptus, cependant ayant appris que la demoiselle venait du Havre, il la pria d'entrer. Une odeur de vieux parchemin emplissait son cabinet de travail et les papiers s'amoncelaient près les fenêtres condamnées sur les étagères et dans les armoires, dont les planches pliaient dangereusement sous le poids des feuilles.

Maître Clément : Je vous écoute.

Fanchette : Je voudrais visiter la maison dont je suis héritière.

Maître Clément : Bien. Votre nom ?

Fanchette : Françoise Florangis. »

Le notaire souleva derrière lui une énorme liasse de papiers aux bords brunis et sortit en un instant les éléments qui la concernaient. Il prit alors ses lunettes et se mit à parcourir les feuilles devant lui.

Maître Clément : Françoise Florangis, vous avez un héritage de feu Florangis votre père qui consiste en une maison, tous ses meubles et accessoires divers et variés qui sont conservés en son sein et de la somme de douze mille livres, reste d'un dépôt fait par votre père avant sa mort, laissés pour votre bien et jouissance particulière. Attendu que votre père n'avait point d'enfant mâle et qu'il n'avait point non plus d'enfant femelle qui fût votre aînée, que son testament que voici mentionne votre nom sous le diminitif bien connu de Fanchette et qu'aucun autre membre mâle de votre famille ne s'est prononcé contre ces vœux, ces biens vous reviendront de droit. Cependant... les biens en question ont été concédés au sieur Apatéon, qui a été désigné comme votre protecteur par les soins de vos proches encore en vie, étant donné que vous étiez enfant, les biens en question devaient vous être rendus à votre majorité. C'est à ce monsieur-là que vous devez vous adresser, mademoiselle.

Néné : Monsieur, voilà près de trois mois qu'on l'a conduit en prison. Je le sais de source sûre.

Maître Clément : Il faudra connaître alors la nature du délit et si la maison est récupérable. Une saisie intentée par la police de Sa Majesté donne tout pouvoir à Sa Majesté de vous la rendre ou de ne point vous la rendre. Etant de fait propriétaire de votre bien, le mauvais usage que peut en faire votre protecteur peut vous être préjudiciable.

Fanchette : Voilà qui n'est pas rassurant. Mais pourrais-je la voir ?

Maître Clément : Je vais faire une demande au capitaine responsable de la saisie. C'est sans doute monsieur de Joinville, car il a en son pouvoir presque toutes les affaires de ce genre à Paris. Et je tâcherai de vous apporter une réponse d'ici deux jours.

Fanchette : Deux jours !

Maître Clément : Je ne peux faire plus vite, croyez bien que je fais tout mon possible pour vous prêter mon aide et je suis de tout cœur avec vous, mademoiselle. A présent, si vous voulez bien m'excuser, mon feu et mon pot m'attendent. »

VI
Quand Agathe vient à perdre patience

Pendant l'absence de Fanchette, madame Villetaneuse était devenue proprement intenable ; elle ne cessait d'aller et de venir : un rien l'importunait, et quand les soirées solitaires devenaient longues, elle se mettait à boire. A ce moment, cette bonne bourgeoise se changeait en moulin à paroles, et Agathe devait bien se résoudre à supporter ses litanies, enfermée à double tour dans sa chambre, quand elle avait la chance de profiter d'une pareille retraite. Au cinquième jour de ce régime, n'y tenant plus, Agathe passa à nouveau son viril équipage, ouvrit sa fenêtre, descendit silencieusement dans le jardin et disparut dans la nuit.

Le début de l'été dans le petit port français était toujours propice au commerce douteux de toutes sortes : on y voyait passer des étoffes indiennes, interdites de séjour sur les terres du Royaume ; mais aussi des objets d'art, sculptures et tableaux venus d'Italie, qui s'échangeaient sous le manteau ; enfin, le moins juteux de ces commerces, mais aussi celui qui avait le plus de pratiques, était celui des filles de joie. Nous disons moins juteux car nombreuses étaient celles qui tiraient les prix vers le bas, faisant ainsi le bonheur des marins qui dépensaient tout leur salaire en une seule interminable nuit. Il y avait depuis dix ans une auberge au Havre qui avait fait de cette pratique son fond de commerce. Le propriétaire, un vieux loup de mer au regard vitreux, tenait l'établissement avec sa femme, presque aussi vieille, qui passait et repassait sans cesse son torchon sur les tables, à la recherche de crasse à déloger. Et elle en trouvait, beaucoup. Les demoiselles bien faites qui le souhaitaient avaient droit de séjour en ces lieux pour peu qu'elles puissent se faire offrir un verre dans les meilleurs délais. Naturellement, la moindre boisson était fort coûteuse et plus encore lorsqu'un grand bâtiment venait mouiller dans le port, fournissant assez de marins pour remplir autant qu'il est possible cet espace exigu de plâtre et de bois, occasionnant grand bruit et éclats de rire qui avaient été si peu du goût du voisinage que le propriétaire, un homme sensé, offrit de prêter de l'argent sans intérêts aux quelques personnes qui entouraient la petite auberge de bord de mer ; les pauvres diables, pensant puiser dans une poche sans fond, et entraînés qu'ils étaient par le bagout de cet homme toujours souriant, profitèrent avec délice de ce grand avantage, pensant que l'honnête marin entendrait bien ces faveurs comme un droit au vacarme et qu'il ne réclamerait point son dû. Cependant, quelques années plus tard, il le réclama, le plus doucement du monde, en allant, chez chaque voisin, un à un, et, invariablement, aucun n'avait de quoi payer, arguant qu'il faisaient de grands efforts pour supporter son honteux commerce, qu'il n'était pas chrétien de réclamer de l'argent quand on pratiquait des activités aussi répréhensibles. Et, chaque fois, le marin parut céder et répondit simplement qu'il comptait sur la bonne foi de ses débiteurs et qu'il n'imaginait pas que son commerce lui interdisait de réclamer simplement la somme qu'il avait accordé à titre de prêt. L'un des voisins, effrayé par la tournure des évènements et ayant en jeu pas loin de 2500 louis, fit alerter la police de Sa Majesté afin qu'Elle fît cesser cet affreux marchandage, contraire à tous les enseignements du Christ. La police vint, et on ne sait comment, ne trouva point qu'une si honteuse action fût commise en ces lieux; elle écouta par contre le récit d'un pauvre homme qui ne comprenait pas qu'après tant de prêts consentis à ces messieurs ses voisins, avec qui il avait de si bonnes relations, on voulait lui faire du tort alors qu'il déclarait ne demander aucun intérêt d'aucune sorte et et était prêt, s'il le fallait, à effacer une part de cette dette pour leur faire plaisir. Le capitaine, qui était un brave homme, désira que justice soit faite et voulut faire comparaître, un à un, chaque mauvais payeur pour lui faire rendre raison. Ayant été averti de la décision du capitaine, les voisins vinrent tous, un à un, prendre un bon verre avec leur ami, le propriétaire de la charmante petite auberge qui les jouxtaient et même celui qui lui avait tenu ce discours charitable sur ses activités vint aussi et appela le marin son cher compagnon. A la fin, on décida fort honnêtement, car c'était le vœu du marin, qu'on lui laisserait hypothèque sur chacune de leurs maisons et que, pourvu qu'on s'arrangeât sur les dates, il en disposerait à sa guise pour accueillir grand nombre de clients qui devaient confortablement dormir avant de reprendre la mer ; que cela était charitable, que cela était chrétien, et qu'il n'y avait nul besoin de procès d'aucune sorte, car nous étions entre gens raisonnables et que par cette raison, le problème était résolu. Et c'est ainsi qu'on pouvait profiter, dans le petit port normand, d'une atmosphère aussi propice aux plaisirs et par ailleurs tout près de la mer. Agathe connaissait ces lieux et ordinairement il ne lui serait jamais venu à l'esprit de s'y rendre ; rien ne garantissait qu'elle éviterait les mauvaises rencontres, si on venait à la regarder d'un peu trop près, la mascarade serait grandement en sa défaveur. Il lui fallait aller vite et surtout ne parler qu'en chuchotant, afin que son grain de voix féminin ne puisse être reconnu.

Quel démon la poussait, ce soir-là, à prendre tant de risques pour elle ? Rester avec sa mère l'avait échauffée, et l'absence de Fanchette, aussi prolongée, n'était pas habituel pour elle ; c'était en réalité, la première fois que cela arrivait depuis qu'elle l'avait rencontrée. Les récents évènements avaient fragilisé son intérieur, et le départ de Lussanville avait servi de coup de grâce. Lorsqu'il était là et qu'elle pouvait dormir près de Fanchette, ses démons se taisaient, car tout était à sa portée. Mais à présent que l'un et l'autre étaient partis, son corps brûlait littéralement et sa mère, toujours sur elle, ne lui laissait aucun moment pour réfléchir, aucun moment qui aurait pu la faire renoncer à son projet. Arrivée près de l'auberge, elle salua de la tête deux marins qui discutaient au dehors et ils répondirent fort virilement d'un hochement de tête. Pour le moment, aucun problème. C'était une nuit assez calme, l'aubergiste parlait avec ses habitués alors que sa femme passait son éternel torchon sur les tables vides et rutilantes. Agathe, véritablement tremblante, s'assis à une table qui faisait l'angle avec la porte. Plusieurs filles désoeuvrées fumaient ou buvaient à l'oeil. Deux ou trois d'entre elles regardèrent dans sa direction. Agathe ne voulut pas croiser leurs regards, du moins, pas trop longtemps. Elle portait une cape de laine épaisse, noire, qui dissimulait ses cheveux. Une grande brune plantureuse passa à l'attaque : elle s'assit à côté d'Agathe et lui demanda d'où il venait. Notre héroïne lui fit alors signe de se pencher vers elle et lui murmura à l'oreille : « Non, merci ». La femme haussa les épaules, la regarda et alla s'asseoir ailleurs. Les autres qui observaient la scène furent découragées à ce moment et recommencèrent à parler, à fumer, à boire ou à jouer aux cartes. A ce moment, une toute petite jeune femme, blonde, aux yeux couleur noisette, au visage un peu bruni par le soleil, entra dans l'auberge. Agathe posa immédiatement les yeux sur elle. Elle était parfaite : mince, sucrée, délicate, assez petite pour que l'homme d'un mètre soixante qu'elle incarnait ne se sente pas diminué. Encore pleine de frissons et de tremblements, elle se leva pour aller vers cette dame qui immédiatement lui sourit. Les deux s'assirent et l'aubergiste ne tarda pas à venir demander commande. Agathe avait pour ce projet sauvegardé la somme de dix louis, en déguisant les comptes lors de ses sorties au marché afin d'en tirer bénéfice. On ajusta le verre de vin à deux louis, somme considérable en effet, qu'Agathe paya dans la minute, en s'exprimant tant qu'elle le pouvait par gestes. A ce moment, la conversation pouvait commencer.

« *La femme* : Comme vous voilà silencieux, monsieur... pensez-vous que je mors ? »

Agathe chuchotait toujours.

« *Agathe* : Pas le moins du monde, mademoiselle.

La femme : Pourquoi chuchoter ainsi, et quel est ce mystère ?

Agathe : Celui par lequel je m'adresse à vous.

La femme : Vous savez, tout le monde se connaît ici, il n'y a point de mal à paraître tel que vous êtes ou à élever la voix. Votre femme s'en saura rien, ce qui se fait ici reste ici.

Agathe : D'accord... cependant je ne puis.

La femme : Restez ainsi, puisqu'il vous plaît de vous cacher. Mais peut-être pourrions-nous aller nous détendre en un lieu plus calme... ?

Agathe : Je vous suis.

La femme : Cléonte ! Nous montons ! »

L'aubergiste fit un signe de tête et indiqua une porte. La femme tenait Agathe par la main. Les deux montèrent un escalier de bois grinçant jusqu'à l'étage supérieur. Une porte s'ouvrit, puis se referma.

« *La femme* : Je m'appelle Rainette, si vous voulez me retrouver un jour. Je vous en prie, ôtez cette cape, monsieur, mettez-vous à l'aise. Je ne puis faire cette affaire-là si nous restons habillés de pied en cap.

Agathe : Et pourquoi ne le pourrait-on pas ?

Rainette : Par cette raison que je ne pourrais pas vous ouvrir ni vous entrer.

Agathe : Et pourquoi ne pourrais-je pas entrer, en restant tel que je suis ?

Rainette : Vous êtes un enfant. Je sens que vous êtes terriblement jeune. Vous devriez rester avec votre maman. Ôtez cette culotte ou nous redescendrons.

Agathe : Je ne puis.

Rainette : En resterons-nous là ?

Agathe : Tournez-vous vers ce miroir. »

Agathe s'était penchée pour continuer de chuchoter à son oreille. Elle retourna vivement Rainette vers le miroir.

« *Rainette :* Qu'est-ce que c'est que ces manières-là ? Je vous préviens que je ne fais pas dans les gâteries.

Agathe : Relève tes jupons et je t'en prie, cesse de parler.

Rainette : Je les relève, mais je ne vous sens pas contre moi.

Agathe : Tu vas sentir, fais-moi confiance. »

La suite ne fut que transpirations, tremblements et traîtrises. Agathe, se prenant au jeu d'être un homme, soupirait lourdement, mais entièrement couverte de ses vêtements elle agit alors comme Rainette n'avait jamais vu personne. Pendant les trente ou quarante secondes qui s'écoulèrent, l'état de notre héroïne, entre extase et souffrance, cruauté et terreur s'aggrava avec son mouvement. Son sang semblait s'échauffer dans ses veines. Son bas-ventre la brûlait presque, et comme elle n'osait pas trop se rapprocher de sa compagne d'un moment, son souffle allait et venait avec force et désespoir. La fin arriva pourtant très vite. La Rainette fut fatiguée de ce petit jeu et demanda à Agathe si elle avait son compte. La pauvre nageait dans sa sueur, loin, très loin, d'être rassasiée. Toujours d'une voix sourde, qui à présent devenait presque maladive, elle dit simplement :

Agathe : Est-ce que cela ne te sied pas ainsi ?

Rainette : En voilà assez pour moi, c'est à vous que je veux faire plaisir et non fatiguer mon organe sous de vaines caresses. Êtes-vous ici pour foutre, oui ou non ?

Agathe : Non.

Rainette : Eh bien alors, laissez-moi mes trois louis et descendez.

Agathe : Mais...

Rainette : Vos mains, je les connais. Si vous n'avez rien de plus à me donner, laissez-moi simplement mon argent.

Agathe : Comme vous voudrez ! »

Agathe jeta purement et simplement les pièces sur le sol et sortit en trombe de la pièce, descendit bruyamment les escaliers, traversa l'auberge comme une flèche, ne laissant à ses occupants aucune chance de réagir ; elle poussa la porte, sans rien regarder d'autre que l'horizon devant elle. Elle descendit le petit promontoire qui menait à ces lieux, et courut, courut vers la plage où le vent glacial et puissant amenait de grandes vagues vers elle. Loin, très loin d'où elle venait, elle se jeta sur le sable et poussa un cri terrible, laissant sortir cette voix de femme profonde et forte, qu'elle aimait tant chez elle. Elle détacha brusquement ses cheveux, face à l'océan déchaîné et hurla : « Fanchette ! » Et aussitôt après avoir prononcé ce nom, elle se laissa tomber sur ses genoux, tremblante de froid, frêle, faible et pleura un long moment en serrant dans ses mains de lourdes poignées de sable et de gravier humides.

Rentrée plus tard dans la nuit chez sa mère, elle remonta dans sa chambre sans bruit, et alluma une bougie près de son lit. Elle amena une bassine d'eau qu'elle avait toujours pleine dans sa chambre et frotta tant qu'elle put son corps avec de l'eau de Cologne pour y effacer les traces de sueur, de sable et de honte.

Peu avant l'aube, madame Villetaneuse retrouva sa fille dans les draps rose et blancs de la chambre de Fanchette, le nez appuyé contre son oreiller.

VII
Dans lequel Fanchette et Lussanville, bien que très éloignés l'un de l'autre, pensent de concert à Agathe

Quarante-huit heures s'étaient écoulées depuis que Maître Clément avait promis à Fanchette d'obtenir le droit de voir sa maison. La dernière soirée s'était écoulée excessivement lentement pour la belle Florangis qui bouillait d'impatience et ne cessait d'aller et de venir dans le petit logis de sa nourrice en regardant passer les attelages au dehors, à deux pas du collège Mazarin. La journée, c'était bruyant car on y réalisait de grand travaux en vue de construire l'hôtel des Monnoyes sur l'ancien emplacement de l'hôtel de Conti ; et Fanchette s'habituait d'autant plus mal au bruit qu'elle pensait à son Lussanville qu'elle avait laissé seul sans une explication et à présent elle avait écrit quantité de lettres pour passer le temps, dans lesquelles elle avait raconté son voyage, son agréable entrevue avec son amie Viviane – qui malgré ses vives protestations d'amitié, n'était pas encore venue la visiter chez sa Néné – et rapporté les propos de l'aimable notaire qui lui avait donné l'espoir de retrouver la fortune de sa famille. Quelle joie de sentir qu'elle serait peut-être bientôt à l'abri du besoin et qu'elle et Lussanville pourraient alors avoir une jolie petite maison, dans les profondeurs de la Normandie, non loin du Havre, afin qu'elle puisse venir voir madame Villetaneuse, saluer le brave Dolsans et voir sa chère Agathe. Agathe ! Elle l'avait presque oubliée. Pourtant elle avait été si bonne pour elle lors de son départ ! Fanchette s'en voulut de ne pas lui avoir encore écrit et passa toute sa soirée – s'interrompant à peine pour le souper – à se fendre dans une longue lettre d'un second récit de ses journées, dans lequel elle accorda une grande attention à chaque détail, la supercherie du messager, son affreuse nuit d'angoisse, ses retravailles avec sa nourrice et bien sûr son entrevue avec Maître Clément.

La nuit qui suivit, après s'être couchée à une heure fort tardive, Fanchette ne parvint pas à trouver le sommeil. Elle avait l'impression qu'Agathe l'appelait, qu'elle était toute proche ; sur la peau de ses avant-bras, les invisibles poils blonds, tout fins, se hérissaient tout d'un coup et une sensation de froid envahissait le centre de sa poitrine. Elle prit un pan de sa couverture et l'enroula un peu puis le serra contre elle en respirant très fort ; ses petits pieds, découverts, avaient un peu froid, mais elle ne pouvait se résoudre à étaler à nouveau la couverture sur son corps ; ce petit amas enroulé dans ses bras était devenu un petit être plein de l'idée de son Agathe. Et elle le serrait contre elle, lui faisait de temps en temps un petit baiser, caressait la fine toile qui recouvrait le duvet de plumes. Et le sommeil ne venait pas, ne venait toujours pas. D'un côté et de l'autre du lit, sur le dos comme sur le ventre, impossible de fermer l'oeil. Alors la belle Florangis se mit à chantonner à voix basse une chanson qu'Agathe avait inventée pendant leurs jeux. Elle se plaçait près d'elle et chantait, sur un petit air doux : *C'est elle, est-il possible ?* Et elle la chatouillait un instant, alors que Fanchette riait à gorge déployée, elle continuait : *Oh, je n'y croyais plus ! Etait-elle invisible ? L'avais-je déjà vue ?* A ce moment, elle s'arrêtait et dans une étroite étreinte ajoutait, plus bas et plus lentement : *Oh mon ange, comme l'heure est exquise en ton sein ; Avant toi, j'avais peur ; mais aujourd'hui enfin...* Qu'est donc cette chanson ? Avait demandé Fanchette. « C'est quelque sottise qu'un berger chante à une bergère dans un de mes livres ». Des sottises, leurs jeux ? Comme Agathe pouvait avoir des mots cruels sans s'en rendre compte. Mais après tout, elle avait une étrange sensibilité, pour une femme. Fanchette en était persuadée : il n'existait pas une autre femme pareille sur toute la terre. Elle avait le seul et unique exemplaire de la plus parfaite amie qu'on puisse rencontrer : si le moule avait avait été brisé, tant mieux ! Car Agathe n'est Agathe

191

que si elle a ses extravagantes manies qui font son caractère. Pourquoi fallait-il attendre si longtemps pour la revoir aussi ? Qu'il était pénible d'être à Paris ! Le bruit nous assomme le jour et pas moyen de dormir la nuit ! Et pourquoi ces frissons, ces étranges vibrations qui venaient de temps en temps au creux de son cœur ? Est-ce qu'Agathe allait mal ? L'idée lui traversa un instant l'esprit et acheva de la mettre en éveil. Mais au bout de cinq minutes d'intense projection, d'images désagréables et d'inquiétudes démesurées, Fanchette eut l'intuition, qu'elle imagina exacte, qu'Agathe était une fille tellement forte qu'il était impossible qu'elle souffre tant de son absence. Si elle pouvait s'enfermer si longtemps dans sa chambre alors qu'elle était là, il y avait fort à parier qu'elle voyait à peine le temps passer en son absence. Non, Agathe allait sans doute très bien. La raison le voulait ainsi et ces sensations-là n'étaient que des illusions, crées par son esprit fatigué et insomniaque. A elle-même, elle se dit : « Aller, il faut dormir, Fanchette ! sinon combien tes joues seront creusées demain matin ! Ta maison est à portée de main, il faut que tu sois en mesure de bien la regarder... veille sur ton sommeil, prends soin de ta pauvre pupille dilatée et mets-la au repos, encore un effort et ta paupière va se fermer... Agathe ? Tu sais qu'une nuit j'ai senti que tu dormais contre moi ? Cela m'apaisait, mon Agathe... tu recommenceras, dis ? Chut... il ne faut rien lui dire... sinon elle ne reviendra peut-être pas. Il faut la laisser croire... pourtant elle est parfois si chaude qu'elle me brûle... bien respirer et bouger légèrement, souffler un peu plus fort... elle s'éloigne... non, pas trop, ne sois pas si loin ! Je me rendors profondément, tu vois, je dormais... » Et l'esprit de Fanchette, divaguant ainsi, entre veille et sommeil, fut le premier à partir alors que son corps s'endormait petit à petit.

Les jours se suivaient et se ressemblaient sur le brick du capitaine Héron. Lussanville lisait toute la journée dans sa cabine et ne sortait que pour se rendre chez le capitaine pour le repas, ce n'est qu'ainsi qu'il entendait parler des nouvelles du vent, de l'atmosphère à bord et des relations au sein de l'équipage. Mais tout cela lui paraissait si fort ennuyeux qu'il n'en retenait généralement rien, et Héron finissait inlassablement par terminer la conversation avec son second à grand renforts de terme de marine que Lussanville ne maîtrisait guère. Qu'il était difficile, loin de chez soi, de trouver la belle personne à qui

parler ! Dans sa vie, il faut bien le dire, les hommes avaient souvent
déçu Lussanville, ils s'étaient montrés terriblement logiques,
insupportablement techniciens. Leurs réactions étaient prévisibles,
leurs conversations insipides : marchands, navigateurs, financiers,
ouvriers... tous ne juraient que par le dieu argent, et le prophète
efficience. Qu'il en finisse avec ce voyage ! Au dehors, le soleil
magnifique annonçait les beaux jours, ceux des promenades sur la
plages qui lui manquaient tant. Et les longues conversations sous les
arbres avec Agathe... que n'aurait-il pas donné en cet instant pour une
conversation ? Un long échange, plein de surprises et de signes,
d'échos et de références ; de jeux de mots sans conséquence. Il était
loin ce temps où, au bord d'un fossé, l'apprenti poète écoutait les
plaintes de sa bien-aimée qui refaisait le monde selon son goût, à
coups de traits d'esprit et d'estocades verbales. Parler, véritablement
parler. Et vivre intensément le plaisir de se comprendre. Seul dans sa
cabine, toute la journée durant, seules pouvaient l'écouter les feuilles
silencieuses et les vents incessants. Une nuit, il lui avait semblé
pourtant, au creux de son sommeil, le regard tourné vers l'horizon,
avoir entendu la voix d'Agathe... un long gémissement.

VIII

Dans lequel Fanchette redécouvre sa maison, visite son ancien tuteur
en prison et quitte sa Néné pour rentrer au Havre

Une grosse commode de bois se vidait petit à petit, laissant
échapper d'innombrables petits trésors : montres, animaux factices,
ballerines hors d'usage, plumes, robes d'enfant, jupons, perles... des
cartons entiers de dessins, laissés pêle-mêle sous une mince protection
de carton ; entre les personnages crayonnés, des fragments d'histoires,
des lettres, des lithographies, des pages de livres d'enfant... Fanchette
parcourait ces images avec une ferveur toute religieuse, lente et
exaltée, l'odeur de papier vieilli envahit bientôt la chambre où elle se
trouvait. Dans le coin droit de la chambre, tout près de la fenêtre, il y
avait un cheval à bascule, avec son visage sévère et bougon,
immobile, juste sous la fenêtre. Le lit, à l'autre bout de la pièce, était
placé complètement contre le mur ; c'était un petit lit de coton, simple
et charmant. Fanchette commença à étaler les dessins, elle retrouva

Lina, son héroïne favorite ; elle l'avait prise dans un roman pour enfants et lui avait dessiné une robe caractéristique, rose et blanche, toute en dentelles ; elle avait une grande famille et sa maison était pleine des esprits de ceux qui l'avaient habités. Ces esprits bienveillants assistaient la famille dans leurs tâches quotidiennes. Sur les dessins, de grands espaces blancs faisaient office de décors, seuls étaient dessinés les personnages, avec la plus grande minutie.

Fanchette se revit à quatorze ans, peu avant la mort de son père, assise sur la terrasse, en train de peindre une théière. Lassée par la chaleur et le bruit des bourdons, elle était allée se promener dans ses sandales de paille près de la colline derrière la maison, que les habitants du village de Montreuil appelaient le Mont bien qu'il fût d'une taille minuscule. Le jardin contenait plusieurs pêchers dont la mère de Fanchette s'occupait beaucoup de son vivant. Fanchette se souvenait avoir mangé les pêches dans toutes les formes imaginables : en tarte, en confiture, en purée, en lamelles, cuites sur une viande... Elle revit aussi les visites de l'abbé Schabol à sa mère, et les après-midis où il venait la voir pour lui lire quelques passages de la Bible.

Un dessin représentait sa petite Lina au bras d'un beau garçon, brun au visage rond, avec de gros bras et un sourire angélique. Du moins c'est ainsi qu'elle se le représentait avec ce petit portrait. C'était leur voisin le plus proche, le fils d'un paysan de Montreuil, qui venait parfois leur acheter leurs pêches et leurs fraises ; le père de Fanchette les cédait pour presque rien, son activité de marchand le mettant largement à l'abri du besoin. Et Pierre, c'est ainsi qu'il se nommait, demeurait parfois plusieurs heures en compagnie de Fanchette dans le jardin. Il faisait surtout du jardinage et Fanchette lui lisait le journal du comté, car le garçon n'avait jamais appris à lire ; ainsi son expérience s'accrut sensiblement avec les plantes et bientôt il voulut entendre les articles du Dictionnaire du Jardinage, ouvrage fort gros qui venait d'arriver dans la bibliothèque de la petite Fanchette. Cette dernière, en voyant Pierre si attentif envers les fleurs, les fruits et les plantations du jardin, s'était vue en chacune d'elle et son cœur avait été touché par le damoiseau. La mort de son père devait tout faire disparaître. Trois années auront eu raison de ce sentiment naissant. Ce jour, il n'était pas là, car le dimanche il était toujours à Paris chez sa tante.

La cuisine était encore emplie de boîtes de fer et de

porcelaines peintes dans les couleurs les plus délicates. Tout avait été vidé et pas un seul gâteau sec ne demeurait au fond. Bergères et paysans ornaient les assiettes et les plats, avec leurs immenses sourires, témoins silencieux d'une enfance heureuse. Bientôt ce carrelage somptueux, bleu et blanc, ces immenses rideaux de velours azur et or, ces tapis marqués de fleurs de lys qui habillaient le salon... tout cela serait à elle. Mais presque trois ans lui restaient avant de retrouver ce lieu enchanteur. Aurait-elle un jour une famille à élever dans ce lieu ? Aurait-elle à demander qu'on vienne à table, à sonner la lourde cloche de bronze pour faire venir ses enfants... ? Comme elle aurait voulu que Lussanville ne soit pas parti ! A présent, peut-être que cette opportunité, elle devrait la saisir avec un autre... mais à présent l'idée lui faisait horreur et elle espéra très fort qu'il ne risque pas sa vie dans ce périlleux voyage.

La Nourrice de Fanchette sortit avec elle de sa maison.
La Nourrice : Mon petit ange, as-tu vu tout ce que tu voulais voir ?
Fanchette : La maison est presque vide, Apatéon a sans doute encore beaucoup de mes effets. Il n'y a que les dessins de mon enfance, la vaisselle de mon père et les livres que je lisais petite.
La Nourrice : Il les rendra, de là où il est, il ne peut plus rien contre ton bonheur.
Fanchette : Il me faudra le voir, Néné, avant que de partir.
La Nourrice : Te rendre à la prison ? Pour aller voir cet abominable homme ?
Fanchette : Je le veux, je veux entendre de sa propre bouche son intention de me rendre tout ce qui m'appartient et qui sait, peut-être ouïr les regrets d'un homme rongé par la peine et la solitude. Avant ce soir, je t'en prie, Néné, obtiens que je lui parle.
La Nourrice : Que peut-on refuser à Fanchette ?
Fanchette : Dis, tu n'es pas fâchée, Néné ?
La Nourrice : As-tu fini tes sottises ? Bien sûr que je ne le suis pas ! »

A sa demande, et après deux longues heures d'attente à la prison centrale, on fit introduire la petite Fanchette dans la cellule de son ancien tuteur. Fanchette pria sa nourrice de rester devant la porte. Elle voulait un entretien seule à seul.
« *Apatéon :* Est-ce le pas de Fanchette... que j'entends ?
Fanchette : C'est bien celui-là, monsieur.

Apatéon : Je le reconnaîtrais entre mille. Ce pas qui a cessé du jour au lendemain.

Fanchette : Par la faute de votre comportement, monsieur, je n'ai pas voulu ceci, et ce n'est pas ma faute.

Apatéon : Et par quelle raison viens-tu tourmenté un pauvre homme dans sa prison ? Tu veux de l'argent ?

Fanchette : Je veux, s'il vous plaît, que vous me disiez où trouver les effets absents de la maison de mon père. Mes robes, mes bijoux, mes chaussures. J'y suis attachée. Parlez, je vous en prie.

Apatéon : Qu'est-ce qui te fait dire que je vais te les rendre ? Après ce que tu as fait.

Fanchette : Ne parlons pas de ce que j'ai fait, je serais obligée de parler de ce que vous avez fait. Ce n'est pas bien, monsieur, vous le savez. Cela aurait pu être pire encore. Mon honneur était en jeu. Et vous m'avez fait horriblement peur. Vous ne savez pas ce que c'est d'être une jeune fille et d'avoir peur de la violence d'un homme plus âgé, d'un homme qui vous doit protection, comme un père. Comme un père, monsieur. Vous deviez être comme un père pour moi. Je n'en dirai pas plus, je veux simplement que vous me permettiez de reprendre mes affaires. Je ne vous demande pas de garder vos cadeaux, puisqu'il vous plaît de penser que j'ai mal agi. Mais je veux avoir les effets que mon père m'a laissé. C'est tout ce qu'il me reste de lui. Et je les veux. Rendez-les moi. Vous ne savez pas de quoi je suis capable si vous ne me les rendez pas.

Apatéon : Et que vas-tu faire ? Je n'ai plus rien, je vais mourir au fond de ce trou. Que veux-tu me faire ? Tu n'as aucune prise sur moi. »
A ce moment, Fanchette ouvrit un instant la bouche et passa sa main droite sur sa langue. Puis, sortant son pied droit de sa chaussure, elle souleva un peu sa robe de son autre main et enduit légèrement de salive le bout de ses orteils. Elle posa ensuite ce pied nu, un peu luisant, sous un rai de lumière qui passait au travers de l'épaisse fenêtre aux solides barreaux de la cellule. Les yeux d'Apatéon se remplirent alors de larmes et de sang. Son souffle court touchait presque l'idole dévoilée face à lui. D'aucuns auraient ri devant une scène si absurde. Pourtant le pathétique vieillard, lui, souffrait comme un chien et Fanchette avait à ce moment pleinement conscience de la cruauté qui l'animait. Jamais, avant cela, elle n'avait éprouvé un tel sentiment.

« *Fanchette* : Vous voyez, monsieur. Ce qui me fait du bien aujourd'hui, c'est que c'est ma propre salive qui souille mes pieds. Vous n'imaginez pas le dégoût qui m'a prise à chaque fois que je les ai regardés pendant des années. Vous n'en avez pas la moindre idée. Le jour où j'ai pris la peine de faire ce que je fais aujourd'hui devant vous, je me suis sentie soulagée. Cette odeur-là c'était la mienne, c'est une odeur délicieuse. Et elle n'est pas pour vous. Elle ne le sera jamais. Avez-vous bien compris, vieux crocodile ? »

La colère était terrible, les mots sonnaient bas et pourtant terriblement fort. Notre héroïne étala alors la salive qui restait et remit sa chaussure. Le vieil homme était courbé dans un coin sombre de la cellule et seuls ses yeux clairs semblaient briller un peu dans l'obscurité. Peut-être pleurait-il, mais rien n'était moins sûr.

« *Fanchette* : Où sont mes effets ? »

Apatéon : Parlez à monsieur de Courcy, il a pris soin de vos choses et les a soustraites à mes regards dans les sous-sols de sa demeure. Je ne suis pas bien sûr de l'usage qu'il en a fait. Mais qu'importe, c'est à lui que vous devez vous adresser.

Fanchette : J'espère qu'il les aura traitées avec respect. Quant à vous, je suis désolée d'être venue vous voir en de si mauvais termes. Et j'espère qu'un jour nous pourrons mutuellement nous pardonner. Quand j'aurais retrouvé mes affaires, je sais que cela sera bien plus simple. Je n'oublierai jamais que mon père vous aimait beaucoup. J'espère que cela m'aidera à oublier ces mauvais moments. Bonne nuit, monsieur Apatéon, je m'en vais rejoindre ma bienfaitrice. Je la verrai dès après-demain. »

Sur ces mots, Fanchette sortit de la cellule. Néné, qui l'attendait, ne posa aucune question. Et Fanchette lit dit simplement : « Un certain monsieur de Courcy est en possession de mes affaires. Pourrez-vous lui faire la demande de les expédier chez madame Villetaneuse au Havre ?

Néné : Tu rentres donc, Fanchette ?

Fanchette : Je ne puis demeurer loin d'Agathe plus longtemps.

Néné : Comme ton amitié est belle !

Fanchette : La plus belle du monde. »

IX

Quand Agathe fait une fatale rencontre

Agathe lisait une pastorale près de la maison, confortablement installée dans un fauteuil en osier, près de la porte de la maison. Les oiseaux chantaient pianissimo et le soleil de ce mois de juin pressait un peu les jambes de notre héroïne de son étreinte tendre. Cela faisait à présent dix jours que Fanchette était absente, ou du moins avait-elle eu l'impression que cela faisait dix jours. La journée, Agathe parlait le moins possible, c'était reposant pour son esprit. Elle occupait tout son temps à lire, ou presque ; quand elle ne lisait pas, c'étaient des promenades solitaires dans la campagne ou sur la plage. Et la nuit, vêtue de son habit d'homme, elle sortait parfois observer les femmes de mauvaise vie qui fréquentaient les auberges, quand elle avait la chance d'en trouver. La veille, elle en avait eu, car dans l'auberge qui se situe juste à la sortie de la ville, elle avait croisé le chemin de Dame Eustache, et de ses deux « cousines » qui semblaient plutôt être ses filles.

Alors qu'elle prenait un verre, son habituel masque sur le visage, dame Eustache prit le parti de venir à sa table, ayant remarqué qu'Agathe avait plus d'une fois regardé dans sa direction. Encore une fois, Agathe parla très peu, par crainte qu'on entende la féminité de sa voix. Mais, étonnement, dame Eustache ne s'en offusqua point et lui parla en ces termes.

« *Dame Eustache :* Monsieur, je vous vois bien en peine de me dire le moindre mot, et je crois cependant que vous avez très envie de m'en dire plus. Peut-être ceci...vous sera d'une grande aide. »

Cette femme au regard pétillant sortit alors du papier et une plume ainsi qu'une bouteille d'encre dont elle ôta le bouchon de liège avant de la poser sur la table. Elle avança alors le papier vers Agathe. Notre héroïne prit la plume, la trempa légèrement dans la bouteille et écrivit ce simple mot : « Merci ». Dame Eustache répondit par un large sourire.

« *Dame Eustache :* Vous savez monsieur, les gens parlent... ne vous inquiétez pas. J'ai eu vent, par une de mes bonnes amies, qu'un homme très silencieux et secret avait eu quelques démêlés avec la Rainette, rien de bien grave, une fuite en somme... cet homme-là, c'était vous, n'est-ce pas ? Je n'exigerai point votre réponse. Cependant je crois comprendre que vous ne voulez pas qu'on sache en somme qui vous

êtes. Sachez qu'avec moi, vous jouirez d'une pleine et entière sécurité. Votre secret sera le mieux gardé du monde. De plus, je ne vous forcerai pas à prononcer un seul mot... j'irai au devant de tous vos désirs. Et mes cousines, que voilà, seront enchantées d'aller en votre compagnie là où il vous siéra. Touchez là, s'il vous plaît... »
Elle tendit alors sa main grasse et blanche. Agathe, de sous sa cape, sortit sa jolie et délicate main, si petite et hésitante qu'on eût cru que ce fût celle d'un enfant.
« *Dame Eustache :* Quelle jolie petite main vous avez là, monsieur... oh, pourquoi la retirer si promptement ? Ce discours-là vous blesse... ? Ne vous ai-je pas dit que je me porte garante de votre sécurité ? Je ne vous poserai aucune question, je sais que vous êtes un honnête homme, cela se devine à vos manières. Je vous en prie, accordez-moi votre confiance, et me redonnez cette main que vous ôtâtes si brusquement... voilà qui est mieux. Oui, elle est jolie, monsieur... elle témoigne d'une grande noblesse d'esprit, et d'une sensibilité remarquable. »
A ce moment, elle embrassa la partie charnue qui prolonge le bas du pouce, longuement, puis fixa les yeux d'Agathe.
« *Dame Eustache :* A présent... venez à notre table. »
Tremblante, haletante, Agathe se décida finalement à suivre cette femme au ton suave. Elle s'assit alors en face de deux splendides créatures aux doigts longs et effilés, à la peau un peu brunie, au regard sombre comme les vins du sud. Elle s'était assise là, ses yeux dans les leurs. Elles la regardaient avec une expression tendre, comme on regarde un bébé qui va être gâté, à qui l'on réserve des dizaines de présents. Ces deux femmes se ressemblaient beaucoup. Les mains longues, le nez fin, les yeux noirs. Comme ils étaient noirs ! Et leurs bouches étaient enrobées du même rouge, un rouge carmin.
« *L'une des femmes :* Ma sœur Henriette et moi sommes ravies de vous rencontrer, monsieur. Mon nom est Blanche. Vous venez de faire connaissance avec notre cousine, Eustache. Mais nous ne savons rien de vous... »
Agathe se contenta alors de hocher la tête... sa méfiance revenait de plus belle. Cette fille-là, avec son assurance, et sa beauté sans faille, ne la mettait pas à l'aise.
« *Blanche :* Vous avez de fort jolies mains, monsieur. »
Agathe cacha aussitôt ses mains qu'elle avait par mégarde laissé

paraître.

Dame Eustache : Blanche, voyons, tu mets notre invité dans le plus grand embarras ! Cesse donc !

Blanche : Mais c'est Henriette qui a commencé !

Henriette : Et qu'ai-je donc fait ?

Blanche : « Oh, pardon monsieur... comme vous êtes mystérieux... parlez-nous de vous ! » Voilà ce que tu as fait.

Henriette : Je l'ai fait avec infiniment plus de subtilité que toi. Tu as tout de suite parlé de ses mains. »

C'en était assez. Ces femmes avaient sans nul doute connaissance de son aventure avec Rainette, jusque dans les détails, elle ne devait pas rester ici. Brusquement, Agathe se leva. Dame Eustache dut déployer tous ses efforts pour la retenir par sa cape. Craignant d'être découverte, notre héroïne fut d'obligée de s'arrêter et d'attendre un temps qui lui parut infini. Alors dame Eustache s'était levée et lui avait glissée à l'oreille : « N'ayez crainte, je vous en prie... nous vous expliquerons ce mystère si vous consentez à nous suivre dans un lieu moins propice aux regards indiscrets. Sentez-vous déjà qu'on vous regarde ? Ne faites pas de scandale, il en va de notre survie à toutes. » Agathe trembla à ce dernier mot, son sang ne fit qu'un tour, elle voulait fuir. N'importe comment, à n'importe quel prix. Elle sentit cependant le bras solide de Dame Eustache enserrer vivement le sien et perdit toute force. Les deux demoiselles se levèrent, et d'un pas léger, les précédent, sortirent de l'auberge sans dire un mot. Pendant le trajet qui suivit, Dame Eustache parla pour rassurer Agathe, elle parla, parla tant qu'elle put sur la ville, ses habitants, le voisinage, raconta cette histoire de l'auberge près de la falaise que vous connaissez déjà. Agathe cependant, n'écoutait qu'à moitié. Elles arrivèrent finalement dans une petite maison près de la porte Saint-Roch. A cette heure tardive, le silence était de mise.

« *Dame Eustache :* Notre voisinage est particulièrement vigilant en ce qui concerne le bruit, mais on m'a dit que vous n'étiez pas un brutal. » Agathe était blanche comme un linge. A l'intérieur, ce qu'elle vit tout d'abord près de l'escalier qui semblait mener aux chambres, c'était un charmant petit salon rouge, aux meubles sans prétention mais arrangés avec goût, surplombés de tissus brodés à la main dont on voyait encore les traces du maillage grossièrement travaillé. Elle fut invitée à s'asseoir dans l'un des fauteuil et se vit offrir un verre de porto. Notre héroïne tremblait maintenant vivement et chacune de ses expirations semblaient secouée de spasmes.

« *Blanche* : Je crois madame, qu'il faut faire quelque chose pour ce pauvre monsieur, il est vraiment pâle, je m'inquiète beaucoup.

Dame Eustache : Il est encore dans l'ignorance. Je vais chercher des verres pour vous, mettez-le au fait. Je viens à l'instant. »

Alors qu'elle disparaissait dans la cuisine, Blanche se pencha vers Agathe et lui dit :

« *Blanche* : Mademoiselle... »

Agathe leva doucement la tête, rougit de honte, mais ne bougea pas, ses yeux étaient vides.

« *Blanche* : Nous vous connaissons, et sachez qu'en nous, vous pouvez avoir une confiance absolue. Votre secret est entre de bonnes mains.

Henriette : Et si je puis me permettre ce trait d'esprit... aussi bonnes que les vôtres.

Blanche : En voilà assez, Henriette ! Ne vois-tu pas que mademoiselle vit un des moments les plus difficiles de sa vie ?

Henriette : Voilà bien de quoi ! Difficile, qu'est-ce que cela ? Est-ce difficile de savoir qu'on est dans vos intérêts ? De trouver, dans cette solitude extrême – car on est bien seule quand on est différente – des âmes capables de vous entendre, et peut-être même de satisfaire vos désirs ? »

Agathe eut alors un tressaillement et respira à nouveau plus doucement, la peur commençait à la quitter doucement, petit à petit, sa cape tombait et on voyait à présent distinctement ses jolies joues de femme, rosies par le froid de la nuit, et cette petite frange noire qui lui encadrait durement le visage. A ce moment, dame Eustache revint avec les verres attendus.

Dame Eustache : Oh mademoiselle ! Comme j'ai tremblé pour vous ! Tout à l'heure, votre sottise de vous lever si promptement a bien failli vous être fatale. Les comportements anormaux attirent le scandale. N'oubliez jamais cela, mademoiselle. Et le scandale est le croquemitaine des femmes. Qu'il vous frappe une seule fois, et vous en porterez à jamais la marque. Alors, pour l'amour du ciel, ne faites pas des choses insensées alors qu'on vous regarde. Ne fuyez pas en courant une chambre où vous êtes reçue par une dame, en bousculant toute la tablée pour sortir, ne fréquentez pas si longtemps les auberges

travestie comme vous l'êtes. Je reconnais que votre air et votre habit font une illusion admirable, mais l'illusion ne dure qu'un temps, ma chère. Ne l'outrepassez pas. Vous vous exposeriez à jouer un personnage, qui, ma foi, ne vous plaira pas du tout. Celui d'une femme de mauvaise vie qui sous les traits d'un homme vient assouvir des plaisirs honteux, que Dieu réprouve. Ceci vous met en colère ? C'est pourtant ceci que vous ferez dire aux dames et aux messieurs partout où vous agirez de la sorte. Calmez-vous donc. Est-ce qu'on vous demande de corriger votre conduite ? Certes non. On vous demande d'agir comme si vous ne faisiez rien de mal ; mettez-vous donc en tête que vous ne faites rien de mal et cela suffira toujours. Agir normalement est le meilleur et le plus sûr moyen pour qu'on ne vous croit pas anormal. Me comprenez-vous, à présent, jeune tribade ? »
C'était la première fois qu'Agathe entendait ce mot. Elle serait pourtant amenée à l'entendre bien des fois dans sa vie, mais pour l'heure elle en ignorait jusqu'à la signification.
« *Agathe :* Pardon madame... »
C'était la première fois qu'elle faisait sonner sa voix cristalline en présence de dame Eustache. Son audace l'étonna. Mais puisque le masque était tombé, il lui fallait jouer ce nouveau rôle.
« *Agathe :* Je ne vous entends pas... une tribade, qu'est-ce ? »
Les deux jeunes femmes, assises sur une large banquette, réprimèrent toutes deux un rire. Dame Eustache s'assit alors en face de notre héroïne et répondit simplement :
Dame Eustache : On dit cela des « frotteuses », madame. De ces femmes qui ont le goût de se frotter elles-mêmes ou contre d'autres femmes.
Agathe : Se frotter contre une autre femme ? Est-ce que vous voulez dire... c'est absolument répugnant ! Moi, je serais ainsi ?
Henriette : Pardon, madame mais je ne puis m'empêcher de rire !
Blanche : Si je m'attendais à une telle réaction !
Henriette : De sa part c'est presque une boutade !
Blanche : L'hypocrisie est un vice à la mode.
Henriette : Moi qui me croyait ignorante des vices de ce monde ! Moi qui n'ait connu que le vit !
Dame Eustache : Blanche, je te prierai de surveiller ton langage.
Blanche : Voilà toujours mam...dame qui aime tant à faire semblant.
Dame Eustache : Pas semblant, Blanche. Nous n'avons ni à rougir, ni

à jurer. Nous sommes ce que nous sommes. Nous faisons ce que nous faisons. Voilà tout. Et nous vivons honorablement. Mademoiselle, pardonnez mes cousines, elles ne savent pas toujours ce qu'elles disent. Mais pourquoi appelez-vous répugnant une chose que vous avez vous-même tenté de faire ? Comme je vous l'ai dit, votre secret sera bien gardé, inutile de porter un tel masque. Vous aimez cela, que voulez-vous que cela nous fasse ?

Agathe : Mais je ne me frotte contre personne !

Dame Eustache : Dame ! Vous n'avez pas placé votre main...

Agathe : Ma main, certes ! Mais voilà tout.

Dame Eustache : En voilà bien assez, peut-être, mais bientôt elle ne vous suffira plus et il faudra bien que vous vous contentiez. Et si votre dégoût des hommes...

Agathe : Je n'ai rien de la sorte !

Dame Eustache : Vous mentez, j'en ai peur. Mais je ne disputerai pas avec vous. Voyons. Voulez-vous passer une bonne nuit ?

Agathe : Je ne demande rien mieux que cela et je vous fais mes adieux, avec mes respects madame, je suis votre servante.

Dame Eustache : Doucement, mademoiselle... vous voulez encore partir ? Vos plus chers désirs sont sur le point de se réaliser. Et nous ne vous demanderons pas pour cela une somme déraisonnable. La moitié de ce que vous donnâtes à Rainette viendrait dans notre bourse fort à propos, si vous vouliez...

Agathe : Je... je ne sais. Vous m'avez trompée et je ne saurais me fier à vous.

Dame Eustache : Et que pouvais-je faire sinon dans de telles circonstances ? N'étiez-vous pas la première à mentir ? Vous portiez un masque, je suis venue avec mon vrai visage. Laquelle des deux a trompé l'autre ? Vous connaissez mon nom, j'ignore le vôtre. Et je ne le vous demande point. Je vous offre simplement la joie et le plaisir de vous livrer à ce que vous aimez. Regardez ces deux sublimes demoiselles, elles sont toutes à vous. Voulez-vous accompagner l'une d'elles à sa chambre ? »

Agathe tremblait à nouveau, mais cette fois d'excitation. Le danger et le plaisir se mêlaient au creux de son cerveau hyperactif. Comme il y avait longtemps qu'elle n'avait point touché un corps fait comme celui-là. Et cette nuit avec Rainette, qui lui avait laissé un goût si amer... resterait-elle sur cette impression ? Allait-elle rentrer sans savoir, sans

vivre cet instant qu'on lui proposait ? Entendre sa mère la réveiller le lendemain matin, vivre un autre horrible jour sans Fanchette ? Sentir que jamais elle ne retrouverait un si bon moyen de se contenter ? La réflexion ne pouvait plus prendre le pas. Son ventre fourmillait. Il lui fallait dire oui, simplement oui, et se plonger dans le regard noir de la sylphide aux formes délicates qui se tenait en face d'elle.
« *Agathe :* Henriette. » avait-elle dit simplement.

Une fois en haut des marches, le corsage tombé sur le lit, ses seins épousant la forme de l'oreiller placé sous elle, la demoiselle demanda à Agathe : « Pourquoi m'avoir choisie ? »
Alors, la belle brune au sourire ravi lui répondit : « Parce que votre nom m'a rappelé les vers d'un vieux livre. »

X
Dans lequel Fanchette retrouve sa chère Agathe après plus d'une semaine d'absence et où Agathe se sent quelque peu coupable

Et comme l'ironie est toujours tragique, ce fut alors qu'elle avait ces pensées qu'Agathe entendit l'attelage arriver en contrebas, sur la route, près de la maison. Il en descendit une Fanchette plus joyeuse et haletante que jamais, qui courut aussitôt se jeter dans les bras de sa plus tendre amie. Elle était si heureuse de la retrouver qu'elle pleurait et riait tout à la fois. Son étreinte était fait d'amour pur, sans le moindre début de doute, de retenue, de réflexion ou de calcul, de celui qui traverse le corps dans son entier et le rend d'un seul bloc. La chair devient amour. Les os, les muscles, les tissus intérieurs vibrent tous d'une même énergie apaisante et donnent au cœur, en son centre, des battements bienheureux. Cette impression, si souvent confisquée par la religion, la famille, l'Etat ou toute autre organisation froide aux objectifs chiffrés, était ici dépourvue de tout ce qui la gâche. En de telles circonstances, Fanchette vivait au paradis mais Agathe, elle, sentait crépiter les feux de l'enfer. Pourquoi avait-il fallu qu'elle revînt si tard ? A présent, le mensonge, ce voile gris clair, invisible, se posait sur les yeux de l'infortunée brune alors que les yeux bleus de Fanchette se plongeaient, sans réserve, au creux de l'épaule de son amie. Lui dirait-elle seulement... ? Non, c'était

204

impossible. Elle se sentait une bête, une horrible bête fauve, en proie à des désirs dégoûtants, ces désirs qui sont l'apanage des hommes, avec leurs affreuses barbes et leurs ventres monstrueux. Et cependant, malgré ces sentiments, malgré le poids du silence, malgré la peine de ses pensées, Agathe se sentit plus heureuse qu'elle ne l'avait jamais été durant ces deux dernières semaines.

Alors qu'elles étaient toutes deux rentrées, devant un verre de vin et un délicieux fromage, Fanchette conta à Agathe l'intégralité de son voyage, en omettant aucun détail, Agathe, elle, parlait peu et prit une mine dégoûtée lorsque son amie fit référence à monsieur Apatéon.
« *Agathe :* Cet homme-là, Fanchette, si j'avais été en ta place à l'époque, je l'aurais tué.
Fanchette : Doit-on répondre si peu charitablement à qui n'est pas charitable ? Je ne le crois pas. J'ai dit ma colère à ma manière, et même dans ce que j'ai fait, j'éprouve bien du remord.
Agathe : Et qu'as-tu fait Fanchette ? Rien de ce que tu aurais pu faire n'est assez méchant pour cet homme.
Fanchette : Je lui ai montré mon pied, après l'avoir... »
Agathe sursauta alors et ses yeux s'agrandirent de colère.
« *Fanchette :* Qu'as-tu ?
Agathe : Rien du tout. Continue.
Fanchette : Après l'avoir humecté de ma salive. Je voulais que le drôle souffre de ne pouvoir atteindre l'objet de sa perversion, qu'il ait un peu mal... puisqu'il ne me comprenait pas, je voulais rester cette statue d'ivoire pour lui ; et qu'il paye, par son désespoir, pour le crime de m'avoir désirée.
Agathe : C'est donc un crime de te désirer ?
Fanchette : Quand on est un horrible vieux crapaud, oui.
Agathe : Comme tu as raison, ma Fanchette ! »
Et, inexplicablement, Agathe la prit alors dans ses bras et couvrit son front de baisers.
« *Fanchette :* Que fais-tu là, Agathe ?
Agathe : J'embrasse ton front, il brille comme un soleil. Cela t'importune t-il ?
Fanchette : Oh, pas du tout ! Mais tu y as mis tant de ferveur que j'ai été un peu surprise.
Agathe : Pardon, Fanchette, pardon.

Fanchette : Oh, n'aie pas l'air si triste ! Cela suffit, je veux voir un sourire, tout de suite ! Ah, voilà qui est mieux... »

Et tout le reste de l'après-midi fut consacré à la préparation du dîner en vue du retour de madame Villetaneuse, car la marchande passait alors sa journée au déjeuner de M. de Honfleur qui l'avait gentiment invité à se joindre aux invités, de nombreux clients potentiels se trouvaient là-bas et il n'y avait pas foule à la boutique, loin de là. Fanchette mit à profit les recettes qu'elle avait retrouvées chez sa Néné et guidait Agathe sur toutes les actions à faire au sein de la cuisine.

« *Fanchette* : Comme disait Néné, il faut ménager la bourse sans nuire à la bonne chère. Mais avant tout, il faut nous garder de la fumée et ouvrir les fenêtres. »

Cela fut bientôt fait.

« *Fanchette* : A Paris, l'on a un goût immodéré pour la pomme de terre, et je crois que je vais mettre celles-ci à cuire avec leur vermicelle après les avoir un peu salées... Peux-tu attiser le foyer, Agathe ? »

Il ne fut donc jamais question de Lussanville. Et ni l'une ni l'autre ne voulaient aborder le sujet. On aurait même pu croire, à les voir faire, qu'il fût totalement oublié. Pourtant, il était dans les esprits de l'une et de l'autre bien qu'elle fissent tout pour l'en chasser. Fanchette, qui voulait faire fi de sa douleur, s'appliquait minutieusement à ses tâches et ne tenait pas en place. Agathe, au contraire, ruminait par moments sa colère, n'arrivant pas à se plonger entièrement dans une occupation telle que la cuisine, qu'elle n'avait jamais particulièrement appréciée. Mais las, les odeurs de lentilles, de navets et de pommes de terre firent finalement grande impression sur elle et le reste du fromage fut coupé et fondu, puis mêlé à un peu d'eau et à des herbes aromatiques pour faire une excellente sauce qui recouvrit bientôt les légumes. Cette préparation fumante semblait en tout point délicieuse et Fanchette décida qu'il fallait la couvrir d'un torchon et la remettre au dessus du foyer quand madame Villetaneuse reviendrait afin d'en retrouver la chaleur.

Il ne fut pas longtemps avant que madame Villetaneuse entre chez elle pour découvrir ce repas et une Fanchette pleine d'entrain qui la salua avec un immense sourire.

« *Madame Villetaneuse* : Oh Fanchette, comment vas-tu mon ange ?

Comme le temps m'a paru long ! Viens donc dans mes bras, ma petite fille ! Du reste, tu ne sauras jamais à quel point tu m'as manqué... et cette senteur ! Ah comme tu sais bien employer ton temps ma délicieuse enfant !
Fanchette : Agathe m'a bien aidé, madame, sans elle je n'aurais pu faire tout cela si vite.
Madame Villetaneuse : Ah... oui, voilà de sages occupations, Agathe. Il est vrai que Fanchette a les meilleures influences sur toi. Bon, qu'attendons-nous pour passer à table ? Je suis exténuée ! »

La nuit vint cependant et Agathe veilla avec son amie plus que de coutume, chaque fois elle retardait l'heure de la prière. Et finalement lorsque Fanchette la pria d'aller dormir, épouvantée à l'idée de devoir rejoindre sa chambre et rongée par le remord de n'avoir encore rien dit à Fanchette, elle s'écria :
« *Agathe :* Fanchette, je... je ne t'ai pas tout dit à propos de ton fiancé. »
Fanchette leva alors la tête.
« *Fanchette :* N'as-tu pas reçu ma lettre ? Je sais déjà tout. Tu m'as laissée te conter tout mon voyage et tu n'avais pas eu ma lettre ?
Agathe : C'est maman qui reçoit le courrier et je ne lui ai pas adressé la parole ces derniers jours...
Fanchette : Aucune importance, nous sommes ensemble à présent, c'est tout ce qui compte. Bonne nuit à présent, ma chère Agathe.
Agathe : Cependant...
Fanchette : Quoi donc ?
Agathe : Je lui ai parlé avant qu'il ne s'embarque sur ce navire et... je n'ai pas caché ma déception ni mon dégoût à l'égard de ses honteuses actions.
Fanchette : Quoi ? Tu crois qu'il est parti pour ne plus me voir ? »
Les yeux de Fanchette se remplirent très vite de larmes de Agathe se dit qu'elle aurait beaucoup de mal à la calmer. En effet, celle-ci affronta à ce moment une crise sans précédent, l'angoisse, la peine et la peur se mêlaient ensemble dans un concert frémissant. Fanchette criait, sanglotait, griffait le tissu sur son lit.
« *Fanchette :* Il est parti ! Il est parti ! Il m'a laissée toute seule ! Pourquoi m'a t-il laissée toute seule, Agathe ? Pourquoi ne m'aime t-il plus ? Pourquoi ne revient-il pas ? Que lui ai-je fait ? Que lui ai-je fait ?

Pourquoi, pourquoi moi ? Je n'ai rien fait, je n'ai rien dit, je lui ai dit que je l'aimais ! Et lui aussi ! Nous nous étions à peine embrassés ! Est-ce que j'embrasse mal ? Mon visage le dégoûte ? »

Et elle frappait, se griffait le visage, criait tant et si bien que madame Villetaneuse, alarmée, monta dans la chambre, effarée.

« *Madame Villetaneuse :* Au nom du ciel, Fanchette, que se passe t-il ? »

Elle ne reçut pour toute réponse qu'un déferlement de larmes et des cris que rien ne pouvait réprimer. Elle essaya pourtant, douceur ni fermeté n'avaient plus aucune prise. Agathe, dès lors que sa mère était entrée, s'était éloignée près de la coiffeuse, dans l'angle de la pièce, et ne disait plus mot.

« *Villetaneuse :* Vas-tu me dire ce qui se passe ?

Fanchette : Lussanville est parti, madame ! Il est parti ! Je voudrais mourir, je voudrais me noyer à l'instant même ! Laissez-moi !

Villetaneuse : Mais vas-tu cesser ?

Fanchette : Jamais ! »

Et elle continua de plus belle, madame Villetaneuse se tourna alors vers sa fille et lui lança :

« *Villetaneuse :* Fais donc qu'elle cesse. »

Agathe regarda sa mère, qui était si étrangement désemparée qu'elle avait besoin de la considérer ; et notre héroïne se décida à agir. Alors que Fanchette, recroquevillée sur le sol, était toujours en proie à de violents spasmes, à de la toux et des pleurs, Agathe l'attrapa au niveau de la taille, l'enserra fort et posa plusieurs baisers sur son cou. La petite Fanchette se débattit d'abord, puis, voyant qu'Agathe la maintenait fortement, et continuait toujours un peu ses baisers, elle baissa le ton puis finalement se calma ; elle était semblable à une petite pluie tranquille qui suit un terrible orage. Villetaneuse était un peu gênée tout d'abord puis eut un inexplicable sourire.

« *Villetaneuse :* Oh, voilà un tableau si tendre ! Comme tu sais consoler l'inconsolable... j'ai l'impression de te voir petite, lorsque tu avais cette immense poupée... oh comment s'appelait-elle ? J'ai oublié. »

Agathe, surprise de cette soudaine tendresse maternelle à son égard, se tourna vers sa mère et esquissa un sourire. Mais déjà madame Villetaneuse avait repris son attitude habituelle, le sourcil froncé. Elle se tourna vers Fanchette et la regarda, alors qu'elle respirait bas, très bas.

« *Villetaneuse* : Fanchette... les hommes font souvent cette sorte de chose. Et il n'y a pas lieu d'en faire une affaire d'importance. Et celui-là n'est ni le premier ni le dernier à fuir une situation qu'il juge sans issue favorable. Et sache qu'il n'avait plus rien d'un bon parti pour toi, il en a eu conscience et il s'est retiré. Il l'a fait pour ton bien, cela ne fait pas de doute. Maintenant que j'y songe, c'était un homme très respectueux, si on excepte ces quelques fantaisies qu'il avait par moments. Vraiment Fanchette, ne le regrette pas. De nombreux jeunes hommes respectables rêvent de demander ta main et pas plus tard qu'hier, l'un d'eux m'a demandé si l'on cherchait à te marier... »
Fanchette releva la tête et avec un air de petite fille fière et blessée fronça vivement le sourcil.
« *Fanchette* : Si mon amour peut tomber à cette bassesse... s'il peut se promettre à l'un et épouser l'autre, s'il peut trahir celui à qui je me suis donnée toute entière... alors je veux bien renoncer à lui pour jamais ! Mettez-moi, madame Villetaneuse, dans un couvent ! Oui, Agathe, tu peux rire, ris tant que tu le peux ! Je ne me donnerai jamais à un autre homme, plutôt mourir ! Lâche-moi ! Laissez-moi tranquille ! »
Elle se jeta alors sur son lit et y pleura de nouveau. Agathe, fâchée des propos qu'elle avait tenue, s'était éloignée du lit et madame Villetaneuse était restée sur son genou au milieu de la pièce.
« *Villetaneuse* : Fanchette... oh ! Agathe, aide-moi, mon genou me fait souffrir... »
Agathe avança lentement et releva sa mère.
« *Villetaneuse* : Ces discours-là ne sont plus de saison. Et je vous conseille à toutes deux de prendre une nuit de repos bien méritée.
Agathe : Je suis d'accord. Bonne nuit, Fanchette. »
Agathe avança rapidement vers la porte mais fut fermement retenue par madame Villetaneuse.
« *Villetaneuse* : Et où vas-tu comme ça ? Vas-tu laisser Fanchette seule cette nuit, elle qui parle de mourir ! Tu n'as pas le sens commun ! Demeure auprès d'elle.
Agathe : S'il vous plaît, mère, je le veux bien. Cependant, j'ai peur d'être importune.
Villetaneuse : En voilà une histoire ! Fanchette, je veux qu'Agathe veille auprès de toi cette nuit. N'as-tu rien à redire ?
Fanchette : Comme vous voudrez, madame, rien ne me dérange plus

désormais. »

Agathe voulut à nouveau partir mais madame Villetaneuse la retint encore.

« *Villetaneuse* : En voilà assez ! Tu vas faire ce que je te dis. »

Madame Villetaneuse tira le bras d'Agathe jusqu'à l'asseoir sur le bord du lit.

« *Villetaneuse* : Voilà qui est fait. Je ne veux pas que tu la quittes avant qu'il fasse grand jour. M'as-tu bien comprise ?

Agathe : Oui, maman.

Villetaneuse : Très bien, bonne nuit, mesdemoiselles. »

Et elle ferma la porte avec sa rapidité habituelle, d'un claquement net, comme lors d'une sortie de scène.

Un long silence suivit ce moment. Fanchette s'était finalement calmée d'elle-même sur le lit et Agathe restait absolument immobile. Finalement, Fanchette releva la tête.

« *Fanchette* : Pourquoi m'as-tu fait ces baisers ? »

Agathe ne répondit pas. Après un moment, Fanchette se leva, alla faire sa toilette avec la bassine qui se trouvait non loin, se déshabilla et mit sa chemise de nuit. Elle fit ensuite sa prière à voix basse face à la fenêtre. Enfin, elle éteignit ses bougies et se coucha, les yeux tournés dans la direction d'Agathe, qui n'avait toujours pas bougé. Fanchette ferma les yeux ; mais le sommeil ne vint pas.

« *Fanchette* : Tu m'en veux ?

Agathe : Non.

Fanchette : Alors pourquoi tu restes là, sans bouger, à ne rien dire ?

Agathe : C'est que je n'ai rien à faire, maman m'a demandé de rester ici ; je reste ici, voilà tout.

Fanchette : Pourquoi ne pas rester près de moi ?

Agathe : Tu m'as dit de te laisser tranquille.

Fanchette : C'est que tu m'étouffais, et je me sentais mal. »

Elle respira un instant et ajouta :

« *Fanchette* : Lussanville me manque.

Agathe : Jean.

Fanchette : Pardon ?

Agathe : Il s'appelle Jean, c'est son prénom. On appelle pas son fiancé par son nom de famille.

Fanchette : Pourtant je le veux. Monsieur de Lussanville. Oui j'aime monsieur de Lussanville. Jean, c'est court, c'est léger, il n'y a qu'un instant et il disparaît. Quand on l'a dit une fois, on est plus sûr de l'avoir dit. Non, Lussanville, c'est son nom pour moi, je l'appelle ainsi et je l'appellerai toujours ainsi. D'ailleurs toi aussi, tu l'appelais ainsi.

Agathe : J'avais tort. Lui m'appelait Agathe. Il n'y a que les servantes avec leur seigneur qui se parlent ainsi.

Fanchette : Et qu'est-ce que cela fait ? Il est comme un prince pour moi.

Agathe : Ce que tu dis est profondément ridicule.

Fanchette : Et toi, c'est la façon dont tu me parles qui est ridicule. N'es-tu pas censée m'aider, compatir, faire que j'oublie ma douleur ?

Agathe : Je n'ai que cela à faire en effet, et pourtant je le fais mal. » Nouveau silence. Fanchette ne semblait plus réellement essayer de dormir, même si elle fermait parfois les yeux.

« *Fanchette* : Est-ce que je te rappelle quelqu'un que tu as aimé ?

Agathe : Je n'ai jamais vraiment aimé personne, Fanchette. Personne. Si ce n'est toi.

Fanchette : Je le vois bien, tu as tant de tendresse pour moi... et bien souvent je n'en suis pas digne. Tu sais... si ces baisers me dérangent... ne me regarde pas, je sais que cela te met en colère. Si ces baisers me dérangent c'est qu'ils... ils me font penser un peu à ceux que me faisaient Lussanville quand il était encore là. Je sais bien sûr que ce n'est point la même chose, que cela n'a même rien à voir en réalité ; mais cependant ce souvenir est encore si présent que lorsque tu me fais ces baisers, il me semble qu'il encore là... alors qu'il est bien vrai qu'il ne l'est plus. Et cette pensée me fait tant de peine que je ne puis souffrir d'être ainsi baisée... même par toi. Comprends-tu, Agathe ?

Agathe : Je le comprends.

Fanchette : Mais ne te met pas en colère, je t'en prie.

Agathe : Je serai la plus calme du monde.

Fanchette : Es-tu bien sûre que tu ne m'en veux pas ?

Agathe : Fanchette, tu es le soleil qui brille dans un ciel sans nuages. Tu es la petite voix qui chante au milieu de la nuit. Tu es la fée qui demeure dans le cœur des fleurs mortes. T'en vouloir, c'est impossible. Ce serait comme en vouloir à la vie, à la beauté, et au bonheur. Et même si ces trois-là m'ont vraiment fait mal, c'est avec ces trois-là que je veux vivre, tout près de toi.

Fanchette : Comme tu parles bien, Agathe ! Dormons maintenant,

couche-toi près de moi, puisque tu dois demeurer ici, tu ne vas pas rester sans dormir. Tu as besoin de repos.
Agathe : Je le veux bien, mais après que tu es endormie.
Fanchette : Je ne peux pas dormir, si tu es là, assise à attendre. Couche-toi près de moi, tu veux bien ?
Agathe : Fanchette l'exige... je suis sa servante. »
Agathe se coucha alors près de Fanchette qui lui attrapa une main avec ses deux mains et s'endormit, les mains jointes ainsi la tête posée sur l'oreiller, ses grands yeux fermés dans la direction de son amie. On aurait dit une sainte. Naturellement, la pauvre Agathe ne dormit pas une minute de toute la nuit, ou presque. Et quand le soleil fut levé, elle voulut descendre au salon mais les mains de Fanchette la tenaient encore. Elle força pour défaire l'étreinte et Fanchette murmura : « Tu es déjà levée... ? Hum... » Et elle se retourna et s'endormit derechef. Agathe se sentit étrangement lourde et mélancolique.

Une fois dans le salon, elle mit une bassine à chauffer près du foyer et découpa plusieurs fruits qu'elle plaça en quartiers sur la table avec un verre de lait. Elle s'assit ensuite dans son fauteuil et commença de lire un roman d'amour. Elle avait passé la nuit toute habillée.

XI
Où Fanchette reçoit un agréable bain de pieds

Fanchette se leva aux environs de neuf heures. Malgré sa soirée agitée, elle semblait fraîche et rayonnante, un rayon de soleil vint caresser son adorable petit pied alors qu'elle ouvrait les yeux. Tout était calme dans la chambre. Agathe n'était plus là. Où était-elle, sa tendre amie ? Pourquoi ne dormait-elle pas près d'elle comme elle l'avait promis ? Fanchette se leva, et dans sa tenue de nuit, alla jusqu'à la chambre d'Agathe mais ne l'y trouva pas. Pas plus dans son cabinet de toilette. Alors elle se décida à descendre.

Dans la clarté étouffée du salon, à l'abri des épais rideaux couleur crème, se trouvait, baignée de quelques rayons de soleil, une grande bassine d'eau chaude, en porcelaine blanc cassé, ornée de motifs roses et noirs. Juste à côté, une jarre dotée d'un bec verseur, de même couleur, aux motifs assortis. Quelques notes de piano s'échappaient d'un recoin de la pièce, du côté opposé à l'escalier. Elles habillaient l'air d'une douceur extrême. Fanchette descendit chaque marche une à une, accompagnant pas à pas le mouvement de la musique. Lorsqu'elle arriva près de la bassine, prête à s'asseoir sur sa liseuse dorée, la pianiste cessa de jouer. Elle la regarda. Fanchette s'assit. Agathe s'avança doucement. Elle ôta le petit chausson rose. Puis, dans l'élan d'une caresse, elle plongea le petit pied blanc dans l'eau. La chaleur monta subitement dans les membres raidis de la belle Florangis. Et, la main faisant son œuvre, passage après passage, pression après pression, ses pieds se détendirent et tout son corps avec eux. Les mains, comme les yeux dessinèrent pour lui plaire leurs formes dans les flots et les coups de son cœur, pesantes vibrations et légères ondées. Sans mot dire et sa main sur son pied, Agathe la tenait toute en entier. Et les lourds battements devenaient clignements quand du cœur vers les yeux, les ondes voyageaient. Sous l'eau, la peau contre la peau fusionne ses formes. Les deux extrémités se rejoignent et se touchent. Comme il est vrai que rien n'est comparable au toucher d'une main.

« *Fanchette :* Agathe, je voudrais que chaque jour ressemble à celui-ci. »

Emportée par ses sens, la belle Florangis fit là ce vœu, qu'Agathe sut entendre, matin après matin. De cette ritournelle, on ne les détourna point. Deux semaines durant, il en fut ainsi, et beaucoup d'autres ensuite.

<u>XII</u>

<u>Dans lequel Lussanville trompe l'ennui et discutant avec le chirurgien</u>

Jamais les jours n'avaient parus si long à Lussanville. La vie sur un navire était un concentré de tout ce qu'il détestait ; des hommes brutaux, pour la plupart sans éducation, peu ou pas de raffinement, une nourriture lourde et sèche, une eau infâme et une persistante odeur d'alcool qui collait aux murs et aux sols, même après de multiples lessivages. Les papiers sur son bureau finissaient par l'assommer et il passait finalement plusieurs heures à penser à son passé. Oui, il était comme en prison. Pouvait-il en être autrement quand on lui refusait sa destination ? Qu'il fallait aller, sur une côte dangereuse, tourmenter des centaines d'hommes ? On a bien de la peine, aujourd'hui, à se représenter combien les Français, comme les autres Européens, n'avaient pas conscience pour beaucoup de l'inhumanité du commerce qu'ils faisaient de leurs semblables. Lussanville, sur ce point, n'était pas un homme de son époque. Pour avoir vu dans son enfance à moult reprises les mauvais traitements infligés aux esclaves en Amérique, pour avoir aimé une fille d'esclave, aimé comme un jeune homme peut aimer quand il n'a que quinze ans, il ne pouvait pas embrasser les principes de ces marchands de chair humaine. Tout le discours de la raison et de l'usage n'y pouvaient rien. Et il tâchait de ne parler à aucun d'entre eux. Excepté au capitaine quand c'était absolument nécessaire. Il vint pourtant un visiteur une fois écoulées les trois premières semaines de voyage. Ce visiteur, c'était le chirurgien, Edmond Rosières ; un gros jeune homme qui portait des lunettes rondes et une courte barbe au bas du menton.

« *Rosières :* Visite médicale, monsieur de Lussanville. Je dois constater de visu que le voyage n'altère aucune de vos capacités.

Lussanville : Considérez, monsieur, qu'il n'y a rien à dire sur ma personne ; et que je dors dans ce cocon jusqu'à ce que mon moment soit venu.

Rosières : Le capitaine Héron dit que vous dépérissez, qu'on ne vous voit point hors de votre cabine, et que même l'air pur et la brise ne sauraient vous tirer de votre antre. Ce phénomène, monsieur de Lussanville, conduit aux maladies les plus vicieuses. Votre corps, affaibli par son insolente retraite, ne saura point lutter contre les mauvais rhumes, le scorbut ou les autres horreurs qui hantent les navires. Veuillez, je vous prie, ôter votre chemise.

Lussanville : Puisqu'il vous plaît, monsieur. »

Il l'ôta donc, révélant une peau pâle et affaiblie par le manque d'eau pure, et la nourriture sèche.

« *Rosières :* Je vous sens faible, monsieur. Ressaisissez-vous ou vous ne finirez point le voyage.

Lussanville : C'est que mon cœur souffre, monsieur.

Rosières : Une femme ?

Lussanville : Une seule ? »

Spontanément, le chirurgien se mit à rire.

« *Rosières :* Voilà un jeune homme qui ne perd pas de temps ! Nous savions tous en montant à bord d'un navire qu'on y voit point de femme. Quelle est cette affaire de cœur qui vous cause tant de souci ?

Lussanville : Ma fiancée est restée à terre, et celle à qui je prétendais encore il y a un an m'a traité comme le dernier des hommes.

Rosières : En voilà un damoiseau qui n'a pas plus de vigueur qu'une poule ! Ne laissez pas le sexe avoir tant d'ascendant sur vous ! Leur destin n'est lié au nôtre que par le fait qu'on se marie, et rien de plus. Et lorsque, comme vous, on est point marié, on a pas à se soucier de ces animaux-là.

Lussanville : C'est que je n'ai aucun autre souci en tête.

Rosières : Il meurt vite, celui qui ne songe qu'aux femmes ! Songez à votre intérêt. N'avez-vous point perçu tout l'avantage de votre situation ?

Lussanville : Ma foi, non, monsieur. Je dois me rendre en Virginie, on me conduit à Ouidah. La belle affaire. J'y perds et mon temps et ma vie. On me dit que je vais négocier avec un roi noir, moi qui n'ai jamais connu l'Afrique, en attendant, je me meurs dans une cabine d'où je ne dois point sortir, sous peine de croiser qui voudrait ma ruine. Y voyez-vous un quelconque avantage ? Pour moi, je n'en vois point.

Rosières : Personne n'ignore sur ce bateau qu'on vous trouve ici forcé par la nécessité. Quelque argent ne vous ferait point de mal.

Lussanville : En voyez-vous de l'argent ?

Rosières : J'en vois des monceaux sur les côtes africaines. On sait trop peu combien notre commerce est lucratif. Le capitaine ne vous laissera pas en reste. Il sait combien vous désirez d'aller retrouver votre famille en Virginie. Prenez votre mal en patience, monsieur de Lussanville. Vous serez riche plus tôt que vous ne le pensez. En attendant, mangez à votre faim, et prenez un peu l'air ! Je ne sais comment vous pouvez passer toutes ces heures plongé dans vos papiers. On ne respire point du papier ni on n'en mange. Et moi qui suis votre chirurgien, je vous dit qu'il vous faut sortir un peu. Ferez-vous cela pour moi, monsieur ?

Lussanville : Je le ferai. Serons-nous à terre bientôt ?

Rosières : D'ici deux ou trois jours nous auront rallié Ouidah, Dieu nous garde. »

La conversation faisant, il avait ausculté Lussanville et pris quelques notes sur un vieux parchemin odorant. Lorsqu'il quitta la pièce, Lussanville monta lentement sur le pont qui à cette heure n'était plus occupé que par deux matelots qui lessivaient. Il ne levèrent même pas la tête pour le regarder. L'air frais de l'équateur remplit d'un coup les poumons de notre héros et il sentit pour la première fois depuis son départ le plaisir qu'il y avait à être loin de chez lui, là où la mer est bleue, bleue comme les yeux de Fanchette.

<h2 style="text-align:center">XIII</h2>

Où Fanchette mène son enquête pour savoir où se trouve son bien-aimé

Il y avait près d'un mois et demie que Lussanville avait quitté Le Havre et pendant tout le temps qu'elle avait pu, Fanchette s'était consacrée à découvrir les raisons de son départ. Cette recherche occupait son esprit et rendait le temps moins long, d'autant qu'elle était loin d'être facile. Chacun semblait avoir son avis sur la question et pas un qui ne soit contradictoire ! Agathe ne voulait rien dire sur ce chapitre depuis cette fameuse nuit où Fanchette avait tant pleuré et dès qu'elle commençait d'en parler, elle brisait son discours. Elle avait consulté madame Villetaneuse et celle-ci avait été catégorique :

« *Villetaneuse :* Si tu veux mon avis sur cette triste affaire, Fanchette, c'est qu'il ne reviendra pas ! Car tu ne sais pas tout, ma pauvre enfant !

Fanchette : Comment, que me cachez-vous ?

Villetaneuse : Quoi, te cacher... ? Loin de moi cette idée ! Cependant tu te trouvais si mal à ton retour ! J'ai voulu différer quoique je savais la conversation inévitable. Voilà la chose : ce monsieur en qui tu avais mis ton amour et tes espoirs est un homme ruiné, sans le sou ! Et le voilà parti chercher je ne sais quelle fortune en Amérique ! Il voulait sortir par la grande porte, c'est sûr ! Quoiqu'il semble bien parti là-bas ! Dolsans l'a conduit au port la semaine dernière. Mais ne te fais pas d'illusion, Fanchette, il ne reviendra pas. Quand on survit à un tel voyage – parce qu'il faut y survivre ! Il y a les marins belliqueux, et l'eau croupie, et le scorbut ! - quand on y survit, ma petite fille, on n'en revient point. Il y a là-bas des Américaines... des protestantes, qui ont le sens des affaires, le teint frais et le ventre rebondi ! Quand elles mettent la main sur un homme... sois sûre qu'elles ne le lâchent pas !

Fanchette : Merci madame Villetaneuse... je crois que je sais ce qu'il me faut savoir et je vous remercie infiniment de votre bonté.

Villetaneuse : Je suis désolée de te blesser Fanchette, mon ange, tu sais comme je t'aime mais si je ne te dis pas la vérité, quelqu'un finira par te la dire. Alors je préfère que ce soit moi.

Fanchette : Je vous sais gré de toutes les bontés que vous avez pour moi. »

Cette conversation, qui datait d'il y a déjà un mois, lui avait ôté un peu d'espoir, et il ne fallait pas compter sur Agathe pour lui en rendre à ce propos. En son fort intérieur, la jeune Fanchette pensait qu'il demeurait en son amie un peu de jalousie et elle n'insista point, bien qu'elle en mourût d'envie. Mais peu après cet entretien avec sa tutrice, elle était allée consulter Dolsans, qui faisait régulièrement de respectueuses visites à la boutique. Ce jour-là, il avait amené un ami qui cherchait à acheter un tricorne. Alors que madame Villetaneuse prenait son tour de tête, Fanchette s'était approchée du négociant et avait débuté la conversation en ces termes :

« *Fanchette* : C'est une fort étrange aventure que le départ de mon fiancé, ne trouvez-vous pas ?

Dolsans : Bien étrange, en effet, mademoiselle Fanchette.

Fanchette : Vous avez dû souffrir de son départ, étant de ses plus chers amis.

Dolsans : J'ai dû m'y résoudre.

Fanchette : Vous n'y trouvez pas avantage ?

Dolsans : Aucunement, mademoiselle, je ne sais pourquoi vous dites cela.

Fanchette : C'est que vous étiez si empressé de demander ma main. Pardonnez-moi, je suis confuse... mais je souffre terriblement de son départ, et si je pouvais au moins percer son dessein. Pourquoi le Seigneur me soumet-il a une si rude épreuve ? Veut-il éprouver mon amour ?

Dolsans : Avez-vous envisagé cette idée terrible - je tremble en y pensant - qu'il ne vous aime plus ?

Fanchette : Cela je ne pourrais le concevoir.

Dolsans : Pourtant ce départ si prompt...

Fanchette : Mais c'est vous qui le conduisîtes !

Dolsans : Eh bien c'est moi ! Cela m'empêche t-il de voir clair ? Et ne puis-je discerner une fuite quand j'en vois une ? »

Le ton avait commencé de monter entre la belle Florangis et Dolsans, et madame Villetaneuse écoutait à présent la conversation.

« *Dolsans* : Sortons, et allons vider nos débats dans le jardin. Nous y serons plus à notre aise. »

Madame Villetaneuse avait alors lancé à Dolsans un regard qui disait : tu me diras tout cela bientôt. Une fois dans le jardin, Dolsans avait repris :

« *Dolsans* : Allons puisqu'il faut tout dire, dites-moi : que saviez-vous de votre amant ? Le connaissiez-vous si bien ?

Fanchette : Je le connais assez, puisque je lui suis promise.

Dolsans : Je vois que vous ne m'entendez pas. Connaissez-vous sa vie, et sa famille ? Savez-vous qui est son père.

Fanchette : Je le crois. Je sais qu'on en dit pas beaucoup de bien.

Dolsans : En effet, Fanchette. On dit cela. Et à ce jour savez-vous où se trouve ce monsieur ?

Fanchette : Je ne sais.

Dolsans : En prison. La maison vendue, liquidée ; on l'a vidée de tous ses biens et elle devrait bientôt être rasée. Et le monsieur dedans... un damné libertin. Je ne vous dirai pas toutes les femmes qu'il a perdues. Ah, Fanchette, ce n'était pas un homme de bien !

Fanchette : Cela se peut. Mais Lussanville était un homme de bien, j'en réponds. Et vous ne m'avez pas dit pourquoi il est parti.

Dolsans : Il était sans argent !

Fanchette : Et après ? N'avait-il pas mon cœur ?

Dolsans : Je ne puis le nier.

Fanchette : Et cependant il est parti.

Dolsans : Voilà tout le mystère.

Fanchette : A t-il dit ce qu'il allait chercher ?

Dolsans : Je crois bien qu'il a parlé de son oncle... il me semblait qu'il errait dans quelque fantaisie. Va t-on chercher la fortune d'un oncle en Amérique ? Est-ce que ces choses-là se font ? Est-ce qu'elles se font quand on doit épouser une aussi belle et charmante jeune fille que la petite Fanchette ?

Fanchette : Mais il n'avait plus d'argent, puisque son père avait été arrêté. Je commence à voir plus clairement ses raisons et je crois qu'il va revenir bientôt, oui à présent je le sens. Et il a fallu que ce soit ce jour-là que... ! Comme la fortune fait de nous ce qu'elle veut ! J'ai cru qu'il arrivait du mal à ma Néné, on m'a trompé et... Lussanville partait ce jour.

Dolsans : Mais qu'avait-il besoin, aussi, de s'embarquer si vite ? Et ne pouvait-il pas en aviser sa fiancée ? Lui offrir ce dernier baiser dont elle avait besoin pour le voir partir sans crainte ?

Fanchette : Comme il a eu tort de ne pas attendre ! Mais peut-être croyait-il qu'il n'en serait de retour que plus tôt ?

Dolsans : Au moins, aurait-il pu laisser une lettre. Cela n'est rien mais quand on aime... cela est tout.

Fanchette : Vous n'imaginez pas combien cette absence de lettre me cause de déplaisir.

Dolsans : Elle me paraît hélas, d'une clarté limpide.

Fanchette : Et pourtant je veux l'aimer encore, malgré lui. Regardez-les tous, ces gens qui passent.

Dolsans : Je les vois, oui. Ils travaillent, ils vont, ils viennent, ils vivent. Qu'est-ce que cela fait ?

Fanchette : Ils vont, ils viennent, ils vivent. Mais que vivent-ils ces malheureux ? Un jour morne suivi d'un autre plus morne encore ; ils ne sont que des nuages sous un ciel gris qui ne change jamais, ils sont ternes, tristes, et sans vigueur. Ils vont, viennent, se marient, mangent, boivent et meurent. Et ils renoncent à la seule chose qui compte en ce monde, et cette chose c'est l'amour. S'ils m'entendaient, Dolsans. S'ils m'entendaient, ils diraient : nous voilà bien avec ton amour, c'est qu'il nous fait point manger, qu'il nous fait point rire ! Regardez-les, avec leurs visages de cochons tristes. Je ne suis pas comme eux, je ne veux pas être comme eux ! Alors oui, il est parti, dites-vous ! Il ne m'aime plus, pensez-vous ? Eh bien je l'affirme, je l'aime, oui je l'aime et rien ne me pourra me convaincre de changer. Que ce soit une cause perdue, qu'il ne m'écrive point, qu'il m'oublie, qu'il couche contre une autre femme ! Tout cela m'importe peu. A t-on attendu de rencontrer le Christ pour croire en sa parole ? De toute ma vie je n'ai reçu qu'une seule parole, la sienne. Je n'en veux point d'autre. Puisqu'ils ne veulent pas croire à l'amour, et qu'ils récitent leur prières tous les soirs comme des pharisiens, je veux faire tout ce qu'ils ne font pas et croire en tout ce en quoi ils ne croient pas. »

Fanchette avait pris son parti et malgré tous les efforts de Dolsans pour lui faire entendre raison, elle avait décidé de défendre cet idéal, cet idéal de la parole donnée, de l'amour qui s'abandonne ; de celui qui ne peut être aussi fort que la première fois. Pour elle, en cet instant, rien ne lui était plus précieux que la pureté de son amour. Peut-être même, au fond, aimait-elle plus son amour que Lussanville lui-même. Elle croyait au ciel, elle croyait en un au-delà mais pour elle, cet au delà, c'était un océan d'amour. Un océan qui se tarirait pas. On l'accuserait de niaiserie, de sentimentalisme, on se moquerait, on rirait. Qu'on rie ! Les gris peuvent se griser. Ils n'en sont pas moins de la couleur des tombes. Et plus tard, quand elle serait vieille, auprès de sa famille, elle pourrait encore dire : mes enfants, mes chéris, j'ai aimé !

Et c'est pourquoi, depuis plus d'un mois, elle ne cessait de rire, de manger et de s'amuser, attendant patiemment un retour qui ne viendrait peut-être pas. Le soir, ses prières étaient pour Lussanville. Mais parfois aussi pour Agathe, pour sa dévouée Agathe qui chaque jour prenait soin d'elle comme si elle était la princesse d'un royaume lointain. Le jour elle était auprès d'elle, la nuit, elle recevait en rêve la visite de son amant et tous les matins, juste après son réveil, elle imaginait qu'elle recouvrait son corps de millions de petites étoiles.

Chapitre 5
« Oui, ce moment, c'était... quand nous étions si loin »

Où Lussanville débarque à Ouidah, trouve une lettre de Dolsans, lui répond, puis assiste, médusé, à une vente infâme

Le soleil venait de caresser les étendues de sable de Ouidah, et l'onde rougeoyante révélait les visages hardis, endurcis, mortifiés des maîtres et des captifs, qui allaient et venaient sur la côte : marches, rituels, prières, repas... les commerçants hurlaient à travers les allées de la ville qui s'étendait par delà la plage et les grands arbres du sud.

Alors qu'on amarrait le bateau, Lussanville se précipita à terre et demanda au capitaine la direction du fort français. S'il était si pressé de s'y rendre, c'est qu'il espérait trouver l'agent des postes pour lui confier une lettre pour Dolsans, et une autre pour Fanchette qu'il avait rédigées durant la traversée. Au premier il avait écrit tout son mécontentement de se trouver ici, et comment un capitaine abusif lui avait sans doute menti sur sa destination car il n'imaginait pas une seconde que son ami ait pu le tromper. A la seconde, il disait tout le malheur qu'il avait eu de ne pouvoir lui écrire, encore et encore, combien le temps sans elle était long, et comme il ne vivait que pour le moment de son retour. Mais dès son arrivée au fort, alors qu'il venait de se présenter au garde, on lui annonça qu'une lettre était arrivée pour lui sur un galion qui avait mouillé la veille dans le port de Ouidah, parti de Nantes le 12 mai 1768, soit 6 jours après son propre navire, le vent leur aura sans doute été plus favorable. On remit la lettre à Lussanville et celui-ci se plaça sous une lanterne suspendue pour la lire car le soleil était encore faible en ce début de matinée. La lettre était de Dolsans et datée du 6 mai 1768. Le jour de son départ. Nous étions le 19 juin.

« Mon ami, si tu reçois ma lettre c'est que le pire est sans doute advenu. Mal informé par La Fouine sur la destination du navire où je

t'ai fait embarquer, j'ai aussitôt pris la plume pour t'écrire dans le lieu où il devait se rendre. Dans la hâte où j'étais de trouver une issue à tes embarras financiers, je n'ai pas songé à m'informer auprès du capitaine précisément de sa destination, déjà persuadé que je la connaissais bien puisque ce traître-là m'avait assuré qu'il se rendait à Jamestown ; tu dois me croire le plus mal intentionné de tous les hommes et pourtant je peux t'assurer qu'il n'en est rien. Le coquin qui m'a trompé s'est enfui avec raison, car j'allais lui envoyer mes témoins. Cependant, mon ami, aucune vengeance ne rachètera jamais le temps que tu as perdu et je crains que ce ne soit pas la seule infortune qui pèse sur toi.

Tu penses bien qu'aussitôt après ton départ, je me suis hâté de donner à Fanchette la lettre que tu m'avais confié au péril de ta vie – je ne suis d'ailleurs pas peu fier de cette ultime prise que j'ai faite au port – et quelle ne fut pas ma surprise lorsque j'ai vu Fanchette, ta belle Fanchette, nullement troublée de ton départ. Je devrais plutôt dire qu'elle en éprouvait un dépit qu'on ne se peut représenter et j'eus toutes les peines du monde à la convaincre de lire ta lettre dont elle ne voulait point entendre parler de sa vie ! La voilà cependant qui lit, je demeure en sa présence, et elle ne me chasse point. Alors qu'elle vient d'en achever la lecture, je lui demande si elle pouvait me donner sa réponse tout à l'heure afin que je puisse te la faire parvenir au coursier. Ah mon ami, que j'ai de peine à écrire ces mots ! Elle dit qu'il n'y aurait point de réponse, qu'elle ne tolérera pas d'être négligée de la sorte et après avoir accompagné sa révérence d'un froid « je suis votre servante », elle est partie rejoindre son amie Agathe. Je la soupçonne d'être pour beaucoup dans l'attitude de ta bien-aimée. Imagine, j'étais là, debout dans la salle à manger, avec ta lettre chiffonnée sur la table comme le billet d'un vulgaire importun et je devais à présent repartir et t'écrire la lettre que voici. On ne peut imaginer déchirement plus grand. Et pourtant c'était là celui dans lequel j'étais plongé. Lussanville, s'il y a quoi que ce soit que je puisse faire pour toi, tu peux compter sur moi. Et bien que ses mots d'aujourd'hui m'aient assez convaincu que je n'y pourrai rien, je tâcherai, jour après jour, de la convaincre que tu n'as agi que dans son intérêt, qu'il ne faut point s'arrêter au premier transport de son âme, qu'il est un temps pour la colère mais aussi un temps pour le pardon. Tant qu'il restera un soupçon d'espoir d'infléchir sa résolution de ne point t'écrire, je ferai tout ce qui est en mon pouvoir pour y parvenir. Crois bien, mon ami, que je suis et que je demeure ton très fidèle et très zélé serviteur.

Dolsans
Ce 6 mai 1768, Le Havre. »

On peut assez mal se représenter les larmes de désespoir qui suivirent la lecture de cette fatale lettre. Seul, absolument seul et brisé, le jeune Lussanville était là, au milieu du fort, sans personne à qui dire son malheur. Il ne perdit cependant pas de temps, car il avait dit n'en avoir que pour quelques minutes et Rosières l'attendait devant le fort. Il alla demander en toute hâte au responsable des postes de l'encre et du papier, on le lui fournit. Il ajouta simplement à sa lettre pour Dolsans ces quelques mots :

« PS : J'ai pu lire ta lettre, je t'en prie, n'abandonne pas un homme au désespoir. Fais tout ce qui est en ton pouvoir pour la convaincre que je l'aime, que je l'aimerai toujours. Comme elle doit m'en vouloir ! Je t'en prie mon ami, si tu m'aimes, convaincs-la de m'attendre, quelque temps que j'ai pu perdre. Je reviendrai et je demanderai sa main, qu'elle m'accorde seulement un an, juste une année ! Je lui promets de lui écrire quand je le pourrai. Et comment pourrais-je t'en vouloir Dolsans ? Une telle erreur dans la hâte est fort explicable ! Trop pressé de m'obliger, tu m'as nui par malchance et parce qu'on t'a mal renseigné. Je n'en veux pas non plus à ce malheureux, imaginait-il l'importance qu'avait pour toi cette information ? J'ai été sot, voilà tout, j'aurais du demander au capitaine où nous allions avant de poser le pied sur ce navire. Voilà ma perte. Merci à toi, mon cher Dolsans, je te garde toute mon affection. »

Enfin, alors que Rosières l'appelait depuis l'entrée du fort, il écrivit sur la longue lettre qu'il destinait à Fanchette :

« PS : Mon amour, ma tendre Fanchette, j'apprends à l'instant par une lettre de Dolsans avec quelle colère et quelle froideur tu as reçu ma dernière lettre. Je ne peux te blâmer d'une telle colère, je la trouve, pour ma part, entièrement justifiée. En cet instant je suis un

misérable. Mais je t'aime, Fanchette, je t'aime. Je donnerai mon corps tout entier pour savoir mon âme auprès de la tienne pour l'éternité. Dans un an, mon aimée, je serai de retour. Par ma lettre d'aujourd'hui tu connais mon infortune, et tu sais que je devrai attendre la bonne saison pour me risquer à nouveau dans une traversée aussi dangereuse. Si tu as la force et le courage de m'attendre, je te promets de veiller sur toi, pour toujours et d'être le meilleur des maris qui soient. Tu as ma parole, mon ange. »

Il avait encore écrit à la hâte, pressé par des obligations qu'il ne reconnaissait pas comme les siennes et la peine fut remplacée par la colère. Il donna les deux lettres à cacheter au responsable des postes qui l'assura qu'il faudrait moins de deux mois pour qu'elles arrivent à bon port. Rosières commençait à trouver le temps long et dès qu'il vit Lussanville sortir, il le lui fit savoir. Lussanville cependant, se contenta de répondre froidement :

« *Lussanville* : J'ai reçu une lettre et il me fallait y répondre. Un homme qui s'est trompé de destination est peut-être en droit d'informer sa famille et ses amis de sa mauvaise fortune. »
Rosières eut un sourire presque paternel.
« *Rosières* : La plupart des hommes qui se retrouvent sur un navire ne savent d'abord ni pourquoi ni comment. Votre histoire d'erreur sur la destination dont vous m'avez fait part sur le bateau était assez drôle. Je serais plutôt d'avis que votre ami est un fieffé coquin.
Lussanville : Je vous interdis de dire cela de lui. Je vous l'interdis.
Rosières : Allons pas d'histoires, petit, voilà ce que j'avais à dire. Et toi surveille ce que tu dis. »

Ils avancèrent par la ville, dépassant les comptoirs et observant les premières maisons et le marché. Lussanville marchait aux côtés de Rosières qui parcourait déjà du regard les rangs silencieux des gardes africains devant les cases.
« *Lussanville* : Pourquoi garde t-on ces maisons au toit de paille là-bas ?
Rosières : On appelle ces maisons la case de Zomaî, l'ébène y est conservé entre deux et quatre mois pour le préparer au départ, il doit être placé dans un environnement sans lumière, sans cela il est instable et il peut y avoir rébellion à bord, ce qui est une catastrophe. Ces

messieurs sont engagés par les marchands pour s'assurer que les captifs restent à l'intérieur et ont pour charge de les garder en bonne santé. Mais ces gueux ne font jamais leur travail comme il faut ; c'est par cette raison que je suis là. Je dois m'assurer qu'on ne nous trompe pas sur la marchandise. »

Alors que les deux hommes progressaient à travers la ville, Lussanville perçut des odeurs épouvantables, bien pires que celles qui pouvaient émaner d'un marché au Havre ; les mouches, omniprésentes, se reproduisaient en essaims autour des étals ; vertes, bleues, noires, elles emplissaient la rue de leurs bourdonnements multiples, disgracieux et dysharmonieux. Les pièces de viandes invendables étaient apportées sur des chariots et jetés aux mendiants qui en triaient la chair, et extrayaient les os pour se faire des colliers et des talismans contre les mauvais esprits.

Lussanville remarqua un gros arbre non loin de la case de Zomaî ; près de cet arbre, des dizaines d'hommes enchaînés, et l'un d'entre eux qui faisait le tour de l'arbre en courant sous la surveillance de plusieurs hommes armés.

« *Rosières* : Ce rituel est celui de l'arbre de l'oubli. En tournant neuf fois autour, les captifs déclarent oublier à jamais leur culture, leur pays et leur naissance.

Lussanville : Cependant, c'est terrible d'oublier qui on est.

Rosières : Ce qui est plus terrible encore, monsieur de Lussanville, c'est de vivre dans un pays sans civilisation, de naître et de mourir pour n'être rien et ne rien faire ; de mener une vie absurde, inutile et sans fondement.

Lussanville : L'histoire retiendra simplement que nous sommes des bourreaux, et eux des victimes ; car cela seul est vrai.

Rosières : L'histoire est écrite par les vainqueurs, et vous ne vivrez pas longtemps avec un tel discours. Vous avez un peu l'esprit libertin et je ne crois pas que vous hantiez les chapelles ni que vous priiez. Peut-être est-ce pour cette raison que vous pensez que ces esclaves sont des victimes, mais ce sont simplement des athées. Ils croient en des rites enfantins, construit avec le bois et la paille de leur ignorance. Vous savez que les cygnes se cachent pour mourir ? Et que les éléphants, immenses créatures qui parcourent ce pays, se regroupent lorsqu'ils sentent la mort arriver et forment de fabuleux cimetières ? Ces animaux ont conscience de leur finitude, cela ne fait pas d'eux des hommes. Car ils ne croient en aucun Dieu et il n'y a pas de paradis pour les accueillir.

Lussanville : Je ne sais qu'une chose, c'est que le paradis est auprès des personnes qu'on aime. Et que ces hommes-là savent aimer.

Rosières : Vous le savez ? Ils vous l'ont dit ?

Lussanville : J'ai passé toute mon enfance en Amérique, et c'est là-bas qu'ils sont emmenés.

Rosières : Puis-je me permettre de vous demander, monsieur de Lussanville, qui parlez bien haut, si vous êtes un de ces libertins qui croyez à l'égalité des hommes et des femmes, à l'abolition des rois et à toutes ces chansons dont on nous échauffe les oreilles à longueur de temps à Paris ?

Lussanville : Je n'ai jamais été à Paris. Et si je vous parle avec mon cœur, c'est que j'ai foi en vous et que vous êtes le seul homme de tout ce navire avec qui je pouvais avoir commerce, et un semblant de conversation. Vous parliez de civilisation, je crois qu'il n'en existe que là où il peut y avoir une conversation.

Rosières : Cependant vous ne me répondez pas. Croyez-vous en Dieu, oui ou non ?

Lussanville : Je crois qu'il y a une force dans ce monde qui nous surpasse tous, et cette force-là s'appelle l'Amour. J'ai lu dans la Bible que Dieu donnait son amour à tous et que nous devions le donner à notre prochain, l'aimer, comme nous-même. Alors oui, monsieur, sans l'ombre d'un doute, si ce que j'ai lu est bien la parole de l'Evangile, je crois fermement en Dieu.

Rosières : Vous faites le raisonneur et croyez bon de développer sur des questions abstraites, mais la réalité, monsieur de Lussanville, est toute autre que celle dont vous parlez. Vous aurez le temps de grandir et vous en rendre compte. Mais voici le capitaine Héron, il va nous escorter jusqu'à la Porte du Non-Retour, ensuite nous choisirons notre ébène et nous ferons embarquer les premiers captifs. D'ici quelques jours, vous rallierez Abomey avec le capitaine. Songez à vous défaire de vos chimères avant de rencontrer le roi Tegbessou, et ne parlez que si on vous le demande. Je ne dis cela que dans votre intérêt.

       Le capitaine était de fort méchante humeur et Lussanville lui trouva l'air encore plus déplaisant que d'ordinaire. Son crâne chauve brillait sous le soleil de Ouidah et ses traits s'étaient encore durcis.

« *Héron :* Douze onces pour un captif homme ! C'est de la folie !

Notre cargaison n'est pas si fournie qu'il le faudrait ! Je ne sais ce qui pourrait les convaincre de baisser le prix.

Rosières : Se moquent-ils du monde ? Et croient-ils avec la qualité de leur marchandise qu'on se permette de demander ces prix-là ? Je n'ai pas encore bien regardé de près mais c'est à n'y rien comprendre ! Regardez-moi ces moribonds ! Vous les voyez tenir la traversée ? M'est d'avis qu'il nous en restera dix une fois arrivés ! Non, non, il faut se fournir à un autre comptoir ! Ou obtenir du roi quelque faveur. »

A ce moment Héron se retourna vers Lussanville et le dévisagea.

« *Héron :* C'est de vous que j'attends assistance. J'ai avec moi un habit qui vous siéra à merveille. Allons choisir les premiers captifs. »

Ce qui suivit dérouta et dégoûta à ce point Lussanville qu'il n'en garde qu'un souvenir vague et pendant les années qui suivront, il n'en fera nulle mention tant le souvenir lui en était effroyable. Il est étrange sans doute que les yeux d'un homme de son temps soient à ce point révulsés par ce qui était la norme, et l'on conçoit fort bien qu'en cette lointaine époque les hommes éprouvaient moins de peine à voir leurs semblables transformés en marchandise. Mais représentez-vous, en notre époque, combien manger de la viande est une action commune et partagée entre la plupart des hommes et des femmes. Et cependant constatez combien les films et les vidéos tournés dans les abattoirs choquent et dégoûtent la plupart d'entre nous ; combien les mauvais traitements infligés aux animaux ont peu d'effet sur les humains lorsqu'on leur en parle mais combien y assister, sentir les odeurs, voir la couleur du sang et des excréments les rendent bientôt pleinement végétariens pourvu que leur sensibilité ait été assez secouée. Comparez à présent l'état d'esprit des bouchers et des professionnels de l'agroalimentaire qui vivent quotidiennement dans ces abattoirs et ont appris à durcir leur cœur contre les images répugnantes qu'ils ont en face des yeux. Tels étaient Rosières et Héron face à au traitement des esclaves. Mais Lussanville, lui, qui n'avait vu que des choses abstraites et rencontré que quelques esclaves qu'on lui interdisait de voir et de fréquenter, n'avait nullement connaissance de ce qui se faisait en Afrique, et ne concevait pas la manière inhumaine dont les habitants des villages du royaume de Dahomey étaient capturés, vendus et traités par les européens et par leurs congénères africains.

Cette vente, donc, se fit comme les marchands d'esclaves en

avaient l'habitude. Les captifs étaient disposés de long de la plage, chaînes aux pieds, au cou et aux mains, frottés avec de l'huile de palme pour les rendre plus attrayants, effrayés, désespérés. Rosières allait de l'un à l'autre observer les yeux, les dents, s'autorisait à palper chaque recoin de leur peau, les pinçait, les reniflait, persuadé de trouver un défaut chez l'un ou l'autre qui en ferait baisser le prix ou simplement le déclarer invendable. Les geôliers africains soustrayaient alors le malheureux aux regards et le soignaient s'ils le jugeaient récupérable ou alors l'exécutaient et le jetaient dans une fosse commune, où gisait déjà un immense charnier puant, envahi de vers et de mouches. Lussanville voulut immédiatement partir mais le capitaine le retint.

« *Héron :* Petit, si le dégoût te prend, affronte-le comme un homme, sans cela tu ne me seras d'aucune utilité. Je te le dis en ami. Veux-tu aller en Amérique, oui ou non ?

Lussanville : Je veux aller n'importe où, monsieur, pourvu que ce soit loin d'ici.

Héron : Nous serons en route pour Abomey dès demain, d'ici là, je ne veux aucune imprudence de votre part, ni aucune fantaisie. Oui, ici, l'odeur est nauséabonde ; partout. Habituez-vous. Nous avons un bon mois à passer sur ces côtes alors soyez patient. »

Lussanville, la nuit qui suivit, fit tant de cauchemars qu'il hurla pendant son sommeil. Il apprit le lendemain que le capitaine, averti par un de ses matelots, répondit simplement : laissez-le braire.

II
Dans lequel Lussanville et le roi d'Abomey se rencontrent

Il fallait faire vite, le voyage durait un peu plus de deux jours en étant bien guidé. Les chevaux avançaient au pas dans cet environnement boisé et dangereux où les différentes tribus étaient à couteaux tirés malgré la prépondérance du roi. Le guide surveillait aussi les pattes des chevaux, qui mouraient fréquemment de morsures de serpents. Les voyageurs contournèrent la forêt de Kô pendant le deuxième jour. On s'arrêtait très peu, on buvait juste ce qu'il fallait. La chaleur accablante affaiblissait Lussanville et plusieurs fois il craint de n'arriver pas vivant jusqu'au roi. Mais Héron gardait en permanence un œil sur lui, fasciné qu'il était par le sort de ce jeune homme, jeté ici par la fortune, dans l'innocence de son âge et de son éducation, confronté à toute la noirceur dont l'âme humaine est capable ; déjà nostalgique de sa douce et tranquille existence dans la petite ville portuaire de France qu'il avait si hâtivement quittée.

A la tombée de la nuit, il virent enfin les grandes cases de Dahomey, les feux, les masques et les soldats. Ils furent accueillis par une grande dame noire armée jusqu'aux dents qui les pria de rejoindre une case au centre de la ville. Lussanville, qui avait un intérêt prononcé pour ce qu'on avait l'habitude d'appeler la question féminine demanda à Héron la raison du choix d'une femme pour garder la ville. Le capitaine se contenta de hausser les épaules mais Anissou, le guide, qui connaissait bien la langue française, lui parla en ces termes :
« *Anissou* : Ces femmes-là, monsieur, on les appelle les Amazones. Depuis la prise de Ouidah par le roi « *Tegbessou, Rien ne peut forcer le buffle à retirer sa tunique* » les femmes sont formées aux armes. Et les femmes du roi ont grande importance à Abomey, elles peuvent décider de votre vie ou de votre mort. Ainsi, regardez avec respect les femmes en armes – car elles sont comme la lionne qui se tapit dans la brousse avant de sauter sur sa proie.
Lussanville : Qu'avez-vous dit, Anissou, au sujet du buffle ?
Anissou : Du buffle, monsieur ?
Lussanville : Vous avez parlé du roi et tout de suite après vous avez évoqué le buffle...
Anissou : Tegbessou, rien ne peut forcer le buffle à retirer sa tunique ! C'est la devise de notre souverain Tegbessou. »
En effet, le symbole du buffle drapé d'une tunique était à toutes les portes, à l'entrée de toutes les cases ; on l'avait dessiné, cousu, peint sur toutes les surfaces possibles. C'était la fleur de lys d'Abomey et la marque du pouvoir du roi. Les trois hommes descendirent de leur monture devant la case centrale, réservée aux invités du roi. L'une des épouses de sa majesté devait les surveiller, accompagnée de six soldats. A leur arrivée, on leur servit une soupe aux arachides et du pain à la farine de manioc. Tout en mangeant, Lussanville remarqua le regard de la femme du roi qui restait assise près de la porte de la case et les regardait en silence. Elle avait le visage rond, le regard intense et sombre, habillée de couleurs chaudes : orange, rouge, jaune... Ses deux gros bras posés sur ses genoux, la respiration lente, presque imperceptible. Lussanville sentit alors la main de Héron sur ses

épaules.

« *Héron :* Ne regarde pas en direction d'une des femmes du roi Tegbessou. Il peut te faire exécuter selon son bon plaisir. Ne lui en donne aucune raison.

Lussanville : Mais combien en a t-il, de femmes ?

Héron : Deux ou trois cents, je ne suis pas bien sûr. Le sais-tu, Anissou ?

Anissou : On lui connaît deux cent soixante-treize femmes. Mais le roi est le père du Dahomey, alors il n'y a pas toujours de cérémonie quand il veut une femme.

Lussanville : Mais comment cela peut-il être ? Y en a t-il assez, pour un seul homme ? Et que disent les pères, les frères et les maris des femmes qu'il plaît au roi d'épouser ?

Anissou : Ils sont honorés d'un tel choix et se savent alors appartenir à une famille d'importance. Il arrive que le roi fasse une cérémonie où il brûle les enfants mâles.

Lussanville : Rien de plus expéditif.

Anissou : Les dieux lui en sont gré. On dit que le roi possède au fond de sa case autant de poupées qu'il y a de femmes dans la ville, et qu'à chaque naissance, sa femme la grande sorcière d'Abomey fabrique une nouvelle poupée qui rejoint la collection du roi. Quand il décide d'épouser une femme, il fait faire une petite couronne de cire et la place sur la tête de la poupée.

Lussanville : Oui, les habitantes ne sont finalement que ses jouets.

Anissou : Nous sommes tous les jouets de la fortune, monsieur de Lussanville. On peut comprendre qu'on ait envie de mettre un visage sur le sort.

Lussanville : Eh bien, on dirait que je vais me retrouver face au sort. »

Ce soir-là, un grand rituel dansé avait lieu, et lorsque le roi se montra, chacun se déchaussa, ceux qui en avaient ôtèrent le haut de leur tunique et ainsi, pieds et poitrine nus, se prosternèrent devant Tegbessou, leur roi. On mit au point Lussanville et Héron de faire de même et Lussanville eut la surprise de voir que le capitaine portait plusieurs cicatrices sur sa peau pâle et abîmée, presque transparente. Sans doute n'avait-il pas prévu qu'il devrait faire cela. Lussanville sentit que cela incommodait fortement le capitaine et il fit en sorte de ne pas le regarder. Le roi, sous son parasol, paraissant avec son avotita

– un pagne coloré et marqué du symbole de son pouvoir, le buffle
vêtu d'une tunique – se dirigea vers les deux hommes blancs et les
releva. Il prononça ensuite ce qui semblait être un discours de
bienvenue. Sa voix résonnait dans la semi-obscurité des torches, grave
et puissante et il faisait de grands gestes lents et solennels. Chacun
était admiratif devant ce colosse souriant et fabuleux qui parlait avec
tant d'aisance. Il dit quelques mots à Anissou et celui-ci alla à
Lussanville et Héron.
« *Anissou* : Le grand Tegbessou – *Rien ne peut forcer le buffle à
retirer sa tunique* – a décidé de rencontrer le jeune homme aux yeux
bleus immédiatement. Et vous devrez repartir demain matin, car une
cérémonie à la gloire de Liba a lieu et de nombreux hommes seront
tués. Les étrangers ne doivent pas assister à la cérémonie.
Héron : Nous sommes aux ordres du roi, cependant, je n'ai pas encore
pu parler à monsieur de Lussanville assez à fond de ce qui nous amène
et... »
Le roi frappa alors le mur d'une des cases avec sa récade, où trônait un
buffle d'argent.
« *Anissou* : Il veut le voir dans l'instant.
Héron : Très bien. Petit, parle-lui des Ehvé, demande-lui si un cadeau
quelconque lui ferait plaisir afin qu'il nous donne pour moins cher
quelques Ehvé, de la tribu ennemie qu'il combat. Les comptoirs sont
hors de prix et lui-même a sans doute beaucoup d'esclaves qu'il peut
faire venir parmi ses prisonniers. Va, Lussanville. »
Alors Lussanville suivit le guide auprès du roi qui le salua d'un signe
de tête. Cette marque de respect déclencha plusieurs murmures parmi
l'assemblée. Peu de temps après, les deux hommes disparurent dans la
case du roi, sous la garde de quatre de ses femmes. Anissou les suivit.

      Le chef s'exprimait en langue fon. Anissou traduisait peu ou
prou ce qu'il disait. Pour le confort du lecteur, je ne reproduirai pas ici
les mots de Tegbessou lui-même, mais ceux de son traducteur, qui lui
fut assez fidèle, en dehors de quelques libertés d'adaptation toujours
nécessaires quand on passe d'une langue à une autre.
« *Tegbessou* : Tu es français. Et tu ne sais pas ce que tu fais ici. T'as t-
on amené ici contre ton gré ?
Lussanville : Il se trouve, votre majesté, que je voudrais bien être
ailleurs, sauf tout le respect que je dois à votre majesté.

Tegbessou : Que fais-tu là étranger ? Qu'attends-tu de moi ?

Lussanville : Mon capitaine désire que vous lui fournissiez plusieurs esclaves. Des Ehvé, si j'ai bonne mémoire.

Tegbessou : Les Ehvé, que Liba leur arrache les entrailles les fasse bouillir en son Royaume ! Il en aura tant qu'il veut pourvu qu'il donne quelque chose à mon peuple. Et toi, Français, je veux te demander quelque chose.

Lussanville : Je suis prêt à vous répondre.

Tegbessou : Ma femme t'a entendu dire tout à l'heure que tu ne concevais pas qu'on puisse avoir plusieurs femmes ! Ah, je vois que tu changes de couleur à ce discours ! Allons ne deviens pas plus blanc que blanc, ce serait très laid ! N'aie pas peur parce que ma force suffirait à briser tes os. Je ne tue pas les européens pour mon plaisir. Je ne les tue pas sans raison. Car ils me le font toujours payer, et c'est un prix plus élevé que le tien. Alors parle, disputons. Pourquoi ne pourrait-on avoir plusieurs femmes ?

Lussanville : Eh bien, puisqu'il faut parler vrai, je vous dirais que c'est parce qu'il n'est pas d'usage qu'une femme ait plusieurs époux.

Tegbessou : Comment, une femme plusieurs époux ! Je voudrais bien voir cela ! N'est-ce pas à l'homme de transmettre le nom ? Et si deux d'entre eux fécondent une femme, ou un million d'entre eux, comment savoir si l'enfant à naître sera celui de l'un, de l'autre, ou d'un des milliers d'autres qui auront versé leur semence ?

Lussanville : A vrai dire, on ne peut le savoir.

Tegbessou : Et pourtant quand un homme épouse plusieurs femmes, n'a t-on pas certitude absolument que ses enfants sont de lui ?

Lussanville : Assurément.

Tegbessou : Et la mère, sans nul doute, ne peut cacher qu'elle est mère de son enfant.

Lussanville : Sans nul doute.

Tegbessou : Eh bien, cela ne suffit-il pas à te convaincre que tu dis des sottises quand tu dis qu'un homme ne peut avoir plusieurs femmes ?

Lussanville : Je n'ai pas dit cela.

Tegbessou : Tu as dit bien plus grave. Tu as dit que tout cela pour un seul homme, c'était trop. Qu'est-ce qui est trop pour un roi ? Dis-moi.

Lussanville : Ce qui n'est pas trop pour un roi peut être trop pour un homme. En les épousant toutes, on a pas assez de soin de chacune, mon opinion est celle-là.

Tegbessou : Pas assez de soin ? Mais je les gâte toutes, elles ont des pouvoirs qu'aucun de mes fonctionnaires ne possède ! Elles sont maîtresses en ces lieux !

Lussanville : Mais derrière vous, votre majesté. Vous êtes seul maître en ces lieux. Là d'où je viens, la femme peut être une partenaire, une complice ; une sorte de compagnon de route.

Tegbessou : Ha, ha ! Tu ne parles sans doute pas de l'Europe, petit ! Non, non ! Les européennes sont traitées comme des enfants ! Vos sorciers en robe les gouvernent totalement et leurs maris en font ce que bon leur semblent !

Lussanville : Dans le monde dont je rêve, il en va autrement. Et j'ai rencontré un jour une femme qu'on ne peut gouverner.

Tegbessou : Tu as rencontré une femme qu'on ne peut gouverner ? Je voudrais bien voir ce prodige !

Lussanville : Vous ne la connaissez pas, elle mourrait plutôt que de suivre l'ordre d'un homme. Ses pensées lui sont secrètes, elle fait ce que bon lui semble, sans se soucier des conséquences. Peut-être que cela lui coûtera cher un jour. Mais cette femme-là... je l'ai aimée.

Tegbessou : Ta passion transpire par tes yeux et ton souffle. Je te crois. Une femme comme celle-là, crois-tu, ne tolèrerait pas la présence des autres ?

Lussanville : Sans nul doute, elle ne tolère personne qu'elle n'ait choisi.

Tegbessou : Une telle femme, si elle me refusait, serait tuée sur-le-champ.

Lussanville : Et elle mourrait en martyr de sa cause. Vous ne la connaissez pas. Les hommes ont moins besoin de courage que les femmes. Quand on se bat et qu'on gagne, on s'attend à être honoré, mais les femmes qui se battent seront méprisées, tuées, et jetées sans nom dans une ignoble fosse commune. Voilà pourquoi il leur faut bien plus de courage pour se battre. Elles n'en retirent rien. Avant même de tirer l'épée, elles ont déjà perdu.

Tegbessou : Elles ne sont pas assez folles pour aller se jeter dans la gueule du lion. Mais cependant garde ta salive, Français, et répond à ma question : tu as dit que mes femmes étaient mes jouets. Comment justifieras-tu cet affront ? Ah tu trembles à nouveau. Tu crois peut-être que mes femmes sont comme l'imbécile babouin qui, pendu aux arbres, dort sans entendre ? Celle que tu as vu entend très bien le français. C'est l'affranchie d'un de ceux de ton pays. Alors, que voulais-tu dire par « jouet » ? »

Notre héros avait à ce moment véritablement peur, il pâlissait et tremblait, pourtant il lui fallait donner une explication. Son emportement était sur le point de lui coûter la vie.

« *Lussanville:* J'ai entendu, par la rumeur publique... que vous possédiez une poupée à l'effigie de toutes les jeunes filles qui naissaient ici... tout naturellement j'ai fait la comparaison. »

Les yeux du cruel souverain du Dahomey se fermèrent un instant et il soupira. Il regarda une poupée de chiffon bourrée d'herbe qui trônait au coin de sa case.

« *Tegbessou :* Un roi est le père de sa ville, il en épouse les femmes, en fait naître les enfants. Son empreinte est profonde dans la terre, elle ne s'efface pas après qu'il soit passé. C'est étrange que vous, européens, vous ne le compreniez pas. Les hommes naissent, meurent, et vont dans l'au-delà. Les chefs laissent une empreinte. Ces poupées et ces femmes brûleront avec moi en enfer, et plusieurs seront enterrées à mes côtés. C'est ainsi qu'agit un homme puissant.

Lussanville : Vous avez cette puissance. Moi je ne vois que le ciel où peut-être nous irons, qui est immense, et moi qui ne suis rien. Ainsi, que je vive, que je meure, l'Histoire n'en sera pas affectée, et je n'entraînerai personne dans ma mort. Nul chemin ne portera mon nom, ma vie ne sera qu'une vie. »

A ce moment, le roi posa rudement la main sur l'épaule nue de Lussanville. Son regard était rouge et intense.

« *Tegbessou :* Tu ne seras pas rien, Français. Dis-moi ton nom et les griots raconteront ton histoire, l'histoire de l'homme qui aima une femme qui ne pouvait être gouvernée. Le roi Tegbessou vient de te rendre immortel. Retourne dans ton pays et dit à tout le monde que le roi Tegbessou a fait de toi un immortel.

Lussanville : Je m'appelle Lussanville.

Tegbessou : Lussanville, à présent on racontera ton histoire dans tout le Dahomey. Et ton capitaine aura ses esclaves pourvu que son cadeau soit de taille.

Lussanville : Il a proposé ceci. »

A ce moment, Lussanville sortit de sa poche un magnifique miroir orné de cupidons, de forme ovale, et le plaça devant le visage de Tegbessou. Ce dernier, frappé par la présence de sa propre image, eut un moment d'hésitation puis prit le miroir. Son père, le précédent roi, avait une véritable passion pour les miroirs et avait interdit quiconque dans son royaume de les utiliser. Au moment de sa mort, ils furent brisés et enterrés avec lui et personne ne contempla jamais son reflet dedans. C'était la première fois que le roi Tegbessou se retrouvait en possession d'un miroir. Il avait refusé tous ceux qui lui avaient été proposés par respect pour la mémoire de son père mais ce jour-là, Lussanville ne lui avait pas laissé le temps de décliner l'offre et le charme avait agi. Il accepta ce cadeau avec un simple sourire et ordonna quelque chose en langue fon à deux de ses femmes qui étaient à l'intérieur. Quelques heures plus tard, Lussanville et le capitaine Héron étaient à la tête d'un cortège de deux cents hommes qui accompagnaient cent vingt captifs pieds et poings liés jusqu'à la Porte du Non Retour.

III

Dans lequel Agathe retrouve ses femmes savantes

Ce soir-là, Agathe dit bonne nuit à Fanchette plus tôt que de coutume. Elle passa ensuite une petite heure dans son lit, un livre à la main, le temps que madame Villetaneuse plonge dans son sommeil. A dix heures passées, dans son accoutrement des nuits obscures, elle quitta sa chambre, descendit l'escalier, puis le perron puis la rue pavée et se dirigea vers le nord-ouest. La Porte Saint-Roch fut bientôt en vue et la petite maison aussi. Alors qu'Agathe, dans l'obscurité, tremblant comme une feuille, s'apprêtait à heurter à la porte ; une vieille dame avec une lanterne s'approcha.

« *La vieille* : Dame Eustache m'a fait prévenir de vous faire entrer... elle m'a remis les clés. Eh bien, suivez-moi, ne restez pas devant la porte ! Vous courrez le risque d'être vue ! »

Agathe était furieuse ; de toute évidence, son indélicate amie avait beaucoup trop parlé. Elle entra cependant et jeta sa cape avec humeur sur un fauteuil.

« *La vieille* : C'est qu'elle est contrariée la madame ! Oh mon dieu ! Ma pauvre enfant, vous êtes si jeune, si ce n'est pas malheureux ! »

En un instant, Agathe attrapa sa cape et se mit à courir en direction de la sortie mais la vieille, entre elle et la porte, tendit un bâton qui la fit trébucher.

235

« *La vieille* : Sacrebleu ! Vous vous apprêtiez à sortir d'ici à cette heure et dans cet équipage en courant comme vous le faites ? En voilà une belle stupidité ! Vous voulez donc vous trahir vous-même ? Ah de ma vie je n'ai jamais vu une enfant aussi susceptible. Le premier mot vous choque. Mais que voulez-vous, si Dieu permet que vous existiez c'est que vous faites partie de son dessein. Moi ce que j'en pense, c'est que c'est tout de même une chose un peu dégoûtante. D'abord, en agissant de la sorte on enfante point, et puis l'on s'irrite, et puis sapristi, deux huîtres ne sont point faites pour s'emboîter.

Agathe : Deux bouches non plus, et cependant nous nous embrassons.

La vieille : Voilà t'y pas une raisonneuse ! Je sais pas ce qu'on vous a appris, à vous, mais à moi on a appris qu'une femme ne devait point trop penser ; que bien souvent les hommes étaient déjà des sots de se vouloir savants alors que dire des femmes ?

Agathe : Avec ces propos-là, dame Eustache tolère que vous occupiez sa maison ? »

Notre héroïne devenait plus hardie à mesure qu'elle sentait qu'on attaquait le sexe, chez elle dans ces moments, ne demeuraient ni panique ni prudence.

« *La vieille* : On est jamais aussi bien servis que par ses voisins ma mignonne et dame Eustache sait se montrer reconnaissante. Sans moi, croyez-moi, elle n'est plus rien. Je suis sa meilleure garante. Vient-il une un magistrat curieux dans les environs, crac je le cuisine, je le serine de la vie des environs, de ce brave monsieur Minet qui nous quittât si jeune, du tapage incessant des jeunes lions du voisinage et de je ne sais quoi encore ; le voilà qui part sans demander son reste ! Arrive t-il un monsieur rebuté et mécontent, zeste, je lui conte aussitôt tout le mal que je pense des freluquets qui se permettent de coucher contre des femmes qui ne sont point leur épouse et je le chasse à coups de balai ! La police vient-elle dans les environs ? Je m'en vais leur dire combien le cadeau délicat de madame ma voisine m'a fait de plaisir ce matin, je vante la tranquillité des lieux, la simplicité des uns et des autres que je croise et je conclus, rayonnante : ah monsieur, quel malheur que tout un chacun ne vive pas comme on vit en ces lieux ! Quoi, vous semblez surprise ?

Agathe : C'est qu'il y a beaucoup de mensonge dans tout cela.

La vieille : Vous devez bien connaître ce vice-là, puisque vous portez un masque. »

A ce moment, Agathe baissa la tête. Le jeu des apparences se révélait la seule réalité tangible de ce monde, elle songea à la fausseté des visages et des mots, à l'illusion des corps, au vide des promesses, à la vanité des attentes. Et elle songea finalement que le seul être qui lui permettait d'être qui elle était, c'était le dieu Mensonge. Mensonge, après tout, ne contenait-il pas « songe » ? Ne contenait-il pas la racine de nos rêves ? N'était-ce pas une réalité absolue que l'homme ne pouvait pas traverser les mers ? Et ne l'avait-il pas fait ? Rien de grand ne s'est fait dans le monde sans songe, et à la base de tout songe, il y a un mensonge ; celui que l'homme se conte pour devenir plus grand. En résumé c'était cela : grandir, c'était mentir, un peu. La capacité de l'être humain a modeler la vision l'univers qui l'entoure grâce au langage, et à influencer les autres, voilà ce qu'il lui fallait développer. Et un jour peut-être, elle remuerait les consciences et ferait comprendre aux femmes qu'elles sont faites pour autre chose que pour la domesticité à laquelle on les destine. Cette vieille dame, au visage repoussant, la mine abominable, lui avait cependant appris cette chose. Agathe s'assis donc dans un fauteuil sans mot dire et attendit patiemment le retour de ses femmes savantes. La vieille dame se retira.

Henriette, Blanche et Dame Eustache arrivèrent sous les coups de minuit et notre héroïne s'était assoupie en les attendant. Elle fut réveillée en sursaut par les rires des deux plus jeunes qui titubaient devant Dame Eustache, qui arborait son plus large sourire.

« *Henriette :* Oh mais c'est ma petite Agathe !

Blanche : Ta petite Agathe ! Quel manque de courtoisie, te voilà déjà possessive !

Henriette : Mais je le revendique, cette demoiselle-là est toute à moi, regarde donc ! »

Elle la baisa à trois reprises sur les joues, les cheveux et le cou.

« *Blanche :* Je t'en défie, Henriette, car voilà ce que je fais, moi, de ma petite Agathe ! »

Blanche déposa alors un baiser sur les lèvres de notre héroïne.

« *Dame Eustache :* Les filles, doucement, je crois que vous êtes grises.

Henriette : Ah vous ne savez pas ce que vous dites, mère !

Dame Eustache : C'est toi, sotte, qui ne sait pas ce que tu dis, tais-toi ! »

Agathe eut un sursaut et Dame Eustache vint poser sa main sur son bras.

« *Dame Eustache :* Pardonnez Henriette, le vin a les plus mauvais effets sur elle. Blanche est plus raisonnable et je veux qu'elle vous accompagne à la chambre ce soir. Car vous êtes bien venue pour cela, n'est-ce pas ? Voyons, quels sont ces yeux ?

Agathe : Je crains hélas que vous n'ayez pas été très longue à trahir ma confiance.

Dame Eustache : Ma chère petite, qu'est-ce que c'est que ces sottises-là ? Yvette est notre dame de confiance et nous a sorti d'affaire plus d'une fois, vous pouvez compter sur elle comme sur moi-même. En voilà assez, il est tard et il importe de vous décider. Me faites-vous confiance, oui ou non ? Si la réponse est non, ne restez pas une minute de plus, si elle est oui, je vous prierai de nous donner de l'argent tout à l'heure. »

Agathe, le regard noir mais résigné, donna la somme demandée car les journées passées auprès de Fanchette ne finissaient pas de lui mettre l'esprit en feu et si rien ne venait libérer ses démons, elle sentait qu'elle deviendrait terrible. Alors elle céda à un ton qui d'ordinaire aurait valu rébellion immédiate. Blanche, avec son visage rond et potelé était une adorable compagne qui soulagea son mal plus qu'on ne peut le dire. Mais l'esprit, lui, demeurait triste et solitaire, oppressé tout entier de l'image de Fanchette, et plus d'une fois, alors qu'elle vibrait sous les caresses de sa compagne d'un soir, elle entendit le murmure de la voix de Fanchette au creux de son oreille qui lui souhaitait une bonne nuit.

Le lendemain, Fanchette était dans le petit jardin qui bordait la maison lorsqu'Agathe descendit. Elle tenait entre ses mains une asphodèle, ses six pétales blancs brillaient sous les rayons du soleil et les reflets ravivaient encore le délicieux visage de la belle Florangis. Agathe approchait doucement, l'esprit encore plein de volupté, et se sentit faiblir devant le tableau de cette sainte. Ce fut le moment que choisit Fanchette pour tendre cette fleur magnifique en direction d'Agathe.

« *Fanchette :* Lussanville m'a offert cette sorte de fleur quand j'ai été triste à cause de nos disputes. Et je voudrais t'offrir celle-là, pour la même raison. J'espère que vous saurez vous pardonner l'un l'autre quand il reviendra. »

Agathe n'aurait jamais pu en cet instant lui dire ce qu'elle avait dans l'esprit : qu'à son avis, Lussanville ne reviendrait pas. Elle prit la fleur que lui tendait son amie et en respira le parfum, puis la serra contre son cœur.

Les visites chez Dame Eustache ne se renouvelèrent pas fréquemment, car il fallait y mettre le prix et Agathe n'avait somme toute que l'équivalent de six visites, car il lui fallait abandonner à chaque fois un louis et le moyen d'obtenir de l'argent quand on est une jeune femme ? Il n'y en avait point. Elle avait appris à bien connaître son corps et savait où étaient ses limites, elle avait réussi à ne pas se laisser gouverner par les passions morbides et trouvait le moyen de garder toujours une pleine vitalité. Celle-ci lui permettait d'être toujours la compagne idéale de Fanchette qui, inconsolable, ne trouvait la joie que dans les attentions quotidiennes et sans cesse renouvelées de son amie. Il fallait la voir prendre soin d'elle à chaque instant : pas un mot plus haut que l'autre, une écoute perpétuelle, de la tendresse quand elle en réclamait, de la distraction à l'instant où elle en avait envie, des promenades, des jeux, de la lecture, de l'étude... Fanchette devenait hyperactive et remplissait autant qu'elle pouvait chaque moment qu'une journée compte. Et Agathe brillait de perfection auprès d'elle.

<u>IV</u>
<u>Dans lequel Fanchette laisse le doute l'envahir et où Dolsans se montre trop hardi</u>

Il se produisit un moment où Agathe se mit en colère et poussa la jeune Florangis à reconsidérer la perfection absolue de son ange gardienne. Dolsans avait prit l'habitude de venir faire le jeudi une partie de cartes avec madame Villetaneuse – qu'il perdait intentionnellement – du moins le semblait-il, car notre blonde héroïne l'avait vu qui se débarrassait subrepticement des cartes fortes qu'il avait en main. Il ne faisait pas de doute qu'il cherchait à se mettre dans les bonnes grâces de sa tante qui, croyant la chance de son côté, se montrait étonnement affable. Avait-il l'intention de demander à nouveau sa main ? L'attention qu'il lui portait ne lui déplaisait pas en ce qu'il la flattait et montrait de l'intérêt pour elle et cependant, elle avait juré d'attendre son amant, dût-elle l'attendre éternellement. Plusieurs fois pourtant, Fanchette se représenta la possibilité que cette attente était vaine. Après tout, il était d'usage parmi les hommes de disparaître après avoir obtenu l'amour d'une dame. Mais notre héroïne ne s'était pas donnée toute entière, alors pourquoi se serait-il enfui ? Elle songea qu'il pouvait y avoir une autre femme. Cette idée l'irrita. Elle l'irrita même tellement qu'elle ne put s'en défaire par la suite et elle ne put s'empêcher – peut-être inconsciemment – de ne pas ignorer les regards de Dolsans, de le laisser l'entretenir près du feu de ses tableaux qu'il peignait la nuit alors qu'il négociait le jour. Ce fut lors d'une de ces conversations qu'Agathe manifesta cette colère étrange. Fanchette avait, par jeu et peut-être un peu par vanité, accepté de retirer sa chaussure afin que Dolsans fît un portrait de son pied. On sait déjà toute la portée d'un tel geste et combien la jeune Florangis savait ce qu'il portait de sens, mais Fanchette était de ces dames adorables et courtoises qui vont toujours vers ceux qui lui font le plus de caresses, et poser là un pied nu, elle n'y voyait point de mal. Agathe pourtant, quand elle vit son blond cousin observer le fétiche avec ses yeux immenses, devint une véritable furie et éclata contre les libertins qui sous un fallacieux prétexte, viennent dérober aux jeunes filles des portions de leur intimité. Dolsans voulut se défendre, Fanchette s'interposa, pleura, cria elle aussi et finalement partit s'enfermer dans sa chambre, laissant les adversaires se jeter d'amères politesses.

Agathe avait contre Dolsans on-ne-sait-quoi qui faisait qu'il ne trouvait pas grâce à ses yeux. Et Fanchette abandonna très vite l'idée de défendre ce jeune homme, évitant tout simplement d'en parler. Mais un matin de juillet, dans le jardin, alors que le soleil venait caresser la peau laiteuse de notre blonde héroïne, son amie vint la rejoindre, et, lui passant les bras autour des épaules, lui dit :
« *Agathe* : Tu sais Fanchette, je ne t'ai pas dit ce qui me poussait à te préserver de mon cousin. Je croyais que la raison en était évidente. »
Fanchette n'entendait pas cette raison-là car elle demanda :
« *Fanchette* : Et quelle est cette raison ?
Agathe : C'est que tu as juré fidélité à Jean de Lussanville. Je ne te croyais pas si légère dans tes engagements.
Fanchette : Parce que tu crois que je suis une femme légère ?
Agathe : Je ne dis pas cela. Je dis que si mon cousin pouvait se trouver

heureux quand il te regarde comme il fait, une femme engagée qui ne s'emploierait pas à lui faire comprendre qu'il lui faut absolument cesser ses poursuites serait une coquine, aux mœurs plus que légères et dont les serments ne valent rien.

Fanchette : Et suis-je une de ces coquines ?

Agathe : Ce n'est pas ce que je dis. Mais une femme qui répondrait à ses avances, lui parlerait avec douceur, consentirait à satisfaire toutes ses fantaisies en serait une, assurément.

Fanchette : Est-ce que je fais tout cela ?

Agathe : Je n'ai pas dit une telle chose. Je dis qu'une fille que j'aime bien n'a rien à voir avec une femme qui renie ses engagements, trahit son amour et se montre infidèle.

Fanchette : Je ne suis pas infidèle, Agathe.

Agathe : Et comment le serais-tu, puisque tu ne fais rien de tout cela ?

Fanchette : Je ne le suis pas, voilà tout, j'aime Lussanville. Mais j'ignore s'il reviendra.

Agathe : Eh bien, moi je te dis qu'il revienne ou non, tu t'es engagée à lui par le plus sacré des serments. Et vois-tu, je devrais ajouter que j'ai fait de même. Ainsi, ni l'une ni l'autre de nous ne devrions écouter les galants. Et pour agir en honnêtes femmes, il n'y a pas d'autre choix.

Fanchette : Cependant, s'il revient, tu seras bien embarrassée de te trouver un mari quand je l'aurai épousé.

Agathe : Et tu t'imagines que cela me chagrine ? »

Fanchette eut aussitôt honte de ce qu'elle venait de dire, piquée au vif d'avoir été surprise à se montrer plus complaisante qu'elle ne l'aurait du, elle venait de jeter son fiel sur son amie et sans doute de la blesser.

« *Fanchette* : Pardonne-moi, Agathe, pardonne-moi. »

Elle se jeta dans les bras de son amie et lui baisa les joues.

« *Fanchette* : Tu es comme une sœur pour moi, Agathe, une grande sœur qui m'aime, m'aide et me protège. Et je ferai ce que tu me diras, parce que je n'ai confiance qu'en toi, et en toi seule Agathe. »

Cette nuit-là, Fanchette dormit d'un sommeil délicieux. Agathe, elle, écrivit jusqu'à l'aurore une petite lettre pour sa princesse au joli pied qui se terminait par ces mots : « Ta sœur tu m'as voulue et ta sœur je serai, que le Seigneur, ma belle, bénisse notre cloître, où l'éternel jardin nous donne chaque jour ses fruits si délicieux. Tendres étreintes, ma si douce Fanchette. »

V

<u>Où il est question d'une mutinerie, d'un naufrage et d'une évacuation d'urgence</u>

Il ne fallut pas plus d'une heure pour faire embarquer les esclaves fournis par sa majesté Tegbessou. Plusieurs d'entre eux, effrayés, désespérés, persuadés qu'il allait être dévorés par les négriers, s'étaient jetés dans la mer et, alourdis par leurs chaînes, s'étaient noyés. Les autres, privés de tout espoir et de toute volonté commençaient à s'amasser dans le sous-pont que le charpentier du bord avait fait faire pendant l'absence du capitaine. Lussanville ne voulait pas regarder ces hommes, réduits à l'état de bien meuble, qui défilaient sous la menace des sabres et des mousquets, comme une procession de morts happés par les portes de l'enfer. Arrivé à l'arrière du brick, dans la cabine du capitaine, Lussanville rencontra un Rosières furieux, rouge et dont la peau avait manifestement mal supporté le soleil.

« *Rosières* : La taxe d'amarrage passera à soixante-treize livres cette nuit ! Les gredins !

Héron : Ah ça, mais à quoi le roi joue t-il donc ? Nous donner des esclaves et nous ruiner en taxes, il a son compte et nous pas le moindre avantage !

Rosières : Et cependant il faudra bien nous résoudre à consentir à ce qu'ils veulent. Ils nous tiennent, ces scélérats.

Héron : Pas tant qu'on l'imagine. Et je leur ferai voir qu'il n'est pas besoin d'être sur leurs côtes pour passer une bonne nuit. Je vais donner l'ordre de larguer les amarres.

Rosières : Bon, voilà qui n'est pas pour me déplaire. Mais où allons-nous capitaine ?

Héron : Simplement aborder sur un petit îlot à quelques milles d'ici pour passer la nuit et se garder de payer leur taxe.

Rosières : Si nous restons en vue, sûr qu'ils nous réclameront le double demain soir, sous peine de confisquer le navire.

Héron : Ils ne nous verront pas derrière le rocher du lion. Et de nuit, un navire qui arriverait par ici n'aurait pas une visibilité suffisante pour nous repérer.

Rosières : Alors plus rien ne nous retient, capitaine.

Au coucher du soleil, le brick sortit du port, sous le regard amusé des gardes africains qui entendaient bien que le capitaine était un ladre de la pire espèce.

Le sort, comme pour punir le capitaine Héron, fit gronder au beau milieu de la nuit un formidable orage. Bien que les marins eussent solidement amarré le navire à l'îlot désigné, la houle le faisait se soulever avec une telle force qu'on craignit beaucoup qu'il soit purement et simplement jeté sur le rivage et brisé par sa chute. Alors on tirait, on s'accrochait et l'on priait pour que la tempête cessât. Mais le temps est capricieux dans ces régions intertropicales et l'orage doublait et redoublait d'intensité. Soudain, on entendit un cri ; une sorte de cri de guerre. Les marins, aveuglés par la pluie, épuisés par leurs efforts pour maintenir le bateau dans une inclinaison qui n'était pas dangereuse ne virent pas tout de suite le visage contracté de colère de l'immense et robuste esclave noir qui hurla. Les captifs sortirent alors du sous-pont par tous les côtés. Leurs liens avaient été rompus. Et ils s'étaient saisis de sabres, de morceaux de bois ; de masses de cordages noués qu'ils faisaient virevolter, frappant au visage leurs ennemis blancs qui, ne s'attendant pas à cette attaque, se voyaient dépassés par l'ampleur de la révolte. Cependant Héron cria :
« *Héron :* Aux réserves de poudre ! Tuez-moi cette vermine ! Explosez-moi ces chiens galeux ! »
Un des insurgés venait de reculer un canon ; les boulets, heurtés par ce mouvement, roulèrent sur le sol et furent préjudiciables à ses amis dont certains perdirent l'équilibre, laissant le temps aux négriers de charger leurs armes. Très vite les coups de feu retentirent, encore couverts par la houle qui faisait pencher le navire excessivement à bâbord. Rosières vit que l'amarrage était sur le point de céder. Alors que la bataille faisait rage, il attendit le moment opportun. Lorsque le vent se mit à souffler brusquement vers tribord, il coupa les trois derniers liens qui résistaient encore et le navire s'éloigna brusquement de l'îlot, renversant tous les belligérants. Lussanville se retrouva projeté violemment contre un des canons et sa vision se troubla. Il ne parvint pas à se relever, alourdi par l'eau qui ruisselait sur ses vêtements et transperçait sa chemise et ses bas. L'inertie qui s'en suivit lui sauva sans doute la vie. Plusieurs marins furent tués à force de coups sur la tête, qui étaient d'une violence inouïe. Les captifs, eux, étaient littéralement massacrés, à l'aveuglette, par les fins coups de

sabres portés par le capitaine Héron qui était un très bon épéiste. La chair, le bois et l'acier se heurtaient à chaque seconde, se mêlaient, s'écrasaient. Le sang, la salive, l'huile de palme encore ruisselante sur le corps des insurgés, coulaient sur le pont et les cadavres, éventrés, éviscérés, s'accumulaient sous le sabre terrible du capitaine qui tuait comme on crache, comme on vomit. Voyant la détermination de leur chef, les marins se ressaisirent et firent détonner leurs mousquets de plus belle. Les balles fusaient, atteignant les insurgés en plein cœur, ou faisant sauter leur crâne. Il en sortait encore, mais voyant la partie perdue, une partie d'entre eux se jeta à la mer. Quelques hommes courageux, n'ayant plus rien à perdre, se ruèrent sur un marin et lui arrachèrent les oreilles avec les dents. L'instant d'après ils furent transpercés et jetés à la mer ; et leur victime fut abattue. Lussanville voyait à peine la scène, étalé de tout son long sur le sol, la tête en feu. Par contre, ainsi proche du sol, il prit conscience que le navire dérivait, de plus en plus.

Il ne fallut encore que quelques secondes aux négriers pour remporter définitivement la bataille. Les balles se faisaient plus rares et les pauvres révoltés qui étaient encore en vie tombèrent à genoux, brisés par la vision de leurs compagnons disloqués, répandus sur le sol. Pour ceux-là qui restaient le supplice fut innommable, ils furent battus, jetés au milieu des cadavres, un marin enragé plongea même le visage d'un des malheureux dans l'intérieur dénudé du ventre d'un mort, répandant sur son visage les secrétions intérieures encore brûlantes. À la fin, on les exécuta tous.

L'orage se levait de plus en plus et les marins victorieux se hâtèrent de jeter les cadavres des insurgés à la mer. Plusieurs membres de l'équipage avaient péri lors de la bataille, et la manœuvre du brick s'annonçait beaucoup plus difficile. La bataille avait endommagé plusieurs instruments de navigation, certaines cordes avaient été coupées et une des voiles gisait, en berne, au dessus de Lussanville qui observait, sans comprendre, l'horizon tribord. Le capitaine était au gouvernail avec son second, il semblait n'avoir plus la moindre idée d'où il se trouvait. La tempête avait à ce point fait dériver le bateau qu'il ne reconnaissait plus rien. Il cherchait sans doute à rallier Ouidah, il n'était en effet qu'à trois ou quatre milles du rivage, tout au plus. Mais où le vent les avait-il poussés ? Il avait brusquement

changé pendant l'affrontement. S'étaient-ils éloignés du rivage ou au contraire en étaient-ils beaucoup plus proches ? Un marin cria :
« Terre »!

Héron : Bon sang !

Le capitaine essaya alors de virer de bord, il n'avait visiblement pas bien calculé sa position et tentait de rattraper son erreur ; le vent poussait le navire avec fureur et la voile manquante faussait complètement la manœuvre. Le capitaine ordonna qu'on détache les voiles, mais il était trop tard. Le vent poussa le navire vers un énorme rocher qui n'était qu'à deux milles de la côte. Le capitaine tenta de prendre le virage, en profitant du mouvement des vagues et réussit à ne pas percuter le rocher ; cependant, alors qu'il virait, un horrible craquement se fit entendre. La coque avait éraflé le rocher avec une telle violence que la partie qui protégeait le pont inférieur avait été arrachée sur plus de deux mètres de long. Et la cale commençait à prendre l'eau. Le capitaine ne sembla pas immédiatement comprendre ce qui s'était passé. Mais déjà les marins couraient vers les canots de sauvetage suspendus sur les deux bords du navire ; à ce moment un autre bruit se fit entendre, la quille venait de heurter un rocher plus bas, et en rebondissant du mauvais côté, le brick effleura de nouveau l'îlot rocheux qui fit un autre trou ; mais cette fois en dessous de la ligne de flottaison.

Héron : Lancez les canots !

Les marins étaient déjà à la tâche. Le capitaine avait les yeux et le visage blancs. Qu'allait-il faire ? Il lâcha le gouvernail et descendit pour rejoindre les canots. Lussanville courut vers lui.

Lussanville : Capitaine ! Et les esclaves qui ne se sont pas révoltés ? Ne faudrait-il pas les détacher afin qu'ils puissent rejoindre le rivage ?

Héron : Ha, ha ! Mon garçon, je vois que définitivement, tu n'avais rien à faire ici. Ni sur cette terre sans doute, d'ailleurs. Descendez ! Mais à ce moment, le navire avait déjà une gite de 14 degrés à tribord et les canots ne descendaient pas. Les marins luttaient sans parvenir à les faire bouger. Alors le capitaine saisit un sabre et coupa net les cordages qui maintenaient les canots. L'un d'eux se retourna en touchant l'eau mais les deux autres gardèrent leur flottaison. Voyant ce geste désespéré du capitaine, plusieurs marins décidèrent de sauter. La gite ne cessait d'augmenter, l'eau remplissait rapidement la cale.

Héron : Bon Dieu, comment se fait-il que la cale se remplisse aussi rapidement ?

Un marin : Capitaine, je crois que dans la précipitation pour aller chercher les armes à l'arrière, les portes sont restées ouvertes.

Héron : Maudits soient ces sous-hommes, tous autant qu'ils sont ! Et ce gamin, où est-il ?

Le marin : Il est resté à bord, capitaine, mais on a plus le choix, il faut ramer vers le rivage. Le vent nous est favorable.

Héron : Eh bien, qu'il meure ! »

Lussanville avait à peine entendu ces échanges hurlés au bas des canots, il ne voulait pas les accompagner, quoi qu'il arrive. Il courut vers l'entrée du faux pont où étaient parqués les esclaves. Il s'aperçut alors qu'il n'en restait plus beaucoup. La révolte avait laissé seulement une dizaine de personnes à bord, un vieillard et neuf femmes. Ces dernières avaient eu leurs entraves brisées par leurs compagnons, mais le vieillard avait refusé qu'on lui retire la sienne. Il murmurait, dans sa langue : « *Mawu lo lo... Mawu lo lo...* » rendant ainsi hommage à son dieu, se préparant à mourir. Les neuf femmes le rejoignaient dans ses prières et Lussanville, au milieu du désastre vit un magnifique tableau qui lui rappelait la mort de Socrate. Au milieu de ce faux pont de l'horreur, un patriarche illuminait ce qui serait peut-être les derniers instants des survivantes de la révolte du 18 juillet. Lussanville, bien qu'un peu tétanisé par la force spirituelle qui émanait du vieillard lança à haute voix qu'il fallait quitter le navire, qu'il coulait et que c'était peut-être les derniers instants pour sauver leur vie. Les plus jeunes se retournèrent les premières. Il y avait fort à parier qu'elles ne lui feraient pas confiance, mais prises dans ce piège, sans autre solution que la mort, plusieurs d'entre elles se levèrent et coururent à la sortie, suivant Lussanville. La dernière qui resta posa une main sur le visage du vieillard et dit doucement : Akpé na Mawu... Et elle voulut s'enfuir à son tour avec le vieillard mais celui-ci refusa de partir. A ce moment, pressé par les survivantes, Lussanville fut obligé de monter sur le pont. La gite avait encore augmenté et le bateau sombrait doucement. On voyait très bien la côte et, à cette vision, les huit femmes qui étaient là eurent un tel regain d'espoir que lorsque Lussanville montra un canot, elles se mirent à courir après lui avec dans les yeux un éclair indescriptible. Elles saisirent le canot et voulurent le jeter à la mer mais Lussanville les retint.

« *Lussanville* : Ces canots sont à tribord, ce côté sera submergé en premier. Attendons simplement que le navire sombre dans le canot et nous couperons les cordages.

Mais elles ne comprenaient pas sa langue et restaient interdites. Lussanville monta alors dans le canot et les engagea à faire de même. Le navire sombrait petit à petit et lorsque la huitième monta, Lussanville allait couper les cordes lorsque la dernière survivante les vit et voulut les rejoindre, elle courut et monta sur le bateau. Mais le poids devint trop important et la précipitation le fit pencher dangereusement du côté du récit rocheux. Lussanville se déplaça de l'autre côté et coupa la corde.

Il y eut une petite chute, même si le canot touchait presque l'eau, il était clairement surchargé et les personnes à bord n'avaient aucune expérience de la mer. Lussanville trouva les rames et aussitôt le travail commença. Certaines étaient semble t-il habituées à ramer sur les fleuves car elles faisaient des mouvements rectilignes, mais la houle rendait tout beaucoup plus difficile. Fort heureusement, le vent n'avait pas changé et ils allaient toujours sur les côtes. A ce moment, Lussanville pensa : « Si nous arrivons tous sains et sauf sur la côte, je serai sans doute tué et elles à nouveau réduites en esclavage. Il faut que je les fasse virer de bord. » Il s'empara d'une rame et demanda qu'on arrête un moment, il fit tourner le canot et prit la direction de la lagune de Ouidah dont l'entrée, très petite, se situait entre deux plages. Mais la mer était mauvaise. « On ne va pas y arriver » pensa Lussanville. Cependant, les survivantes, grisées du fait d'être encore en vie, ramèrent avec tant d'entrain et de passion qu'elles finirent par rapprocher le canot de la côte, lorsqu'une vague, plus haute et plus forte que les autres, engloutit le bateau à quelques mètres du rivage et Lussanville perdit connaissance.

VI

Dans lequel Lussanville croit pouvoir passer du temps à terre

Lorsqu'il s'éveilla, il était sur la plage qui ouvrait sur la lagune de Ouidah. Il faisait nuit. Les négriers africains ne surveillaient visiblement pas la baie ce soir-là. Il avait très mal à la tête. La nourriture à bord, très sèche, l'avait affaibli et sa chemise était dans un état lamentable. Il posa la main sur sa hanche et constata qu'il n'avait plus son épée. Presque aussitôt, une voix de femme hurla quelque chose dans sa direction. Les yeux encore collés par le sel, il ne distinguait presque rien mais il sentait la pointe de son épée sur sa poitrine. Il leva alors les deux bras, et une main saisit ses joues pour l'examiner. La main explora entièrement son visage, jusqu'à l'intérieur de sa bouche, et finalement se retira. Pendant ce temps, sa vision revenait peu à peu et il put observer celle qui le menaçait. Une grande femme, qui n'avait pas plus de trente ans, aux muscles un peu développés avec des yeux fort écarquillés. On releva Lussanville et il put observer l'assemblée. Parmi les neuf captives qu'il était venu chercher, huit seulement se trouvaient sur le rivage. Le cadavre noyé de la dernière gisait un peu plus loin, sur la plage. Lussanville se leva, les mains ouvertes, les bras en l'air, et observa ces huit femmes qui formaient un cercle autour de lui. Leurs cheveux coupés de très près lors de l'embarquement les faisait se ressembler davantage. Nues cependant, tels que sont les captifs dans le sous-pont, on voyait tous les corps et toutes les particularités. La première, celle qui tenait l'épée, avait un physique d'athlète, des mollets et des biceps fort épais et durs, un regard froid, acéré, un véritable glacier. La seconde était plus jeune, elle ne devait avoir que seize ou dix-huit ans, ses joues étaient plus rondes et sa poitrine plus développée, assez grande, presque autant que Lussanville, elle avait un regard doux, avec des yeux immenses, comme toujours dévorés par la peur. La troisième semblait être la grande sœur de la précédente tant leurs expressions étaient proches, mais elle était bien plus petite et plus frêle, et faisait la moue, sa gorge était aussi plus petite. La quatrième était ronde, de même taille que la précédente, avec des dents plus développées, elle semblait plus alerte, plus déterminée. La cinquième semblait agile, avait le visage gracieux, de taille moyenne, et semblait en très bonne forme physique. La sixième était très jeune, pas plus de seize ans, mais déjà très grande, fine et élancée, ses membres étaient tous longs et légers et elle portrait sur son visage un sourire énigmatique. La septième, un peu plus épaisse, avait des joues développées, de grands yeux noirs qui reflétaient un calme factice et un sourire figé. La dernière avait des pommettes marquées et un corps presque squelettique, assez sec.

Voici comment était l'assemblée qui encerclait Lussanville. Alors que la porteuse de la lame s'approchait, il leva ses mains et dit à haute voix : « Lussanville ! ». Et il tourna une main vers lui-même.

Les femmes se regardèrent. Il répéta : « Lussanville ! » et fit le même geste. La porteuse de l'épée fut semble t-il touchée par sa beauté et l'innocence avec laquelle il s'était présenté car elle donna alors la lame à sa voisine squelettique et s'approcha lentement du jeune homme puis toucha son visage rasé de près pendant plusieurs secondes ; elle passa ensuite sa main dans les longs cheveux épais et bouclés. Lussanville n'osait pas réagir, il la laissait faire, simplement. Puis elle s'arrêta et se tint debout devant lui, attendant qu'il fasse de même. Il le comprit et fit ce même geste de reconnaissance, il allait doucement, sentait la peau sous ses mains, et lorsqu'il arriva au niveau des cheveux coupés ras, il n'osa pas toucher. Alors le regard de la femme noire se fit plus dur et il y alla finalement, passant et repassant sur l'arrière du crâne dénudé, puis, instinctivement, il descendit jusqu'à la main de la dame et y apposa un baisemain, tout en continuant de la regarder. Elle répondit par un sourire, et comprit immédiatement la déférence et le respect de ce geste, celui qu'on réserve à son suzerain. Elle leva alors la main et dit quelques mots à ses compagnes dans une langue que Lussanville ne connaissait pas puis elles revinrent vers lui. Celle qui avait touché le visage de Lussanville lui montra ce qui semblait être une petite île boisée de l'autre côté de la lagune. Mais il fallait traverser. La plus jeune se mit tout d'un coup à courir vers l'ouest et cria quelque chose à ses compagnes. Toutes la suivirent et Lussanville courut derrière elles. Près du canot retourné, elles découvrirent le corps de leur amie, morte. Aussitôt le début d'un chant se fit entendre, assez bas, puis toutes les femmes le reprirent en cœur, en sourdine, sans doute pour ne pas attirer l'attention des négriers qui n'étaient qu'à quelques milles à l'est. Tout en continuant de chanter, les femmes recouvrirent peu à peu le cadavre de sable puis se recueillirent, une à une, près de la morte. Lussanville les imita dans tous leurs gestes.

Le soleil allait se lever et il fallait faire vite pour traverser la lagune. Les nuages s'étaient presque tous dissipés, la tempête s'était calmée. Lussanville aida deux de ses amies naufragées à tirer le canot jusque dans la lagune ; deux des autres saisirent les deux rames qu'elles purent trouver dans le sable autour et tout le groupe se hâta de monter dans le canot, en direction du petit îlot boisé, qui, semble t-il, était un endroit sûr. La traversée se fit sans trop de mal, il n'y avait pour ainsi dire presque plus de vent. Une fois arrivé, le petit groupe se hâta de cacher le canot sous les arbres, à distance des pirogues des négriers africains qui passaient souvent par la lagune. Une fois sur place, les naufragés prirent un peu de repos, mais la faim les guettaient. Il leur fallait absolument trouver de quoi subvenir à leurs besoins. Lussanville se demandait s'il avait bien fait de suivre ces femmes ; elles étaient sans doute condamnées et lui-même n'aurait aucune chance de s'en sortir dans ces conditions. S'il ne retrouvait pas le capitaine, c'en était fini de sa vie et il ne verrait plus jamais Fanchette. Il se la représenta, pensa à elle comme à une déesse, jouant d'un instrument cristallin sur une planète lointaine. Lussanville s'était placé à l'écart pour n'être pas importun aux dames qui l'avaient épargné, mais finalement, sur un signe de tête de l'une d'entre elles, toutes vinrent s'allonger près de lui on lui rendit même son épée. L'odeur mêlée des algues, du sel de mer et des corps des survivantes guida Lussanville vers son sommeil. Lorsqu'il s'éveilla, il vit que plusieurs des survivantes avaient passé leurs bras autour de lui, l'empêchant de respirer, aussi importuné que flatté, il déplaça cependant avec prudence les six bras qui s'étaient empilés sur sa poitrine un à un et se leva pour marcher un peu. Il songea à ce qu'il avait laissé au Havre, aux mots terribles d'Agathe qui l'avaient hanté tout le voyage, dans ses rêves, ou dès qu'il avait eu un instant sans travailler ou sans lire. Comme elle le criblerait encore d'insultes si elle savait qu'il était en si bonne compagnie ! Et pourtant rien n'était plus éloigné de ses préoccupations que la galanterie, épuisé et désespéré comme il l'était. Il était arrivé jusqu'à la mer, lisse et bleue, telle qu'on ne la voie pas en France. Il soupira un instant et repensa à ces femmes qu'on avait sans doute arraché à leur village, qui ne connaissaient personne sur ces côtes, que c'était peut-être même un peuple ennemi du leur qui demeurait en ces lieux ; elles ne pouvaient survivre, elles étaient condamnées, et marchaient déjà sur les dalles brûlantes des enfers. Comment aurait-il pu s'attacher à elles sans faire le choix de mourir bientôt ? L'image de son désespoir, c'étaient ces neuf visages, dont l'un reposait déjà sous le sable et qui serait bientôt rejoint par les huit autres. Il hésita à revenir. Il ne voulait pas voir cela, il ne voulait pas voir ces visages marqués de la mort atroce qui les attendaient, par la main des négriers, ou par celle, invisible, de la faim et de la soif qui ne manqueraient pas de les frapper bientôt. Il revint cependant, n'ayant nulle part où aller.

Mais une fois sur les lieux où le petit groupe s'était endormi, il ne vit

personne. Avant qu'il n'ait eu le temps de crier, il entendit une voix
s'exprimant dans un excellent français :
« Capitaine ! Qu'est-ce qu'on fait de celui-là ? »
Lussanville sursauta et tira son épée. Mais trois hommes armés
arrivaient, chacun d'un côté, et toute résistance se serait avérée inutile.
Le jeune homme baissa donc son arme. L'un des trois hommes pointa
son mousquet sur lui. Quelques secondes plus tard, un homme grand,
les cheveux coupés assez court, avec une moustache épaisse et une
fine barbe noire de mandarin fit plusieurs pas dans sa direction et
s'adressa à lui.
L'homme à la barbe noire : Bonsoir.
Lussanville : Bonsoir.
L'homme à la barbe noire : J'ai toujours grand plaisir à rencontrer un
compatriote, même si ma patrie a juré de me mettre en pièces. Je n'y
puis rien, je suis un inconditionnel du français, j'apprécie au plus haut
point notre langue.
Lussanville : Comment avez-vous su que j'étais un Français ?
L'homme à la barbe noire : Il n'y a que les idéalistes français dans
votre genre qui s'arrangent les cheveux ainsi. Et puis il y a votre épée,
la forme du pommeau m'indique qu'elle a été forgée à Paris, chez un
forgeron que je connais très bien. » (En disant cela, il tira son épée.)
« Je ne vous connais pas, mais j'aime beaucoup votre épée. Et si j'en ai
le temps, j'aurais grand plaisir à faire un duel avec vous, juste pour le
plaisir. Bien sûr, vous y perdriez la vie, et je comprends qu'elle vous
soit précieuse, monsieur... monsieur ?
Lussanville : Monsieur de Lussanville.
L'homme à la barbe noire, s'inclinant : Monseigneur ! Quel triste
endroit pour rencontrer un homme de votre rang ! Êtes-vous comte,
marquis ?
Lussanville : A vrai dire, je ne le sais pas moi-même, monsieur. Mon
grand-père était marquis mais ayant perdu sa fortune, mon père n'a
jamais voulu porter ce titre, il s'en tenait à « monsieur de
Lussanville ».
L'homme à barbe noire : Eh bien, monsieur de Lussanville, permettez-
moi de me présenter à mon tour. Je suis le capitaine Ernest Leblanc, et
ma tête est mise à prix ainsi que celle de mon équipage. Vous
comprendrez que j'aurais grand peine à vous laisser en vie après vous
avoir dit cela, n'est-ce pas ?

Lussanville : S'il faut mourir, soit, je mourrai.

Leblanc : Cependant, avant de vous envoyer dans l'au-delà, puis-je vous demander comment un jeune homme de votre rang s'est-il trouvé dans une situation si fâcheuse ?

Lussanville : L'histoire serait longue, monsieur. Sachez simplement que mon navire a coulé, que j'y avais été embarqué sans savoir où il allait, et que mon but était de me rendre en Virginie retrouver mon oncle. Il doit me donner les moyens de revenir en France épouser ma promise.

Leblanc : Quelle noble quête ! Oh, une femme, qui vous attend ? Et vous qui faites ce si long voyage pour la retrouver ! Quel roman, monsieur de Lussanville ! Vraiment, quel roman ! Et les huit jeunes négresses qui vous accompagnaient, c'était, je suppose, pour votre divertissement personnel ?

L'équipage éclata d'un grand rire, et Lussanville sentit la peur dans son ventre monter dangereusement. Cependant il continua à parler d'une voix calme.

Lussanville : Ce sont des esclaves qui se sont échappées avec moi du bateau en perdition. Vous n'ignorez pas que les hommes sont séparés des femmes à l'intérieur de ces chambres de l'enfer.

Leblanc : Chambres de l'enfer ! Décidément j'aime de plus en plus votre manière de parler ! Vous n'êtes pas un seigneur, vous êtes un poète ! Le diable m'emporte si vous n'avez pas quelque vers dans votre poche ! Eh bien, monsieur de Lussanville, j'ai bien peur que vos petites négresses ne soient désormais nos prisonnières. Rassurez-vous, leur sort ne sera pas pire qu'entre les mains du marchand qui vous a amené ici. J'espère qu'elles n'étaient devenues vos bonnes amies, rassurez-moi ? Car je ne saurais tenir mon équipage très longtemps devant des beautés comme celles-là, cela s'entend ?

Lussanville : Cela s'entend. (Il parlait cette fois avec un tremblement de dégoût dans la voix.)

Leblanc : Bon, puisque nous sommes d'accord, voilà pour cette question. Mais vous, que faire de vous ? Me voilà dans une situation délicate. Si je vous tue ici, et que vos amis vous retrouvent, ils sauront que je suis ici et ce ne serait pas une bonne affaire pour moi. A moins bien sûr qu'ils ne retrouvent votre cadavre que dans deux semaines... quel choix délicat ! Peut-être pourriez-vous m'apporter quelque chose, monsieur de Lussanville ? Vous avez peut-être de quoi contenter la soif d'un pirate ?

Lussanville : Hélas, je suis dans le plus grand dénuement. Cependant le navire où j'ai embarqué a coulé à moins de deux milles d'ici.

Leblanc : Ah... vous voulez dire que le vent aurait probablement amené quelques richesses sur ces plages, monsieur ? Ou qu'à défaut nous pourrions en repêcher quelques unes ?

Lussanville : C'est cela même.

Leblanc : Soit, si nous trouvons quelque chose vous pourrez embarquer à bord de notre navire, vous y retrouverez vos amies, que nous tacherons de bien traiter, elles n'en vaudront que plus cher là où nous nous rendons.

Lussanville : Où allez-vous ?

Leblanc : Nous faisons voile vers Saint-Domingue, je crois que cela ne vous éloigne pas trop ?

Lussanville : Ce serait merveilleux, capitaine !

Leblanc : Devant tant d'enthousiasme, je ne peux que céder ! Bon, messieurs, nous avons une nouvelle recrue, tâchez de lui trouver une utilité.

Un matelot : Otage, c'est une belle utilité, capitaine.

Leblanc : J'ai mieux, Clément, je vais en faire mon lecteur personnel. J'ai la vue qui baisse ces derniers temps. J'ai besoin de quelqu'un pour me prêter assistance. Et comme pas un de vous ne lit correctement un bon français, j'ai parfois bien de la peine à faire mes négociations. J'ai perdu des sommes invraisemblables à cause de cela. N'est-ce pas, Clément ?

Clément : Mais vous avez envoyé le marchand par le fond.

Leblanc : C'est vrai. Mais au prix de plusieurs de mes hommes, et cela, c'est inacceptable ! Bon, il est temps de partir. Les autres ont fini avec les négresses ?

Un autre matelot : J'en ai bien l'impression, je les vois qui arrivent.

Leblanc : Espérons qu'ils ne les aient pas engrossées, sinon ça va finir à la mer. Aller, rejoignons la plage !

Lussanville, en passant pour rejoindre la plage, fut obligé de croiser le regard de ces femmes infortunées, le regard de celle qui lui avait touché le visage, profondément dilaté, fixait ses yeux. Cela devint insupportable, il revit Nala dans ses souvenirs. A la pensée de ce que la malheureuse venait de subir il se retourna vers la mer et eut une déglutition terrible, il s'effondra sur le sol, les larmes perçaient

littéralement les coins de ses yeux, mais il ne parvenait pas à vomir. Un des pirates le gratifia d'un coup de pied, ce qui lui fit en instant reprendre son souffle et chuter tout à fait sur le sol. Face à lui, un petit coffret qui contenait des bijoux venait d'être jeté sur le rivage.
Un pirate : Capitaine, j'en ai un !
D'autres marchandises affluaient : il y avait des miroirs, des colliers de perles, des armes et des bouteilles d'alcool. On eût dit que les pirates recevaient une course commandée par eux. Lussanville, alors que les pirates s'occupaient à ramasser ce butin inespéré, se retourna vers la jeune femme, elle dit simplement : « Ketne ». Etait-ce son prénom, ou peut-être cela voulait-il dire « lâche », « incapable », « petit être débile » ? Voilà les noms qu'il se serait donnés s'il avait pu se rebaptiser en cet instant.

Alors que les pirates l'embarquaient sur leur navire, la Frégate Rouge, qui devait son nom à ses voiles rouges sang, Lussanville regarda le ciel d'été et sentit les alizés sur son visage. Ouidah était déjà loin dans son esprit. Les chaînes, les chants, les cris et les pleurs d'êtres sans liberté, d'hommes dégradés au rang de bêtes, se mirent à résonner une dernière fois dans son esprit, puis un éclair noir zébra sa mémoire et il ne vit plus que sa terre d'origine, ses monts, ses collines, ses vallées et ses clochers. Il vit le visage de sa belle, puis celui de celle qu'il avait perdu. Il vit les routes pavées, le port, la falaise où il avait demandé son amante en mariage. Et les yeux verts d'Agathe, et les yeux bleus de Fanchette se mirent à briller dans le ciel sans nuage. « Fanchette, aime-moi toujours, et que tes yeux me guident... »

En France, sous le même soleil, Fanchette et Agathe regardaient l'horizon sur la mer et la belle Florangis, serrant fort la main de son amie, fermant les yeux, ses joues à la merci des vents, murmura: « Bientôt mon Lussanville, tu viendras me chercher.» Et Agathe songea, sa main dans celle de Fanchette : «Crois-moi, je te suivrai jusqu'au bout de la Terre. »

<u>VII</u>
<u>Dans lequel le capitaine Leblanc se trouve être un homme profondément nostalgique</u>

254

Le transport sur mer commençait à dégoûter sérieusement Lussanville, qui n'en avait pas moins appris quelques bases de ce que doit savoir un marin. Primo, la nourriture est lourde, sèche et insatisfaisante ; secondo, le rhum fait passer le goût de l'eau croupie – il en devint aussi grand amateur ; et enfin tertio, nul ne devient pirate volontairement. Ce clan qui voguait à bord de la *Sainte-Marie* avait été chargé par sa majesté Louis XV de conduire une expédition pour négocier avec les Hollandais en Guinée. Mais sur place, leur navire avait été attaqué par les Portugais et les pauvres diables s'étaient retrouvés à terre, dans un climat hostile, avec rien pour survivre. On les accueillit mal au fort français, en ce qu'ils n'apportaient ni vivres ni richesse et on leur fit comprendre qu'ils n'avaient rien à faire en ces lieux. Ils tentèrent cependant de se faire pardonner en envoyant au roi le récit de leur infortune. Mais il avait semblé que les ministres de sa Majesté ne jugeaient pas de bon ton de faire la guerre à la couronne de Portugal, qui, il faut bien le dire, avait des finances bien plus repues que les leurs. Ainsi, l'équipage livré à lui-même avait volé plusieurs onces de nourriture et de vin ainsi que deux ou trois attelages au fort français et avait pris la décision de faire pour lui-même commerce d'esclaves. Grâce aux négriers noirs des terres d'Abomey, ils firent échange de plusieurs marchandises volées contre des hommes qu'ils traitaient bien, car il n'y en avait rarement plus d'une dizaine, et les revendaient aux Anglais, aux Espagnols et aux Hollandais. Ce petit commerce parallèle et les exploits des forbans ne plurent pas du tout aux Français qui mirent leur tête à prix. Et c'est ainsi que le capitaine Leblanc se retrouvait, traître à sa patrie, aux commandes d'un navire qu'il avait fait construire par des esclaves avec des matériaux d'Afrique. Grâce à la grande expérience du charpentier de bord, Lucien Ardent, ils avaient réussi à fabriquer une goélette très manoeuvrable et rapide. Et c'est sur ce navire que se trouvait en ce moment Lussanville, dans la cabine du capitaine, en train de consulter les livres de comptes qu'il relisait à haute voix, tâche pour laquelle il avait été désigné.

« *Lussanville :* 6 onces d'argent... pour un cheval.

Leblanc : C'est encore trop cher pour un vieux canasson. Il a pas tenu six mois.

Lussanville : Ah, celui-là vous a fait une lettre de change de 400 écus.

Compte t-il les payer un jour ?

Leblanc : Bien sûr que non ! Mais si je le retrouve, il ne manquera pas de me rendre un service. Qu'avons-nous dans la gazette ? »

Lussanville regarda le journal qu'on venait d'apporter.

« *Lussanville :* Les nouvelles ne sont pas fraîches, cette gazette date d'il y a près de trois semaines.

Leblanc : Et que crois-tu, petit ? Que Dieu vient nous dire les choses quand elles viennent de se produire ? Morbleu, il n'y a pas plus frais que cela ! Lis-moi, cela me détend. »

Il s'affala dans un grand fauteuil de velours et but une grande gorgée de vin.

« *Lussanville :* « La France est à la veille, ou peu s'en faut, du grand deuil dont elle est depuis longtemps menacée. La Reine tend à sa fin et il n'y a plus à espérer pour elle que les Couronnes immortelles que le Ciel lui réserve. » Notre bonne reine se meurt.

Leblanc : Ah, le roi, la reine... je les saluais encore il n'y a pas si longtemps. Mon apparence ne le dit pas, mais j'ai porté perruque, j'ai servi mon roi du mieux que j'ai pu.

Lussanville : Oui... vous n'avez pas eu le choix.

Leblanc : On m'a dit que j'étais un chien, alors j'ai décidé de ronger mon os. Tout ce que je peux espérer à présent, c'est d'amasser un butin suffisant pour aller vivre les quelques années que le Seigneur voudra encore m'accorder dans la tranquillité d'une petite ville côtière. Et mes hommes ne cherchent pas autre chose.

Lussanville : Alors tout ce qu'on dit sur les pirates... ce n'est que du mensonge.

Leblanc : Sa majesté s'est vantée de vivre dans un siècle où on a aboli la piraterie, quand j'étais un jeune capitaine, j'en riais. Mais les années que j'ai passées en mer m'ont prouvé que c'était entièrement et fatalement vrai. Ces hommes désespérés qui croient pouvoir survivre sans l'appui d'une nation, qui n'ont de maison que leur navire... ceux-là n'échappent plus à la... au nœud coulant. Mon grand-père, un vieux loup de mer celui-là, m'a raconté qu'il y a quarante ans, les choses étaient différentes. La flibuste vivait encore son heure de gloire, les pillages, les attaques étaient légion. Le sang et le rhum coulaient dans les Caraïbes ! Ah c'était une grande époque ! Naïvement, je m'attendais à rencontrer de ces brigands sanguinaires. Eh bien j'en ai vu de sales hommes, gamin, oui j'en ai vu. Des corsaires cruels, des soldats sans pitié, des colons cyniques, des guerriers vaillants... mais de vrais pirates, non, je n'en ai jamais vu ! Et je ne serais pas étonné d'être l'un des derniers de mon espèce. Les rois d'Europe ont fini par imposer leur domination sur ces mers et les anciens de la flibuste se sont embourgeoisés, il ont signé des accords de principe et colonisé les îles, se sont racheté une réputation. Pour ma part, je n'ai pas d'autre but que celui de prendre un part du gâteau. Ces terres sont presque vierges de toute civilisation, rien n'est fait et tout est à faire. N'est-ce pas le rêve de tout homme, pouvoir recommencer à zéro et établir ses propres règles ? Ah si j'avais une île ! Il y ferait bon vivre, tu peux me croire !

Lussanville : Si j'avais une île capitaine... elle n'aurait que deux habitants.

Leblanc : Oh... bien sûr. Vous et votre belle. Vous repeupleriez votre terre, comme Adam et Eve.

Lussanville : Il n'y aurait rien entre nous et notre amour, nous pourrions vivre tel que nous sommes, sans fard, sans limites que celles de notre survie. Est-ce qu'on a vraiment besoin de toute cette société ? De ces livres, de ces divertissements ? Et ne serait-on pas mieux loin des *Caractères* ou des *Fables*, dans un monde où on aurait pas même pu les écrire ? Dans notre recherche vers la gloire, on en oublie de vivre.

Leblanc : Ecoutez-nous ! Voilà dans quel siècle nous vivons ! Nous sommes là, assis dans deux confortables fauteuils, et nous devisons du monde ! Comme ils sont loin, les pirates !

Lussanville : Je suis encore votre prisonnier, capitaine, même si j'ai la chance insolente d'être bien mieux traité que mes camarades d'infortune.

Leblanc : Puisque je vous dire qu'elles vont bien !

Lussanville : Je crois qu'elles ont eu assez le temps d'apprendre à relativiser la notion de bien.

Leblanc : Que voulez-vous, quoi ? Mes hommes voient un amas de négresses, qu'auraient-ils pu faire ? Il y a des mois qu'ils n'ont touché une femme et plus d'une fois ils ont cru mourir sans avoir pu en revoir une seule. Et je devrais leur dire, moi qui suis leur capitaine, ne touchez à rien, laissez-les là où elles sont ! C'est insensé !

Lussanville : Pourtant vous êtes un homme du monde.

Leblanc : Je suis un homme de mon monde, et mon monde crève de faim, petit. Dis-toi qu'elles leur ont donné un peu de bonheur. C'est de ton âge de t'intéresser au sort des autres. Tu comprendras très vite qu'en s'intéressant au sien, on en fait bien assez, et qu'on doit s'estimer content.

Lussanville : Quand à moi, je m'estime content de vous avoir rencontré, capitaine. Nos conversations m'ont redonné le goût au monde et à ses richesses. Ma traversée jusqu'à Ouidah a été un véritable calvaire. Mais vous parler m'a rappelé d'où je viens et vos histoires ont enrichi mes rêves. Je suis heureux de me retrouver en face d'un authentique compatriote.

Leblanc : Tu auras une belle vie, Jean. Je ne sais pas ce que sera ta vie, mais elle sera belle.

Lussanville : Je l'improviserai au fur et à mesure.

Leblanc : Alors ne perds pas le tempo. Bien, va donc te coucher, nous avons encore un long chemin à faire vers Saint-Domingue et qui sait ? Peut-être que tes bonnes amies nous rapporterons assez pour nous permettre de poser pied à terre une bonne fois pour toutes.

Lussanville : Je ne sais, je sais simplement que pour elles le mal est déjà fait et qu'il n'y a plus de remède. Je rends grâce au ciel de n'être pas dans leur cas. Bonne nuit, capitaine. »

Ce soir-là, en allant se coucher, Lussanville s'imagina les chaînes aux pieds, loin de chez lui, à mener une vie misérable. Il avait entendu dire que des mahométans avaient réduit en esclavage de nombreux chrétiens qui se vendaient pour une bouchée de pain à Alger. Il se vit, lui-même, dormant sur une planche de bois, mourant de faim et de froid, ne se ressouvenant que de sa mère qui le soir venait l'embrasser. Cette image s'ancra en lui si profondément qu'il trembla et souffla avec peine jusqu'à s'endormir. Dans son rêve, la grande et belle femme noire aux yeux acérés revint près de lui, cette fois pour lui enfoncer son couteau dans la gorge.

<u>VIII</u>
<u>Dans lequel Fanchette devient, grâce au secours d'Agathe, une seconde Pénélope</u>

Pendant près d'un mois et demie, alors que l'été s'avérait particulièrement frais et que madame Villetaneuse peinait à écouler ses mules, Dolsans était venu chaque jeudi pour sa partie de cartes ; cette fameuse partie où il pratiquait la triche inversée. Le négociant n'avait apparemment pas trop de peine à laisser là son argent qu'il jugeait utilement dépensé. Fanchette avait remarqué combien il la regardait encore, malgré l'indifférence la plus complète dans laquelle elle le laissait, avec le concours d'Agathe pour qui c'était, semble t-il, une affaire personnelle. Fidèle à sa résolution, la belle Florangis ne disait pas un seul mot à propos de ce jeune homme qui s'armait visiblement de patience. Tant et si bien d'ailleurs que plus d'une fois, notre blonde héroïne se dit qu'il n'avait en réalité aucune inclination pour elle. Il était cependant sûr qu'il veillait sur elle. Il demeurait là, avec ses cartes, la regardait lire, écrire ses notes sur la vie, danser, cueillir des fleurs, préparer les repas et surtout se faire parer toute la journée par Agathe, qui ne la quittait pas un instant. Agathe semblait toujours en alerte dès que son cousin franchissait le seuil de la maison, le mercredi soir, sachant qu'il viendrait le lendemain, elle pouvait en être malade et rester une partie de la nuit dans la chambre de Fanchette à la veiller, comme s'il allait surgir par la fenêtre pour l'enlever. Fanchette voyait dans cette jalousie-là - car elle admettait qu'il s'agissait bien de jalousie – l'aspect un peu tyrannique de la personnalité de son amie, qui ne pouvait tolérer qu'une autre personne puisse jouir d'un agréable temps avec elle. Les hommes surtout, avaient son antipathie. Et la belle Florangis n'avait pas la moindre amie ici. Viviane lui écrivait de temps à autre pour lui raconter ses aventures amoureuses mais là encore, Agathe semblait préoccupée quand elle la voyait lire et la jeune Florangis se sentit plus d'une fois obligée de quitter la pièce pour se soustraire à ce regard qui semblait toujours plein de reproches.

Ces choses-là lui déplaisaient, il faut bien le dire mais elle trouvait cependant dans les multiples attentions de son amie des raisons d'être contente et jamais sa créativité n'avait été à ce point encouragée. Avait-elle une idée, elle en faisait un dessin qu'Agathe commentait aussitôt qu'il fût fini, une pensée lui venait-elle, elle la consignait sur un cahier de notes qu'Agahte lisait avec attention et toujours elle disait là-dessus son sentiment. Fanchette pouvait toujours compter sur elle pour satisfaire ses moindres caprices, ses plus étonnantes lubies. Elle avait une fois demandé une soupe de tomate à la coriandre alors qu'il n'y avait plus un légume dans la maison ; c'était dimanche, impossible d'aller au marché. Agathe était allé frapper à la porte de trois voisines jusqu'à obtenir tous les ingrédients nécessaires, avait préparé la soupe et avait servi sa protégée le mieux du monde. Fanchette, qui avait l'âme tendre et un fond altruiste, tentait de ne pas abuser du pouvoir démesuré que lui conférait sa trop dévouée amie. Cependant, comme elle aimait se plaindre (ou du moins le faisait-elle souvent), elle exprimait mille et un besoins dont elle ne discernait pas les superflus des essentiels et se retrouvait comblée de tout ce qui lui fallait et gâtée de tout ce qui ne lui était point nécessaire. Il y avait pourtant l'obstacle de l'argent, qu'Agathe pouvait difficilement se procurer. Et cela la mettait en rage lorsqu'un des prétendants de Fanchette (il en venait un nouveau presque chaque semaine) donnait de ces petits présents qui ne s'obtiennent que contre force écus sonnants et trébuchants qui se retrouvaient sur les mains, le cou et les cheveux de la blonde Fanchette, la faisant briller de mille feux. Plusieurs fois, Agathe la poussa à refuser ces présents. Elle disait qu'il y avait de l'ingratitude à accepter le cadeau de quelqu'un dont on s'apprête à refuser la demande, que Lussanville en serait fort triste, lui qui lui avait offert les magnifiques chaussures de bal rose et bleues au brocart fleuri qu'elle portait parfois. Fanchette cependant était de ces natures qui ne savent point dire non. Et si un prétendant montrait quelque dépit après avoir été rebuté, elle se proposait à chaque fois de lui rendre les présents qu'il lui avait fait. Bien sûr, la vanité des hommes les poussaient toujours à les lui abandonner. Fanchette éprouvait, il est vrai, un grand plaisir à faire collection. Les bijoux, les robes, les chaussures (surtout les chaussures) était rangées en nombre dans sa chambre qui devenait peu à peu un vrai petit musée.

Elle refusa même le marquis de C..., venu de Paris lui demander sa main, il fallait l'oser. Mais ce dernier, en vrai gentilhomme, se retira avec beaucoup d'élégance, qu'on attendait pas de la part d'un homme à la réputation aussi sulfureuse. Madame Villetaneuse n'en pouvait plus de voir ces grands messieurs qui repartaient déçus. La venue du marquis de C... l'avait plongée dans une de ces extases dont on a déjà eu l'occasion de parler lors de la venue de Mademoiselle Forgel. Dolsans venait s'enquérir chaque semaine du nouvel amoureux qu'on avait rebuté et Agathe tenait avec malice un registre des noms de tous les prétendants qui avaient trouvé porte close. Il en venait toujours de plus riches et de plus nobles, comme si le trophée Fanchette ne faisait que prendre de la valeur à mesure qu'ils étaient rebutés. Fanchette se demanda si cela allait devenir un exercice mondain que de venir la demander en mariage. Evidemment, qu'on le lui dise ou non, c'était toujours pour son pied qu'elle était ainsi courtisée. Il est vrai, comme on l'a déjà dit, qu'elle l'avait fort beau et madame Villetaneuse était allé jusqu'à suspendre l'un des tableaux de son neveu dans sa boutique afin de revendiquer fièrement d'avoir la modèle avec le plus joli pied du monde. Mais il est vrai, qu'hormis Agathe, personne n'avait le droit de toucher à son petit pied. Du moins jusqu'à ce jour où un hardi prétendant se risqua à demander d'essayer une chaussure au pied de la belle Florangis. Ce jour-là, Agathe était au marché, et il allait de soi que madame Villetaneuse en rendait grâce au ciel. Elle accepta moyennant une coquette somme ajoutée au prix de l'article en question, somme qu'elle obtint, l'homme profitant de toucher longuement les pieds de la pauvre Fanchette, qui trouva ces mains froides et lourdes et se rappela d'amers souvenirs qu'elle aurait voulu oublier. Par la suite elle mit au point madame Villetaneuse de ne plus accepter de tels essayages mais Fanchette avait bien senti qu'elle aurait été obligée de se faire violence si le marquis de C... avait réclamé qu'on satisfasse cette fantaisie-là. Heureusement il n'en avait rien fait.

Le 24 août, après un été chargé de demandes en mariage, Dolsans eut le bonheur d'apercevoir Fanchette au sortir de confesse, alors qu'elle s'apprêtait à rentrer chez elle. Nous étions un lundi, il ne faisait pas froid mais on ne pouvait pas dire non plus qu'il faisait chaud, le ciel était un peu nuageux et une forte brise soufflait dans les étroites rues normandes.

« Dolsans : J'ai entendu dire, Fanchette, que vous aviez refusé le maquis de C... ?

Fanchette : Ma foi, oui, monsieur.

Dolsans : Vous passez là à côté d'un homme qui aurait pu vous mettre à l'abri du besoin.

Fanchette : Cela est peut-être, mais il n'aime point comme il faut que l'on aime.

Dolsans : Est-ce qu'il y a une manière d'aimer ?

Fanchette : Pour lui, comme pour beaucoup d'autres, le mariage est une grande affaire. Il faut qu'on soit jeune, et jolie, que notre pied soit magnifique et qu'on ait de l'argent pour les contenter. Et eux qu'ont-ils ? Parfois bien de l'argent, un titre, cela est fort beau. Mais si leur visage pouvait l'être autant !

Dolsans : Oh, comme vous vous exprimez d'une étrange manière, et pourtant comme elle donne envie que vous ayez raison.

Fanchette : Je ne sais si j'ai raison mais je sais, moi, que je ne puis m'imaginer sans déplaisir coucher contre un homme qui pourrait être mon père, si celui-ci était encore de ce monde. Et que quand ils sont plus jeunes (car heureusement, cela m'arrive), leur vêtement est splendide et leur visage est hideux ! Qu'y puis-je, moi, si je n'aime que les belles choses ? C'était là l'humeur de mon père de m'enseigner qu'un homme qui est beau garçon vaut d'être épousé et que celui qui a un visage de fouine n'est pas l'affaire d'une belle jeune fille dans la fleur de son âge.

Dolsans : Et je connais bien des pères qui n'entendent pas cela.

Fanchette : Dans ce cas, je ne vois pas comment il peuvent conserver l'amour de leur fille. Qu'en serait-il si la mère du Petit Poucet le livrait à l'ogre ? Et aimerait-on Le Prince de la Belle au bois Dormant s'il offrait sa fiancé en pâture à son affreuse belle-mère ? Verrait-on d'un bon œil que le petit Chaperon Rouge soit donné par son père à l'infâme loup pour qu'il la dévore ?

Dolsans : Et cependant si un homme... un homme qui n'est pas mal, dans la fleur de sa jeunesse, à peine plus âgé que vous, un homme qui vit honorablement et dispose d'un peu de fortune – que feriez-vous si un tel homme vous disait à l'instant : Fanchette, je vous aime, voudriez-vous m'épouser ?

Fanchette : A cela je dirais... je ne dirais rien de peur de l'offenser, car il aurait toutes les raisons du monde d'attendre que je lui dise oui. Et cependant il est vrai que je ne le dois pas, que je suis fiancée, et que l'amour et nos engagements nous ont unis, mon amant et moi à jamais. Qu'il ne m'écrive point ne doit pas arrêter l'impétuosité de mon amour. J'aime malgré le temps, malgré la distance, malgré la raison. Je l'aime, monsieur Dolsans, je l'aime. Et il me manque tant, si vous saviez... Oh, ce discours vous blesse t-il ?

Dolsans : Point du tout, il est celui d'une jeune fille sincère.

Fanchette : Oh trouvez-vous que j'ai tort de l'aimer comme je fais ?

Dolsans : Je trouve que vous avez raison et cependant si vous ne l'aimiez plus, vous ne sauriez avoir tort.

Fanchette : Comment pourrais-je ne plus l'aimer ?

Dolsans : Comment le pourriez-vous, en effet ? Là est la question.

Fanchette : Mais je crois bien que cela n'est pas possible et que je l'aimerai toujours.

Dolsans : Ne vous précipitez point à dire toujours, mademoiselle Fanchette, n'oubliez pas que quand on est si jeune, toujours est bien loin.

Fanchette : Ne m'embrouillez pas l'esprit, monsieur Dolsans. Je sais que je ne saurais le trahir et si madame Villetaneuse veut m'imposer par le pouvoir qu'elle a reçu sur moi, d'épouser quelque homme de sa convenance, je voudrais qu'un couvent, en me séparant à jamais du monde, me donne le loisir d'aimer à jamais mon Lussanville. »

Fanchette ne croyait pas si bien dire, car le jour-même où cette conversation eut lieu, alors qu'elle rentrait chez elle, madame Villetaneuse lui annonça qu'elle l'avait fiancé au fils de l'armateur Royan.

IX
Dans lequel Lussanville, suite à une violente tempête, débarque sur l'île de la Tortue

Le mois de septembre était déjà bien avancé lorsque La Frégate Rouge entra dans les eaux des Caraïbes, lieu des gloires passées de la flibuste et des boucaniers. En conversant avec l'équipage, Lussanville apprit qu'il y avait d'immenses richesses dans ces îles et qu'elles avaient appartenu autrefois à des hommes sans peur et sans pitié qui terrorisaient les Espagnols. La plupart des îles qu'ils croisaient portaient un nom espagnol. Le capitaine Leblanc étant devenu une sorte de franc-tireur, il n'avait pas hésité à s'arrêter au Cap-vert durant leur voyage et avait alors cédé trois esclaves aux Portugais comme droit de passage, dont l'une des compagnes d'infortune de Lussanville. Il l'avait regardée rejoindre une maison côtière, la tête basse. Leblanc n'eut aussi pas à beaucoup négocier pour obtenir de repartir, la ville avait subi de terribles sécheresses qui avaient décimé une grande partie de la population et les achats qu'il faisait de fruits et de produits frais arrivaient à point nommé. Les Portugais laissaient visiblement cette île à l'abandon et le capitaine reçut plusieurs demandes pour prendre de nouvelles recrues. Il choisit deux des hommes les plus solides mais demanda qu'on garde un œil sur eux. La traversée de l'Atlantique avait été sans histoire si ce n'est que certains hommes mourraient des maladies tropicales qu'ils n'étaient pas préparés à affronter. Plus d'une fois, Lussanville se demanda pourquoi la faim et la maladie l'avaient épargné, lui, et cela lui donna envie de croire en son destin.

Le navire s'arrêta d'abord sur l'île d'Antigua et Barbuda où Leblanc affirma n'être pas un pirate mais mener une opération de cartographie pour sa majesté. On le laissa mouiller dans le port et effectuer ses achats mais au moment de repartir, un officier anglais lui posa la main sur l'épaule et lui dit : « Nous savons qui vous êtes, priez le ciel pour que votre roi ne vous retrouve pas ou je ne donne pas cher de votre vie. Et sachez que si vous vous livrez à un acte de piraterie quelconque en ces lieux ou dans une autre île de Sa Majesté, je vous ferai pendre haut et court, jusqu'à ce que mort s'en suive. Est-ce bien clair, capitaine Leblanc ? »

Lussanville fut atterré d'entendre un tel récit mais fut heureux de retrouver enfin une nourriture saine après un mois à manger des produits secs et de la viande salée. Il ne leur fallut ensuite que quelques jours pour s'approcher des côtes d'Hispaniola. Mais alors qu'ils se dirigeaient vers Puerto Plata, une violente tempête tropicale s'abattit sur eux et il leur était impossible d'arrêter le navire sans qu'il allât se briser sur les rochers. Ils furent obligés de longer la côte mais le vent les poussait vers l'ouest et le capitaine voulait à tout prix rester en territoire espagnol afin de se mettre sous leur protection pour négocier sa réhabilitation avec les Français de Saint-Domingue. Il lutta contre le vent, mais sans résultat et au bout de plusieurs heures la Frégate Rouge fut littéralement jetée sur une plage de sable et de gravier alors qu'on l'avait vue s'éloigner de l'île. Le navire échoué ne se portait pas trop mal, quelques voiles avaient cédé mais la grand voile avait tenu bon. Alors que Lussanville descendait avec le capitaine et quelques hommes sur la plage et enfonçait ses bottes dans le sable blanc, ils entendirent le bruit d'un sabre qu'on tire.
« *Un homme :* Plus un geste ! »

Un officier d'une grande élégance, portant perruque, pointait son sabre dans leur direction et, derrière lui, ses hommes était embusqués, mousquets à la main.

« *L'homme :* Jacques Leblanc. Ravi de vous revoir.

Leblanc : Oh, monsieur de la Cardonnie ! C'est le diable qui vous envoie !

La Cardonnie : Non, c'est mon roi, et contrairement à vous je mène à bien ma mission. Quant à vous, non content d'avoir échoué dans la vôtre, vous avez abjuré votre roi et êtes tombé dans la piraterie la plus infâme.

Leblanc : Je vous jure, monsieur de La Cardonnie, qu'il y a méprise. Je venais à Saint-Domingue pour présenter mes excuses à la Couronne.

La Cardonnie : Quand vous pouviez aller à Paris ? Allons, Leblanc, finissez ce discours et me suivez tout à l'heure à la prison qui vous attend.

Leblanc : Je le veux bien, monsieur, cependant un pauvre homme peut-il demander où le sort l'a jeté ?

La Cardonnie : Sur l'Île de la Tortue, cela vous rappelle t-il votre grand-père, capitaine ?

Leblanc : Je ne vois pas en quoi, monsieur.

La Cardonnie : J'ai entendu dire qu'il avait fréquenté les flibustiers de la pire espèce en ces lieux, Dieu ne se trompe jamais. Emmenez-moi ce forban aux fers et mettez-y tous les autres.

Leblanc : Attendez, monsieur de La Cardonnie ! Attendez ! Ne me dites pas que vous n'avez pas reconnu monsieur de Lussanville ?

La Cardonnie : Lussanville...? »

Le capitaine désigna le pauvre Lussanville qui tremblait littéralement de froid et de peur devant ces armes qui le mettaient en joue. Il avait le visage creusé, sa peau était presque transparente et son bel habit de marin donné par Dolsans n'était plus qu'un lointain souvenir, il allait à présent dans une chemise de coton grossier et portrait des pantalons de cuir. La Cardonnie le regarda d'un air circonspect et devant le signe d'un de ses hommes qui le pressait de donner ses ordres il dit simplement :

« *La Cardonnie :* Le jeune homme viendra en ma demeure. Pour les autres, aux fers. »

Le capitaine, alors qu'on l'emmenait avec ses hommes fit un signe à

Lussanville qui voulait dire : fais ce que tu pourras pour moi.

Alors qu'il entrait dans la maison du gouverneur, richement meublée, faite de briques et de corail, La Cardonnie le pria de s'asseoir et lui offrit un verre de cognac.

« *La Cardonnie :* Alors, Lussanville... si je m'attendais à voir un Lussanville ici... votre grand-père était de mes amis il y a de cela bien longtemps. C'était un homme d'une intelligence, et d'un raffinement bien particuliers ; il avait servi le Régent bien avant que je vienne au monde. J'avais grand respect pour lui. On dit que son fils est parti chercher fortune en Amérique contre l'avis de son père, d'ailleurs. Et vous, que faites-vous avec cet équipage-là ?

Lussanville : C'est une longue histoire, monsieur, que je vous résumerai en quelques mots : mon père, bien indigne sans doute des enseignements de mon grand-père, s'est retrouvé jeté en prison par une cabale des plus affreuses, ses dettes ont mécontenté la bourgeoisie du Havre qui n'a eu de cesse de le traquer sans qu'il lui fût offert le moindre délai ni la moindre chance d'honorer ses créances. Dès ce jour, je me suis trouvé dans la plus grande nécessité et je n'ai eu d'autre choix que de m'embarquer à bord d'un navire. Mais l'ami fidèle qui m'y a emmené, mal prévenu, a commis l'erreur de m'embarquer sur un négrier en partance pour Ouidah. Tel que vous me voyez, j'arrive d'Afrique où j'ai vu des horreurs qui ne se peuvent concevoir. Je regrette tant d'avoir quitté la France où la femme que j'aime se trouve encore et qu'on risque de marier en mon absence. Voyez monsieur, là est toute mon infortune. Mon seul espoir à présent, c'est de rejoindre Williamsburg où mon oncle est propriétaire d'une plantation de tabac, lui seul pourra me tirer de la nécessité où je suis. »
La Cardonnie fut sensible à ce récit et demanda plusieurs précisions, Lussanville lui apprit le sort du capitaine Héron et de son équipage et comment il fut embarqué par Jacques Leblanc, qu'il tenta de dépeindre en sauveur afin que la sentence contre lui fut atténuée.

« *La Cardonnie :* Monsieur, je ne puis faire tout ce que vous attendez de moi. Peut-être vous n'ignorez pas que je sers le comte de Choiseul, qui lui-même rend des comptes à sa majesté. Sa Majesté a mis à prix la tête du capitaine Leblanc et je ne puis désobéir à ses ordres. L'édit royal ordonne que le capitaine et tout son équipage seront condamnés à mort, et cela je ne puis le défaire. Je vois bien que cela vous chagrine.

Lussanville : Si cela me chagrine, monsieur ! Et n'ai-je pas vu assez de morts ? N'ai-je pas vu assez de cruauté dans ces mers infernales ? Savez-vous qu'à Ouidah on fait marcher jusqu'à l'épuisement de pauvres hommes dans leurs chaînes, qu'on les laisse nus, gisant dans leurs immondices jusqu'à ce qu'ils meurent de froid, de faim et d'épuisement ? Savez-vous que lorsqu'on les embarque, ils se jettent à la mer, de peur d'être mangés par les corsaires ? Connaissez-vous les horreurs qu'on nous fait voir en ces lieux ? Quand j'étais petit et que je voyais travailler les esclaves, si leur sort n'était point enviable, au moins mangeaient-ils à leur faim, et on les battait pas sans raison ! Comment pouvez-vous accepter que des hommes soient moins bien traités que le bétail que nous mangeons ? Comment le pouvez-vous ?

La Cardonnie : Je ne le peux, monsieur de Lussanville. Et mon maître, le comte de Choiseul plaide autant qu'il peut auprès du roi pour faire cesser la traite dont on voit les conséquences néfastes ici à Saint-Domingue et c'est la raison même pour laquelle j'ai dû interrompre ma mission et m'établir quelques temps ici. Alors sachez, monsieur, que je comprends votre sentiment. Cependant, pour ce qui est des pirates, l'ordre de sa majesté est on ne peut plus clair, et je ne peux rien faire pour eux. »

Lussanville, en cet instant, se rappela cette traversée, les matelots, le capitaine ; ces hommes qu'il avait pu écouter, avec qui il avait ri, bu et chanté ; ces hommes qui avaient partagé une partie de sa vie seraient tous tués et il ne pouvait rien faire pour eux. Encore une fois. Encore une fois, il n'était pas en son pouvoir de sauver ceux qui attendaient de lui leur salut. Quel être impuissant et risible il était, seul dans sa chemise qui le grattait, au fond d'un charmant fauteuil d'osier pendant que ses camarades seraient pendus, vivant ainsi l'une des morts les plus affreuses qui soient. A ce moment, il pleura. Il pleura tandis que La Cardonnie, le voyant si transporté, s'était un peu éloigné, avait ôté sa perruque et son manteau et prenait de quoi préparer un repas. Une domestique noire s'introduisit alors et apporta des gâteaux et du café. Sur un signe de La Cardonnie, elle s'assit près de Lussanville et lui tendant le café qu'il refusa, elle commença à chanter un hymne du Sénégal, doucement, alors que Lussanville ne pouvait plus s'arrêter de verser, larme après larme, toute la peine qu'il avait accumulée dans les eaux de l'Atlantique et sur les côtes d'Afrique.

« *Lussanville :* Et les esclaves ? »

Il avait demandé cela soudainement, en posant ses yeux rouges sur La Cardonnie qui surveillait le foyer.

« *La Cardonnie :* Ils rejoindront sans doute la plantation de l'île de la Tortue. Où pourrions-nous les emmener maintenant ? Nous ferons simplement en sorte qu'ils soient bien traités.

Lussanville : Vous me le jurez ?

La Cardonnie : Sur mon honneur de chrétien, monsieur de Lussanville. A présent, je vous en prie, remerciez le ciel d'être encore de ce monde, après les terribles épreuves auxquelles il vous a confronté. Mangez un peu, buvez votre café et demain je ferai en sorte de vous trouver un navire qui pourra appareiller pour Jamestown. »

Lussanville mangea et alors qu'il allait monter se coucher dans la chambre que la domestique lui préparait, La Cardonnie lui lança, du bas de l'escalier.

La Cardonnie : Et je vous en prie, demain matin... ne descendez pas trop tôt. »

Ces mots n'étaient pas nécessaires. Lussanville savait que les pendaisons avaient lieu le matin et il voyait parfaitement, pendant le repas, le bourreau qui s'affairait à préparer les cordes. Il fut réveillé cependant à six heures, par les cris de ceux qui ne voulaient pas mourir.

X

<u>Où l'on voit du sang</u>

La fâcheuse nouvelle que venait d'apprendre Fanchette l'avait mise dans un tel état d'angoisse et de peine que la malheureuse ne put d'abord parler. Madame Villetaneuse s'était toujours montrée avec elle la meilleure des femmes et rien ne semblait la prédisposer à une quelconque tyrannie. La belle Florangis se sentit pour la première fois prisonnière et n'avait pas de mot pour dire son désarroi. Ce fut bien naturellement Agathe qui entendit la première les remous de son cœur, alors qu'elle coupait les pages d'un vieux livre.

« *Fanchette :* Quoi ? Pourquoi veut-on, avec une telle hâte... et avec un homme que je ne connais point... oh j'en mourrais Agathe, si l'on devait me faire violence !

Agathe : C'est parler comme il faut, Fanchette. Il faut trouver un biais,

268

une feinte pour retarder ce mariage.

Fanchette : Je pourrais feindre d'être indisposée...

Agathe : Ma mère appellera des médecins, et ils diront ce qu'elle voudra. Cette affaire lui plaît au plus haut point, et dix mille livres de rente ne sont pas assurément pour être refusés.

Fanchette : Il est bien question d'argent ! Peut-il être question d'argent quand mon cœur a tant de peine ? Et pour une mère – car elle est une mère pour moi – l'argent n'a t-il pas infiniment moins d'importance que n'en a le bonheur et la santé de sa fille ?

Agathe : C'est que ma mère l'aime infiniment plus.

Fanchette : Comment peux-tu dire une telle chose d'elle ?

Agathe : Et comment peut-elle te soumettre à une si rude épreuve ? N'est-ce pas la preuve qu'elle est comme je le dis ?

Fanchette : Je crois bien que non. Je crois que son cœur est fort bon, mais qu'elle n'a pas conscience du mal que j'éprouve, si elle le sentait, elle en serait infiniment émue et renoncerait à ce mariage.

Agathe : Le crois-tu, Fanchette ?

Fanchette : Je le crois, de tout mon cœur.

Agathe : Et si cependant, son humeur restait inflexible ?

Fanchette : Alors il me faudrait me résoudre à de terribles extrémités. Pour ne pas trahir Lussanville, je ferais tout.

Agathe : Bien tout ?

Fanchette : Oh oui, Agathe, tu le sais bien !

Agathe : Alors laisse-moi t'instruire d'une idée qui m'est venue en tête. Si celle-ci n'infléchit pas ma mère, alors nous la quitterons là toutes deux, et je t'emmènerai loin, très loin dans les montagnes, dans un endroit où personne ne nous dira comme il faut vivre.

Fanchette : Oh Agathe, comme je t'aime ! Mais dis-moi un peu quelle est cette idée dont tu me parles ? »

Agathe voyait en cette circonstance le moyen de mettre à exécution un projet qui lui était depuis longtemps venu en tête. Dès lors que Lussanville était parti, madame Villetaneuse allait tout mettre en œuvre pour marier Fanchette au plus offrant et même si, jusqu'à présent, le chagrin de la belle Florangis l'avait gardée d'aller plus avant, il viendrait un moment où elle lui choisirait un mari. Au plus profond d'elle-même, et depuis longtemps, Agathe refusait d'envisager pareille horreur. Elle l'avait perdue une fois et ne pouvait imaginer la perdre une seconde fois, car, il est vrai, elle l'aimait, d'une amour sans seconde. Ce fut à ce moment que pour la première fois, en son esprit, elle arriva à clairement concevoir cet amour extraordinaire, qui était bien celui d'un amant, celui-là même qu'avait éprouvé Lussanville à son égard et il lui apparut tout naturellement qu'une femme pouvait en aimer une autre, puisqu'elle éprouvait, à l'instant, ce sentiment. Ne pas l'aimer seulement pour sa beauté, ni pour sa chair, ni pour ce qu'elle représentait, mais pour son âme, comme on peut aimer sa moitié. Elle avait repensé au *Banquet* de Platon, quand le grand poète comique Aristophane dit que nous étions des êtres à huit membres que Zeus coupa en deux pour affaiblir leur puissance et que c'est ainsi qu'il créa le désir car chacune des parties séparées de sa moitié voulait à nouveau s'unir à l'autre. Certaines étaient androgynes et il en résultait le désir des hommes pour les femmes et des femmes pour les hommes. Cependant d'autres étaient mâles et d'autres encore étaient femelles... Ainsi il existait, quelque part sur cette Terre des femmes dont la moitié était une autre femme. Agathe avait fini par acquérir la certitude qu'elle était une de ces femmes et que, peut-être, Fanchette était l'autre... du moins elle l'espérait. Mais puisqu'elles seraient réprimées et qu'on les forcerait de se séparer car on entendait pas l'amour comme les grecs (quoiqu'eux-mêmes étaient aussi connus pour haïr les femmes) il fallait qu'elles devinssent de modestes paysannes libres, et qu'elles finissent leur vie dans quelque obscur village de montagne où les moutons et les chèvres seraient leur seule occupation. Là-bas, on ne leur chercherait pas querelle, et pourvu qu'on ne soupçonne pas le commerce qu'elles pourraient avoir, on ne les tourmenterait pas.

C'est parce qu'elle était guidée par ce rêve que l'impétueuse Agathe se risqua à formuler un plan qu'elle croyait voué à l'échec, car elle ne voyait en sa mère qu'hypocrisie et avidité, mais qui lui permettrait de persuader Fanchette de partir au plus tôt, vivre loin des hommes et du commerce du monde. Elle posa finalement son couteau, ayant terminé de couper ses pages.

« *Agathe :* Je veux te dire mon projet... mais avant tu dois me promettre une chose.

Fanchette : Tout ce que tu voudras, Agathe.

Agathe : Que tu ne te marieras jamais avec cet homme qu'on veut t'imposer, que tu quitterais plutôt ces lieux pour toujours.

Fanchette : Je te le promets, si on veut me faire violence, je ne resterai pas une minute.

Agathe : Je crains pourtant que ma mère ne s'infléchisse pas.

Fanchette : Je te l'ai dit ! J'irai n'importe où plutôt que d'épouser un tel mari !

Agathe : Ta résolution, Fanchette, est tout ce qu'il me fallait. Voici en un mot la chose. Es-tu bien hors de tes menstruations ?

Fanchette : La belle question ! Elles ont pris fin hier, mais qu'est-ce que cela fait ?

Agathe : Parfait, elle n'attribuera donc pas à cela ce que j'ai l'intention de lui montrer.

Fanchette : Mais que veux-tu donc lui montrer ? Ne prends pas les choses avec cette légèreté, il s'agit de ma vie !

Agathe : Laisse la raison te gouverner toute entière, et ne cède point au premier mouvement de ton âme. Tu auras besoin de tout ton sang-froid, et de ton talent naturel de comédienne.

Fanchette : J'ai donc ce talent ? (Fanchette sourit alors avec un exquis contentement)

Agathe : Sans nul doute. Il faudra que tes avant-bras soient barbouillés de sang, on les aura préalablement bleui avec quelque poudre, et tu devras faire semblant de te trouver mal. Le coupable désigné, illusoire pourfendeur de ta chair, un petit couteau de cuisine que je placerai sur ta table de nuit. Tu crieras, tu pleureras tout ton soûl, alors que je viendrai en grande alarme dire à ma mère qu'on attaque sa protégée. Là dessus tu crieras de plus belle, elle montera, et à la vue de cette macabre mise en scène constatera que ce sang n'est pas celui d'un autre, ni celui des écoulements naturels dont le linge souillé a été lavé ce jour et qu'elle a dû étendre elle-même. Une idée terrible lui viendra alors peut-être, celle-là que tu t'es fait ces blessures à toi-même, de désespoir face à l'atroce idée de te marier maintenant.

Fanchette : Mais quelle raison donnerais-je ?

Agathe : Eh bien, Lussanville ? Cela n'est-il pas une raison ?

Fanchette : Mon cher Lussanville !

Agathe : Voilà qui est fait. Là dessus, si elle ne cède point, il nous faudra partir.

Fanchette : Elle cèdera, j'en suis sûre. Mais où trouver du sang ? On découvrira la feinte si on égorge un animal.»

La question amusa Agathe qui regarda Fanchette avec un air entendu.

« *Fanchette* : Ah cela n'est pas possible ! Je sais ce qui t'es venu dans l'esprit, et c'est dégoûtant !

Agathe : Préfères-tu te marier dès demain avec le fils Royan ?

Fanchette : Non ! Mais cela est une chose sale !

Agathe : Est-ce bien la même Fanchette qui me parle aujourd'hui de chose sale quand l'année dernière elle n'hésitait pas à dire qu'on pouvait mettre la langue de ses amis en sa bouche pour y partager le goût du chocolat ?

Fanchette : Eh bien la bouche est plus pure que cette partie-là !

Agathe : Eh bien ma belle Fanchette, mes impuretés n'ont plus rien à te dire et souhaitent le bonsoir à madame Royan, la nouvelle armatrice.

Fanchette : Ah cruelle ! Quand j'ai le plus besoin de toi, tu m'abandonnes ?

Agathe : Je ne saurais souiller les bras délicats de la belle Florangis des affreuses sécrétions de la nature. Et il vaut mieux, puisqu'il vous plaît, qu'ils soient souillés d'autre chose.

Fanchette : Tu me mets au supplice !

Agathe : Mais ce supplice-là est toujours infiniment plus enviable que de plonger vos bras dans les houles tumultueuses de la Mer Rouge, et à choisir, vous vous en accommoderez bien. Ne dit-on pas que le sang des hommes perdu à la guerre rachète celui que nous autres femmes impures, laissons derrière nous ?

Fanchette : On ne dit pas cela !

Agathe : Aller, votre mari n'aura pas à saigner pour vous, et vous ne vous tacherez point.

Fanchette : Finiras-tu, diablesse ! Barbouille-moi puisqu'il le faut !

Agathe : Moi ? Recouvrir de ma souillure vos délicieux bras de lait ? J'aurais honte d'être née ! Je n'en ferai rien.

Fanchette : Et moi, je te dis que je le veux ! Recouvre-les de ton sang, je te les offre ! Vois, je te les abandonne !

Agathe : Il ne me plaît pas, moi. Je vous trouve plaisante d'en user de la sorte avec celle qu'à l'instant, vous nommiez dégoûtante.

Fanchette : Je ne te nommais point. Ce n'était que ton idée !

Agathe : Mais l'idée ne fait-elle pas l'homme ? Ou la femme ?

Fanchette : Ton idée est admirable !

Agathe : Elle le serait bien plus si elle avait eu l'heur de plaire à mademoiselle.

Fanchette : Puisque je te dis qu'elle me plaît et que je veux qu'à l'instant tu en badigeonnes mes bras, de ton idée ! »
Fanchette mille fois tendait sa main à Agathe, qui l'esquivait, la refusait, la parait. Mais à cet instant elle l'attrapa.
« *Agathe :* Pour m'ouvrir l'esprit... »
Elle déposa un baiser doux sur le bout de l'avant-bras, à la naissance de la main, là où toutes les veines se rejoignent, où se situe le siège de leur sensibilité extrême. Fanchette, les yeux un peu rougis, la regardait avec l'inquiétude et l'attente d'une enfant abandonnée et Agathe la regarda avec douceur, renouvela son baiser et sourit. Elle prit ensuite un linge un peu rougi et le déposa sur les bras de Fanchette, puis l'égoutta un peu sur le couteau avant de le remettre là où elle l'avait pris.
« *Agathe :* Il faut agir sans attendre ! Prends ce couteau ! Et crie, pleure, autant que tu peux ! Te voilà déjà dans l'état qu'il faut ! Ne sèche pas tes larmes, tu dois la convaincre ! »

Et aussitôt qu'Agathe fut partie, Fanchette cria, pleura, hurla. Tant et si bien qu'il ne fallut que quelques secondes à madame Villetaneuse pour ouïr ce vacarme, Agathe la première arriva auprès de sa mère alarmée.
Agathe : Maman, ces cris viennent de la chambre de Fanchette !
Villetaneuse : Juste ciel ! Ma Fanchette ! »
Et elle laissa son ouvrage et ses aiguilles en désordre, si bien qu'elle s'en piqua et courut dans les escaliers, suivie par sa fille. Arrivée à la porte de Fanchette, elle ouvrit brusquement la porte et trouva sur le sol un couteau taché de sang et les poignets de Fanchette ensanglantés. L'horreur s'empara à l'instant d'elle et elle dit, d'une voix blanche, entrecoupée par l'émotion :
« *Villetaneuse :* Ah ma petite Fanchette, tu as fait cela toi-même ? Quelle horreur, ô malheur, qu'ai-je donc fait pour mériter que tu te blesses ainsi ?
Fanchette : Ah madame... ! Si vous connaissiez ma douleur ! Et ce mariage qui me brûle les veines et me commande... ! »
Dans un geste d'une implacable théâtralité, elle saisit le couteau mais Villetaneuse s'en saisit.
« *Villetaneuse :* Arrête, malheureuse ! Oh, Fanchette ! Ma pauvre Fanchette ! Comme j'ai été mauvaise, comme je t'ai mal aimée ! Tu le

haïssais donc tant ce mari que je voulais te donner ?

Fanchette : Je n'en veux point madame... j'aime... Lussanville... je me suis engagée, pour ma vie, à Lussanville...

Villetaneuse : Ma pauvre enfant, tu es folle, tu es folle dans ton amour !

Fanchette : Jamais personne n'a, madame, aimé comme je fais.

Villetaneuse : Oh je te crois, malheureuse... je te crois. Tu le penses donc en vie ?

Fanchette : Plus que jamais !

Villetaneuse : Alors je dois m'y résoudre... ma pauvre enfant, comme tu saignes ! Agathe, que fais-tu à rester là, à l'observer se vider de son sang ! Va chercher un linge tout de suite. »

Agathe alla vite chercher un linge propre. Villetaneuse n'osa pas approcher la belle Florangis devenue à ce moment à ses yeux une sorte de fantôme monstrueux, rampant, qu'elle ne pouvait toucher tant la vue de ses blessures lui faisait de peur.

« *Villetaneuse :* Il te faut écouter la voix de la raison, Fanchette, il faut...

Fanchette : Ne me parlez pas de raison ! Ne me parlez pas de raison ! »

Elle avait de nouveau saisi le couteau, tandis qu'Agathe arrivait avec le linge et les observait, attendant de voir la nature de sa mère à l'oeuvre, persuadée qu'elle ne cèderait pas car elle avait beaucoup à y gagner. Pourtant ce qu'elle attendait ne se produisit point.

« *Villetaneuse :* Lâche cela, Fanchette !

Fanchette : Non !

Villetaneuse : Je m'en vais écrire à l'instant à l'armateur Royan qu'il n'est plus question de mariage !

Fanchette : Chansons ! Je veux mourir !

Villetaneuse : Je te dis la vérité ! Arrête ta main désespérée, je suis résolue à n'en faire rien, tu ne te marieras pas avec cet homme. Je t'en prie, ma Fanchette, es-tu satisfaite ? »

Fanchette éclata alors en pleurs, mais en pleurs véritables cette fois, car elle avait vraiment songé à se blesser pendant cette lutte, et pensait à Lussanville, qui ne lui avait point écrit, qui ne lui écrirait sans doute point et pour qui elle n'était plus sans doute qu'un souvenir de sa jeunesse disparue.

Dans lequel Lussanville assiste à un nouveau spectacle macabre, fait une belle rencontre et appareille enfin vers la Virginie

Lussanville ne descendit que vers trois heures de l'après-midi. Pendant plusieurs minutes, alors que la domestique apportait une collation, il ne se risqua pas à regarder par les fenêtres. Mais cette idée de mort l'obsédait, là, tout au fond de lui. La mort omniprésente, la mort comme fée du sommeil, cette pensée qui ne vous quitte que lorsque vous vous endormez tout à fait, mais qui vous reste en tête tandis que vous cherchez à dormir. Dormir, mourir... la vie n'est-elle pas qu'une trop longue journée ? Fatigante, épuisante, harassante ; on n'en voit pas le bout mais on le redoute, on le redoute sans cesse. Lussanville ne pouvait regarder, non, s'il regardait maintenant ce serait cette image-là qui l'accompagnerait dès qu'il voudrait dormir. Ces visages sans âme seraient les éternels compagnons de son sommeil. Mais pourtant il ne faisait aucun doute qu'on les avait décrochés. Cela ne pouvait qu'être. Avait-on intérêt à attirer les mouches et autres moustiques tropicaux ? Cette idée le décida finalement à se retourner. Et il le regretta.

Une longue rangée de cadavres pendus se balançait au gré des vents, sous les arbres verts de ce paradis terrestre ; les visages, tuméfiés, tranchaient avec la verdure des branches et des feuilles et les vêtements, pour la plupart de couleurs chaudes, complétaient ce tableau sordide d'une touche de tragique. Deux aigles marchands commençaient d'arracher les yeux des malheureux de leur fin bec jaune. Lussanville eut un haut-le-coeur et but son café brûlant d'un coup. Il vit La Cardonnie arriver, portant un tricorne rouge et bleu.
« *La Cardonnie* : Eh bien, monsieur de Lussanville ! Qu'avez-vous ? Vous me semblez pâle ! »
Lussanville était pâle en effet mais faisait de gros efforts pour respirer normalement.
« *Lussanville* : Pardonnez ma question monsieur mais... pourquoi les avoir laissés là ?
La Cardonnie : Comment, les prisonniers ? Le gouverneur de l'île espère que cela calmera les esclaves qui étaient d'une humeur de rébellion, j'ai tenté de lui faire entendre raison mais il ne veut point les enlever de là avant ce soir. Ne regardez pas par cette fenêtre, ce

monde-là n'est pas le vôtre. Et puis j'ai de bonnes nouvelles pour vous, qui en sont, hélas, de mauvaises pour moi. »

Il s'installa avec Lussanville et on lui apporta une omelette.

« *La Cardonnie* : J'ai été chargé par sa majesté de cartographier précisément les environs mais les troubles qui se sont déclarés à Saint-Domingue me forcent de demeurer en ces lieux encore deux ou trois mois le temps de rétablir le calme et de rappeler que le roi de France veille. Les Espagnols nous ont cédé ces terres et peut-être ils s'en repentent aujourd'hui. C'est pourquoi ma corvette est tout à vous. J'ai songé que vous pourriez, s'il vous est possible, demander à votre oncle et à plusieurs de ses amis si certains d'entre eux voudraient s'établir à Saint-Domingue plutôt que d'enrichir les Américains. Et puis les Anglais ne vont pas tarder à avoir de gros problèmes en Virginie, nous avons intercepté une lettre d'un certain George Mason qui parle de boycotter les productions anglaises. Les planteurs possèderont bientôt l'Amérique, ils s'enrichissent sans cesse. Si certains pouvaient se rappeler qu'ils sont français, je pense que cela ferait un grand plaisir à notre roi, qui ne manquera pas de s'en souvenir. Qu'en dites-vous ? Voulez-vous devenir ambassadeur de Sa Majesté, en mission secrète en Virginie ?

Lussanville : Je ferai ce qu'il plaira à mon roi de m'ordonner, et ce serait pour moi un honneur de servir la couronne.

La Cardonnie : La raison est toujours du côté de ceux qui savent servir leur souverain. A présent, demandez-moi ce que vous voulez. Vous avez beaucoup souffert, vous avez survécu à deux traversées difficiles et aujourd'hui nous pouvons compter sur vous. Demandez-moi ce que commande votre cœur et s'il est en mon pouvoir, je vous le donnerai.

Lussanville : Monsieur de La Cardonnie, vous êtes un véritable gentilhomme. Puisqu'il vous plaît de me le proposer, je ne vous demanderai qu'un habit neuf, et un valet pour m'aider dans ma tâche, un homme de confiance, et qui a de la conversation.

La Cardonnie : Pour l'habit, je vous en fait faire un tout à l'heure, le temps de faire venir le tailleur. Quand à votre valet, j'ai peut-être l'homme qu'il vous faut... »

Il appela alors sa domestique et demanda qu'on fasse venir Léliande. La domestique le salua et sortit.

« *Lussanville* : Léliande est-il un habitant de Saint-Domingue ?

La Cardonnie : Ma foi, non. Léliande vient de Corse.

Lussanville : On dit que les Corses sont redoutables.

La Cardonnie : Vous ne croyez pas si bien dire... Mais je crois que Mata revient déjà. Oui Léliande est ici. »

La porte s'ouvrit et la domestique entra, accompagnée d'une jeune femme, vêtue d'une chemise de corsaire, portant bottes et pantalons, ainsi qu'un sabre et deux mousquets.

« *Lussanville* : Vous êtes... Léliande ?

Léliande : Monsieur, je suis à votre service. »

Et elle salua, en retirant son chapeau surmonté d'une plume d'aigle.

« *La Cardonnie* : Léliande a conduit une expédition des plus tumultueuses jusqu'à Saint-Domingue il y a de cela deux ans. Elle vous en fera le récit détaillé durant le voyage pour vous désennuyer. Vous vouliez un valet avec de la conversation. Je vous l'ai trouvé. Elle est aussi brave qu'un homme et aussi bavarde qu'une femme.

Léliande : Je prends cela pour un compliment, monsieur de la Cardonnie.

La Cardonnie : Léliande, qui est-ce qui a donné à une femme cette philosophie du combat et du bel esprit ?

Léliande : L'habitude de la félonie et de la bêtise de bien des hommes, monsieur.

La Cardonnie : Voyez, monsieur de Lussanville, je la crois parfaite pour vous. Mais j'ai encore à faire, si vous voulez bien m'excuser. La *Bergère* sera prête à appareiller d'ici deux jours, juste le temps de vous faire ce nouvel habit que vous m'avez demandé. A bientôt, monsieur de Lussanville. »

Et La Cardonnie quitta la demeure pour ne laisser que le valet et son nouveau maître.

« *Lussanville* : Je t'en prie, Léliande, assieds-toi.

Léliande : C'est un plaisir que d'être invitée à la table de monsieur. Prendrons-nous un verre de rhum ?

Lussanville : Je crois avoir vu La Cardonnie qui en prenait dans ce meuble... »

Il allait se lever pour le chercher mais Léliande le retint.

« *Léliande* : Permettez-moi d'entrer à votre service dès cet instant, monsieur. »

Elle alla prendre la bouteille et deux verres et versa une bonne quantité à Lussanville avant d'en prendre autant elle-même.

« *Lussanville* : Je crois que je n'ai pas été aussi heureux depuis quatre mois.

Léliande : Je l'ai immédiatement senti, monsieur. Et je veux être votre serviteur, puisque vous semblez si content que je sois votre valet.

Lussanville : Mais d'où te vient cette disposition pour les rôles d'hommes ?

Léliande : C'est que les hommes ont brisé la femme que j'étais.

Lussanville : Quelle femme étais-tu ?

Léliande : Oh, cela, je vous le dirai quand nous serons en route, car c'est une longue histoire et pas très joyeuse avec cela. Ce n'est pas le moment de vous la raconter. J'ai vu ce qui a été réservé aux matelots avec qui vous êtes arrivé. Non, vraiment cette histoire là, vous ne la voulez pas entendre à présent. Mais si vous voulez causer, parlons plutôt de vous, car pour vous bien servir, il faut vous bien connaître. »

C'est ainsi que Lussanville fit la connaissance de son nouveau valet. Dès le lendemain on l'habilla magnifiquement, avec des bas de soie des plus exquis, une culotte, un manteau et une chemise avec force rubans et motifs qui lui donnaient l'allure d'un prince.

« *Lussanville* : Léliande, que dis-tu de cet équipage-là ?

Léliande : Ma foi, monsieur, je dis qu'on est heureuse quand on sert un maître jeune et beau. »

Lussanville allait poser la perruque sur ses cheveux mais à cet instant, Léliande eut une exclamation.

« *Léliande* : Ah monsieur !

Lussanville : Quoi donc ?

Léliande : Me permettez-vous les disputes ?

Lussanville : Je te les permets. Parle.

Léliande : C'est que cela n'ira point du tout sur la tête de monsieur.

Lussanville : Comment donc, cela ne m'ira point ? N'y a t-il pas d'accessoire plus noble ?

Léliande : Peut-être bien, mais... »

Elle désigna avec un geste lent et entendu la longue chevelure de Lussanville qui lui tombait à présent sur les épaules, avec ses grandes boucles un peu éclaircies par le soleil.

« *Lussanville* : Quoi, mes cheveux sont-ils trop longs ?

Léliande : Moi, je dis qu'on a pas besoin de porter perruque quand on a de tels cheveux de son crû.

Lussanville : Serait-ce une flatterie ?

Léliande : De ma part, monsieur ? Vous ne me connaissez pas encore. Je ne suis pas de celles qui flattent. Je suis de celles qui défendent, qui se battent et qui savent rabattre un caquet si on me le demande. Flatter, cela je ne puis.
Lussanville : Comme j'aime cette humeur-là !
Léliande : J'ai sans doutes quelques qualités, mais j'ai le défaut d'être un peu plus sincère parfois qu'il ne le faut.
Lussanville : Nous verrons si j'aurai un jour lieu de m'en plaindre ! En attendant j'ai hâte d'embarquer vers la Virginie et de connaître ton histoire.
Léliande : Elle est bien triste, monsieur. Mais je vous la dirai, puisque je l'ai promis. »

Le lendemain, *La Bergère* quitta Saint-Domingue avec à son bord Lussanville et son nouveau valet. En regardant ces yeux turquoise, il songea à Fanchette. L'avait-on mariée ? L'aimait-il encore ? N'avoir point eu de lettre d'elle était un supplice ; cela était peut-être la preuve qu'il n'en aurait point et qu'elle préparait en ce moment même ses noces avec un autre. Encore une fois il regarda Léliande et songea qu'elle était belle, qu'elle avait de l'esprit, et que souvent l'infortune était mère de belles aventures. C'est alors qu'en songeant à cela il se frotta les yeux et se fit une petite éraflure, il avait oublié la bague, silencieuse, qui enserrait son doigt ; l'oeil bleu semblait le regarder. La voix de sa mère lui parvint en souvenir, elle disait : « n'abandonne pas tes rêves, continue, toujours plus haut, toujours plus loin, trouve les mots justes et abandonne-toi tout entier à la vie que tu as choisi ». Alors que la côte s'éloignait et que le soleil illuminait le pont de la corvette, Léliande alla regarder la mer aux côtés de Lussanville et, posant son regard sur le même horizon, murmura : « elle regarde, elle aussi, le soleil ».

Chapitre 6
« Lorsque nos trois destins en font se croiser six »

I

<u>Dans lequel on commence d'apprendre la terrible histoire de Léliande, alors que Lussanville effectue la traversée vers la Virginie</u>

Lussanville s'était levé avec un terrible malaise ce matin-là. Les corps de l'équipage du capitaine Leblanc n'avaient été finalement retirés que le jour de son départ, il en avait eu connaissance peu avant de monter à bord. Ces morts, ces âmes perdues, gisant, les unes près des autres à présent, au fond de la fosse commune qu'on avait creusé dans quelque obscure forêt, ces morts pour qui il n'avait rien pu faire; en ce moment, il avait l'impression de les entendre lui parler, lui demander des comptes : « et qu'as-tu fait pour nous, Lussanville ? Ne t'avons-nous pas bien traité ? Ne t'avons-nous pas accueilli parmi nous ? N'as-tu pas partagé notre table, rompu le pain en notre compagnie ? Et toi tu es vivant, et nous, nous sommes morts... tu verras, un jour il viendra, le lointain sommeil, et il t'engloutira comme il nous as englouti, nous, les oubliés de la mer. »
Il se rappelait les longues heures de silence auprès de ces hommes avec qui rien de commun ne l'unissait. Il demeurait souvent assis sur un tonneau et les regardait jouer et parler. De temps en temps il prenait part à une partie de cartes mais le plus souvent il ne disait rien, se contentant de faire la part de travail qu'on lui assignait. On lui en donnait fort peu, en ce qu'il n'était pas vraiment marin et qu'il avait surtout été embarqué pour servir de monnaie d'échange, avec le mauvais succès que l'on sait. D'affection pour eux, il faut bien le reconnaître, il n'en avait point. Et les hommes n'en finissaient pas de le décevoir. Seul le capitaine lui avait inspiré de la sympathie. Jacques Leblanc avait eu de l'éducation et cela avait beaucoup fait dans leur épisodique complicité. C'était à cause de lui que Lussanville avait eu si mal quand on lui a dit la nouvelle de la condamnation des pirates. Mais ces voix continuaient de lui murmurer à l'oreille, toute la journée

où il n'avait rien à faire, ou presque. Le soir venu, constatant que son maître n'allait point souper, Léliande lui apporta un dîner dans sa cabine, et lors de ce dîner, comme promis, elle débuta son récit.

« *Léliande :* Il ne faut pas me blâmer, monsieur de Lussanville, dans ce que j'étais, pas plus que dans ce que je suis ; car je ne suis et je n'étais que ce qu'on a bien voulu faire de moi. J'étais une jeune fille sans histoire, pas moins bête qu'une autre, qui menait une vie très ordinaire au sein du village de Tivarello, dans le sud de la Corse. Les ordres de ma mère et de mon frère commandaient à toute mon existence et jamais je n'avais eu l'idée d'aller contre leurs volontés. Fallait-il s'occuper des bestiaux, j'y courais, devait-on préparer un repas, j'étais la première à m'atteler à la tâche et je crois que les membres de ma famille n'eurent jamais à se plaindre de moi tandis que je vivais sous leur toit. Notre famille avait un peu de bien, en cela j'entends deux ânes, trois ou quatre cochons et des poules qui subvenaient à nos besoins, qui n'étaient pas grands. Je n'avais pour toute ambition que de grandir et de vieillir parmi les miens sans jamais me lancer dans le monde. Et puis qu'y aurais-je fait ? Enfin, rien ne me préparait à me retrouver ici et je vous demande encore une fois de ne pas mal juger mon caractère. Je ne suis pas de ces femmes malformées qui cultivent cette étrange disposition d'esprit qui fait qu'elles veulent ressembler aux hommes, croyant ainsi rendre leur sort plus enviable et n'hésitant pas à tromper leur monde pour parvenir à leurs fins. Non, je suis bien celle que j'ai dit, et je n'ai pas renié mon nom de baptême, dont, il est vrai, l'emploi mixte n'est pas sans m'être très utile aujourd'hui. Mais sachez, monsieur, que mon état de femme n'a rien en soi qui ne me déplaise et que si je m'en suis éloignée, ce fut à contrecoeur. Cela posé, je puis vous dire comment l'impensable s'est produit. J'étais en train de tendre les filets de pêche avec un des garçons de notre village, celui-là même qui voulait m'épouser - je le trouvais d'ailleurs assez à mon goût – lorsque soudain j'ai vu plusieurs canots arriver qui apportaient sur nos côtes des hommes en turban armés de sabres et de fusils. Je me suis éloignée de la plage mais l'un d'eux nous mettait déjà en joue, et mon compagnon fut touché en plein cœur. Inconsciente de l'erreur tragique que je commettais, je courus vers le village et dis à tout le monde de se mettre à l'abri, qu'une attaque se préparait, que Pietro avait été touché. J'étais une folle et une inconsciente, tout le village s'est barricadé chez lui, ma mère et mon frère m'ont fait entrer et m'ont enfermée dans ma chambre. Cependant ma plus chère amie, Paulina, se trouvait à ce moment dans le village voisin et, morte d'inquiétude pour elle, sans l'aval de ma famille, j'ai sauté par la fenêtre et je me suis précipitée pour la prévenir. Ce mouvement d'instinct, dicté par une compassion bien naturelle, est ce qui m'a sauvé la vie. Les assaillants étaient en train de mener une razzia, comme on dit, ils allaient sur les côtes pour chercher des esclaves et les vendre chez les maures, à Alger et à Tunis car là-bas, on prise les esclaves blancs. Et croyez-moi, ils sont une proie facile. Qui viendrait nous défendre contre les armées des mahométans quand Paris et Rome sont si loin et que nous sommes à leur merci près des côtes ? Il ne me fallut qu'une heure pour rejoindre Figari où je retrouvais mon amie, mais ce fut pour le pire. D'autres assaillants étaient déjà sur place et on commençait à conduire ceux qui allaient devenir des esclaves vers les embarcations. J'ai voulu fuir vers les montagnes où j'espérais les semer, grâce à leur mauvaise connaissance du terrain. Mais deux d'entre eux nous ont coincées alors que leur groupe commençait à repartir. J'ai cessé d'avancer et je me suis mise à prier, attendant qu'ils me tuent, mais pour mon malheur, ils n'en firent rien. Et... je peux dire qu'ils ont assouvi avec des infidèles (ce sont leurs termes) un impérieux besoin naturel que je n'ai pas besoin de vous décrire. Ce calvaire, monsieur, aucun homme ne peut l'imaginer, et celle qui ne l'a pas vécu ne peut le concevoir. Mais quand on l'a vécu, on préfère être morte. Après cela, ils sont partis. Paulina et moi étions choquées comme vous pouvez l'imaginer, nous n'avions, l'une et l'autre, qu'une idée très imprécise des choses de la vie et ce fut une douleur plus terrible encore que de le découvrir dans ces circonstances. Nous avons chancelé, avançant vers notre village, nous demandant s'il resterait au moins une personne ou si nous n'allions retrouver qu'un champ de cadavre. J'avais très mal entre mes jambes que je gardais écartées en marchant, rendant le chemin plus long encore et plus pénible. J'arrivai au village, et je remerciai Dieu de voir encore du monde. Certains avaient été emmenés, d'autres avaient pu trouver refuge, dans l'église sous les pierres ou plus haut, sur les collines, certains étaient encore immobiles sur les toits, à moitié dissimulés sous la chaume, d'autres revenaient à pied, leur couteau à la main. Il y avait du sang sur le sol, beaucoup de sang. Jamais, je crois, je n'en avais vu autant, des hommes et des femmes, les uns sur les autres, baignant dans leur sang. On pansa les blessés, on enterra les morts ; religieusement, tandis que les uns et les autres s'enfonçaient dans le mutisme. On croit, à entendre ce récit, monsieur de Lussanville, que c'en était assez, bien assez, n'est-ce pas ?

Il n'en fut rien. Je rentrai chez moi, on ne m'adressa point la parole deux jours durant ; quand je marchais dans les rues du village, je faisais l'objet de chuchotements toujours plus nombreux, toujours plus insistants. Je saluai ma mère, plusieurs fois dans la journée, je n'avais droit qu'à un signe de tête. Poussée à bout, je me rendis chez Paulina avec qui on avait agi de même et l'on chercha mille raisons qui pouvaient nous valoir ce traitement inhumain de la part des nôtres. On inventa des chimères, on chercha l'explication par tous les biais qu'il nous fût possible : on nous croyait atteintes de la peste, on soupçonnait le mauvais œil de s'être abattu sur nous parce que nous avions quitté le village lors de l'attaque, on imaginait que les astres jouaient contre nous, que les habitants sous le choc d'une pareille aventure se méfiaient désormais les uns des autres... comme nous étions loin de la vérité ! Et le soir même, nous allâmes ensemble chez moi et nous nous plantâmes devant ma mère muette, toutes deux, les bras croisées, et nous la regardâmes pendant près de quinze minutes, sans bouger. On imagine que c'est si court quinze minutes. Croyez-moi, cela ne l'était pas. Et cependant nous tenions, nous tenions, dans ce jeu mortuaire de silence ; sans le savoir, nous aiguisions nous-mêmes le couteau qui allait nous transpercer. Ma mère finit enfin par se lever et par nous demander de sortir. Transportées comme nous l'étions, nous refusâmes alors avec force et demandâmes de concert la raison de cet abominable traitement. Comme nous nous mettions à crier, elle répondit dans une voix glaciale et pourtant assourdissante que nous portions le fruit du diable. Interdites, nous nous regardâmes alors et nous comprîmes immédiatement. L'abus infâme dont nous avions été victimes était ce pourquoi on nous traitait ainsi. Folle de rage, je brisai la vaisselle à ma portée et je sortis accompagnée de Paulina qui sanglotait à n'en plus finir. Elle pleurait tant qu'à la fin, je la gratifiai d'un soufflet. Fâchée de ma réaction mais n'ayant de toute façon nulle part où aller, elle m'en tint quitte pour ce que j'avais à lui dire. Je résolus d'aller en sa compagnie chercher dans le village et ceux des alentours les filles qui avaient subi les mêmes exactions. Croyez bien, monsieur, que je fus la première surprise de ma propre audace et je vous dirai tout franc qu'avant cette occasion rien ne semblait me prédisposer à devenir ce que j'allais devenir. Paulina s'inquiéta le premier jour que nous ne trouvions personne et en effet notre village ne recelait pas d'autres victimes de cette barbarie-là. Ce fut donc à Figari que nous nous rendîmes le deuxième jour et nos attentes – si l'on peut employer ce mot dans ces circonstances – furent pleinement remplies. Les corsaires arabes avaient, je ne sais pourquoi, violé et laissé pour mortes plusieurs femmes de tous âges et de toutes physionomies. On ne sait si elles constituaient le rebut de leur sélection ou si simplement leur navire n'était pas assez grand pour les contenir toutes ou même encore s'ils n'avaient pas eu le temps de les emmener. Elles étaient près d'une vingtaine, dix-neuf très exactement. Il serait trop long de vous les décrire toutes mais vous pouvez me croire, monsieur, je me souviens de chacun de leur visages mieux que de celui de mon frère avec qui j'ai vécu toute mon enfance. Ces femmes, dont certaines étaient en âge d'être ma mère, voire ma mère-grand, dépréciées et rejetées (certaines avaient été purement et simplement chassées du village) virent dans mon discours quelque lueur d'espoir car elles acceptèrent de me faire confiance. Que leur disais-je ? Que nous étions brisées, que nous étions des rebuts, des morceaux de chair mal digérés recrachés sur le sable, mais que nous étions ensemble. Imaginez, monsieur, que moi, presque la plus jeune, j'étais devenue chef de famille. Du haut de mes vingt-trois ans, j'étais la matriarche. Et la fonction première d'une matriarche, c'est de nourrir son clan. Il fut décidé que nous prendrions un peu dans le grenier à blé du village et que les figues feraient le reste pour le moment. Nous nous introduisîmes par ruse de nuit et réussîmes à prendre de quoi manger. Après quoi, autour d'un bon repas, d'un véritable festin pourrait-on dire (car je les engageais à manger bien plus qu'elles n'avaient besoin) je leur parlai des colonies. En effet, monsieur, je ne vous ai pas parlé de la deuxième fonction essentielle d'une matriarche. Elle est d'être porteuse de la longue-vue, celle qui vous fait voir l'avenir et qui vous donne votre cap. Ces mots marins, vous vous en doutez, résonnaient déjà fortement à mes oreilles. Je savais que notre avenir ne se trouvait pas en Corse, mais qu'il était bien plus loin. J'avais entendu dire par des voyageurs qui s'arrêtaient de temps en temps à Bonifacio, que Saint-Domingue, récente acquisition de la France, se trouvait dépourvue en femmes blanches et que les colons, malgré la défense du roi, s'établissaient avec leurs esclaves femmes et donnaient naissance à moult mulâtres. Une arrivée en nombre de femmes blanches ne serait pas pour être refusée. Mais nous manquions d'effectifs, et un tel voyage, si nous devions le réaliser, impliquerait la mort de plusieurs d'entre nous, n'étant pas habituées aux longs voyages sur mer, au climat tropical et nous n'avions de surcroît aucune expérience pour manoeuvrer un navire. A ce moment le découragement nous gagna mais celle qui devait devenir mon quartier-maître, Zélie, ôta lentement ses chaussures et ses bas avec une habileté qui me déconcerta. Les autres applaudirent l'insolente et on chercha dès lors à me convaincre qu'il fallait un peu user des faiblesses des hommes si l'on voulait qu'ils nous mènent en Amérique, qu'il suffirait que les plus belles d'entres nous s'offrent à de riches marchands et qu'ils nous feraient voyager comme bon nous semblerait. L'enthousiasme de mes amies avait cela de touchant qu'il se démarquait dramatiquement de la réalité, car les hommes, et vous le savez sans doute mieux que moi, ne se mettent au service d'une femme qu'en poésie, qu'en dédicaces et qu'il faut être bien naïve pour croire qu'ils pourraient agir commandés par nous. A moins bien sûr, qu'ils n'aient pas le choix... Je calmais un peu mes fidèles et les engageais d'abord à se servir de leur énergie extraordinaire pour nous trouver d'autres recrues qui voulaient quitter la Corse, et pour cela d'investir Bonifacio. Il nous fallait être plus nombreuses, sans cela nos projets seraient vains. Ah monsieur ! Je tremble en vous révélant cela, mais après tout, vous avez été près d'un mois et demie avec des pirates, et quelque chose en vous, dans votre regard, me dit que je peux vous faire confiance. Nous usâmes de tous les moyens pour doubler notre nombre, et le plus fort c'est que nous y parvînmes. Promesses, argent, manipulations mais aussi chantages, enlèvements... J'ai le souvenir d'une fort honnête fille qui avait été mariée à un vieux bourgeois de Bonifacio. La pauvre demoiselle était plus belle que le jour et son mari était le plus croulant et le plus infâme brochet qu'il m'ait été donné de voir. Elle se préparait en somme une charmante petite vie de veuve à l'abri de tout, pour peu qu'elle puisse embrasser encore un peu cet animal-là ! Zélie l'enlève au beau milieu de la nuit, nous la ligotons, nous la bâillonnons et quand nous la libérons et lui annonçons nos intentions, la petite se jette sur moi pour m'embrasser, ne se sentant plus de joie à l'idée de quitter sa vie et sa maison en notre compagnie. A partir de cet instant, j'eus la conviction profonde que les jeunes femmes corses n'attendaient qu'une occasion pour fuir leur familles et leurs traditions et que le discours d'un curé de village n'a pas grand prise quand on le remplace par un autre discours, plus approprié. A chacune des nouvelles recrues, les plus âgées racontaient notre histoire et notre calvaire, et il prit bientôt dans leur cœur la place qu'avait le calvaire du Christ, notre Seigneur qui m'avait abandonnée dans les bras de cet abominable homme, de cet impie qui ne reconnaissait pas Sa puissance. Ce qu'il avait gagné à cela, notre Seigneur ? C'est qu'à cet instant je ne le reconnaissais plus. Oui j'ai perdu la foi, monsieur de Lussanville. Je l'ai perdue dans mon malheur extrême, celui de ne pouvoir être la femme qu'on a voulu que je sois. Il nous fallut près d'un mois à Bonifacio pour compléter notre équipage. Nous étions cinquante, cinquante femmes prêtes à partir. Comment nos pères, nos frères et nos maris ne nous ont point attrapé, je ne sais pourquoi. Se cacher là-bas est chose impossible et chacun sait, par ses cousins, voisins les uns des autres, où vous êtes et qui vous êtes. Au fond, je suis persuadée qu'ils avaient peur de nous. Nous choisissions soigneusement nos cibles, des femmes isolées, veuves ou orphelines dont on ne voulait point, des femmes contrariantes dont on disait qu'elles tyrannisaient leurs maris qui ne les retinrent pas. Cependant, à la fin, alors que nos rangs grossissaient, on commençait à nous accuser de sorcellerie et il devenait dangereux pour nous de demeurer à Bonifacio, l'une d'entre nous fut en effet victime d'une attaque au couteau, mais fut heureusement sauvée par deux de nos sœurs. Ce fut ce jour-là que nous décidâmes qu'il était temps de partir.

L'ingéniosité de Zélie nous apprit à nous conduire comme de parfaites courtisanes. Nous repérâmes un navire marchand italien, une gabare en fort bon état, qui faisait escale à Bonifacio. Un tel bâtiment était sans doute difficile à manoeuvrer et les connaissances acquises par quelques unes de nos sœurs dans des livres et auprès de marins ne seraient sans doute pas suffisantes. Il nous fallait capturer plusieurs hommes tandis qu'ils étaient les plus vulnérables. Vous savez je pense, quel est ce moment où il le sont. Je ne vous cache pas que ce que j'ai dû faire m'a causé de la répugnance, sans compter que ces marchands italiens sont d'une brutalité qu'on a peine à concevoir et qu'il faut serrer fort les dents tandis qu'ils s'affairent. Cet animal-là me l'a ensuite payé de la pire façon. Mais je vous conterai cela plus tard. Oh,

monsieur, vous me semblez fatigué, bouleversé, qu'avez-vous ?
Lussanville : Votre histoire est bien comme vous l'avez dit, et toutes
mes infortunes ne sont rien à côté des vôtres.
Léliande : Laissez, pourquoi mesurer le poids du mauvais sort ? Et
doit-on s'enorgueillir d'en être plus chargé qu'un autre ? J'en ai assez
dit pour aujourd'hui, et puis la nuit est déjà avancée, je vais vous
laisser dormir.
Lussanville : Non, je vous en prie, demeurez et me dites ce qu'il se
passât ensuite.
Léliande : Demain, je vous conterai comment nous nous emparâmes
du navire et laissâmes bon nombre de ces pauvres marchands ivres
morts dans une auberge d'un de mes amis. Dormez, à présent. »
Léliande débarrassa alors ce qui restait du repas qu'ils avaient pris
ensemble, remit son tricorne et son manteau et sortit avec la grâce
raide qui la caractérisait. Lussanville s'allongea alors sur son lit et se
mit à penser à Fanchette, au fait qu'elle avait sans doute reçu une autre
de ses lettres qu'il avait laissé au Cap Vert dans laquelle il la suppliait
de lui écrire, de lui donner une trace de son existence, cette existence
qui lui paraissait de plus en plus lointaine, de plus en plus
fantasmatique. Désormais, il lui fallait un effort pour se rappeler
précisément de tous les points de son visage, d'où se trouvaient ses
petites pommettes, de son visage un peu ovale, de ses petits sourcils
blonds foncés, de ses yeux, si clairs. Ce rêve lui servait de prière, car
lui aussi sentait sa foi partir. Disparaîtrait-elle avec le visage de sa
bien-aimée ? Peut-être ne l'était-elle déjà plus. Cette terrible pensée en
tête, il s'endormit, non sans rêver de folles et grandioses aventures où
Léliande avait la meilleure part.

II
<u>Où Fanchette tente de ne pas oublier Lussanville</u>

La nuit d'horreur qu'avait vécu madame Villetaneuse l'avait
assurément dissuadée de parler de mariage et les jours qui suivirent
confirmèrent ce changement de ton. Agathe en était à la fois heureuse
et dépitée, car rien ne lui permettait à présent de songer à quitter ces
lieux qui lui causaient tant de déplaisir. Les vases, les cupidons, le
tapis, la bassine même où elle lavait les pieds de sa petite Fanchette
chaque matin, tous ces objets lui faisaient horreur. Chaque jeudi, elle

devait supporter la présence de son cousin Dolsans, qui, sans doute conscient que ses vœux ne seraient pas maintenant réalisés, s'armait de patience et continuait ses visites, respectueusement. Il devenait un élément familier de la maison, et Fanchette conversait parfois avec lui malgré tous les efforts d'Agathe pour l'occuper ailleurs.

Fanchette, quant à elle, n'avait pas oublié la défense que lui avait fait Agathe de s'intéresser à un autre mariage mais son espoir de recevoir un jour une lettre de Lussanville s'amenuisait avec le temps et ses larmes et son sacrifice semblaient n'y rien changer. Bien des fois, elle tenta d'obtenir de Dolsans qu'il parlât de Lussanville, du temps qu'ils avaient passé ensemble. Parler de lui, c'était le faire exister, un peu, dans sa vie. Ne plus en parler serait le tuer. Mais Dolsans esquivait sans cesse ces conversations par de savants détours et semblait toujours contrarié et contrit qu'on évoque son ami disparu. Il disait qu'il n'avait pas de nouvelles, qu'il s'inquiétait, qu'il espérait que le pire n'était pas advenu. Plusieurs fois il tenta de suggérer que Lussanville pouvait être mort mais chaque fois Fanchette refusait cette idée. Il est vrai que la belle Florangis ne se contentait pas d'attendre en priant le soir, elle s'était renseignée chaque jour sur le sort des navires qui avaient quitté le port en direction des Amériques dès le troisième jour de son retour. Et ce qu'elle avait pu apprendre ne lui avait pas laissé grand espoir ; en effet, seuls deux navires avaient appareillé vers cette région le 6 mai, l'un d'eux se rendait à Saint-Domingue ; lieu qu'on disait fort dangereux pour la navigation, si proche qu'il était du triangle des Bermudes et l'autre était un négrier qui faisait route vers l'Afrique, on savait le grand péril que comportaient ces expéditions-là. Et surtout dans l'un ou dans l'autre cas, son amant lui avait menti. Fanchette savait, grâce à leurs conversations, que Lussanville était né dans une plantation en Virginie, à deux jours de route de Jamestown. Or, le premier navire l'amenait bien loin de sa supposée destination et le second plus loin encore. Et il lui faudrait attendre encore plusieurs mois pour avoir des nouvelles de ces bâtiments. Elle allait pourtant prendre des renseignements au port une fois par quinzaine et posait toujours des questions sur ces deux bateaux, en obtint même les plans qu'elle étudia la nuit, pour connaître leurs limites et ce qu'ils pouvaient supporter. Le sieur Octave, qui tenait les registres du port, commençait à bien connaître Fanchette et l'aidait autant qu'il le pouvait, charmé qu'il était par la détresse de notre héroïne. Jamais amour ne fut plus sincère et plus entier. Cet amour-là avait la pureté des premiers amours. Le mensonge pourtant manifeste de son fiancé la poussa à imaginer toutes sortes de conjectures qui lui avaient été défavorable : peut-être n'appareillait-on plus pour sa destination et il avait décidé d'y parvenir par un autre chemin ? Peut-être croyait-il plus juste de gagner quelque argent en occupant la fonction de corsaire ? Ou même il était possible qu'il comptait attendre un prochain départ, ou partir d'un autre port et qu'on l'ait, au détour d'un chemin, attaqué, menacé et qu'on l'ait forcé à rejoindre un équipage ? Ou encore que, ayant bu trop de vin et se consumant dans le désespoir, il avait signé un acte qui l'engageait à servir dans un équipage de corsaires ou de marchands ?

Ce qui était certain, c'était que Dolsans ne voulait rien dire du temps qu'il avait passé avec Lussanville, et comme Fanchette l'amenait inlassablement sur ce sujet, il battait en retraite et attendait la semaine suivante pour revenir avec des fleurs pour elle. Ayant vu qu'il ne lassait point de ce procédé, Fanchette le laissa faire mais vit bien qu'il songeait à la demander en mariage. Cependant madame Villetaneuse veillait à ce qu'il n'en fisse rien, et profitait de la présence de nombreux autres prétendants pour vendre mille et un objets de sa boutique, affaire qu'elle menait bien mieux que par le passé. Agathe avait bien sûr remarquer le jeu du chat et de la souris auquel se livraient Fanchette et Dolsans et n'hésitait pas à faire de doux reproches, drapés du manteau de l'amant disparu. Ainsi, alors qu'il y avait près de quatre mois qu'il était parti, Lussanville gardait en cette maison une présence presque perpétuelle et les prétendants de Fanchette, nombreux, se voyaient encore refusés, tour à tour par une femme déterminée, rieuse, qui mettait un point d'honneur à les éconduire, soutenue par sa tendre amie Agathe qui lui écrivait une lettre tous les jours. Voici l'une d'elle, que nous reproduisons ici :
« *Ma Fanchette, quand le matin, alors que le soleil impur commence de t'illuminer et que tu dors, tes bras enserrant l'air sans consistance, je pose un premier regard sur ton sommeil, mon esprit se rendort à tes côtés. Je veille sur ton sommeil. Je me rendors comme dans tes bras ; car tu rends les nuits solitaires et les jours soleilleux.* »
Ces quelques lignes étaient le signe qu'une nouvelle journée commençait pour notre héroïne, et que de nombreuses autres suivraient, dans le bonheur de ce cocon, plein d'attentions et de

tendresses.

III

Dans lequel on apprend la fin de l'histoire de Léliande et où
Lussanville parvient finalement en Virginie

La journée de Lussanville avait été consacrée à l'écriture
d'une longue lettre pour Dolsans dans laquelle il contait toutes les
aventures de ces derniers jours, et l'espoir qu'il caressait à présent de
pouvoir revenir avant l'été prochain. Il se demanda pourtant comment
son oncle le recevrait, lui qui ne s'attendait pas à sa venue, et s'il se
montrerait clément. Et puis si cette aide pouvait le sortir de la
nécessité, peut-être ne suffirait-elle pas à redevenir le bon parti
qu'attendait madame Villetaneuse pour Fanchette. Si seulement elle
l'aimait toujours... elle avait si totalement ignoré sa première lettre,
d'après les mots de Dolsans, qu'il avait lieu de se le demander. Et si
quelque jeune homme bien fait croisait son chemin... L'idée lui parut
insupportable. Son amour ne connaissait aucune limite et il était plein
de feu dans ses lettres. Pourtant, sans qu'il s'en rende totalement
compte, il s'érodait doucement au fond de son cœur, asphyxié par la
pesante distance qui les séparait, par le doute et l'angoisse qu'il avait
qu'elle ne l'aimât déjà plus. Ces pensées l'avaient dévoré toute la
journée et il était resté cloîtré, loin de l'équipage, alors que Léliande
prenait l'office de quartier-maître en lieu et place de celui-ci à cause
qu'il se trouvait un peu mal. Le soir venu, Lussanville monta sur le
pont et apercevant la première étoile du ciel imagina mille raisons qui
avaient pu pousser Fanchette à ignorer sa lettre. Aucune cependant ne
trouvait grâce à ses yeux et il se représenta que c'était la douleur qui
l'avait poussée à agir de la sorte. Il était si confiant dans l'amour de sa
belle Florangis que chaque mise en cause qu'il faisait contre elle en
pensée s'assortissait immédiatement de son excuse. Il l'imaginait aussi
amoureuse que lui, et cette pensée le faisait respirer, le faisait vivre.

La nuit vint et à nouveau, Léliande descendit dans la cabine
réservée à Lussanville, celle qu'occupait ordinairement La Cardonnie
et poursuivit son récit.
« *Léliande :* Je vous ai dit que nous avions payé de nos personnes
l'occasion de nous emparer de la gabare des italiens, et cette occasion,
nous en tirâmes profit. Tandis que notre premier groupe faisait cette

besogne-là, un second groupe commandé par Zélie s'introduisait sans bruit dans le bateau, et attachait solidement les marins qui y étaient restés puis les débarquaient sur le quai, à l'exception de quatre d'entre eux, dont le quartier-maître et le charpentier. Il nous restait encore à faire embarquer le chirurgien et le tonnelier, qui étaient tous deux à terre. L'un était mon compagnon de débauche, mais le chirurgien dormait dans une autre auberge. Il fallait s'introduire dans sa chambre et le mener sans usage de la force jusqu'au navire, il tomberait alors dans l'embuscade de Zélie. Nos renseignements nous avaient permis de savoir que c'était un homme remarquablement sec, pieux et imperméable à toute forme de séduction. Cela ne nous découragea pas pour autant car les dévots sincères ont aussi leurs faiblesses. Paula avait été choisie pour lui parler de la vision qu'elle avait eu d'un ange dans le port au crépuscule, et comme c'était de loin la plus douce et la plus honnête fille qu'il y ait parmi nous, il était littéralement impossible de s'en méfier. J'étais contre le fait de donner une telle responsabilité à Paula – bien qu'elle soit mon amie, je dois bien reconnaître, monsieur, qu'elle n'était point des plus courageuses et si elle reculait au dernier moment, nous aurions des chances très amoindries de survivre à cette aventure. Alors que mon tonnelier ronflait, mes compagnes et moi-même prîmes soin de l'attacher convenablement et de le transporter jusqu'au navire où je retrouvais Zélie qui avait parfaitement rempli sa mission. Imaginez combien j'étais grisée d'être si près du but, et de n'avoir rencontré pour ainsi dire, presque aucune résistance. Je crois que Dieu voulait que j'y parvienne. Et pourtant, monsieur, il m'a mis au défi car Paula et le chirurgien étaient suivis. Plusieurs hommes avaient semble t-il observé notre manège avec les marins et l'un de nos informateurs avait dû nous trahir. Je ne le saurai jamais. Au moment où Paula revint, persuadée qu'elle avait réussi, le chirurgien sortit son épée, face à nous autres qui étions pour la plupart désarmées ; d'autres hommes se joignirent à lui et les premières détonations de mousquets retentirent. L'une de nos compagnes fut touchée en plein cœur et s'effondra sur le sol, morte. J'ordonnai qu'on montât à bord du navire. Sous le feu, tout le monde embarqua et je fus la dernière. Je regardai le chirurgien sous sa belle perruque blanche qui pointait son épée vers moi. Alors je pris mon couteau et égorgeai un malheureux marin qui était encore attaché au sol. Son sang, qui avait la couleur d'un épais jus de grenade, se répandit sur le sol jusqu'à former une flaque ronde où mes ennemis pouvaient voir leur reflet. Zélie, en voyant mon geste, mit debout l'un de nos prisonniers et posa son propre couteau sur la gorge de l'infortuné. Aussitôt l'un des hommes à terre ordonna qu'on cesse le feu et le dévot qui me regardait cria : « Que voulez-vous, sorcières ? Vous n'échapperez pas au jugement de Dieu, il vous emportera dans les profondeurs éternelles ; vos âmes sont déjà mortes, que vous importent celles d'innocents ? » Je demandai qu'on nous laissât appareiller, sans quoi nous tuerions tous les hommes à bord. Une telle menace dans la bouche d'une femme acheva de les convaincre que nos étions des créatures démoniaques et plusieurs de nos ennemis reculèrent. Ce fut sans doute cela qui nous sauva, monsieur de Lussanville. Ce fut leur superstition et leur couardise. A ce moment des dissensions éclatèrent parmi nos assaillants, certains pensaient leur âme en danger s'ils tentaient de nous empêcher de nous emparer du navire et refusaient d'aller plus avant, d'autres étaient prêts à se battre jusqu'au bout. Alors qu'ils disputaient, je détachai deux marins et leur ordonnai en italien de lancer la manœuvre du navire, en échange ils seraient autorisés à revenir à terre à bord d'un canot. Sous la menace de nos armes, ils s'exécutèrent et grâce à l'aide de nos compagnes, nous nous éloignâmes du rivage, de nuit, presque à la dérive. Voyant que nous manoeuvrions le bâtiment, les plus enragés de nos adversaires firent à nouveau feu et l'un des marins qui nous avait prêté main forte fut tué. L'autre, réduit au désespoir, se jeta à l'eau. J'ignore s'il a survécu. Le vent nous poussait loin de la côte et très vite nous ne vîmes plus les assaillants, happés par la nuit. L'assaut n'avait pas entamé notre courage et mes compagnes étaient galvanisée d'avoir réussi à quitter le port mais le danger nous guettait plus que jamais sur les flots. Nos voiles à moitié déployées provoquaient un roulis très dangereux sur ce bâtiment réputé pourtant des plus lourds et des plus stables. Si mal manœuvré, un tel navire pouvait chavirer en quelques minutes. Je décidai alors de livrer tous nos prisonniers et de les laisser reprendre le contrôle du navire. Cependant les couteaux aiguisés de mes compagnes n'étaient jamais très loin de leurs gorges. Ce qui suivit fut un véritable cauchemar : sans aucune visibilité, avec un important roulis, il fallut près d'une demi-heure (ou du moins me sembla t-il, car je n'avais plus la moindre notion du temps) pour retrouver un semblant de stabilité. Le quartier-maître italien était au gouvernail, sous la garde de Zélie et de mon côté je surveillais les voiles. Les autres tentaient d'aider à la manœuvre. C'est ainsi que nous finîmes la nuit, avançant sans cap, quelque part en Méditerranée.

Le voyage qui suivit fut chaotique et sans chirurgien à bord nous étions la proie des maladies qui pouvaient se répandre très vite. La plupart d'entre nous n'avait jamais mis les pieds sur un bateau de leur vie et je vous laisse imaginer à quel point ce manque d'expérience a pu peser pendant ce voyage. Très vite, le commandement que j'avais su prendre à terre me fut naturellement confié sur mer et on se prit à m'appeler capitaine. Ma tâche fut essentiellement de m'acquérir le respect et la confiance du malheureux équipage que nous avions pris en otage et la chose ne fut pas des plus simples. J'ai réuni les sept hommes (il y avait quatre matelots, le charpentier, le tonnelier et le quartier-maître) dans la cabine du capitaine située à la poupe et je leur ai dit nos revendications, je leur ai conté aussi nos malheurs et l'espoir que nous avions de rejoindre l'île de Saint-Domingue. Il me semblait que j'eusse face à moi des oreilles attentives, du moins le paraissaient-elles et les sept hommes se rallièrent à notre cause et ne posèrent pas davantage de questions. Il fallait pourtant nous assurer qu'ils ne prendraient pas le contrôle du navire, ni qu'ils nous emmènent vers une autre destination. Un événement me poussa à régner par la terreur. Il était quatre ou cinq heures du matin quand je rejoignis le pont car je n'arrivai plus à trouver le sommeil lorsque je vis un des matelots qui chevauchait fort galamment une des femmes de mon équipage, et en m'approchant je ne pus que constater qu'ils foutaient ensemble. Là, ne vous formalisez pas d'un tel langage, je dis ce que j'ai vu et ce que j'ai vu ne s'appelait pas de l'amour, je vous garantis que deux chiens eussent agi de la même manière. A ce moment, je ne me sentis plus de colère car cette fille-là venait de détruire sa chance d'épouser un colon et porterait peut-être sous peu un petit bâtard italien sans compter les désagréments d'une grossesse à bord d'un navire, la faiblesse qu'elle occasionne, les vomissements et autres pénibles symptômes qui ne tarderaient pas à apparaître. Leur châtiment fut exemplaire. Je réunis tout l'équipage ce matin là et je fis se déshabiller les coupables sur le pont. J'ordonnai à mes compagnes de donner au matelot de grands coups de bâton, et je lui assurai qu'en cas de récidive on le séparerait sur-le-champ de ce qui fait sa nature d'homme. Quant à la femme, elle fut jetée aux fers pour le reste de la traversée. Marqué par cet événement, nos hommes se firent plus obéissants et mon équipage ne se risqua plus à échanger un seul mot avec eux. J'avais chargée Zélie d'infliger une sévère correction à la première qui serait surprise à parler avec un de nos prisonniers. Comment, monsieur, vous détournez la tête ? Trouvez-vous que ma conduite soit injuste ?

Lussanville : Je crois que rien de bien ne s'est fait dans le monde par le despotisme.

Léliande : Et vous avez raison. Car de faire quelque chose de bien il n'était pas question, il s'agissait de faire quelque chose, simplement, de mener à bien mon projet, quel qu'en soit le prix. Mon action n'était pas belle, pas plus que celle d'égorger ce pauvre homme sur le quai d'embarquement. Mais sans cette action, monsieur, je ne serai pas là pour vous la raconter. Je crois que l'être humain est capable de beaucoup et qu'on a pas vu encore, dans le siècle où nous sommes, toute l'horreur dont il est capable. Mais pour en revenir à mon récit, je menais ce navire d'une main de fer et je réussis à m'assurer que nous avions passé Gibraltar grâce au concours du quartier-maître, qui, en habile homme, m'apprit tous les rudiments du métier. Je lui promis qu'il serait largement récompensé pour ses services. La traversée tomba ensuite dans une certaine monotonie, l'immense Atlantique dévorait nos forces et plusieurs de mes compagnes succombèrent au froid, au scorbut et à d'autres maladies plus communes, peu habituées qu'elles étaient à de tels voyages. Pourtant, un beau matin, Paula cria : « Terre, Terre » ! Nous étions en vue de Saint-Domingue. Ces épreuves avaient porté leurs fruits, nous étions enfin au bout de notre quête. Qu'allions-nous trouver ? Nulle parmi nous ne le savait mais étions prêtes à nous jeter sur le rivage où le sort ferait de nous ce qu'il lui plairait. Nous trouvâmes, conformément à nos attentes, des colons français qui n'imaginaient pas pareille aubaine, et les femmes furent accueillies comme le Messie dans cette terre isolée, et si lointaine de notre vieille Europe. Plusieurs mariages se conclurent dès les premiers jours et les nouveaux époux convolèrent comme on peut le faire dans ces îles, à l'abri de toute considération familiale. Nous étions quarante Eves qui venaient chercher un Adam, et tout recommencer avec lui. Aucun ne nous demanda si nous étions vierges ou si nous avions été agressées, car les colons n'en avaient cure, ils avaient une femme, et c'était bien assez. Vous imaginez sans doute que plusieurs autochtones furent chassées de leur foyer et que nous prîmes, bien malgré nous, la place d'autres femmes qui avaient fondé des familles et protégé des foyers. Moi-même j'échappai à un sévère coup de machette lorsque je m'approchai pour la première fois de celui que je voulais pour mari. Pourtant si mes compagnes trouvèrent chacune un homme qui sut les combler de joie, il n'en fut pas de même pour moi. La nature me voulait autre et encore une fois je dus me plier à ses volontés. Alors que je devais me marier deux jours plus tard, mon futur mari fut emporté par une fièvre tropicale et le temps d'en retrouver un autre, il se murmura parmi les nouveaux ménages que j'étais celle qui avait mené le groupe, pris le commandement du navire et égorgé un homme pour parvenir à mes fins. On disait que je ne me laisserais pas gouverner, qu'il faudrait que mon mari me cédât sur tout, car je ne pouvais être en somme, qu'une harpie à qui l'on abandonnait tout son pouvoir et que si quelqu'un devait porter la culotte, ce serait moi. Monsieur, n'en doutez point, car je vous vois sourire, rien n'était plus loin de mon état d'esprit. Je n'aspirais qu'à revenir dans ma condition, qu'à retrouver la quiétude de mon enfance, qu'à être la femme la plus parfaite et la plus fidèle de mon époux et que je ne voulais point du tout le commander. Mais comme les gens parlent et qu'on ne vous écoute point, plus aucun homme ne voulut bientôt de moi et mes compagnes, qui auraient dû me soutenir et m'aider, se trouvèrent bientôt toutes contre moi. Quoi, vous souriez encore ? Croyez-vous qu'il s'agisse d'un juste retour des choses ? Que je me suis damnée en prenant le commandement ? Parlez, je vous en conjure.

Lussanville : Pour comprendre ce qu'on est, il nous suffit de connaître bien nos actes, car ils font ce que nous sommes et ils sont plus forts que nous pour nous définir. C'est la réflexion que ton histoire m'inspire.

Léliande : Alors ces actes ont fait de moi une femme maudite car je me vis rebutée dans toutes les assemblées et parfois même menacée alors que je ne faisais rien pour ainsi dire. Je pris une petite maison dont personne ne voulait et je menai ma vie seule, puisqu'on ne voulait point d'une capitaine, je cuisinai et je mangeai seule. Et tous les soirs, je pleurai, oui je pleurai de n'avoir plus ni famille ni amis, d'être livrée toute entière au vide, au néant d'une existence sans but, déracinée, alors qu'on avait fait de moi une paria. Mais un jour, deux ans plus tard, il vint un homme : monsieur de la Cardonnie, qui me dit, me voyant allongée dans mon jardin, fumant une pipe, et du poil plein les jambes : eh bien, garçon, ne veux-tu point apprendre un métier plutôt que de te complaire dans cette oisiveté-là ? Il n'avait pas conscience de ma nature de femme, tant j'avais renoncé à toute apparence féminine puisqu'on me niait le droit d'être une de celles-là. Trouvant les robes inconfortables, je m'étais mise à récupérer les vieux vêtements des garçons des maisons voisines et ce jour-là il en résulta que j'étais un jeune homme. Nullement blessée de ce que m'avait lancé monsieur de La Cardonnie, je lui répondis que j'étais à son service, ce à quoi il répondit : j'ai besoin d'un valet, feras-tu l'affaire ? Je lui dis : « oui-da mais monsieur, me voyez-vous donc dans un tel emploi ? ». Ma voix qui trahissait bien sûr ma nature, surprit tant l'officier qu'il me répondit : « je t'y vois plus encore maintenant que je t'ai entendu parlé. Quel est ton nom ? » Je lui répondis : « Je m'appelle Liliane », « eh bien désormais tu t'appelleras Léliande » me dit-il. Voilà, monsieur, comment je suis devenu valet de Monsieur de La Cardonnie et comment je me retrouve aujourd'hui à votre service. Et si je puis vous parler franc... le puis-je ?

Lussanville : Tu le peux, et avec moi, tu le pourras toujours.

Léliande : Monsieur, je vois bien que vous voyez en moi la femme que j'étais en même temps que vous voyez l'homme que je suis. Et je vous prie, ou plutôt je vous supplie instamment de faire comme si vous ne la voyiez pas, que sa présence invisible reste grâce à vous invisible. Je vous ai dit tout cela, monsieur, car je voulais que vous me connaissiez toute entière. A présent, je vous conjure d'oublier que je fus Liliane et me permettez de me consacrer à votre service sous le nom de Léliande. Aujourd'hui et tant que vous le désirerez, je serai votre très humble et très obéissant serviteur.

Lussanville : Je ferai ce que tu veux, et connaissant ton histoire, je le ferai mieux encore.

Léliande : Vous êtes un homme différent, monsieur de Lussanville. Puissiez-vous l'être toute votre vie ! »

Le reste du voyage se déroula sans histoire et le mois de septembre expirait lorsque notre héros accostait enfin en Virginie. Il avait mis cinq longs mois pour y parvenir.

<u>IV</u>
<u>Dans lequel Agathe étudie les passions de l'âme</u>

L'automne arrivait à grands pas et dans la petite ville du
Havre, Agathe partageait son temps entre les tâches de la maison,
beaucoup de lecture et le temps passé à prendre soin de son amie
Fanchette. Ses journées se suivaient et se ressemblaient. En ces jours
gris, elle ne songeait plus à s'enfuir vraiment, elle avait perdu courage.
N'ayant plus d'argent pour aller voir ses « femmes savantes », elle
dépérissait avec son secret, comme une fleur sauvage qui pousse seule
dans un climat hostile. Elle parlait peu. On pourrait même dire qu'elle
parlait de moins en moins. Fanchette, qui n'aimait pas le silence, le
comblait en palabres et Agathe se transforma peu à peu en une de ces
dames de compagnie silencieuses, une de ces confidentes dont tous les
regards sont tournés vers la princesse, et qui n'ont point de vie et qui
n'ont point d'amour, ces Oenones, ces Albines, compagnes vaporeuses
d'une solitude hurlante, prétextes à dire, prétextes à parler. Et que
pouvait-elle, cette malheureuse qui aimait ? Et que pouvait-elle dire
tant son cœur criait « je t'aime » ? Les valets qui aiment leur reine
étaient plus fortunés qu'Agathe, car ils triomphaient en poésie, faute
de triompher en vérité. Mais elle, la solitaire, l'abandonnée, ne pouvait
pas même concevoir son amour heureux, ne pouvait pas même
l'imaginer, ni l'écrire, de peur qu'on le lise et qu'elle fût condamnée.
Elle avait lu, dans un très vieil ouvrage d'Henri Estienne consacré à
Hérodote, qu'une fille qui s'était déguisée en homme avait contrefait
l'état de mari et lorsqu'elle fut découverte deux ans plus tard fut
« *brûlée là toute vive* » sans qu'il fût fait mention du désespoir de son
épouse, si toutefois désespoir il y avait. Depuis lors, quand elle lisait,
son cœur bondissait à la vue du moindre début de rapprochement entre
deux femmes, la rareté de la chose la rendait littéralement frénétique,
surexcitée, quand elle pouvait le voir, ou imaginer qu'elle l'avait vu.
Elle découvrit à cette période un récit qu'avait fait Montaigne d'une
femme qui en avait épousé une autre après s'être travestie en homme,
la malheureuse fut confondue et pendue à l'époque ; rien qui lui donna
espoir. Pourtant, elle était persuadée qu'on condamnait plus leur
travestissement que leurs amours et que les hommes, qui détenaient en
fait tous les pouvoirs, se sentaient plus menacés par un simulacre
d'homme que par l'amour d'une femme pour une autre, étant entendu
qu'il fallait qu'il restât exceptionnel, sans quoi une colonie de tribades
risquerait peut-être de tous les châtrer et les emprisonner au fond d'un

cachot obscur. Nul doute que beaucoup d'entre eux le mériteraient,
pensait-elle. Mais Agathe n'avait pas pour intention de vivre sous un
habit d'homme et tenait à être reconnue pour femme, à être aimée sous
cet aspect par Fanchette, et ne désirait nullement qu'elle s'imagine
qu'elle fût une autre. Agathe elle était, Agathe elle resterait, dans sa
longue robe violette. Ainsi elle s'aimait, et ainsi elle voulait être
aimée.

Elle avait pendant ces longues journées cherché à
comprendre les sentiments qui l'animaient, et ses facultés d'actrice,
dont on a déjà pu voir l'application lors de ses escapades nocturnes,
s'en trouvaient renforcées. Il apparut à Agathe qu'un sentiment était
toujours né d'un ressenti, lui-même étant le fruit d'une émotion et cette
émotion prenant sa source dans la sensation. Ainsi l'être fatigué est
plus enclin à la tristesse ou à la colère, celui qui a chaud se laissera
aller à la joie ou à la sérénité, ou celui qui a froid tendra plus
facilement vers la peur.

Dans *Les Passions de l'âme*, Descartes avait isolé six
passions primitives : l'admiration, l'amour, la haine, le désir, la joie et
la tristesse. Les deux dernières, Agathe les admettait sans discuter, il
n'y avait rien de plus clair et de plus évident que ces passions-là,
c'était les premières qu'on vit étant bébé, la joie étant la première et la
tristesse la seconde. Quant aux autres, elles ne les voyait point ainsi,
ces émotions plus tardives étaient selon elle transformées par la vision
du monde qu'avaient ses ancêtres. Elle savait que le grand siècle avait
un amour particulier de l'admiration et qu'elle était à la racine de toute
la vie à la Cour, où tous les écrivains et les poètes se trouvaient. Mais
il lui apparut sans hésitation que cette émotion-là était un sentiment,
car l'admiration, s'il s'agissait bien de l'impression d'un spectateur
devant une scène, est large, complexe et demande un passage par le
ressenti. On éprouve point l'admiration immédiatement et ce n'est que
parce que, parfois, elle nous enveloppe constamment qu'elle nous
semble une émotion première. Que dire de l'admiration associée à la
tristesse ? Et quel sentiment pourrait-elle former ? On se représente
sans peine qu'elle peut se marier à la joie mais elle s'apparente alors à
l'amour que Descartes distingue comme primaire, ou qu'elle peut se
lier à la haine pour former la jalousie. Mais tristesse et admiration
n'engendrent rien qui soit connu car la tristesse est une émotion lourde
et l'admiration un sentiment de légèreté et par cette raison ne peuvent

avoir commerce ensemble. Or, Agathe ne pouvait se représenter les émotions primaires que comme pouvant toujours s'associer aux autres émotions primaires. Elle conclut finalement que la surprise résumait mieux que l'admiration cette passion première que pour sa part elle nommait émotion. En effet, la surprise pouvait se lier avec la joie pour former l'admiration, mais aussi avec la tristesse pour former la déception. Quant à la joie et la tristesse mises ensemble, elles représentaient l'espoir ou le réconfort, ce sentiment qui animait si bien sa petite protégée Fanchette et dans lequel elle la maintenait, par une jalousie coupable, puisqu'étant persuadée elle-même que Lussanville ne reviendrait pas.

Si elle admettait à présent Tristesse, Joie et Surprise, elle trouva encore à redire sur les trois autres passions de l'âme isolées par Descartes. L'amour ne pouvait être une émotion première, et l'ayant éprouvé déjà plusieurs fois elle était persuadée de sa largesse et de sa complexité, parfois tant qu'elle se demandait si l'amour n'était pas le sentiment qui ressemblait toutes les émotions primaires. Elle trouva cependant qu'il était, dans sa forme qui unit les amants (elle en excluait donc l'amour filial ou fraternel), un mélange de Tendresse, d'Admiration et de Désir, faisant de l'amour sa première émotion tertiaire ou sentiment complexe. Il lui semblait dès lors évident que l'amour n'était ni unique ni binaire, dans la mesure où il nous agite d'un extrême à l'autre en nous faisant traverser une multitude d'impressions. La Tendresse liait la joie avec l'inclination... on trouve dans une personne la raison de faire le don de soi à travers un océan de douceur, lui apportant sécurité et réconfort. La haine et le désir lui semblaient aussi d'autres sentiments complexes, qui ne viennent pas immédiatement. Elle se dit finalement que l'Inclination devait être une quatrième émotion première, englobant le goût et le dégoût des choses selon ce qu'elles nous inspirent, c'est-à-dire ce qui nous attire dans un premier mouvement ou nous repousse à la première seconde.

Elle en avait à présent quatre : Tristesse, Joie, Surprise et Inclination. Mais il lui apparaissait qu'elles n'expliquaient pas l'émergence de nombreux sentiments négatifs tels que la haine, qu'elle connaissait bien aussi pour l'avoir fortement éprouvé. Elle réfléchit à la naissance de sa propre haine et trouva qu'elle avait toujours été précédée d'une intense colère, elle-même précédée d'une forte répulsion ; elle en conclut donc que la haine était un sentiment produit par l'Inclination négative d'une part et par la colère d'autre part. Elle accorda donc à la Colère le statut d'émotion primaire. A présent qu'elle y songeait, cela lui parut évident, car la colère n'attend pas pour se manifester ni ne s'inscrit dans la durée comme le mépris, la haine ou la répugnance. Elle mit cependant le doigt sur une dernière émotion, qui bien souvent précède la colère, une émotion qui est sans doute une des toutes premières qu'on éprouve étant enfant : la Peur. La Peur lui sembla l'origine de tout le spectre des émotions négatives, donnant le « la » à la colère et à la tristesse et elle s'étonna d'y avoir songé en dernier. Ayant abouti à ce point dans sa réflexion, elle prit un carnet et nota la mathématique suivante :

« Les six émotions primaires sont la Tristesse, la Joie, la Surprise, l'Inclination, la Colère et la Peur.

Elles sont primaires en ce que chacune d'elle peut se lier à l'autre ou à elle-même pour former un sentiment.

Joie + Joie : Euphorie	*Joie + Tristesse : Réconfort*	*Joie + Surprise : Admiration*	*Joie + Inclination (positive) : Tendresse* *Joie + Inclination (négative) : Orgueil*	*Joie + Colère : Revanche*	*Joie + Peur : Goût du risque (ou « Frisson »)*
	Tristesse + Tristesse : Désespoir	*Tristesse + Surprise : Déception*	*Tristesse + Inclination (positive) : Compassion* *Tristesse + Inclination (négative) : Mépris*	*Tristesse + Colère : Honte*	*Tristesse + Peur : Angoisse*
		Surprise + Surprise : Etonnem	*Surprise + Inclination (positive) : Ravissement* *Surprise +*	*Surprise + Colère : Fureur*	*Surprise + Peur : Panique*

			Inclination (négative) : Répulsion		
			Inclination (positive) + Inclination (positive) : Idolâtrie *Inclination (négative) + Inclination (négative) : Détestation*	*Inclination (positive) + Colère : Rancoeur* *Inclination (négative) + Colère : Frustration*	*Inclination (positive) + Peur : Fascination* *Inclination (négative) + Peur : Appréhension*
				Colère + Colère : Rage	*Colère + Peur : Injustice*
	Note : désir = joie + inclination positive + peur	Note : jalousie = peur + colère + inclination positive	Note : espoir = joie + tristesse + peur		*Peur + Peur : Phobie*

Lorsqu'elle eut enfin fini ces notes, elle ajouta ceci : *Je me promets de terminer cette recherche en moi-même, jusqu'à trouver les sensations, leurs origines, l'alchimie d'un ressenti et comment ces émotions peuvent être détournées de leur sincérité première.*

<u>V</u>
<u>Où l'on fait véritablement connaissance avec l'oncle de Lussanville et où l'on apprend qu'il ne sera pas aisé de sauver la plantation d'un rachat imminent</u>

Williamsburg. La ville semblait grise et accablée, elle n'avait plus cette activité infernale dont Lussanville se souvenait depuis son enfance. Débarqué à Jamestown en cette fin septembre 1768, Lussanville et Léliande avaient immédiatement rejoint le centre de Williamsburg pour se rendre au bureau des postes et envoyer une lettre à monsieur de la Cardonnie lui indiquant que leur voyage s'était fait sans encombre. Lussanville profita de cette occasion pour poster une nouvelle lettre à Fanchette qu'il avait écrite la nuit même dans laquelle il faisait le récit de la vie de Léliande qui l'avait tant fasciné. Il s'était trouvé bien de lui écrire cela et se sentait ainsi relié à elle même s'il ne recevait pas un seul mot en retour. Il avait dès lors fini par se résigner, elle ne voulait pas écrire. Mais la curiosité la pousserait forcément à lire ses lettres, il la connaissait assez pour s'en persuader. Ainsi, sur cette seule certitude, il continuait de lui conter son voyage avec joie. Il eut aussi la surprise de ne trouver aucune lettre de Dolsans mais la dernière était si pessimiste concernant Fanchette qu'il en fut finalement soulagé.

« *Lussanville* : Point de nouvelles, bonne nouvelle. Qu'en penses-tu Léliande ?

Léliande : Ma foi, je vous dirai qu'on ne se porte jamais si bien que lorsqu'on ne songe pas à nous.

Lussanville : Ton idée à présent me plaît. Allons de ce pas rejoindre la plantation de mon oncle, qui se trouve au nord d'ici.

Léliande : Il nous faudra deux chevaux.

Lussanville : Une voiture serait parfaite, je dois reconnaître que suis assez malhabile pour monter à cheval.

Léliande : Ah cela, il faut que je vous l'enseigne !

Lussanville : Oh j'en ai fort peu d'envie ! Et ni le souffle ni l'odeur de ces bêtes-là ne m'est agréable, je t'assure.

Léliande : Ce sont pourtant les plus fiers compagnons de nos transports et il faudra sans doute vous défaire de ces dégoûts-là car nous aurons beaucoup de chemin à faire.

Lussanville : Tu dis vrai, Léliande... mais je crois que voici l'homme qu'il nous faut. »

L'homme en question vendait des voitures en très bon état pour une somme dérisoire et grâce aux fonds que La Cardonnie avait accordé à Lussanville pour sa mission, il put en faire l'acquisition. Un Français qui avait été de l'équipage de *La Bergère* fut attaché à la fonction de cocher, et nos deux amis se mirent en route vers la plantation de Waller Mill, qui était détenue par Chrysalde de Lussanville.

La nuit tombait lorsqu'ils arrivèrent à Waller Mill. La plantation était immense et semblait s'étendre sur plusieurs kilomètres. L'eau du réservoir, lisse et verte, rafraîchissait encore l'atmosphère de ce tout début d'automne. De grands arbres touffus entouraient la maison et derrière elle, les esclaves au travail progressaient lentement, fatigués de leur journée. Pour Lussanville, les voir fut comme une main glacée qui se posait sur son épaule. Il eut un frisson. L'immense demeure, faite de briques rouges, alliant colonnes et balcons, trônait au milieu du terrain, dans la lumière sanglante du soleil couchant. La grande porte vitrée à double battant *à la française* s'ouvrit et un vieillard à moitié chauve portant cheveux longs en sortit. Ce vieil homme s'appuyait sur une large canne qui le soutenait au niveau de l'aisselle ; sortant ainsi tête nue il rappelait la mine du philosophe Benjamin Franklin dont Lussanville découvrira ensuite un portrait dans la maison. Chrysalde de Lussanville souhaita la bienvenue à ses visiteurs mais lorsqu'il s'approcha, reconnaissant Lussanville, il lança : « Le ciel soit loué, mon neveu, tu vas bien ! » et d'intenses retrouvailles s'ensuivirent. Lussanville était heureux de retrouver ce grand visage, large, à la fine barbe grise ; la silhouette immense de son oncle avait toujours été une source de réconfort pour lui plus jeune, il admirait cet homme, sa passion, l'entrain qu'il mettait dans son travail et la qualité de sa conversation. Le souper qui suivit fut un moment de partage et de joie comme Lussanville n'en avait plus connu depuis qu'il avait quitté la France. Il mangea de très bon appétit et Léliande, à sa demande, fut régalée comme lui, des mêmes mets et à la même table. L'oncle Lussanville était pour ainsi dire charmé de trouver une femme dans un si subtil contre-emploi et se prit à plaisanter :
« *L'oncle Lussanville :* Si l'on m'avait dit que j'accueillerais à ma table un semi-homme !
Léliande : C'est qu'il n'a fait, monsieur, que la moitié du chemin !
L'oncle Lussanville : Oh mais gardez vous de faire l'autre moitié !
Rien n'est plus charmant que l'entre-deux, l'entre-deux est une philosophie qui commande à la paix entre les hommes et est cause qu'il se querellent moins qu'ils ne le pourraient. L'entre-deux est les deux tiers de la politique, la moitié de l'économie, un bon quart des

mœurs et presque toute la religion. Et puis ne sommes-nous pas des êtres entre ciel et terre ? Et pour finir où, je vous le demande ! Tous dans un tombeau. Ma foi, quand on y est, homme ou femme cela importe peu, n'est-ce pas ? »

Et Léliande sourit au discours de ce personnage qui semblait ravi de recevoir un peu de visite, car il y avait longtemps semble t-il, qu'il n'avait vu quelqu'un de sa famille avec qui il pouvait parler légèrement.

« *L'oncle Lussanville :* Tu sais Jean, je ne suis pas surpris que tu viennes avec une personnalité aussi singulière que celle de ton valet. Petit déjà tu te passionnais pour tout ce qui était différent. Malgré la défense de ton père tu parlais parfois avec les jeunes esclaves, tu écoutais les assemblées de ta mère. Ce qu'elle était assommante avec son latin, d'ailleurs ! Mais quelle beauté, quel esprit aussi elle avait. Je n'ai jamais reçu de nouvelles d'elle, et j'en suis fort triste d'ailleurs. »

Il but à ce moment un grand coup de vin, et fut imité par ses convives.

« *L'oncle Lussanville :* Alors dis-moi, comment se porte ton père ?

Lussanville : Mon père... »

Lussanville prit alors une inspiration avant de continuer.

« *Lussanville :* Mon père, monsieur, a été arrêté par de vils scélérats qui ne supportaient pas sa vie. Il a été victime d'une cabale, monsieur. Et aujourd'hui il est derrière les barreaux, tous ses biens ont été confisqués, sa maison elle-même est devenue propriété de l'Etat et lorsqu'il sera libéré, il n'aura nulle part où aller. Je n'ai jamais vu un homme plus désespéré que celui-là et si je pouvais lui venir en aide, je crois que je le ferai, malgré toutes les déceptions qu'il a pu m'apporter et... malgré toute la peine qu'il m'a faite. C'est pour cela que je suis venu vous voir. J'espérais que vous pourriez soulager la nécessité dans laquelle je me trouve et me permettre de porter secours à mon père. »

Le vieil homme poussa un soupir qui en disait bien long.

« *L'oncle Lussanville :* Jean... ce n'est pas que ton père me soit indifférent, bien au contraire, et si je le pouvais je l'aiderais. Pourtant la situation ici est bien moins réjouissante que tu ne pourrais l'imaginer. En réalité, Jean... la plantation souffre d'un manque grandissant d'argent. Les esclaves que tu as vu tout à l'heure travaillent nuit et jour pour essayer de produire quelque bénéfice et pourtant cela ne suffit pas. Cela ne suffit jamais. Les Britanniques ont taxé jusqu'à la dernière de nos chemises et nous subissons leurs taxes à répétition, aussitôt abrogées, aussitôt proclamées ! L'année de ton départ, les Britanniques ont voté une taxe sur le sucre qui a ruiné beaucoup de mes amis, et par la suite ce fut le tour des timbres et puis du tabac. Il y a eu des résistances, les colons ne se sont pas laissés faire. Mais cependant ils sont restés inflexibles, peut-être l'ignores-tu mais nous ne sommes pas représentés au Parlement Britannique, nous sommes des sujets de seconde zone. Ainsi le roi George se moque éperdument de si nous pouvons continuer à vivre ou s'il nous faudra bientôt mendier sur les routes. Et c'est dans ce contexte peu propice au commerce que je me retrouve endetté jusqu'au cou, moi aussi et ce malgré une gestion extrêmement rigoureuse de ma plantation. Je ne suis pas le seul dans ce cas et plusieurs de mes amis se retrouvent eux aussi dans la plus grande nécessité du monde. Le juge Washington, qui est de mes amis, se trouve aussi en grande difficulté et cela, Jean, fait que je ne peux pas te venir en aide hélas. »

Lussanville parut alors beaucoup plus sombre et regarda Léliande avec tristesse, celle-ci soupira. Le visage de l'oncle Lussanville était passé quant à lui du plus blanc au plus noir, il ne s'amusait plus du tout. On sentait bien qu'il ne s'amusait plus. Dès lors, après un silence, Lussanville répondit simplement à son oncle :

« *Lussanville :* Mon oncle, nous tâcherons de faire en sorte que la plantation puisse survivre, avez-vous pu trouver un repreneur ? Quelqu'un qui pourrait vous soulager de ces dettes-là ?

L'oncle Lussanville : Il y en a une... hélas c'est la dernière que j'aurais voulu voir. C'est la fille de Lord Bikey. Lord Bikey... tu ne le connais sans doute pas mais c'est un des plus riches propriétaires de toute l'Angleterre et il a dans les colonies plusieurs domaines qui lui sont attachés. Il me fait envoyer sa fille dans trois jours. Elle doit négocier la vente de ma plantation et endetté comme je suis, il est fort probable que mes créances soit retranchées du prix de vente, qui n'était déjà pas grand chose, attendu que Lord Bikey est mon seul repreneur et qu'aucun autre ne s'y est risqué. Je n'ai pas besoin de te dire que la couronne britannique lui a déjà donné un sauf-conduit pour l'exempter de taxes... comme tu peux le constater nous ne jouons pas à armes égales lui et moi. Je crois que je finirai gestionnaire pour le compte de Lord Bikey... ce n'est pas un si mauvais sort après tout.

Lussanville : Alors donc votre fils sera privé d'une telle succession ?

L'oncle Lussanville : Ah, mon fils ! Ton cousin Antonin a quitté la demeure et ce contre mon avis, malgré les menaces, les reproches et il s'est joint aux Fils de la Liberté.

Lussanville : Les Fils de la Liberté ?

L'oncle Lussanville : Oui c'est une organisation plus ou moins secrète qui défend l'idée qu'il faut quitter tout lien avec le Parlement Britannique et avec les Îles Britanniques en général. Ainsi engagé comme il l'est, il n'a certainement aucune intention de reprendre la plantation surtout si elle devient de fait la propriété d'un Britannique, il ne voudra pas en entendre parler. Je me retrouve donc sans héritier. Mais à présent tu es là, n'est-ce pas Jean ? Peut-être pourras-tu m'aider, toi. Ou comptais-tu simplement venir te servir dans ma caisse pour repartir derechef en France ? »

Ses yeux devinrent tout d'un coup plus inquisiteurs. Lussanville sentait bien qu'il lui fallait accepter d'aider son oncle et qu'il n'obtiendrait rien s'il ne lui consacrait quelque temps. Malheureusement cette perspective éloignait encore le moment de revoir Fanchette. Il sentait bien que le destin voulait qu'il s'en sépare. Cependant ce jeune homme n'avait pas renoncé à son amour, qui était brûlant et brillant comme une étoile ; un amour dans les airs, presque insaisissable, le dominait entièrement. Et il la retrouverait, il ne pouvait pas abandonner cette idée. Cette idée le faisait vivre, cette idée l'avait fait tenir toute la traversée, l'avait fait passer à travers les maladies, la faim, le froid et désormais, il ne vivait plus que pour cette idée. Revenir auprès de Fanchette. Il se trouva donc bien embarrassé lorsque son oncle lui fit le récit de ce qui attendait la plantation. Il demanda alors :

« *Lussanville :* Quand donc viendra la fille de Lord Bikey ? »

L'oncle Lussanville eut un léger soupir, il avait déjà répondu à la question.

« *L'oncle Lussanville :* Jenna s'est annoncée dans trois jours. A ce moment elle devra négocier le prix de la vente. Je suppose qu'il lui faudra quelques temps avec son expert pour évaluer les biens dont je dispose, c'est pourquoi je lui ai fait préparer une chambre. Mais vu ma situation, ce serait presque une largesse de sa part de bien vouloir la prendre malgré toutes les dettes qui y sont attachées désormais.

Lussanville : Eh bien pour vous ôter d'un semblable souci, mon oncle, je suis prêt à vous assister lors de ces négociations. Et maintenant c'est à mon tour de vous dire pourquoi je suis ici. Je ne suis pas ici simplement mandaté de moi-même mais je suis sous le commandement de monsieur de la Cardonnie, officier français, qui désire, avec les planteurs de la région établir un partenariat qui leur interdirait de s'associer avec les Britanniques, en échange, le roi de France s'engage à leur donner quelque argent pour les mettre à l'abri du besoin. La France a l'intention de soutenir les planteurs, écrasés par l'impôt britannique et vous savez qu'il est dans ses intérêts de faire en sorte que ces plantations qui sont le cœur de l'Amérique ne tombent pas aux mains des Anglais qui pourraient aussi leur faire concurrence sur le sucre et vous savez bien que les Français avec leurs exploitations de Saint-Domingue préféreraient continuer de dominer le marché, ce sont eux qui ont les prix les plus bas depuis que la production s'est intensifiée sur l'île.

L'oncle Lussanville : Les Français seraient donc prêts à nous aider...

Lussanville : C'est précisément ce pourquoi monsieur de la Cardonnie m'envoie ici.

L'oncle Lussanville : Soit, mais avez-vous déjà quelque argent qui pourrait...

Lussanville : Hélas non mon oncle. Je dois d'abord m'assurer que vous signerez un accord de principe avec eux, un traité secret en quelque sorte, dans lequel il est question que vous ne céderez jamais l'une de vos propriétés aux Britanniques.

L'oncle Lussanville : Et comment pourrais-je signer ce traité puisque je suis engagé avec Lord Bikey par l'entrevue que je dois avoir dans trois jours avec sa fille ? Je ne peux pas sans toucher l'argent prétendre pouvoir empêcher cette vente. Lord Bikey peut-être a déjà saisi le Tribunal des Faillites et faute de ne pouvoir rembourser mes dettes, si cette vente ne se conclut pas, je serai très bientôt jeté en prison. Lord Bikey étant détenteur d'une grosse partie de mes créances par l'un ou d'autre de ses placements, et lettres de changes diverses et variées reliées à sa trésorerie... tout se fera selon son bon vouloir. Ainsi donc j'ai les mains liées, Jean. A moins que vous ne soyez en mesure de me fournir l'argent d'ici trois ou quatre jours.

Lussanville : Hélas cela est impossible. En trois ou quatre jours, je ne pourrai pas demander une avance à monsieur de la Cardonnie et me la faire envoyer ici ; il ne m'a laissé que de quoi me loger et me déplacer, rien qui suffise à résoudre votre situation. J'étais persuadé que vous aviez de merveilleux rendements.

L'oncle Lussanville : Que tu crois, mon neveu ! Mais à présent voici l'idée qui me vient dans l'esprit... la fille de Lord Bikey, qui m'a été présentée comme tout à fait charmante, est, à ce qu'on dit, une jeune femme en âge d'être mariée. Si vous pouviez, monsieur, associer nos affaires à notre destinée, je crois qu'un mariage avec la fille de Lord Bikey... si celle-ci se révélait capable de quelque inclination pour vous, pourrait nous sauver d'une reprise de la plantation dans laquelle nous n'aurions aucune part. »

Lussanville tremblait à ces mots. Il lui fallait donc, lui, mettre toute sa destinée en balance, son bonheur, son amour, pour une fille qu'il ne connaissait pas et qui lui paraissait d'ailleurs bien outrecuidante de venir ainsi, comme une charognarde, prendre la terre de son oncle, après avoir été son usurière. Cela lui paraissait insensé. En lui-même il refusait d'abandonner Fanchette et de surcroît de l'abandonner pour une femme comme celle-là.

« *Lussanville :* Mais vous dites bien, mon oncle, qu'elle pourrait n'avoir aucune inclination pour moi ?

L'oncle Lussanville : Sans doute mais nous aurions intérêt à souhaiter qu'elle l'ait, sans quoi la plantation reviendra définitivement aux mains des Anglais et votre monsieur de la Cardonnie ne serait pas content de cette affaire-là, n'est-ce pas ?

Lussanville : Certes.

L'oncle Lussanville : Bien. Si cela suffit, je crois que je vais aller me coucher. Un peu de sommeil me fera du bien. Quant à toi, je t'engage à aller t'installer dans la chambre qu'occupait ton cousin, celui-ci n'étant pas prêt d'y revenir. Tu pourras ôter les bâches des meubles, ils sont en parfait état. Quand à votre valet... votre délicieuse valette... oh je ne m'y habituerai jamais, eh bien... je la veux loger dans le cabinet attenant afin qu'elle puisse faire convenablement son service auprès de vous. »

L'instant d'après, l'oncle Lussanville, alors qu'il montait l'escalier, pria son neveu de s'approcher de lui et lui parla bas.

« *L'oncle Lussanville :* Et tâchez s'il vous plaît... de ne pas trop imiter votre père dans ses débordements.

Lussanville : Mon oncle, je vous jure qu'entre moi et Léliande il n'y rien de la sorte.

L'oncle Lussanville : Suffit. Je veux bien qu'il y ait. Puisque c'est ainsi que tu vins et que c'est inscrit dans le sang de notre famille, je crois bien avoir profité amplement de ma jeunesse moi aussi. Cependant, prenez garde qu'on ne vous voit pas.

Lussanville : Je vous jure mon oncle...

L'oncle Lussanville : Très bien. Je n'en veux pas entendre davantage. Faites comme bon vous semble mais je ne veux pas entendre parler. Bonne nuit. »

Lussanville était consterné que son oncle ait pu imaginer une telle chose et Léliande, qui n'avait rien perdu de la conversation, regardait désormais Lussanville avec l'air d'un vieil ami blessé.

« *Léliande* : Que voulez-vous, monsieur de Lussanville, il faut que ces messieurs voient toujours des intrigues là où ils y en a point. Cela flatte leur fierté de mâle. Mais quant à vous, vous voilà désormais dans de grandes difficultés. Et j'ai bien peur que vous soyez obligé d'épouser cette femme si jamais elle se déclarait pour vous.

Lussanville : Mais elle ne s'est point encore déclarée pour moi et cela fait bien mon affaire.

Léliande : Mais comment ferez-vous ? Comment ferez-vous dès lors qu'elle viendra réclamer son dû ? Vous ne pourrez pas j'en ai peur sauver votre plantation ni vos revenus. Et qu'allez-vous dire à monsieur de la Cardonnie ? Et si cela concerne d'autres plantations autour de celle-ci, j'ai bien peur que les Anglais soient déjà bien plus avancés que nous.

Lussanville : N'en soyez pas si sûre. Je tâcherai de trouver un moyen. J'ai bien compris dès mon arrivée ici que les Américains sont las d'être gouvernés par la Grande-Bretagne et si mon cousin lui-même s'est engagé dans une entreprise révolutionnaire, lui d'ordinaire si raisonnable, je ne sais pas où tout cela mènera. Mais je puis vous assurer une chose : tout ce qui pourra les éloigner de l'Angleterre obtiendra ma faveur, mon concours et mon bras.

Léliande : J'aime vous entendre parler ainsi, monsieur et je vous prêterai mon bras et ma vie, pour vous y aider. Mais je vois bien que votre cœur est triste et souffre. Je vois bien que cette idée de mariage vous ennuie. Quelle en est la cause ?

Lussanville : Vous ne le savez que trop. C'est ma douce Fanchette. Oh, ne faites pas cet air surpris. Vous avez déjà regardé mes lettres par dessus mon épaule et je m'en suis aperçu. Mais que gagnerais-je à vous mentir ? Elle occupe mes pensées, elle les occupe à chaque instant du jour et de la nuit et c'est sa pensée qui m'a permis d'arriver vivant là où je suis.

Léliande : Je ne voulais pas, monsieur, être indiscrète et... c'est un amour noble, et beau et doux que le vôtre. Tâchez d'en être digne. Et si vous devez l'abandonner un jour, n'oubliez pas à quel point il a compté pour vous. Les hommes oublient trop souvent comme ils sont capables d'aimer et deviennent des monstres, ceux-là même que je n'ai cessé de voir toute ma vie. Alors je vous en prie, monsieur, conservez, conservez pour toujours cette disposition d'esprit dans laquelle vous êtes, je vous en prie, ne l'abandonnez jamais.

Lussanville : Merci, merci Léliande, peut-être devrions-nous aller dormir. Nous reprendrons cette discussion demain matin.

Léliande : Je suis à votre service, monsieur. Je vais vous installer dans votre chambre. Tout sera parfait pour vous et si vous avez besoin de moi, appelez-moi. Je suis juste à côté.

Lussanville : Merci. Bonne nuit, Léliande.

Léliande : Bonne nuit, monsieur, espérons que la nuit vous porte conseil. »

Lussanville monta alors dans la chambre. Tandis que Léliande préparait les coussins et les meubles, lui-même s'évertuait à écrire une lettre pour Fanchette. Dans sa lettre il lui confiait la peine qu'il avait à peut-être devoir rester plus longtemps ici qu'il ne l'imaginait et la conjurait à nouveau de lui répondre et de lui dire quelles dispositions elle avait prise, il la suppliait alors de lui dire si elle était mariée ou non afin qu'il puisse venir en aide à son oncle s'il ne pouvait plus prétendre à sa main, mais que, si elle ne l'était pas – ah grand Dieu, si seulement elle pouvait ne pas l'être – il ferait tout, tout ce qui était en son pouvoir pour la rejoindre aussi vite que possible, car il l'aimait encore, d'une amour sans seconde. Il termina sa lettre aux alentours de minuit et la confia à Léliande avant d'aller dormir, il espérait secrètement que celle-ci put en lire les lignes et connaître son cœur.

VI

<u>Dans lequel il est à nouveau question de Viviane, la bonne amie de Fanchette</u>

La fin septembre apporta à Fanchette une lettre qui lui fit

310

beaucoup de plaisir. Nous la reproduisons ici.

« *Ma chère Fanchette,*

Je suis absolument désolée de ne pas avoir donné de nouvelles ces derniers temps, la vie que je mène ne me donne pas le temps de respirer et je crois que je suis aussi empressée de rencontrer les gens que de les fuir. La vie de veuve, par bien des côtés, a des charmes inexplicables et j'en veux profiter tant que je serai belle ; il sera bien temps après de me consacrer à la dévotion, n'est-ce pas ? Il me semble aussi que je ne m'y prends pas comme il faut avec ces messieurs : résistez-leur, ils se désespèrent et vous traitent comme la dernière des femmes mais cédez-leur et ils vous traitent encore pis que cela. Ma chère amie je n'y puis plus tenir, leurs hommages se transforment en quelques mois en des lames acérées et je crois désormais qu'on ne quitte plus un homme sans obtenir sa malédiction. Nos voisines les Hollandaises et les Espagnoles semblent avoir réglé leur conduite sur cette détestable habitude masculine et c'est pourquoi elles se terrent dans leurs chaumières. Elle sera bientôt cause que les femmes afin de n'être plus importunées, iront dans la rue avec une cage sur la tête ! Imagines-tu Fanchette, moi, le petit rossignol derrière des barreaux ? Car je ne t'ai pas dit que j'étais devenue cantatrice ! Cela ne se fait que de temps en temps, quand on veut bien m'en prier parmi les assemblées de beaux esprits qui sont monnaie courante à Paris ; on y aime la chanson et je chante assez bien ; si tu veux je m'en irai te siffler quelques airs. Mais je m'égare, je m'égare et j'ai pourtant encore tant de choses à te dire ; écrire est plus pénible que de parler, on est jamais content de se relire, tandis que les paroles nous font la grâce de s'envoler aussitôt après qu'on les a dites. Voici en deux mots la chose : j'ai l'intention de venir me reposer quelques jours au Havre, et venir goûter son air pur et je te prie, car tu es mon amie la plus précieuse en cette ville, de m'héberger quelques jours afin de mener à bien cette résolution que j'ai prise. J'ai souvenir, je crois, que tu vis chez ta tante ; ou en tout cas que tu as une tutrice. Je veux que tu lui dises que je m'offre entièrement à elle et que je récompenserai son hospitalité par un ou deux articles de Paris qui lui feront plaisir, qu'elle m'en fasse la demande et je les prendrai avec moi. Voilà, ma Fanchette, la bonne nouvelle que j'avais à t'annoncer : nous allons nous revoir. Oh tu as sans doute un peu changé depuis, tu as eu le temps, je pense, d'essuyer tes larmes et je ne serai pas étonnée que tu n'aies quelque nouvel amour en tête. N'oublie pas qu'il faut choisir avec circonspection ses amants mais plus encore son mari, car il en est de toutes sortes et tous sont assommants. Pour moi, je crois qu'il est bon d'accompagner un homme d'âge mûr dans ses derniers jours, car ils sont accommodants si on sait les aimer – il faut le savoir, j'en conviens – il n'est pas de largesse qu'ils n'aient envers nous et ce sont les maris les mieux disposés du monde. Pourvu qu'on leur accorde quelques années, ils nous en rendent le triple en mourant, et leur fortune aussi bien que notre liberté se trouvent propices à mener une vie honnête et douce avant que les années ne nous fanent. Je t'en conjure, prends un vieux. Mais quoi ! J'écris encore alors que ma main s'engourdit ! Vois comme j'ai encore tant de choses à te dire, et il faut absolument que tu appuies ma résolution auprès de ta tante et qu'elle accepte de me loger. Encore une fois, Fanchette, j'ai un million de choses à te dire et j'ai résolument hâte de te revoir ! Ecris-moi vite !

Paris,
Ce 22 septembre. »

En lisant ces mots, Fanchette ne se sentait plus de joie, une nouvelle visite lui était toujours des plus agréables et Viviane avait su l'écouter lorsqu'elle était si mal. Elle alla vite voir madame Villetaneuse qui cousait dans son atelier et la trouva un peu triste et amère.

« *Villetaneuse :* Ah Fanchette, comme j'ai de plaisir que tu te rappelles mon existence !

Fanchette : Voyons madame ; nous nous voyons tous les jours !

Villetaneuse : Oui oh, bonjour, et passez une bonne nuit, qu'est-ce que c'est que ces mots-là !

Fanchette : Oh madame... vous n'êtes pas juste. »

Et elle la prit dans ses bras et lui fit plusieurs baisers comme elle le faisait sans pudeur avec ceux qu'elle aimait.

« *Fanchette :* Savez-vous que vous me feriez de la peine si je ne vous connaissait pas si bien ?

Villetaneuse : Oh mais tu me fais bien de la peine, mon enfant !

Fanchette : Pourquoi donc, madame ?

Villetaneuse : C'est que tout l'été je n'ai cessé de recevoir des lettres

312

pour toi, et que tu as refusé des les lire ; et puis je ne me rappelle jamais sans douleur ce terrible incident... comme tu saignais ma petite Fanchette, comment as-tu pu... ?

Fanchette : Mais vous savez bien, madame...

Villetaneuse : Oui mon enfant, je sais, je sais ne te trouble pas, je comprends, je comprends. Tu as espoir qu'il revienne, qu'il t'écrive... mais enfin cela n'est pas sérieux, ma petite Fanchette... »

A ce moment, la porte s'ouvrit et Agathe pénétra dans l'atelier.

« *Agathe :* Maman, comment allez-vous ? Je venais voir si vous n'aviez besoin de rien. »

Villetaneuse répondit d'un ton sec :

« *Villetaneuse :* Non Agathe, merci, merci beaucoup je suis on ne peut mieux.

Agathe : Très bien. »

Elle se tourna alors vers Fanchette et dit avec tendresse :

« *Agathe :* Fanchette, ton bain de pieds t'attend.

Fanchette : Je viens dans une minute. »

Agathe à ce moment s'éclipsa mais laissa la porte ouverte. Madame Villetaneuse sembla ne pas l'apprécier puisqu'elle se leva, laissant sa pièce en travail tomber à terre pour venir fermer brutalement la porte. Elle se rassit alors et prit Fanchette sur ses genoux.

« *Villetaneuse :* Ma chère petite Fanchette ! Il n'y a pas moyen de s'entretenir tranquillement ! Je te disais que j'avais de la peine, oui, beaucoup de peine que tu ne prennes pas le temps de lire les lignes de ces messieurs qui sont si obligeants pour toi. D'aucuns disent que je suis trop libérale et qu'eux marient leur fille selon leur gré... oh tu sais bien que ce n'est pas dans mes intentions, j'ai trop bien vu ce dont tu étais capable, mon entêtée petite fille... mais je suis fâchée, vraiment fâchée de devoir les rebuter tous ; certains, parmi les plus illustres, m'ont fait l'honneur de m'écrire deux fois et même mon second refus ne les a pas scandalisés, ils se déclarent tous prêts à mettre leur honneur de côté pourvu que le mariage se fasse.

« *Fanchette:* Madame, sur ce chapitre j'ai dit déjà tout ce que je pouvais dire sans vous offenser ni offenser ces messieurs, je suis charmée de leur proposition et je suis enchantée même de leur insistance mais même si je le voulais madame, un choix comme celui-là ne peut se faire qu'avec de grandes précautions car il y a plusieurs filles qui ont été abandonnées à de vils hypocrites qui profitent de leurs biens et parfois les battent. On ne les connaît pas.

Villetaneuse : Mais tu refuses qu'on les introduise auprès de toi, et l'un ne t'a pas plus tôt abordé que tu prends congé de lui ! Tu ne tolères que ce pauvre Dolsans et il a seul l'honneur d'être reçu par toi. »
Fanchette eut alors un rire.

« *Fanchette* : Eh bien faites-le moi épouser !

Villetaneuse : Sérieusement, Fanchette ? Cela ne se peut, sa fortune et sa noblesse ne sont pas à la hauteur de celles de tous les autres.

Fanchette : Eh bien non, cela ne se peut pas ; et puis je sens bien qu'il n'aurait pas le cœur de trahir son ami Lussanville que j'aime et qui m'aime.

Villetaneuse : Fanchette ! Quels enfantillages !

Fanchette : L'amour n'est pas un enfantillage, madame. Mon père m'a appris à le voir comme une chose sacrée et mon père était l'homme le plus raisonnable du monde.

Villetaneuse : Chère petite entêtée ! Je n'en dirai pas plus à ce sujet, c'est une conversation stérile.

Fanchette : Mais j'ai moi-même, madame, quelque chose à vous dire.

Villetaneuse : Eh bien c'est une bonne nouvelle ! Dis-moi donc, Fanchette.

Fanchette : J'ai reçu cette lettre que voici »
Elle montra la lettre à madame Villetaneuse qui la parcourut.

« *Fanchette* : Mon amie Viviane vous demande humblement de l'accueillir quelques jours en votre maison, si cela ne vous importune point. J'ai pensé que sa venue peut-être vous désennuierait. »
Villetaneuse semblait très agréablement surprise en lisant la lettre.

« *Villetaneuse* : Ma chère Fanchette, je ne savais pas que tu avais des amies de Paris ! Voilà qui vient fort à propos et je lui demanderais bien une étoffe indienne que l'on trouve à Paris pour une de mes créations... oui ce serait une très belle idée que celle-là. Et puis... elle donne de sages conseils, ma chère Fanchette, de très sages conseils. Ecoute-la, écoute-la et puisse t-elle te tirer une peu de ta tristesse.

Fanchette : Ah madame ! Vous êtes si bonne pour moi ! »
Et Fanchette se jeta à nouveau dans ses bras, dans cet élan d'affection démonstratif qui lui était si naturel. Que madame Villetaneuse ait accepté cette venue la ravissait au plus haut point. Elle sortit alors de l'atelier, bien décidée à écrire à Viviane, mais Agathe l'attendait, assise sur la liseuse, qui ne faisait rien.

« *Agathe* : J'ai peur ma petite Fanchette que l'eau soit froide à présent.

Fanchette : Oh, cela n'est pas grave, j'ai à écrire une lettre qui ne peut souffrir de retard, je dois la remettre aujourd'hui. On attend une réponse des plus rapides.

Agathe : Et ne puis-je savoir de quelle lettre il s'agit ?

Fanchette : C'est mon amie Viviane qui se propose de venir ici quelques jours. Je suis si heureuse de sa venue !

Agathe : Oui, je te vois toute souriante, et cela me fait du bien. »

Agathe accompagna Fanchette dans sa chambre et lui servit un peu de café. Tandis que Fanchette écrivait, Agathe lui brossait les cheveux.

« *Agathe* : Mais que t'a donc dit maman ?

Fanchette : Elle a donné sa bénédiction pour que Viviane soit des nôtres ces prochains jours.

Agathe : Elle n'a pas dit que cela.

Fanchette : Certes non.

Agathe : Eh bien quoi d'autre ?

Fanchette : Elle se sent fâchée que je refuse tous mes prétendants.

Agathe : Oui, toujours la même musique, elle ne varie pas le moins du monde.

Fanchette : Elle dit que je ne souffre que Dolsans en ma compagnie et cela l'attriste.

Agathe : C'est déjà bien trop que de le souffrir.

Fanchette : Mais Dolsans n'oserait jamais me demander ma main, Lussanville était de ses plus proches amis.

Agathe : Tu le crois donc si incapable de trahison ?

Fanchette : Je le crois honnête homme.

Agathe : C'est qu'il n'y a point d'homme honnête.

Fanchette : Oh ! »

A ce moment, Fanchette se mit à rire.

« *Fanchette* : Tu parles comme Viviane !

Agathe : Ah je suis comme Viviane, à présent ? Ne suis-je pas une femme unique à tes yeux ?

Fanchette : Certainement, tu l'es, mon Agathe ! Mais sur le chapitre des hommes, Viviane se montre aussi sévère que toi. »

Fanchette montra alors la lettre de Viviane qui était posée sur son secrétaire. Après l'avoir parcourue silencieusement en continuant de brosser les longs cheveux blonds de Fanchette, Agathe ajouta :

« *Agathe* : Non, je ne crois pas être comme elle, le moins du monde.

Elle dit du mal des hommes mais elle les adore, cela transparaît dans son style, ils sont son vin, et elle s'enivre. Quand la voilà soûle, voilà ce qu'elle écrit mais le lendemain, elle boira de nouveau au goulot.
Fanchette : Mais je ne sais aussi d'où te vient ce dégoût des hommes.
Agathe : Je crois que tu le sais très bien, mais je ne veux pas me disputer avec toi. »
Il y eut un silence pendant lequel Fanchette écrivait plus activement.
« *Fanchette* : Tu sais Agathe, peut-être que Lussanville n'est pas en mesure de m'écrire... peut-être a t-il été embarqué contre son gré... aucun navire ne partait pour la Virginie le jour où il a disparu. Ou peut-être a t-il menti... et alors...
Agathe : Il ne t'a pas menti. Il a dû trouver un chemin plus détourné pour parvenir à son but, voilà tout.
Fanchette : Penses-tu que je dois continuer de croire en lui... ? qu'il va revenir et m'aimer comme je l'espère ?
Agathe : Tu le dois, Fanchette, tu dois penser à lui, l'attendre et tu te montreras ainsi plus digne de lui qu'il ne le fut de toi. Mais rappelle-toi, si d'aventure maman ne voulait pas te laisser en paix avec ses prétendants, il nous faudra partir, le plus loin possible.
Fanchette : Puisse une telle fuite ne jamais advenir, car alors Lussanville ne me retrouverait pas.
Agathe : Il vaudrait encore mieux pour lui qu'il ne te retrouve pas mais que tu ne sois jamais à un autre. Je t'en prie, jure-moi que tu ne seras jamais à personne d'autre qu'à Lussanville.
Fanchette : Je te le promets Agathe. »

Fanchette termina alors d'écrire sa lettre sans bruit, tandis qu'Agathe, en rangeant, couvait sa douleur. Devoir ainsi défendre un traître, et maintenir Fanchette dans cet espoir qu'il revienne n'était pas bien et elle le savait. Pourtant, tant que Fanchette ne voudrait pas partir, il ne se trouvait aucun autre obstacle entre elle et ces maudits prétendants qui voulaient tous l'avoir pour eux. Son amour muet, ce magma de douleur, lui brûlait la gorge et le cœur. Lussanville était son masque, son amour masqué, et il lui faudrait avancer avec lui, avec ce fantôme qui l'emplissait et lui permettait, du moins pour l'instant, de retenir Fanchette auprès d'elle. Elle l'aimait comme une folle, au mépris de toute prudence, de tout réalisme. Elle l'aimait, simplement. Elle était prête à toutes les compromissions, à toutes les humiliations, pour demeurer en sa merveilleuse présence.

Fanchette avait terminé sa lettre et la remit au bureau des postes dans l'après-midi. Elle y avait écrit ces mots :
« *Ma chère Viviane,*

Je suis enchantée d'avoir de tes nouvelles et le bonheur que j'y trouve répare l'inconvénient de n'en avoir pas reçu plus tôt. J'ai immédiatement avisé madame Villetaneuse de ton désir de venir me voir et elle a immédiatement accepté cette demande. Je crois qu'elle m'aime beaucoup. Je t'annonce donc avec plaisir que nous sommes disposées à te recevoir dans les meilleurs délais. Pour ce qui est du départ de mon amant, je t'en avais touché un mots lorsque nous nous sommes rencontrées mais même si plusieurs mois ont passé, la blessure ne s'est point du tout refermée et je songe encore qu'il va revenir et vivre toute sa vie avec moi. Je n'ai à dire vrai pas reçu une seule lettre de lui et cela devrait m'engager à penser qu'il m'a oublié tout à fait. Mais je ne sais pourquoi je ne puis me résoudre à le penser sérieusement. C'est curieux, tu sais. Les moments que j'ai passés avec lui m'ont fait sentir tellement proche de lui que c'en est à la fois agréable et angoissant. Désormais il n'est plus là, et je ne ressens plus aucun goût ni aucun attrait pour l'amour ni pour le commerce de sens. Je peux avoir de l'attrait, je le confesse, pour un homme lorsque sa figure se présente à moi, et je puis aussi la nuit quand j'y songe me sentir envahie de sa présence, mais dès que j'y songe sérieusement je me sens vaine, vide et faible et je préfère rester avec mon amie Agathe avec qui l'affection n'a nul besoin de calcul, d'espérances ni de déceptions. Elle est et reste toujours la même, et c'est si rassurant ! La vie que tu mène ne m'irait sans doute pas du tout, courir après l'un pour échapper à l'autre, je n'aurais pas cette force et je vieillirais avant l'âge. Mais pour toi, c'est différent, tu es pleine de vie, insatiable ; dès qu'une aventure prend fin, il faut qu'une autre commence ! Je ne me vois pas dans l'état où je suis vivre comme tu le fais, mais même si les caractères sont différents, je crois que les humeurs font plus que les caractères dans l'homme comme dans la femme. Qui sait ? Un jour peut-être je me sentirais d'humeur à voleter comme un papillon, et je verrai dans le commerce des hommes plus de plaisir que de déplaisir. Cela viendra peut-être. Quant au mariage,

*c'est bien la dernière chose à laquelle je veux penser, quand on a juré
un amour, on ne s'en détache point si facilement et je suis heureuse
que mon amie Agathe me le rappelle tous les jours ; que serait un
serment comme celui-là s'il fallait le rompre au bout de trois mois ?
Cela va bien aux hommes peut-être mais pour nous, il nous faut
aspirer à une plus grande hauteur de vue, n'est-ce pas ? Si Dieu nous
a donné un cœur pour aimer, alors que les personnes qu'on aime
sachent que notre amour ne s'érode pas avec le temps et qu'on les
aime, aussi loin qu'ils puissent se trouver. Comme je voudrais
pourtant qu'il m'écrive ! Je tremble à l'idée que les flots l'aient
emporté ! Et mes recherches n'ont fait qu'augmenter mes craintes. Tu
vois, je te parle encore de lui ! Faut-il encore que si loin il occupe
toutes mes pensées ! Voilà qui est fait, je te promets de parler un peu
plus de moi quand nous nous verrons, ma chère amie.*

*Le Havre
Ce 29 septembre. »*

VII
Où l'on retrouve quelqu'un qu'on attendait pas

Le lendemain son arrivée, l'oncle Lussanville confia à son
neveu des tâches qui n'avaient rien de réjouissant : se plonger dans les
livres de comptes en vue de mettre toutes les chances de leur côté pour
la vente. Il délégua très vite cette tâche à Léliande qui savait mieux
armer sa patience contre cette sorte de chose. Lui-même préférait
flâner au dehors, entre deux contrôles qu'il faisait des travaux en cours
dans la plantation. Il tâchait d'armer le mieux possible son cœur contre
la vue de ces hommes qui travaillaient toute la journée et lui
rappelaient ces affreux souvenirs de Ouidah qu'il voulait à tout prix
ôter de sa mémoire. Il n'osait pour ainsi dire jamais les regarder dans
les yeux.

L'oncle Lussanville profita de cette aubaine pour se reposer
un peu et mit dans son neveu de plus en plus d'espoir, il songeait qu'il
serait bien que Lussanville pût reprendre la gestion de la plantation. Il
forma cette idée très rapidement et Lussanville sentait bien qu'il
faudrait lui faire comprendre qu'il n'avait pas l'intention de s'établir ici
et que la vie dans une telle plantation n'avait rien qui puisse lui
convenir. Cependant il se tut. Il avait écrit le matin même à monsieur

318

de la Cardonnie pour lui demander de quoi honorer les créances de son oncle bien que cela fût inutile puisqu'il y aurait bien deux à trois semaines avant que sa réponse lui parvienne. Il le fit cependant et espéra. Ses pensées étaient toutes entières tournées du côté de Fanchette. Il écrivait beaucoup depuis qu'il avait quitté Saint-Domingue, des poèmes surtout. On avait l'impression qu'il comptait dédier une œuvre toute entière à la gloire de sa bien-aimée désormais disparue. C'était désormais une muse ; absente, de celles qui continue de vous inspirer lorsqu'elle est loin de vous. Cette déification-là, Léliande ne la trouvait pas des plus appropriées et craignait pour l'humeur et la santé de son maître. Elle n'en disait mot cependant, persuadée qu'elle était que cela ferait plus de mal que le mal lui-même.

Pourtant le deuxième jour, Lussanville fit une rencontre qui allait bouleverser son esprit. Alors qu'il se promenait autour du domaine, ses yeux croisèrent un visage qui lui était extrêmement familier. Ce visage, il l'aurait reconnu entre mille, tant il se l'était représenté en rêve depuis qu'il l'avait quitté. C'était incroyable, il ne s'attendait pas à la revoir de sitôt... oui ce visage, c'était celui de Nala. Nala... celle qui l'avait tant marqué, celle qu'il avait tant aimé. Cela faisait longtemps qu'il ne songeait plus à elle, mais la revoir ici, dans la grande désespérance où il se trouvait, avec tous ces mots qu'ils avait écrit, la voir ici, cela fut comme un coup de foudre et il eut l'impression de l'aimer à nouveau comme s'ils ne s'étaient quittés qu'hier. Il s'approcha d'elle et lui demanda :
« *Lussanville :* Vous me reconnaissez, madame ? »
Nala lui répondit avec une certaine distance, presque dédaigneuse, mais gardait le sourire.
« *Nala :* Bien sûr que je te reconnais. Je ne pensais pas que tu reviendrais ici. »
Un silence suivit ces quelques mots et Lussanville ajouta :
« *Lussanville :* Je suppose que vous m'en avez voulu d'être parti ainsi. »
Nala lui répondit, non sans faire la moue :
« *Nala :* Oh... pas le moins du monde. Est-ce que tu avais le choix de toute façon ? »
Lussanville fut un peu gêné de ce tutoiement-là, il n'était plus un enfant et qu'une femme le tutoie ainsi, cela ne lui allait guère. Elle

n'était ni sa fiancée ni sa sœur ni sa parente. Il aurait voulu qu'elle le vouvoyât. Elle n'en faisait cependant rien mais lui-même s'obstinait à la vouvoyer.

« *Lussanville* : Vous savez... je n'ai pas trouvé en France ce que m'attendais à trouver, j'y fus envoyé par force... »

Il s'arrêta immédiatement, conscient qu'il disait une absurdité. Il avait bien sûr trouvé tout ce qu'il lui fallait et que la vie eût été bien heureuse sans cette maudite arrestation de son père qui l'avait conduit à retrouver un endroit qui ne faisait lui rappeler le temps où il n'était pas encore un homme. Mais l'inconscient besoin de lui faire croire qu'elle avait tant d'importance, la naturelle séduction, avaient pris le pas sur lui et quand il le sentit, il en éprouva immédiatement beaucoup de honte.

« *Lussanville* : Oh... je ne devrais pas vous parler de tout ça.

Nala : Eh bien, Lussanville, je suis contente de t'avoir revu.

Lussanville : Moi aussi... Oserais-je vous demander comment se porte votre mère ? Où demeurez-vous désormais ?

Nala : J'habite dans une petite maison à deux pas d'ici. Avec ma mère, nous sommes venues nous établir tout prêt de chez ton oncle, qui est un homme charmant avec qui nous entretenons de très bonnes relations de voisinage ; et plusieurs de ses esclaves sont de nos amis. Ce sont des amis très chers, qui ont été très bons pour moi. Quant à moi, je tâche de m'occuper de la ferme du mieux que je peux, je travaille toute la journée, de six heures du matin jusqu'à huit heures du soir, cela m'a fait les bras et je t'assure que si nous nous battions aujourd'hui, tu aurais beaucoup de mal à l'emporter !

Lussanville : Vous imaginez bien que j'ai eu beaucoup de temps pour m'exercer à l'épée.

Nala : Cela je ne l'ai pas pu, une faible femme n'a pas le droit de porter l'épée, tu le sais bien.

Lussanville : Oui, cela, je le sais très bien, je le sais très bien...

Nala : Tu imagines bien que je n'ai pas le droit de porter une épée ! Et puis... je n'en aurais pas besoin du reste ! Mes poules, mes cochons m'occupent bien assez sans que j'ai besoin d'aller chercher querelle à qui que ce soit ! D'ailleurs, si cela ne te dérange pas, je vais les retrouver.

Lussanville : Mais quand vous reverrais-je ?

Nala : Demain, peut-être après-demain, cela dépend, si tu es sur mon chemin lorsque je vais au puits. »

Et elle s'en alla, aussi rapidement qu'elle était venue. Lussanville était atterré, elle ne semblait pas le moins du monde avoir un souvenir qui soit amoureux. On croirait même qu'il n'avaient été que des compagnons de jeu ! Il éprouvait une certaine déception suite à cette rencontre, ils ne s'étaient pas dit ce qu'il aurait voulu qu'ils se disent.

Pourtant le sentiment qui l'animait en cet instant se trouvait fort mal à propos, si l'on songeait à tous les poèmes qu'il avait pu écrire à la gloire de son amoureuse disparue. Il se sentit honteux, de nouveau ; honteux d'avoir cédé si facilement au premier mouvement d'une âme nostalgique. Il voulut armer mieux son cœur et s'en retourna vers la maison de son oncle. Pendant le trajet pourtant il ne put s'empêcher de penser à Nala, de penser à leurs jeux, au baiser qu'elle avait donné à cette jeune esclave... où était-elle désormais ? Lussanville l'ignorait. Ce baiser l'avait si fortement marqué qu'il lui semblait que c'était presque une malédiction. Et il se demandait s'il n'avait pas perdu l'amour de Nala suite à ce malencontreux baiser, si ce baiser n'était pas la preuve qu'un jour, celle qu'il aimait finirait par devenir son rival. Lussanville se demanda un instant si Agathe avait jamais eu la moindre inclination pour Fanchette ; une inclination des plus étranges, des plus curieuses et dont on devait taire le nom. Il se demanda si cela n'était pas possible. Mais cette idée ne lui resta pas longtemps dans l'esprit et il la considéra comme un fantasme malvenu. Quand il arriva à la maison de son oncle, Léliande le trouva si sombre, si mal et si déçu que dès qu'il fut assis dans son fauteuil, elle se planta devant lui et lui demanda :

« *Léliande :* Quelle est cette tête que vous faites là ? On croirait que vous avez vu un mort ! »

Lussanville eut un petit sourire triste et détourna la tête.

« *Léliande :* Allons... ne m'avez-vous pas dit que vous ne vouliez rien me cacher ? Et comment puis-je vous aider, moi, si je ne connais pas votre cœur ? Ne vous ai-je pas confié tout ce que je pouvais vous confier à mon propos ? Vous ne m'avez encore dit que quelques mots de vous. Dites-moi, que se passe t-il en votre cœur, qu'avez-vous ? »

Et Lussanville de répondre...

« *Lussanville :* Une femme que j'ai aimé, il y a de cela quelques années, vient de croiser ma route alors que je faisais le tour du domaine. Son nom est Nala ; ses yeux, son visage, sa peau me rappellent des jours heureux et la voir m'a semble t-il bouleversé, retourné entièrement. Je ne sais pourquoi je me sens ainsi mais elle occupe ma pensée et je n'arrive pas à m'ôter de l'esprit tous les souvenirs que nous avons ensemble. »

Léliande ouvrit des yeux immenses, et puis se mit à rire.

« *Léliande :* Oh ! Les hommes... ! Quelles étranges créatures vous êtes ! Quoi, hier, vous me disiez tout l'amour que vous aviez pour votre belle, vous aviez passé presque toute la journée à n'écrire que des poèmes ! Et maintenant, vos yeux ont changé et vous aimez cette fille-là plutôt que l'autre ? Oh, les monstres d'inconstance que vous êtes... ! Pardonnez-moi, vous savez que vous me permettez les disputes, il ne s'agit pas là de remontrances, entendez-moi bien. J'en serais bien incapable, et vous vivez à votre fantaisie. Cependant, si vous pouvez permettre à une femme de dire là-dessus son sentiment, cela n'est pas bien. »

Lussanville se retourna vers elle et lui dit :

« *Lussanville :* Tu as mille fois raison, Léliande, mille fois raison. Mais je ne sais ce qui m'a pris, je ne sais pourquoi aussi je ne puis cesser de penser à elle depuis que je l'ai vue. Je me demande parfois si l'homme n'aime jamais qu'une image de sa belle et peut-être jamais sa belle elle-même, peut-être que l'ensemble de peaux, de chairs et d'os que comporte le corps d'une femme n'obtiendra jamais la faveur réelle d'un homme et que seule l'image qu'il a dans l'esprit se trouvera un jour aimé de lui ; dès lors qu'importe qu'il s'agisse d'un corps ou d'un autre, puisque le sentiment se retrouve le même ? »

Léliande eut un soupir.

« *Léliande :* Oh... assez de philosophie ! Quoi, vos passions vous entraînent à aller vers ce que votre corps désire ! En cet instant, votre corps, séparé de votre belle, n'a qu'une seule hâte : se retrouver dans des bras chauds ! Et qu'importe à qui ils sont, ces bras-là ! Mais votre esprit, lui, doit aspirer à plus haut, à plus grand ! Et pour lui, le nom d'engagement n'est pas peu de chose. Je crois donc, monsieur de Lussanville, que ce que votre corps vous dicte ce que votre cœur semble pousser à faire n'est pas ce que dont votre esprit doit se contenter. Et vous devriez avoir, ce me semble, un peu plus de discernement et un peu moins de complaisance envers vos passions passagères.

Lussanville : Mais sais-tu bien au moins combien j'ai aimé cette femme ?

Léliande : Eh bien je confesse mon ignorance... non je ne le sais pas !
Et non, monsieur, je ne sais pas grand chose de vous ; moins sans
doute que ce que j'en voudrais savoir, mais ce que je sais, c'est qu'il
n'y a rien de comparable entre une femme à qui l'on a été fiancé et à
qui l'on est toujours fiancé et une femme avec qui on a joué quelques
instants étant enfant ; ces choses-là n'ont rien de comparable. Elle est
devenue une toute autre femme et vous êtes devenu un tout autre
homme. Et cet homme-là est celui qui me dit qu'il aime sa belle, d'un
amour sans seconde. Est-ce bien cet homme-là qui me parle toujours ?
Ou est-ce un autre homme ?

Lussanville : Tu dis vrai, Léliande, je m'égare, je m'égare... et je te
remercie mille fois, je ne te remercierai jamais assez pour me parler
avec tant de sagesse. Je crois que monsieur de la Cardonnie a bien fait
de trouver un valet qui soit bien plus que cela, car tu es bien plus qu'un
valet à mes yeux. »

Léliande baissa la tête, en signe de modestie et de reconnaissance. Elle
ajouta seulement :

« *Léliande :* Prenez du repos, monsieur de Lussanville, prenez un peu
de repos. Et tâchez de songer un peu moins à cette femme, si
cependant vous y parvenez. Si d'aventure vous souhaitiez poursuivre
cette intrigue, sachez simplement que je reste et que je resterai
toujours votre serviteur ; et qu'un serviteur se doit d'aller toujours dans
le sens ce que veut son maître. Ainsi, si vous vous fourvoyez, je me
fourvoierai avec vous ; mais toujours avec le même plaisir de servir
vos intérêts. »

Lussanville trouva cette litanie quelque peu exagérée et un peu
orgueilleuse finalement. Léliande avait son avis sur la question et il
n'y avait pas de raison qu'elle s'en cache parce qu'il était le maître et
elle le valet, cela n'avait aucun sens et il préférait le moment où elle
lui parlait sans feinte. Mais qu'importe. Cela le rassurait finalement. Et
il n'allait pas lui en vouloir de lui parler avec douceur quand il ne
recherchait en ce moment que la paix et le calme, dans la situation si
extrême où le hasard l'avait jeté. Il n'oubliait pas non plus que Jenna
serait là très bientôt et qu'il aurait à vivre des instants plus pénibles
encore que ceux qu'il avait vécus ; car qu'on le marie de force, cela,
c'était une perfidie. Et il ferait en sorte de tout faire pour n'être point
aimé d'elle. Mais, sans savoir pourquoi, ses forces commençaient à

l'abandonner et il espéra très fort qu'elles seraient encore là pour l'empêcher de céder, quand il faudrait ne pas céder.

VIII
Où il est question d'un dîner joyeux, ce qui est une chose rare en littérature, puis de vifs échanges d'impressions entre un maître et son valet

Le troisième jour, Lussanville obtient de Nala qu'elle vienne dîner en compagnie de son oncle. Son oncle n'avait pas d'objection à y faire mais trouvait décidément que son neveu s'entourait d'un bien grand nombre de femmes. Nala avait accepté cette proposition parce que Lussanville avait accepté de donner un peu d'argent qui permit à sa mère de rembourser un petite créance qu'elle avait contractée pour acheter l'un de ses cochons. Elle avait voulu s'en tenir au strict nécessaire et Lussanville, dans sa générosité, voulait lui offrir davantage mais notre chère Nala était bien consciente que, même quand un homme vous fait toutes sortes de largesses et de gentillesses gratuitement, il y a toujours un prix qu'il faut payer un jour, et sachant cela, elle n'en voulut pas davantage. Lussanville avait chargé Léliande d'apporter à sa mère la somme en question. La mère avait d'ailleurs trouvé Léliande, disait-elle, « un garçon fort convenable » bien que n'étant pas dupe de son sexe véritable.

Nala vint donc dîner en compagnie de sa mère, de l'oncle Lussanville et de son neveu. Léliande était à leur table et tous les cinq se voyaient partager un repas particulièrement délicieux. Cependant que les esclaves servaient à manger, Nala et sa mère s'en trouvèrent sensiblement gênées et l'oncle Lussanville ayant remarqué cette gêne-là, dit aux esclaves :

« *L'oncle Lussanville :* Aller ! Allez manger donc, je ferai le service moi-même ! »

La mère de Nala, extrêmement embarrassée de ce qu'avait dit l'oncle, le pria de n'en faire rien du tout et qu'elle le ferait elle-même s'il persistait à vouloir renvoyer les serveurs. Mais l'oncle Lussanville avait un certain caractère bien à lui qui faisait qu'il s'émancipait très vite du protocole. Il se contenta de lui dire de se rasseoir et alla chercher lui-même les plats. La soirée prit un tour de plus en plus familial, on avait l'impression qu'une mère et un père servaient à manger à leurs grands enfants et la conversation allait bon train sur toutes sortes de sujets, concernant la ferme, les animaux, les travaux, et la saison. On s'amusait de la calvitie de l'oncle Lussanville aussi facilement que s'il avait été leur parent et Nala fut d'une simplicité et d'une tendresse qui plurent tant à Lussanville qu'il cessa de la vouvoyer au bout de quelques minutes seulement. Léliande aussi avait très bonne entente avec la mère et l'écoutait avec beaucoup de joie. Lorsqu'il fut question que Léliande parlât un peu de sa vie, elle raconta qu'elle avait été capitaine d'un vaisseau pirate, ce qui n'était pas tout à fait la vérité mais qui n'était pas tout à fait faux non plus. Et tout le monde à la table s'écria : « à l'abordage ! » et il s'en trouva une joie que Lussanville avait rarement vu dans cette maison. Son oncle n'avait jamais été attaché au protocole, c'était un homme bien moins dur que son père, et lorsqu'il pouvait s'amuser, il le faisait. Il le félicita d'ailleurs à la fin du repas d'avoir choisi ces invités-là, c'était des invités, disait-il, « les plus amusants du monde » et si le monde avait ressemblé à cela, il ne l'aurait certes pas quitté pour rester seul terré dans sa plantation.

La mère de Nala, épuisée par son travail, commençait à s'endormir dans un fauteuil, tandis que Lussanville et Nala se retrouvaient tous deux face au feu et commençaient à échanger un peu sur leur passé réciproque. Lussanville s'était tant amusé pendant la soirée qu'il ne pensait plus du tout à l'amour, on aurait dit qu'il était devenu le frère de Nala, et celle-ci semblait ne pas mal s'en accommoder puisqu'elle riait et s'amusait avec lui exactement comme ils le faisaient alors qu'ils n'étaient encore que des enfants. Léliande pourtant écoutait leurs conversations, tout en rangeant les plats et les assiettes, en nettoyant les bottes de Lussanville et d'autres ustensiles, elle ne perdait pas une miette de la conversation.

« *Lussanville :* Ah Nala... te souviens-tu de ces moments où nous étions deux pirates, où nous étions deux forbans prêts à tout pour éviter qu'on nous attrape ?

Nala : Je m'en souviens comme si c'était hier, Jean, je m'en souviens très bien. Mais je te préfère ainsi. Lorsque je t'ai rencontré tu avais l'air si guindé, on aurait cru que tu sortais de la cour de France, c'était insupportable.

Lussanville : Tu sais, il m'a fallu affronter chez bien des gens beaucoup de vanité et d'orgueil, ces gens-là ont fait de moi ce que je

suis ; et j'ai vu aussi des horreurs, que je préfère ne pas évoquer ici,
qui me rappellent à quel point... »
Il soupira et ne voulut pas terminer cette phrase. Nala avait très vite
compris.
« *Nala* : Tu sais, je ne me sens pas particulièrement de sympathie pour
les esclaves, même si je sais que ma mère le fut, car pour moi qui suis
née comme affranchie je n'ai jamais eu à subir le travail forcé, les
privations et les mauvais traitements, je ne sais pas de quoi il retourne.
Des amis m'en ont dit quelques mots mais maman a toujours fait en
sorte que je sois le plus loin possible de tout ça et que je fréquente les
blancs. Je ne dis pas qu'elle a eu raison ou qu'elle a eu tort mais cela
fait de moi quelqu'un qui a été en grande partie préservée de ces
horreurs-là, même si l'on me regarde toujours comme un animal quand
je marche en ville, chose d'ailleurs que je fais fort rarement. Enfin...
j'ai beaucoup plus de plaisir à me rappeler nos jeux et il est vrai que
nous étions de sacré forbans ! Te rappelles-tu ? Nous avions enlevé
une femme !
Lussanville : Ah cela, c'était bien un acte de piraterie ! Et je crois bien
si ma mémoire est bonne, que tu me l'as soufflée, ma chère.
Nala : Oui... ! (Elle eut un petit rire) C'est fou comme il est facile
jouer à l'homme et comme il est difficile d'être une femme. »
Cette dernière phrase fut dite avec un peu plus de sérieux, et
Lussanville lui demanda :
« *Lussanville* : Et... avez-vous déjà eu commerce avec un homme ? »
Nala sentit tout l'intérêt qu'il portait à cette question et décida de ne
pas vraiment lui répondre.
« *Nala* : Bien sûr, il m'est arrivé de converser avec des hommes,
comme je converse avec toi en ce moment. »
Et elle n'ajouta rien d'autre sur ce chapitre. Ils continuèrent d'évoquer
leurs souvenirs, de parler des personnages qu'ils avaient crées en jeu.
Léliande à présent était en train de nettoyer l'épée de Lussanville et
pour ce faire, s'était assise à quelques pas d'eux, le crépitement du feu
l'empêchait probablement de bien entendre, et Lussanville sentait
qu'elle les regardait. Il continua cependant de parler à Nala avec de
plus en plus d'enthousiasme et à un moment, il lui prit la main, non
qu'il eût prémédité ce geste mais dans leurs démonstrations, dans les
grands gestes qu'ils faisaient pour se rappeler les personnages qu'ils
avaient interprétés ensemble, sa main avait frôlé la sienne et

finalement il l'avait attrapée. Nala à présent la tenait, un peu paresseusement, fatiguée qu'elle était, un peu ivre aussi du vin qu'elle avait bu pendant le repas. Léliande, à ce moment, se leva et Lussanville la voyant ainsi, lâcha instinctivement la main de Nala. Léliande s'approcha alors et posa ses mains sur les bras du fauteuil de Lussanville.

« *Léliande :* Maître, il est bien tard et sans doute devriez-vous aller vous reposer car demain sera le jour où doit arriver Jenna et vous devez être en forme pour assurer cette négociation. »

Lussanville ne se sentit plus de colère qu'elle ose ainsi interrompre sa conversation, ce n'était pas l'office d'un valet d'agir ainsi ni même d'un ami. Elle n'avait pas à se conduire comme si elle était sa mère. Pourtant, il se leva, salua respectueusement Nala, à qui il voulut faire un baisemain. Nala, naturellement, se laissa faire et lui sourit un peu. Ce sourire rendit Lussanville plus fâché encore que leur entretien ne pût durer davantage, et il se retira, à contrecoeur. Une fois dans sa chambre, Léliande alla préparer son lit.

Il se passa un petit moment où elle ne disait rien puis finalement Lussanville éclata.

« *Lussanville :* Ah grands dieux ! Avais-tu vraiment besoin d'interrompre là ma conversation ? Et ne puis-je point parler à qui je veux sans que tu viennes me dire ce que j'ai à faire et à quelle heure je dois me coucher ? Ne suis-je pas assez grand, ne suis-je pas ton maître ? Et n'ai-je pas des raisons de croire que je suis en mesure de savoir quand il est temps pour moi d'aller dormir et quand il est l'heure pour moi de discuter ? »

Léliande leva la tête, un peu tremblante, et cependant elle-même, pleine d'une certaine colère aussi. Cette femme-là était résolument quelqu'un d'extraordinaire. Habituée à ne tenir ni son rang de valet ni son rang de femme tel que lui imposait les lois et les hommes, elle ne comptait pas céder là son terrain. Alors après un instant, elle répondit :

« *Léliande :* Monsieur, quoi que vous en pensiez, je n'agis que dans votre intérêt. Et si vous n'êtes pas content de mes services, vous avez tout le loisir de me jeter là dehors et me laisser trouver de quoi subvenir à mes besoins toute seule. »

Lussanville fut étonné de sa répartie et son insolence le mit encore davantage en colère. Pourtant il n'en dit mot. Il avait bien la sensation que, quelque part, elle avait raison. Mais sa colère ici le dominait tout entier. Sentir qu'il perdait cette occasion de retrouver des liens si doux, c'était insupportable pour lui.

« *Lussanville :* Léliande, je ne veux plus que vous interveniez dans mes rapports avec cette jeune dame. »

Léliande tourna la tête.

« *Léliande :* Monsieur, je ne puis vous promettre que je vous obéirais. Et si vous exigez cela de moi, alors je préfère que vous vous sépariez de moi dès maintenant. »

Lussanville sortit un instant de la pièce pour aller se calmer. Il descendit les marches et alla faire quelques pas dans le parc, de là où il était, il pouvait voir la maison de Nala, encore éclairée, avec de la fumée s'échappant de la cheminée, rejoignant les étoiles. Il marcha ainsi pendant peut-être quinze ou vingt minutes, un peu haletant, mais finalement revint. Lorsqu'il revint, sa chambre était prête et Léliande n'était plus là. Il frappa à sa porte, naturellement, Léliande ne dormait pas. Elle était simplement allongée, les yeux ouverts sur sa couche et ne disait rien.

« *Léliande :* Monsieur a t-il besoin de moi ?

Lussanville : Laisse là le protocole, Léliande, et parle-moi avec ton cœur.

Léliande : Ce n'est pas avec son cœur que monsieur m'a parlé.

Lussanville : C'est pourtant avec mon cœur que je veux te parler maintenant.

Léliande : Parlez donc, je suis à votre service.

Lussanville : Léliande, je sais bien tout l'intérêt que tu prends pour moi, mais je me suis demandé, alors que je marchais sous les étoiles, si tu n'avais pas quelque intérêt personnel à agir ainsi avec moi. L'intérêt de Fanchette est-il tout ce qui te touche ? Tu ne la connais point et toi-même, tu me dis hier qu'il ne serait pas forcément bon pour moi de songer encore à l'épouser et que c'était une cause peut-être désespérée. T'en souviens-tu ? Pourquoi donc maintenant être si inflexible ? »

Léliande se tourna vers lui et lui répondit simplement :

« *Léliande :* Monsieur de Lussanville, je ne vous dis cela que dans votre intérêt : cette amourette-là n'a rien qui vous permette de vivre mieux, rien qui vous permette d'espérer retrouver votre belle mais rien non plus qui vous permette d'espérer mieux conclure cet accord avec

votre oncle, et si vous devez épouser une autre femme que celle pour qui vous vous êtes engagé, épousez Jenna mais n'épousez point Nala. Qu'allez-vous donc vous mettre dans cette situation ? Elle n'a rien, et vous-même, en ce moment, n'avez rien non plus. Si Lord Bikey se retrouve propriétaire, vous n'aurez définitivement rien du tout ! Voulez-vous vous retrouver comme vous étiez avant de partir de France ? Oui, monsieur, j'ai écouté ce que vous avez dit à votre oncle, je sais comment votre père s'est retrouvé dans l'état où il est et que vous n'avez plus rien. Eh bien, monsieur, voulez-vous donc vous retrouver dans cette même situation ? Et moi, dans quelle situation me retrouvais-je si vous décidiez de faire pareille folie ? Je n'aurais plus rien moi non plus ! Qu'en sera t-il de mes gages ? Alors oui, monsieur, je l'admets, j'ai quelque intérêt personnel à vous faire agir d'autre sorte. Par ailleurs je ne crois pas que la nostalgie ait jamais été ce qui fait l'avenir d'un homme et je suis persuadé que le vôtre est bien plus grand que ce que vous pourriez croire. Croyez-moi ou non, monsieur de Lussanville, il n'importe, tout ce que je sais c'est que je n'agis que dans votre intérêt, et aussi dans le mien. »
Lussanville en entendant ces mots se calma tout à fait, et, sans attendre, prit Léliande dans ses bras, et lui dit, en la serrant très fort :
« *Lussanville :* Merci ! Merci infiniment ! Je ne sais ce que je ferais si tu n'étais pas là. »
Léliande répondit à son étreinte et lui dit :
« *Léliande :* Considérez-moi toujours, monsieur de Lussanville, comme votre humble serviteur, et, autant que je puisse l'être à vos yeux, l'un de de vos meilleurs amis. »
Lussanville, ému de cette conversation, retourna dans sa chambre, persuadé dès lors que Léliande et lui étaient bel et bien, selon ses termes, de très bons amis.

IX

Dans lequel l'arrivée de Viviane accompagne la chute des feuilles

Viviane arriva dans le courant du mois d'octobre. Elle fit son apparition un jeudi, alors que Dolsans se trouvait dans la maison. Il jouait aux cartes avec Fanchette et madame Villetaneuse. Pendant presque tout l'été, il était venu la voir, avait écouté ses peines, l'avait rassurée ; il tâchait aussi de la conduire dans l'idée que Lussanville ne reviendrait probablement pas. Mais l'obstination de la demoiselle rendait toute approche impossible et il sentait bien qu'il ne pouvait la demander encore. Si bien que lorsque Viviane arriva, il se désespérait intérieurement de jamais pouvoir lui faire sa demande, d'autant que sa tante n'était pas un fervent soutien. Viviane arriva donc au beau milieu de la partie de cartes ; son attelage s'arrêta devant la maison et dès qu'elle l'entendit, Fanchette se précipita au dehors en sautant de joie. Étonné de ce bouleversement, Dolsans quitta lui aussi la table de jeu pour aller regarder à la fenêtre. Il vit la belle Florangis sauter au cou de Viviane, cette charmante dame pleine de fantaisie qui portait ce jour-là une très voyante robe jaune en satin. Agathe, en arrivant dans le salon, entendit Dolsans demander :

« *Dolsans :* Mais qui est cette dame-là et qui l'envoie ici ?

Villetaneuse : C'est notre invitée, Dolsans, et je te prierai de te montrer plus délicat envers une dame de cette qualité.

Dolsans : Elle a cependant si absolument occupé l'esprit de Fanchette qu'elle n'a même pas pris la peine de nous dire un mot avant de quitter le salon. Je n'aime pas cela, ma tante.

Villetaneuse : Que veux-tu ? C'est dans son caractère ! »

Viviane fut introduite dans la maison et salua madame Villetaneuse avec beaucoup de distinction mais presque aussitôt poussa un cri :

« *Viviane :* Ah mon Dieu !

Villetaneuse : Quoi donc ?

Viviane : Comme vous avez là d'exquises chaussures ! De ma vie, je n'en ai jamais vu d'aussi jolies, je n'avais même jamais imaginé qu'une chaussure pouvait l'être ! Ah le bel objet que voilà ! Quel cordonnier vous l'a fait ? Que je l'embrasse ? »

Villetaneuse rougit de plaisir.

« *Villetaneuse :* Ah je serais bien en peine de vous le présenter... c'est moi.

Viviane : C'est vous ! Ah madame, permettez que je vous embrasse ! Une femme de goût comme vous, nous en manquons à Paris ! »

Et elle embrassa madame Villetaneuse avec force cérémonie, s'attirant ce faisant un regard noir d'Agathe.

« *Viviane :* J'ai hâte de connaître tous les occupants de votre charmante maison ! Je ne songeais pas trouver ici tant de beauté et de curiosité !

Villetaneuse : Eh bien, il y a ma merveilleuse petite Fanchette, que vous connaissez déjà ; voici également ma fille Agathe et mon neveu, Dolsans, un fort charmant garçon, qui est négociant. »

Dolsans s'inclina légèrement.

« *Dolsans :* Madame.

Viviane : Négociant ? Comment vous vous commettez avec ces personnes-là ?

Villetaneuse : Comment ?

Viviane : Vous ne savez donc pas que la négoce est la maison de toutes les tromperies et de toutes les débauches. On en dit très peu de bien à Paris et les plus célèbres négociants passent pour être de véritables félons ! Pour vous, monsieur, je ne sais comme vous êtes, ne vous connaissant pas ; mais vraiment, je suis navré d'avoir à vous dire que vous faites un métier qu'on aime point à voir en ce moment. Et j'en connais de cette sorte qui se croient permis de parler hautement lorsqu'à la cour ils paraissent au revenir de leurs voyages.

Dolsans : Madame, prenez-le un peu moins haut, et considérez que sans des hommes comme moi, vous n'auriez point vos étoffes de l'Inde ni vos curiosités de la Chine et que la cour serait bien moins brillante, bien moins superbe, si l'on devait se contenter d'y voir des tableaux de nos compatriotes.

Viviane : Voyez, je ne me trompais point. Et vous messieurs, qui croyez si fort à votre importance lorsque vous êtes à Nantes, à Bordeaux, à Marseille ou au Havre qu'il faut que Paris soit à vos pieds. Eh bien non, Paris n'est pas à vos pieds et là-bas on se rit de vous, de vos manières, et de votre air de pédant ; cela veut faire le noble et cela n'a que l'argent. Mais l'argent ne fait pas un honnête homme, je dirais même qu'il le fait plutôt malhonnête.

Dolsans : C'en est trop, et je quitte la place. Vous arrivez tout juste en ces lieux et vous croyez de votre devoir de m'insulter, madame. Puisqu'il le faut, je vous laisse dire. Mais sachez qu'un jour, l'arrogance des grands leur coûtera bien plus qu'il ne peuvent se le représenter aujourd'hui. Je suis votre serviteur. »

Et, en grande hâte, et faisant force bruit, Dolsans prit son chapeau quitta les lieux aussi sec. Viviane haletait et sortit son éventail avant de tomber dans un fauteuil, sous le regard triste et honteux de Fanchette. Madame Villetaneuse ne savait pas où se mettre et se demandait si elle devait défendre son neveu ou si ce n'était plus de saison à présent qu'il était parti.

« *Viviane :* Je suis horriblement désolée ! Ce n'est pas mon habitude de m'emporter ainsi et vous devez avoir une bien piètre opinion de moi. Mais je n'y puis rien ; je parle, et c'est là mon humeur, il y a des choses qui ne se peuvent point souffrir et voilà trois jours que je suis entêtée d'un négociant qui me conte ses histoires et se prend pour un grand seigneur ! Aussi, c'est pour me dérober à sa présence que je suis venue un peu plus tôt que prévu ; alors retrouver un de ses semblables, c'était bien trop pour moi.

Villetaneuse : Vous dites qu'à Paris on fait peu de cas des négociants ?

Viviane : Ils se veulent une noblesse de province, et parce qu'ils ont des hôtels, ils se croient des seigneurs. Cette insolence avec laquelle ils se pavanent ne doit recevoir que le plus éclatant mépris. Et celui-là... pardonnez-moi si j'offense votre famille mais je ne puis me taire et je partirai s'il faut que je vous ai blessée en aucune façon.

Villetaneuse : Oh non, je vous en prie, demeurez ! Dolsans est mon neveu, soit, mais il est un monstre d'orgueil aussitôt qu'il lui faut fréquenter plus noble que lui ; on dirait qu'il ne peut souffrir les gens de qualité et il faut qu'il soit un sot quand il est avec des gens d'esprit. »

Ce trait fit bien rire Viviane et Fanchette commença à ressentir un peu de détente. Agathe par contre, n'appréciait pas du tout ce caprice, quelqu'elle n'aimât pas son cousin.

« *Viviane :* Ah, qu'il est curieux de se retrouver homme d'esprit au milieu des sots ! Et comment le sait-on alors ? C'est une trop vaste question ! Enfin, je suis heureuse que vous le preniez ainsi ; car j'ai souvent de bien fâcheuses aventures à cause de ma franchise. Vous savez que je ne puis dire rien d'autre de ce que je pense ? Et souvent les gens m'aiment par cette raison même que je sais les châtier quand il le faut.

Villetaneuse : Votre franchise vous honore et en dit beaucoup sur les agréables choses que vous dîtes tantôt.

Viviane : Ah pour ces chaussures ! Je n'en connais pas d'aussi belles ! Ce tissu fleuri, et ce talon rouge siéent parfaitement ensemble. Mais elles ne peuvent être mises avec n'importe quelle robe, cela s'entend ! Il faut tailler toute une robe pour accompagner ces chaussures-là. Mais une fois cela fait... oh quel résultat ! On doit être ébloui. Qu'en dis-tu, ma petite Fanchette au joli pied ? Est-ce que tu as déjà porté ces

chaussures là ?
Fanchette : Oui, je les essaie à l'occasion mais j'en ai à moi qui sont plus belles encore !
Viviane : Que ne me les as-tu déjà montrées ? Hâte-toi ! »
Et les deux femmes montèrent dans la chambre de Fanchette en riant, laissant Agathe les bras croisés sur sa liseuse et madame Villetaneuse un peu interdite.
« *Villetaneuse* : Ma foi... c'est une dame de qualité. »
Elle avait dit cela pour elle-même, mais à haute voix ; mais quand elle vit sa fille, elle s'écria :
« *Villetaneuse* : Agathe, que fais-tu à rester comme stupide ? N'as-tu pas à t'occuper ? »
Sur ces entrefaites Agathe se leva et sortit ; elle songea en marchant sur les feuilles mortes dans le jardin, avec le vent glacial qui lui fouettait le cou : « Pourvu que cette femme-là se lasse vite... »

X
<u>Dans lequel Lussanville passe une nuit difficile qui lui donne de l'humeur mais qui se trouve réparée par la venue impromptue d'une goutte d'eau</u>

Le jour suivant se passa sans histoires, on s'attendait à la venue de Jenna d'un instant à l'autre et personne ne voulait vraiment se livrer à quelque occupation que ce fût ; on était suspendu à son arrivée. Pourtant elle ne vint pas. Toute la journée on l'attendit et elle ne vint pas. On ne reçut aucune nouvelle expliquant ce retard et l'oncle Lussanville commença de s'inquiéter. D'autre côté, cette absence-là ravivait l'espoir qu'avait Lussanville d'obtenir de monsieur de La Cardonnie l'avance qu'il lui avait demandée ; et si son retard pouvait se faire plus important, disons deux semaines, il serait en mesure de faire complètement basculer l'issue de cette vente ; Jenna qui n'arrivait pas, cela le rassurait tout en l'inquiétant davantage.

La veille, il avait chargé Léliande de veiller sur Nala, de rester auprès d'elle, de faire en sorte qu'elle aille bien, qu'elle ne manque de rien et Léliande s'acquittait de cette mission avec beaucoup de joie ; toute la journée elle l'avait passée en compagnie de Nala. Lussanville pouvait se tranquilliser à ce sujet. Il savait que ce n'était pas chose aisée que de se retrouver seul avec elle ; ainsi, si d'aventure il voulait lui dire un jour quelque chose, il n'aurait pas à créer cette occasion-là, son valet s'en chargerait pour lui...

Les mots échangés la veille avec Léliande continuaient de lui troubler l'esprit, à tel point qu'il désirait presque n'avoir jamais plus rien à faire avec Nala, car il savait bien que s'il laissait faire la nature, elle le pousserait sans aucun doute dans ses bras et là il serait trop tard. L'oncle de Lussanville avait paru prendre un peu d'intérêt à cette question : il lui avait dit en passant, dans la journée :

« *L'oncle Lussanville :* Eh bien Jean, que ne t'occupes-tu de la plantation ? Il y a fort à faire. Tu ne devrais pas rester à songer, à songer éternellement en regardant le ciel, cela fait venir les pensées les plus absurdes et les plus inutiles qui soient. Le travail sert à nous détourner des dangers de l'oisiveté car l'oisiveté en soi n'est pas un danger, elle peut s'avérer fort douce au contraire, c'est ce vers quoi elle mène que nous devons redouter. Ainsi, la paresse n'est pas un véritable péché mais ce qui résulte de la paresse le devient. C'est pourquoi notre bonne Bible nous la déconseille. »

Lussanville avait hoché la tête mais n'avait rien répondu. Il y avait fort à parier que son oncle se doutait bien que Nala ne lui était pas totalement indifférent, mais comme c'était un homme courtois, subtil et généreux, il ne lui faisait comprendre qu'à demi-mot. Lussanville était enchanté de cette considération et songea que peu de jeunes hommes avaient la chance d'avoir un oncle ou un père aussi compréhensif pour eux. Cela lui donna encore davantage l'envie de renoncer à son projet de se rapprocher de Nala.

Lorsque le soir vint, Léliande n'était toujours pas rentrée et Lussanville alla se coucher sans l'avoir vue. Il se dit qu'elle rentrerait dans le courant de la nuit et qu'il n'avait pas à s'inquiéter. Il passa une partie de la soirée à lire puis s'endormit. Il fut réveillé cependant au beau milieu de la nuit par des douleurs à l'estomac et dans la poitrine. On eût dit que l'angoisse se fût marié à la maladie : il avait des nausées et de l'angoisse. Il sentait bien que c'était son cœur qui était à l'origine de ce mal. Le vide, le poids sur son sternum était tel que lui-même appelait la nausée. Il se tournait et se retournait dans son lit, avait trop chaud, puis l'instant d'après avait trop froid, il se couvrait et se découvrait, dormait la couverture à moitié disposée sur son corps et cependant le mal ne partait pas. Il dut seul faire face aux désagréables suites de cette nuit. En effet lorsqu'il appela Léliande, il n'eut aucune réponse ; lorsqu'il alla dans sa chambre, il ne trouva personne dans le lit, il fouina, tourna, retourna toutes les pièces de la maison, hors celle où dormait son oncle et il ne la trouva point. Il ne voulait pas réveiller son oncle, quelque soit son état. La peine, la colère, s'accumulaient en lui. Et après qu'il se sentit soulagé, elles persistèrent. Il alla jeter lui-même le rebut de son repas à l'extérieur, respira un peu l'air frais, se détendit, mais se remit à tousser à nouveau. Finalement il rentra dans la maison, remonta les escaliers, se mit là dans sa chambre, avec un peu d'eau et but quelques traits avant de se coucher. Il ne dormit presque pas. Léliande n'était toujours pas revenue.

Le lendemain, il était près de dix heures lorsqu'il réussit à ouvrir un œil, son oncle était semble t-il déjà venu et avait constaté sa fièvre. Il lui avait laissé près de son lit un peu de miel et une tasse de thé. Le thé était froid à présent mais cela ne gêna pas Lussanville qui le but d'un trait avec une grande cuillerée de miel ; cela lui fit beaucoup de bien. Il se sentait bien mieux que pendant la nuit. Probablement le mal était déjà passé. Il ouvrit de nouveau la porte de Léliande mais personne. Il descendit les escaliers alors, lentement, faiblement, jusqu'au salon où il trouva son oncle avec ses livres de comptes. Son oncle le salua.

« *L'oncle Lussanville :* Eh bien Jean ! Bien mauvaise nuit, n'est-ce pas ? As-tu apprécié la petite tasse de thé que j'ai laissé ?

Lussanville : Beaucoup mon oncle, vous avez fort généreusement agi envers moi. »

Sa phrase fut ponctuée d'une quinte de toux. L'oncle esquissa un sourire.

« *L'oncle Lussanville :* Eh bien... on veut prendre soin des autres et on leur laisse notre valet mais on est plus en mesure de prendre soin de soi, pas vrai ?

Lussanville : Que voulez-vous dire ? J'ai cherché mon valet toute la nuit !

L'oncle Lussanville : Ah ! Je croyais que c'était toi qui lui avait donné l'ordre de veiller sur Nala ! Elle est restée chez elle toute la nuit durant !

Lussanville : Chez elle ? Mais pourquoi donc ? Je lui ai demandé de prendre soin d'elle le jour, pourquoi aurait-elle besoin qu'on prenne soin d'elle la nuit ?

L'oncle Lussanville : Ah cela, Jean, je ne sais pas ce que tu lui as dit ! Tiens, la voilà qui vient ! »

Léliande en effet revenait de la maison de Nala avec un grand sourire sur le visage et semblait particulièrement détendue marchant à travers la jolie plaine envahie de rosée. Lussanville la vit arriver ainsi et il s'attendait tant à la trouver contrite et fâchée que lui-même ne put supporter cette vue. Il avança, l'équilibre fragile et lui tomba dans les bras.

« *Lussanville :* Ah ! A quoi me sert d'avoir un valet si c'est pour finir dans un tel état ?

Léliande : Oh, monsieur, je vous en prie ! Remettez-vous. Appuyez-vous sur moi !

Lussanville : Et pouvais-je m'appuyer sur toi, perfide ! Toute la nuit, toute la nuit, je me suis trouvé mal et toute la nuit je t'ai cherchée, je t'ai appelée, je t'ai demandée ; que faisais-tu donc ?

Léliande : Je faisais ce que vous m'aviez demandé, monsieur. J'étais auprès de Nala.

Lussanville : Mais t'avais-je demandé de la veiller toute la nuit ?

Léliande : Ma foi, monsieur, non, mais elle se trouvait mal et je me devais de faire ce que vous m'aviez commandé.

Lussanville : Eh bien si tu veux tout savoir moi aussi je me suis trouvé mal et j'eus été bien heureux que tu fusses venue me dire que tu ne passerais pas la nuit ici.

Léliande : Que monsieur me pardonne, j'ai cru bien faire. »

Et il toussait et toussait. Léliande l'amena, en le soutenant, jusqu'à la maison de son oncle et l'installa dans un fauteuil.

« *Léliande :* Monsieur désire t-il un peu de café ?

Lussanville : Non, non merci, non ! »

Il avait de nouveau des nausées.

« *Lussanville :* Eh bien, qu'avait donc Nala ? Pourquoi es-tu restée là-bas toute la nuit ? Quel est donc le mal qui l'a saisie ?

Léliande : Monsieur, cette sorte de chose n'est pas pour être évoquée ainsi.

Lussanville : Quoi ? Tu refuses de me dire pourquoi tu m'as abandonné ?

Léliande : Je ne vous ai pas abandonné, monsieur. J'ai fait ce que vous m'avez demandé. Et si j'avais été là, nul doute que j'aurais pris soin de vous dès cette nuit. Cependant je n'y étais pas et vous n'avez pas pu

me faire prévenir. Je suis navrée, je n'ai pas encore le don d'ubiquité. »
Lussanville soupira. Il en avait assez, plus qu'assez. Il était fatigué,
inquiet, épuisé. Il regarda finalement Léliande et lui dit :
« *Lussanville :* Allez-vous me dire à la fin quel mal affectait Nala ? Si
je dois cesser de m'inquiéter et cesser du même coup de me lamenter
sur mon sort, dites-moi au moins quel fut le sien. Ainsi je pourrais
sortir de mes préoccupations propres !
Léliande : Eh bien...Ces choses-là ne se doivent pas dire.
Lussanville : Aller ! Tu m'ennuies. Tu m'ennuies, laisse-moi. Je te
décharge de cette mission. Désormais tu feras attention à moi. C'est
bien à cela que tu es employée, non ? C'est bien pour cela que
monsieur de La Cardonnie t'a attachée à mon service. Donc désormais
tu feras attention à ce qui se passe pour moi.
Léliande : Si vous voulez me décharger de ma mission, je ferai selon
votre bon vouloir.
Lussanville : Va, cela me va très bien. »
Après avoir déchargé Léliande de sa mission, il s'installa dans le
jardin. Il finit par voir Nala au loin qui allait et venait jusqu'au puits
car on avait besoin d'eau. Il la regardait faire ses allées et venues et
déposer l'eau dans les auges de ses animaux, de l'autre côté de la
colline. Léliande qui n'avait désormais plus rien à faire sinon que de
veiller sur la convalescence de son maître, se tenait assise à côté de lui
ou plutôt allongée sur l'herbe. Elle ne disait rien. Elle ne faisait rien
non plus. Lussanville la regardait de temps en temps, parfois elle lui
rendait son regard, et c'était tout ; ils ne se disaient rien. Pourtant
lorsque Nala passa pour la troisième fois, Lussanville se leva.
Léliande voulut l'aider mais il lui commanda de rester là où elle était.
Elle se rassit donc, mais attendit. Lussanville alla jusqu'à Nala. Il
arriva en toussotant. « Vous n'avez pas l'air bien » lui dit-elle.
Lussanville : Non, cela n'est rien ; cela se passera cette nuit.
Nala : Quel est donc le sujet qui t'amène, Jean ? »
Elle avait un ton froid, terriblement froid.
« *Lussanville :* C'est que j'ai appris par mon valet que tu te trouvais
très mal hier soir et je voulais absolument savoir de quoi il en
retournait et si je devais faire venir un médecin, si je pouvais faire
quoi que ce soit qui pût t'être utile. Je n'aime pas te savoir mal.
« *Nala :* C'est fort gracieux de ta part de te soucier de mon sort.
Cependant je ne puis te dire de quoi il s'agit.

Lussanville : Mais enfin, pourquoi diable ne veux-tu pas me le dire ? Et qu'ai-je donc fait pour que tu me refuses ta confiance ? Est-ce nous ne parlions pas de concert hier soir ? Est-ce que tu n'as pas vu que j'étais toujours le même ? Pourquoi donc après t'être montrée si obligeante, tu me dis désormais que tu ne peux pas me dire de quel mal tu étais atteinte ?

Nala : Certaine indisposition.

Lussanville : Laquelle ?

Nala : Tu m'ennuies, vraiment. Le sang du mois. Es-tu satisfait ?

Lussanville : Le sang du.... ah. »

L'embarras était total. Le lecteur doit se représenter qu'en ce temps-là, les menstruations étaient choses honteuses et sales (comme elles sont parfois perçues aujourd'hui) à ce point que certains jeunes hommes se trouvaient presque totalement ignorants du phénomène tant qu'ils n'étaient pas mariés. Lussanville avait vécu dans une maison de maître où les esclaves avaient charge du lavage et aucun linge de sa mère n'aurait pu rencontrer ses yeux. De plus, ce n'était pas un observateur. Davantage tourné vers son intérieur que vers son extérieur, il avait pu ne pas se rendre compte. Il avait cependant appris l'existence des menstruations lorsqu'Agathe et lui partageaient l'intimité que l'on sait. Cette découverte avait été des plus amusantes et navrantes à la fois pour notre héroïne, elle avait commencé par un cri de frayeur :

« *Lussanville :* Mon dieu, Agathe ! Tu es blessée ! »

Agathe avait alors rit d'une manière qui avait peiné le jeune homme.

« *Agathe :* Fanchette et toi avez de bien troublantes ressemblances ! Mais je te crois encore bien plus enfant qu'elle !

Lussanville : Mais que signifie ?

Agathe : Allons, mon Lussanville, ne te mets point en colère. Ou du moins attends un peu pour la déchaîner sur moi en étreintes.

Lussanville : Mais tu ne souffres point ?

Agathe : Cela, je ne puis le nier. Mais il n'y a point d'alarme, cet écoulement est le plus naturel du monde et toute femme s'en trouve affublée, c'est son fardeau, sa destinée et son châtiment. Chaque être qu'elle ne met point au monde s'évacue par ces voies, ne pouvant prendre forme. La Nature nous rappelle ainsi l'empire qu'elle exerce sur nous et notre condition d'animal, né pour se reproduire et non pour durer. Cela te dégoûte t-il, mon amour ?

Lussanville : Point.

Agathe : Tout de bon ?

Lussanville : Tout de bon, car tout en toi est joli.

Agathe : Alors si mon champ de bataille ne te rebute pas... nous pouvons engager le combat. »

Ces amants avaient à ce moment si faim l'un de l'autre, et si grand risque à la satisfaire, que toute occasion se devait d'être saisie. On ne leur en voudra point.

Ce souvenir, bien sûr, avait ressurgi dans l'esprit de Lussanville en entendant les mots de Nala et il se ressouvint des douleurs au ventre dont se plaignait Agathe. Il songea en effet qu'elle avait pu se sentir aussi mal que lui la nuit dernière et il eut naturellement honte de s'être si largement plaint à Léliande ce matin-là. Nala le voyant interdit reprit :

« *Nala :* Tu ne peux plus continuer à te conduire comme si nous étions encore des enfants. Je sais que tu vis attaché à ce rêve et ton esprit singulier est des plus agréables, peut-être même contient-il une part de génie, je ne sais. Mais tu ne peux pas vivre à ta fantaisie malgré tout le monde, un homme et une femme ne peuvent se conduire comme s'ils étaient du même sexe et tôt ou tard nos devoirs font de nous des créatures différentes. En ce moment, je converse avec toi alors que j'ai beaucoup de travail – et converser seule avec un homme seul n'est pas convenable et fait que le voisinage cause. Avoir commerce avec un homme n'est pas une chose sans conséquence, et quand on est point marié, cela ne se peut. As-tu l'intention de me demander en mariage, Lussanville ? »

Notre héros sursauta en entendant prononcer ce mot.

« *Nala :* Quand bien même tu le voudrais, tu ne le pourrais pas car je suis noire et toi tu es blanc. Voilà qui règle la question. A présent, je retourne à ma besogne et je te prie instamment de ne point venir me voir ou me parler si cela n'est pas absolument nécessaire. »

Lussanville, dépité et profondément triste s'en retourna vers la maison. Léliande l'observait, avec un sourire tendre et peiné. Il ne dit rien et partit s'enfermer dans sa chambre.

Quelques heures plus tard, alors que Jenna n'arrivait toujours pas, Lussanville descendit partager le dîner de son oncle.

« *L'oncle Lussanville :* Jenna n'est toujours pas là et je sens bien que tu caresses l'espoir d'empêcher le rachat de la plantation.

Lussanville : Oui, mon oncle.

L'oncle Lussanville : Quelque soit l'issue, j'espère que tu te prononceras pour le parti le plus raisonnable.

Lussanville : Je l'espère aussi.

L'oncle Lussanville : La mission que l'on t'a confié t'imposera de toute façon de partir bientôt, je vais te recommander à mon ami le colonel Washington, qui réside tout près d'Alexandria. Son domaine du Mont Vernon est un des plus importants de la région. Il n'a aucune sympathie pour les Britanniques.

Lussanville : Vous feriez cela, mon oncle ?

L'oncle Lussanville : Bien sûr, il faut qu'un gentilhomme tienne sa parole, même si je suis fâché que tu ne puisses m'être d'aucune aide pour la plantation pour l'instant. En tout cas, tu ne dois pas en rester là, tu es un homme brillant, tu as toutes les capacités intellectuelles pour construire l'Amérique de demain, et pour entretenir ses bonnes relations avec la France. Une famille comme la nôtre se doit d'être au cœur de cet échange. Je présume que monsieur de la Cardonnie n'a pas manqué de citer mon père lorsque tu t'es vu confier ta tâche. Tu n'imagines pas à quel point descendre d'une lignée française comme celle-là et occuper en même temps une telle place dans la colonie la plus peuplée et la plus riche d'Amérique nous donne de responsabilité.

Lussanville : J'en prends de plus en plus conscience. Je me rendrai à Alexandria sous peu, dès que l'affaire qui nous occupe trouvera une issue.

L'oncle Lussanville: Espérons qu'elle soit favorable. »

Le même soir, Léliande trouva Lussanville qui terminait une lettre, face au feu, dans le salon. Calme, silencieux, il respirait lentement. Il n'avait plus l'air malade.

« *Léliande* : Monsieur, puis-je m'asseoir en votre compagnie ? »

Il la laissa venir dans le fauteuil qu'occupait Nala il y a encore deux jours, ses bottes humides encore de la promenade qu'elle venait de faire. Ses cheveux bruns mi-longs portaient lors les reflets de l'âtre et son épaisse stature se détendait contre les coussins.

« *Léliande* : Je commence de songer à me faire pousser la moustache. »

La plaisanterie eut une faible prise mais arracha tout de même un sourire à notre héros qui relisait sa lettre.

« *Léliande* : Votre oncle a t-il meilleur espoir désormais ? Puisque la dame ne se montre pas ?

Lussanville : Il croit qu'elle ne tardera pas et que ma précaution est sans doute inutile. Mais il m'a conseillé de me rendre à Alexandria pour y rencontrer plusieurs planteurs. Le colonel Washington officie au barreau d'Alexandria mais j'ai reçu tout à l'heure la nouvelle qu'il se rendra à la chambre des Bourgeois de Williamsburg, j'irai donc le rencontrer là, plusieurs autres ne manqueront pas de s'y trouver aussi. Je trouverais ainsi le moyen de rendre monsieur de la Cardonnie le plus satisfait du monde.

« *Léliande* : Mais vous-même ne l'êtes pas, n'est-ce pas ? »

Lussanville parlait désormais d'une voix grave et faible.

« *Lussanville* : Je suis flatté des responsabilités que me donnent ces messieurs mais je n'ai jamais envisagé mon bonheur inféodé aux impératifs d'un Etat ni ma vie comme la réalisation d'une telle ambition et je ne sais comment prendre cette voie sans sacrifier mes projets.

Léliande : Vos projets, monsieur ?

Lussanville : Retrouver Fanchette et l'épouser.

Léliande : Vous êtes donc bien épris ?

Lussanville : Plus que tu ne peux l'imaginer.

Léliande : Et votre petite incartade avortée avec Nala n'a donc pas atteint votre amour ?

Lussanville : Ce sont des enfantillages. Je crois que je ne veux pas grandir. Ou plus simplement que je ne veux pas mourir.

Léliande : Vous n'échapperez pas à la mort. Jamais vous ne connaîtrez les siècles futurs, hélas. Pas plus qu'aucun d'entre nous.

Lussanville : Mais je crois que l'amour, quand il est si fort et si brillant, se perpétue dans les histoires et les rêves des êtres qui vivent encore ; ce que j'éprouve pour Fanchette, si fragile et si soumis aux hasards des circonstances que soit cet amour, est capable de survivre aux siècles tempêtueux que traversera l'humanité. Je crois qu'un jour un jeune homme, ou une jeune femme, contera, en nous donnant un autre nom, les sentiments extraordinaires qui m'animent en ce moment. Aimer, c'est se moquer de la mort.

Léliande : Est-ce ce que vous avez dit à Fanchette dans votre lettre ? »

Lussanville sourit et tendit le papier à Léliande. Elle parcourut les premières lignes puis se décida finalement à le lire à haute voix :

« *Léliande* (lisant) :

« Fanchette, mon soleil, mon air et mes cieux,
Je suis dans la nuit noire, à douze cent lieues,
Sans un mot de ta bouche, à qui je dois mon air,
Ma passion et ma vie. En moi, plus rien n'éclaire.
Je t'écris chaque jour et toi ne me dis rien,
Et pourtant sans un mot me conserve en tes liens,
Je t'aime aussi tu sais comme on aime son dieu,
Je t'écris chaque jour comme prient les gens pieux,
Ma cinquième lettre a trouvé son chemin,
Finira sur ta table au milieu des écrins,
Conservant à l'abri le secret de mon âme,
Mon amour éternel, cause de tant de larmes.
Mais je crois, ma chérie, qu'en t'écrivant ces mots,
Ces signes si secrets, qui sont des gouttes d'eau,
Remplissent ce faisant un océan d'amour.
Et lorsque la mort nous saisira un jour,
Je crois qu'il s'étendra aux horizons sériels,
Que ses vagues ardentes envahiront le ciel
Et l'être humain lira dans le cœur des étoiles
Le principe premier que l'existence voile;
On l'appelle hasard ou on le nomme amour,
Sans être pris de court, je peux dire aujourd'hui,
Connaissant bien ma cause,
Que tous les deux ne sont qu'une seule et mêm'chose. »
Léliande reposa la lettre.

« *Léliande* : Le dernier vers porte une syllabe de trop, cette licence-là n'est pas possible.

Lussanville : Elle l'est cependant car elle me résonne en tête comme un bourdonnement. Si je ne l'écris pas, elle me hantera toujours.

Léliande : Vous êtes décidément un grand extravagant.

Lussanville : Est-ce que cela que la lettre t'évoque ?

Léliande : Ce qu'elle m'évoque ? »

Elle se laissa glisser sur le sol, en appui sur ses genoux et lui prit les deux mains, le regard clair mais étrangement vide. Elle le regarda longtemps. Lussanville ne bougeait pas, pétrifié par ces yeux. Alors, sans qu'il n'y eut rien d'autre, elle déposa, au coin de ses lèvres, un baiser. Lussanville, en grande alarme, lui attrapa les épaules. Elle sourit.

« *Léliande :* Il fallait que je le fasse. Mais je ne le ferai plus, alors essaie de t'en souvenir et emporte dans ton océan une autre petite goutte d'amour.

Lussanville : C'est ce que j'ai écrit qui...

Léliande : Ce que tu as écrit, et ce que tu es pour l'avoir écrit. Mais cela débute et termine aujourd'hui, c'est déjà terminé en réalité. Souviens-toi simplement que tu as connu un instant de Liliane. Je vous souhaite le bonsoir, monsieur et une meilleure nuit que la dernière. »

Léliande ne croyait pas si bien dire et Lussanville, cette nuit-là, avait retrouvé toute la joie de son cœur et décida dès lors de consacrer toute sa vie à l'amour, à son amour le plus beau.

Agathe a t-elle raison de craindre Viviane ?

Lussanville pourra t-il rentrer en France épouser Fanchette ?

Fanchette sera t-elle sensible à la cour de Dolsans ?

Découvrez la suite des aventures d'Agathe, Fanchette et Lussanville dans le tome 2, « Lussanville »...

Imago des Framboisiers est avant tout un auteur dramatique et directeur de la troupe « Les Framboisiers ». Sa compagnie se produit en France, en particulier chaque année au Festival d'Avignon OFF.

Oeuvres d'Imago des Framboisiers

LES AMOURS DE FANCHETTE – Théâtre – ILV Editions – crée le 8 mars 2012 au Théâtre Le Proscenium à Paris

LA NAISSANCE DES BACCHANTES – crée le 14 avril 2018 au Théâtre de l'Orme à Paris

ORPHÉE ET LES BACCHANTES – crée le 16 octobre 2016 à l'ABC Théâtre à Paris

SAPPHÔ, PREMIÈRE DES LESBIENNES – crée le 15 décembre 2018 au Théâtre de l'Orme à Paris